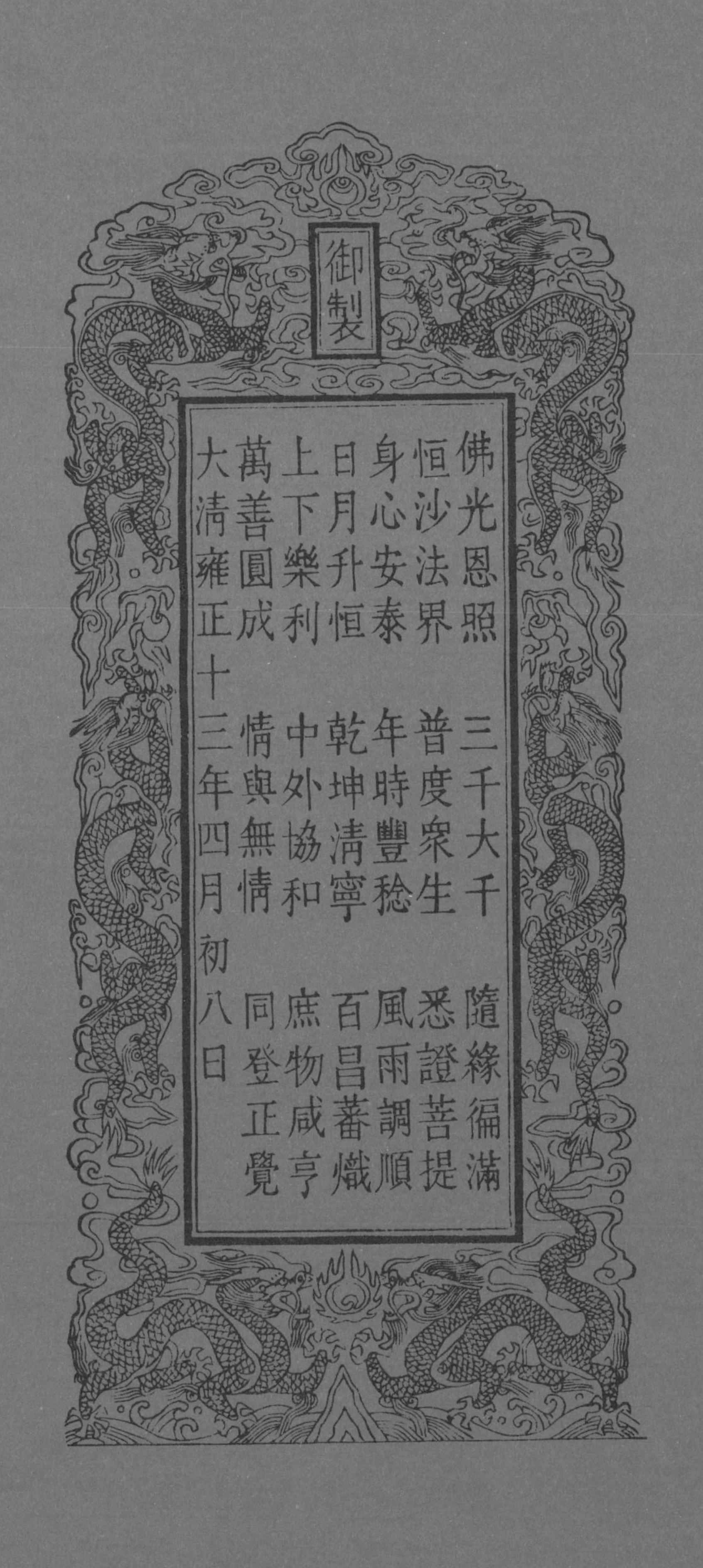
御製
佛光恩照　三千大千　隨緣徧滿
恒沙法界　普度衆生　悉證菩提
身心安泰　年時豐稔　風雨調順
日月升恒　乾坤清寧　百昌蕃熾
上下樂利　中外協和　庶物咸亨
萬善圓成　情與無情　同登正覺
大清雍正十三年四月初八日

第一三九册　此土著述（二九）

金剛經纂要刊定記
長水沙門 子璿 録

清刻龍藏佛說法變相圖

金剛經纂要刋定記卷第一 幷序

長水沙門　子璿　録

釋氏教金剛經世所由来尚矣自秦至今凡幾百載諷誦無卑高感應盈簡牘利及幽壤而達乎神明蓋趣大之坦塗破小之宏略也故補處頌以爲本二論釋而有貫諸疏互解或依或違圭山大師撮掇精英黜逐浮僞命曰纂要蓋取中庸復申記略用備傳習石壁師仍貫義意别爲廣録美則美矣辭或繁長後學多不便用今更刋定翦削煩亂俾流而無滯學而思講庶吾道無墜地之患也巳大宋天聖紀号之明年季冬月甲子日序云

疏文分三初標題自二初經疏名題金剛般若經疏論纂要者此題九字從寬至狹能所六重一能所釋謂金剛等五字是所疏論下

四字屬能二能所詮謂經字屬能金剛等四字是所三能所簡有二一簡通謂經通一代時教般若唯局當部二簡別般若猶通八部金剛但屬一經五能所喻金剛是能般若屬所六能所纂纂字屬能謂疏主也要字是所謂正義也若著弁序二字復加一重二字是能上皆所攝

然此七重不出教行人理謂經及疏論弁序五字是教謂能詮能釋能序也般若通行謂觀照也纂字屬人疏主也金剛要字屬理金剛喻實相即真理要字是正義即道理既知一題能所去著須知題內義理淺深金剛有三義謂堅利明也般若亦三義謂實相觀照文字也經有三義謂常貫攝也疏亦三義謂疏決布也論者議也亦三義謂議理議智議行也纂要亦三義謂要義要行要文也且金剛三義者以萬物不能壞能壞於萬物復能有照用可喻三種般若矣堅喻實相以其雖經多劫流迸六道未嘗生滅未嘗虧缺故云堅也故心經云是諸法空相不生不滅不垢不淨不增不減等利喻觀照般若謂此顯時照諸法空故言利也故心經云觀自在菩薩行深般若波羅密多時照見五蘊皆空度一切苦厄乃至云無智亦無得等明喻文字般若以文字能詮顯彰明實相觀照令顯現故由斯三義似彼金剛故舉金剛以喻般若然此般若諸佛衆生悉皆有之由彼在纏故不能利用苟能聞教解悟內外熏力則能斷煩惱出生死理智相冥能起大用與佛無異其猶金在鑛中不能隨用苟能出鑛必能成器

斷物故知此慧無不有之故知此慧能建大義今云般若蓋大慧之梵音也金剛即般若之正喻法喻雙彰故曰金剛般若也若準經題具足合云波羅密即歎慧之功也唐言彼岸到此猶西域之風若順此方合云到彼岸彼岸者即是涅槃爲對生死之此故号涅槃爲彼意明般若是到彼岸慧斯則慧之别相也然到彼岸慧略有二意所謂頓漸也頓者此慧顯時一剎那間照諸法空即是到彼岸故名到彼岸慧以不歷多時乃名爲頓漸者雖則頓照法空且習以性成任運計執所以策彼頓悟之慧覺察妄情損之又損之以至於無爲此則究竟到於彼岸亦名到彼岸慧以歷多時故名爲漸漸之與頓遲速雖殊一種得名到彼岸慧所以具足合云金剛般若波羅密今略不言也次明經字具三義者然準諸家解釋共有多義謂湧泉出生繩墨結鬘之類若佛地論中唯說二義謂貫也攝也貫穿所應說義攝持所化衆生且如來入滅二千餘年遺風若存得聞正法者斯皆經之貫穿之義也衆生流浪莫知所從得佛教門咸歸正趣者斯皆經之攝持之義也具此二義故名爲經今以此二復加常義以對三種般若謂實相常觀照貫文字攝也然此一經羅什所譯句偈清潤令人樂聞至今長幼高卑盈於寰宇靡不受持此經也疏論纂要者即此一卷疏文也疏即青龍大雲資聖塵外等疏疏謂疎通理趣決擇義相布致文言也論即天親無著智度金剛仙功德施等論一一論中任運議於理智行也問既有疏論釋

經何必更製斯疏荅以纂要故即是纂他疏論之要義而成此疏也然纂要之說總有兩意一則上符聖旨二則下叶人心意顯諸說有不符聖旨不叶人心者且約意者只如此經是空無相宗有以法相行位廣列而釋此則不符聖旨失於宗故故序云或配入名相著事乖宗有人聞是空宗便作一味無相道理解釋此亦不符聖旨以宗雖無相義乃千端既以一味解釋此則迷於末也故序云或但云一真望源迷派前則乖宗不迷派此則迷派不乖宗互有得失俱未圓暢復有縱於僻見以之注釋宗派俱失不足評量故序云其餘肖談臆注不足論矣然其諸說雖各有舛的以未兼暢故皆判云不符聖旨也今製此疏不添法相免乖於宗隨文釋之不迷於派離前二過究乎得中此則超然獨符聖旨然今疏內皆用聖言故序云故今所述不攻異端疏是論文乳非城內況二菩薩師補處尊補處如来師釋迦佛展轉推本佛佛相承降及無著天親更無異說故知此疏便是佛言謗此疏者即同謗佛也故序云且天親無著師補處尊後學何疑或添或棄次下叶人心者且諸家章疏在理未當於文且繁致令學人少敢措意故轉念者廣通會者稀故序云致使口諷牛毛心通麟角然今此疏撮其樞要直下銷經經疏相兼盈五十紙不問緇侶塵俗可以留心不唯上中下根可以學習有斯兩意所以述之此則前智後悲自他兼利也故云金剛般若經疏論纂要幷序者幷謂共兼及也序者敘也敘述經疏之意故又

序者緒也謂頭緒也意明此半紙之言是述疏入作之頭緒也二作者嘉号京者都也大也即士庶貴賤都會之大處也然是西京非謂東壯以有大興福寺闍揀故不言西也沙門梵語此云勤息即釋衆之通号謂勤修諸行息煩惱故述者明非製作符上纂要之言但是敘述先聖之旨非别製作故也例如夫子云述而不作信而好古竊比於我老彭二序宗旨二一序讚經旨二一通明起教之緣二一明迷真起妄二一真空言鏡心等者以要言之上句即真性離緣下句即緣無自性大約如此若其委明應先略配後當廣釋略配者此兩句中鏡像是喻心色是法本淨元空通於法喻以鏡喻於心以像喻於色像是鏡之所現如色是心之所現鏡雖現像其像

元空即顯鏡本淨也心雖現色其色元空即顯心本淨也言本淨者即是性淨通因果凡聖故故華嚴云非識所能識亦非心境界其性本清淨開示諸群生此略指配也若廣釋者鏡即人間所用之鏡然有塵蘊不堪用者有雖淨而在匣者有淨無塵垢挂之高臺萬像斯鑒者今取後者爲喻心者性相二宗所說各異相宗說者或以集起爲心唯第八識集諸種子起現行故或以緣慮爲心通於八識俱能緣慮自分境故然此所說但是有爲生滅非今所喻性宗說者即如來藏本源自性清淨心也然今所明正是此心以是迷悟根本凡聖通依世出世間皆不離此所以起信論中立爲大乘法體故論云摩訶衍者一法二義所言法者謂衆生心是心則攝一切

世間出世間法依於此心顯示摩訶衍義又云依一心法有二種門一者心真如門二者心生滅門是二種門皆各揔攝一切法此義云何以是二門不相離故以真如門是通相故攝一切生滅門雖是別相以是即真如之生滅亦攝一切以此二門同依一心爲源則知萬法不出此心又如華嚴是圓極一乘亦以此心爲一真法界之體故彼疏說統四法界爲一真法界謂寂寥虛曠沖深包愽揔該萬有即是一心體絶有無相非生滅乃至云諸佛證此妙覺圓明現成菩提爲物開示等然此一心有性有相相則凡聖迷悟因果染淨等異性則靈靈不昧了了常知然此性相不即不離以相不離性故只向同處異性不離相故只於異處同性不即相故未始有差別相不即性故未嘗不殊異葢緣性相一味所以同異兩存其猶一水波濕性相同異可知然此靈心本非一切能爲一切心之名字亦由此立今云淨者但約畢竟空義非是揀染名淨以但唯一心貫通染淨故荷澤云知之一字衆妙之門一切諸法依此建立既爲得失之祕府乃是昇降之玄樞稱衆妙門實爲至矣今所辨者即是此心然前所說相宗二種乃是此心之內生滅一門對辨淺深故須料揀和會通攝則實無所遺本淨者喻則可知法中有二意一則此心從本已來性畢竟空故二則現爲煩惱所纒而無染故此當起信論中真如門也故大集經云善男子一切衆生心性本淨心本淨故煩惱諸結不能染著猶如虛空不可玷汙心性空性等無有

二等像即鏡中所現萬像色即本淨之心所現諸法然所現法不出色心今唯言色而不言心者一爲文句窄故二爲影在下故三爲以初攝後故前二可知後意者一切諸法不出五蘊色之一字貫五之初今言色者舉初攝後也故大般若中每例諸法皆以色字爲初如云善現般若波羅密多清淨故色清淨色清淨故一切智智清淨等由是文雖標色而意兼於心色心既彰萬法備矣元空者喻則可知法中有二意一即本來是空論云一切諸法唯依妄念而有差別若離心念則無一切境界之相二即現見空故色等諸法本來自空迷人不知妄執爲有雖然執有未始不空故中論云諸法若不空即無道無果又云以有空義故一切法得成然此一句亦是

釋疑恐人聞說心性本淨復見論云是心則攝世間法等便謂本具染等不合言淨故下句釋云像色元空也意云色等若實則汙淨心色等既空憑何汙心如鏡現穢像穢像元空似有實無云何染汙故云鏡心本淨像色元空也無上依經云清淨有二義一者自性清淨是其通相二者離垢清淨是其別相實性論中亦有二義一自性清淨謂性淨解脫二離垢清淨謂障盡解脫魏譯唯識論云心有二種一者相應心所謂一切煩惱受想行等二者不相應心所謂第一義諦常住不變自性清淨心也今所明者即自性清淨及第一義諦心故云本淨復次兩句更互釋成以上句釋下句成色空義以下句釋上句成心淨義色若不空心則不淨心若不淨色即不

空由心淨故色空由色空故心淨以色心二法不相離故當知由心淨故方能現色如鏡淨故方能現像染則不能又由色空故不能染心如像空故不能汙鏡實則汙也上句下句法喻對明反覆相成故云互釋疏夢識下二明妄有即正當起信論中心生滅門然此亦真法喻以夢喻識以夢中所現之物喻境如人睡後作夢於無物處見物喻心迷成識於無境處見境然雖物依夢現而夢物皆虛雖境從識生而識境俱妄也夢者如常人被睡蓋所覆心識昧略恍惚成夢準切韻中夢者心亂之貌亦云寐見曰夢意明心識昏亂見於異事名之爲夢識者本淨一心忽然不覺不覺是妄心性乃真真妄和合目之爲識即是第八阿梨耶識也故起信云依如來藏故有生滅心所謂不生不滅與生滅和合非一非異名阿梨耶識無初者初始也意明此識無前際故然真心妄識雖虛實有殊若究其源俱無初際然有兩意一則如佛頂經說煩惱菩提二俱無始謂自有此真心已來便有此妄識非謂真先妄後亦非妄先真後若言真先妄後即應諸佛更起無明若言妄先真後何有無真之妄居然獨立由是故知二俱無始此則夢喻不齊却似金之與鑛若言鑛先金後即合所棄之鑛鍊之得金若言金先鑛後應可純淨金器重生於鑛由是二物俱無初際於法可知問如論云依如來藏故有生滅心既言依真有妄則是妄後真先何得說之二俱無始答不然所言依者明妄無自體依真而成顯本末之義非先後之義故

起信云以如来藏無前際故無明之相亦無有始若說三界外更有衆生始起者即是外道經說二者謂妄體全空都無生起之蹤跡故言妄無始也故起信云覺心初起心無初相即斯義也若據此意夢喻正同以夢生時無蹤跡故有茲兩意故云妄無初也然上夢鑛二喻之中各取少分共況一識無初之義方盡其理夢則喻無初法鑛則喻無初時若單用鑛喻則妄識有實若唯取夢喻則妄識有始今既分取相似之處理極成矣物者即夢中所現之物也境者即是識中所變我法等境成有者且如夢中所見自他境界覺来反想即定是無正在夢時決定為有若不然者何有讚喜謗瞋厭苦欣樂等事耶故知有也如莊子中說莊周夢為蝴蝶都来忘却莊周及乎睡覺夢除何曾更有蝴蝶為莊周時既不羨蝴蝶為蝴蝶時亦不羨莊周彼此各行互不相識然準彼書意以顯生死齊平今之所引意明執實之義謂依於妄識變起我法等相悟来了達則誠知是空若正迷時定執為有若不然者何有貪瞋愛惡取捨等事耶故知是有故成唯識論云依識所變妄見我法猶如幻夢幻夢力故心似種種外境相現緣此執為實有外境然雖夢中見種種事推其根本唯一夢心以夢心滅時夢事皆滅法中亦爾境雖無量原其根本唯一識心識心滅時境界隨滅故起信論云一切諸法唯依妄念而有差別若離心念即無一切境界之相則知三界唯心萬法唯識諒不虛哉由是三界世間一切有漏染法皆從妄識而生

故名此識以爲妄本然一切有漏染法生起微著次第揔有兩重一無始根本二展轉枝末展轉枝末即後逐妄科中所明無始根本正當此段言根本者即根本無明言無明者謂無妙覺之明故以就通相言之故當此識然根本無明具有二義所謂迷真執妄也迷真者即真心本不生滅德相業用量過塵沙日用不知如狂如醉若貧女宅中寶藏窮子衣内明珠雖有如無枉受艱苦故華嚴云於第一義不了名曰無明執妄者妄即五蘊色之與心如幻如化本無實體衆生認此爲自身心計慮爲實故名執妄故圓覺經云妄認四大爲自身相六塵緣影爲自心相乃至結云由此妄有輪轉生死故名無明然此二義遞互相成舉一則兼未嘗獨立但若執妄必須迷真但若迷真必須執妄譬如有人迷東必執西亦互相成立思之可見疏由是下二明習妄流轉即當妄法生起第二門展轉枝末也由是等者由因也是此也因此迷真成識現起世間一切境界緣此境界起惑造業受報無窮此中惑業報應四字但是三道然此三法諸教之中有名三障障聖道故或名三道引心邐迤至業報故或名三雜染以性不清淨故又此三障更相由藉由煩惱故起惡業由惡業因緣故得苦果初言惑者即煩惱也品類即根本及隨根本有六謂貪瞋癡慢疑惡見隨煩惱有二十謂忿恨覆惱嫉慳乃至散亂不正知等若以要言之不出根本中三謂貪瞋癡即此三種便能成就三界世間故華嚴云由貪瞋癡發身口意作諸惡業

無量無邊等此惑因起由前無明迷平等理妄認五蘊身心即此身心是過患根本故肇公云約天地爲高下約日月爲東西約身爲彼此約心爲是非老子亦云吾有大患爲吾有身及吾無身吾有何患故知此身是一切過患根本既執之爲有遂分自他依此身心起諸煩惱於一切順情境上起於貪心於一切違情境上起於瞋心以護自身將爲主宰也於此二中不知是妄任運而起乃名爲癡此等煩惱究其所因皆從根本無明而有也次云業者然業雖無量統唯有三謂善惡不動也由前貪瞋熾盛發動身口作諸惡業即身三口四意三等十惡業也或有稍知因果貪來生榮樂之事即翻惡爲善持不殺等五八十戒即善業也或厭下苦麤障欣上淨妙

利修有漏禪定名不動業然此三種業雖勝劣不同皆由迷心所造俱有漏攝故圓覺經中結三業云皆輪迴故不成聖道由是則知前之三業皆依煩惱所成也言報應者應即是報既有業種蘊在藏識因緣會時必須受報涅槃經云非空非海中非入山石間無有地方所脫之不受報尚書云天作孽猶可違自作孽不可逭由是有業必有報應然若推諸業體相都無及受報時未嘗差錯惡因苦果善因樂果如影如響的無差謬然泛論果報六道不同以類收之但唯三種謂苦樂捨由前惡業爲因則感三塗苦報謂地獄餓鬼畜生也由前善業爲因即感人天樂報謂四洲六欲也由前不動業爲因即感上界差別之報即色無色界也然於三界之中所受苦

樂之身是別業正報所居勝劣器界即共業依報正報有生老病死依報有成住壞空器界空而復成有情死而還生無始至今聯緜不絕迷惑耽戀誠可悲夫故法華云三界無安猶如火宅由是報因業感業由惑成惑因無明無明無始一念妄有也則知三界六道有情無情究其所從皆因夢識而有襲習綸輪者襲謂承襲即相續義由惑發業業能招苦次第相續故習謂熏習即相斅義意明惑業念念斅學念念熏習故唯識云由諸業習氣二取習氣俱故名爲習然此二義必互相資謂相續故相斅相斅故相續故云襲習故唯識云前異熟既盡復生餘異熟也辟如有人襲儒學文由承襲於儒故方能學習於文又由學習於文故方能承襲於儒也相資之義豈不昭然綸即綸緒也謂衆生業種雖復無邊終不一時受六道報報有次緒故名綸緒也然有兩意一如人負債強者先牽故二如人種物潤者先生故輪謂輪轉謂生已復死死已還生生死不停故名輪轉或天上死人間生人間死畜生生等故無常經云循環三界內猶如汲井輪然此二義亦互相資由綸緒故輪轉由輪轉故綸緒也其猶搔蠒抽絲由彼絲輪轉而不止故使絲緒起之不絕亦由絲緒起之不絕故使絲輪轉而不止或可淪字其義亦通即沒溺義也謂於生死大河長受沒溺故云淪涅槃經云若有衆生樂諸有爲造作諸業是人迷失真常是名暫出還沒疏中且用輪字如向所說惑業則言其襲習報應則言其綸輪然二二對辨亦互相

資謂由惑業襲習故使報應綸輪實由報應綸輪故令惑業襲習斯則乘因感果依果造因因果相資以之不絕此即十二因緣前前爲因後後爲果之義故唯識頌云由諸業習氣二取習氣俱前異熟既盡復生餘異熟或曰如是起惑造業受報輪轉時劫長短耶故次云塵沙劫波莫之過絕也塵即碎十方世界之微塵沙即殑伽河中如麵之沙謂此河周四十里沙細如麵劫波者梵音此云時分大劫小劫長時短時延促雖殊通名時分莫之者猶不能也過絕者止滅也意言六道衆生起惑造業受生輪轉巳来將一沙爲一劫波沙盡而劫波不盡又將一塵爲一劫波塵盡而劫波無盡塵沙有限劫波無窮相續至今不能止之滅之故云莫之過絕也然此二段字句雖多若論實事不過五字謂心識惑業報其餘並是顯敘真妄成立輪迴之辭意謂本是一心不覺成識起惑造業生死無窮是故如来現身說教故大科云起教緣也疏故我下二別明說教之意如法華經云我以佛眼觀見六道衆生貧窮無福慧入生死嶮道相續苦不斷乃至爲是衆生故而起大悲心等文二一敘說阿含之意二一正敘今初兩句標佛現身也故者所以義我即指佛也言滿淨者揀異分淨以佛無明永盡無念之極故覺即覺悟者即指人謂佛是覺悟之人也若梵語菩提此翻爲覺斯則約法梵語佛陀此云覺者斯則約人今此辨人故言覺者亦可滿字是揔淨覺爲別者字屬人即明如来是滿淨滿覺之者揀諸聖人覺淨未滿唯

佛如来三障都盡三覺具圓故号如来爲滿淨覺者若以此二望衆生二乘菩薩諸佛及本性料揀有兩種四句一者衆生不淨二乘菩薩分淨諸佛滿淨本性但淨二者衆生不覺二乘菩薩分覺諸佛滿覺本性但覺今於此二四句中皆當第三也現相者即化身相也人中者即現化之處也唯向人中示相者天上著樂無由發心三塗極苦正當難處唯於人中苦樂相兼對苦必能發心所以佛出現化天上如病未發豈須針艾三塗似膏肓之病不足醫治人中如小瘵所縈堪可與藥故佛出現然如来現相揔有四種謂他受用報身大化小化隨類化身等今明說此教者即小化身也然有八相謂一從兜率天退二入胎三住胎四出胎五出家年十九六道成年二十五七轉法輪經五十五年八入涅槃年八十此論現身但明成道之相次明說法即轉法輪相佛成道之相身長丈六紫磨金容項佩圓光胷題卍字三十二相八十種好八部擁衛四衆欽崇巍巍峨峨光映日月德相繁廣不可具陳此小化身其相劣弱若望受用即雲泥有殊故法華經說長者脫珍御服著弊垢衣珍御之服以喻受用之身弊垢之衣即況紫磨金體蓋以衆生垢重不堪見勝妙之身既不能見亦無所聞則於衆生都無利益大悲接物故現小化亦如法華經說窮子見父踞師子牀寶几承足富貴殊勝威德特尊窮子見之竊作是念此或是王或是王等非我傭力得物之處長者見子黙而識之乃至云即脫瓔珞細軟上服嚴飾之具更著麤弊垢膩之

衣右手執持除糞之器以此方便得近窮子此喻如来隱彼勝身現於劣相也䟽先説下正明設教以此方佛事籍以音聲若無言教現相何益教先説小後方説大或曰此明般若何論小乘荅雖同佛言有深有淺若不對辨安知淺深然一代佛教不出大乘小乘乃至圓宗亦大乘攝其所宗者皆宗因縁雖則同宗因宗於中淺深有異小乘即生滅因縁大乘即無性因縁無性因縁者如中論云因縁所生法我説即是空空即無性義也今明小乘故云生滅因縁生滅因縁者諸法縁會即生縁離即滅既生既滅足知無常然則不無生滅之法以有法執故也然佛出世先説小者有二對治故説生滅對治凡夫外道執我我是主宰義既言生滅則知無主無主無宰則無我也説因縁對治外道自然之計外道所執多執神我有作受故兼執自然既言因縁則非神我自然也爲治此二是故先説生滅因縁即佛初成道始從鹿苑度五俱輪次度舍利弗目連迦葉三兄弟等於十三年間所説即諸部阿含等經是也今悟等者佛説此法意令衆生悟四真諦也此有兩種因果謂集是世間因苦是世間果道是出世因滅是出世果也苦即三苦八苦三苦謂苦苦壊苦行苦八苦謂生老病死求不得五陰盛愛别離怨憎會集即業惑如逐妄中説滅即有餘無餘二種涅槃入經可見道即八正道謂正見正思惟正語正業正命正精進正念正定也諦者誠實義如世間苦集逼迫和合事無虚謬名爲實義非謂不生不滅名實貫即

說苦定苦集定集等以是義故四皆是也故遺教經云日可令冷月可令熱佛說苦諦實苦不可令樂即如佛於鹿苑爲三比丘三轉四諦法輪之例也三轉者一示相轉示謂顯示苦行相等令其悟解云此是苦此是集等二勸修轉勸謂誡勸令其修斷云此是苦汝須知此是集汝須斷等三作證轉作證謂引巳所作令其信受云此是苦我巳知此是集我巳斷等意言我巳知巳斷巳修巳證汝等斆我當知當斷當修當證如是說巳一類小根之人如言啓悟厭生死苦樂求涅槃發心進修作五停心等七種方便斷三界四諦下分別麤惑得初果證乃至進修漸斷三界俱生細惑證餘三果得阿羅漢則令世間因亡果喪出世間因生果證法華云爲求聲聞者

說應四諦法度生老病死究竟涅槃是故疏云先說生滅因緣令悟苦集滅道疏既除下二結判我執者即於五蘊捴相計有主宰名爲我執若一一推求色等性中不見我體名爲我空若見五蘊之法實有體性名爲法執若了五蘊如幻如化從緣無性名爲法空既除者巳盡也以小乘人聞說生滅因緣不執於我故云既除我執未達者以未聞說無性因緣猶計蘊法爲實故云未達法空若具言之合云既除我執巳達我空未達法空未除法執今則上執下空文影略故入除我執便是巳達我空未達法空便是未除法執故也疏欲盡下二敍說般若意二一捴云大部二一敍教釋意病根者喻法執也如人有病令人不安如木有根能生枝葉意云二執如病

令諸衆生不得安樂若取法執爲病病即是根持業釋也若取我執爲病是病之根即依主釋今則病通二執根喻法執以能所依二體異故我是能依法是所依以能從所生故能非根根唯局所也由是凡夫有我執必兼有法執二乘有法執不必具我執又二乘無我執則未必無法執菩薩無法執則必無我執如因迷杌方可見人等般若即慧也爲顯此法故遺言成教教即文字般若即觀照實相二般若也今約佛論故通法教俱名般若也此中意云如來意欲盡衆生有執之病根方談空宗之般若然大乘教法無量無邊何故此中唯談般若謂正能破執大乘初門二執若除真性自現故唯談此除其病也故古德云華嚴經如治國之法養性之藥般若教如定亂之將治病之藥二經既爾餘可例知心境等者然佛初說小乘心境俱有說大乘法相即境空心有說般若教即心境俱空今正明此故云齊泯心即心心所法境即諸識相分心通能變能緣境通本質影像心境等亡故云齊泯謂約徧計則都無所有如繩上蛇約依他則緣無自性如麻上繩由心故境由境故心境滅心空心如境謝然諸法雖多不出心境心境既泯則一切皆泯也心經亦云無眼耳鼻舌身意無色聲香味觸法無眼界乃至無意識界等故云齊泯即是真心者顯非斷滅恐聞一切諸法泯之皆無諸法既無應成斷滅故此顯云即是真心然此心與上心字不同上是緣生忘心即前夢識也此是常住真心即前鏡心也爲揀別故故特言

真以一切諸法皆依此心若離此心無別有法故經云一切世界因果微塵因心成體心之所現名曰依他執之為實乃名徧計依計既泯即是圓成如繩依麻有蛇託繩生繩蛇既亡則麻著矣此是疏主出般若之密意若據經文即但言諸法皆空不言即是真心故下文云離一切相即名諸佛文雖不彰義實如此若法性宗即直於諸法空處顯出真心故圓覺經云種種幻化皆生如來圓覺妙心猶如空華從空而有乃至云諸幻盡滅覺心不動故云即是真心也垢淨雙亡者上言心境染淨已含文未顯彰故重明也意云非但無諸有漏心境之法若於法中染淨之法亦復不有為對治垢染方彰淨法之名所治之垢既亡能治之淨何立如無慳貪布施亦遣

等則知若理若智若因若果一切行位諸對治門悉皆不有垢淨並無故曰雙亡故心經云無無明亦無無明盡等一切清淨者此淨與上淨字不同上即對染之淨此名真空曰淨以聲聞怖空故言清淨清淨即空義也大般若中或則云空或言清淨然萬法雖多不出心境恐收不盡又約垢淨重明斯則是法皆攝竟無所遺故言一切也故大般若云善現般若波羅蜜多清淨故色清淨乃至諸佛無上菩提悉皆清淨又非謂泯却心境顯真心了然後亡垢淨顯真空此乃文家成隔句對若欲順義應云心境齊泯垢淨雙亡一切清淨即是真心理則明矣謂真心之中本無心境垢淨等法名之為空非謂無於心法成於斷滅故唯識頌云初即相無性次無自然

性後由遠離前所執我法性此諸法勝義亦即是真如常如其性故即唯識實性然此與前迷真習妄正爲翻對若無前意焉起此文跡三千下二顯瑞彰會三千即三千大千世界如下所明瑞即祥瑞煥明也佛說此經之時放大光明照三千界非不煥然復現種種奇異之事有此祥瑞故云三千瑞煥故大般若經第一云爾時世尊於師子座上自敷尼師壇結加趺坐入等持王三昧安詳而起一一身分各放六十百千俱胝那庾多光各照三千大千世界乃至云令此世界六種變動盲者得視聾者得聞等又云其諸天人佛神力故各見於佛正坐其前咸謂如來獨爲說法十六會彰者然般若類有八部謂大品小品放光光讚道行勝天王文殊問金剛唐譯

六百卷二百七十五品揔一十六分前五無名後十一分有名前六分品後十不分品即初分七十九品第二分八十五品第三三十一品第四二十九品第五二十四品第六勝天王般若分一十七品第七曼殊室利分第八那伽室利分第九能斷金剛分第十般若理趣分第十一施波羅蜜多分十二淨戒十三安忍十四精進十五靜慮十六般若即大明度無極經四卷同前五分儒首菩薩無上清淨分衛經二卷即第九分實相般若即第十分道行小品各十卷同第四分光讚十卷放光三十卷大品三十卷皆同第二分然上諸本開合大部文勢次緒事理一一皆同但廣略之異唯仁王一本不在八部之中跡今之下二别示今經二初略標指如文二廣序

讃二一序歎幽玄二一具序一經詮旨三句偈下一正序句有文句義句今通此二偈謂積句所成亦通此二隱謂潛隱即現在無文如經中多無所斷之疑文及其住名略謂少也即現雖有文而不廣故如經中唯有能斷之文及有住義旨謂意旨趣謂旨之所歸徹理曰深難覺曰微難覺有二意一爲文隱略故義趣難覺二爲徹理故甚深難覺然隱略深微之相即下所云慧即返流淨用約斷執觀空得名般若正翻云慧不云智也下釋題中廣辨體相三空者即我空法空俱空也如下經云無我相人相等即我空也我相即是非相等即法空也離一切相即名諸佛是俱空也二空可知俱空有三說一別觀人法名二空同一刹那雙觀人法曰俱空二即二執

既遣二空亦遣名俱空三即能所遣時慧亦無住即與本性相應此時自無人法二相及非法相等名俱空徹謂透徹慧是能徹三空是所徹般若照時透過三空之表即與本源相應以本心源非空非有爲對人執方說人空爲對法執方說法空爲對二執方說俱空即空是能對執爲所對所對之執既遣能對之空亦除空執兩亡方契本性若住空境未曰相應所以疏中特言慧徹由是四加行位菩薩爲取空相不名見道故唯識偈云現前立少物謂是唯識性以有所得故非真住唯識今既徹於空相能所兼亡即同唯識見道頌云若時於所緣智都無所得爾時住唯識離二取相故檀舍萬行者梵音檀那此云布施舍謂舍攝萬行即菩薩所行之行不唯於

萬今舉大數耳以布施含於三施三施該於六度六度包於萬行以本望末故曰檀含萬行也所以佛荅修行唯言布施故彌勒頌云檀義攝於六資生無畏法此中一二三是名修行住住一十八下約二論以敘歎準無著論中從佛正說巳下乃至經終分爲十八住處謂第一發心住乃至第十八上求佛地住即是修大乘行人從因至果安住之處密示階差者謂隱密示現行人修行入位階降差別之相以經中都無十八住名含有十八住義以不顯配故云密示前後淺深不同故云階差也然階差之相在下正宗文前疏文具明斷二十七疑者準天親論從佛荅三問畢便躡跡斷疑乃至經終二十七段謂第一求佛行施住相疑乃至第二十七入寂如何說

法疑潛通血脉者潛謂潛闇通謂通流血脉者喻也以經中多分唯有能斷之語而無所斷之言由是文起孤然勢意斷絕及尋經旨皆有所因文雖不彰理且連貫以不明顯故曰潛通其猶人身血脉外雖不彰內宛流注約喻顯法故曰潛通血脉也此義見於逐段敘疑之文疏不先下二反顯不先遣遣者即反顯慧徹三空之義謂二執爲所遣二空爲能遣又二空爲所遣俱空爲能遣以俱空遣二空空病亦空故云遣遣如圓覺云應當遠離一切幻化虛妄境界由堅執持遠離心故心如幻者亦復遠離遠離爲幻亦復遠離離遠離幻亦復遠離曷契如如者曷何也契合也如如者即上三空之表本源真性也二空破執執喪空明空病亦空方契本元真性也

意云若不先遣遣即滯有滯空何能契合真如本性然此語勢亦是御注序文彼云咸歸遣遣之旨盡入如如之妙疏故雖下三順結如經中度四生即是策修無生可度即是無相行六度即是策修不住相布施等即是無相如是類例徧於經中然度生修行合是有相今以無生可度無住布施無法可說無我修善故順經宗無相之義一經前後無不談此故曰始終又因心果心咸皆如是斯則正策修時無相正無相處策修非謂前後始終皆爾疏由斯下二結歎四法幽玄三一正結歎若據前正敘歎中約教義分能詮所詮今於所詮之中別開行果即四法是矣然教密如前句偈隱略理密如前旨趣深微行果二玄前文未顯故宜別明行玄者夫菩薩行不出二種謂隨相行離相行也隨相即同前策修離相即同前無相玄者妙也若二行抗行或先或後不名爲玄二行同時不相妨閡乃名爲玄若唯隨相即同凡夫若唯離相即同二乘二行相資宛符中道即觀空而萬行沸騰涉有而一道清淨是菩薩行矣果玄者果即佛果也此中佛果揔有二種所謂真身應身應身有相真身無相玄者若二身各異相無相殊不名爲玄以相即無相無相即相真應無閡故曰玄也所以經中若以相觀佛則是人行邪道不以具足相發心則墮斷滅以此真身應身不一不二故使然也由斯者因此也即正指說此一卷經是密是玄也此則結指前文之所明標爲後說之所以也疏致使下二示難了致遂也使令也由前四法幽

玄之故遂令諷誦甚多而解者極少口諷即讀誦其文也牛毛喻其多也妙解經意乃名心通麟者瑞獸君聖則現角者麟唯一角喻悟者少也此有兩重相望以論多少謂麟比牛而已少角比毛而又少意謂讀誦者多中之多通悟者少中之少疏或配下三彰謬解前四句即但不符聖旨別作意度不得圓暢雖非邪僻亦名謬解後二句肖談臆注正是邪謬前言心通者少不通者多此之三類即是不通之相也此前兩家皆先敘因然後結過配入名相者謂有疏將法相名句配入其中此則貪著其事好尚法相也如下經云凡夫之人貪著其事乖宗者以經宗無相真空既以法相解之寧契經旨以不順理名之爲乖但云一真者但猶獨也以聞說此經是空無相宗則首末作離心離境空無相道理一味銷釋故云一真望源迷派者望謂瞻望源謂水生之處也迷謂昏迷派謂流派路分曰歧水分曰派意云此經雖宗無相而文義千差今雖符大底宗源而全乖差別義理故云望源迷派已斯言乃是曉公起信序文今雖用之而意異彼彼則以一心爲源隨緣生滅爲派此則以經宗爲源義理爲派故不同也其餘等者前則各有一長此乃都来邪僻前則依人依教此乃率意推肖率爾疎謬之言故曰肖談臆注不堪採覽置之言外故云不足論矣就中此釋宇内偏多疏主云予久志斯經徧詢諸疏親見數十本或假託金剛藏或云志公或云傅大士或云達磨或云五祖或題自名皆好紙好墨裝飾甚華其中文義

揔不堪採如釋舍衛國云衛者百靈衛護舉一例諸首末皆爾茍有無限愚人不能甄别實爲至妙誠可悲哉故云肖談等若將源派約迷不迷前後相望有其四句一迷源不迷派即配入名相者二迷派不迷源即但云一真者三源派俱迷即肖談臆注也四源派俱不迷即下不攻異端是此疏也疏河沙下二引文結顯河沙珍寶者即經云如恒河中所有沙有如是等恒河是諸恒河沙寧爲多不乃至此福德勝前福德三時身命者即經云須菩提若有善男子善女人初日分以恒河沙等身命布施乃至何況書寫受持讀誦爲人解說喻所下有二意一即於此内外二財喻之不及二即如下文云我念過去無量阿僧祇劫於然燈佛前乃至譬喻所不能及含兹二意故云喻所不及豈徒然哉者豈者可也徒者空也意云可空如此也意謂此經句偈隱略旨趣深微尋波討源卒難得意儻悟玄理隨分受持得福德多不可思議既若如此非聖智不能造其源常情之流豈合措意此文意含兩勢一驗凡心不曉二驗持者福多也疏且天親下二述造疏意二一示疏論師承有據二一示論師承斥他添削梵語提婆盤豆此云天親是地前四加行位菩薩即無著弟也無著梵語阿僧佉是初地菩薩即天親兄也補處即彌勒菩薩見在兜率天上次補佛處号曰當来下生彌勒尊佛以二菩薩依禀彌勒菩薩偈頌造論解經故云師補處尊下懸談廣明後學下斥其違論即無著天親之後製疏之者也何疑者責辭也添即

前云配入名相者於本論外加以大小乘法相行位故云添糞即前云但云一真者棄却兩論別自解釋也不知彼人云我勝菩薩爲復不知菩薩所造論耶若言不是我勝菩薩亦非不知造論但以志道忝玄忘言取意截徑修進不務枝流誰有心力尋於論文者即應責之曰尋論釋經則推無心力推省率意心力何多且者約截之辭以不論所餘截徑而斥意云今不論你有理無理且論主是入位上流復從彌勒所受義句此蓋佛佛相傳展轉師授你之後學何得固違而自率意耶一是凡聖愚智懸隔二是師父之言背智率愚悖師無禮如父有所作子乃故違豈合天道耶故此引師以斥也疏故今下二明今述解不攻異端今初兩句對非顯是故今者由菩薩展轉相授所以今之述作不攻異端攻謂攻擊異謂別異端即端倪即顯諸家却是異端也故云對非顯是故論語云攻乎異端斯害也矣注云善道有統故殊塗而同歸異端不同歸也疏是下二句出其因由既用本論釋經不攻異端明矣乳非下引經喻涅槃第十云復次善男子如牧牛女爲欲賣乳貪多利故加二分水轉復賣與餘牧牛女彼牧牛女得已復加二分水轉賣與近城女人彼女得已復加二分水賣與城中女人彼女得已復加二分水詣市賣之時有一人爲子納婦當須好乳以待賓客至市欲買是賣乳者多索價數是人答言汝乳多水不直爾許之直今我贍待賓客是故當取取已還家煮用作糜而無乳味然於苦味中千倍爲勝何以

故乳之爲味諸味中最善男子我涅槃後正法未滅餘八十年爾時是經於閻浮提當廣流布是時當有諸比丘抄略是經分作多分抄前著後抄後著前前後著中中著前後雜以世語錯定是經令多衆生不得正見如彼女人展轉賣乳乃至成糜而無乳味然彼經意以喻涅槃此借用之以喻般若此中城内之言語稍漫通令取最初新搆之乳未加水者以爲喻也或曰此中豈無疏主自語應同添水乳耶荅不然雖有自言但是連合前後或引文之端皆從本義而非添也疏纂要下二示名題義意在下諸家至此皆略判經題令務簡削繁下文委釋三解本文二初偈文歸請將欲製疏恐未上符下合故歸請也意云法華經說假使滿世間皆如舍利弗盡思共度量不能測佛智聖智尚難啚度凡心豈可測量由是祈請加護冀無紕繆於中前三句歸敬三寶後一句祈願利生初二字能歸至誠稽者稽也首即頭也尚書云稽首拜手注云稽首謂首至地也拜手首至手也令則屈頭至地稽留少時表敬之甚也又禮有三種謂下揖中跪上稽首令則上禮表無慢心然能歸之人必具三業表佛有天眼天耳他心知故謂以身業歸表佛有天眼見以口業歸表佛有天耳聞以意業歸表佛有他心知又圓滿三業善故成就三輪因故以未歸三寶之前三業悉皆不善令歸三寶故三業皆善也三輪者謂神通輪記心輪教誡輪因中身業歸果獲神通輪因中口業歸果獲教誡輪因中意業歸果獲記心輪據此即三業是

因三輪是果三輪之因依主釋也今言稽首即當身業但舉身業餘者自具謂稱三寶名及述所爲事即口業也心不虔誠寧肯歸禮即意業也牟尼下正舉三寶謂佛法僧爲福之田三皆可寶故云三寶帶數釋也然有三種一住持即塑畫等像佛也三藏教文法也五衆和合僧也遵守遺言任持像法名曰住持二别相者佛即三身法即教理行果僧即二乘菩薩三同體者覺照名佛軌持名法和合名僧於中復有本性觀行融通之異皆一法上說之故云同體於上三中今所歸者即别相也五教之中當其始教以此經屬始教故今但取當宗之中能說般若爲佛所說般若爲法發起流通者爲因故非餘教牟尼下佛也梵音釋迦牟尼此云能仁寂默能仁故

不住涅槃寂默故不住生死又寂者現相無相默者示說無說此則即真之應也大覺者覺即是佛大揀餘聖餘聖雖覺未名爲大二乘偏覺菩薩分覺皆非大也唯佛如来一覺永覺無所不覺如大夢覺如蓮華開逈超羣聖故獨稱大尊者具上九号爲物所尊下文廣辨能開下法也於中能字屬佛開字通佛及法謂在佛爲能開在法爲所開般若三空句五字唯局法也然於此中具教理行果般若果也以是到彼岸慧故三空理也句即教也理果合論行也以慧照理是菩薩行故發起下僧也發起上士即須菩提因與三問故佛說之流通上士即是彌勒無著天親也邏迤解釋方始弘傳上士者高上之士也或曰上人故馬鳴菩薩讃無常經歸敬偈云八輩

上人能離染或云大士故大雲疏云如斯大士皆歸命斯皆通用故隨人稱疏冥資下一句祈願利生也冥闇資助也所述即此疏也契合也羣機即一切衆生也然資助加護有二種一即顯加謂現身説法有所見聞二即冥加但得智力無所視聽今於二中唯求冥加也以製疏釋經唯藉智力但得冥助不須見聞以此經云若以色見聲求是行邪道爲順此教故不求顯然凡所設教皆契理契機今不言契理者以疏是論文已契理故又疏主於二利中利他偏甚今唯言契機者悲增之相也

金剛經纂要刊定記卷第一

金剛經纂要刊定記卷第二

長水沙門　子璿　録

将釋下二開章正釋既蒙加祐心通智明約義開章遂申經旨文二初標列章門将循欲也此依崇聖寺塵外疏唯開四門若準大雲疏中即開六門一明經意二明宗旨三明經體四辨譯時五解題目六釋經文今雖四門含六門義謂此第二攝彼二三第四攝彼五六其餘單攝但小異耳二依章正釋二初揔論諸教如多藥共治一病二別顯則如一一藥各有功能也初中二初通赴機縁酬因者酬請酬報因謂因地以佛於因地初發心時希求無上正等菩提遂啟四弘誓願煩惱無邊誓願斷法門無邊誓願學衆生無邊誓願度佛道無上誓願成於此四中三願皆畢唯一未圓誓度衆生衆生死在今雖證果不捨因門現身說法濟度羣品以報先願故曰酬因故法華云我本立誓願欲令一切衆如我等無異如我昔所願今者以滿足化一切衆生皆令入佛道酬請者佛初成道梵王帝釋等請轉法輪故法華云爾時諸梵王及諸天帝釋護世四天王及大自在天并餘諸天衆眷屬百千萬恭敬合掌禮請我轉法輪如来默然受請既受其請故始於鹿苑終至鶴林四十九年說諸經教救度衆生故法華云即於波羅柰轉四諦法輪等也顯理度生者此二相從合說然有通別通則佛以一音演說法衆生隨類各得解別則說四諦法顯生空理度凡夫外道說六波羅蜜顯二空理度不定性二乘及利根凡夫令入大乘道說一乘

法顯法界理度定性不定性二乘及地住菩薩并上上利根凡夫令入一乘究竟佛道若據下二克就佛意唯為一大事等者法華經具云諸佛世尊唯為一大事因緣故出現於世舍利弗云何名諸佛世尊唯為一大事因緣故出現於世諸佛世尊欲令衆生開佛知見使得清淨故出現於世乃至欲令衆生入佛知見道故出現於世準天長疏解云佛之知見非三非五故云一廣博包含故云大諸佛儀式説此化生故云事衆生有此機能感於佛曰因佛即應之曰緣故者所以義由此一大事因緣所以佛出於世開示悟入者此之四句不出於二初二句能化後兩句所化能化有二謂大開而由示此屬於佛所化亦二謂始悟而終入此屬衆生若準法華論釋開者雙開菩提涅槃二無上果示者別示法身顯三乘同體悟者知義別指報身二乘不知説令知故入者因義修因契入故華嚴疏主解云開者開除惑障示者示真實理悟者悟妄本空了心體寂只令悟上真理入者冥於心體石壁解云一切衆生皆有佛性大開也指云心中了了分明是佛性曲示也斬新領解決定印可不疑始悟也一切念想都亡終入也諸家解釋旨趣不同白壁黄金各為至寶疏後別顯者近指一卷金剛遠關諸部般若以同宗故意明有何所以説無相經於中五段具列如疏初中三初標對治者如病設藥義見序中我執者有二一凡夫情計我即執五蘊摠相以為主宰二外道神我即蘊離蘊或大或小幽靈神聖動用難思皆計為

實故云我執計一切法實有體性名為法執然佛説小乘以除我執今説般若重為此者蓋深必該淺也由是正除法執兼明我空也由此下二釋二初揔標由執起障煩惱即根隨等此依我執而起如前逐妄中説所知即根本無明也故起信論云無明義者名為智礙即所知障也此依法執而起由煩下二别示二障過患二初煩惱障心不等者心本清淨自在功德妙用過於塵沙良由此障覆蔽不得顯現故云心不解脱解脱者自在義不唯令心不解脱復能造業潤業業即善惡不動業也以有業因必招果報即受生也受生之處所謂五道生而復死往而又來故云輪轉輪轉之相已如序中綸輪義也反推其源即是我執故知我執是過患根本故要除之

由所知下二所知障慧不等者此即大乘深慧不論小乘淺慧此慧若發照見五藴皆空唯是心性離自心外無别有法今為無明覆蔽不得開發故華嚴云若不了自心云何知正道彼由顛倒慧增長一切惡不達等者然諸法性相有别有通别則如水以濕為性以動静為相等通則諸法同以無為為性有為為相由無是慧故不能了之然了心即根本智了性相即後得智二智不顯蓋由無明無明不除不成佛法故云縱出三界亦滞二乘等斯則雖出火宅猶止化城不到寶所若反推其本由於法執將知法執是過患根本也然此二障非謂抗行皆由一心所為但微著有異所知則細煩惱則麤麤細雖殊都無别體猶如一水起動成波微著有異於中亦有

二義纔動則不能現像同彼所知猛盛則覆舟溺人況於煩惱法喻相對昭然可見又心慧解脫約人料揀以成四句謂心解脫慧不解脫二乘也心不解脫慧解脫大悲菩薩也俱解脫佛也俱不解脫凡夫也疏二執下三結以前推窮一切過患根本是其我法二執二執若遣二障即除二障若除則諸過自滅由是過患之源即其二執爲除二執故演斯經故知此經是大良藥故心經云般若波羅蜜多是大神呪是大明呪等乃至云能除一切苦真實不虛欲知此經除二執者如經云無我相人相衆生相壽者相是除我執也無法相亦無非法相是除法執也如此類例徧於經中疏二中二初標可知二釋疑者於理於事猶豫不決即心所法中煩惱一數然有

二種一種子二現行種子謂蘊在藏識未顯發者名爲未起現行謂動之於心或形之於口名爲現起遮則遮其種子不令起於現行斷則斷於現行即自除其根本其猶築堤防水傾津潑餤其義可見即經下指經也然準經即荅三問已展轉而斷起復連環故云節節至二十七然遮斷之言揔有兩意一則經中有須菩提陳疑處是現行即第二第十一第十九餘無問辭皆種子也二即當時盡是現行望於後代揔名種子斯則斷現行時即是遮種子也然二意中後意稍切故二十七疑皆言斷而不言遮也疏三中二初標二釋然汎論業有三種謂善惡不動受有三時謂現生後若今世造善惡今世受苦樂者名順現報業若今世造善惡次生方受名順生報

業若今世造善惡從第三生已去乃至百千生方受名順後報業今世有人造善惡業目下無報便疑無因果者良由不達此三時報也故佛名經云行善之者觸事轗軻行惡之者是事諧偶致使世間愚人謂之善惡不分我經中說有三種報如上所敘今言轉滅者三中唯轉惡業以違理故時則通三然此惡業受報準小乘宗說有定不定如初篇四重名爲定業僧殘已下名不定業以此對時應成四句謂時定報不定報定時不定俱定俱不定若此經說者則不然以未入我法名決定業若入我法名不決定業所言不定者或輕或重或受或不受也問若然者何以大般若中云唯除決定業應受報耶荅但轉重成輕非令不受故無違也如此經云若有人受持讀誦此經爲人輕賤者是人先世罪業應墮惡道以今世人輕賤故先世罪業則爲消滅當得阿耨菩提言先世者有二意一前生之前名爲先世二未持經前名爲先世雖通此二後義爲正也今以三塗之業用輕賤代之令報不定生報現償令時不定此皆轉重令輕也其滅輕不受經則無文經雖無文義乃合有然有兩意一者以重況輕意云重業既轉之令輕輕業故宜不受二則曾墮三塗之者出在人中猶有餘業即貧窮諸衰等若今既不墮三塗則餘業必免亦是時報俱不定也疏四中三初標二釋二初未說夫爲凡小佛成正覺者即菩提樹下三十四心斷結五分法身初圓示成正覺也未說等者即成道之後十二年已前但說人天因果及四諦

緣生未說三空般若無妙慧者妙慧謂無相甚深般若也此是法空之慧以未說般若未顯法空故無此慧也施等住相者等於戒忍等四住於我人衆生等相及住法非法相也既住我法等相則成世間因果故皆有漏也此說凡夫依人天教者或滯二乘者設有斷惑證真不無厭苦欣樂縱出三界亦墮聲聞緣覺之地此依小乘教者若準凡夫無無麤慧就勝通說故言無妙慧也疏故談下二巳說得為佛因二初順釋即十二年後說諸部般若之教詮顯妙慧妙慧即第六般若波羅蜜以法身是真如妙理本不生滅但以煩惱覆之名如來藏若妙慧照破煩惱真理顯現成大法身故說妙慧為法身因也五度等者五度即施戒忍進定應身即三十二相八十種好紫磨金色之體也此由積習五波羅蜜之所感得故言五度為應身因疏若無下二反顯非波羅蜜等者雖行施等由無慧導皆成住相由住相故便成有漏但成世間善因樂果故非佛因也故菩提資粮論云施戒忍進定及此五之餘皆由智度故波羅蜜所攝○疏故須下三結福慧屬因即五度六度是能嚴也兩足是果即真身應身為所嚴也然諸佛果德雖無量無邊以要言之不過此二故法華云如其所得法定慧力莊嚴以此度衆生自證無上道大意謂由無般若致使施等非波羅蜜不成佛因故須福慧二嚴乃成兩足妙體然前五與第六互相資助以真應二果必須具故其猶膠青彩色彩非膠而不著膠非彩而無色六非五而無相五非六而

無因如經云應無所住即修慧也行於布施即修福也又以無我無人無衆生無壽者即修慧也修一切善即修福也此例甚多疏五中三初標真應二果者然諸經論皆說三身此中唯明二者已合攝故言三身者即法報化如權宗所說法身是理無漏無為報身是智轉識所成有為無漏雖證於理智且非理如日含空由是理智分為二也化身是影固宜不同由此說佛有三身也今言二者法報合故以智即是理如光即珠是故合說為真身也如淨名經云佛身無為不墮諸數豈言報體是有為耶又涅槃經云若人言如來同有為者死入地獄是故此中不說於三但言二也故智論云佛有二身一真身二應身亦云生身應身皆化身也問法報化等皆是佛身法報既其不分化體何故別說耶答法報皆實所以合論化體唯虛故宜別也疏未聞下二釋謂十二年前小乘之人唯取三十二相金色之身以為真佛不知更有真佛故云但言色相不知下以未達法空故不知此相但是真身之中所現影像也故唯識云大圓鏡智能現能生身土智影既言是影則知非真故彌勒頌云應化非真佛亦非說法者不如等者若知真身是實應身是虛又了相即無相名為真身無相即相名為應身如是見者名如實見故華嚴云於實見真實不實見不實如是解法相是則名為佛若不如是名為不如實見疏故此下三結發明二果者如經云如來說三十二相即是非相者發明真身也是名三十二相者發明應身也又云則

非具足色身發明真身也是名具足色身發明應身也餘例此知二因等者真身由前慧因證得應身由前福因證得也前段中云故須福慧二嚴等即是約果說因今云故此發明等即是望因說果如是說者意令衆生修二種因證二種果也然前五門展轉相躡謂說般若經本除二執故有第一二執雖遣兩疑猶存故有第二縱使無疑爭柰先業故有第三惡業既滅無漏因成故有第四因既昭然果證何遠故有第五由是一經大意極此五重矣疏明經宗體者宗即所詮體即能詮今初宗者尊也重也心言之所尚也然言由於心故肇公云情尚於空者觸言而賓無毛詩序云情動於中而形於言餘皆例此文二初統明諸教然此方古今教有三種淺深既異所宗亦殊一儒教主即文宣王謂孔丘也宗於五常仁義禮智信意以修身慎行理國理家揚名後代也二道教主即玄元皇帝謂老聃也宗於自然自然即融蕩是非齊平生死終歸虛無也三釋教主即釋迦也宗於因緣意令識迷破惑證真起用也是故疏云因緣為宗然一代佛教通宗因緣雖小乘生滅大乘無性淺深有異大約統論皆因緣也然有二種一世間二出世間世間有二一內二外外復有二一謂種子為因水土人時等為緣而芽得生又泥團為因輪繩陶師等為緣而器得成二內謂無明為因行支為緣而生識等五支及生老死二支前二器世間後一即有情世間故知成此三界世間只由因緣二字二者出世間有三種一則本覺內熏

為因師教外熏為緣而始覺得生二始覺為因施等五度為緣而佛果得成三則大悲為因衆生為緣而應化得興故知出世間一切淨妙等事不出因緣二字故法華云佛種從緣起是故說一乘中論云未曾有一法不從因緣生又云我說是因緣能滅諸戲論然統收世出世間一切諸法有義空義假義中義雖淺深不同皆墮因緣也言有者有生有滅也謂諸法緣會而生緣離則滅如馬勝比丘為舍利弗說偈曰諸法從緣生緣離法即滅如是滅與生沙門如是說空者旣屬因緣則知無體無體即空義也故中論云因緣所生法我說即是空假者如鏡像水月雖則不實緣會不得不現故淨名云是身如影從業緣現中者以假故非空空故非假非空非假即空即假名為中義故淨名云說法不有亦不無以因緣故諸法生又如中論都明有等四義云因緣所生法我說即是空亦名為假名亦名中道義即三乘教中所說空有中假等義並不出因緣故云佛教統宗因緣也疏別顯等者所謂通中之別隨何經中所宗各異如華嚴法界法華一乘淨名不思議真如佛性等也文三初約法正立然般若種類諸說不同準智度論說有三種一文字即能詮教二觀照即能觀智三實相即所觀境羅什後來開為五種謂於觀照中開出眷屬即隨行五蘊及燸等善根於實相中開出境界即俗諦境此五中唯觀照持業釋餘皆依主大雲解之五皆持業謂文字性空即般若故眷屬境界同文字故實相即是法身起信論云依

此法身說名本覺故然雖三雖五三者爲正何則般若所照皆實相故不唯眞如故智論云照色等空即名實性性空實理離於顚倒非虛僞故於空見空亦名顚倒於空無著乃是實法色等虛僞誑人眼根故知但約不顚倒離虛僞便爲實相則雙實眞俗二諦爲一實相也燸等眷屬是慧性故相應隨行俱觀照故故知觀照攝眷屬也由是雖則說三已攝於五既符智論必契深經故三爲正然諸家立宗或爲觀照或唯實相此並未當且此經所詮一一離相豈唯觀照又教化衆生斷疑破執豈唯實相由是今疏雙取爲宗不一不二者欲言其一體用有殊欲言其二寂照常俱故非一二疏以即下二約喻釋成則顯雙取爲正且本舉能堅能利一金剛以喻觀照實相二種般若若單取觀照則闕堅義若單取實相則闕利義又皆言即者釋成不二之相以照而常寂故理非智外寂而常照故智非理外既離理無智離智無理故如金剛即堅即利疏萬行下三約行結顯謂菩薩行中必須具此若昧實相則難亡分別便成住相即墮有漏若昧觀照則闕智用便滯偏空同於二乘故須二事兼行方契中道此則如前行玄之義也由是起信論中止觀合說法華經内定慧莊嚴華嚴明定慧二事菩薩依賴涅槃顯定慧不等不見佛性諸教中說無明邪見自此而生故華嚴疏云萬行忘照而齊修頓漸無礙而雙入皆此義也二體分三初標立可知文字下二正釋或曰諸家所出教體皆取聲名句文或通取所詮之法今何

單取文字耶由是疏云文字即含聲名句文此明具四法也聲即言音名句文三即聲上屈曲表示名詮諸法自性句詮諸法差別文即是字為二所依也問四法之中文字最居其末云何攝聲等法耶荅所以能攝者有二意一能顯文字有其三處謂心上顯即意識境聲上顯即耳識境色上顯即眼識境今取初者故能攝之二有聲未必有名句文有文則必有聲名句前前未必有後後後後必有於前前如苗必有根根未必有苗也以是義故故攝聲等文字性空下明攝所詮理也謂依於般若顯乎文字文字本空即是般若無別文字體也然有二意一體屬緣生無自體故二非別有一法為文字體故此皆意顯般若是文字體也其猶鎔金成像像即是金也

疏故皆下三揔結含攝之義如上所明能所揔該故言理無不盡此乃文字則該能詮盡般若則該所詮盡詮旨既備故云統為教體疏分別處會文二初中二初揔示大部此經下二別顯此經揔可知疏別明中文三初正明東土翻譯前後二初通辨諸譯流支者天平二年於洛陽譯成十四紙名金剛般若真諦太康元年於金陵郡譯成十四紙名金剛斷割笈多開皇十年於洛陽譯成十六紙名金剛斷割玄奘貞觀二十二年於玉華宮譯成十八紙名能斷金剛義淨證聖二年於佛授記寺譯成十二紙名能斷金剛疏今所下二克示所傳疏天竺下二因辨西方解釋異同轉授天親者有說云以天親久習小乘近從大教要滌情執故轉授之斷疑執顯行位

正宗文中可見疏今科下三示今科判依據差別二初正明科釋所依兼無著者以顯此疏正依天親傍用無著餘論諸疏義見開題處疏題云下二結成立題所以不同淨名集疏備書四聖之名義即如何晏集解論語於孔安國馬融等注中當者用之不當者翦之今疏亦爾或雙取以各有理或共成一義故兩存馬疏釋通文義二初題目二初釋所詮三初釋金剛二初翻名示相梵云下新云縛左羅力士所執者如經所說執金剛神梵云諾建那此云露形神即此力士也金中最剛者金語通五此最精堅故安剛字仍非人間之物故云帝釋有之乃是天上至寶故云薄福者難見正理論云帝釋有寶名曰金剛不為薄福衆生所見疏極堅下二約法辨義二初引經論揔彰二義三初揔標略辨為有勝能故云極堅極利喻般若馬無物下釋極堅等相則知若有一物能壞則非極堅若有一物不碎則非極利也如銀鐵雖堅遇火則融刀劒雖利斫石則鈌非極堅利也揀餘堅利故加極字疏涅槃下二引教委釋涅槃下引經無著下引論難壞即堅義能斷即利義細牢者細謂揀麤顯是微妙牢揀可壞堅固義成智因即是慧慧是智之因智是慧之果此約觀照般若說以微細故能入於惑令彼滅也不可壞者智論云一切語言名相等事皆可破壞唯無相智不可破壞此約實相般若說問實相般若分因果耶荅用有勝劣故分因果體無增減因果一如故普賢觀云大乘因者諸法實相大乘果者亦諸法實相華嚴

經疏云理開體用名大方廣智分因果號佛華嚴疏皆以下三結顯喻旨此結所引經論之意然先上諸德皆用此義貧聖云金剛者堅而復利堅喻本覺真性雖流轉諸趣而覺性無壞利喻般若淨照三賢十地貫通萬行無明惑暗無不壞也肇云金剛者堅利之譬也堅故物不能沮利故物無不摧以況斯慧邪魔不能毀堅之極也萬物皆能破利之義也又諸經論說金剛喻定勝鬘經說金剛喻智梵網經以十迴向爲十金剛仁王謂十堅心淨名以金剛慧決了此相無縛無脫得無生法忍又諸經論說金剛座金剛山金剛輪如是等說皆取堅利義也又晉武帝起居注云武帝十三年燉煌有人獻金剛寶生於金中色如紫石英狀如蕎麥百鍊不銷可以切玉如泥是知堅利之極也疏真諦下二引真諦別示六種二初正明六種一一以法合之分明在疏皆般若之功也災厄等者有厄則災禍必來有業則苦果定至厄除則災禍不起業喪則苦果不生隨人所須有二意一則如餘物不能隨所須金不可爲銀用羅不可爲錦用等金剛則不然要者皆得法中亦爾有漏功德人不可爲天富不可爲貧無漏不爾隨心所成二則餘物用之則盡金剛出之不窮法上亦爾有漏受之則窮無漏受之不盡對日等者慧即始覺合本覺時見法無生名無生智如起信云得見心性心即常住常住即無生義也火出燒盡世間使六合空廓智起斷除煩惱令大道通同能清等者水清則萬像齊鑒疑除即佛法現前空中等者昇

太虛則不履於地住真空則不墮世間銷諸毒者中毒則令人命終起惑則永沈生死毒除則延年益壽惑遣則不滅不生疏傍兼下二結示傍正佛所立名本約堅利如上六義乃是兼明諸家至此多不料簡殊濫正義若將此六配前五因即一當第三二三當四五四當第二五六當第一疏般若下二釋般若二初翻名略指般若正翻慧者以古來諸德義翻爲妙慧淨慧無相慧此皆挾到彼岸義是別相也或云智慧今云正翻慧者即通相也即照下約功用以出體也照蘊空即是功用本覺之慧即是出體大品云色如聚沫受如泡幻想如陽燄行如芭蕉識如幻化如是觀者名照蘊空相應等者本覺即如來藏自性清淨心非新生故言本不須暗故言覺慧

即始覺也依體起用故云之慧始即同本故曰相應然本覺與慧不一不二以不二故故言相應以不一故故言之慧故資聖云妄心見俗曰無明悟心照真爲般若俗境萬有見心必異真空理一悟自無差第一義空離照無理清淨本覺即理是照又涅槃云佛性者名第一義空第一義空名爲智慧此等皆證體用非一非二義也然本即實相始即觀照疏若約下二引教廣釋二初引論別相釋二初明揔攝三慧學者即修大乘行人也初須聞法生解名聞慧次則測度所聞評量教理分明忍可以印自心曰思慧然後如聞思處依而行之無所乖越名修慧前二有漏後一無漏前淺後深深淺雖殊通名為慧是故揔收名為般若如人攻文赴舉及第雖前劣後

勝皆一人也云云疏故無著下二引論文釋成
二初正釋成波羅蜜中等者此明頓悟中漸
修也慧纔發時照萬法空便到彼岸名為頓
悟由有多生習性未得念念相應故須聽聞
正法思惟其義如說修行方得究竟證入名
為漸修開題中略明也若唯識中說則具根
後二智謂十度中六通本後四唯後得六中
則二智皆具為分十度故第六偏取二空本
也今依無著更加加行智則通前三矣金剛
斷處等者如金剛斷物之處而斷煩惱非謂
金剛亦通所斷疏又云下二配因果二初雙
引論上者字論牒所標下者字疏牒論文智
因即慧慧果即智也前雖引用今方解釋此
引無著也次引智論可知疏則聞下二雙解
釋此明法空深慧意揀我空慧為麤淺不為
佛因但是二乘因故般若下出所以以慧是
揀擇義揀擇惑障顯無為故以因位有惑故
須擇之乃名為慧智但決斷為義以果位無
惑但唯決定朗然獨照故名為智只是一法
受此兩名如人破賊為將功成為相也有說
以無漏智性為智因大雲破之三塗有性何
不斷惑闕細義也此約妙慧別相以破若就
通相取亦可矣以凡是有心皆成佛故此得
是因也疏若依下二引經通相釋此明字緣
字界若字是字界般那都為緣若以般為緣
助於若界則名為慧若以那為緣助於若界
則名為智如僧人俗人等云云名殊謂曰智曰
慧義殊謂決斷揀擇此中義殊故使名殊也
體性無別者皆別境中一也前三種智皆名
慧故故智與慧皆如金剛故薩遮尼乾經云

帝釋金剛寶能滅阿修羅智碎煩惱山能壞亦如是無常經云金剛智杵碎邪山永斷無始相纏縛疏波羅下三釋波羅蜜文三初約語對翻應云下迴梵文以西域風俗例皆如此云云青龍云蜜多者離義到義元康云天竺風俗所作究竟皆云到彼岸到離之義次文明之疏謂離下二約義順釋二初釋義前三句中每句皆上法下喻意明煩惱如大河難可度故生死如此岸有情居故涅槃如彼岸諸佛住故則慧是能離能度能到生死等是所離所度所到若欲離此到彼必須渡於中流此約四諦說之理則明矣知苦是離此岸斷集修道是渡中流證滅是到彼岸也此順小乘義說下經令入大乘無餘涅槃即須離二種生死此岸乘六度舩筏度二障中流到二涅槃彼岸涅槃等者以翻波羅蜜爲彼岸即是涅槃是故約轉依果明彼岸義然生死即分段變易煩惱即揔該二障圓寂者義翻也謂德備塵沙曰圓妙絶相累曰寂滅度者肇云涅槃者秦言無爲亦云滅度或但云滅然滅與小乘不同小乘以滅生死爲滅大乘以寂滅爲滅故涅槃云生滅滅已寂滅爲樂然滅唯據果滅度乃兼因今則約果標因故云滅度所以經中上言涅槃下云滅度亦是唐梵雙彰也涅槃種類下文具明疏一切下二通難此即淨名經文彼云若彌勒得授記者一切衆生亦應授記何以故一切衆生即寂滅相不復更滅等今用此文以爲難辭難意云衆生既即寂滅何有離此到彼今言到彼者莫違經耶但以下釋通但約翻迷成悟

便是離此到彼若悟此已漸除漸證名爲究竟然成波羅蜜要與七最勝相應如唯識說疏若兼下三順義通結則是波羅蜜中之聞思修慧也疏經者下二釋能詮二初翻名修多羅或云修妬路或云素怛覽此但梵音楚夏之異耳義翻者以修多羅正翻云線由西天以修多羅一名召於四實謂聖教席經井索線彼多以華獻佛置之案上恐風吹散以線貫之又見此方聖教能持佛語得無所遺如線貫華故以線稱目之就彼處呼曰修多羅據此正翻即合云線此方不貴線稱故翻爲經斯則暗符彼方席經兼順此土儒道之經然雖符順彼此而未免相濫由是更加契字以揀異之然更合於修多羅上加欲底二字翻爲契經則唐梵皆足也契者下二釋義詮表下釋契字詮表義理釋契理也謂說事如事說理如理云契合人心釋契機也謂令人有所悟解歡喜信受云斯則契理契機之經依主釋也文雖是倒意以經是能契也經者下次釋經字初標以佛下釋如開題處明已今唯言經而不言契者以爲有般若揀濫明非道德等經故不言也後釋下二釋經文疏二初科分斯則道安法師所判但是佛經無問大小皆科爲三意云序分彰說法之由致正宗暢本意之玄門流通繼遐芳於萬古冥符西域今古通遵此經從如是至敷座而坐是序分時長老下至應作如是觀是正宗分

佛說是經下至信受奉行是流通分證信者即六成就也顯說聽時處一一分明以證非

謬令物生信故發起者則以事相表示發起正宗法義也然此二序更有異名謂通序別序通謂諸經同故云别謂諸經别故云亦謂經後序經前序經後序者佛説之時未有結集之時方安立故經前序者佛先發起方説經故疏中三段令初云疏建立因者意明如是等言因何而立佛臨下佛將入滅阿難愁惱阿泥樓豆告阿難言汝是持佛法人且須裁抑汝當往彼咨問後事阿難曰云何後事阿泥樓豆曰世尊在日以佛為師世尊滅後以誰為師世尊在日依世尊住世尊滅後依何而住惡性比丘佛在之日佛自調伏佛滅度後如何調伏遻葢後來理宜結集一切經首置何等言阿難承教一一咨問令疏影略不載問辭但書荅語也四念處者四即身受心法念謂念慧處謂身等即是念慧所安住處則念是能住身等四處為所住於此四處安住念慧名四念處住帶數釋也一觀身不淨即有漏色蘊具有五種不淨一種子不淨乘過去業識種子攬現在父母精血合成身故故淨名云是身如幻從顛倒起是身如影從業緣現智論云是身種不淨非餘妙寶物不從華間生唯從穢道出二住處不淨於母胎中居生藏之下熟藏之上常受熏穢故智論云是身如臭物不因華間生不從薝蔔有亦不出寶山三自體不淨合三十六物以成身故謂外有髮毛爪齒眵淚涕唾垢汗便利等十二次有皮膚血肉筋脉骨髓肪膏腦膜等十二中有脾腎心肺肝膽腸胃赤痰白痰生藏熟藏等十二智論云地水火風質能盛

受不淨傾海洗此身不能令香絜四自相不淨九孔常流不淨物故智論云種種不淨物充滿於身中常流出不止如漏囊盛物五究竟不淨一旦命終胮脹爛壞臭惡狼籍不堪見故淨名云是身假以澡浴衣食必歸磨滅智論云審諦觀是身終歸於死處難御無反復背恩如小兒金光明亦云雖常供給懷怨害終歸棄我不知恩二觀受是苦者受即是心所徧行五中一也仍有三種謂苦樂捨苦謂苦苦樂謂壞苦捨謂行苦問樂受未壞應非苦耶答以樂是苦因故凡夫妄計為樂元來是苦問捨非苦樂云何苦耶答行蘊遷流逼迫常苦但以苦樂麤相所覆常情不知此微細苦故此三法俱名苦也三觀心無常者心即緣慮生滅之心謂心心念念前滅後生

相續不絕如水流注故經中說一念中有九十刹那一刹那中九百生滅四觀法無我者法即五蘊謂五蘊法中一一推求即蘊離蘊皆無我也如上觀之即能對治凡夫四種顛倒謂凡夫顛倒則造業受生及此用心自然無咎以戒為師者從其軌範但依戒律作止分明故菩薩戒序云波羅提木叉者是汝大師如來在日無異此也默擯等者佛法慈悲為無刑罰比丘惡性唯默擯之意令省已知慙自然調伏耳經初等語釋在次文然此四中意在第四文中承便兼帶前三疏建立意者建立如是等言意在於何此有三意如疏三段斷疑等者智度論說佛滅度後諸天王等請迦葉言乃至云法城欲頹法幢欲倒當以大悲建立佛法迦葉受請往須彌頂擊大

揵槌諸聖弟子得神通者皆來集會迦葉告言佛法欲滅衆生可愍待結集竟隨汝入滅諸來聖衆受教而住畢鉢羅窟迦葉入定以天眼觀今是衆中誰有煩惱應逐出者唯有阿難煩惱未盡爾時迦葉從定而起於大衆中牽出阿難告言清淨衆中結集法藏汝結未盡不應住此是時阿難慚恥悲泣告迦葉言我能有力久可得道但為侍佛以阿羅漢者不得給侍故留殘結不盡斷爾迦葉告言汝更有過佛意不聽女人出家爲汝慇懃致請令佛正法五百歲衰微是汝突吉羅罪佛臨涅槃近倶尸竭城背痛疊欝多羅僧敷卧語汝須水汝不供給是汝突吉羅罪佛昔問汝若有人好修四神足應住壽一劫若無減一劫為汝不對令佛早入涅槃是汝突吉羅罪汝於一時以欝多羅僧襯身而卧是汝突吉羅罪汝昔與佛疊僧伽棃衣以足踏上是汝突吉羅罪佛陰蔵相入涅槃後以示女人實為羞恥是汝突吉羅罪迦葉言汝有如是六種突吉羅罪應於僧中悔過是時阿難脫革屣袒右肩長跪合掌依六種突吉羅罪懺悔懺悔已迦葉牽阿難出語言汝漏盡可来言訖自閉窟門是時阿難涕淚悲泣求斷結惑靡不精誠至於後夜疲極偃息頭未至枕朗然得悟三明六通作大羅漢却至窟門擊門而喚迦葉言汝復何来曰我漏已盡迦葉言汝若漏盡可縱神通於戶鑰孔中入阿難騰身入来禮拜僧足迦葉手摩阿難頂言我欲為汝令汝得道汝勿嫌恨此如蘇秦張儀云云 然階聖果切在修心不如說行事佛何益

狐假虎威宜其止絶斯意甚妙詳而警之時大衆請阿難昇座結集法藏既昇座已未發言間感得自身相好如佛是時大衆遂起三疑故説下既言我從佛聞則知非佛重起非他方佛来亦非阿難成佛故云三疑頓斷廣如彼論恐煩略敘也疏息諍等者同為羅漢德業頗齊若云自言固宜喧諍疏異邪等者阿者言無憂者曰有外道意云萬法雖異不出有無置之經初以之為吉以初吉故今中後亦吉今則不爾故云異邪疏正釋下二初標列述意言成就者謂六為能成就教爲所成就也疏一信下二依科解釋六初中二初合釋謂兼次段合而釋之此則别義不計六數單釋謂正釋信成就義所引論文有標有釋佛法下是釋或曰因何最初便明其信故

此釋也信為能入者然佛法無量信為初基若無信心寧肯修習由是五位之内信位居初十信之中信稱第一十一善法信亦為先故知信心之前更無善法依此信本方興解行乃至證入故華嚴云信是道源功德母長養一切諸善根斷除疑網出愛河開示涅槃無上道今置經首以表信相為入法之初也智為能度者菩薩萬行非智不成若無智慧即滯有著空以智為主不著二邊成無漏因獲菩提果故菩提資粮論云施戒忍進定及此五之餘皆由智度故波羅蜜所攝信者下正顯如是二字是信之辭上皆智論所釋又聖下是劉虬注無量義經中釋此下皆約法説也顯如者衆生如隱故沈三界欲絶三界只要顯如故云但為除如之外餘皆虚妄故

云唯如為是論云除諸法實相餘皆魔事有云始從得道乃至涅槃其中所說無不為如又有下即梁武帝解意明有即無故不有無即有故不無相即同時故名不二不二即如也此約雙融顯如也如非下恐聞有無不二為如便謂如體是有是無故此遮云如非有無意明有無即不是即非有無也此上二解如字是顯體是字即無非也疏二聞下二初正釋我聞之義然我有四種一凡夫徧計我二外道神我三三乘假我四法身真我今揀餘者故云五蘊假者則第三隨世流布要簡賓主乃稱於我阿難已達我空實不計執故云假者聞者然大小乘諸論辨聞不同有云耳根或云耳識或云根識和合故聞今云耳根發識則後義也以根識單闕皆不能聞

云云然根識聞聲而不聞教若準名句唯是意聞故瑜伽云聞謂比量然由耳識緣於聲境與意同時得聞也然此二識聞聲名句實非先後異時以率爾耳識同時意識故得聞也五識皆然廢別下或曰既云耳根發識故聞合云耳聞云何經內唯言我聞故此釋也以耳是六根之別我是一身之揔今廢別耳從其揔我故言我聞阿難下二商較所聞之法前二句牒難辭謂阿難是佛成道夜生年至二十方為侍者二十年前佛所說法並具不聞何得結集諸經皆稱我聞有云下通釋此有三意有云重說者一也佛初命阿難為侍者阿難從佛乞三願一不著佛退衣二不隨佛受別請三請說未聞之法佛隨其願故得聞也得深三昧等者二也金剛華仙經說阿

難得法性覺自在三昧力故前所說經皆能憶持與聞無異故法華經云世尊甚希有令我念過去無量諸佛法如今日所聞若推下三也不思議境界經云復有百千萬億菩薩現聲聞形亦来在座其名曰舍利弗乃至阿難等是則三中前二權說後一實論故言推本也疏三時下二一棟顯釋師資合會者謂說者教人以道德曰師資者取也從師之教取而行之也佛及大衆說聽具足故云合會說畢聽畢故云究竟意取說無異席貫通首末故曰一時佛地論云此就刹那相續不斷說聽究竟摠名一時一時之語佛自言故涅槃云昔佛一時在尸首林又云我於一時在迦尸國此則顯說聽能所一切圓畢也諸方下揀時也不同有二謂橫則參差不同竪則

延促不同延促不同如人間五十年四天王天一晝夜上上倍增故參差不同者如俱舍云夜半日沒中日出四洲等既然云何定言寅卯辰巳日月等耶又說下二會法釋此是慜公楞嚴疏意說領即師資也下有四對心境泯者以聞法之時妄心不起心既不起境即不生心境兩亡故云泯也此即不得以生滅心行聽實相法此通依計故皆泯也斯則染心俗境一對理智融者以聽法之際能所不分以動念即乖法體二皆真實故言融而不言泯也斯則淨心真境一對凡聖如者由心分別則見聖見凡心既不生誰凡誰聖相本自盡故言如也斯則因果一對本始會者妄念起時隔於本始念既不起本始自同攝用歸體故言會也斯則體用一對問此與第

二何別荅前智是始覺中根本智前理是本覺中直諦境若此始本本通真俗始合本後則前狹後寬也前爲形染且言真境淨智此爲都明故言本覺始覺也又前約分證故云理智融此約極證故言本始會也諸二者謂心境理智凡聖本始也皆一者一義不同謂心境則泯之故一理智則融之故一凡聖則如之故一本始則會之故一義雖不同俱名爲一故云一時䟽四主下二初翻名經唯標佛者以秦人好略故仍存梵音者恐濫菩提故以菩提云覺則屬於法今指於人故言其佛無相濫失故不翻也若釋其義須得唐言故先翻對也然覺謂覺察覺悟覺悟既照真本有覺察則了妄本空了妄本空則不逐於妄照真本有則不迷於真真妄既明則能破

和合識滅相續心顯現法身智純淨也當爾之時始本無二唯一覺耳菩薩雖亦照真了妄未得究竟猶帶薩埵之名唯佛如来所作究竟故獨稱覺者起信下二釋義二一約體離念釋然此論明本覺心體性離諸念今此引釋果佛者以果佛之體即是本覺元自離念因果雖分離念無別故以本覺離念即是佛體故經云大乘因者諸法實相等是故在纏名本覺出纏名究竟覺始終體一更無別法故論云即是如来平等法身依此法身説名本覺則以下䟽結本覺離念是佛體也然覺下二約位三義釋無生滅者謂智照真如如理見故然有二意一則心中無生滅之法如起信云如實空者從本已来一切染法不相應故以念生則染今既無念故不相應二

則無者不也只明此心本不生滅即同起信云以遠離微細念故得見心性心即常住常住即無生滅也覺他者此亦始覺了事即真以望自心故名覺他即同起信云一切諸法從本已來離名字相離心緣相畢竟平等無有變異不可破壞唯是一心故名真如覺滿者以前二覺有解有證先後勝劣存自他之相未得稱滿今此圓備不立自他故稱之滿若準涅槃經說自覺者覺自身有佛性覺他者覺一切衆生悉有佛性覺滿者若自若他無二佛性故然常徒所說自覺揀凡夫覺他揀二乘覺滿揀菩薩此中說者自覺便揀二乘權教菩薩豈唯凡夫故華嚴云一切諸法性無生亦無滅奇哉大導師自覺能覺他故知下二引論反釋三初反顯意云無念故名覺當知有念則不名覺也起信下二引證前云心體離念雖通因果今明衆生不名為覺獨顯果人方名覺也又云下三順結正結無念是佛義以無念是佛故能觀無念者即是向佛智也疏五處下二一釋舍衛舍衛亦云舍婆提新云室羅伐悉底此但梵音楚夏耳此城在中印土憍薩羅國緣南天亦有憍薩羅國恐濫彼國故以城為國名聞物者謂名聞勝德珍奇寶物多出此國謂具下釋欲塵即佳麗女色財寶即珍奇寶物多聞謂博通内外典籍解脫即五通仙人等遠離欲也此即國豐四德亦翻為豐德也遠聞等者如上四事皆為外國之所聞知義淨下但證遠聞之義以有名稱故得遠聞祇樹下二釋祇園二初揔指舍衛國主波斯匿王有一大臣名

須達多爲見娉婦躬至王舍城寄止長者珊檀那舍宅時長者中夜而起莊嚴舍宅營辦餚饍須達聞已問言大士欲請國王為婚姻之會耶荅言請佛無上法王須達聞已身毛皆竪復問何等名佛長者廣為說佛功德須達多言善哉大士所言佛者功德無上今在何處長者荅言在王舍城迦蘭陀竹林精舍時須達多一心念佛忽然天明其光熾盛猶如白日即尋光處至城門下佛神力故門自開闢尋路而往爾時如来出外經行須達見已歡喜踴躍不知禮法直問世尊時首陀天為其長者化作四人至世尊所接足禮拜胡跪問訊右繞三帀却住一面須達見已依而為之世尊即為如應說法長者聞已得須陀洹果後復請佛惟願臨顧至舍衛城受我微供佛即問言卿舍衛國頗有精舍容受我否須達多言必見垂顧便當營辦世尊爾時默然受請時須達多廻舍衛國佛令鶖子同往指授造寺儀式即須達布金買祇陀太子園祇陀太子施園中樹林二人共搆精舍既訖即執香爐向王舍城遥作是言所設已辦惟願如来受此住處佛時懸知長者之心即共大衆發王舍城猶如壯士屈伸臂傾至祇陀園是時長者以其所設奉施於佛佛即受已即住其中廣如涅槃經賢愚經四分律西域記說須者往檢今佛於此說金剛般若經故云在舍衛國祇樹給孤獨園也然須達是主祇陀助成今樹先園後者以太子是儲君須達是臣佐禮別尊卑故爾真諦記說住處有二一境界處即舍衛也為化俗故二依止處

即祇園也為統出家人故又善見婆沙云舉舍衛令遠人知舉祇園令近人知故雙舉也祇陀下二別釋三初釋祇陀戰勝者亦云勝林餘如疏梵語下二釋給孤謂少而無父曰孤老而無子曰獨拯給孤獨名為善施又亦等者就中孤獨偏所矜哀其實餘人亦非不施故也西國下三釋園字梵音具云僧伽藍摩此云衆園則僧伽是能住之衆藍摩是所住之園斯則約能要所耳寺者司也官舍也以佛法初來安鴻臚寺後置僧舍便以為名也疏衆者下文二初釋標類名高謂遐邇稱譽德著謂行業恢隆怖魔者謂初出家日飛行夜叉唱乃至魔宮聞故怖也以一人出家展轉化度損減眷屬故然出家人從因至果三度怖魔謂出家時發菩提心時成正覺時

前二但怖後乃與戈為佛所摧草不降伏乞士者謂上從善友乞法以練心下從檀越乞食以資身故智度論云何名比丘比丘名乞士清淨活命故名乞士如經中說舍利弗乞食向辟而餐時有梵志女名淨目來見舍利弗云沙門汝食淨耶荅言食淨淨目言沙門下口食耶荅曰不也乃至問仰維方等皆荅言不也淨目女言食有四種我問於汝汝皆言不我今不解汝說舍利弗言有出家人合藥種穀植樹等不淨活命名下口食有觀星宿日月風雨雷雷等不淨活命名仰口食有曲媚豪勢通致四方巧言多求不淨活命名方口食有以種種呪術卜筭吉凶不淨活命名維口食姊我不墮是四種不淨食中我用清淨乞食活命淨目因聞是說清淨法食歡

喜信解得須陀洹道如是清淨乞食活命故名乞士淨戒者謂比丘二百五十戒比丘尼五百戒有表受無表持清淨持戒名為淨戒有說五義謂加淨命破惡今以乞士即淨命淨戒即破惡故唯三也理和下梵語僧伽此云衆和合謂理和無違事和無諍也千二下二釋舉數佛初成道者即菩提樹下示成正覺也憍陳如等者餘阿濕鞞摩訶男婆提婆數富那婆蹉準本行經說佛初成道梵天王等請轉法輪世尊受請作是思惟諸世間中誰先得度有五仙人昔日與我有大利益堪能受我初轉法輪復作是念彼等五仙今在何處以淨天眼觀彼五仙在鹿野苑中爾時世尊即向彼園廣為說法外道身心悉皆伏滅所著之服即成三衣手執鉢器鬚髪自落

經於七日威儀具足如百夏比丘乃至為轉四諦法輪得阿羅漢果迦葉三兄弟等者智度論說爾時第一優樓頻螺迦葉在火龍窟為首教化五百弟子二那提迦葉領三百弟子在象頭山修行三伽耶迦葉領二百弟子在希連河曲共計千人皆為世尊之所降伏求索出家師徒皆得阿羅漢果舍利弗等者智度論說摩伽陀聚落有婆羅門名檀耶那而有八子中有一子名優婆低沙即舍利弗也復有一婆羅門産子名離多即目連也是二童子共為親友於删闍耶外道所出家二人同心立其誓願若復更得勝是師者為我等說甘露勝道必相契悟爾時世尊有一弟子名曰馬勝威儀庠序入城乞食進止有方舍利弗見已隨到所止白言仁者汝是正師

為是弟子馬勝言別有大師我是弟子又復問言汝之大師說何法耶荅言諸法從緣生諸法從緣滅如是滅與生我師如是說時舍利弗聞是語已即於是處遠塵離垢得法眼淨歸到所止為目連說亦復如是二人共相領諸弟子俱詣佛所求索出家佛呼善來鬚髮自落袈裟著體執持應器成比丘相於聲聞衆中智慧神通各得第一是二百眷屬悉得出家即受具戒乃至得成阿羅漢果耶舍等者未檢此常隨等者以此諸人先並事外艱苦累劫一無所證纔遇見佛便得上果感佛恩深故常隨也然具四衆及龍天等今但顯一隱餘流通分中自俱者下前則摽指約主望衆故言與此則都結主衆通論首末相望事不異也

金剛經纂要刊定記卷第二

金剛經纂要刊定記卷第三

長水沙門　子璿　録

二發起下二初叙意戒能下以戒是防非止惡義定是寂靜不動義慧是明照揀擇義但能防非心即不動心若不動慧乃分明世出世法無不鑒照其猶海中欲現萬像必要水清欲求清水無過水靜欲得水靜勿令起波止波如戒水靜如定水清如慧所現萬像如一切法喻中則水若不起波則水靜水靜則水清水清則現萬像法中則心不起非則心寂心寂則照知萬法法上但唯一心喻上但唯一水法喻相對義則昭然故經云尸羅不清淨三昧不現前此則戒資定也圓覺云一切諸菩薩無閡清淨慧皆依禪定生此則定發慧也疏戒中七節如疏一化主具上九號者以佛有十號世尊當第十故云具上九號十號者一如來二應供三正徧知四明行足五善逝世間解六無上士七調御丈夫八天人師九佛十世尊二化時當日初分者謂一日夜十二時總成四分一初分即寅卯辰諸天食時二中分即巳午未人法食時三晡分即申酉戌神鬼食時四夜分即亥子丑畜生食時今言辰時即初分之後際也唐周二譯皆言日初分斯則時勝也此時則乞求不難以太早太遲皆難得故若非時乞食欲施即無不施又愧便成惱他乞之不得亡餐又饑是惱自也三化儀下謂佛有三衣一安陀會即五條名下品衣亦名行道作務儭身等衣二鬱多羅僧即七條名中品衣亦名入衆說法衣三僧伽黎即九條乃至二十五條名上

品衣亦名福田衣製像水田見生福故入王城聚落即著此衣今以入城乞食故著也天王鉢者梵語鉢多羅此云應量器是過去維衛佛鉢入涅槃後龍王将在宫中供養釋迦成道龍王送至海水上四天王欲取化爲四鉢各得一鉢以奉如来如来受已重疊四鉢在於左手以右手按合成一鉢此是紺瑠璃石鉢持用乞食也佛出行化須著衣持鉢者爲離苦樂二邊故諸在家者好尚錦綺華潔衣服寶噐增長放逸太著樂邊出家外道苦行尼乾躶形手捧飯食致招訶醜太著苦邊佛處中行故著衣持鉢也四化處者園是所住處國是所化處之往也今行化故出祇園入舍衛也處廣等者準西域記國周六十餘里内城周二十里故云處廣智度論云居家

九億故曰人多五化事者此釋經中乞食兩字頭陀下或曰佛爲教主何須乞食故疏釋也頭陀此云抖擻抖擻煩惱故然頭陀有十二種事謂常乞食阿蘭若乃至樹下坐露地塚間坐等今則一也若行此事獲大功德佛現斯軌令人效之頭陀既獲功德放逸足明尤過世尊尚自乞食餘人豈合懈怠慙耻愧悚自然行之同事攝者則四攝法之一也又佛自乞食準纓絡經說有十意一止苦故謂盲得見二得樂故謂一瞻一禮生無量福三除慢故謂衆生見之不生我慢四滿鉢願故富欲施多鉢則爲空貧欲施少鉢則爲滿五鬼神供養故六障閡者見佛故老病貧賤悉皆得見佛也七示天王所獻鉢故八作軌模故九絶誹謗故十令弟子不畜八不淨物故

有此十意故自乞食纓絡女下通難前引經難今所下釋通淨名下但證上乞食不食之義六化等者此釋經中於其城中次第乞已也内證平等者如理見故心離貪慢等者不貪富好不慢貧拙平等修乞故云慈無偏利也表威德等者謂佛制小乘律不許入惡象家恐彼損害不許入婬女沽酒家恐生染心佛入者表威德勝也息凡夫等者謂恐憎此愛彼故破一乘分別者謂迦葉捨富從貧乞意令生福須菩提捨貧從富乞不欲惱他云云二人所見互有是非如来異此是非一貫也然上五中初大智二大悲三顯德四息凡五破小七化終然已等者和會字之句義也今讀則從文釋則從義若廣下權加數字顯文義兼暢也飯即喫也論語云飯疏食佛苦下通伏難應先難云前引纓絡女經言不食今經何以言食故此釋也有説食欲至口有威德天在側隱形接至他方施作佛事斯則示現而食非真食也由是彼此皆不相違寶雲下顯齋儀也此四事中前二云擬後二不云者以梵行貧病來則與之不來自食後二不然故不云耳十二頭陀經除梵行者以自乞故故不分之疏定者於中三節如疏云云疏併資縁者此釋經中收衣鉢也飯食兩字如前所解訖了畢也須併資縁者以修定時具於五縁謂閑居靜處息諸縁務等佛雖至聖諸習都無實於衣鉢不生勞慮若不併除後人倣傚無由得定以佛是教主凡有所作人皆效學故云示現爲後軌也疏淨身業等者此釋經中洗足已三字阿含下牒難也又如佛

三十二相中有皮膚塵不染相今何用洗耶示現下釋通也此有三意一順世故夫人外歸必恐塵染故須洗足佛順亦爾也二表法故洗去煩惱垢染顯得清淨法身也三爲後軌者如資緣說蹝正入定者此釋經中敷座而坐也沈掉等者沈謂昬沈能引睡眠障定增故掉謂掉舉任運攀緣能引散亂亦障定心又於四儀中以卧則昬沈行則掉舉住則疲倦唯坐爲勝故不沉掉然昬沈掉舉蓋是凡夫若據如來的無此事今垂軌則盖爲後人或曰經中但言敷座焉知入定耶故次釋云魏譯等則知入定也如常敷座等者謂如來每會說般若皆自敷座具爲般若出生諸佛即是佛母表敬般若故自敷座已說八會此當第九儀軌不易故曰如常趺謂足背加

謂以一足壓一足結即兩足不散表吉祥故智論云見畫加趺坐魔王尚驚懼何况入道人端身不傾動又爲正觀五種因緣是故結加趺坐一由身攝斂速發輕安最爲勝故二由此宴坐能經時久不令身速疲極故三由此宴坐是不共法外道他論皆無有故四由此宴坐形相端嚴令他見已極敬信故五由此宴坐佛佛弟子共所開許一切賢聖所稱讃故正觀五種因緣是故應當結加趺坐端身住者不低不昂不左右傾側也正念者如理而念名爲正念念即念慧謂離沈掉有無等不動謂不動於正念也唐譯下亦證同上義正願者即正念也若别說者願是希欲謂希欲住對面念念是所願也然在定前異此則非正願也住對面念者面即是𧫴念即是

法住對兩字通於法喻今法喻之中各闕一事謂法闕所照理喻闕能照鏡鏡對面住面則自彰念對理住理則自現法喻闕者文影略故或可不爾但理觀分明如面目覩現量即水喻亦得無著下顯入定意先牒難併緣入定意在於何於此下釋通於此者論云於法也能覺者定通能說者說通也意云定通方得說通以散心說法不能如實從定發言必有當也故下文云云何為人演說不取於相如如不動諸經之中每欲說法皆先入定意皆如此云云斯亦示現為後軌也若準如来言念何失是故論云顯示等也疏然大下二通前表法釋二初約大雲廣辨三初標大聖即佛體周法界曰大智鑒無昧曰聖現跡者明現之化跡也所表者諸佛所為必不率爾

皆以事相表內身心如說如来藏經舉身放光光中現華華萎見佛遂阿難問佛佛為說之如華嚴中說佛菩薩說天說雲須彌山大海等皆有所表斯皆事相為能表法為所表以不徒然故云必也疏表本覺下二釋二初表通序本覺佛對化佛說五蘊都對舍衛國化身佛在舍衛國表本覺佛在五蘊城城中既人物相兼蘊內亦色心具足覺魔等對戰勝也梵音魔羅此云殺者能殺行人慧命故也然有四種一天魔即欲界主二煩惱魔三陰魔四死魔今言覺空者如心經云照見五蘊皆空無無明乃至亦無老死盡也照五蘊空即破陰魔無無明盡破煩惱魔乃至無老死即破死魔餘出世法尚空況天魔耶照心識具德者對給孤獨也上迷本覺之父曰孤下隱妙用之子曰獨今照性本

具塵沙功德無所乏少即給孤獨也求法等對比丘乞士義也外則乞食養命內則求法資神覺心下二表別序覺心等者對入舍衛大城也應云覺心既發寧棄塵勞如來出世寧棄羣品將欲徧觀遂入識藏將欲教化遂入王城離城邑而教化誰人離心識而觀察何事心心數法等者對於其城中次第乞已也乞食不揀貧之與富觀察豈擇心所心王即妄下二句對乞得食也外化人而得食內觀法而生喜法喜下二句對還至本處飯食也食能資身法能益心也思惟假緣對著衣持鉢忘緣符真對收衣鉢也乞食既須衣鉢思惟要假因緣入定既併資緣契理須忘念慮觀照下二句對洗足也若欲安坐必須洗去足塵若欲還源必須拂除心念返本下二句對敷座而坐也法空即敷座心寂即而坐敷座方堪人坐法空心始得寂心寂下二句對正宗法也謂安坐始能說經心寂方彰妙慧也疏欲談下三結也資聖下二引資聖略明即道液法師疏也今摘而用之文不全取於中二一正明身有二者通論生佛也僞者色身真即法身五蘊等者謂衣以外覆食以內資生則雖因父母存即須假衣食法身等者謂非生因之所生但了因之所了由是色身以食爲命法身以慧爲命保僞謂執妄合塵遺真謂迷理背覺此皆倒也養真謂悟理合覺棄僞謂達妄背塵也羣生下牒前倒者也我乃下示現入城乞食以表法也意令求般若照成法身故云引真也故託下都結表法之意謂示現乞食意在說法耳疏涅槃下

二引證但證法爲食義也正宗中疏二初標章門以一卷經文二論解釋大雲青龍皆二論並行今即不爾何者以無著配十八住處天親斷二十七疑旨趣既殊科段亦異或一疑中有四住五住或一住中有二疑三疑乍合乍離連前帶後以是之故文涉交加理則不必深玄學者以之難解今既别釋庶不相干傳講之流少力多獲耳初中三初正示七句七義句者論述歸敬偈已即云成立七種義句已此般若波羅蜜即得成立義句揀文句也既以一義爲一句此經共有七義句也七義句名疏中自有於中前六顯示菩薩所作究竟第七顯示成立此法門故然此七句之文教理行果悉圓滿矣於中一二三四是行也五理也六果也十教也齊此懸判一科

唯依無著之名記之疏一種性不斷者此非凡夫二乘及權教菩薩意明佛種性不斷也謂護下指經便是釋意謂以小付大囑大化小展轉如是寧有斷絶如人父母付囑子孫云云此是空生之本意故以此事讚佛引起問端也疏二發起行相者既欲種性不斷故須發起修行之相也謂申下指經其實佇聽亦在此攝疏三行所住處者既有能發必有所發也十八住名義下文廣釋從佛下指經是無下釋名義此即相之無相非一向之無相略見行玄爲順本宗故標無相也疏四對治中邪行即不正行也但不順佛道皆名邪行共者不一義見者分别情正行者即離見之正行非絶正之正行也二種對治者以正行治邪行是一對治以無分别智治分别見是

二對治然邪即全治共中即但治於見不治正行如披砂揀金而去砂不去金今經中但有能治無所治也且如第一住處中不度衆生爲邪行度衆生爲對治於度衆生時見有衆生是所度見我是能度是分別見度而無度爲對治此理實同時義分前後初住既爾餘可例知故論云行諸住處時有二種對治䟽五不失中謂由下明意也離增減者謂執有爲增執無爲減前墮此二則失中道今皆離之故得不失也如經中即非佛法是勝義諦遮增益邊是名佛法是世俗諦遮損減邊其餘即非是名皆例此也論最後結云菩薩離此二邊故於彼對治不復更失故名不失䟽六地位中謂由下釋以二邊邪僻置之不論中道乃是大菩提路故於此中分立地位

如往帝都有三路異兩邊皆非中道即正正路之中方可論於遠近遲速等也法中亦爾故經云一切賢聖皆以無爲法而有差別信行下分位也於十八住中前十六住是信行地此當三賢依信起行故名信行亦名信解依信起解故第十七住是淨心地此當初地離分別障親證真如故第十八住從第二地已去乃至佛位通名如来地也又以諸家明地位或廣或略廣則五十二位略則泯之全無今則均於廣略去其太甚說三地五位矣䟽七立名中謂由下釋謂約三種法上立金剛名一約般若體用名金剛此如金剛堅利二約地位闊狹名金剛此如金剛杵形以信行一僧祇淨心只一刹那佛地二僧祇如金剛杵初後闊中間狹故三約文字名金剛此

如畫像也以詮信行地七紙餘經佛地三紙餘文淨心地五行經如彼畫像亦初後闊中間狹故又此三者法喻之上皆展轉而成喻中且根本是堅利金剛因造以成其杵因畫以成其像法中根本是體用般若因修以成其位地因詮以成其文字也又此法喻各三事中一事即實餘二皆虛喻中堅利金剛是實杵形畫像皆虛法中體用般若是實位地文字皆虛以此三事首末相似故立金剛之名然前一是佛本意餘二是菩薩及古德意也由前六等者於中前五堅利第六闊狹闊狹之中含能所詮也疏後四下二總指後四應先問云第三句內說盡經文未知後四如何配攝故此云也謂一一住說對治故於對治處顯不失中道故於一不失中立位地故於前六中道立名故云云疏十八下三廣釋第三三一正辯十八住處疏中具列十八住名略釋其義兼明對治十二種障便指經文令知科段所屬然每住經文疏但略標三字五字緣以經本科段首尾文勢稍重恐言涉相濫故不標最初之字但取其次與文亦不結終齊至何處意在省約耳向下隨文略叙首末以隔前後一中發心者謂發廣大第一等四種心也經文從佛告須菩提諸菩薩摩訶薩應如是降伏其心乃至若菩薩有我相人相衆生相壽者相即非菩薩以大乘菩薩最初法爾合發是心故十八住中居其第一二者經從復次須菩提於法應無所住行於布施乃至須菩提菩薩但應如所教住不住等者等有二意一則等於餘文如上所引二則等

於餘義謂等餘戒等五也此則雖是指經便兼釋義則波羅蜜是所應戒等是能應能所兩合故云相應由是但行施戒等不能離相或行離相不行施戒等皆非相應行直於行施戒等處離相離相處行施戒等方得名爲相應行也三者經從須菩提於意云何可以身相見如来不乃至若見諸相非相即見如来問色身是相何以離相求之荅色身之相是影法身無相是體欲得有相色身須見無相法體未見法體不能現相是故先令見相無相方得色相之身耳此中意在文外故論此意科也四中言說者經從須菩提白佛言世尊乃至法尚應捨何況非法問法身非言說何故以言說爲法身耶故疏釋云因言顯理故此有二意一以言說顯於法身法身非言說二文字性離即是法身無别法身耳智相者經從須菩提於意云何如来得阿耨菩提耶乃至一切賢聖皆以無爲法而有差别則以無相無爲法爲智相也故起信云以智相無可見故福相者經從須菩提於意云何若人滿三千大千世界七寶以用布施乃至須菩提所謂佛法者即非佛法斯則以持說此經獲無漏福所感微妙色身名爲福相也然是法身之福相福相非法身依主釋五於下文三初正示此文經從須菩提於意云何須陀洹能作是念我得須陀洹果不乃至是樂阿蘭那行得勝者以小乘四果勝於四向等故對劣彰勝也此即以小況大也小人尚猶無過君子豈合有慠由無慢故方得證果故經皆言我不作是念我得須陀洹果等從

此下二通叙後段意明等者叙次第之意也先問云前之四住何不言離障耶故云也意云凡欲修進先須發心發心已則修行故有第一第二發心修行本求佛果佛果之内唯有二身麤細之間先色後法故有第三第四前修勝行恐有慢心障入聖位故説小果以况大乗今離障進入十迴向位也故從第五方説離障也然此十二障每至一住皆須躡前以辨来意如云雖得無慢猶自少聞故於第六住中對治少聞障他皆倣此以此諸障皆在地前能障見道非是地上故云障盡入證道也然障是所治文在經外住是能治正是經文若相望説之理則明矣今當下三别結對治然準五蘊論説慢有七九二種但開合之異此約入道人説七者論云一慢於劣謂勝於相似謂等二過慢於相似謂勝於勝謂等三慢過慢謂於勝巳計勝彼四邪慢巳實無德計巳有德五我慢謂於五聚蘊計我我所六增上慢謂於勝妙法中未得謂得七卑劣慢於多分勝計巳少分劣今所離者即五六也以證我空故取自果故六者經從佛告須菩提於意云何如来昔在然燈佛所乃至實無所得云何離障得成住耶疏次云離第下所離障不離下結成住義於中上句成住下句離障也若離佛世不名住處無佛説法則是少聞便成其障若不離佛世乃成住處常遇佛説法則具多聞便離障也然凡是修行智慧爲本欲得智慧必須多聞故依佛住離少聞障也故經云多聞增智慧勤聞第一方問若然者據今經云於法實無所得豈

成多聞荅此是聞而無聞得而無得無得而得是真得無聞而聞是實聞故成此住七者經從須菩提於意云何菩薩莊嚴佛土不乃至應無所住而生其心離小下所離障攀緣即是作念蓋一義耳緣形等者意云若取色聲等相爲土即有分限故名小也以不如法身故若不取相分別不生心境兩亡竟何分限故云大也契法下釋所以也意令忘懷嚴法性土不令生心嚴法相土也故經云不應住色等生心應無所住而生其心偈釋云智習唯識通如是取淨土非形第一體非嚴莊嚴意八者經從須菩提於意云何譬如有人身如須彌山王乃至是名大身成熟者即由教化令衆生成種根熟有所悟證離捨下所離障若捨衆生即不能教化故令離障方成住也若見大小下反釋所以意言能濟物者蓋爲不見大小也故經云佛說非身是名大身豈存大小若見大小則有高下親疎憎愛心既不等寧曰大悲縱使化生但成愛見憎者則去便捨衆生云何成熟反此用意則物無有遺遲速之間皆能成熟九者經從須菩提如恒河中所有沙乃至如来無所說離樂下所離障然隨順外論即是散亂但能遠離即成住也即儒墨文筆除佛教外皆外論也以外論之事是名利源既若求名豈得心無散亂况得之則樂失之則苦苦之則憂樂之則溢由斯業累世世沈淪反推其本皆由隨須外論耳恒沙下舉持經福多以責外學意云持經者功德若此而不修行名利之源是輪廻苦本如何隨順却乃修學十者經從須

菩提於意云何三千大千世界所有微塵是爲多不乃至是名世界色是依報即外四大身是正報即内五蘊摶取者即和合義也但秦魏譯異爾然摶取約法相應兼人二事相望總有三對一内身色蘊及外器界但合微塵所成名爲摶取見有身器爲依正執取等即是相應二受等四蘊但合心心所法而成名爲摶取見有苦樂受等即是相應三色心和合以成此身名爲摶取見有心色即是我人相應行即遷流造作之義觀破之義如下所明影像相者謂色心等法是法界中之影像亦可是業識之影像離破下所離障無巧便者由無善巧方便不能破此影像乃名爲障若有巧便破之則成其住也巧便之相彰在次文既離下躡於前住以爲方便之本由

無散亂則成其定從定方能發慧觀而破之以細下正示二種方便巧便之相也然破色具二破心唯一除細末也以心心所法不可析破故麤色顯著難忘執情析至極微易祛妄念故須具二如下文說相想即心境也心境兩忘故云除十一者經從須菩提於意云何可以三十二相見如來不乃至是名三十二相離福下所離障欲入聖道須福資粮如人遠行豈可空往佛爲至聖是福之因供養給侍無不獲福即以此福爲其資粮若供養得福即是住非障反之則是障非住也不以下或問文云不以相見如來如來尚不得見云何給侍耶故此釋也此即但以智慧隨順相應名爲給侍然非謂棄却相身别侍無相之佛但了相即非相不生執著乃曰相應凡

所供養親近恭敬皆名給侍若生執著不順於理雖常見佛不名爲見如下文云若以色見我以音聲求我是人行邪道不能見如來華嚴云若人百千劫常隨於如來不了真實義盲瞑不見佛又如佛昔三月昇忉利天爲母說法後降閻浮有蓮華色比丘尼欲先見佛化作轉輪王隊仗往至佛所佛乃訶之具陳上事時須菩提在於山中亦欲見佛尋復思念空無相理是真法身何用見色相言已復坐竟不往見於是佛告蓮華色言須菩提先見我竟汝已在後故知執相迷真對面千里虛心體物天地一家故古人云肝膽雖近情生則隔江山雖緬道契則鄰是知通達妙理方真給侍若斯給侍是侍真佛故所獲福無有邊際十二者經從須菩提若有善男子善女人以恒河沙等身布施乃至是名第一波羅蜜離樂下是所離障然障名有所闕略若取周備不過住名但樂味成障遠離成住且約爲障起過有其五重一爲身求利二由求利養令身疲乏此復有二一由放逸令身疲乏二求不得身亦疲乏三由身疲故令心熱惱四由心熱惱故不起精進五由不精進故退失功德恒沙命施下釋成對治經苦校量意令改革以見大利故不求小利既不求利身則不疲身既不疲心則不惱心既不惱則起精進既起精進則能受持獲無邊福故知經意爲治此障成其住也一身者一報身也意云豈爲一報之身終日求名求利求之不足未始稱情縱使多財死爲他物持經功德無量無邊盡未來際用之不竭利害若此

人何不然無常經云眷屬皆捨去財貨任他将但持自善根險道充粮食十三者經從須菩提忍辱波羅蜜乃至如人有目日光明照見種種色離不下所離障此但不忍爲障忍之成住也無我下出忍之所以也斯有兩意所謂通別通則由無我相雖累遭割截常能忍受別則由無我故能忍由累苦故能忍也十四者經從須菩提當来之世若有善男子善女人能於此經受持讀誦乃至果報亦不可思議離智下所離障若耽寂無智即是障非住若離寂修智即是住非障日三時下指經對治意云欲證聖性非智不階經苦校量意在策發此同華嚴經中訶勸之相彼云法性真常離心念二乘於此亦能得不以此故爲世尊但以甚深無閡智然此是對治之別

意故須一向而言令人捨定修慧若據究竟通論必須定慧等學涅槃經中說定慧不等不見佛性無明邪見自此而生前第十一住便是定門對治不同故須然也修習之者須兼行之十五者經從爾時須菩提白佛言世尊乃至實無有法發阿耨多羅三藐三菩提者離十一下所離障謂動不自攝則是障非住若自攝不動則是住非障也論中則云自取障我能下釋意云由計我故遂起降住勝能之心不覺喜動故不自攝今經既云無一衆生得滅度無法得菩提則不計勝能故能對治也十六經從須菩提於意云何如来於然燈佛所有法得阿耨多羅三藐三菩提不乃至是故名一切法離十二下若無教授即是障非住若得教授即是住非障欲入下釋

成住義雖三賢位中亂修六度經一無數劫欲入聖道要佛策發故於資糧位後立加行名其猶鑽火火欲出時倍加功力遇佛然燈佛也得無所得者即然燈與善慧授記當得作佛號釋迦牟尼非佛與法故云無得問此說善慧得記進入八地何故將此配地前耶荅欲入初地須學八地用心方可得入若學初地竟不能入如人學射可知又將證八地猶須教授欲入見道豈得不然然從第五至此住中每住對治一障此障障於見道今則加行位極對治已盡故云而證道矣十七者經從須菩提譬如人身長大乃至佛說一切法無我無人無衆生無壽者攝種性下釋成住義智體即觀照般若是能證也即妙平二智無分別也以得此智生如來家決定紹佛種故斯則地前加行之智至於初地轉受此名證徧等者體即實相般若是所證也以徧在一切法中故唯識云由此真如二空所顯無有一法而不在故論中則名平等智然有五種平等因緣一麤惡平等二法無我平等三斷相應平等四無希望心平等五一切菩薩證道平等有是五種因緣故名平等智故論云入證道時得二種智一攝種性智二平等智也然所證是理今云智者斯有兩意一準起信論云依此法身說名本覺二則理智冥合能所不殊如珠與光不相捨離成法報身者攝種性智至果得成報身平等智至果得成法身故長大者論即云妙大妙即報身以萬行功德所莊嚴故大即法身真如實理徧一切故十八者自此已下皆求佛地於中

復有六種具足具足者圓滿義謂轉捨二障轉得菩提涅槃攝轉具足也既證聖性生如来家須示佛果功德令其欣趣然其果德雖多以要言之不出依正二報二報之内先明所依若無所依能依何立正報之内不踰福智智引福故先智後福然後别顯三業依次所明一經從須菩提若菩薩作是言我當莊嚴佛土是不名菩薩乃至若菩薩通達無我法者如来說名真是菩薩此教下指位即從二地至於等覺當修道位謂莊嚴之時離能所相名之爲淨稱周法界故云具足故經云通達無我法者如来說名真是菩薩二者經從須菩提於意云何如来有肉眼不乃至未来心不可得見淨者即五眼也見即無見名之爲淨無所不見名爲具足智淨者即悉知諸心等知即無知名之爲淨無所不知名爲具足以智見不别故當一處此下等即指位揀非修道即無學位也下之四段皆合有無上之言故云貫通下四三者經從須菩提於意云何若人滿三千大千世界七寶以用布施乃至以福德無故如来說得福德多問前已頻說施福與此何别荅前所說者皆是校量不及受持之福今此說者乃是無住稱性之福非能校量故不同也問佛是果布施是因云何果中即說因行荅凡是果德皆彼因成舉彼無住之因以彰稱性之福也言自在者揀有漏之福不自在也若準論中此與智淨合爲一段意明福智不相離故則於身中開之爲二謂色身具足亦盈六數今則合後開前者意云福之與智迢然不同配攝因果

五六有異異須開也相之與好同是一身兼對下語意以成三業故須合也四者經從須菩提於意云何佛可以具足色身見不乃至是名諸相具足此明如来真應具足如經云即非具足色身明真身也是名具足色身明應身也即非諸相具足明真身也是名諸相具足明應身也五者經從須菩提汝勿謂如来作是念我當有所說法乃至是名說法說而無說無說之說是真說法具足者無法可說無所不說是名說法六者然於心中復有六種一念處二正覺三施設大利益曰攝取法身五不住生死涅槃六行住淨化度衆生大悲為本故先明念處自未成佛焉能度他故次明正覺自利既滿即合利他故次明施設大利益猶恐滯相大次明攝取法身又恐住空有故次明不住生死涅槃又恐執施化迹故次明行住淨也以此六義別對經文廣如彼論避煩不叙又十下二重以八義相攝一者攝是籠羅包納之義即以普度衆生現無違反是故配同第一發心住也二者淨與相應盖一義耳是故配同第二住也三者雖三色四法皆是欲得由此配同三四二住也四者可知五者正當淨心地故同此住六者正當究竟位故同此住雖通修道就多故說一一下明各攝義如第一住中普度四生廣也令入無餘涅槃深已實無衆生得滅度者廣也菩薩無我人等相者深也初住既爾餘則例知若五百生忍廣也並無我人深也若細言之前以六住攝十八住後以二住攝十八住皆得滿足疏十八住下三更約地位配

釋然諸教中所説地位或有或無如楞伽經云十地即爲初二地即爲八乃至無所有何地此明無也仁王瓔珞等經即具説地位是明有也然此有無皆隨機説也若華嚴行布萬差圓融一際有無無閡斯則稱性之説也然依華嚴有無無閡方爲了義以約法即無約人即有人法既不相離有無故合均齊然其行人念念須冥佛境叉窮果海自然階降不同若預等級用心畢竟障於證入故華嚴疏云修則頓修位分因果況此經宗無相豈合列位淺深但約情惑漸薄而位地轉高義相稍同故略配攝也第一十住者十住謂第一發心住二持地三修行四生貴五方便具足六正心七不退八童真九法王子十灌頂今配十住者與彼初住名同故配之也問比但云一如何配十荅以初攝後故問何故不言十信位耶荅亦攝入十住位中也以前之十住通名信行地故亦同華嚴合前開後也故發心一住前攝十信後攝餘九耳第二十行等者十行即一歡喜行二饒益三無瞋恨四無盡五離癡亂六善現七無著八尊重九善法十真實前六者十中前六行也以配此中第二住處以此住處説六度故即布施配歡喜行持戒配饒益行忍辱配無瞋恨行精進配無盡行禪定配離癡亂行智慧配善現行心離分别善巧示現故三第七行者不以相見如来即無著也四後三行者配第四住中三種法身謂言説法身配尊重行於佛言教生尊重故智相法身配善法行以真如無爲是真善法故福相法身配真實行以持經

之福無漏真實故五至十四配十迴向者一救護一切衆生離衆生相迴向二不壞三等一切佛四至一切處五無盡功德藏六隨順堅固善根七等心隨順一切衆生八真如相九無縛無著解脫十法界無量五配第一離慢即是離衆生相也六配第二遇佛多聞信解行等不壞七配第三諸佛離相既不住色即等佛也八配第四既見大身非身是真如際方至一切處九配第五不隨外論受持此經即得無盡功德十配第六觀破五蘊與定相應善根堅固十一配第七既不取相即於衆生等隨順之十二配第八經云離一切相即名諸佛即真如相也十三配第九割截不瞋即無縛無著也十四配第十經云無有邊不可思議功德即是法界功德也十五煖等者配四加行位也然此四位由三賢菩薩已經一無數劫修集福智資糧爲入見道故復加行煖頂二位以四尋伺觀觀所取名等四法假有實無即所取空忍世第一以四如實智通觀能所名等皆空然忍有三品謂下中上下品印所取空中品順能取空上品印能取空世第一二空俱印然皆滯相未能證實故唯識云現前立少物謂是唯識性以有所得故非實住唯識若配經文即十五住經云實無有法發阿耨菩提心者以菩提能發所取既言實無即所取空當煖頂二位十六住中經云佛於然燈佛所不得菩提是印所取空當下品忍次云如來者即諸法如義即順能取空然猶未說後時不得即知未能印持故當中品忍次云實無有法佛得阿耨菩提

此明後時畢竟不得即印能取空當上品忍次云如来所得法此法無實無虛乃至即非一切法即雙印二空當世第一位也十七初地者如前疏云攝種性智證徧行真如等故當初地十八等者於中合有二謂此住中初國土淨具足當修道位故前疏云此教二地已上諸大菩薩從無上見智淨具足已下皆究竟位故前疏云此下皆住佛果也是則十八住中前十四資糧十五十六加行十七見道十八中初一具足修道餘即無學道也懸判竟第二下二初牒章分文二依章正釋四初善現申請二一整儀讚佛疏二初釋請人從初至恭敬即是整儀餘皆讚佛也經時者即如来食已敷座而坐時也德長年老者謂德高曰長年多曰老也唐譯下證年老魏譯下證德長智慧超倫即是德長義也然以慧爲命者約喻顯法也謂人身以命爲本佛法以慧爲本命盡則六根俱廢慧喪則萬行不成云云此約別義釋長老也若通意者但有德業便名長老如云先生未必年老矣須菩提者亦云蘇補底但梵音楚夏耳善吉下從末倒標生時下據本順釋西域記云是東方青龍陀佛影響釋迦之會示跡聲聞發揚空理十方諸佛法皆爾也從座下二釋請儀二初正釋經文皆整儀者疏雖通明經須別釋從座起者師資之道尊卑頗殊欲有諮詢不可坐問此同曾子避席對夫子也孝經中夫子問曾子曰先王有至德要道以順天下民用和穆上下無怨汝知之乎曾子避席曰參不敏何足以知之雖彼荅此問而致敬是同也

偏袒右肩是彼方儀則此土非儀也欲問如来故須偏袒右膝下右則爲順膝能迴屈表順理心也著地即示卑之相也膝表智地表理合掌即表冥心掌合不執外物心冥覺不異縁欲問實相法門故須用心如此恭敬者總結也起座袒肩跪膝合掌莫非恭敬故爾亦可配於三業謂座起袒肩合掌等身業也恭敬即意業也白佛言下即口業也希有下䟽且總明具有四種一時希有曠劫難逢然今賢劫之中正當住劫就住劫中有二十增減今即第九減劫中人壽二萬歲時迦葉如来出世百年減一年至人壽百歲時釋迦如来出世滅後此劫已盡至第十劫展轉却增至八萬四千歲又百年減一年至人壽八萬歲時彌勒佛出世望過去未来二佛相去一

千一百萬餘年中間更無故云希有也故法華云諸佛興出世懸遠值遇難二處希有三千界中唯有一佛百億四天下百億須彌山百億日月百億六欲百億梵世其中唯有一佛此方而現也三德希有福慧超絶勝無上故故法華云我所得智慧微妙最第一又云如其所得法定慧力莊嚴以此度衆生自證無上道然佛功德不可稱説盡其邊際故華嚴云刹塵心念可數知大海中水可飲盡虚空可量風可繫無能説盡佛功德四事希有用大慈悲極巧方便現多種身相演無量法門隨衆生根皆利益故今所歎者意則雖通義當歎事以下標云善護念等如来者真化不同真佛名如来者迷時背覺合塵名如去悟了背塵合覺名如来如即真如来去即隨

縁也化佛名如来者從真如起来成正覺而化衆生今當後者故云從如而来根熟者三賢巳上菩薩信根成熟永無退轉也智慧力即無分别智成就佛法即随其分位令證真如乃於一法令達百千萬法明門等斯則自利行也教化力即後得智攝受衆生即随其分位令於百千萬億等世界中教化衆生斯則利他行也根未熟者十信菩薩也以此位人六度亂修心如輕毛故云懼其退失以信根未成遇縁恐退故須付囑智者令其教化使不退也将小下将小菩薩付大菩薩囑大菩薩化小菩薩也此如父母遺囑子孫云菩提下二别解菩薩菩薩梵音言猶不足具云菩提薩埵此云覺有情以時人不貴唐言故存梵語秦地好略又削提埵二字但云菩薩約境所求是覺所度是有情然約人有四句謂二乗有求無度諸佛有度無求菩薩亦求亦度凡夫無求無度約心者亦四句諸佛有覺無情凡夫有情無覺菩薩有情有覺二乗入無餘依界無情無覺約能所者所求是覺能求是有情三皆下皆上句是覺下句是有情然此三義之中初約悲智次約真妄三約人法菩薩之義不踰此三末必寳冠天衣方是菩薩二中疏曲分下二初釋當機以發心者方是當機華嚴下引證此有兩意初云有人先曾發心後時忘失尚非其器况全不發心者何以故魔所攝持故後意即云衆生發心後時忘失者盖爲不解住修降伏耳故今所問免使遺忘前揀其機後防其退有茲兩意故用彼經所以善財童子每遇善友皆啓

云我已先發阿耨多羅三藐三菩提心而未知云何學菩薩行修菩薩道意明發心方是修行之器阿耨下先翻名謂正智下釋義上正字且對偏字以分二智下正字即明二智所覺不偏不邪即以正智覺真徧智覺俗皆不偏邪故云正覺以二乘偏覺凡夫邪覺今揀此二故不偏邪謂如理而知如事而知故也然此二智亦名如理如量根本後得真俗權實等又準智度論說從因至果有五種菩提一發心菩提即十信是二伏心菩提即三賢是三明心菩提即初地至七地是四出到菩提八九十地是五無上菩提即如来地是今約能發心即當第一約所發即第五能所合論貫通初後也疏二釋正問三初釋魏本先引文意云下釋意住何境界者未發心時住六塵境既發心已誠宜改轍故云住何境界修何下未發心時十惡爲務既發心已不可依前故云修何行業妄心下未發心時妄心起即逐妄既發心已不可隨之是故問云云何降伏故佛下懸示荅意意云昔住六塵之境今住四心昔行十惡今行六度昔時著相今令不著如是用心真實修行發菩提心豈忘失耶秦譯下會當經初難起意云下釋初二句標意云雖無修行之文含有修行之義如起信中說六八二識不言第七雖即不說義亦具足云云謂四下指經釋成意云四心中亦有住修降義六度中亦有住修降義何以故住謂發心必須修進降謂制伏依住修所明由是於此不相捨離秦什所略意在于茲文雖不明義已具矣故無著下三引論證

住謂欲願者欲願意起即是發心也修行等者平等持心名爲等持等持即相應相應即是修行義也降伏等者彼心即上相應心也制令還住即却使相應也此即依住修說降伏義經論相契聖旨頗同故如上說理實然矣又十八等者此是無著論明竪答三問之意也若準天親解經則明横荅三問從須菩提但應如所教住已下即爲别斷疑情令明無著故有此說意云不唯四心六度之中有住修降伏之義其如十八住内皆有此三如初住中度四生入涅槃是住義無生可度是修義無我等相是降伏義初住既爾餘則皆然故知下結義三行一者三義具足方成一行謂空發心降伏不修行亦非行但發心修行不降伏亦非行空降伏修行不發心亦非

行如鼎三足如天三光闕一不可譯經之妙厥在茲焉印讚所讚者印讚須菩提之所讚也即經云善哉善哉是讚也如汝所說是印也如来善護念等是所讚也重言等者善吉所讚雅契佛心若不重言安表善極如顔回死夫子歎之云天喪予天喪予注云再言者痛傷之甚也吉凶雖别慇懃頗同護付等者空生發言言當其事是故調御印讚云云勑聽許說者經云汝今諦聽勑聽九當爲汝說許說也諦謂審實之義意令審諦真實用心聽也無以生滅等者此乃反用淨名經文彼云無以生滅心行說實相法此意云既不得以生滅心說豈得以生滅心聽既是不生不滅實相之法云何以生滅心行說之聽之無以妙饌置於穢器智論下釋相端視謂不左顧

右眄也目若别顧心則異緣本欲制心且令端視此是用心之方便也渴飲者喻也如渴飲水但恐水竭無暇别觀聽法之者亦復如是思冀妙門無心睥睨一心入語義者意中現義方發於言言中有義義中有意令聽者以耳識聽其言以意識採其義尋義而取意得意而捨義苟能得意在懷何慮失於言義心心若此如瓶注瓶一覽無遺可爲至妙故云一心入於語義中也踊躍即歡賀之貌即欲聞法之時也悲喜即聞了之時悲謂傷昔日不遇如下經云涕淚悲泣喜謂慶今日之得聞如鶖子踊躍歡喜傷昔慶今故云悲喜如是下結揀其機也意云若不如是用心則不可爲説又真諦記説諦聽離三過失得三功德謂離散亂輕慢顛倒如次生聞思修三慧也標勸將陳者標謂標指勸謂勸勉將猶欲也陳説也即經云善男子等標也應如是等者勸也標勸之意意在欲説故云將陳即懸指向下正荅之文是故疏云我當爲汝等也三中唯者下如今人稱喏皆順從之辭也老子云唯之與阿相去幾何注文如疏今則禮對也十地等者釋願聞之相即華嚴十地品中諸菩薩衆請金剛藏説十地法門之偈今借用之然前四句於中約喻配其三慧初句聞慧聞法不思如飲水不味次句思慧若要尋求食味應須咬嚼第三修慧修行惑遣如服藥病除後句即三慧之果蜂採百華以成蜜人集萬行以證真蜂成蜜已依蜜而活人證真已依真而住我等下合喻最後一句通喻所聞

金剛經纂要刊定記卷第三

金剛經纂要刊定記卷第四

長水沙門　子璿　録

四如來正說二初正荅所問二初舉總標列以牒問經諸菩薩摩訶薩者問前舉當機云善男子善女人洎今荅處何言菩薩摩訶薩耶荅大心未發即是凡夫既已發心即名菩薩善現標舉約未發心時故云善男子善女人世尊酬荅約已發心後乃言諸菩薩摩訶薩疏此以下四初正釋經文以空生聞有三種佛今牒舉但言降伏故此釋也前二句標謂住下釋謂度生無我是住中降伏也施不住相是修中降伏也由斯義故降伏為總也經意在此者在舉降伏而標住修欲顯文不義豐彰乎玄妙始雖住修究竟降伏得意茲深故但云一也有科下二斥他謬判即大雲疏也青龍即云舉終括始其義亦同乃令下正斥失文不穩暢者本宜初包後義如色例於聲等何忽舉後攝初致使文非穩暢不穩暢則蓋由於科非經文本意也況詳下三詳定經旨降伏在住修中者住中降伏即實無度者修中降伏即無住布施無度無住便是離相離相既通住修故知降伏是總不別下四牒難釋通初句牒難難云空生既問有次第住修降伏死分何故經中不與別荅而寄住修中明耶此經下正通離相是降心者如前所引無度無住等須約住脩顯者若有發心修行斯可說得降心若無住修說何降制斯則只於住修以降分別妄念故云本不相離無著下引證可知疏荅問中科安住等者此即安住四心彌勒偈云廣大第一常其心

不顛倒利益深心住此乘功德滿依此科判故列四心也疏初句下二初釋標三界普度者釋廣大義一切衆生不越三界三界普度方名廣大若一衆生不與度者非廣大也故經標云所有一切衆生即統該也梵語僕呼繕那此云衆生智度論云五藴和合中生故云衆生瑜伽論云思業爲因卵胎濕化爲緣五蘊初起名之爲生類即流類即胎卵等四也若卵下二釋列三初中二初釋文稟命之始名曰受生（即初起之時也）卵等曰異故云差別謂卵鷇中生胎藏中生依濕而生化忽然生故不同也然三界衆生不出五道以四攝五亦得具足故疏次云天獄等化生斯則從狹之寬明也天獄化生者天上地獄唯是化生最狹也鬼通胎化者次寬也謂地行羅刹及鬼子母皆是胎生故有鬼母白目連曰我晝夜分各生五百子隨生自食雖盡不飽故知有胎生鬼也餘皆化生也人畜各四者人四者毗舍佉母卵生三十二子胎生常人濕即柰女從菴羅樹濕氣而生化生即劫初之人故俱舍云二禪福將盡下生贍部州畜具四者正法念經云化生金翅鳥能食四生龍乃至濕生也然禽獸雖殊皆畜生道攝餘獸皆胎餘鳥皆卵也諸餘微細等者如華嚴云盡法界虛空界十方刹海所有衆生種種差別所謂卵生胎生濕生化生或有依於地水火風而生住者或有依空及諸卉木而生住者種種生類種種色身乃至云一切天龍八部人非人等無足四足多足有色無色有想無想非有想非無想等以今經中無別說處不可

搆虛而言故疏結云不可具分品類也卵劣下二通難應難云卵生最劣云何在初化生最勝云何居末二釋下通約境等者謂卵生必具胎濕化以未生處胎胎中必濕無而忽有爲化胎生必兼濕化濕必兼化化不必兼餘但從於無而忽有故此則前前必具後後後後不具前前故爲此次也約心從本等者謂衆生本因起業業識即根本無明與本性和合能所未分混沌如卵卵即卵𣪘故藥師經云破無明𣪘蝎煩惱河無明發業蘊在藏識爲胎受生爲濕生時從無而忽有爲化由是義故故爲此次也依止差別者依止即是衆生身身具依止依止義異故云差別故疏次云有色無色等有色即以色爲身無色即以四蘊爲身又色界有四禪云云無色有四空

云云如是品類不同故云依止差別問如有經云佛涅槃時無色界天淚下如雨既有淚下云何無色荅所言無色者無業果色不無定果色故不違也境界差別者雖言境界意明空等四處空識二處者無色界第一第二天也無所有處者第三天也非有想非無想者第四天也無麤想有細想故是三有之頂故云有頂問下二界皆有色何故唯言四禪以爲色界又色界亦有一天名爲無想云何唯指無所有處爲無想耶荅三界統論不出五事謂欲色想無想非有想非無想然非有無想即局於有頂一天色界一天雖名無想已從多分通名色界故但指無所有處爲無想其餘三事從空識二處已下乃至欲界相望有無寬狹不同謂欲界具三色界無欲無色

界唯想無色無欲故立有想之名色界雖有想恐濫上名故立有色之目欲界雖兼色想上已沾於二名揀異彼故但名欲界下下必具於上上上上不兼於下下故立名之本其在茲焉如有三人一人解經律論一人解經律一人唯解律揀別立號云云可知又欲界三欲五妙欲境勝故色界細妙色勝故無色想心勝故由是欲唯欲界色通二界想徧三界無想通上二界非有想非無想局上一界斯則不同功德地所釋也二中經我者即發菩提心菩薩所稱今佛說彼也涅槃者秦譯滅度今經上梵下唐故云而滅度之若具足梵音應云摩訶波利昵嚩喃此云大圓寂今經論中多言涅槃也然準唯識論說有四種涅槃一自性清淨涅槃凡聖同有二有餘依即出煩惱障有苦依身故三無

餘依身出生死苦無依故然小乘以灰身滅智爲無餘無餘有三一煩惱餘二業餘三果報餘大乘則以究竟寶所爲無餘故智論說四住地煩惱盡名有餘依五住地煩惱盡名無餘依四無住處悲智相兼不住生死涅槃故疏即無下即大乘之無餘四種之中無住處涅槃也謂不住菩薩變易生死不住二乘灰斷涅槃即眞無住處名爲無餘若小乘無餘如有情滅滅不別今不同彼故云不共二乘不共者即非彼四之第三則言同而意異也如法華經云若得作佛時具三十二相爾時乃可謂永盡滅無餘此則二障都盡二死永離也第一者結歸偈旨仍釋科名意謂若非無住處之無餘焉得彌勒指爲第一心耶無著下初二句難意云一切衆生五性差別

云何皆入無餘涅槃三分半衆生不得成佛故云不可得義生所攝者荅也此是無著立量成立皆可度也應立量云三分半衆生是有法定皆成佛故爲宗因云生所攝故同喻一分半衆生意云涅槃經說凡是有心定當作佛圓覺經云有性無性齊成佛道此則是可得義安云不得又云卵濕等者舉難處難也卵濕則畜生難無想有頂即長壽天難雖舉二處意兼八難八難謂三塗北州長壽天佛前佛後世智辯聰無根等難意云難處即不可度云何皆入有三因緣等者答也難處待時者此亦令成其種也意云難處衆生不可常定至非難處而度脫之若得成種遲速之間必須成熟發廣大心故合無遺非難處者雖即未度且令成熟已熟可知此稍同前

護付之義也三中疏一性空者衆生緣生緣生無性故即空也同體者同一眞如性故故起性論云謂如實知一切衆生及與已身眞如平等無別異故論云下引證此語猶反應云衆生滅度無異自身寧於自身起於他想本寂者相本自盡不待滅故淨名云一切衆生即寂滅相不復更滅問此與性空何別荅前但即空此則本來成佛成佛即入涅槃故云本寂前淺後深可知無念者有念即有衆生如無翳則空華不現法界者一眞法界平等無差云何於中見自他相故偈云平等眞法界佛不度衆生此上五義大雲之文然於中一三約所二約能所四唯約能五該本末也大抵意云若見衆生有可度者即生疲勞不能常度反此即常也又度與不度其心不

二名之爲常也故金剛三昧經云若化衆生不生於化不生無化其化大焉四中經何以故者徵意云設所見有衆生可度此何過耶次通云若菩薩有我等相即非菩薩此是反明意云是真菩薩必無我爲能度豈更見有衆生得滅度耶遠離依止身見衆生等依止即身見異名亦名相續梵云薩迦耶此云身見等於我人壽者也此名身見者以依於身起此見故故云依止身見衆生等相又身見爲本諸餘見等依此而生故今皆遠離故云等相也已斷等者内無我即無自相無自相即平等平等即空義也信解等者以已方人也由内無自相故得外無他相中有故自是所以也既無自他之相即自他平等志公云以我身空諸法空千品萬類悉皆同顯示降伏等者準無著論廣大第一當住常心當修不倒當降安住一段之中便具三義今此段文正當降義故云顯示降伏等也不轉者轉即生起義意云我見等不生起也我不生起正是降心義也爾炎者梵語此云智母即根本智能生後得故名智母以根本智雖内證真理而無能證之心今後得智雖外度生而無能度之念故云如爾炎也如是用意名不顛倒心反之即顛倒耳二答修行五一總標疏於法統標者謂色聲等六通名法故魏經云不住於事菩薩萬行者謂自利利他事行理行如是等行無量無邊今言萬者且舉大數總名布施者謂第一即資生施第二第三即無畏施四五六度皆名法施偈云下引偈釋於中初二句標第三句配第四句結也一二三者謂一攝一二攝二三攝三也是則

三施爲能攝六度爲所攝無著下攝所以也前二義顯法施義隱故疏明矣然要畧明資生者資即外財也無畏者由持戒忍辱故無心害物設有寃家亦不讐報也若無精進等者起信云於諸善事心不懈退立志堅強遠離怯弱等若無禪定等者下文云云何爲人演說不取於相如如不動不動即無染義也擬心即差尚名爲染況貪信敬名利等豈得非懲若無智慧等者說火濕水熱地動風堅名爲顛倒若說事如事說理如理則非顛倒由是開一施爲三施開三施爲六度開六度爲萬行萬行不出六度六度不出三施三施不出一種檀那是故此中唯言布施二別釋疏指三事者六境雖差統唯三事謂自下列偈云下釋初二句標斯不著者斯此也不令著此三事也次二句釋存已不施者釋上自身也爲著自身不行施故求異事者釋上報恩果報也此非菩薩所行正行故云異事報恩酬過去之恩果報望未來之報自身不施義當現在護亦防也意令於此三世事中防護悉皆不著即是不住色等布施也三中疏前但下意云前之三事收過未盡不妨有不著自身不著果報不爲報恩而行施者亦非無住今則下顯今經意心即能緣境即所緣有即雙該心境及心境所餘收不盡者皆有字攝空者即離心境等相也問住境理有所乖離心此復何失荅空有二法相待立名有之與空二俱是相隨墮一相非是常心是故此令一切皆遣微細盡袪者不論心境空有起心動念則乖法體是故一切盡令袪遣直

須施時其心平等不起分別方成無住也問若然者生心動念則非無住且衆生心行任運非常若待相應畢竟無分若一向不施又不成佛因若行布施即墮住相進退不可其事云何荅欲求菩提必須行施初行施時難頓相應要須用心方便隨順任運起念作意遠之用心多時自然任運得與理合從微至著漸次相應爾如起信說真如離言說名字心緣不及遂致問云若如是義者諸衆生等云何隨順而能得入故荅云若知一切法雖念亦無能念可念是名隨順若離於念名爲得入云云偈云下引證上義故知心境空有等莫非相也論云下約離二執三輪釋上離相施物是法施者受者是人今皆不見則離二執名爲二空二空皆離即三輪體空輪者喻也如車輪內虛方能運轉故老子云當其無有車之用三事體空能招佛果三體體實即墮世間斯則以無相輪摧三有相超出世間也無著下但證成上義相即境也想即心也有人下指斥謬判如文四顯益經此亦別斷一疑應云無住則無福德疑也大雲三十七疑從此便爲第一云無住有福疑今則不取爲大段疑數何者緣是荅問之中曲分疑也故論云得降伏心故是以次說布施利益不住相者施成就義次後方始文勢云自此已下一切修多羅示現斷生疑心也疏二一科釋文意若離等者釋徵意也以魏云不住相想遂疑云若存施想即有施因以有施因方有施果既無施想則無施因因尚不成果何得立如放債須記若忘誰還此疑同無記心

中行施也法中亦爾不可思量者以是無相施福故不可思量喻中東方是衆方之首是故先明南西北方如次例説法喻皆同不可思量意云非謂無空此空相對義在合中虛空下二別辨喻旨徧一切處者謂色非色中皆有空故謂住下法合也住不住中皆有福故謂近感十王住中福遠招菩提不住福又近得色身住中福遠得法身不住福空雖無相非謂無空福雖不住非謂無福二者寛廣即橫徧十方高即竪窮三際大即通該橫竪如上之義法喻皆大殊勝者喻則三災不壞法則四相不遷三者無盡究竟不窮蓋一義耳然世界有盡虛空無窮有漏有窮無漏無盡三種常義厥在兹焉大抵意云無住之福徧滿一切無住之福高大殊勝無住之福究竟不窮猶如虛空思量不及以稱法界故得如斯義利昭然復何所惑五中經但應如所教住者問前令不住此又令住住與不住何是何非荅前令不住用心此令住於不住不住而住即住真空如鳥不住空却能住空若住於空即不住空也故魏經云但應如是行於布施準此荅三問已便合經終入流通分緣空生於如来荅處生起疑情所以爲斷斷已又起展轉滋多執盡疑除終二十七段由是更有次下經文也疏二躡跡下文二初約論分文躡跡斷疑者謂躡前語跡斷彼疑情經中雖不顯有疑辭而伏在文内故但言斷而不言起彌勒頌中亦同於此故偈云調伏彼事中遠離取相心及斷種種疑亦防生成心示現者二意一則空生假設云爲二則指

示顯現故第一疏初標章爲求下指疑起處也此從不住相布施中来爲聞前不住三世空有等相方名真施遂疑云凡所行施蓋爲求佛既有所求云何無住又不住等者此縱難也設使因成無住此亦非理故次云因果不類故夫爲因果必須相類有即俱有空即俱空淤淨皆爾既若色相是果云何以無住爲因則因空果有理恐不然今將果驗因因合有住佛説無住是誑我耶舉疑因經意云於汝意中還可用三十二相之身見法身如来爲不可耶此相是疑起之因故舉以問本只下釋起疑因以二乘人唯取丈六相爲真佛既將此相爲果故不信無住之因因果不相類故佛今舉果以問令知果海無相自然於因不惑無住也防相酬經意空生見佛舉相以問即知不得相求故荅不也遮防等者意恐末代衆生不達此理取相爲真故此遠遮迷見準義則正斷空生現行遮防未来種子也遮斷之義具在懸談論云下引證問經中云見論釋云成就豈合佛意耶荅既作此見必作此證故無違也異有爲經徵意云以何義故不以三十二相見法身如来釋意云以如来所説三十二相之身相即非法身之相故即猶是也非猶不也本文猶倒正言不是也相是等者謂三十二相蓋是鏡智之上所現影像既墮有爲之數故當四相所遷況對機宜有無不定焉可將此而爲法身故言相是有爲等此釋經中如来所説身相也佛體異此等者法身佛體異此有爲故説三十二相不是法身相也此釋即非身相偈云下

引證具云分別有爲體防彼成就得三相異體故離彼是如来於中初二句義當前段後一句當次科第三一句合當此文故偏引證佛體下轉釋偈文即經云即非身相住異下釋三相義以前標四相此偈唯三者以生在過去滅屬未来住異二種同處現在又此二相不相捨離即住而異即異而住以同時處故合爲一恐濫常住但標異也若細下約義細分即爲四也此引唯識釋相謂從無而有名生自有而無爲滅前後改變爲異暫爾相續爲住然法身如来非前際生非後際滅無有變異不可破壞故異此也印無相經意云夫一切相皆從妄念而生是故佛相亦是虛妄若分別不起相自無生即見非相諸相既亡唯是覺體名見如来由是則知佛身無相

疏二一釋前二句二初正釋 非但者不獨也凡即六道衆生聖即三乘賢聖依有淨穢正即凡聖爲對依報故重牒之諸法雖多不出此四雖舉四法該一切也此釋經中凡所有相皆是虛妄恐人聞說身相非相將謂唯獨佛身今言凡所以遮局見以從下釋所以凡聖染淨勝劣雖殊皆從念生無不虛妄念無自相不離覺性念尚無性況所現相而實有耶以念是所依相是能依所依尚虛能依何有其猶皮既不存毛将安附起信下二引證於中順顯反顯詳而悉之若見下二釋後二句二初正釋遮離等者以色即是空空即是色離色求空斯爲大失故此遮矣不唯等者又恐聞相即非相是如来将謂只約佛身相說除佛身外相非如来故云一切相皆無

也
此釋經中諸字也譬如鏡中現一人像兼現餘物不唯人像空處是鏡餘物空處亦皆是鏡合法可知如是了者則知見與見緣似現前境元我覺明故起下二引論釋四初引起信此有二意一證諸相皆無相義以相依念生覺體尚離於念何况於相耶二證諸相無處皆如来義離念之相名爲法身法身既等虛空虛空何曾有相無相平等攝一切相即是法身下文云離一切相即名諸佛又云如来者即諸法如義故云不唯等也肇云下二引肇注此即明見法身佛之行相恐人聞諸相非相即見如来便希無相之佛昭然目前若如是者何殊彼相故云行合等智與理冥心與神會故云行合解通者如前解了一切相非相也前是真見此是似見故起信云法身無有彼此色相迭相見故偈云下三引本論即前殘偈此依天親論釋無著下四引無著離徧計者不執虛相爲實故唯識云圓成實於彼常遠離前性真色身者有兩意一則以虛妄爲虛妄但如其事不必取不生不滅以爲真也如以水月爲水月雖似而非真矣故華嚴云於實見真實不實見不實如是解法相是則名爲佛二謂相即無相同法身故攝末歸本名真色身即真善妙色也故涅槃云吾今此身即是常身法身金剛不壞之身問前則泯相此乃存相何相違耶荅前顯法身故云相即非相今明色身故言無相即相蓋以果佛必具二身二身相即如波與水兩論之中各顯一義言似相反意實相符菩薩

巧便妙在於此故彼下兩文皆證顯色身義耳然此一段疑中從微至著明真應二身總有六重一明佛相非相二明佛相非即如来三明一切相皆非相四明一切相非相皆如来五明唯證相應無佛可見六明無相之相是真色身然此六重前前則淺後後轉深文不累書理即頓現達者所見必須一時無前後耳第二疏初標章論云下指疑起處無住等者此指正荅住修降問也無相見佛即前若見諸相非相即見如来未来下結成疑也意云因果既皆無相即因果俱深如我親承方能領悟末世鈍根去何信受既不信受空說何益耶呈疑經問意云未来末世能有衆生聞此因果俱深章句生真實信心不頗能也意揀汎爾之信故言實信魏云下引魏本會文魏經有之此經闕者羅什巧譯妙在影略耳亦可此文通約現未為問以佛世時亦有難信此深法者如諸小乘及外道等法華會上猶有退席聲聞況今般若至下佛荅但舉末世以況現在末世尚有佛世豈無故今秦本不言未来等也句詮差別者以名但詮諸法自性如言色即揀非心等言心揀非色等然其色心各有多種而未明此何色心耶句能分辨真心妄心形色顯色等故云句詮差別也章解句者以句雖詮差別而未廣顯義理以真妄形顯色心之中含多義故章能明之故云解句章猶彰也疏文順義故先解句大品下明信之相謂見有色心三科等法是信一切法也今以般若照之一切浮塵諸幻化相當處出生隨處滅盡幻妄稱相其性

真爲妙覺明體是不信一切法方名信般若矣其循淨眼不見空華若執空華豈信淨眼法合可知顯信經莫作是説者訶勸之辭豈謂後世一向無信如佛滅後末法之中有戒定者能於深義實有信心信此爲實也大集下明佛滅後有五五百歲前前勝後後劣解脱者證也即三乘聖果禪定者行也即漏無漏大小乘事理等定也多聞者解也即頓漸偏圓空有等解此上三者前必具後後未必具前塔寺者謂不求至道多好有爲以身外資財修世間福業等鬬諍者此明佛法之中多有諍論且如西天大小乘宗分河飲水大乘之內性相又殊小乘之中二十部異各皆黨已自是非他爰及此方未免於是若相若性南宗北宗禪講相非彼此朋黨互不相許

名鬬諍也皆如例者須有五百歲及牢固之言牢固者人多相襲決定不捨也然此但就增勝説之非不相通如佛滅後二百年內育王造塔豈局第四耶又菩薩藏經云後五百歲無量善人修禪定解脱多聞豈唯一二三耶今經云後五百歲即此時也雖當鬬諍之代亦有戒德之人是知五種牢固但約增勝而説本疑下疏以斷疑之文照前呈疑之處是顯空生疑於惡世無信也前引魏經以證斯義惡世尚爾況餘世耶戒定下約三學釋定是福體故對於定正解無倒者既有正解必無倒惑以解因果無相道理名爲實信即慧學也無著下引證魏經云有持戒修福得智慧者彌勒頌云説因果深義於後惡世時不空以有實菩薩三德備三德即是三學今

文但取於此章句能生信心以此爲實即是慧也若其無慧孰能以此爲實而生信耶少欲下持戒少欲修定靜亂習慧斷惑故言等也言增上者以戒等三學是增勝上法經中說爲三决定義戒出下辦三益相有戒者不墯地獄餓鬼畜生生四洲六欲故戒經云欲得生天上若生人中者常當護戒足勿令有毀損定出六欲者欲界無定故得定者生上二界故圓覺經云棄愛樂捨還資愛本便現有爲增上善果慧出三界者三界之本是其業惑有智慧者悉能除遣業惑既遣自然超越故心經云觀自在菩薩行深般若波羅蜜多時照見五蘊皆空度一切苦厄然淺慧尚能得出三界豈況大乘甚深般若信因經反顯順明之異可知緣勝者雖則益我爲友人

皆友爲且凡不及聖小不如大因不及果一佛雖果不及多佛既云無量千萬故云終勝也因勝者三毒即貪瞋癡此明能害有情故貶云毒以生起即是不善义伏故名善根故華嚴云我昔所造諸惡業皆由無始貪瞋癡唯識云善謂信慚愧無貪等三根有生長義故名根也善與不善皆由此三苟能伏之乃名因勝因緣俱勝方起此信是知實信誠不易得一念尚爾況乎永信及持說等耶福德門經意云信經之人得無量福如來於彼咸悉知見如是無量福者指信經福同前不住施福十方虛空不可思量也無著下文二初釋佛知見行住等即四威儀中各有所作差別故注云四蘊者即受想行識謂相應不相應思何事念何事取捨憂喜等念皆名心也

注云色身者即爲四蘊所依止故今約義標故云依止即行住坐卧屈伸俯仰等斯則生心起念無所不知舉動施爲靡不咸見蓋佛智眼廓爾無邊依正斯在豈不齊鑒法華云我常知衆生行道不行道心無形相故但言知身質既形故得云見斯人德行既備善根夙成佛不攝授於理如何故云此等顯示等然則佛智無偏觀生如一有感斯應其誰謂之不然論云下或問見之與知說一則可云何經内具言之乎故云若不說等以凡夫亦有知見見通肉眼知兼比量由是故有不知不見今佛知見非同此也謂於見處即知非如比量知知處即見非同肉眼見即無事不知無事不見經標悉言其在兹矣故彌勒頌云佛非見果知願智力現見得福下二釋得福先引經論云下釋義能生因者正修福業即信解持說者也自體果者即熏成種子自體後感當果也正起者作福之時當於現行彼滅者謂現行滅謝種子方成蘊在識中用感當果此云下正會今文以得之一字生取俱舍謂生得取得也秦譯之妙其在此矣二所以中疏二一叙意科分由無等者謂無我法二執分别是得攝受所以也已斷麁執經意如疏初徵下文二初節譯經文徵意可知釋中我者謂執自五蘊總相爲我人者計我死已生天天死爲畜等故梵語補特伽羅此云數取趣即是人也衆生者計我衆多之法相續生故壽者亦云壽命計我一生壽命不斷絶故然我是總主人等爲别攝别歸總故言我執由是三中皆言計我等也然上四相

雖是經中所無不可不了耳能取等者心境俱亡也以萬法雖多統唯心境心境各有無量差別故云一切也真空等者雖即諸法皆空非謂一向非相但以離執真空不斷故故云亦無非法相然離下二商較經旨此明得佛知見之兼正也故論下引證中有徵釋詳而示之實相差別者實相即無差別但是能生實相方便有差別耳持戒功德即指前段信心等者下云信心清淨則生實相彌勒頌云彼人依信心恭敬生實相不但等者意謂能生實相有多方便不必獨說智慧前云離執此言般若者由是般若能除執故前約所斷此約能斷能所雖異而意不異未除細執者謂二執俱生任運起者前離分別麤執已能成就淨信得佛知見猶殘細執未除究竟

障於聖道故今顯示令其斷之經徵意云以何義故要無法非法相釋意云由取相故即著我人等餘文云可以詳悉疏二初釋總明二相總解等者經云若心取相相中意含法非法相故云總也亦是等者以次文別明取法非法皆著我人等相故此且是立其宗也若取下二釋別明二相二一正辨二相無明使者法執俱生也是無明住地所攝故名為使現行等者即我執分別現行前已斷者示無我見者結成上義但取等者即前無明使是所有者轉猶起也我想者我執分別現行也依止者分別種子為彼現行所依止故亦可法執分別名為依止與彼我執所依止故斯皆不起也中有下二別解徵意可知以後釋前者不如云以細釋麤義則易見問二乘

之人亦有法執云何不起我見耶荅以二乘人從初修行偏斷我執至無學位麄細盡除是故雖有法執而不起我執今約大乘學者雙斷二執分別並遣俱生兩存由是二執任運而起也故無著云以我相中隨眠不斷故則有我取玄門經是故者由前取法非法皆著我等故所以勸令不應即入中道也以是義故者由是不取法非法故疏結歸中者不應取法離有也不應取非法離無也既離有無即歸中道假言顯義者謂所言非法是顯法體離於性計若無非法之言罔知彼義餘皆例此當知義不自顯必假於言故淨名云無離文字説解脱也不應等者謂雖聞非法不得如言便執空義此遮一向執言者也不執等者謂若全棄非之於言則安解諸法空

義將知但除其病不除其法此遮一向離言者也是則全執全棄二皆不可故華嚴疏云夫法無言象非離言象無言象而倒惑執言象而迷真偈云等者餘兩句云如人捨船筏法中義亦然論云下轉釋偈文得證智等者以言詮智得智忘言忘言即不住也如乘筏渡河至岸捨筏隨順等者未得證智不可都忘其言未達彼岸不應捨筏實相生者實相名法得實相智無相無得故云應捨以實相無相故唯識云若時於所緣智都無所得理不應者此實相法尚不可得况離實相外一切法耶除諸法實相餘皆魔事故云非法不與理合故不相應以是例非故云何况第三中疏初標章向説下指疑起處此從第一中來以彼文云不可以身相得見如來佛非

有爲者此指偈云分別有爲體防彼成就得三相異體故離彼是如來故云非有爲亦是桼定立其理也云何下結成疑既若佛非有爲即不合有得有說因何釋迦於菩提樹下得菩提前後諸會說法既有得有說即憧有爲云何前言不以相見作無爲耶舉因問經意云於汝心中所謂如何謂我得菩提爲不得耶謂我說法爲不說耶伊本疑此故舉問之佛問等者空生疑得疑說佛即順疑以問辭雖云得意顯無得試其所荅解與不解無著下引證彼疑有取佛顯無取以無破有故云翻也說法例之順理酬經意可知定者實義謂無實法名菩提無實法名如來說此一向約勝義荅也偈云等者餘句云說法不二取無說離言相意謂釋迦如來是其應化應

化之相俗有真無是故荅中皆言無定準金光明經及攝論說佛果無別色聲功德唯有如如及如如智獨存此是真佛今既異此豈得言真故云應化非真等無定法經徵意云以何義故無定法可說耶釋意云欲言其有無狀無名欲言其無聖以之靈諦理若此欲何說哉說尚不得欲何取哉取即得也是故上云無有定法如來可說等蹠二一引無著正聞等者此則聞而無聞說而無說非謂全不聞不說也如淨名云夫說法者無說無示其聽法者無聞無得是兹義矣分別性者一切諸法皆依妄念而有差別念尚無念法豈是法故云非法法無我者但分別性亡即是法無我理此理不無故云非非法也論云下二引天親二一釋文依真等者此且標立所

依之本然於其上說離有無一切等者緣生之法本無真實之體亦無真實之相故云非也實相有者諸法既無即真實相實相不無故云非非法也此即非却非法也何故下二通難難意云本來疑證疑說問荅悉以雙該今於釋所以中何故但言所說而不言證耶有言下釋也此乃以說反驗於證且川有珠而不枯山有玉而增潤内無德本外豈能談故但言說自表其證也又此言取即是證也無取經徵意云所以言無取無說非法非非法者何也釋意云聖人即是無爲無爲即無分別若有取說法非法等皆屬分別不名無爲何爲聖人故無取說等言賢聖者賢即是聖鄰近釋也魏云等者問行位通於賢聖云何唯取聖人荅若以通論即該賢位此明證

果深淺故唯言聖得名者即差別也以諸聖人皆約證無爲差別之義而立其名如證徧行真如得名歡喜地菩薩等此則得名差別蓋一義耳論意等者謂登地已上隨證一分真如皆斷一障二愚即是一分清淨約於此義便立一名乃至佛地例皆如此非別得法者無得而得即是真得菩提若言有得即是不得當知菩提樹下都無實事故偈云應化非真佛等故無取說者結歸經文無分別義也具足清淨者佛也謂一切惑習悉皆斷除蕩無纖塵純一無雜故分清淨者菩薩也分斷諸障分證真如垢未全除故名爲分故佛頂經云餘塵尚諸學明極即如來廣如序中滿淨覺者處說無著下約無爲差別明賢聖也無分別者即無爲義無所作爲故云無爲

無爲真如蓋是一法菩薩等者有分别故有所爲故如来等者無分别故無所作故初無爲者菩薩也折伏等者此約在觀分别不生分得相應故云顯了後無爲者如来也無復分别是真無爲即第一義也此約於佛故復云者更無過上故云無上覺即佛也三乗下結通諸乗以二乗之人亦分證真理故此通攝也是知三乗賢聖皆修證無爲所證雖無淺深能證有其差别猶如三獸同度一河能度有差所度無别故大品云欲求聲聞乗當學般若波羅蜜欲求緣覺菩薩無上佛乗皆言當學般若波羅蜜是故經云一切賢聖也校量等者問本因善吉起疑所以世尊爲斷斷疑既已何用校量答論云法雖不可取不可說而不空故意云恐有人聞是法不可取說便欲一向毀廢言教故此校量顯勝令其演說受持故大雲於此開立第五不空福德疑以論文不言斷疑故此不立也劣福問經意云七寶最珎三千最大用此布施福多不多俱舍下明三千世界四大洲者謂東勝身洲南贍部洲西牛貨洲北俱盧洲日月者即一四天下同一日月之所昭臨蘓迷亦云須彌盧但梵語楚夏耳此云妙高山四寶所成高八萬由旬欲天者六欲天也謂四天王天忉利天夜摩天兜率天化樂天他化自在天梵世者色界初天也於中復有三天謂梵衆天梵輔天大梵天各一千等者如上各滿一千方成一小千界此小千等者又一千箇小千界方成一中千界此千等者又以一千箇中千界方成一大千界皆同等者謂四禪已

上三災不及故不說成之與壞三禪已下統維三災故云同一成壞就中從初禪已下同火災二禪已下同水災三禪已下同風災七寶等可知福多酬經荅文可見徵云以何義故說多釋意云不約勝義空故說多是約世諦有故說多勝義空者此門是絕相無為不可言福與不福福既不有無以言多世俗有者此門是有相有為可以言福以有福故兼可言多判經福經意可知然四句尚厳況全部耶疏二一正釋經文偈釋持說因明勝之所以望後經文有似太疾以偈文連環不可分故悉之受持及說者標二法門不空等者謂持說此經不同寶施空得福德更得何物次文是也福不趣菩提者謂寶施雖多但成世間有漏之福終不能成無上菩提二能趣菩提者謂持說此經斷除煩惱煩惱盡處即是菩提故四句下二別示句相詮義等者謂以一句詮一義一義為一句四義方成一偈一異有空常無常等皆各有四句然今經四句人說不同有說取無我無人無衆生無壽者為四句有說取若以色見我等為四句有說一切有為法等為四句有說但於一經之中隨取四句經文便為四句有說始從如是終至奉行方成四句然上諸說皆非正義如凡下明正義斯則約有無等為四句也謂第一是有句第二是無句第三是亦有亦無句第四是非有非無句文義兼備故云最妙以此四義能通實相即是四門然但下通妨先問且一二二句皆是四言第三一句獨成六字文既增減云何成偈故此釋也持說等者

以此四義是萬法之門若了四義即通萬法萬法既通豈有菩提而不證哉文或等者但論其義義不在文義必周圓文從增减義若等者謂闕之成謗具之成門成謗者謂闕無成增益謗闕有成損减謗闕非有非無成相違謗闕亦有亦無成戱論謗以有則定有無則定無餘二例之故成四謗何以故法不如是故不如法見故斯則般若波羅蜜猶如大火聚四面不可取也具四句者謂義無所闕故有不定有是即無之有無不定無是即有之無餘亦例之隨於一句之中圓見四句之義不墮增减等謗故成門也何以故法如是故如法見故斯則般若波羅蜜猶如清凉池四面皆得入但以人依於法法異人乖苟法義之所全豈菩提而不證矣故言受持此經

勝於施福正釋經徵意云以何義故持說此經勝於寶施釋意可知諸佛菩提法者揀非餘乘菩提法也然餘菩提非此不出但舉勝者而以例之此二者持說也了因者以法身是本真之理不生不滅但以煩惱覆之則隱智慧了之則顯持說此法妙慧自彰觀破煩惱法身現矣生因者報化之身本来無有萬行所致故名爲生故彌勒頌云於實爲了因亦爲餘生因爲經云一切諸佛菩提法皆從此經處轉釋經所言佛法者約世諦故有即非佛法者約第一義即無第一等者謂俗諦相中有迷悟染淨凡聖之異故說佛法從經而出真諦之理離於迷悟染淨凡聖之相故不可說出佛法之義也故圓覺云一切如来圓覺妙心本無菩提及與涅槃亦無成佛及

不成佛無妄輪迴及非輪迴然則本論異此不能煩述第四疏初標章向說下指疑起處此從第三中來不可取說者以前文云如來所說法皆不可取不可說云何下結成疑也前云一切賢聖通於三乘故疑聲聞得果是取如初果人證自初果亦自說言已證初果等入流果經問意云於汝意中如何汝謂須陀洹人作念云得須陀洹果不荅言不也徵意云若如是者以何義故得名須陀洹釋意云但約不入色等境界即名須陀洹疏三初正釋經文入流者四果名爲聖人今從凡夫趣入聖類故流類也預廁也只由下釋得名所以入者取著義若取六塵即滞凡流不取六塵名入聖流是知功過在人不在六塵境界據此則何有别法而爲所入耶論云下引

證上義不取一法者不唯六塵也名逆流者逆凡流也謂若取六塵即入凡流逆聖流既不取著即入聖流逆凡流也乃至下例明餘果初果尚爾況餘果耶然非下二商教果證或問既皆不取應亦不證故此釋也但於下轉釋意明但無取心非謂不證若起下反明凡夫著我既由起心聖人無我必不起也故知下三結斷疑情空生本謂證果是取故生疑今明無取方成證義永異所疑也若準斷疑斯文已畢以四果是小乘賢聖修證行位是故經中具而明也然此四果復有四向謂向於果故即須陀洹向等於四果之中初爲見道次二修道後一無學道且初修行得入見道謂十六心斷三界四諦下八十八使分别麄惑得初果證謂三界各有四諦每諦下

各有煩惱即貪瞋癡慢疑身見邊見邪見見取戒禁取四諦之下或具或闕故成八十八使雜心論云苦下具一切集滅除三見道除於二見上界不行恚謂初句即欲界苦諦下全具十使次句即集滅二諦下各除三見即身邊二見及戒禁取所以除此三者緣身是苦本觀苦已斷身見邊見依身而起故亦隨亡無戒禁取者以集諦不計非道爲道滅諦又非修位是故皆無戒禁取道當修位却或有之故不除矣故云道除於二見不除戒禁也由是苦下具十集滅二諦下各七通前即二十四道諦下八合三十二後句云上界不行恚即於二四諦下各除一瞋每界各有二十八共成五十六兼下欲界三十二即都合爲八十八也云何十六心謂欲界四諦下各

一忍一智以成八心又合上二界爲一四諦類下欲界觀斷亦各一忍一智以成八心二八即爲十六心也忍即無間道是正斷惑時智即解脫道是斷了時所謂苦法智忍苦法智苦類智忍苦類智乃至道法智忍道法智道類智忍道類智斷至十五心道類智忍名初果向至第十六心道類智時名證初果入於見道爲須陀洹分別麁或一時頓斷猶如劈竹三節並開即以見諦八智爲初果體初果行相畧明如是餘之三果佇見次文一来果經問荅及徵意皆同上釋意明斯陀含者但於人間天上一度往来雖復往来實無往来之者只約此義名斯陀含斷惑者謂欲界修惑有四即貪瞋癡慢此是俱生細惑任運起者障於修道以難斷故分爲九品所謂上

上乃至下下此九品惑二三果人斷之斷至五品名二果向斷六品盡名第二果故俱舍云斷至五二向斷六一来果一往等者以九品修惑能潤欲界七生謂上上品潤兩生次三各一生次二品共一生下三品共一生今斷六品已損六生猶殘下三品潤欲界一生是故一往天上更須一来人間受生斷餘惑也便得等者問據此次第合是第三云何借言便得羅漢荅所言便得羅漢等者非謂逾越不證第三但約欲界惑盡往而不来望一去説故云便得等也若改便得爲直至何也餘下三品一生斷盡使往羅漢即不須前来和會也故名下結成第二果即以見道八品無爲及修道六品無爲爲此果體無我等者由無我故不計去来非謂不去不来但不計

去来之者其猶魯船匠士刻木爲人雖復驅使往来實無情慮所計不来果經問荅徵意亦同上釋意云阿那含者一往天上更不再来雖爾不来亦無不来之者但約此義名阿那含不来不還蓋是一義斷惑等者謂前九品惑中餘下三品斷至八品名三果向斷九品盡名第三果故俱舍云斷惑七八品名第三果向九品全斷盡即得不還果更不還者欲界修惑但餘三品三品煩惱共潤一生今以斷之更無惑潤杜絶紆絆故無再来故云下結成第三果也即以見道八品無爲及修道九品無爲爲此果體此二三果人斷惑猶如截木横斷而已知之同前者合云已悟無我雖能往来四不生下二初辨得名三釋者由有三義故存梵音無賊者意以煩惱爲賊

謂斷人慧命劫功德財致使行人失於聖道流迸生死曠野不達涅槃寶所爲害頗深故名爲賊見修等者謂上二界各有三種修惑謂貪癡慢此惑微細難除故約八地分之每地分成九品都合七十二品每品各有一無間一解脱斷至七十一品名阿羅漢向斷七十二品惑盡成阿羅漢此果斷惑如登樓臺漸陟漸高見修合論兼欲界一地總以八十九品無爲爲此果體若約四果有爲出體者即初果唯取道類智一解脱道爲體第二唯取斷欲界九品修惑中第六品一解脱道爲體三果唯取第九品一解脱道爲體羅漢唯取有頂地第九品中一解脱道盡智爲體所言無爲即離繫果有爲即等流果不生等者謂我生已盡梵行已立所作已辦不受後有然前三句即是盡智後句即是無生智謂不向三界之中受有苦身也以世間因亡果喪出世間因成果證故應受等者爲超出人天故堪受人天供養若或一種淪溺寧堪供之故俱舍云供養阿羅漢得現在福報蓋由業煩惱盡福田勝故當知未出三界受他供養者大須隨順出離豈得安然免之哉舉問經意準前可知明荅及徵意準前釋意云阿羅漢者無煩惱不受生應供養以是義故名阿羅漢除此之外更無一法名阿羅漢若阿下反釋云若或作念言我得阿羅漢果便著我人等相則與凡夫何所異哉由此驗知的無是念引巳證令信者以巳方人也亦令衆生皆亡是念入於聖道故先印經意云佛於往日曾說於我得是三昧人中第一不惱等者

若人嫌立則復爲坐乃至不向貧家乞食皆爲不惱他也能令下釋既不惱之煩惱何起第一等者謂十大弟子各有一能皆稱第一即迦葉頭陀阿難多聞舍利弗智慧目連神通羅睺羅密行阿那律天眼富樓那説法迦旃延論義優波離持律須菩提解空今言無諍者只由解空得無諍故亦如夫子十哲各有能事謂德行顔淵閔子騫冉伯牛仲弓言語宰我子貢政事冉有季路文學子遊子夏離欲等者謂貪使煩惱通於三界斷盡此貪方真離欲也問若然者則但是羅漢皆斷三界煩惱云何善現稱第一耶荅所言第一者蓋約無諍不約離欲也故經云我得無諍三昧人中最爲第一又魏經云我若作念世尊則不記我無諍行第一意者以空生獨得無諍三昧故於諸離欲羅漢之中稱爲第一也不取經云佛雖讚我我於此時輙無是念佛意經云若我當此之時作如是念我得阿羅漢果佛則不説我爲樂寂靜者只緣不作是念故佛讚之無所行者即不作念也故經中反説即言若作是念順釋即言實無所行離煩惱障者謂貪等十使麁細盡除離三昧障者三昧是定障即是惑三昧之障依主釋也不同煩惱即障持業釋故然此二障離各有由離煩惱障得羅漢故離三昧障得無諍故寂靜者寂靜即是無諍定意言須菩提是樂寂靜之者第五疏初標章釋迦下先迷疑意即釋迦因中爲善慧仙人蒙然燈如來授記云汝於來世當得作佛號釋迦牟尼由此增進入第八地故云受法廣有因緣如第十二

中說云何下指疑起處便結成疑此亦從前第三中來以彼文云如来所說法皆不可取不可說故經問意云於汝意中如何謂我昔於然燈佛所於授記言說之中有法爲所得爲無所得荅意云如来昔在然燈佛所於授記言說之中實無法爲所得說是語言等者以是語言故無所得語言非實者謂語言從縁縁無自性舉體全空空故無得也斯則聞而無聞說而無說智證法者釋得記之由也意明但以自無分別智證自無差別理智與理冥境與神會豈有所說所得耶論云下引證上義證法離言說相故不可說證法離心縁相故不可取也

金剛經纂要刊定記卷第四終

金剛經纂要刊定記卷第五

長水沙門　子璿　録

第六疏初標章若法下指疑起處此亦從前第三中来云何下結成疑也既興功運行六度齊修迴向發心嚴淨佛土此若非取則執爲取耶佛身之疑意亦同此以是二報不相離故故論文中二疑雙叙然今此科但斷一種舉問經意云菩薩取形相莊嚴佛土不佛意等者空生本疑有取佛意欲顯無取取與無取在於性相二土故且舉相問之試其解不釋荅經意云不取相莊嚴佛土也徵意云以何義故不取相莊嚴佛土釋意云不以相莊嚴是真實莊嚴也偈云下於中前三句正釋經後一句即却釋偈之第三句也又前兩句釋經中莊嚴佛土者非形釋即非莊嚴第一體釋是名莊嚴非嚴顯偈中非形莊嚴意顯偈中第一體此但指配其文義意即邐迆次顯論釋下轉釋偈文諸佛下至不可取釋偈之前半謂修習無分别智通達唯識真實之性此則以智契如名爲莊嚴即是無取之義所疑有取自此釋遣莊嚴有二下釋後半先列二土形相即法相土謂金地寶池等以要言之但有所見聞皆屬形相第一義即法性土謂離一切相無所見聞即真如理是非嚴下正釋即以後第三句爲出所以由是故得非嚴及莊嚴也非嚴即揀法相土非今所嚴之者當於經中則非莊嚴也莊嚴意即顯法性土是此所嚴之者當於經中是名莊嚴所謂顯發過恒河沙數功德而爲莊嚴如金作器器非外来即以此器反嚴於金是故前

引論云諸佛無有莊嚴國土事等是則於諸嚴中更無過者故云第一莊嚴等也言意者即指非形第一體是非嚴莊嚴之意也意即所以也問諸佛身土必須性相具足方爲了義今既唯言於性豈不關於相耶答身土之相唯心之影心淨方能現之茍能清淨其心身土自然顯現其猶磨鏡塵盡像生自然如然故非造作故唯識云大圓鏡智能現能生身土智影况是即相亡相非謂棄相取性但無執情何關於相然以經宗無相此義稍增首末皆爾用心之相如次所明淨心勸經意云以是義故汝諸菩薩應生無住清淨之心若人下先叙所遮之心意以形相爲真佛土由是見故便欲形相莊嚴故云我成就等彼住下顯失也意明本欲嚴淨如何却生染心以住色等即生死心何名淨耶爲遮下躡前所遮引起經意既以不住色等爲清淨心當知住於色等誠爲染矣正智者無住之心既是正智當知有住所生之心同爲妄識此中正智而言生者所謂顯發非欻然而生故大經云於一切法不生是般若波羅蜜生也以此般若不生不滅故云真心若都下顯意遮過恐墮空見故令生此真心天真之心本無生滅但緣住境即不相應亦非斷滅心若不住般若了然亦非生起恐人迷此故爲顯而遮之是則前令不住色等是遮有後令生心是遮無既離有無即名中道如斯體達是真莊嚴何有佛土而不清淨故淨名云欲淨佛土當淨其心隨其心淨即佛土淨淨其心者即離有無也第七疏初標章疑起之意前章

已叙問此與第三何别荅前化此報故不同也緣前聞應化非真故無有取便云報身是實應有取心是故此疑躡彼第三而起也斷疑經問荅可知徵意云以何義故名之爲大釋意云非有漏有爲身是無漏無爲身若準無著則全異於此大抵首末皆依二諦而釋也今此疏中有依天親有依無著則此一段且依天親也疏二初總釋喻旨高遠等者謂下據金輪高八萬由旬六萬諸山而爲眷屬故名爲大故華嚴疏云須彌横海落群峯之高而不取等者彼山雖大四寶所成五位法中色法所攝三性之内無記性收豈有分别而取爲王也報佛下正明所喻謂進修多刧福智圓明純淨無垢更無過此故云無上獨王(去聲)法界故號法王大有二義一約體身智郭周故二約位諸聖莫及故無分别者非如色法是無記性但以三祇修習萬慮都忘如知寂然故無分别偈云下以偈結也非身下二别解非身二初牒經畧指無漏無爲者無漏則簡異世間無爲則表非生滅問今明報身即合有爲無漏云何此說無爲耶荅此據實教不約權宗故是無爲也故淨名云佛身無爲不墮諸數佛身無漏諸漏已盡故偈云下二引論廣釋二初引本偈此偈標遠離有爲有漏意顯唯有無漏法體論云下二引論文三初雙標若如是者指經徵起以標也以唯下二雙釋清淨身即法身也此釋有物之句即是經中是名大身也問此說報身云何言法荅以法報合說二身不殊以此實教理智無二故得云耳以遠離下釋無物之句也

即是經中佛說非身也法身既是無爲則離有爲生滅有爲既離況有漏耶故此釋文不言諸漏以是下三雙結謂以是遠離及唯有故顯得法身真我無漏無爲不生不滅湛然清淨故有實體名爲有物不如凡夫徧計之我有漏有爲即生即滅如彼夢幻無有實體也以不依下結無有物亦是重顯所以也以不依於五蘊有爲之緣而住唯如如及如如智獨存故有實我當知凡夫皆依五蘊有爲緣住五蘊尚假況所計我耶緣法非已故云依他也辯沙經意可見阿耨池者此贍部洲從中向北有九黑山次有大雪山次有香醉山於雪北香南有阿耨池此云無熱惱縱廣五十由旬八功德水充滿其中於中四面各出一大河東名殑伽河繞池一帀流入東海南信渡河西縛芻北徙多皆繞池一帀如次入南西北海今經恒河即殑伽也言恒者譯者訛也周四十里者謂初出池口處也佛多下出取喻之由然說此經時但在祇園餘說法時多近於彼故以喻也彰福經意可見論云下徵也謂三疑之後四果之前已說寶施之喻今復說者豈不重耶偈云下釋也謂前已一三千界寶施此說無量三千界寶施雖則總是多若總是勝校量然其後者即多中之多勝中之勝故重說也斯則言說重而義意不重何故下轉難意云何不於前文中便說此喻耶爲漸下約人通也謂機淺法深頓說難信漸次誘引令知勝德又前下約法通也謂喻之前未說四果無心釋迦無得嚴淨國土不嚴而嚴修證佛身無證而證是故校

量之喻亦未能勝後乃既明斯義法理無深由是校量之喻亦復殊勝或可出生佛法之義亦在前喻之後也況後釋所以中五段經文亦屬於此思之顯勝經意可知大意同前者即福不趣菩提二能趣菩提是也可敬經可知大般若下引事證帝釋每於善法堂中爲天衆說般若波羅蜜法或有時不在諸天若到皆向座恭敬作禮爲重於法乃尊於處故高顯者以尊人故令處高顯俾遠近皆見敬而生福也形貌等者塔中有佛形貌人見必生敬心見於說法之處亦如見佛形貌若梵語制多此云靈廟或云可供養處與此大同獲益經意云宣說四句之處尚得天人供養何況盡此經文能受持耶如經叙之前四句等者據此經意望於前段有二勝劣何者爲前說其處此說於人前明四句偈此明盡受持由是前則劣中之劣此乃勝中之勝反覆而言故云何況也最上者法身也無漏無爲絕上上故第一者報身也衆聖中尊更無過故希有者化身也如前所說四種事故意明受持讀誦具獲三身功德圓滿也有云能趣菩提故云最上勝出諸乘故云第一世間無比故云希有有佛經意云如此經文隨何方所即爲有佛及諸弟子經顯下明有佛及有之所以謂報化必依法身法身又從經顯既有能顯之教必有所顯之佛又經是教法佛是果法果由理顯理由行致斯則三佛備足四法具圓所在之處豈生輕劣又一切下明有弟子之所以三乘賢聖體是無爲經顯無爲故有賢聖尊重者謂證如者皆是入理

聖人可尊可重故若準魏經即但言有佛使人尊重不言別有弟子故彼文云即爲有佛尊重似佛名勝經問意云未審此經有何名目不有名目如何奉持荅文可知徵意云如来常說諸法名相皆空今特立此名者有何所以釋意云我所立者名即無名無名之名豈違空義爲受持故於無名中強立名耳佛立下釋立名之因因即所依之義謂金剛有能壞之義般若有觀照之功法喻雙彰故曰金剛般若其實亦約能堅之義以立今且就用釋之具如題中及七義句中說也斷惑故勝者衆生流轉爲遭惑染若斷惑染成佛無疑豈不勝乎對治等者約名顯義義實名虛若執虛名安得實義慮有斯執是故對治異說勝經問意云汝謂如来除所證之法外更有別異之說不荅意云如来除所證之法外更無別異之說此段躡於次前立名處来意云非唯立此經名名即無名凡有所說悉皆如此又非我獨爾諸佛亦然無別等者謂釋迦一佛初中後說竟無別異增減然乃但據真實無差不約言辭有異耳但如下出所以也凡有說時皆如其證證中無說豈有異耶三世下結通諸佛以諸佛同證竟無二源不證則已證則無別也若未至極位在因地中隨其所說各各差別何以故所證不同故如地前地上十地節級不同由是果人決無異說故云下結成上義既一佛多佛過去未来所說皆同咸如其證如證之說不亦勝乎故論云下引證唯獨等者說般若能斷煩惱無有一佛不作此說餘皆若此第一等者以諦

理離言說相離名字相故不可說此證前既如其證則無所說也然無著天親語雖似異其意實同既如其證豈非第一義耶塵勝經問答之文可見釋意云所言塵者非煩惱塵但是地塵所言世界者非染因界但是地塵界此即躡前校量中来由前說河沙寶施不及持經惑者所聞未能誠信所以如来特說此義使其明見優劣用滌所疑具在疏文昭然可見

論云下釋盡其意意云碎界爲塵塵上不起煩惱寶施得福即有貪瞋五欲自娱無惡不造故相傳云布施是第三生怨所以塵界勝於寶施且塵界但不起過尚得爲勝況受持此經定招佛果豈可以爲劣哉由是相望便有三重勝劣謂寶施不及塵界塵界不及持經持經尚勝於塵界豈得不如寶施如百姓不如宰相宰相不如天子天子尚勝於宰相豈得不如百姓喻中天子最勝也法中持經最勝也經勝所以豈不昭然大雲下但對經文以揀法喻更無別義然其意者說微塵是塵貪等亦是塵以俱有坌汙之義故說三千爲界說煩惱染因亦爲界以皆有爲因之義故亦可三千是器界煩惱是有情界故也今則揀非貪等塵及染因界但是地塵及三千界也是則結釋上義並如前說果勝經問荅之文可知徵意云以何義故不以三十二相爲法身如来釋意云如来說三十二相非是法身無爲之相但是化身有爲之相故恐施下叙經起之意也恐彼意云若施不求佛即起煩惱本爲求佛云何煩惱彼所求者即是

三十二相之身爲破此見故復問之持說下且標勝劣謂寶施但得色相持經即得菩提故云勝彼福德何以故者徵意云既得三十二相何不得菩提彼相下釋也理法身是菩提相彼三十二相非菩提相所以言者菩提無相故由法身即菩提相非菩提相空矣又於其中法身則勝色身則劣何以故法身無爲眞實性故色身有爲影像相故然由持說因勝故果中獲法身寶施因劣故果中獲色身故上標云持說此經勝彼福德經福下轉遮謬解恐施寶者聞上所說便云雖知色身劣於法身寶施不如持說我以不能持說不要法身恒將寶施成就色身相好既圓不亦妙矣爲遮此見故此云也謂前且約別義分於因果故說施感相身若據實義而論空施不成相果何者由無智慧隨相生情所施雖多唯成有漏縱得三十二相但是轉輪王色相雖同不名爲佛若能持說此經則智慧圓起依慧行施不住有空以無漏因獲無漏果如此三十二相始得名爲佛焉意明下結釋上義不逾前說校量經意如文可知但甚多之言顯超命施之福也捨身等者意恐人聞寶施不及受持便謂以是身外之財所以劣於經福若將身命布施必勝受持爲破其見故有此文沙數猶劣況一身耶泣歎經意者謂空生聞上所說喜極成悲悲泣涕連連自宣心曲身爲羅漢已是多時慧眼雖開未聞斯教捨身下悲泣之由然有三意一謂傷彼捨身虛其功故意云捨命河沙劣於持說不達深旨勞而無功二謂悲曩劫不逢遇故意云

在凡不聞故當其分自階聖果亦未聞之三謂慶今得聞喜極成悲故善吉剏聞深法非本所望涕淚交流以彰極喜今此疏中且明前一也論云下引證慧眼等者謂空生混跡寄位小乘自證人空已來未聞法空之理以法空是大乘所證境故然以此爲經勝由者有兩重意一謂教若麤淺聞乃尋常既感悲啼乃知深妙二謂常人啼泣未足爲奇善吉悲傷當知最勝勝之所以不亦明乎正明經意云若人聞此能生信心此信若生不信諸法故云清淨諸法既泯實相生焉三身功德自此周備豈不勝耶第一等者如前所明經文存畧故標二也此中即般若教餘者即未說般若之前二乘人天之教所言實相者即無相之相也謂無我法之相以要言之離一切相名爲實相故下文云離一切相即名諸佛言餘教所無者謂人天教中具足二執小乘教内法相猶存不可以二執之相而爲實相故言餘者非實相非猶無也言此有者謂頓除二執雙顯二空空病亦空二邊皆離中道斯顯名實相焉故云此中有也問實相之理教但能詮云何信心便生實相荅謂能信此經必無二執無二執處即是實相非謂別有實相生也佛跡經意云此實相者體當勝義但唯無相名依世諦故言實相爲離等者恐聞實相之名便生實相之想想即分別也良以實相真妙言念不及雖假言念唯證相應若起當情但唯影像恐認於此故曰即非信解經意云我爲阿羅漢親禀佛言信解受持不爲難事若當来世濁惡世中去聖時遠

不聞佛說覽斯遺教信解法空領受任持依解起行若斯等類不亦難乎未来等者謂無著出世當正法中故引来世之勝人以誡當時之劣者是知小人君子何代無之斯則指於第二疑中所說後五百歲持戒修福者也三空經徵意云設有能信解受持以何義故得爲希有釋意云以無我等相故此則我空也徵意云所以令無我等相者何謂也釋意云以我等相即非相故我相體是心心所法既無此體即是法空也又徵意云以何義故令無我法之相後釋意云離一切相名爲佛故諸相雖多不逾我法今此統收故云一切斯則是相皆離爲俱空也俱空之理則名爲佛佛自此成故言勝也人法二取其義可知顯示等者爲我法二空菩薩有分離一切相方是如来今顯示此義者令諸菩薩方便隨順學而習之見賢思齊速成佛故云諸佛世尊乃至如是學也印定經意如文可知然以前来從爾時須菩提聞說是經乃至離一切相即名諸佛盡是空生之言於中邐迤有其六重所謂聞法悲啼信生實相對彰難易明無我人法執兼亡盡成佛故如斯所說皆當誠諦之言故佛世尊印云如是重言者表言當之極耳不動經意云此經深妙難解難知或有人聞多生驚畏若得不生驚畏豈不希有者哉實難其人蓋緣經勝經勝之義昭然可知驚畏者此三行相不同驚謂愕然而怪怖則進退慞惶畏則一向恐懼如人欲往上京行於大路以先未經歷忽然而驚心自念言何謂至此或進或退疑是疑非遂無決

定之心謂此路元来不是或反而不進或恐懼發狂墜壑投巖不終天命法中亦爾以佛於人天小乘教中說空說有不達意者隨言而執及說此經則顯非空非有中道之理先所執者悉皆驚畏却以為非不能進趣或墮凡夫或落小乘菩提真空從玆永失今之經意則云若人聞此不有不空難信之法不生驚畏之心則能不捨菩提進向大道旨趣深妙尠有其人若或有之是為希有也大因經徵意云以何義故聞而不驚等得為希有耶釋意云以此法門於諸波羅蜜中是第一波羅蜜故然此波羅蜜若約勝義則不可言故言非第一等今所說者約世諦說為勝之義不亦然乎故云是名等二都下為前来兩重校量皆言經勝釋勝所以已列九門每門之中各是一義未知根本何謂勝乎斯則於勝所以中更徵勝所以也大因者謂第六般若波羅蜜也以佛有三身法身最大此能得故名為大因六中最勝故稱第一勝餘等者謂人天二乘教中不詮此法今乃詮之彼以所詮劣故能詮亦劣此以所詮勝故能詮亦勝也

清淨等者謂隨相之法建言必異離相之理說即無差以平等一夫故平等一味即勝義諦也以是勝義故清淨矣故彼下通釋都徵之意檀即是施通於內外二財故云等也無如是功德者謂在因無破惑之功在果無法身之德故此福者受持讀誦也然前門門皆顯經勝勝之根本不過此門能成清淨法身是故說名為勝內外財施安可校量第八疏

初標章向說下指疑起處也此從前內財校量中來謂河沙命施金勝外財猶感苦身故名爲劣若爾者印定前說依此下結成疑也謂依此經受持解說不憚勞苦即是菩薩行菩薩之行無所不爲剜身然燈割股救鴿一句投火半偈亡軀供佛燒身捐形飼虎如是等行皆名苦因爲行頗同果證何異因果既等何勝劣哉云何等者意明前捨身命即成苦果今受持經亦是苦行何故不成苦果耶忍體經意云忍辱波羅蜜者勝義諦中則無此相故云非忍辱等斷疑意者若如汝言受持此經及菩薩行苦行便同捨身俱成苦果者此義不然以前捨身不達無相即成苦果持說此法菩薩苦行達無我人知忍無忍彼岸非岸直造本源豈成苦果故云忍辱非忍辱等忍到等者然此以超忍爲體須知本末五重然後披涉則明見其理五重者一是本源之心非動非靜二不忍謂以怨報怨三忍雖不加報未能忘懷即未至彼岸忍四忘情絕慮寂然不動即至彼岸忍五非動非靜即超彼岸忍爲治動心且居靜境動既非實靜豈爲真若準五門方爲究竟與其第一更無二源體相常然竟無改易今言忍辱波羅蜜即第四門非忍辱波羅蜜即第五門離苦相者已越第三彼岸非岸兼超第四尚踰靜境豈有動心初後兩端正當忍體正明經徵意云以何義故能行此忍釋意云以無我人等相故也歌利王等準涅槃經說我念往昔生南天竺富單那城婆羅門家是時有王名迦羅富其性暴惡憍慢自在我於爾時爲衆生

故在彼城外寂然禪思爾時彼王春木華敷與其眷屬宮人綵女出城遊觀在林樹下五欲自娛其諸綵女捨王遊戲遂至我所我時爲欲斷彼貪故而爲說法時王見我便生惡心而問我言汝今以得阿羅漢果耶我言不得復言獲得不還果耶我言不得復言汝既年少未得如是二果則爲具有貪欲煩惱云何恣情觀我女人我即荅言大王當知我今雖未斷貪欲結然其內心實無貪著王言癡人世有仙人服氣食果見色尚貪況汝盛年未斷貪欲云何見色而當不著我言大王見色不貪實不由於服氣食果皆由繫念無常不淨王言若有輕他而生誹謗云何得名修持淨戒我言大王若有妬心則爲誹謗我無妬心云何言謗王言大士云何名戒我言忍名爲戒王言若忍是戒當截汝耳若能忍者知汝持戒即截我耳時我被截容顔不變時王群臣見是事已即諫王言如是大士不應加害王告諸臣汝等云何知是大士諸臣不言見受苦時容顔不變王復語言我當更試知變不變即劓其鼻刖其手足爾時菩薩已於無量無邊世中修習慈悲愍苦衆生時四天王心懷瞋忿雨砂礫石王見事已心大怖畏復至我所長跪而言惟願哀愍聽我懺悔我言大王我心無瞋亦如無貪王言大德云何得知我即立誓我若真實無瞋恨者令我此身平復如故發是願已身即平復今疏言問得四果者盖通相而言也論云下義如後釋反顯經徵意云以何義故得知無我等相釋意云若有我相應生瞋恨既不瞋恨則無

我相如昔立誓若實無瞋身即平復以無瞋故則知無我以無我故方成真實忍波羅蜜支離也相續忍經意云恐人將謂只是一度能爲此忍故說過去已五百生或恐人言無我能忍應可暫時若使頻爲必不能爾故說多生悉皆如是或恐人言有何所因無我能忍故說多生忍之熟故含三意故有是言也累苦故者本疑累苦難忍却由累苦能忍斯則翻前三意中後二意也而樂者然有四意故樂一爲忍熟故樂如役力之人久得其志也二爲正定故樂常踞大定寂滅不動故三爲愍他故樂如孩子杖父父即樂生四爲自利故樂以將此幻形易得堅質具茲四意故言樂也疏文但有前三故偈云下引證如是苦行果者對破疑情也謂因苦果還苦因樂果還樂故不同也如陶金作器器還是金和土脫墼墼還是土前徵云何此法不成苦果今此結云如是苦行故不成苦果也二勸離相中疏二一引論叙意論云下出勸之由也謂不能安忍欲捨菩提心由見苦故見苦是苦者由不離我相故若離我相則不見苦自然成忍不捨菩提故今勸之令離相也夫菩提心者謂上求下化二利不息既若見苦爲苦即不能忘身捨命出生入死是故便捨大菩提心如舍利弗本發大心行菩薩行至六住被乞眼睛便生瞋忿不成忍行捨大歸小蓋由我相也三種苦者前二即次文後一即當第十疑中心住於法行布施等是也意明住相行施墮有漏中受用欲樂疲乏生苦也亦可有漏有限有限故乏受用乏受用故生

於苦也然今依天親科經故不收入此段前二文理相似故全用之總標經意云以是無我相等得成忍行故彼諸菩薩應須離相發菩提心若離等者住相既捨菩提不住即成大忍菩提之心自然久固何捨之有也無著下可知流轉苦經意云不應住於色等六境生於妄心應生無住菩提之心若心有住色等境界則爲非住菩提也以是義故佛於正荅問之中說菩薩心不應住於色等布施菩薩之行處處皆同故引前文以證於後也流是下解科文此即四諦之中前二世間因果也大雲解云集招苦果故說爲流生死不停故名爲轉斯則襲習綸輪之義也著色等者著色等即疲乏菩提心不生不著色等即不疲乏菩提心生矣引前等者是上修行文中

也已如前說相違苦經意云菩薩行行本爲利益衆生故便離相行於布施若能離相則衆生相違時不生疲乏也況我法二相如來說爲非相耶以皆本無故須離矣若其本有何用離之勸離之旨方茲著矣疏文內引無著顯意既爲等者蓋不合爲而爲之也如人邀客本爲供承見有所須反生凌辱於理如何由不能下出瞋之所以也故顯下出經意也但無此二心必相應論云下二約天親釋文衆生相者以魏經云一切衆生相故陰中等者今於陰中不見有我故云非相也五陰法者以彼衆生皆用五陰之所成故陰空等者以無能成之五陰故云法無我也然此人法二相本自空無衆生不知妄執爲有今所說者意令知而離之也又此我法經文文與

意反文即先法後人意則先人後法魏經之内文句昭然故今疏中順意釋也第九疏初標章於證下述疑意兼指疑起處也此從前第三第七中来以彼校量内外財施不及持經以此得菩提故遂起疑云若然者且言說是因因即是道以此證果理則不成何者以果是無爲無爲有體因是有爲有爲無體無體之道不到果中云何說此而爲因耶斷疑經意云如来之言真實無異皆如其事不誑衆生持說必趣菩提汝等云何不信又以如来說於真實等故名如来爲真實語者由是者字皆屬如来疏文初畧消經意佛所下通說斷疑之意皆如其事者即下四語所說之事今說等者以彼况此也意云彼既無謬此豈不然真語下二廣釋五語佛身即真身也

以法報合論理智無二故若欲分文別指則佛身是報大菩提法爲法也是真智者以菩提是覺覺即智故論云依此法身說名本覺法報今說同名真身如来說此真智之法乃名如来爲真語者此則以所說名能說也餘皆例此諦實等義已如前說如語等者小乗雖有生空之理非實真如以是偏真未徹源故大乗之内具顯三空空病亦空是究意真如法也不異者與三乗弟子授記劫數久遠名號壽量國土等事一一不異故也佛將等者謂本来只有四語秦什譯時加此一語欲以說統四語發明佛意用之斷疑也應可一一舉而問之以顯不誑之義且如佛說大菩提法爲真智時爲真不真耶則對曰真當知如来是真語者斯則不誑之義明矣他皆例

此說此四事既不誑人令說此經受持得菩提果豈成誑耶云何不信雖此言說有爲無體之因能證離言無爲有體之果故偈云果雖不住道而首能爲因以諸佛實語彼智有四種亦如淨名云文字性離即是解脫無離文字說解脫也離執經意者前雖以言遣疑又恐隨言生執聞說依言得菩提便謂言中有菩提及聞言中無菩提便謂畢竟無菩提不達言空而法實故作斯執今則遣之故云如来所得等也如言等者爲言說緣生本無自性言中菩提亦同言說何以故有名無實故如言於火但有火名名言二法皆無體性故云如言等也不如等者不似言說也謂言說畢竟無體菩提之法即不無也但以不在言中不無離言之法如言中之火雖無不無離言之火由是言中雖無火不妨因言而得火言中雖無菩提不妨因言而得菩提以依言進修必證果故若然者則不應言中執有離言執無達此有無方云離執故偈云順彼實智說不實亦不虛如聞聲取證對治如是說第十疏初標章若聖下指疑起處此從第三中来準彼但云無爲不言真如今所言者揀餘無爲故所以揀者欲顯所疑要成徧義餘無爲法有不徧故彼真如下立理也如華嚴云法性徧在一切處一切衆生及國土三世悉在無有餘亦無形相而可得斯則處及塵塵時該念念故也何故下結成疑既徧時處即合皆得何故有得不得耶斷疑經意云若住法行施則不得真如如入暗中一無所見若無住行施則得真如如太陽昇天何所

不屬真如雖徧得失在人義理昭然竟何所惑無智等者謂無般若觀照之智由無智故即執著色等六塵及空有等一切法也以住是執著之義故云住法心不淨者由執著故爲塵所染正智不生不證真理故云不得得即證也有智等者反前可見對治等者以經中具有法喻疏中配釋影略難明今要預說然會疏文謂喻中有五一空二色三暗四日五目法中有四一真如二性德三煩惱四智法四喻五數不齊者以空喻真如色喻性德暗喻煩惱日目二事同喻一智所以然者以日目二事各有一能智慧之中具有二義日能破暗如智斷惑目能見空如智證理既目無破暗之義日無見空之能約義分之但有四對法喻喻中意者且如虚空無所不徧一切色法亦滿世間百千萬人悉在其内日光未出六合暝然雖在空而不見空雖對色而不見色苟或日出昏暗盡除眼目開明空色皆見匪但空無邊際身在其中反思暗暝之時不曾暫出法中亦爾謂真如之理周徧十方性上功德亦徧一切衆生無量悉在其中以智慧未生唯是癡暗雖在真内何曾見真雖有性德不見性德苟或智慧明發惑暗盡除真性廓周自然明見匪但性無邊際身在性中反思迷暗之時不曾暫離故肇公云道遠乎哉觸事而真聖遠乎哉體之則神彌勒頌云時及處實有爲不得真如無智以住法餘者有智得對治法者即智慧也以日目二種同喻此故謂日是能治暗是所治所治之暗既盡能治日光現前即能見其色等法中

感智例此言也故偈云暗如愚無智明者如有智對法及對治得滅法如是讚德者以顯得真如爲由心淨心淨由不住法不住法緣有智有智蓋由聞經當知此經有其勝德故須讚歎以示将来勝德之相即下十段總標經意如文可知所言以佛智慧知功德者意言除佛世尊餘無知者蓋顯功德之殊勝也受持因者標也爲欲下釋欲受其文故先讀欲持其義故先誦是故受持皆由讀誦故分因果也受持等者謂依總持法而受持修行若文若義總能領納方曰受持此則思慧也讀誦等者謂依聞慧廣故讀誦修行若無所聞憑何讀誦此聞慧也論云廣多讀習亦名聞慧然皆言修行者蓋通相說也非是三慧中修慧以修慧與理相應唯局無漏出於讀等四法之表故不配之但約聞思二慧共所成就故疏次云是則從他聞法等故偈下引證從他即聞慧也及内即思慧也捨命福經意可知以事等者以前来已說命施此中復說者蓋時事俱勝故時即布施之時事即怖施之事前但一度施一河沙身命時事皆小今則無量劫中日復三度以河沙身命布施時事皆大是捨命福中勝福德也信經福經意亦可知不逆者是不謗義也魏經如此信經者謂能所校量之中皆有勝劣能中一河沙數爲劣三時多劫爲勝所中信經爲劣持說爲勝前則以劣況勝此則以勝況劣前淺後深天地之遠矣餘不測經意云若具足讚歎終不可窮以實言之有無邊功德等也非餘等者非二乘菩薩能盡知也故前云以佛

智慧而悉知故又下文云當知是經義不可思義果報亦不可思議佛尚如此餘豈能知自覺者謂以心思口議但及名相之境此非名相故不可思議唯證相應故也等及勝者兩意一則無有等此勝功德故二則無有勝於此故無有等於此故故心經云是無上呪是無等等呪及即等義故不別標也大心說經意云以非餘者所知故故爲最上者說一佛乘者經中初標大乘名恐濫於權教故復揀云最上乘者今疏中出最上乘體故云一佛乘也體當本覺故名爲佛非二非三故名一乘故魏經云爲住第一大乘衆生說即當善吉所爲機發無上菩提心者能傳經意云若能宣說受持此則修行二利能令佛種不斷則名荷擔菩提滿足無上界者滿足即成就義界即因義意明不可量等功德與無上菩提爲因故也荷擔等者在肩曰擔背負曰荷今明行菩薩行即是荷擔謂以大悲下化以大智上求以大願雙運安於精進肩上從煩惱生死中出念念不住直至菩提真性自他一時解脫方捨此擔法炬經中具有此說今經云受持讀誦即自利廣爲人說即利他既若二利兼行必以大願爲體由是能令佛種不斷故名荷擔菩提樂小經徵意云云何唯爲大乘者說何故持說名爲荷擔菩提釋意云以樂小者著我等見不能持說故知能持能說是最上乘荷擔菩提之者問何者名爲小法誰爲樂小之人荅四諦緣生名爲小法聲聞緣覺即是樂小之人滯情於中乃名爲樂彼有法執此顯三空是其非處故不能

持說故魏經云若有我人等見於此法門能受持者無有是處當知若能持說即是樂大法者不著我人等見也問聲聞緣覺以達我空云何經中而言著我荅以我人等見是心心所法著之即是法執故指緣覺聲聞也或可樂小法者即是聲聞緣覺著我見者即是一切凡夫如塔經意云經顯法身依法則有報化三身既存塔廟斯在是故此處勸應供養準纂靈記說隨朝益州新繁縣王者村有書生姓苟未詳其名於彼村東空中四面書之村人謂曰書者何也曰我書金剛般若經曰何用焉曰與諸天讀之時人見聞若存若亡彼屬霖雨流水霶霈唯此地方丈餘間如堂閣下竟無沾濕於是牧童每就避雨時人雖在莫知所由至武德初有西僧至神貌頗異於此作禮村人謂曰前無殿塔爲何禮也曰君是鄉人耶曰然僧曰君大無識此有金剛般若經諸天覆蓋其上不絕供養云何汙踐使其然乎村人乃省苟生寫經之處自此遂䰗鷃欄護之不令汙踐苟至齋日每常供養瞻禮者往往有聞天樂之聲迄今其處雨不能濕且空書無迹尚乃如斯況紙素分明而不能爾轉罪經意云如過去造極惡合來世墮三塗者苟遇此經受持讀誦功力既著能消極惡遂以現遭輕賤之事更不墮於惡道即是轉重業令輕受也持經無我等相即煩惱障盡極惡消滅即業障盡不墮即報障盡三障既滅三德必圓故云當得菩提也總包等者以打罵等事皆名輕賤故隋譯下引證無著下轉釋無量者以身口意三所爲

之事但不饒益皆屬輕賤也故云無量罪滅者罪障既盡漸漸修行因圓果滿自然爲佛經言當得意顯後時非謂現世得成佛果餘轉滅等義已於懸談五因中說竟第八經疏二初總叙意速證等者意明持說此經速證菩提之法所以超過如來事多世尊之福故偈云福不至菩提二能至菩提也二別科釋經二初中全具福經意可見然燈前者以釋迦因地修行經三無數劫第一劫滿遇寶髻如來第二劫滿遇然燈如來第三劫滿遇勝觀如來今云然燈前者即第二劫中也那由他者第九數數當萬萬少分福經意對前比量可解然所不及者有二義一彼得福德此得菩提故二彼有我相此無我相故故前云此人無我人相等也則疑經意云前雖校量

亦未具說若具說者人必狐疑狐者狡獸也以多疑故故云狐疑述征記云風勁河氷始合要須狐行以此物善聽聽氷下水無流聲即過也魏經即但云疑惑幽邃經意云校量不及佛不具說者以此經義及持者果報皆不可心思言議故也福體者經義也爲福所依故果體者佛菩提也測量即思議也以福田佛果皆無相故然科云總結幽邃準疏所判但局第十疑中今若詳之兼該三七之二以始自第三乃至第十遞迭次第五度校量謂外財兩度内財兩度佛因一度且第一以一三千界七寶布施校量不及持說第二以無量三千界寶施校量不及第三以一河沙數身命布施校量不及第四以無量河沙數身命布施校量不及第五以如來因地供養

諸佛功德校量不及至此第五是校量之極更無譬喻可以比況故云乃至筭數譬喻所不能及苟或具說人必生疑故復云我若具說者或有人聞心則狂亂狐疑不信自此之後讃校都絶所以望前數段故總結云當知是經義不可思議等也問此至經末猶有數處校量云何輒言無校量耶荅餘所校量但是別意以之斷疑實非前說五重次第也由是隨時畧舉一三千界寶或須彌聚寶或阿僧祇界寶以爲校量若不然者豈得勝義之後却舉劣福爲次第耶第十一疏初標章佛教下指疑起處住修下即正荅三問及次前十段也若無下結成疑既教我住修離過豈是無我無人若言無我誰住修離過耶亦云下叙別義除細執者即是第二疑中未除之者故今舉之令其除斷問執與疑何別耶荅執則堅著疑乃不决若據論意正是除執不言斷疑今疏云斷疑者若言除執文勢孤起血脉不貫故依諸疏以立此疑偈云下引證除執道之與心蓋是一法但以心本無我而執我道本不住而成住故立障心違道也然此疑執之文若詳經義別分則從爾時須菩提至即非菩薩是斷疑後之一段是除執也故論中釋已偏指後文問經文雖似前問意全別意云若人發心則無有我是誰降伏其心反覆如上所說必無我經意云若人發菩提心已當生度盡一切衆生之心然不得起有衆生可度之念亦不可起我能度之念念既不起即無我無我即名菩薩也非菩薩經徵意云以何義故度衆生令不起衆生之念

耶釋意云若有我相衆生相等非菩薩故前約所度之境此約能度之心心境合論通名爲我既前後互舉則顯能所皆無也俱舜經徵意云前無所化之境次無能化之心所以要無能所者何謂也釋意云以能所俱十方是菩薩故法之一字能所俱攝第十二疏初標意若無菩薩者指疑起處即從次前文中來也以前云無發心者發心者即是菩薩故云何下結成疑也然燈即是釋迦因地第二劫滿所遇之佛既於彼處行菩薩行云何乃言無發心者舉疑處經意云汝意之中頗謂我於然燈佛所得菩提不若得菩提何成菩薩是彼疑處故舉問之降怨下叙其本事準本行經說昔有大城名爲蓮華城中有王名曰降怨有一婆羅門名曰日主爲王所重分與半國封授爲王別爲王城名爲延主日主夫人名爲月上然燈菩薩降神右脇出家成道時降怨王將欲迎請遂勅城內外十二由旬禁斷諸華不令私賣王皆自買以供如來彼國雪山南面有一梵志名曰珍寶有五百弟子中有一弟子名之雲童或名善慧於彼衆中而爲上首所有仙法皆學已了辭師還家師曰汝今將歸須以清淨傘蓋革履金杖乃至金錢五百報慼之恩雲童曰我今並無此物但放我去得即送來師即放之雲童因赴無遮之會得五百金錢便欲送還師處因至蓮華城內見城嚴飾即問於人乃知然燈如來欲至遂將三百金錢於一婢子處買得五枝優鉢羅華兼彼女子寄華兩枝共爲供養時佛入城即以此華散佛頂上以願力故

成於華蓋隨佛行住佛神力故化一方泥善慧見之布髮而掩復作是念願得如來蹈我身過若不蒙記莂我終不起如來即至履之而過止諸徒衆皆不令蹈即授其記作如是言此摩那婆於未來世當得作佛號釋迦牟尼十號具足如我無異今善吉意云既若買華供佛布髮掩泥即是菩薩若此非菩薩者則孰爲菩薩歟斷疑念經荅意云我意不謂如來得菩提也我已解佛所說之義於彼佛所無有一法得爲菩提彼時者蓮華城中授記之時也智與理冥心與神會亡所得之法無能得之心故云都無等由無等者即指上無得而得夫菩提之爲法者寂滅無生不空不有離一切相若離能所則順菩提得佛授記若存能所心境不亡則與菩提極相違逆

如何得記故淨名云寂滅是菩提滅諸相故印決定經意云空生之言稱其實理故云如是實無下如來述成可知我於彼時者即受記及修行時也無有一法得菩提者此約横竪顯之横則於六度萬行之中行行皆無得義若布施得菩提則不要戒忍等竪則初中後念念念皆無得義若初念得何須念念相續等如是横竪心行之中皆無得菩提義也功德施下未詳何經若見等者以自他之相相待而成既見於他必須見自見身清淨等者反於前也清淨即是空義見他既見於自不見自則不見他成既相因而成泯亦相因而滅如淨名云如自觀身實相觀佛亦然亦如志公云以我身空諸法空千品萬類悉皆同亦同莊子中說因有而有之因無而無之

也見清淨智等者非唯無所見之自他兼無能見之智用斯則能所雙泯也圓覺經云依幻說覺亦名爲幻既皆是幻豈得存焉然雖能所兩亡不成斷滅以靈源真心本無能所妄生能所即是乖真能所既除即合本體靈然不昧物我皆如故華嚴云能見及所見見者悉除遣不壞於真見是名真見者又圓覺云諸幻盡滅覺心不動是名見佛者結成見義如上用心方得見佛若生分別執相違真則不名見故華嚴云一切法不生一切法不滅若能如是解諸佛常現前得無生忍等者謂以正智忍可印持無生法故以一切法本無生滅衆生迷倒妄見生滅苟離妄見正智即生契合本體達一切法本來無生名無生忍例而言之見一切法無滅亦名無滅忍今則舉初以攝後也一切智智者是達一切諸法之智表用非一故重言耳有云依於始覺顯得本覺智中之智名智智也得授記者準楞嚴經記有四種一未發心時與記或有流轉五道生於人間好樂佛法過百千萬億劫當發心過百千萬億劫行菩薩道供佛化生皆若干劫當得菩提二適發心與記者是人久劫種諸善根好樂大法有慈悲心即住不退地故發心與記三密記者有菩薩未得記而行六度功德滿足天龍八部皆作是念此菩薩幾時當得菩提劫國弟子衆數如何佛斷此疑即與授記舉衆皆知此菩薩獨不知四無生忍記者於大衆中顯露與記也今當第四也謂散華佛頂布髮泥中依有漏心得無生智於大衆前分明記一刻也聲不至耳

者能所俱寂以離分別心故心既不起耳何所聞亦非餘者此無分別處非謂別有一智能智圓覺云離遠離幻亦復遠離亦非惛懵等者恐聞都無分別亦非餘智便謂同於木石一向頑癡故圓覺云諸幻盡滅覺心不動然即此覺心亦無所得故頌云若時於所緣智都無所得等此則離沉離掉了然寂然妙契本心竟何所得善慧彼時心同此也反覆釋經意可知矣若正覺下釋反釋也以法不可下釋覆釋也據此則善慧彼日但聞其言言性本空竟何有得但約妄惑盡處真智現前當此之時義言得矣第十三疏二一科分此初二段皆屬前疑但是於中相躡曲叙令以論文別說故復開之二初斷下隨釋疏初標章無佛疑者若了虛無之無無即無咎執

之爲無無則太傷故成此疑後法亦然也若無菩提者指疑起處此從十二中来諸疏叙疑多書菩薩字便云從第十一中来然論文之中但云菩提方是血脉相次即無下結成疑也意云果法號曰菩提證得始名爲佛既菩提不可得豈有能證人謗者即損減過也若言無佛是真謗佛也大論云寧起有見不起無見等爲斷下預指斷疑之文然是魏本彼文云如来者即實真如非無經徵意云若無菩提則無有佛以何義故得有如来釋意云若無真如則無有佛也以真如是佛故今真如本有復何疑焉無著下挾来義解以真如通於凡聖衆生垢染但名如去佛位清淨名曰如来如序中滿淨義及第三疑中具足清淨義也猶如下喻明也意顯精純故名真

金謂衆生如金鑛菩薩如金鑛相半佛如純金也然金性本有錬之則純如體本然修之則淨故圓覺云譬如銷金鑛金非銷故有雖復本来金終以銷成就一成真金體不復重爲鑛無得經意者恐人聞非無如来便言既有如来即有菩提何者以得菩提方名如来故爲破此見故云有人言得實無得也無有法即菩提法也錯解者實不得而謂得故也不實語者即錯解也等菩薩行者謂将前菩薩行以等菩提即指同前来萬一之中皆無得菩提義也但空生疑得故以佛等菩提佛顯無得故以菩提等行無著下可解夫佛與菩提義分人法體無二源由是唐言總名爲覺既佛即菩提菩提即佛豈有得義應知說菩提樹下成正覺時同彼然燈佛處亦無所得也疏二斷下二疏初標章無因行者指疑起處此從無佛中来以前将行等菩提明無得義故則如来下結成疑也意云行即是因菩提是果既無因行何得菩提或不約能得所得以成疑也前来斷疑則以菩提等行如今起疑却以行等菩提爲斷下預指能斷之文遮疑經意者以空生前疑得菩提是有執此疑不得菩提是無執今則雙遣故云無實無虚二執既遣復何疑無耶故云遮也無色等相者釋無實也即顯菩提無色聲等相然則但無實色等相而不無於假相故經但言無實不言全無也彼即菩提者釋無虚也此有三意一者無色等相處即顯無相真理是菩提相也二者即以色等相爲菩提相由色等無性便是菩提如像無體便是明鏡即色

明空不待滅故故云彼即菩提相相即性也三者菩提無相却以色等爲相以菩提即真如真如隨緣成色等故論云無漏無明皆同真如性相無著下標真如無二者以虛實是空有斷常二邊既言俱無即顯中道也謂言下釋無實也如言菩提而言中無菩提故謂彼下釋無虛也有兩意一則無離文字說解脫故二則明菩提不同言說全無性故故魏經云不實不妄語斷疑經意云以一切法並以真如爲體一切之言凡聖收盡故皆佛法真如既是佛法餘法豈非佛法耶如一切像以鏡爲體故故一切像皆是鏡像又所言一切法非定實一切法是全空一切法一切法下義如上說由色等者謂色等即空故非色等如像即鏡故非像等斯約諸法即真顯非法真如等者謂空中必無色也以彌滿清淨中不容他故此約真中無法解非法也備斯二義故曰即非是名下以彼色等雖非質閡之一切乃是即性之一切今約此義故曰真如揀異色等無性故云自性也真佛法經意以前說佛之與法二皆不無又佛之與法二皆不異未知何者是佛法真體而言不無不異耶故此顯有真如是真佛法以彰不無不異之義也依彼下兩句標也離一切障者離煩惱所知二障徧一切境者如華嚴云法性徧在一切處等功德即相大即大智慧光明徧照法界等大體即體大功德所依也故即等者功德及體皆廣大故此上解佛大身非身下兩句論文自釋無諸相者無有爲相也如前三相異體故有真如體者有無爲法也

如前離彼是如来攝一切等者攄理融攝也華嚴云一切衆生及國土三世悉在無有餘故名大身安立等者真如之理本非自他非不自他爲破衆生執自他故言非自他形對強言故云安立斯則安立真如假名名曰大身既攝一切則無自他也故起信云此真如體亦不可立以一切法皆同如故

金剛經纂要刊定記卷第五

金剛經纂要刊定記卷第六

長水沙門　子璿　録

第十四疏初標章若無菩薩者指疑起處此同第十二於十一中来但起則同時斷則次第也諸佛下順他以立理也既無菩薩即無此事然佛不成菩提即是生不入涅槃但約凡聖分於因果故下結疑之處則合而言之何故下結成疑也意云若無菩薩則度生嚴土之者是何人哉失念經意可知但亦如是言是躡起疑處之文非次前文也偈云下兼釋後段嚴土之義以文意鈎鎖故聯而引之也初句標次二句釋後一句結意云真界平等擬心即差既生其心豈非顛倒經中作如是言即生心也是意言故無人經徵意云何故作是念便不名菩薩釋意云但約無我無人真如清淨名爲菩薩非謂别有一法故下文云若作是念則不名菩薩也疏文可知前説經意云以是義故佛常宣説一切諸法皆無我人等相然一切諸法本無我人但違之則是衆生順之則是菩薩失念經意準前可知釋所以經徵意同前釋云如来説莊嚴佛土者非有能嚴所嚴則嚴與不嚴等無有二是真嚴也今既異此故非菩薩釋成菩薩經意可知論云下通釋前段以偈文通標在前論文通釋於後前後相望理則昭然起何下約論徵也故經下引經釋也無著下可知問此與第六皆言嚴土義何别耶答前則對無取疑有取此則對無人疑有人然此與第十二皆從十一中起以彼文云無發菩提心者佛意但是拂於我人之心不是泯於菩薩空

生不達此意將謂我人與菩薩不異由是空生起疑之處則云若無菩薩如來斷疑之處則言無人彼此婉含未嘗顯說直至此處方乃決通經文特言通達無我法者如來說名真是菩薩第十五疏初標章前說菩薩下指疑起處此從十四中來以前云我度衆生我嚴佛土皆非菩薩斯則不見自他之義若通而言之亦兼從正荅問及第十一疑中來也若如是下結成疑也以聞不見自他等相便謂如來都無智眼故成疑也疏斷之下二引論彰意偈云下先述斷疑意也初句縱次句奪第三句明能見五眼體常故言實也末句明所見諸心體妄故云顛倒然若干種心是智所知境今配爲所見境者以如來知見無二體故約眼爲見在心曰知故十八住中合爲一住處也斷疑意云菩薩但離能所分別故云不見諸佛豈無真實智眼此顯正斷其疑下但隨文科釋疏文五下三依經斷疑肉眼經問荅文意可知肉團等者謂四塵名肉清淨眼根依肉而住名爲肉眼如楞嚴云眼如葡萄朶耳如新卷葉鼻如雙垂爪舌如初偃月身如腰鼓顙意如幽室見清淨眼根依此發也障內下約所見分齊以結名也依肉之眼名爲肉眼佛具下或問曰佛爲至聖何以同凡有肉眼耶故此通之然但約具諸根處說有肉眼非謂如來是血肉身故經云捨無常色獲常色等肉眼邊等者謂作觀行依肉眼處想外境界觀想成故見障外事名爲天眼如阿那律等大般若下克就佛說前但約名通解故云障外今約佛位而言故云人

中無數等除見天下結成分齊亦顯二眼體同以佛眼體是一而有五用故根本者能生後得故亦名正體智真智如理智以能照真故名慧眼也後得者從根本後方得起故亦名徧智俗智如量智由能達俗故名法眼也問據前一二先淺後深云何三四先深後淺荅前約眼之次第此約證之次第以達俗由證真故說爲後得也疏於內文二初局釋當文前四等者佛有此眼故云佛眼以前二眼通凡夫二乘無法眼菩薩雖具且劣若在於佛四皆殊勝揔名佛眼是則佛眼之外無別四眼也其猶四河歸海失本名耳四皆勝者謂凡夫肉眼見障內天眼見障外佛眼見無數世界二乘天眼唯見一三千界佛天眼見河沙佛土二乘慧眼唯照生空地上菩薩亦皆分證佛之慧眼圓照三空洞徹真性菩薩法眼所知未盡地地之中各有分限佛之法眼所知障盡無法不知無生不度故四皆勝也又見下以所見是佛性此眼能見故如涅槃云聲聞定多慧少不見佛性菩薩慧多定少雖見佛性猶不明了諸佛如來定慧等故了了見性如觀掌中菴摩勒果斯不亦圓極之義乎問菩薩聲聞定慧互闕於其佛性則何以聲聞不見菩薩分見耶荅以定慧望於佛性慧是因定是緣因親緣疎故使然也又聲聞但有偏空慧無中道慧故云慧少菩薩有中慧故見佛性也又此五中唯第三持業釋餘皆依主釋也無著下二通前揔顯二初引無著義揔釋淨勝者非顛倒故超諸聖故四種者舉所以攝能明於分齊如以六境攝

六識色攝即肉天二眼論云色攝有二一法果二修果法即肉眼以從過去業法之所感故修即天眼謂是定果修所得故二眼同見色法色法最麤故先明也第一義即真諦境攝慧眼也世諦即俗諦境攝法眼也一切種者一切種種差别境也一切攝者攝佛眼也即無所不了是一切種智故論云一切種無功用智名爲佛眼古德下二約古德重結可知智淨中五段從狹至寬展轉而數謂數沙數河數界數生數心欲明如來之智微妙能知故約所知之境廣多以顯經皆可見標悉知經文可知共欲者染也欲謂五欲即色等五塵心與欲合故名爲共又欲謂貪欲是心所攝舉初該後意兼瞋等心與貪等相應故云共也前約與境相應此約與煩惱相應皆爲染也離欲者淨也即不與六塵境煩惱相應名之爲淨染淨之心各有無量故曰若干也釋悉知經徵意云以何義故能悉知之釋意云彼等諸心皆是妄識妄識即空故云非心以即空故真心不滅故云是名真心體同故能悉知大雲下釋出能知所以也以諸心是真心中所現少分之法今證真體豈不能知諸心下牒釋可知與此殊者以雲說兼真論言唯妄故不同也論釋爲正若以科疏觀之𨚫以雲釋爲正也請詳種種顛倒識者釋經中諸心也魏本云如來說諸心住皆爲非心住是名爲心住論釋意云諸即種種住謂顛倒以八識皆能緣境有取著故或約前六名爲種種緣麤顯境相續不斷故名爲住以離等兩句釋皆爲非心住也離與不住蓋是

一義智與實念亦無別體意明不住大乘四念處故若住於此即是實念實智既住六塵即顛倒識也是故説顛倒者釋是名爲心此但結歸顛倒識也釋非心經徵意云所以説諸心爲顛倒識無體者何謂也釋意云以於過現未来求不得故已滅下釋三世不可得所以也論文淨名華嚴並同但釋現在有少異耳論云現在虛妄分別故淨名云現在不住華嚴云現在空寂然文異而意不異也然此獨於現在之中言第一義者以無著釋經皆約二諦既五眼文中不言眼即非眼又以見智二種其體不殊故於最後安立第一義第一義即是空寂空寂即是不可得義意皆同也第十六疏初標章向説下指疑起處此從第十五中来心住者指魏經如上所引顛倒者指偈文皆不可得者指經文若如是下結成疑也意云衆生心是顛倒福德依心而成豈非顛倒顛倒既同何名善法既非善法修福何益問答福經可知以是下釋多所以以如來舉因緣以問空生牒因緣以荅因緣無性福亦無性乃成無漏是故多也此文但標下文即釋反順釋經意云若是住相之福我不説多以是無住之福是故説多也疏一初引論正釋偈云下標也論云下釋也意云心識住故故成顛倒顛倒故福皆虛妄佛智無住依之作福即非顛倒非顛倒故皆真實也取相者是有漏福故不説多離相者是無漏福故説多也問福下二問荅解妨問意可知違順等者謂一法界心本来無住本来空寂佛智空而無住故言順妄識住而不空故

言違所言不空但妄識不空非真實不空也苟忘懷而違之則無所不喻也第十七疏初標章若諸佛下指疑起處此從第三中来云何下結成疑也此約下出疑所依意云既言無相法身是佛何以成就相好亦名爲佛此約法身疑色身也現身經問荅可知徵意云以何義故不以色身見佛釋意云以約勝義非世諦故由此不應定以色身見於佛也隨形好者八十種也法數如常即小相也隨其身形一一皆好故八十好即色身鏡中下喻明也故知鏡中有物却不能現物如凡夫雖有法身不能現相好者蓋緣有物所言物者妄身心也論云下約性相揀收也畢竟等者約體揀然相好下隨相收也此二下釋相好爲佛之由如金畢竟非師子亦非無金以師子不離於金故是故下約存泯會釋經文言無者約體而說釋即非色身言有者隨相而說釋是名色身成就者魏經即是今文具足義現相經如前三十二相者法數如常即大相也一一等者前從鏡中無物已下義意並同前文已明今不別釋也第十八疏初標章若如来下指疑起處此與前疑同時於第三中起起則同時斷成先後非從次前文来若言從彼来者已悟非身之身何疑無說之說思之可見云何下結成疑也意云聲不自聲依色而發既無所依之色何有能依之聲故成疑也遮錯解經文可知谷中下喻明也意云以有外聲遂有響荅谷中實無作響之者說法亦爾法身實無能說之者以機感故遂見如来有所說法又谷雖應聲而無應聲之

念佛雖說法而無說法之心據此却由無念故方能說法是故遮云勿謂等也釋所以經徵意云以何義故令我不作是念釋意可知世尊下疏如文可解示正見經意如疏如佛法亦然者佛既無身故現身法亦無說故強說以佛例法故曰亦然二差別者論云一者能詮名句文也二者所詮義也此能所詮若望於佛俱是所說通名法也不離等者論云釋是名說法法相之界故名法界說法無自相者論云釋無法可說謂相即性故言說緣生無自性故又解不離法界下二句俱是釋無法可說謂此二種不離法界法界之外無別二法自相可得以此二法自相本空不可得故此即以下句釋上句也真說等者夫爲說法當如法說名真說法法離一切名相分別若稱此說是如法說故下文云云何為人演說不取於相如如不動然第三第五第七及此四處皆明無說者意各不同以第三疑化身有說第五疑證智可說第七明佛無異說此文疑無身何說以此爲異然諸疏於十八九之間約魏本經文皆出一疑龍外皆云何人能信疑雲云能信深法疑今秦經既無其文疏亦不叙而觧今見近本秦文皆有此叚乃於抄中略要敘釋名爲所說既深無信疑論云若言諸佛說法者是無所說無說不離法身法身無相有何等人能信如是甚深法界斷之經云爾時慧命須菩提白佛言世尊頗有衆生於未來世聞說是法生信心不此疑甚深無信以問也解空第一智慧圓通以慧爲命故稱慧命生信心者生大乘正信

心也不信一切法方爲正信此信與聖性相應故起信云如是信心成就得發心者入正定聚畢竟不退名住如來種中正因相應次揀聖性有人以酬佛言須菩提彼非衆生非不衆生須菩提下合云實有衆生能信此法彼能信者非是凡夫衆生非不是聖性衆生也論云非衆生者非凡夫體故非不衆生者以有聖體故非不是聖體衆生偈云非衆生衆生非聖非不聖此中聖體者佛之知見也以是信之根本故次徵是非生信以釋經云何以故須菩提衆生衆生者如來說非衆生是名衆生何以故者徵也以何義故說非衆生又名衆生耶須菩提衆生衆生者此牒也於非衆生中說爲衆生者如來說非衆生是名衆生非衆生者非愚小異生也是名衆生者結成能信之人有聖體也偈云所說說者深非無能信者此上經文魏譯則有秦本則無既二論皆釋此文後人添入亦無所失况有冥報之緣宜亦可信第十九疏初標章不得一法者指疑起處此從第三第十二第十三中來以彼文中皆言無法得菩提故云何下結成疑也離上上者如初地並於地前名上未離二地之上乃至等覺亦未免於妙覺之上唯佛極證更無上位之上故云離上上是則凡夫離下下諸佛離上上餘之中流不離上下轉轉等者謂轉捨二障轉得二果轉捨轉得故云轉轉意云既若轉得菩提云何不得一法故成疑也爲斷下預指斷疑之意也指示顯現故云示現無法爲正覺經縱聞無得是得並可知矣彼處等者此明無有一

法可名爲上如須彌至大微塵至小盡未免於上以皆有故如虛空無故得名無上也菩提處者菩提即所證處也無一法等者但妄盡覺滿名曰菩提離此寧有菩提可得平等爲正覺經亦可知不增減者即釋經中無有高下謂在聖不增故無高居凡不減故無下斯則平等之義也平等名無上者夫上以待下得名下既不立上豈存焉更無下轉釋無上義然此問荅之中有三種無上義初問中言無上頭之上約修證說次則無法爲上故名無上約空寂說後則無對下之上故名無上約凡聖同體說後二是荅中意也修正覺經意云然雖無法然雖平等非謂不修得成正覺應以無我等心修諸善法然後得成然此善法約勝義則無約世諦則有天親異此詳之了因者了有二義一了斷義以般若能了煩惱空故二顯了義能顯法身故今無我等即是此義亦名正因正由此慧除妄得法身故今云正道道即因義緣因者即施戒等五與彼般若爲資緣故助即資也資彼正因之力斷煩惱成菩提也猶燈能破暗顯空必籍心油爲助緣也是正覺者以梵語三菩提此云正覺即所證之果無漏善者問有漏之中亦有善法何故偏局無漏耶荅以無我等相所修故唯無漏也又以有漏之善非菩提因今爲菩提故須無漏問上三段中前二無得後一有證義既矛盾云何兩存荅所言修者但是斷除我法顯自真理竟無一法可得由此二義宛相符順問第三第十二第十三兼此一段前後四處皆說不得菩提如何辨

異耶荅前後文雖相似義意不同以第三疑釋迦得果第十二疑善慧成因十三疑無法無佛十九疑有修有證茲義迢然請無所濫第二十䟽初標章若修下指疑起處此從十九中來則所說下形對前之數段結成疑也意云既言修一切善法得菩提云何前來頻言持說得菩提耶以是下成立持說不得菩提之理以名句文三無記性攝無記性法中無因果故豈感菩提耶經之比校如文可知雖言等者許爲無記也而說等者不許非因也是故下出經意能為佛因故勝寳施論云下轉釋爲因之由以經詮真理因之悟解依解起行方得菩提若無教門要知所入故法華云以佛教門出三界苦又言下論之別意汝法無記謂小乘薩婆多宗說聲通善惡名句文身唯無記性我法是記者謂大乘宗地上菩薩於後得智中所變名等唯是善性非無記性是故等者意云只就無記尚得爲因況是無漏善性所攝而不得菩提耶問此與第九疑何別荅彼約有爲無體難此約無記非因難又彼唯據持說難此則兼對善法難迢然不同也第二十一䟽初標章若法下指疑起處此從十九中來云何下結成疑也既度衆生即有高下高下即不平等故成疑也錯解經文初正遮二再誡可知正見經徵意云以何義故令不作是念釋意云以實無衆生爲如來所度故平等下兩句立其義宗以名下兩句釋其所以論云下轉釋後二句也假名者但有衆生之名而無衆生之體故云假也與五陰共者謂於五藴和合之處說言

衆生不即不離故云共也不離法界者佛是極證之人已全是法界衆生雖未能證緣生無體亦同法界豈將法界度於法界是故偈云平等等也所以經文反顯若順言之應云以佛無我人等相故不見有衆生爲所度也取相過等者以無謂有故不如法界故不了緣生故便成有念故爾炎梵語此有兩義一謂智母已如前說二謂境界然是定中境界今取此義意云佛智稱境而知真如是有作有知衆生是無作無知也若作智母釋者即根本智證平等理無有分別今觀衆生亦復如是也拂迹經意云佛雖說我元來無我執有我者蓋是凡夫雖言凡夫亦無凡夫如夢人見虎虎與夢人皆不可得法中亦爾以凡夫人執我故云非我恐執凡夫故云非凡夫

邐迤除遣執情故云展轉拂迹然前正荅問中及第十一十四兼此一段前後四處皆說度生無度雖文同而意異謂最初令離我度生十一疑能度者是我十四疑無我而誰度二十一疑真界平等不合度生同異昭然第二十二疏初標章論云下指疑起處此從十七中來雖相等者以前文云即非具足色身即非諸相具足具足即成就義秦魏經異也而以等者以前文云是名具足色身是名諸相具足彼中意者法身畢竟非相好相好亦非不佛由無相故現相不離法身所以疑云既無相故方能現相則但見於相便知無相也如遠見煙定知有火以離於火必無煙故表佛經問意云可以相比觀無相法身如來不識根經荅意云實可以相比觀法身如來

悟色身者知應化非真義也迷法身者不知法身畢竟非色相義意謂下出荅意也意云但見法身之相好則知相好之法身如見草木之苗必知其根由是科文約喻而立凡聖不分經意云輪王亦有此相應是如來偈云等者意云但約本望末則定若約末望本則不定且如輪王與佛色相雖同相之所依二各有異佛相即法身所現王相依業因而生凡聖雲泥復何凖的況依法身有自他受用復有大小隨類化等各各不同如苗與根事亦不定初栽之樹則有苗無根所接之樹則苗根各異故也佛非相見經意云緣聞依真現假假不離真及乎約假來真真不由假實德不在相令色鮮矣仁以貌取者失之子羽而今以後焉敢不識見聞不及經文可見然恐空生更約說法比知如來故言音釋求之不得此疑即從第十八中來今預遮防故無後說魏偈者明見聞不及之由也秦經則但明見聞不及偈云等者彌勒偈也於中半釋秦偈半釋魏偈意云見聞是識但能緣於色聲佛非色聲故不可知彼法者法身也真如相者即離一切相是真如相非如言說知者以真如法離言說故但是真智之境唯證相應故云自證第一第七第十七及此一段皆云不以相見如來者義意皆別初以對果疑因次明感果離相次說依真現假後明約假求真故不同也第二十三蹝初標章由前下指疑起處此從一十二中來遂作念下作一向離相解便是指起疑之宗也若爾下結成疑也意云福但成相果相既非佛修福何益

故佛果下結成疑名也論云下引證失福者非菩提因故失果者非菩提果故遮念經意云汝若謂如來不以具足相故得菩提莫作是念文勢似重意實不重但前叙後遮也華嚴偈中前半屬前文後半屬此段以文意鈎鏁故就一處而引既言不離色聲豈合一向毁相毁相非理故此遮之肇云下亦前後相半耳不偏等者相不定故如輪王非佛非不等者應機即現不離法身故如釋迦是佛斷滅見者義在次文出過經文可知損减等者謂執有是增益過執無是損減過今既一向離相正當此句斯則於果損福德莊嚴於因損五度之行壞俗諦也斷見者中論云定有則著常定無則著斷今既一向作無相解正當斷見邊見著空有斷常皆是著邊邪之見

並非正見故云過也不失經徵意云以何義故令不作此念釋意云但發菩提心者皆不作此念故知作此念者豈非過歟如所住法者所住之法即大菩提心菩提心者即悲智願也

金剛經纂要刊定記卷第六

金剛經纂要刊定記卷第七

長水沙門　子璿　録

一切菩薩皆安住此心行菩薩行有大智故不住生死有大悲故不住涅槃令令離於斷常二見即是不住生死涅槃故云如所住法即七最勝中依止最勝不斷等者意云生死本空猶如影像影像不有復何斷焉今言不斷者非謂固留但了性不有了相不無隨順俗諦故云不斷此即通達之義於涅槃等者若被寂所縛即不自在今寂而常用用而常寂是自在義此中下顯偏說之意然據不斷生死利益衆生但成大悲不住涅槃如其具論亦須不住生死方成如所住法一向下即出偏說之意遮寂者即二乘人灰身滅智撥喪無餘被涅槃所拘是不自在今以不具相發心正墮於此爲對治故偏示一門下文菩薩不受福德即不住生死義則圓矣偈云下引證論云下釋偈雖不依下縱也法身真佛是真菩提正由智了爲因故不依彼而不失下奪也福德是因即五度果報是果即三十二相相非不佛故言不失既不失果即不失因以能下明不失之由謂真菩提必須具足二莊嚴故智慧即真身福德即應身故論云法身者智相身福相者異相身以諸如來皆合具此二種相故故法華云如其所德法定慧力莊嚴以此度衆生自證無上道得忍經意云菩薩於無我心中所修福德勝彼有我心中所修福德以莊嚴法身究竟不失故論云下先叙所遺之念念云若出世無分別智正是佛因即所修福德盡皆失也何以故福

非因故為遮此故者引起能遣之文得勝忍不失者正明不失義謂若心住相修諸福德慞於有漏此福則失若心離相修諸福德成於無漏此福不失也以得下出不失之由斯則以果驗因成不失義無垢即清淨無漏是佛身矣二無我者人法也得此二空之智名之為忍正明經意云前言無我所修之福以為勝者只由菩薩不受福故可訶等者明不受之由亦是以果驗因成不受義意云果若有漏則知受福是可訶責果既無漏則知不受云何可訶無著下顯對前文不住涅槃前後相望共成悲智之義耳若住等者反明也徵釋經意云菩薩作福若生貪著則成有漏因既有漏果亦有漏得三十二相但同輪王不名為佛此則因果俱失成其所疑今既作福不生貪著則因成無漏因既無漏果亦復然所得三十二相莊嚴法身名之為佛云何疑其失因及果第二十四疏初標章若諸菩薩下指疑起處即從次前文來論中即云若菩薩不受彼果報等云何下結成疑也衆生用者據佛壽量合滿百年至八十便入涅槃意留二十年福與後代弟子受用又於佛供養承事能令衆生獲福無量斯亦佛福衆生受用也問前云菩薩不受今何難佛受用又前言受是取義今疑受是用義文義既異何以成疑答此皆以果驗因也因中若不受取果中焉合受用果中尚自受用因中豈無受取耶錯解經意云若人言如來出現來入滅去住世間皆不解我所説義是福等者是彼無漏福德之應報即無垢果也果中無有色

相故論云佛果無有色相迭相見故又論云佛果無別色聲唯如如又如如智獨存故無來去等為化下或問曰既佛果無別色聲來去等何以出現受福為衆生受用耶故此釋之意說衆生根熟為能感緣以佛無緣大悲無量刼來利他善根熏淨法界以成善習有感即應任運無心如一月不下降百水不上昇慈善根力法爾如是正是斷疑之意若果中有心受用則因中亦有心受取果中既是自然因中足明無著也正見經徵意云以何義故名為如來既名為來亦表其去何言錯解釋意云以真佛本來無來去故偈云下標真化異也如來即是法身本來不動猶着虛空故不同化身隨機來去此非異而異也大雲下釋此約機心染淨遂見佛有來去名為化身來無所從去無所至即是不動名為法身斯則機見有佛來去佛實不動云云自彼於我何為此中畧舉水喻衆生心則知月喻法身影喻化體清濁喻染淨也水清月現月亦不來水濁月隱亦非月去但是水有清濁非謂月有昇沈法中亦爾心淨見佛非是佛來心垢不見亦非佛去但是衆生垢淨非謂諸佛隱顯解極等者謂解極則心絕心絕則會如如體本周故無方所此明即應之真緣至下明即真之應也意同大雲隱顯斷疑意者諸佛本無來去衆生妄見去來尚無出現之佛寧有受福之事第二十五論文於此不別敘疑而義意合有也初標章攝前下指疑起處此從三處來不可以化等者第二十二也濫於輪王故法身無來去等者二十四也

斥為錯解故據遮下二十三也不失等者彌勒頌云得勝忍不失一異相反難為存去故成疑矣此約下懸指斷疑之意彼約一異雙存而難此據一異俱非而通也破麤色經問答多少如文可知疏三初引天親約斷疑偈云下標也論云下釋也一真法界數量消滅非一異故諸佛證此亦非一異而言處住者以非此二義可住著故為示下正顯住意意以界喻真身塵喻化身也塵因界碎故非異喻從真起應也塵細界麤故非一喻真實應假也無著下二破執法別是一義非斷疑也名身即受等四蘊色身即地等四大於中下以細末破色身以無所見破名身無所見即不念也此叚說塵甚多正是初方便大雲下三示破相明方便之相以能破是細末所破

是麤色能所合之故成科名此言下揀異大小大乘用觀假想分別起其慧数破析彼色一一分析至於極微二乘天眼所不能見此則細末之極不可破析名極略色非小乘等者以彼宗迷唯識理不達諸法即空計此微塵以為實有故說積諸微塵以成世界故俱舍論云極微微金水兎羊牛隙塵蟣蝨麦指節彼後增七倍等今此揀去故云非實塵也破微塵經意云以何義故說微塵耶釋意云以無實體故又徵意云所以說微塵空又說微塵者何謂也釋意云佛所說者非實微塵是空微塵也疏二初約斷疑釋塵碎下喻說塵是碎世界為末也故界麤而塵細是非一也塵衆聚者世界是衆塵成故塵界非異也如是下法合謂應現十方故非一同依一體

故非異又依法起化故非一離法無化故非異又若下二約破法釋亦是約喻法説者若化是實亦不用佛説只為是虚餘人不知故佛説矣無著下引證同此破世界經意云非唯所起微塵是空微塵抑亦能起世界亦是空世界本論等者如次文所説衆生世界者有情世間也以心法無質不可分析故但以不念方便破之念之則有不念則無故起信云心生則法生心滅則法滅等也破和合經微意云以何義故説世界耶釋意云世界若實則是一合佛説一合者非實有之一合是空無之一合疏文中引天親觧論云下標也大雲下釋寘合也寘然合為一也一即和合故云一合矣三千破一者既言三千則非一義此乃通明五藴無一合義無著下二引無著觧並説等者情器雙明也故有下且標二摶取大雲下顯明情器俱名世界謂塵衆則器世界衆生則有情世界摶取為一等者謂情器不分為一世界也此一合有二摶取於五藴中分色心故本以合二為一今則開一成二然和合摶取蓋是一義但秦魏譯異耳一摶取者是名身衆生世界義不可分但有一義故差別摶取者是器世界聚多微塵成一世界故故無著論云衆生世界有者此為一摶取微塵有者此為差別摶取二界無實等者故心經云是故空中無色無受想行識無眼耳鼻舌身意無色聲香味觸法等經是名一合相者約俗諦説有明在次文妄執有經意云此一合相無體可説但為凡夫妄生貪著以彼下釋經中不可説也五藴和合無

實體故斯則界歸於塵則無界可取塵歸唯識則無塵可取四蘊離念則無心可取也衆生取著皆由虛妄分別故起信云一切境界唯依妄念而有差別此明經中但凡夫巳下文若有下反顯也以世界體若是實有不名虛妄分別合是正見世諦説者即前是名也同論云以彼聚集第一義不可説即前即非也同前無物可取小兒等者世諦雖説但是假有凡夫不敏執之為實猶彼小兒如言執物見五蘊者不了法空是法執也取和合者不達衆法即我執也二執不亡故名貪著其事也迷於事法所知障也煩惱可知是依二執起於二障也破我法者前破我法所緣之境令知不實令破能緣我法見心見心乃是所起分別令即破之令亡分別入聖道也故

偈云非無二得道遠離於我法斥錯解經文問答並可知矣但不觧必不錯觧也遣言執經徵意云以何義故説為不觧釋意云佛説我人等見非實我人等見是假名我人等見衆生不觧謂之為實所以前科判云錯矣虛妄等者見有我故名為我見體實無故乃云虛妄虛妄無實元是不見如繩處見蛇豈是實見如所下兩意一以真如為所如彼真如不分別故二以我法為所我法本無如所知故云何下徵如外道下釋人無我等者一法界中無我無無我今對有我説於無我權説假言故云安置法無我等者以見是心心所法執有此見名為法執心法不實故言安置此文破法我者是連帶引之非謂正意也相應等者入地證如也不分別者離分別障也

即此等者若存我法即分別無窮但了二空則自無分別即此二空觀爲入理之方便也除分別經意云發菩提心者於一切法應如是知見信解不生法相疏二初明無分別所依二初揔徵三法無著下節節以疏徵起以經荅之何人等者即經中發菩提心者於何法者即經中一切法何方便者即經中應如是知見信解此顯下二別釋第三二初揔標此顯下增上心即定也增上智即慧也皆是增勝上法故云增上知見勝解者定慧之後位於中下二別釋二初揔彰三義於中者於彼三事之中也若智等者明此三種體即是智但依止方便不同故立三名也奢摩他此云止止即是定智依此定併息萬緣唯心獨存故云知也毗鉢等者毗鉢舍那此云觀觀即是慧依此慧故觀察一切委細推求歷歷分明故名爲見此二者知見也三摩提此云等持但以定慧等處名三摩提依此義故名爲勝解言依止者名依義立也以三摩下二轉釋後義自在者定慧無閡故內緣等者既未證真但緣影像以真如法離心緣故今既變影緣如但名勝解從此能引根本正智無分別中爲近方便故云何下二正顯無分別理即論釋經中不生法相初句徵起次句正顯大雲下約位釋論前方便等者即知見勝解此當地前四加行位今不分別者即不生法相通在十地及佛地也雖滿分不同皆用根本無分別智親證諦理也如唯識見道頌云若時於所緣智都無所得爾時住唯識離二取相故顯本寂經意云所言法相非實有

之法相是本無之法相不共者非法相也勝義諦中不容他故離性離相非和合故相應者是名法相也性起爲相不離性故如前金中無器不離金也第二十六論文於此不言斷别疑故雲外二疏皆攝入前段合疏詳文合有是故開之因聞下指疑起處此從二十五中來意云下立理即化身下指無化體若爾下結成疑也意云能說之佛既虛所說之教豈實持說不實之教寧有福耶功德經文校量可觧阿僧祇此云無数發菩薩心者揀餘人偈云下標論云下釋先牒疑縱之而彼下據理奪之無量下揀有量等斯則三重顯於持說之勝不染經徵意云云何演說便獲如是功德釋文可見前云發菩薩心者意在於此若非菩薩焉能如是無著下初引解二初申經意既說法之心如彼真如無有分别不取能所說相所獲功德利益至矣故決定說也無所染者即無分别不取不動也此則正是斷疑之意謂佛所有說皆如真實傳授之人要皆如是既如其法福乃無邊何疑持說無福德耶又如偈云諸佛說法時不言是化身以不如是說是故彼說正意云若言是化則人無敬心所說之法寧肯信受由不說故人皆宗奉所說之教咸悉受持無漏之福自然無量等云何下二銷經文不可等者此明離於說相非全不說前云無法可說淨名無說無示是名說法故魏經云如不演說若異下反明以取相故有分别故不如如故既不如如即成顛倒又說時下約事明無染前約不稱理今約不稱事夫說法者本爲利生

今爲名利豈非染說大雲下二引大雲觧生滅心行即有所得分别取相今既不以即與如合故曰如如上如即似義下如即真如似於真如故曰如如心境如者即兩皆真如無似義也則無染者謂擬心即差便名爲染故論云動即有苦果不離因此則微細念慮盡名爲染不必貪欲第二十七疏初標章若諸下指疑起處此從二十六中來以化身如來常說法故前雖無文而有此意云何下結成疑也涅槃即是不動無爲義如前文云若人言如來若來去坐卧即不觧所說義如來者無所從來亦無所去故名如來斯則佛入涅槃也意云涅槃寂靜說法喧動動寂相反云何兩存經徵意云以何義故佛常說而不閡涅槃如論所敘釋意云常佛有妙智觀諸法空如夢幻等雖現說法似有爲相而常住涅槃無作之理復何疑哉若於論外不作斷疑釋者此文但責說法不染徵意云以何義故說法之時不取於相得合真如不動不染耶釋意云但觀諸有爲相猶如夢幻等自然於說不取不著契合真如無有動摇分别等也疏文二初開章指文魏本等者以彼此二經皆說譬喻就中彼廣此略今則標廣以釋於中下二随章辨釋三初約兩論釋魏本中九喻二初文者偈云下標論云下釋初釋前二句真化不一故非有爲真化不異故不離有爲言諸佛者揀小乘涅槃一向寂滅如來涅槃悲智兼運名無住處何故下躡前徵起釋後一句徵意可知由妙智等者妙智揀二乘麤智正觀揀凡夫倒見既以妙智正觀有爲

諸法如夢幻等故涉有而不住有觀空而不住空用而常寂寂而常用故終日說法終日涅槃如華嚴疏云寂寥於萬化之域動用於一虛之中也故知若不涉有豈名大乘涅槃若不證如何名無深說法言雖似反意乃相符善現約極違以申疑如來據極順以通釋理實深妙光兹末篇二兼無著下初指論分文此偈者魏經文也四有爲者即下自性等四初自性下二隨文正釋四初文二初釋章意此見等者謂見相二分以自證分爲體然此三法是生死之自性一切生死從此而生故名此三爲根本矣此通八識也一星下二別解文三初文見分者雲云第六識也計度分別緣共相境世間諸智盡在其中故以星光況於此識此約執計強盛故獨指第六非不通八也無智等者此中法喻相兼文猶闕略若具配屬即法喻四對謂以日喻智以星喻識以明喻悟以闇喻迷且如喻中意云無日闇中有星光故有日明中無星光故法中無智迷中有識用故有智悟中無分別故其猶昏夜日光顯然唯星獨存晷辨南北杲日約現星光自沈法中亦爾生死迷中本智未顯意識分別似有鑒覺若智顯彰光明徧照分別念慮泯然無餘無彼光者此約分喻喻中俱無星光而不無星體法中融同一智無別識心故二中如目等者意云翳若在眼則見毛輪執若在意見實我法若正配法喻即翳喻第七識毛輪等喻所見分今標云翳喻所見分者此有三意一密配第七識謂若但取毛輪則唯喻所見第七意識無因可收故

此密配無所遺也二交互影略以喻上舉能法中言所自然影略說收所餘三顯示毛月無有體性意雖在所令卻舉能以顯所從能生足知無體也以顛倒見者出無體所以於無見有故云顛倒取無義者情有理無故三中燈喻識者理則雖通義當前五以六七八識各有配故燈約等者以膏油喻貪愛以燈喻識若無膏油則燈光不起若無貪愛則識念不生故論云依止貪愛法住然此上三喻皆是能熏深汙根本故通名自性相其所熏第八識持種引心配屬雲喻如下所明或可星喻見分翳自所見毛月喻相分證喻自證分自證分即第八識其後雲喻但況識中種子為未來法著所住味者即是味著所住幻喻等者即約所幻境說如結巾為兔結草為馬乃至變現種種境界以器下所喻法也六塵境界不一故云種種無著下會釋科文大雲釋意可知能變之識尚猶不實所變之境豈得有體故起信云一切境界唯依妄念而有差別若離心念則無一切境界之相三隨下二

初釋章意自身等者明身受當體是過失觀此等者隨順出離也又解等著執著身受是隨順過失也所謂執身為常執受為樂即是顛倒顛倒即過失也初露下二正解文二初者少時住者如草上之露日出即晞衆生妄身亦復如是然有三意一命脩短有纔生即死故二比於上界時極促故三念念遷謝即生即滅故有斯三意故曰少時二中受用事者受能領納即此領納是受之用即此受用

便名爲事受想等者因即是觸受之因故想能助受故俱舍云受同飲食想同助味三法不定者有三釋一則苦樂捨三受不定也二則受想因於三法而不定三法即違順等三境也三則受想觸為三三皆不定也以一不定餘皆不定故然此雖說想觸意明於受如風水相授即有泡起觸想和合則有受生是故以泡喻於受也故大雲云水上之泡出没不定心中之受苦樂不常苦體等者受是苦體苦謂三苦彼苦身中有苦生故是苦苦破滅是壞苦不相離是行苦逐境住情妄生樂想故名隨順功德施下意說壽命不同前義喻則可知法中始生等者說蘊腹中名生形體未成即有死者纔生者生下即死也暫停住者五歲十歲乃至百歲通名暫住初天所見人間半百尚同晝夜況聖智乎故正法念經云有於胎藏中死有生而已命終有能行便亡有能走便卒雖脩短之異皆歸死處故淨名云是身虚偽假以澡浴衣食必歸磨滅四隨下三初釋章意隨順人法等者二空真智能出二死方便觀察名爲隨順二正解文三初如夢者人之神遊也以過去所作見聞事業皆是所念之處與夜来夢無有差别憶之可說掬之不見如經云如寤時人說夢中事心縱精明欲何因緣取夢中物唯念性者以念為體性故念之似有不念全無觀察等者謂白日見聞境界所熏夢中死然還見雖即無人造作境界分明現前如是下法合過去業因所熏感招現在果報雖則無人造作不免生死輪迴故淨名云無我無造無受者

善惡之業亦不亡若夢寤時則夢所見事一無所有若迷覺已則生死輪迴杜絕蹤跡故起信云應觀過去所念諸法恍惚如夢二中不住生滅文異義同凡是有為即生即滅無異時也以無性故體虛妄故經云因緣和合虛妄有生因緣別離虛妄名滅楞伽經云初生即有滅不為愚者說起信云應觀現在所念之法猶如雲光三中子時者在種子位時根本等者應云阿棃耶識在種子位時為一切法作種子根本以一切諸法從種子生故麤惡種者有漏種也以無漏種子為細妙故似空者喻多也華嚴云若此惡業有體相者盡虛空界不能容受如雲者空喻種子雲喻未來所起現行之法以雲依空忽然起故故起信云應觀未來所現諸法猶如於雲忽爾而起無著下通明三事結釋科文大雲下顯無著科意三世既空憑何有我執我既不出離達無我者必出離也故偈云觀根及受用觀於三世事於有為法中得無垢自在二中諸經等者謂如來說法多以夢幻虛假之事況諸法空義或廣或略散在諸經諸論隨何經論宗趣雖殊大意皆破衆生徧計情執或情執多者不達法者約喻生疑病既連緜藥還邐迤以悟為限法喻重重今約華嚴十忍品疏文兼攝大乘論意勢顯諸喻意令無混濫也一切法空者此是義宗若是上根聞之便解中根之類一喻即明下根之流展轉生惑更以諸喻如下所辨現見等者難曰諸法若不見任說法皆空現見歷然在因何得是空故說如幻下以喻釋喻也下皆準此愛著

等者難曰衆生不愛著任說法如幻既生愛著心云何得如幻故說如燄下釋也不得水者難曰貪求若不得任說法如燄求者皆遂心云何得如燄故說如夢下釋也夢造等者難曰善惡無果報任說法如夢因果事昭然云何得如夢故說如影下釋也妍美好也媸醜陋也此說對鏡之色高低者此說對谷之聲也一一應者無一像而不應色無一響而不應聲無雜亂等者必不對美現醜對高應低故利樂等者難曰菩薩不化生任說如影響菩薩既化生云何如影響故說如化下釋也作化事者不可謂作化事便言爲實不可謂度衆生便謂衆生實有良爲衆生即空迷故不覺爲說令覺若實有體化之何益故淨名云觀衆生如幻化如水月鏡像如龜毛兔角等文殊問云若然者菩薩云何行慈維摩詰言爲衆生說如是法是真實慈也上來五重徵釋皆顯法空蓋因喻生迷遂展轉訓曉極玆後位喻盡法彰疑冰自釋然諸經中或說乾城水月杌鬼繩蛇翳目空華龜毛兔角等皆隨機隨說引令得出必不依次有是五重也秦經夢幻等者以夢等四事皆無體性若觀有爲諸法如其夢等則空理易明露電二事暫有即無若觀諸法如其露電則無常自顯悟真空下顯蓋不住相者凡夫迷真空既住相當知悟真空即不住相也住即執取染著之義又凡夫顛倒不了無常故戀世間不務修進當知違彼一切悉無常性念念遷謝不住不久由是怖畏生死樂趣涅槃如救頭然寸陰是競所以佛於涅槃會中偏讚此

觀以爲第一然二句中各有觧行配釋可知妙符下結歎符破相宗者歎前四喻也然佛一代教門就大乘中宗塗有三一法相宗謂觧深密等經瑜伽唯識等論二彼相宗謂般若等經中百門等論三法性宗謂法華涅槃等經起信寶性等論既般若宗於破相今說有爲喻以夢幻泡影則妙符宗旨也示亡情等者歎後二喻若觀世間諸法如電露等自不繫情於身命財而生常觧又由前四喻故慧解亡情由後二喻故智是亡情又前亡執有之情後亡計常之情若不覺空無常即繫情於身命資具今既悟此空無常理則情念沮壞真智現前斯則上合經宗故云妙下契物情故云巧也魏譯下牒問也或問曰魏譯九喻秦經略三者何也今此牒之以星下釋通有體者雖星不如日燈藉膏油未是全空故云有體雲種者法喻雙舉雲能含雨種必生芽故曰含生難契等者本爲執情堅固不了即空由是設喻以蕩分別若觀有體之物便同折色難悟即空空觀不成故云難契潛滋等者既不了無常唯於境相而生常想不能捨離縱不故意任運生情不覺而起故曰潛也取意等者先德皆云敵對唐梵則奘稱能取意譯經則什爲最然雲等三喻則直下翦除於餘六中又換一喻謂以影代翳也所以換者影並於翳空義顯故流通經文可見佛說是經已者本爲空生致問故佛荅降住修行荅問既終便合經畢仍以躡跡起疑連環二十七段洎乎此文疑念冰釋既善吉無問故能仁杜宣一卷經內雖兼有師資以其

就勝故但云佛說長老等義如前所解疏二
初隨經文別釋近事男女者標釋可知亦云
近住男清信男等並可知非天者亦非人也
謂非天人趣之所攝故亦云無酒如實等者
說理如理說事如事故果淨者依解起行得
無漏故無著下二引論疏讃釋無覺者不發
二空智也二執牢固如石之堅石猶可磨可
琢聞經不能無我而解不啻於石故云過於
詩云我心匪石不可轉也轉猶動也磨琢皆
是動義又論云下人於深法不能覺及信世
人多如此是故法荒廢無因者無大乘正因
不得菩提故摠持法者祕密般若也深句義
者顯了般若也或摠持法是經文深句義是
本偈從尊者即彌勒無著也廣說即自指論
文佛母者以能生諸佛及菩提法故餘文易
知

金剛經纂要刊定記卷第七

慈悲水懺法

失譯撰人名

清刻龍藏佛說法變相圖

永樂御製水懺序

夫三昧水懺者因唐悟達國師知玄遇迦諾迦尊者以三昧水爲濯積世怨讐知玄遂演大覺之旨述爲懺文普利將來甚盛心也其爲福德莫可涯涘所謂三昧者正受之名也不受諸受乃爲正受眞空寂定此心不動其要使人求之於己而已蓋人之生於世也自非上智之資豈能無故作誤爲之愆或宿世寃業之繞如來廣慈悲之念啓懺悔之門苟能精白一心懺悔爲善則積累罪業一旦氷釋譬諸水也身之煩而濯之無不清衣之汙而澣之無不潔器之穢而漑之無不淨其幾不踰於方寸之間而已矣故曰心者身之神明所爲善則善應所爲惡則惡應若影之隨形響之隨聲其效驗之捷速不爽毫髮此三

昧水懺之作所以利於人也其功愽哉恒惟知玄以十世高僧尚負宿報矧常人乎昔孫皓穢犯金像陰遭譴罰懺悔自陳禍即消釋法佐交車議師不慎幽獨師重加責以懺獲免若此者固多凡人揆之于心豈能無愧匪由懺悔曷以滌除端能趨進善塗一絲惡念不萌於心則菑禍潛消福德增長若雨潤羣卉生息繁茂目雖不覩而陰受其滋益者多矣然則三昧者其惟在於人心而不必他求也朕遂書此以冠于篇并以鋟梓作方便利益是爲汲大海之三昧以徧周沙界灌濯塵劫者也觀於斯者尚愼其所趨向哉

永樂十四年七月初一日

慈悲道場水懺序

竊謂聖教經律論藏譯席所翻之外爾後羣賢製作未有無所感而爲之者乎若條陳枚舉品別而言未易紀極即此靈文而曰水懺者請言其由昔唐懿宗朝有悟達國師知玄者未顯時甞與一僧邂逅於京師忘其所寓之地其僧乃患迦摩羅疾衆皆惡之而知玄與之爲隣時時顧問略無厭色因分袂其僧感其風義祝之曰子向後有難可往西蜀彭州茶隴山相尋其山有二松爲誌後悟達國師居安國寺道德昭著懿宗親臨法席賜沉香爲法座恩渥甚厚自爾忽生人面瘡於膝上眉目口齒俱備每以飲食餧之則開口吞啖與人無異徧召名醫皆拱手默默因記昔日同住僧之語竟入山相尋值天色已晚彷徨四顧乃見二松於煙雲間信期約之不誣即趨其所崇樓廣殿金碧交輝其僧立於門首顧接甚懽因留宿遂以所苦告之彼云無傷也巖下有泉明旦濯之即愈黎明童子引至泉所方掬水間其人面瘡遂大呼未可洗公識達深遠考究古今曾讀西漢書袁盎晁錯傳否曰曾讀既曾讀之寧不知袁盎殺晁錯乎公即袁盎吾即晁錯也錯腰斬東市其冤爲何如哉累世求報於公而公十世爲高僧戒律精嚴報不得其便今汝受人主寵遇過奢名利心起於德有損故能害之今蒙迦諾迦尊者洗我以三昧法水自此以往不復與汝爲冤矣悟達聞之凛然䰟不住體連忙掬水洗之其痛徹髓絶而復甦覺來其瘡不見乃知聖賢混跡非凡情所測再欲瞻敬回

顧寺宇不可復見因卓菴其所遂成招提迨我宋朝至道年中賜名至德禪寺有高僧信師古作記紀其事甚詳悟達當時感其殊異深思積世之寃非遇聖人何由得釋因述爲懺法朝夕禮誦後傳播天下今之懺文三卷者乃斯文也蓋取三昧水洗寃業爲義命名曰水懺此悟達感迦諾迦之異應正名立義報本而爲之云耳今輒叙夫故實標顯先猷庶幾開卷若禮若誦者知前賢事跡之有端由歷劫果因之不昧也

啓運慈悲道場懺法

一心歸命三世諸佛

南無過去毗婆尸佛

南無尸棄佛

南無毗舍浮佛

南無拘留孫佛

南無拘那舍牟尼佛

南無迦葉佛

南無本師釋迦牟尼佛

南無當來彌勒尊佛

慈悲水懺法卷上

一切諸佛愍念衆生爲說水懺道場總法

佛言衆生垢重何人無罪何者無愆凡夫愚

行無明闇覆親近惡友煩惱亂心立性無知

恣心自恃不信十方諸佛不信尊法聖僧不

孝父母六親眷屬盛年放逸以自憍倨貪一

切財寶貪一切歌樂貪一切女色心生貪戀

意起煩惱親近非聖媟狎惡友不知懺悔或

殺害一切衆生或飲酒昏迷無智慧心今日

披誠一一懺悔過去諸罪現作衆惡今日志

誠悉皆懺悔未作之罪不敢更作弟子某甲

等今日志心歸依十方盡虛空界一切諸佛

諸大菩薩辟支羅漢四果四向梵王帝釋天

龍八部一切聖衆願垂證鑒

南無毗盧遮那佛

南無本師釋迦牟尼佛

南無阿彌陀佛

南無彌勒佛

南無龍種上尊王佛

南無龍自在王佛

南無寶勝佛
南無覺華定自在王佛
南無袈裟幢佛
南無師子吼佛
南無文殊師利菩薩
南無普賢菩薩
南無大勢至菩薩
南無地藏菩薩
南無大莊嚴菩薩
南無觀自在菩薩

禮諸佛已次復懺悔
夫欲禮懺必須先敬三寶所以然者三寶即是一切衆生良友福田若能歸向者則滅無量罪長無量福能令行者離生死苦得解脫樂是故弟子某甲等

歸依十方盡虛空界一切諸佛
歸依十方盡虛空界一切尊法
歸依十方盡虛空界一切聖僧

弟子今日所以懺悔者正言無始以來在凡夫地莫問貴賤罪自無量或因三業而生罪或從六根而起過或以內心自邪思惟或藉外境起於染著如是乃至十惡增長八萬四千諸塵勞門然其罪相雖復無量大而爲語不出有三一者煩惱二者是業三者是果報此三種法能障聖道及以人天勝妙好事是故經中目爲三障所以諸佛菩薩教作方便懺悔除滅此三障者則六根十惡乃至八萬四千諸塵勞門皆悉清淨是故弟子某甲等今日運此增上勝心懺悔三障欲滅三障者當用何等心可令此障滅除先當興七種心

以爲方便然後此障乃可得滅何等爲七一者慚愧二者恐怖三者猒離四者發菩提心五者怨親平等六者念報佛恩七者觀罪性空

第一慚愧者自惟我與釋迦如來同爲凡夫而今世尊成道以來已經爾所塵沙刧數而我等相與耽染六塵輪轉生死永無出期此實天下可慚可愧可羞可恥

第二恐怖者既是凡夫身口意業常與罪相應以是因緣命終之後應墮地獄畜生餓鬼受無量苦如此實爲可驚可恐可怖可懼

第三猒離者相與常觀生死之中唯有無常苦空無我不淨虛假如水上泡速起速滅往來流轉猶如車輪生老病死八苦交煎無時暫息衆等相與但觀自身從頭至足其中但有三十六物髮毛爪齒眵淚涕唾垢汗二便皮膚血肉筋脈骨髓肪膏腦膜脾腎心肺肝膽腸胃赤白痰癊生熟二藏如是九孔常流是故經言此身衆苦所集一切皆是不淨何有智慧者而當樂此身生死既有如此種種惡法甚可患猒

第四發菩提心者經言當樂佛身佛身者即法身也從無量功德智慧生從六波羅蜜生從慈悲喜捨生從三十七助菩提法生從如是等種種功德智慧生如來身欲得此身者當發菩提心求一切種智常樂我淨薩婆若果淨佛國土成就衆生於身命財無所吝惜

第五怨親平等者於一切衆生起慈悲心無彼我相何以故爾若見怨異於親即是分別以分別故起諸相著相著因緣生諸煩惱煩

惱因緣造諸惡業惡業因緣故得苦果

第六念報佛恩者如來往昔無量劫中捨頭目髓腦支節手足國城妻子象馬七珍爲我等故修諸苦行此恩此德實難酬報是故經言若以頂戴兩肩荷負於恒沙劫亦不能報我等欲報如是恩者當於此世勇猛精進捍勞忍苦不惜身命建立三寶弘通大乘廣化衆生同入正覺

第七觀罪性空者罪無自性從因緣生顛倒而有既從因緣而生則可從因緣而滅從因緣而生者狎近惡友造作無端從因緣而滅者即是今日洗心懺悔是故經言此罪性不在内不在外不在中間故知此罪從本是空生如是等七種心已緣想十方諸佛賢聖擎拳合掌披陳至到慚愧改革舒歷心肝洗蕩腸胃如此懺悔亦何罪而不滅亦何福而不生若復不爾悠悠緩縱情慮躁動徒自勞形於事何益且復人命無常喻如轉燭一息不還便同灰壤三塗苦報即身膺受不可以錢財寶貨囑託求脱杳杳冥冥恩赦無期獨嬰此苦無代受者莫言我今生中無有此罪所以不能懇禱懺悔經中謂言凡夫之人舉足動步無非是罪又復過去生中皆悉成就無量惡業追逐行者如影隨形若不懺悔罪惡日深故知包藏瑕疵佛不許可説悔先罪淨名所尚故使長淪苦海實由隱覆是故弟子某甲今日發露懺悔不復覆藏所言三障者一曰煩惱二名爲業三是果報此三種法更相由藉因煩惱故所以起諸惡業惡業因緣故得苦果是故弟子某甲今日至心懺悔第

一先應懺悔煩惱障而此煩惱皆從意起所以者何意業起故則身與口隨之而動意業有三一者慳貪二者瞋恚三者癡闇由癡闇故起諸邪見造諸不善是故經言貪瞋癡業能令衆生墮於地獄餓鬼畜生受苦若生人中得貧窮孤露兇很頑鈍愚迷無知諸煩惱報意業既有如此惡果是故某甲等今日至心歸命諸佛求哀懺悔夫此煩惱諸佛菩薩入理聖人種種訶責亦名此煩惱以爲怨家何以故能斷衆生慧命根故亦名此煩惱以之爲賊能劫衆生諸善法故亦名此煩惱以爲瀑河能漂衆生入於生死大苦海故亦名此煩惱以爲羈鎖能繫衆生於生死獄不能得出故所以六道牽連四生不絕惡業無窮苦果不息當知皆是煩惱過患是故今日運此增上善心求哀懺悔某甲等自從無始以來至于今日或在人天六道受報有此心識常懷愚惑繁滿胷襟或因三毒根造一切罪或因三漏造一切罪或因三苦造一切罪或緣三倒造一切罪或貪三有造一切罪如是等罪無量無邊惱亂一切六道四生今日慚愧皆悉懺悔又復某甲等自從無始以來至于今日或因四識住造一切罪或因四流造一切罪或因四取造一切罪或因四執造一切罪或因四緣造一切罪或因四大造一切罪或因四縛造一切罪或因四貪造一切罪或因四生造一切罪如是等罪無量無邊惱亂六道一切衆生今日慚愧皆悉懺悔又復某甲等自從無始以來至于今日或因五住地煩惱造一切罪或因五蓋造一切罪或因

五慳造一切罪或因五心造一切罪如是等煩惱無量無邊惱亂六道一切衆生今日發露皆悉懺悔又復某甲等自從無始以來至于今日或因六情根造一切罪或因六識造一切罪或因六想造一切罪或因六受造一切罪或因六行造一切罪或因六愛造一切罪或因六疑造一切罪如是等煩惱無量無邊惱亂六道一切衆生今日慚愧發露皆悉懺悔又復某甲等自從無始以來至于今日或因七漏造一切罪或因七使造一切罪或因八倒造一切罪或因八垢造一切罪或因八苦造一切罪如是等煩惱無量無邊惱亂六道一切衆生今日發露皆悉懺悔又復某甲等自從無始以來至于今日或因九惱造一切罪或因九結造一切罪或因九緣造一切罪或因十煩惱造一切罪或因十纏造一切罪或因十一徧使造一切罪或因十二入造一切罪或因十六知見造一切罪或因十八界造一切罪或因二十五我造一切罪或因六十二見造一切罪或因見諦思惟九十八使百八煩惱晝夜熾然開諸漏門造一切罪惱亂賢聖及以四生徧滿三界彌亘六道無處可避今日至禱向十方佛尊法聖衆慚愧發露皆悉懺悔願某甲等承是懺悔三毒一切煩惱所生功德生生世世三慧明三達朗三苦滅三願滿願承是懺悔四識等一切煩惱所生功德生生世世廣四等心立四信業滅四惡趣得四無畏願承是懺悔五蓋等諸煩惱所生功德度五道竪五根淨五眼成五分願承是懺悔六受

等諸煩惱所生功德生生世世具足六神通滿足六度業不爲六塵惑常行六妙行又願承是懺悔七漏八垢九結十纏等一切諸煩惱所生功德生生世世坐七淨華洗八解水具九斷智成十地行願以懺悔十一徧使及十二入十八界等一切諸煩惱所生功德願十一空能解常用栖心自在能轉十二行法輪具足十八不共之法無量功德一切圓滿

發願已歸命禮諸佛

南無毗盧遮那佛

南無本師釋迦牟尼佛

南無阿彌陀佛

南無彌勒佛

南無龍種上尊王佛

南無龍自在王佛

南無寶勝佛

南無覺華定自在王佛

南無袈裟幢佛

南無師子吼佛

南無文殊師利菩薩

南無普賢菩薩

南無大勢至菩薩

南無地藏菩薩

南無大莊嚴菩薩

南無觀自在菩薩

禮諸佛已次復懺悔夫論懺悔者本是改往修來滅惡興善人之居世誰能無過學人失念尚起煩惱羅漢結習動身口業豈況凡夫而常無過但智者先覺便能改悔愚者覆藏遂使滋蔓所以積習長夜曉悟無期若能慚

愧發露懺悔者豈唯止是滅罪亦復增長無量功德豎立如來涅槃妙果若欲行此法者先當外肅形儀瞻奉尊像內起敬意緣於想法懇切至禱生二種心何等爲二一者自念我此形命難可常保一朝散壞不知此身何時可復若復不值諸佛賢聖忽逢惡友造衆罪業復應墮落深坑險趣二者自念我此生中雖得值遇如來正法不爲佛法紹繼聖種淨身口意善法自居而今我等私自作惡而復覆藏言他不知謂彼不見隱慝在心傲然無愧此實天下愚惑之甚即今現有十方諸佛諸大菩薩諸天神仙何曾不以清淨天眼見於我等所作罪惡又復幽顯靈祇注記罪福纖毫無差夫論作罪之人命終之後牛頭獄卒録其精神在閻羅王所辯覈是非當爾之時一切怨對皆來證據各言汝先屠戮我身炮煮蒸炙或先剝奪於我一切財寶離我眷屬我於今日始得汝便於時現前證據何得敢諱唯應甘心分受宿殃如經所明地獄之中不枉治人若其平素所作衆罪心自忘失者臨命終時造惡之處一切諸相皆現在前各言汝昔在於我邊作如是罪今何得諱是時作罪之人無藏隱處於是閻羅王切齒訶責將付地獄歷無量劫求出莫由此事不遠不關他人正是我身自作自受雖父子至親一旦對至無代受者我等相與得此人身體無衆疾各自努力與性命競大怖至時悔無所及是故至心求哀懺悔某甲等自從無始以來至于今日積聚無明障蔽心目隨煩惱性造三世罪或耽染愛著起貪欲煩惱或

瞋恚忿怒懷害煩惱或心憒惛懵不了煩惱或我慢自高輕傲煩惱疑惑正道猶豫煩惱謗無因果邪見煩惱不識緣假著我煩惱迷於三世執斷常煩惱朋狎惡法起見取煩惱僻禀邪師造戒取煩惱乃至一切等四執橫計煩惱今日至誠悉皆懺悔又復無始以來至于今日守惜堅著起慳吝煩惱不攝六情奢誕煩惱心行弊惡不忍煩惱怠惰緩縱不勤煩惱疑慮躁動覺觀煩惱觸境迷惑無知解煩惱隨世八風生彼我煩惱諂曲面譽不直心煩惱獷強難觸不調和煩惱易忿難悅多含恨煩惱嫉妬擊刺很戾煩惱凶險暴害慘毒煩惱乖背聖諦執相煩惱於苦集滅道生顛倒煩惱隨從生死十二因緣輪轉煩惱乃至無始無明住地恒沙煩惱起四住地構於三界苦果煩惱無量無邊惱亂賢聖六道四生今日發露向十方佛尊法聖衆皆悉懺悔願某甲等承是懺悔意業所起貪瞋癡等一切煩惱所生功德生生世世折憍慢幢竭愛欲水滅瞋恚火破愚癡暗拔斷疑根裂諸見網深識三界猶如牢獄四大毒蛇五陰怨賊六入空聚愛詐親善修八聖道斷無明源正向涅槃不休不息三十七品心心相續十波羅蜜常得現前懺悔已至心信禮常住三寶

慈悲水懺法卷上

音釋

涘　鉏里切水厓也　澣　胡管切濯垢也　漑　古代切灌注也　捷　疾葉切敏捷也　譴　去戰切譴謫也　滌　徒歷切洗也　卉　許貴切草之總名也　鋟　七稔切鋟梓鏤板也　邂逅　邂胡懈切逅胡遘切邂逅不期而會也　袂　彌蔽切袖也

餧（虛偽切飲之也）啖（徒濫切食也）盎（烏浪切）鼂錯（鼂直遙切錯倉故切鼂錯人名也）甦（素姑切死而更生也）覺（古孝切寤也）眵（赤脂切目汁凝也）脈（莫白切幕絡也）脾（頻彌切土藏也）腎（時忍切水藏也）疵（疾之切黑顙也）羈（居宜切紲也）慊（去球切誠意自足也）慝（惕德切惡也）覈（下革切考之使實也）炮（薄交切燔炙也）分受（分扶問切限量也）憒（古對切心亂也）懵（武亙切心不明也）獷（古猛切麤惡也）

慈悲水懺法卷中

一切諸佛愍念衆生爲說水懺道場總法今當歸命一切諸佛

南無毗盧遮那佛

南無本師釋迦牟尼佛

南無阿彌陀佛

南無彌勒佛

南無龍種上尊王佛

南無龍自在王佛

南無寶勝佛

南無覺華定自在王佛

南無袈裟幢佛

南無師子吼佛

南無文殊師利菩薩

南無普賢菩薩

南無大勢至菩薩

南無地藏菩薩

南無大莊嚴菩薩

南無觀自在菩薩

禮諸佛已次復懺悔某甲等相與即今身心寂靜無諂無障正是生善滅惡之時復應各起四種觀行以爲滅罪作前方便何等爲四一者觀於因緣二者觀於果報三者觀我自身四者觀如來身第一觀因緣者知我此罪藉以無明不善思惟無正觀力不識其過遠離善友諸佛菩薩隨逐魔道行邪險徑如魚吞鉤不知其患如蠶作繭自纏自縛如蛾赴火自燒自爛以是因緣不能自出

第二觀於果報者所有諸惡不善之業三世輪轉苦果無窮沉溺無邊巨夜大海爲諸煩

惱羅刹所食未來生死冥然無涯設使報得轉輪聖王王四天下飛行自在七寶具足命終之後不免惡趣四空果報三界極尊福盡還作牛領中蟲況復其餘無福德者而復懈怠不勤懺悔此亦譬如抱石沉淵求出應難

第三觀我自身雖有正因靈覺之性而爲煩惱黒暗叢林之所覆蔽無了因力不能得顯我今應當發起勝心破裂無明顛倒重障斷滅生死虛僞苦因顯發如來大明覺慧建立無上涅槃妙果

第四觀如來身無爲寂照離四句絕百非衆德具足湛然常住雖復方便入於滅度慈悲救接未曾暫捨生如是心可謂滅罪之良津除障之要行是故志誠求哀懺悔(其甲)等無始以來至于今日長養煩惱日深日厚日滋日茂覆蓋慧眼令無所見斷除衆善不得相續起障不得見佛不聞正法不值聖僧煩惱起障不見過去未來一切善惡業行出離煩惱障受人天尊貴之煩惱障生色無色界禪定福樂之煩惱障不得自在神通飛騰隱顯徧至十方諸佛淨土聽法之煩惱障學安那般那數息不淨因緣觀等諸煩惱障學煖頂忍第一法七方便等諸煩惱障學慈悲喜捨聞思修等煩惱障學空平等中道解三觀義煩惱障學助道品念處正勤根力如意足諸煩惱障學八正道示相之煩惱障學七覺支不示相煩惱障學八解脫九空定煩惱障學於十智三三昧煩惱障學三明六通四無礙煩惱障學六度四等煩惱障學四攝法廣化之煩惱障學大乘心四弘誓願煩惱障學十

明十行之煩惱障學十回向十願之煩惱障學初地二地三地四地明解之煩惱障學五地六地七地諸知見煩惱障學八地九地十地雙照之煩惱如是乃至障學佛果百萬阿僧祇諸行之煩惱如是行障無量無邊弟子某甲今日至禱稽懇向十方佛尊法聖衆慚愧懺悔願皆消滅願藉此懺悔障於諸行一切煩惱所生功德願在在處處自在受生不為結集業行之所迴轉以如意通於一念頃徧至十方淨諸佛土攝化衆生於諸禪定甚深境界及諸知見通達無礙心能普周一切諸法樂說無窮而不染著得心自在得法自在方便自在令此煩惱及無知結習畢竟永斷不復相續無漏聖道朗然如日發願已歸命禮諸佛

南無毗盧遮那佛
南無本師釋迦牟尼佛
南無阿彌陀佛
南無彌勒佛
南無龍種上尊王佛
南無龍自在王佛
南無寶勝佛
南無覺華定自在王佛
南無袈裟幢佛
南無師子吼佛
南無文殊師利菩薩
南無普賢菩薩
南無大勢至菩薩
南無地藏菩薩
南無大莊嚴菩薩

南無觀自在菩薩

禮諸佛已次復懺悔某甲等略懺煩惱障竟今當次第懺悔業障夫業者能莊飾世趣在在處處不復思惟求離世解脱所以六道果報種種不同形類各異當知皆是業力所作佛十力中業力甚深凡夫之人多於此中好起疑惑何以故爾現見世間行善之人觸向轗軻爲惡之者是事諧偶謂言天下善惡無分如此計者皆是不能深達業理何以故爾經中説言有三種業何等爲三一者現報二者生報三者後報現報業者現在作惡現身受報生報業者此生作善作惡來生受報後報業者或是過去無量生中作善作惡於此生中受或在未來無量生中方受其報若今行惡之人現在見好者此是過去生報後報善業熟故所以現在有此樂果豈關現在作諸惡業而得好報若令行善之人現在縈苦者此是過去生報後報惡業熟故現在善根力弱不能排遣是故得此苦報豈關現在作善而招惡報何以知然現見世間爲善之者人所讃歎人所尊重故知未來必招樂果過去既有如此惡業所以諸佛菩薩教令親近善友共行懺悔善知識者於得道中則爲全利是故今日至誠歸依於佛某甲等無始以來至于今日積惡如恒沙造罪滿大地捨身與受身不覺亦不知或作五逆深厚濁纏無間罪業或造一闡提斷善根業輕誣佛語謗方等業破滅三寶毀正法業不信罪福起十惡業迷眞反正癡惑之業不孝二親反戾之業輕慢師長無禮敬業朋友不信無義之業

或作四重八重障聖道業毀犯五戒破八齋業五篇七聚多缺犯業優婆塞戒輕重垢業或菩薩戒不能清淨如說行業前後方便汙梵行業月無六齋懈怠之業年三長齋不常修業三千威儀不如法業八萬律儀微細罪業不修身戒心慧之業春秋八王造衆罪業行十六種惡律儀業於諸衆生無愍傷業不矜不念無憐愍業不拔不濟無救護業心懷嫉妬無度彼業於怨親境不平等業耽荒五欲不厭離業或因衣食園林池沼生蕩逸業或以盛年放恣情欲造衆罪業或作有漏善迴向三有障出世業如是等罪無量無邊今日發露向十方佛尊法聖衆皆悉懺悔願某甲等承是懺悔無明等罪諸不善業願皆消滅所生福善願生生世世滅五逆罪除闡提惑如是輕重諸罪惡業從今已去乃至道場誓不更犯常習出世清淨善法精持律行守護威儀如渡海者愛惜浮囊六度四等常標行首戒定慧品轉得增明速成如來三十二相八十種好十力無畏大悲三念常樂妙智八自在我歸依諸佛願垂護念某甲等前已總相懺悔一切諸業今當次第更復一一別相懺悔若總若別若麤若細若輕若重若說不說品類相從願皆消滅别相懺者先懺身三次懺口四其餘諸障次第稽顙身三業者第一殺害如經所明恕已可為諭勿殺勿行杖雖復禽獸之殊保命畏死其事是一若尋此衆生無始以來或是我父母兄弟六親眷屬以業因緣輪迴六道出生入死改形易報不復相識而今興害食噉其肉傷慈之甚是

故佛言設得餘食當如饑世食子肉想何況食噉此魚肉耶又言爲利殺衆生以財網諸肉二俱是惡業死墮號叫獄故知殺害及以食噉罪深河海過重丘嶽然某甲等無始以來不遇善友皆爲此業是故經言殺害之罪能令衆生墮於地獄餓鬼受苦若在畜生則受虎豹豺狼鷹鷂等身或受毒蛇蝮蠍等身常懷惡心或受麞鹿熊羆等身常懷恐怖若生人中得二種果報一者多病二者短命殺害食噉既有如是無量種種諸惡果報是故至誠求哀懺悔某甲等自從無始以來至于今日有此心識常懷慘毒無慈愍心或因貪起殺因瞋因癡及以慢殺或興惡方便誓殺願殺及以呪殺或破決湖池焚燒山野畋獵漁捕或因風放火飛鷹放犬惱害一切如是等罪今悉懺悔或以檻穽坑撥扠戟弓弩彈射飛鳥走獸之類或以罟網罾釣撩漉水性魚鼈黿鼉蝦蜆螺蚌濕居之屬使水陸空行藏竄無地或畜養雞猪牛羊犬豕鵝鴨之屬自供庖廚或貨他宰殺使其哀聲未盡毛羽脫落鱗甲傷毀身首分離骨肉消碎剥裂屠割炮燒煑炙楚毒酸切横加無辜但使一時之快口得味甚寡不過三寸舌根而已然其罪報殃累永劫如是等罪今日至誠皆悉懺悔又復無始以來至于今日或復興師相伐疆場交爭兩陣相向更相殺害或自殺教殺聞殺歡喜或習屠儈賃爲刑戮烹宰他命行於不忍或恣暴怒揮戈舞刃或斬或刺或推着坑塹或以水沉溺或塞穴壞巢或土石磓磹或以車馬雷轢踐踏一切衆生如是等罪

無量無邊今日發露皆悉懺悔又復無始以來至于今日或墮胎破卵毒藥蠱道傷殺衆生墾土掘地種植田園養蠶煮繭傷殺滋甚或打撲蚊蚋掐嚙蚤虱或燒除糞掃開決溝渠枉害一切或噉果實或用穀米或用菜茹橫殺衆生或然樵薪或露燈燭燒諸蟲類或取醬醋不先搖動或瀉湯水澆殺蟲蟻如是乃至行住坐卧四威儀中恒常傷殺飛空着地微細衆生凡夫識暗不覺不知今日發露皆悉懺悔又復無始以來至于今日或以鞭杖枷鏁桁械壓拉拷掠打擲手脚蹴踏拘縛籠繫斷絶水穀如是種種諸惡方便苦惱衆生今日至誠向十方佛尊法聖衆皆悉懺悔願承是懺悔殺害等罪所生功德生生世世得金剛身壽命無窮永離怨憎無殺害想於諸衆生得一子地若見危難急厄之者不惜身命方便救脫然後爲說微妙正法使諸衆生覩形見影皆蒙安樂聞名聽聲恐怖悉除我今稽顙歸依於佛

南無毗盧遮那佛

南無本師釋迦牟尼佛

南無阿彌陀佛

南無彌勒佛

南無龍種上尊王佛

南無龍自在王佛

南無寶勝佛

南無覺華定自在王佛

南無袈裟幢佛

南無師子吼佛

南無文殊師利菩薩

南無普賢菩薩
南無大勢至菩薩
南無地藏菩薩
南無大莊嚴菩薩
南無觀自在菩薩

禮諸佛已次復懺悔某甲等次懺劫盜之業經中說言若物屬他他所守護於此物中一草一葉不與不取何況竊盜但自衆生唯見現在利故以種種不道而取致使未來受此殃累是故經言劫盜之罪能令衆生墮於地獄餓鬼受苦若在畜生則受牛馬驢騾駱駝等形以其所有身力血肉償他宿債若生人中爲他奴婢衣不蔽形食不充口貧寒困苦人理殆盡劫盜既有如是苦報是故今日至誠求哀懺悔某甲等自從無始以來至于今日或盜他財寶興刃強奪或自奮身逼迫而取或恃公威或假勢力高桁大械枉壓良善吞納姦貨拷直爲曲爲此因緣身羅憲網或任邪治領他財物侵公益私侵私益公損彼利此損此利彼割他自饒口與心吝或竊沒租估偷渡關津私匿公課藏隱使役如是等罪皆悉懺悔又復無始以來至于今日或是佛法僧物不與而取或經像物或治塔寺物或供養常住僧物或擬招提僧物或盜取誤用恃勢不還或自借或貸人或復換貸漏忘或三寶物混亂雜用或以衆物穀米樵薪鹽豉醬醋菜茹果實錢帛竹木繒綵旛蓋香華油燭隨情逐意或自用或與人或摘佛華果用僧鬘物因三寶財物私自利已如是等罪無量無邊今日慚愧皆悉懺悔又復無始以

來至于今日或作周旋朋友師僧同學父母兄弟六親眷屬共住同止百一所須更相欺誷或於鄉隣比近移籬拓墻侵他地宅改標易相虜掠資財包占田園因公託私奪人邸店及以屯野如是等罪今悉懺悔又復無始以來或攻城破邑燒村壞柵偷賣良民誘他奴婢或復枉壓無罪之人使其形殂血刃身被徒鏁家緣破散骨肉生離分張異域生死隔絕如是等罪無量無邊今悉懺悔又復無始以來至于今日或商估博貨邸店市易輕秤小斗減割尺寸盜竊分銖欺誷圭合以麤易好以短換長欺巧百端希望毫利如是等罪今悉懺悔又復無始以來至于今日穿窬墻壁斷道抄掠抵捍債息負情違要面欺心取或非道陵奪鬼神禽畜四生之物或假託

卜相取人財寶如是乃至以利求利惡求多求無厭無足如是等罪無量無邊不可說盡今日至禱向十方佛尊法聖衆皆悉懺悔願承是懺悔劫盜等罪所生功德生生世世得如意寶常雨七珍上妙衣服百味甘饌種種湯藥隨其所須應念即至一切衆生無偷奪想皆能少欲知足不耽不染常樂惠施行給濟道捨頭目髓腦如棄涕唾迴向滿足檀波羅蜜其甲等次復懺悔貪愛之罪經中說言但爲欲故關在癡獄沒生死河莫知能出衆生爲是五欲因緣從昔以來流轉生死一切衆生歷劫生中所積身骨如王舍城毗富羅山所飲母乳如四海水身所出血復過於此父母兄弟六親眷屬命終哭泣所出目淚如四海水是故說言有愛則生愛盡則滅故知

生死貪愛爲本所以經言婬欲之罪能令衆生墮於地獄餓鬼受苦若在畜生則受鴿雀鴛鴦等身若在人中妻不貞良得不隨意眷屬婬欲既有如此惡果是故今日至誠求哀懺悔某甲等從無始以來至于今日或偷人妻妾奪他婦女侵陵貞潔汙比丘尼破他梵行逼迫不道濁心邪視言語嘲調或復恥他門戶汙賢善名或於男子五種人所起不淨行如是等罪無量無邊今日至誠皆悉懺悔願承是懺悔婬欲等罪所生功德生生世世自然化生不由胞胎清淨皎潔相好光明六情開朗聰利明達了悟恩愛猶如桎梏觀彼六塵如幻如化於五欲境決定厭離乃至夢中不起邪想内外因緣永不能動懺悔發願已歸命禮三寶

前已懺悔身三業竟今當次第懺悔口四惡業經中說言口業之罪能令衆生墮於地獄餓鬼受苦若在畜生則受鵂鶹鵁鶄鳥形聞其聲者無不憎惡若生人中口氣常臭有所言說人不信受眷屬不和常好鬭諍口業既有如此惡果是故今日志誠歸依三寶皆悉懺悔某甲等自從無始以來至于今日以惡口業於四生六道造種種罪出言麤獷發語暴橫不問尊卑親踈貴賤稍不如意便懷瞋怒罵詈毀辱猥褻穢惡無所不至使彼銜恨終身不忘連禍結讎無有窮已又或怨黷天地訶責鬼神貶斥聖賢誣汙良善如是惡口所起罪業無量無邊今日至誠皆悉懺悔又復無始以來至于今日以妄語業作種種罪意中希求名譽利養匿情變詐昧心厚顏指

有言空指空言有見言不見不見言見聞言不聞不聞言聞知言不知不知言知作言不作不作言作欺調賢聖誑惑世人至於父子君臣親戚朋舊有所談說未甞誠實致使他人誤加聽信亡家敗國咸此由之或假妖幻每自稱讚謂得四禪四無色定安那般那十六行觀得須陀洹至阿羅漢得辟支佛不退菩薩天來龍來鬼來神來旋風土鬼皆至我所顯異惑衆求其恭敬四事供養如是妄語所起罪業無量無邊今日至誠皆悉懺悔又復無始以來至于今日以綺語業作種種罪言辭華靡翰墨艷麗文過飾非巧作歌曲形容妖治模寫婬態使中下之流動心失性耽荒酒色不能自返或恣任私雠忘其公議使彼忠臣孝子志士仁人強作篇章文致其惡後世披覽遂以爲然令其抱恨重泉無所明白如是綺語所起罪業無量無邊今日至誠皆悉懺悔又復無始以來至于今日以兩舌業作種種罪面譽背毀巧語百端向彼說此向此說彼唯知利已不顧害他讒間君臣誣毀良善使君臣猜忌父子不和夫妻生離親戚疎曠師資恩丧朋友道絶至於交扇二國渝盟失歡結怨連兵傷殺百姓如是兩舌所起罪業無量無邊今日至誠向十方佛尊法聖衆發露求哀皆悉懺悔願某甲等承是懺悔口四惡業所生功德生生世世具八音聲得四辯才常說和合利益之語其聲清雅一切樂聞善解衆生方俗言語若有所說應時應根令彼聽者即得解悟超凡入聖開發慧眼懺悔發願已歸命禮三寶

前已懺悔身三口四業竟今當次第懺悔六根所作罪障某甲等無始以來至于今日或眼爲色惑愛染玄黄紅緑朱紫珍玩寳飾或取男女長短黑白之相姿態妖艶起非法想或耳貪好聲宫商絃管妓樂歌唱或取男女音聲語言啼笑之相起非法想或鼻藉名香沉檀龍麝鬱金蘇合起非法想或舌貪好味鮮美甘肥衆生血肉資養四大更增苦本起非法想或身樂華綺錦繡繒縠一切細滑七珍麗服起非法想或意多亂想觸向乖法由此六根所造罪業無量無邊今日至禱向十方佛尊法聖衆皆悉懺悔願以懺悔眼根功德願令此眼徹見十方諸佛菩薩清淨法身不以二相願以懺悔耳根功德願令此耳常聞十方諸佛賢聖所説正法如教奉行願以懺悔鼻根功德願令此鼻常聞香積入法位香捨離生死不淨臭穢願以懺悔舌根功德願令此舌常飡法喜禪悦之食不貪衆生血肉之味願以懺悔身根功德願令此身披如來衣着忍辱鎧卧無畏床坐法空座願以懺悔意根功德願令此意成就十力洞達五明深觀二諦空平等理從方便慧入法流水念念增明顯發如來大無生忍發願已歸命禮三寳

慈悲水懺法卷中

音釋

蠶昨合切絲蟲也
繭古典切蠶衣也
煗乃管切
轗軻轗苦感切軻枯我切轗軻人不得志也
弶其亮切設罟於道也
罟公戶切網也
撩憐蕭切攏取物也
蝦胡加切
蜆胡甸切
蚌部項切
竄七亂切匿也
儈古外切
賃女禁切傭賃也
塹七豔切溝也
磓礧磓都回切

以石投下也磓徒念切

轢郎擊切車所踐也

蠱公戶切蠱道謂左道也

蚋而稅切

掐苦洽切爪刺也

嚙倪結切咬也

茹忍與切乾菜也

桁械桁下浪切竹竿也械戶誠切桎梏也

拉力答切摧也折也

掠力讓切捶治人也

蹴子六切躡也

罹力之切遭也

貸他代切借也

拓他各切斥開也

邸都禮切舍也

殂昨胡切死也

桎梏桎之日切梏古沃切

鴝鵒鴝音鉤鵒音格鴝鵒怪鳥也

猥褻猥烏賄切雜也褻先結切嬻也

黷徒谷切恩也

猜倉才切疑也

縠胡谷切縐紗也

慈悲水懺法卷下

一切諸佛愍念衆生爲説水懺道場總法令

當歸命一切諸佛

南無毗盧遮那佛

南無本師釋迦牟尼佛

南無阿彌陀佛

南無彌勒佛

南無龍種上尊王佛

南無龍自在王佛

南無寶勝佛

南無覺華定自在王佛

南無袈裟幢佛

南無師子吼佛

南無文殊師利菩薩

南無普賢菩薩

南無大勢至菩薩

南無地藏菩薩

南無大莊嚴菩薩

南無觀自在菩薩

禮諸佛已次復懺悔已懺身三口四竟次復懺悔佛法僧間一切諸障經中佛説人身難得佛法難聞衆僧難值信心難生六根難具善友難得而今相與宿植善根得此人身六根完具又值善友得聞正法於其中間復各不能盡心精勤恐於未來長溺萬苦無有出期是故今日至誠求哀懺悔某甲等自從無始以來至于今日常以無明覆心煩惱障意見佛形像不能盡心恭敬輕蔑衆僧殘害善友破塔毁寺焚燒經像出佛身血或自處華堂安置尊像卑猥之處使煙薰日曝風吹雨

露塵土汙坌雀鼠毀壞共住同宿曾無禮敬或裸露像前初不嚴飾遮掩燈燭關閉殿宇障佛光明如是等罪今日至誠皆悉懺悔又復無始以來至于今日或於法間以不淨手把捉經卷或臨經書非法俗語或安置牀頭坐起不敬或關閉箱篋蟲蠹朽爛或首軸脫落部帙失次或挽脫漏悞紙墨破裂自不修習不肯流傳如是等罪今日志誠皆悉懺悔或眠地聽經仰卧讀誦高聲語笑亂他聽法或邪解佛語僻說聖意非法說法法說非法非犯說犯犯說非犯輕罪說重重罪說輕或抄前著後抄後著前前後著中中著前後綺飾文詞安置已典或爲利養名譽恭敬爲人說法無道德心求法師過而爲論義非理彈擊不爲長解求出世法或輕慢佛語尊重邪

教毀呰大乘讚聲聞道如是等罪無量無邊皆悉懺悔又復無始以來至于今日或於僧間有障殺阿羅漢破和合僧害發無上菩提心人斷滅佛種使聖道不行或剥脫道人鞭拷沙門楚撻驅使苦言加謗或破淨戒及破威儀或勸他人捨於八正受行五法或假託形儀闚竊常住如是等罪今悉懺悔或裸露身形輕衣傏傑在經像前不淨脚履踏上殿塔或著屧屐入僧伽藍涕唾堂房汙佛僧地乘車策馬排揬寺舍凡如是等於三寶間所起罪障無量無邊今日至禱向十方佛尊法聖衆皆悉懺悔願承是懺悔佛法僧間所有罪障生生世世常值三寶尊仰恭敬無有猒倦天繒妙綵衆寶纓絡百千伎樂珍異名香華果鮮明盡世所有常以供養若有成佛光

往勸請開甘露門若入涅槃願我常得獻最後供於衆僧中修六和敬得自在力興隆三寶上弘佛道下化衆生如上所説於三寶間輕重諸罪皆已懺悔其餘諸惡今當次第更復懺悔經中佛説有二種健兒一者自不作罪二者作已能悔又云有二種白法能爲衆生滅除衆障一者慚自不作惡二者愧不令他作有慚愧者可名爲人若不慚愧與諸禽獸不相異也是故今日至誠歸依於佛如法懺悔某甲等自從無始以來至于今日或信邪倒見殺害衆生解奏魑魅魍魎鬼神欲希延年終不能得或妄言見鬼假稱神語如是等罪皆悉懺悔又復無始以來至于今日或行動傲誕自高自大或恃種姓輕慢一切以貴輕賤用强陵弱或飲酒鬬亂不避親踈惛醉終日不識尊卑如是等罪今悉懺悔或嗜飲食無有期度或食生鱠或啖五辛薰穢經像排擯淨衆縱心恣意不知限極踈遠善人狎近惡友如是等罪今悉懺悔或貢高矯假偃蹇自用踐扈抵揬不識人情自是他非希望僥倖如是等罪今悉懺悔或臨財無讓不廉不恥屠肉沽酒欺誑自活或出入息利計時責日聚積慳尅貪求無厭受人供養不慚不愧或無戒德空納信施如是等罪今悉懺悔或捶打奴婢驅使僮僕不問飢渴不問寒暑或伐撤橋梁杜絶行路如是等罪今悉懺悔或放逸自恣無記散亂摴蒱圍棊群會屯聚飲食酒肉更相擾餞無趣談話論説天下從年竟歲空喪天日初中後夜禪誦不修懈怠懶惰尸卧終日於六念處心不經理見他

勝事便生嫉妬心懷慘毒備起煩惱致使諸惡猛風吹罪薪火常以熾然無有休息三業微善一切俱焚善法既盡爲一闡提墮大地獄無有出期是故今日至禱稽顙向十方三寶皆悉懺悔上來所有一切衆罪若輕若重若麤若細若自作若教他作若隨喜作若以勢力逼迫令作如是乃至讃歎行惡法者今日志誠皆悉懺悔願承是懺悔一切諸惡所生功德生生世世慈和忠孝謙卑忍辱知廉識恥先意問訊循良正謹清潔義讓遠離惡友常遇善緣收攝六情守護三業捍勞忍苦心不退没立菩提志不負衆生發願已歸命禮諸佛

南無毗盧遮那佛

南無本師釋迦牟尼佛

南無阿彌陀佛

南無彌勒佛

南無龍種上尊王佛

南無龍自在王佛

南無寶勝佛

南無覺華定自在王佛

南無袈裟幢佛

南無師子吼佛

南無文殊師利菩薩

南無普賢菩薩

南無大勢至菩薩

南無地藏菩薩

南無大莊嚴菩薩

南無觀自在菩薩

禮諸佛已次復懺悔向來已懺悔煩惱障已

懺悔業障所餘報障今當次第披陳懺悔經中說言業報至時非空非海中非入山石間無有地方所脫之不受報唯有懺悔力乃能得除滅何以知然釋提桓因五衰相見恐懼切心歸誠三寶五相即滅得延天年如是等比經教所明其事非一故知懺悔實能滅禍但凡夫之人若不值善友獎導則靡惡而不造致使大命將盡臨窮之際地獄惡相皆現在前當爾之時悔懼交至不預修善臨窮方悔悔之於後將何及乎殃禍異處宿預嚴待當獨趣入到地獄所但得前行入於火鑊身心摧碎精神痛苦如此之時欲求一禮一懺豈可復得衆等莫自恃盛年財寶勢力懶惰懈怠放逸自恣死苦一至無問老少貧富貴賤皆悉磨滅奄忽而至不令人知夫人命無常喻如朝露出息雖存入息難保云何忽此而不懺悔但五天使者既來無常殺鬼卒至盛年壯色無得免者當爾之時華堂邃宇何關人事高車大馬豈得自隨妻子眷屬非復我親七珍寶飾乃爲他玩以此而言世間果報皆爲幻化天上雖樂會歸敗壞壽盡竟逝墮落三塗是故佛語須跋陀言汝師鬱頭藍弗利根聰明能伏煩惱至於非非想處命終還作畜生道中飛狸之身況復餘者故知未登聖果已還皆應輪轉備經惡趣如不謹慎忽爾一朝親嬰斯事將不悔哉如今被罪行詣公門已是小苦情地慞惶眷屬恐懼求救百端地獄衆苦比於此者百千萬倍不得爲喻衆等相與塵劫以來罪若須彌云何聞此安然不畏不驚不恐令此精神復嬰斯苦實

爲可痛是故志誠求哀懺悔某甲等從無始以來至于今日所有報障然其重者第一唯有阿鼻地獄如經所明今當略説其相此獄周帀有七重鐵城復有七重鐵網羅覆其上下有七重鐵刀爲林無量猛火縱廣八萬四千由旬罪人之身徧滿其中罪業因緣不相妨礙上火徹下下火徹上東西南北通徹交過如魚在鏊脂膏皆盡此中罪苦亦復如是其城四門有四大銅狗其身縱廣四千由旬牙爪鋒長眼如掣電復有無量鐵觜諸鳥奮翼飛騰噉罪人肉牛頭獄卒形如羅刹而有九尾尾如鐵叉復有九頭頭上十八角角有六十四眼一一眼中皆悉迸出諸熱鐵丸燒罪人肉然其一瞋一怒哮吼之時聲如霹靂復有無量無邊刀輪空中而下從罪人頂入從足而出於是罪人痛徹骨髓苦切肝心如是經無數歲求生不得求死不得如是等報今日皆悉稽顙慚愧懺悔次復懺悔刀山劒樹地獄身首脱落罪報懺悔鑊湯爐炭地獄燒煮罪報懺悔鐵床銅柱地獄燋然罪報懺悔刀輪火車地獄劈礫罪報懺悔拔舌犁耕地獄楚痛罪報懺悔吞噉鐵丸烊銅灌口地獄五内消爛罪報懺悔鐵磨地獄骨肉灰粉罪報懺悔黑繩地獄肢節分離罪報懺悔灰河沸屎地獄惱悶罪報懺悔鹹水寒冰地獄皮膚拆裂裸凍罪報懺悔豺狼鷹犬地獄更相殘害罪報懺悔刀兵距爪地獄更相搏撮斫刺罪報懺悔火坑地獄炮炙罪報懺悔兩石相磕地獄形骸碎破罪報懺悔衆合黑耳地獄解剔罪報懺悔闇冥肉山地獄斬剉罪

報懺悔鋸解釘身地獄斷截罪報懺悔鐵棒倒懸地獄屠割罪報懺悔燋熱叫喚地獄煩寃罪報懺悔大小鐵圍山間長夜冥冥不識三光罪報懺悔阿波波地獄阿婆婆地獄阿吒吒地獄阿羅羅地獄如是八寒八熱一切諸地獄中復有八萬四千鬲子地獄以爲眷屬此中罪苦炮煑楚痛剥皮刷肉削骨打髓抽腸拔肺無量諸苦不可聞不可說南無佛今日在此中者或是我等無始以來經生父母一切眷屬我等與彼命終之後或當復墮如此獄中今日洗心懇禱叩頭稽顙向十方佛大地菩薩求哀懺悔令此一切罪報畢竟消滅願承是懺悔地獄等報所生功德即時破壞阿鼻鐵城悉爲淨土無惡道名其餘地獄一切苦具轉爲樂緣刀山劒樹變成寶林鑊湯爐炭蓮華化生牛頭獄卒除捨暴虐皆起慈悲無有惡念地獄衆生得離苦果更不造因等受安樂如第三禪一時俱發無上道心懺悔已志心信禮常住三寶

南無毗盧遮那佛

南無本師釋迦牟尼佛

南無阿彌陀佛

南無彌勒佛

南無龍種上尊王佛

南無龍自在王佛

南無寶勝佛

南無覺華定自在王佛

南無袈裟幢佛

南無師子吼佛

南無文殊師利菩薩

南無普賢菩薩
南無大勢至菩薩
南無地藏菩薩
南無大莊嚴菩薩
南無觀自在菩薩

禮諸佛已次復懺悔已懺地獄報竟今當復次懺悔三惡道報經中佛說多欲之人多求利故苦惱亦多知足之人雖卧地上猶以爲樂不知足者雖處天堂猶不稱意但世間人忽有急難便能捨財不計多少而不知此身臨於三塗深坑之上一息不還便應墮落忽有知識勸營功德令修未來善法資粮執此慳心無肯作理夫如是者極爲愚惑何以故爾經中佛說生時不賫一文而來死亦不持一文而去苦身積聚爲之憂惱於已無益徒爲他有無善可恃無德可怙致死命終墮諸惡道是故今日歸命三寶至誠懺悔次復懺悔畜生道中無所識知罪報懺悔畜生道中負重牽犁償他宿債罪報懺悔畜生道中不得自在爲他斫剌屠割罪報懺悔畜生道中無足二足四足多足罪報懺悔畜生道中身諸毛羽鱗甲之内爲諸小蟲之所唼食罪報如是畜生道中有無量罪報今日至誠皆悉懺悔次復懺悔餓鬼道中長受飢渴百千萬歲初不曾聞漿水之名罪報懺悔餓鬼食敢膿血糞穢罪報懺悔餓鬼動身之時一切肢節火然罪報懺悔餓鬼腹大咽小罪報如是餓鬼道中無量苦報今日稽顙求哀皆悉懺悔次復懺悔一切鬼神脩羅道中諛諂憍詐罪報懺悔鬼神道中擔沙負石塡河塞海罪

報懺悔鬼神羅刹鳩槃荼諸惡鬼神生噉血肉受此醜陋罪報如是鬼神道中無量無邊一切罪報今日稽顙向十方佛大地菩薩求哀懺悔悉令消滅願承是懺悔畜生等報所生功德生生世世滅愚癡垢自識業緣智慧明照斷惡道身願以懺悔餓鬼等報所生功德生生世世永離慳貪飢渴之苦常飡甘露解脫之味願以懺悔鬼神脩羅等報所生功德生生世世質直無諂離邪命因除醜陋果福利人天願從今以去乃至道場決定不受四惡道報唯除大悲為衆生故以誓願力處之無猒已懺三塗等報今當復次稽顙懺悔人天餘報相與禀此閻浮壽命雖曰百年滿者無幾於其中間盛年夭枉其數無量但有衆苦煎迫心形愁憂恐怯未曾暫離如此皆是善根微弱惡業滋多致使現在凡有所爲皆不稱意當知悉是過去已來惡業餘報是故某甲等今當懺悔無始以來至于今日所有現在及以未來人天之中無量餘報懺悔人間流殃宿對癃殘百病六根不具罪報懺悔人間邊地邪見三惡八難罪報懺悔人間多病消瘦促命夭枉罪報懺悔人間六親眷屬不能得常相保守罪報懺悔人間親友凋喪愛別離苦罪報懺悔人間寃家聚會愁憂怖畏罪報懺悔人間水火盜賊刀兵危險驚恐怯弱罪報懺悔人間孤獨困苦流離波迸亡失國土罪報懺悔人間牢獄繫閉幽執側立鞭撻拷掠罪報懺悔人間公私口舌更相羅染更相誣謗罪報懺悔人間惡病連年累月不瘥枕卧床席不能起居罪報懺悔人間

冬瘟夏疫毒癘傷寒罪報懺悔人間賊風腫滿否塞罪報懺悔人間爲諸惡神伺求其便欲作禍祟罪報懺悔人間鳥鳴百怪飛屍邪鬼爲作妖異罪報懺悔人間爲虎豹豺狼水陸一切諸惡禽獸所傷罪報懺悔人間自縊自殺罪報懺悔人間投坑赴火自沉自墮罪報懺悔人間無有威德名聞罪報懺悔人間衣服資生不能稱心罪報懺悔人間行來出入有所運爲值惡知識爲作留難罪報如是現在未來人天之中無量禍橫災疫厄難衰惱罪報某甲等今日至誠向十方佛尊法聖衆求哀懺悔願皆消滅前已懺悔三業六根一切煩惱障一切業障四生六道一切報障今當次第發願回向某甲等願以此懺悔三障所生功德悉皆回向施與一切衆生俱同懺悔願與一切衆生現生之內身心安樂三災八難不吉祥事咸悉消除衣食豐饒正信三寶捨此報身皆得往生極樂世界親覲彌陀得授記莂當來世中見彌勒佛聽聞正法如教進修又願生生世世在在處處常值國王興隆三寶不生外道邪見之家又願生生世世在在處處蓮華化生種族尊勝安隱快樂衣食自然又願生生世世在在處處慈仁忠孝等心濟物不生一念逆害之心又願生生世世在在處處常爲諸佛之所護念能降魔怨及諸外道與諸菩薩俱會一處菩提道心相續不斷又願生生世世在在處處與顯佛法修行大乘分身無量救度衆生直至道場無有退轉如諸佛菩薩所發誓願所修福智所行回向我亦如是發願修集回向虛空

界盡衆生界盡衆生業煩惱盡我此修行回向終無有盡發願回向已至心信禮常住三寶

慈悲水懺法卷下

音釋

曝 蒲木切曬也
坌 蒲悶切塵坌也
裸 郎果切赤體也
篋 苦協切箱屬
帙 直一切書衣也
闚 去規切猶覘望也
屧屐 屧蘇協切履屬屐奇逆切木屐也
魑魅 魑丑知切魅彌二切魑魅老精物也
摴蒱 摴丑居切蒱薄胡切摴蒱博戲也
劈 普擊切破也
轢 郎擊切踐也
搏撮 搏補各切擊也撮麤活切捎取也
磕 口答切石相磕聲也
剔 他歷切解也
鬲 各額切
刷 所滑切刮也
唼 子答切聚食貌
瘥 楚懈切病除也
祟 雖遂切神禍也
縊 於賜切自經也

觀自在菩薩如意輪咒課法
宋 雲川沙門仁岳撰
天台智者大師齋忌禮讚文
宋天竺寺慈雲大師遵式述

清刻龍藏佛說法變相圖

一法一禮文

觀自在菩薩如意輪咒課法并序

天台智者大師齋忌禮讃文

觀自在菩薩如意輪咒課法并序

宋雲川沙門仁岳撰

隋祖智者說摩訶止觀約四種三昧示諸經行法讀者雖衆修者無幾何爲其然乎以人根膚淺法味漓薄從師勞於名相事佛懈於資熏故十觀成乘五悔助道僅存空言矣予切於講習之暇務求課念之益因發經藏得如意輪咒凡四本詳其文實同出而異譯也一實叉難陀此云覺喜唐天后久視元年譯八紙二阿彌眞那此云寶思惟中宗神龍二年譯七紙三唐天后代三藏法師義淨譯三紙四唐天竺三藏法師菩提流志此云覺愛

（譯十九紙）章句既簡方軌且約遮惡可以盡三障持善可以具二嚴先天竺法師諱遵式常觀此經知利物之要特愛義淨所譯呪辭易誦乃鏤板模印詒厥四輩然而淨譯頗略所說法式但云攝心口誦至於事儀觀想曾未點示受持之際意或缺如今輒采諸文爲之補助原始洎末總成七科一法式二觀想三禮讃四持誦五懺願六證驗七釋疑斯皆沿襲本經使源流之不別放則先制貴箕裘之有在知罪于我以俟來哲云

法式第一

經云若有善男子善女人苾芻苾芻尼鄔波索迦鄔波斯迦發心希求此生現報者當一心受持此呪欲受持時不問日月星辰吉凶并别修齋戒亦不假洗浴及以淨衣但止攝心口誦不懈百千種事所願皆成更無明呪能得與此如意呪王勢力齊者乃至日日誦一百八遍即見觀自在等實叉所譯其數亦同乃至七日七夜相續而誦眞那譯云應以後夜若平明時誦一千八徧乃至每日後夜誦三千徧流志譯云每常五更誦一千八十遍又云六時時別一千八十徧相續不絕一一字誦滿三洛叉（梵語一洛叉此云十萬數）又云若比丘比丘尼誦一百八遍若男子誦一百六遍若女人誦一百三遍若童男誦一百遍若童女誦九十遍此名課法一切勝事皆獲成就（國王后妃公主宰官四姓所謂各有其數）今試議之夫西梵之語或五竺國傳流有異中華所譯故三藏師宗本不同此唯聖裁難以情測既而正用義淨之本請以一百八遍爲準所以然者爲表破百

八煩惱爲成就百八三昧也又義淨云若遍一遍如上諸事悉皆遂意又寶思惟譯云受持之時不須辛苦但誦皆成以此言之設復不及一百八遍隨數滅之亦應無咎諸本所誦時節不同蓋從人根樂欲差別今謂若依七日七夜誦者必須六時時別一百八遍如大悲經限三七日請觀音限七七日之類是也若依每日五更平明時誦者斯爲常課其數無在苟曰不然云何得滿三洛叉豈七日之中致兹大數又若不及五更平明時者亦自隨意良以後夜爲詰詰旦人心清爽故別言之淨譯所以諒適時之寬也按流志本今於晝夜居靜室中面東趺坐想聖觀自在對在目前誦念不亂燒沉水香運心供養恭敬禮拜隨心所辦香華供養而不斷絶應知誦呪之前須於靜室攝心觀想次入道場作禮供養所設形像正須西向亦不作壇當敷牀座以爲三級上級置於法寶即是所持陀羅尼經左安釋迦像右安彌陀像中級唯安觀自在像左右或華或燈下級唯列供具而已儻不能如上數置但隨常式道場或唯存菩薩像隨分供養雖日不假洗浴淨衣若七日別修用之益善故覺喜譯云若欲聖觀自在現爲願者清淨澡浴抹香塗身著淨衣服等彼經廣明供養請召迎送皆有印呪餘本並缺今亦不行焉

觀想第二

夫衆生無始唯以昏散障於明靜故塵勞外役道慧内盲八苦之事逼惱而不停二嚴之相窮頓而無取繇是飄流積劫孤露而不自

省唯心所招聖人愍之假隱密語詮微妙法敎令受持先爲其世間之樂次復其如來之性諄諄然若蜾蠃之祝螟蛉也其有口誦復加心觀不亦速哉流志譯云若眞成就此陀羅尼最勝法者於一切處若食不食若淨不淨一心觀想聖觀自在相好圓滿如日初出光明晃曜誦斯陀羅尼無有妄念常持不間一無過犯則得菩薩現金色身除諸障垢神力加被心所求願皆悉滿足眞那譯云誦念之時當憶念觀世音菩薩求作依怙然則心口相應念誦雙運受持之至矣但初心馳散攝之爲難故於靜室趺坐先觀聖相經文旣略今助顯之且菩薩本證妙覺號正法明迹居補處名觀自在本迹雖殊莫不皆隨眞如之體起應化之用其體如鑑其用如像是故眞不自應應之在機亦猶鑑不自像像之在形耳復次機有勝劣應有大小應之大者身長八十萬億那由他由旬（如十六觀經）應之小者於一切處身同衆生大應現于極樂而小應遊諸穢土而經云菩薩所居補怛羅山者即示此土遊止之處也今創心修觀心想羸劣當觀小應其相何如準流志譯畫觀自在像今畫三十二葉開敷蓮華於華臺上畫如意輪聖觀自在菩薩面西結加趺坐顏貌熙怡身金色相首戴寶冠有化佛菩薩左手執開敷華當其臺上畫如意寶珠右手作說法相天妙衣服珠璫環釧七寶瓔珞種種莊嚴身放衆光修者依此聖相繫念觀察當知此相從心想生如虛空華本無所有此相及心元是觀音妙淨明體空華即假本無即空妙體

即中三諦圓融非一非異不可得而思議也非唯聖相如是抑亦說法皆然良由衆生性具諸法故能隨緣發生菩薩修證諸法故能普門示現諸法雖異空中是同若唯異非同則失感應之理若唯同非異則失感應之事失於理者如冰炭之不可合也失於事者如谷響之不能召也事理既備感應乃成又復須知三諦之法即是明呪所詮之義故義淨譯爲無障礙觀自在蓮華如意寶輪王陁羅尼言無障礙者即菩薩具三諦之智無三惑之礙也觀自在者用此之智觀乎衆生而得自在也斯蓋以能說之人命所說之呪耳蓮華者生而有實譬法身德本來具足如意者珠也經云雨妙珎寶猶如意樹如意寶珠譬解脫德能生諸法寶輪者有摧伏之力譬般若德能破諸法又蓮華出水離染清淨譬般若其蕚芳馨譬解脫珠體本圓譬法身其色瑩潔喻般若輪體是寶如法身其用旋轉如解脫以此三種各有三義取譬三德舉一具三言三即一由詮此義統攝諸法超勝一切故稱爲王遮九界之惡持佛界之善故名陁羅尼又實叉譯爲祕密藏神呪苟非三德三諦之法安受斯名乎菩薩自行唯在空中化他從假起物衆生於假受化化極亦唯空中故起信論云若離業識則無見相以諸佛法身無有彼此色相迭相見故略辯如此若欲委知行相當尋王泉止觀

禮讚第三

道場供養并禮懺等各有運想之法備在國清百録補助儀修者預習瞻事無缺

一切恭敬一心頂禮十方常住三寶（禮已長跪執爐燒香）我今如法嚴持香華供養十方無邊法界諸佛世尊十二部經三乘聖衆（執爐捧華運想已散之復云）供養已一切恭敬（起禮一拜曲躬讚云）

如來藏中　有眞法寶　隨衆生性
感而遂通　大悲大士　聖觀自在
所說明呪　號如意輪　悉令滅除
無量苦厄　亦能成就　一切所求
是故釋迦　慇懃讚揚　諸陀羅尼
無爲等者（陳意）

一心頂禮本師釋迦牟尼世尊

一心頂禮極樂世界阿彌陀世尊

一心頂禮十方法界諸佛世尊

一心頂禮無障礙自在蓮華如意寶輪王陀羅尼

一心頂禮十方法界十二部經

一心頂禮觀自在菩薩摩訶薩

一心頂禮大勢至菩薩摩訶薩

一心頂禮圓滿意願明王諸大菩薩摩訶薩

一心頂禮十方法界三乘聖衆（若七日別修初日早晨必須致請當於讚述前長跪燒香逐位三唱唱已作禮其辭唯改頂禮爲奉請然後更加一位云一心奉請大梵天王釋提桓因四天王等持明仙王一切仙衆此位唯俗人拜）

持誦第四（禮已長跪先一入舉經次同聲誦呪未後結經還令首者然此呪法亦可眞默而誦故眞那本令脣內誦之流志本令舍藥時默誦）

經云觀自在菩薩白佛言世尊我今有大陀羅尼明呪所謂無障礙觀自在蓮華如意寶輪王第一希有能於一切所求之事隨心饒

益皆得成就世尊大慈聽我說者我當承佛威力施與衆生乃至世尊讚菩薩言如是如是汝能悲愍諸有情類我加護汝菩薩旣蒙佛許悲願盈懷即於佛前而說呪曰

南無佛馱耶　南無達摩耶　南無僧伽耶　南無觀自在菩薩摩訶薩具大悲心者　怛姪他　唵　斫羯羅伐底　震多末尼　莫訶鉢蹬謎　嚕嚕嚕嚕　底瑟侘(丑家切)　篅(市傳切)擺阿羯利沙也　吽　發沙訶(此名根本呪)　唵　鉢蹋摩　震多末尼　篅擺吽(此名大心呪)　唵　跋喇陀　鉢亶(多旱切)　謎吽(此名隨心呪)

爾時觀自在菩薩說是陀羅尼巳大地六種震動天龍藥叉揵闥婆等諸有宫殿亦皆旋轉迷惑所依一切惡魔爲障礙者見自宫殿皆悉焰起無不驚怖乃至於地獄中受苦衆生皆悉離苦得生天上(按流志本菩薩白佛時長跪合掌至說呪時還坐本座又令侍者結加趺坐想觀自在誦此陀羅尼呪今於舉經之後未可接聲便誦即就聖前整衣加趺坐如安禪然後誦之數滿徐起再跪結經若復六時不能久坐當輟其數於禮懺外續之)

懺願第五

(四譯經文皆先除罪障次滿願求故懺悔後即發願也從結經巳作禮長跪燒香運想)

普爲四恩三有法界衆生悉願斷除三障歸命懺悔(一拜復跪運逆順十心)

至心懺悔我比丘(某甲)　歸命十方常住三寶釋迦牟尼阿彌陀佛聖觀自在具大悲者願起哀憐爲作明證我爲法界一切衆生無始心性如摩尼寶自體清淨神用本然爲諸如來同一祕藏妄想流動幻有輪迴於生死中受諸熱惱所謂過現造積四重五逆十惡之

業當墮阿鼻地獄之苦以惡業故現身所纏一切疾病種種災厄廣如經說諸惡因緣今奉大悲聖觀自在敎我誦持如意寶輪令得滅除如是罪障百千種事所願皆成惟願菩薩受我懺悔從我所求施與摩尼雨諸珎寶世及出世福慧資粮皆使隨心無不充足乃至盡其形壽不入胞胎蓮華化生極樂世界見阿彌陀佛觀自在菩薩眞實色身聞妙法音證圓通性然後普門示現饒益有情盡出塵勞同成種智懺悔發願已歸命禮三寶三說或一說已右旋道場

南無十方佛　南無十方法　南無十方僧

南無本師釋迦牟尼佛　南無阿彌陀佛

南無如意輪陀羅尼　南無觀自在菩薩

南無大勢至菩薩　南無圓滿願一切菩薩摩訶薩或三稱或七稱旋遶佛前三帀已立佛前三自歸依而退

自歸於佛當願衆生體解大道發無上心

自歸於法當願衆生深入經藏智慧如海

自歸於僧當願衆生統理大衆一切無礙和南聖衆

證驗第六

經云先當除諸罪障次能成就一切事業亦能消除受無間獄五逆重罪流志本云過現造積四重五逆十惡罪障應墮阿鼻地獄之者悉能消除若見種種諸大善夢當知此是罪滅之相亦能殄滅一切病苦一切重業諸有熱病或晝或夜或一日瘧乃至四日瘧風黃痰癊三焦嬰纏如是病等誦呪便差若有他人魘魅蠱毒悉皆消滅無復遺餘假使一切癰瘻惡瘡疥癩疽癬周徧其身并及眼耳鼻舌唇口牙齒咽喉頂惱胷脇心腹腰背脚手頭面等痛肢節煩疼半身不隨腹脹塊滿飲食不消從

頭至足但是疾苦無不痊除若有藥叉羅刹毗那夜迦惡魔鬼神諸行惡者皆不得便亦無刀杖兵箭水火惡毒惡風雨雹怨賊劫盜能及其身亦無王賊無有横死來相侵害諸惡夢想蚖蛇蝮蝎守宮百足及以蜘蛛諸惡毒獸虎狼獅子悉不能害兵戈戰陣皆得勝利若有諍訟亦得和解若誦一徧如上諸事悉皆遂意若日日誦一百八徧即見觀自在菩薩告言善男子汝等勿怖欲求何願一切施汝阿彌陀佛自現其身亦是極樂世界種種莊嚴如經廣說并見極樂世界諸菩薩衆亦見十方一切諸佛亦見觀自在菩薩所居之處補怛那山即得自身清淨常爲諸王公卿宰輔恭敬供養衆人愛敬所生之處不入毋胎蓮華化生衆相具足在所生處常得宿命始從今日乃至成佛不墮惡道常生佛前

流志本於後復云是祕密如意輪陀羅尼復有二法一在世間二出世間言世間者所謂富貴貨財勢力威德皆得成就言出世間者所謂福德慧解資粮莊嚴悲心增長濟苦有情衆人愛敬乃至欲證此祕密三昧耶者當自祕持勿妄宣說

釋疑第七

疑者曰觀音所說諸陀羅尼皆遮極惡盡持妙善馥瞻蔔而無異鳴迦陵而不殊何故經云更無明呪與此如意呪王勢力齊者釋曰法有權實教有抑揚蓋言小乘三藏大乘初門及歷別所談斯等明呪不能齊於圓頓呪王也何以明之如法華普門品云受持觀世音名號爲彼受持六十二億恒河沙菩薩名字是二人福正等無異智者解云圓人唯一徧人則多格六十二億徧菩薩等一圓菩薩也以彼例此人法雖異義旨攸同問流志所

譯廣明壇法分爲二院內院當中心畫如意輪觀自在東面畫圓滿意願明王北面畫大勢至等外院東面畫天帝釋左右畫諸天衆等今不依之而於道場但安法寶并釋迦彌陀觀音之像將無返經之過歟答壇法本爲呪三種藥（一佩藥二含藥三服藥）令世人民見聞歡喜而相愛敬獲大勝願當候太陰太陽蝕時預二七日於閑靜處築之乃至畫諸形像而爲供養今既藥法不行所以壇法亦寢況彼經前自云不假占擇日月吉凶亦不作壇故此廢之非爲過也如請觀音經中本無道場儀式國清百録令安佛像南向菩薩像東向斯出智者之神襟耳今經菩薩既須面西則依百録不便于所敷置非可以也蓋諸佛所師所謂法也故置之上級釋迦爲娑婆之主彌陀爲觀音之師故左右焉菩薩居次級之中亦不失其正也倘有方法異於見者當擇善從之問證驗中既能殄滅一切病苦成就一切事業今或覩受持積年而無所驗者何耶答機有親踈障有輕重機親者心急加以觀慧機踈者心緩或唯讀誦定業障重不定障輕機障對論大約則有四類差別經云若誦一徧如上諸事悉皆遂意者此就機親障輕者言之亦誘進之辭也若乃機踈障重纔方讀誦便責感應何其謬哉古語云土性勝水掬壤不可以塞河金性勝木寸刃不可以殘林理必然矣又以滅惡例乎生善亦由宿植深淺對於現機親踈致使休應遲速之異也是知聖無虛授授於可受者書云皇天無親惟德是輔傳曰小信未孚神弗福也但勤誦

習功至自驗何芥蔕於胸臆乎先民有以吉凶禍福在德不在命或曰在命不在德公孫弘謂桀紂行惡受天之罰禹湯文武積德以王天下此在德也公孫弘對武帝策臣聞堯遭洪水使禹治之未聞禹之有水也若湯之旱則桀之謂烈也桀紂行惡受天之罰禹湯積德以王天下因此觀之天德無私親矣見漢本紀劉孝標謂仲由厲節不能息其結纓商臣殺逆盛業光於後嗣此在命也選辯命論商臣則穆王名也仲由子路也衛太子蒯聵以戈繫子路割其纓子路曰君子死冠不脫於地乃結纓而死結纓繫冠也言其惡者乃盛善者乃死也詳見史記本斯皆偏一之見豈謂通方之說苟迷三世因緣生法又何異夕死之類而論春秋之變哉今之人亦有見積德而無驗惟賦命而是聽固執美惡之運周而必復天數定矣詎假念聖人誦神呪爲之移易乎又謂積德在心焉用事行凡厥求福則曰吾禱久矣吁挾邪距正蒙

已蔽物未習滋甚其將奈何且陰陽之流示灾福之運俾人禳祈齊景公三十二年彗星見景公坐柏寢柏寢宮名謂晏子曰此其以真可禳否晏子曰使福可祈而來灾亦可禳而去也見史記齊世家以慎咎悔若其天數不可逃聖人不能救何故宋景一言法星三徙法星熒惑也宋景公三十七年熒惑守心心經星也屬宋之分野景公憂司星子韋曰可移於相景公曰相吾之股肱曰可移於民景公曰君者待民曰可移於歲公曰歲飢民困吾誰爲君子韋曰天高聽卑君有君人之言三熒惑宜有動於是候之謂占候其纏度果徙三舍舍行七里里當一年故延二十一年景公在位六十四年而卒見史記宋世家補註熒惑退舍又見呂氏春秋柳子厚真符詩云宋之君以法星壽王謨免刑戮於麾下南中云齊王玄謨性營貨財時制輔國將軍蕭斌北侵玄謨爲前鋒玄謨貨一疋布責八百利以此頗失士人之心麾下散亡略盡斌將斬之沈慶之固諫乃止初將見斬玄謨夢人令念觀世音經千徧當得免既覺念之旦得千徧明日將刑猶念之不輟忽聞傳唱停刑徐義脫杻械於禁中晉書云僞秦苻丕左丞相徐義爲慕容永所獲械理其足將殺之念觀音經至夜中杻械自脫於重禁之中若有人導之因遂得免遂奔揚詮期詮期以

爲洛陽令前志昭然安可不信若言吾禱久矣請以近事驗于感應夫仁義不行奸諂斯作人倫尚遠天道奚從至於欵附勢權則靡辭折節苟合富貴則無憚足恭由此觀之何禱於人而不禱於佛乎縱是內有實德亦須外假熏修何必土梗其身木舌其口然後爲道哉故菩薩之行有緣因焉有了因焉了謂正觀智德之基也緣謂助道福德之本也如是二因譬車輪不可單運鳥翅不可隻飛課法所以先觀想次禮誦等庶兩全矣經云惟須深信不得生疑故因撰錄聊此伸釋願諸聞見終身誦之

觀自在菩薩如意輪咒課法

金光明懺法補助儀
宋天台東掖山沙門遵式集

清刻龍藏佛說法變相圖

金光明懺法補助儀

宋天台東掖山沙門遵式集

緣起第一 若見於正修前無緣起等五意者並非正本

問曰事儀已載百録觀慧復指餘文於是二途更何所補答今觀事儀既出舊經纖師語約百録一準亦無別立行用之際遲迴之事不免數四且散灑一法經云別以種種美味供施於我散灑諸方爾時當誦如是章句尋此一文難曉者四一闕別明奉飲食供施天女二闕分灑散別施諸神三闕明散食處所四誦呪時節似未次第準淨師新譯唯闕今第三明散食處餘甚分曉新云亦以香華及諸飲食供養我像復持飲食散擲餘方施諸神等誦呪之語亦復別出先令禮佛後即誦呪而云召請不云於散洒時誦觀此新文有

補舊式若爾百録令别飣一盤擬散諸方此與新經宛如符契何謂亦無别立答初雖似分後至散洒復依經文便令誦咒又成難了何者咒本召喚天女秖可兼於徒黨若令散食處誦則成但召徒屬縱云同時誦者復闕明處若道場内布散飲食大有不便若異處散同時誦咒又成不可況復誦咒時節亦應不爾必先持咒通召主伴令至道場後奉飲食必須異處又今時行事多將此法準同法華方等初日已後廢請三寶直爾誦咒甚闕次第又百録不出五悔後人濫用今並補助非徒然也

按文開章以定銓次第二

百録事儀文雖甚約細尋其意開爲十科但闕五悔一爾云何爲十一者嚴治淨室二者清淨三業三者香華供養四者召請持咒五者讃歎述意六者稱名奉供七者禮敬三寶八者修行五悔九者旋繞自歸十者唱誦經典與百録開合銓次略異對尋可了但五悔今依滅業障品安之但云述建懺意略無讃歎今準餘行法用新經四王讃安之方等法華皆有坐禪此文但令唱誦信有深意弗敢移易若爾不安五悔亦有意耶答此應不例但是文略或云專誦至懺悔品便爲悔者亦應不爾合部滅障品一一悔前皆具敬儀然後陳露知須别安也

别明禮請灑散二法第三

應知此法同請觀音以請爲行七日六時須番番禮請百録方等儀及法華三昧皆結云於後六時略去請佛餘九法悉行無異唯請

觀音及金光明文無此結明可準知也又尋新經大辯堅牢散脂等呪法之儀皆專以請召爲門況天女品云爲我每日三時稱三寶名實言邀請大吉祥天乃至誦持神呪請召我時我聞神呪請召我已即至其所日三既爾夜三準知況後文云及於晡後誦持前呪希望我至請義明矣往往觀音行儀無識之者亦欲廢請此大不知所以也今此但束略百録請文都爲五位秖是開合故非刪削所以合者爲朝譽飲食易及過中餘時廣請亦應無在請觀音無此不應輒略二明灑散者理須道場外別置淨地或作小壇香汁徧灑務令嚴潔以物承足身立於中旋轉四散食盡爲度問此出何文答百録兩經皆不云耳此以意裁務在生善諒亦無咎俟見他文即依改貫非晚也

略明能請及所求離過第四

準請觀音三義一爲自故請二爲他故請三護正法故請今品準意正在護法即天王護經第三以福資請說及以聽者通論亦應具三經云當爲己身及諸衆生即自他也廣令流布是妙經典即護法也皆本品文耳又新本云汝能流布是經自他俱益此明文也自請復三一延請二祈請三願請此配三業成機品云洗浴其身禮拜供養身業延請也誦呪召我即口業祈請也至誠發願即意業願請也爲他護法三業亦爾延請復三標心約行證請標心謂域意祈求專誠則感新本云實言邀請發所求願約行者謂雖不標心其人三業淳淨大聖自然應之品云我當終身

不遠是人證請者鬼神品云若入是經即入法性即於是典金光明中而得見我釋迦年尼延請旣爾祈願亦然此三業之機十界衆生二嚴未滿爲他護法咸須致請二明所求離過者問曰百録云金光明懺法但應折意悔罪那忽有求答其理實然但由行法事出此品以吉祥爲主故品意復是福資說聽品內之文多明財寶少說懺悔唯新本云供養諸佛自陳其罪迴向發願等然復品明增長財物因是之故多招諂附欲免斯過故示所求也今作二意一者若直懺淨心不餘圖專依事理一心精進若取相若觀空意期滅罪此非所論也二者若爲護法及請說因緣標心所求行者須精識其過復有二意一者約三請示起過處謂行證二請必無諂詐諂則非行自不成感唯標心作法者事有眞僞過則生焉二者正約標心揀過復二初略約三義顯正次反此出過言正三者一約能請之機謂眞欲通經若請者若說者若聽者隨有所乏法流斯壅標心指事七日虔祈欲假天資固宜遠過請必須實說必須了聽必須勤餘非能感也二約能應之聖即吉祥大天天心不欺果有實語雖不謀而應而毫釐不濫眞機一扣妙應遂通爾三約與財之意意在潤其處而致請充其乏而益說給其資而久聽經云是說法者我當供給令心安住晝夜歡樂正念思惟分別深義請者及聽準此可知故非庸昏之徒飽食終日無所用心天與其財也次出過者反前可知更復略說且出家之子尚不應求事戒世禪及二乘智慧豈

容全不資道專爲養軀諂附行儀竊規財利設遂多畜自犯嚴科不淨八財招苦三惡供養既無福應（五百問云尚不免地獄何況得福）施設竟自空爲擬欲感天恐應無日二則天佐有德不祐無道畜財毀戒天捨人譏徒欲虔祈逾近逾遠尚令大鬼掃迹寧得尊天衛身天乎無親唯德是輔豈苟徇庸鄙而言終身不遠是人耶三則既及天意與財何爲意爲通經不專濟命尚令散積豈使益貪且沙門染法猶訶畜財誰賞世有不達徒欲要求天網恢恢踈而不漏問曰觀上所說恐不全爾何者人情自隔天理本通菩薩慈稱無緣大士施元博濟賊稱佛號尚獲金頭僧奉天靈寧慳玉帛答汝此問深不達也譬如國之法臣非法虜罪去官奪禄而反責君曰天子仁慈不應偏黨尚恩覃草木惠及孤貧何故於臣而慳爵禄觀此所責是智臣乎經稱能持一句及以首題以財以護者此攝俗子及顯持功工商仕農求財是分王臣長者濟國盈家尚令必聽是經要求同行地神品云好行惠施心常堅固深信三寶積而能散素聞廉士之風知足節量夙仰道人之範未見迹参穢俗志混凡夫而人歸天護者也

總示事理觀慧所依第五

今文正依百録及新舊兩經傍採法華三昧中文以成十科事儀但正修之前略無方便廣在止觀及諸懺法所明欲修行者當尋懺悔品䟽應先諦了識懺悔處（及懺悔法法有正助）一一細知若尊容道具歷事觀慧當尋止觀方等懺文若十科始終事儀之後一一觀想應尋

法華補助儀并須熟誦令運念無滯若經咒佛名五悔等文並須預誦悉令通利不應道場之内猶自讀文復須尋蹤明識作法取相無生三種懺法若通若別事理節級對障次第淺深之相不得不了愼勿容易又囑後學凡欲傳寫並須首尾全寫對勘分明勿令脫誤多見法華觀音等懺文多削前後及觀慧之文但抄佛位及懺悔文單題禮文深可悲痛若不能者寧可莫寫免得毀散行法全文一事不周便虧行相深誡深誡

補助正修十科事儀第六理觀如上所指

第一嚴淨道場方法

若自住處若阿蘭若處嚴治一室以爲道場別安唱經座令與道場有隔道場内須安釋迦像於像前安金光明經於佛左邊安功德天座準新經應畫吉祥天像道場若寛更於右邊安大辯四天王座準毗沙門咒法中於佛左畫吉祥天於佛右作我多聞天像令道場更窄亦須安多聞天座爲善以天女居彼勝園及表權實便故懸繒播蓋安施供具嚴好諸座淨掃其地香汁灌灑香泥塗治然種種諸香油燈於諸座散種種妙華及諸末香燒衆名香供養三寶備於已力所辦傾心盡意極於嚴淨所以者何行者内心敬重三寶超過三界今欲奉請供養豈可輕心若不能拔已資財供養大乘終不招賢感聖重罪不滅善根何由得生也

第二清淨三業方法

行人從初日終竟一期日日以香湯沐浴若至穢處事訖即浴縱一日都不至穢亦須一

浴著淨潔衣若大衣諸新染等服若無新當取已衣勝者重淨洗染以爲入道場衣出入脫著此可意知行八終竟七日專莫雜語及一切接對問訊如索所須但直語其事不得因事牽發餘說行人終竟七日專秉一心念所修法不得刹那念世雜事宜在容防勿令萌動如上三業若飲食若便利一心護失不得托事延緩當直如事作爾

第三香華供養方法行者初入道場至法座前敷尼師壇正身合掌侍立應先慈念一切衆生誓與救拔次起殷重心慚愧懇惻存想三寶叟塞虛空應現道場如是想已五體投地禮一切三寶亦使影現一切佛前作是禮已音聲者首唱

一切恭敬一心頂禮十方常住三寶心隨身口一心頂禮無分散意了知此身如影不實能禮所禮心無所得一切衆生亦皆同入禮三寶海中總禮三寶一拜已互跪手執香爐口復唱云

是諸衆等各各胡跪嚴持香華如法供養至比停唱以手擎華默念供養運想之辭出法華補助儀須檢彼文熟誦用之運念已唱云

願此香華雲徧滿十方界供養一切佛尊法諸菩薩聲聞緣覺衆及一切天仙受用作佛事供養已一切恭敬

第四召請誦呪方法次當胡跪手執香爐燒衆名香一心召請三寶及功德天等起殷重心涕淚悲泣一一想至道場其辭出補助儀應檢閱口作是言

一心奉請南無本師釋迦文佛東方阿閦四佛世尊寶華瑠璃寶勝佛等盡金光明經中及十方三世一切諸佛三請已一禮下去準知

一心奉請南無大乘金光明海十二部經

一心奉請南無信相菩薩金光明菩薩金藏菩薩常悲法上盡金光明經內及十方三世一切菩薩聲聞緣覺賢聖僧

一心奉請南無大梵尊天三十三天護世四王金剛密迹散脂大將大辯天神訶梨帝

喃鬼子母等五百眷屬一切皆是大菩薩等及此國內名山大川一切靈廟某州地分屬內鬼神此所住處護伽藍神守正法者一切聖衆從大梵下但三請不應禮拜白衣無妨

一心奉請南無第一威德成就衆事大功德天行者應念此菩薩即是道場法門之主當殷勤三請希望來至請已各放香爐即便合掌胡跪誦持本呪若七徧若多徧此呪正是召命天女及其徒屬一切在精專一心致請必望下降果尅所求令不虛爾

南無佛陀南無達摩南無僧伽南無室利摩訶提鼻耶怛你也他波利富樓那遮利 三曼陀達舍尼 摩訶毗訶羅伽帝 三曼陀毗尼伽帝 摩訶迦利野 波禰波羅波禰薩利嚩栗他 三曼陀修鉢梨帝 富隸那阿夜那達摩帝 摩訶毗鼓畢帝 摩訶彌勒帝 婁簸僧祇帝 醯帝簁 僧祇醯帝 三曼陀 阿吔 阿㝹婆羅尼徧數訖起一禮

第五讚歎述意方法行者既咨請竟決定想一切三寶及諸天仙悉集道場如對目前即自了知身口意業充滿法界面對法座稱讚三寶微妙功德口自宣偈而讚歎曰

佛面猶如淨滿月　亦如千日放光明
目淨修廣若青蓮　齒白齊密猶珂雪
佛德無邊如大海　無限妙寶積其中
智慧德水鎮常盈　百千勝定咸充滿
足下輪相皆嚴飾　轂輞千輻悉齊平
手足縵網徧莊嚴　猶如鵝王相具足
佛身光耀等金山　清淨殊特無倫匹
亦如妙高功德滿　故我稽首佛山王
相好如空不可測　逾於千日放光明
皆如焰幻不思議　故我稽首心無著

讚已當述建懺之意任自智力所陳云云

第六稱三寶及散灑方法此散灑應通名奉供則攝三寶諸天若直云散灑則局施諸神於理不便略如前說行者欲稱三寶當合掌低頭鞠躬平聲三稱云

南無寶華瑠璃佛南無金光明經南無第一威德成就衆事大功德天如是三稱已次處奉供養專想面對後陳辭句餘時須除去飲食并淨潔如法復持散擲等語但云香華至同圓種智而止便即禮佛

今我道場敷設供養然種種燈燒種種香奉種種飲食淨潔如法恭持奉供諸佛世尊大乘經典菩薩賢聖一切三寶又復別具香華飲食奉獻功德大天大辯四王梵釋天龍八部聖衆復持飲食散擲餘方施諸神等唯願三寶天仙憐愍於我及諸衆生受此供養以金光明力及諸佛威神於一念間顯現十方一切佛刹如雲徧滿如雨溥洽廣作佛事等熏衆生發菩提心同圓種智此亦應隨意所陳未必專誦此語作是語已當持飲食至道場外淨處布散四方先作是言

我今依教供養大乘三寶及吉祥大天持此種種飲食散灑諸方徧施諸神願諸神明威權自在一念普集各受法食充足無乏身力勇銳守護堅強知我所求願當相與迴此福利普潤含生果報自然常受勝樂作是呪願竟即便以食散擲四方想無量鬼神悉來受食爾時或誦前呪或但云南無室利摩訶提鼻耶以食盡爲度

第七禮敬三寶方法灑散既竟還至道場應當一心正身威儀禮敬諸佛禮佛之法隨所禮佛志心憶念此佛法身猶如虛空應物現形如對目前受我禮拜餘一一佛亦然應專一心不得散亂爾時自知身心空寂無能禮所禮雖無有實非不影現一一佛前頭面頂禮法僧亦然當熟誦補助儀中禮三寶各有辭句

一心頂禮本師釋迦牟尼佛

一心頂禮東方阿閦佛

一心頂禮南方寶相佛

一心頂禮西方無量壽佛

一心頂禮北方微妙聲佛

一心頂禮寶華瑠璃佛

一心頂禮寶勝佛

一心頂禮無垢熾寶光明王相佛

一心頂禮金燄光明佛

一心頂禮金百光明照藏佛

一心頂禮金山寶蓋佛

一心頂禮金華燄光相佛

一心頂禮大炬佛

一心頂禮寶相佛

一心頂禮盡金光明經中及十方三世一切諸佛

一心頂禮大乘金光明海十二部經三禮

一心頂禮信相菩薩摩訶薩

一心頂禮金光明菩薩摩訶薩

一心頂禮金藏菩薩摩訶薩

一心頂禮常悲菩薩摩訶薩

一心頂禮法上菩薩摩訶薩

一心頂禮盡金光明經內及十方三世一切菩薩摩訶薩

一心頂禮舍利弗等一切聲聞緣覺賢聖僧

第八修行五悔方法

行者當自想身對三寶法座一心一意爲一切衆生修行懺悔自憶先罪及今生所造若不懺悔當入阿鼻受極大苦若有此罪尚不得刹那覆藏何況經久滅障品云有四種業難可滅除一者於菩薩律儀犯極重罪二者於大乘經心生誹謗三者於自善根不能增長四者貪著三有無出離心有四對治能滅四罪一者於十方佛至心親近說一切罪二者爲一切衆生勸請諸佛究深妙法三者隨喜一切衆生所有功德四者所有善根悉皆迴向無上菩提文但有四悔於理亦足若開五悔者但於迴向開出發願上雖能迴向更須加願樂要制之法對治心無決定喜退之障既知此已起大慚愧實有此罪一心求滅雖加苦到不惜身命慚愧等心廣如懺悔品䟽

普爲之前辭偈出補助儀應熟誦使心念不滯運想令成默念已唱云

普爲法界一切衆生悉願斷除三障歸命懺悔起已一禮當運逆順十心具如補助儀運十心已專想對十方佛前涕淚非泣繞衆名香而作是言

我某甲歸命頂禮一切諸佛現在十方已得道者轉妙法輪誘接一切爲令衆生得清淨故得安樂故是諸世尊以眞實慧以眞實眼眞實證明眞實平等悉知悉見一切衆生善惡之業我從無始隨生死流與一切衆生已造業障爲貪瞋癡之所纏縛未識佛時未識法時未識僧時不了善惡爲身口意得無量罪以惡心故出佛身血誹謗正法破和合僧殺阿羅漢殺害父母十不善法自作教他見作隨喜於諸衆生橫生毀呰斗稱欺誑以僞爲眞不淨飲食施與衆生生死六道所有父母更相觸惱塔物僧物四方僧物心生偷奪自在而用諸佛法律不樂奉持師長教示不相隨順三乘行人喜生罵辱令其退恨見有勝已便懷嫉妬法施財施而生障礙無明所覆邪見惑心使惡增長於諸佛所而起惡言法說非法非法說法如是衆罪齊如諸佛眞實慧眼眞實見知奉對懺悔不敢覆藏願我此生所有業障皆得消除所有惡報未來不受亦如過去諸大菩薩修菩提行所有業障悉已懺悔我之業障今亦懺悔亦如現在未來諸大菩薩修菩提行所有業障皆悉懺悔我之業障今亦懺悔已作之罪願乞消除未起之惡更不敢造懺悔已歸命禮三寶

復次修勸請方法行者應知勸請能滅魔障及謗方等之罪所得功德如人以滿殑伽沙三千大千世界七寶供養一切諸佛功德旣知是已起殷重心五體投

地口作是言

我某甲歸命頂禮十方一切諸佛世尊初成正覺未轉法輪欲捨應身入涅槃者我皆頂禮是諸世尊勸轉法輪請久住世度脫安樂一切衆生勸請已歸命禮三寶

復次修隨喜方法行者應知隨喜能破嫉妬之障增長自已無量善法若人供養殑伽沙三千大千世界滿中阿羅漢盡其形壽以上妙四事而供養之如是功德千分不及隨喜一分功德既如是已起殷重心五體投地燒衆名香而作是言

我某甲歸命頂禮十方一切諸佛世尊我今隨喜一切衆生三業所修施戒心慧二乘菩薩賢聖善根十方諸佛證妙菩提法施一切所有功德我皆至誠隨喜讚歎隨喜已歸命禮三寶

復次修迴向方法行者應知修迴向行能破著有及慳悋心迴向少善徧入三際如滴水投海如聲投角則能遠遍既知是已起殷重心五體投地而作是言

我某甲歸命頂禮十方一切諸佛世尊願作證知我從無始至於今日三業所修一切諸善施戒禪慧乃至懺悔勸請隨喜攝取現前迴施法界一切衆生同證菩提如諸佛等迴向已歸命禮三寶

復次修發願方法行者應知發願要期應以菩提涅槃二種果報而爲所歸能滅漏欲及退轉障既知是已當整威儀起殷重心五體投地燒衆名香而作是言

我某甲歸命頂禮十方一切諸佛世尊證我微誠現前所願願諸天八部增長威神常來護持我此國土風祥雨順穀果豐成聖帝仁王慈臨無際羣臣官屬常守尊榮萬姓四民永安富樂佛法檀越父毋師僧歷代宄親法界含識咸生正信發菩提心六度齊修二嚴等備復願我等衆聖冥加常值大乘及善知識開我佛慧願行現前荷負流通三世佛法誘化一切然無盡燈普會衆生同歸祕藏發願

已歸命禮三寶

第九明旋遶自歸方法行者行五悔已當一心正身威儀右遶法座安詳徐步心念口稱三寶名字如是三徧爾時當了音聲如響身心性空舉足下足心無依倚不住行相而復了知影現十方聲聞法界徧於法座如是知已唱云

南無佛南無法南無僧南無本師釋迦牟尼佛南無四方四佛南無寶華瑠璃佛南無大乘金光明經南無信相菩薩南無金光明菩薩南無金藏菩薩南無常悲菩薩南無法上菩薩南無第一威德成就衆事大功德天如是三反旋遶唱既竟當至佛前一心正念迴上所作不離三寶願同衆生入三寶海當習云

自歸於佛當願衆生體解大道發無上心一拜

自歸於法當願衆生深入經藏智慧如海一拜

自歸於僧當願衆生統理大衆一切無礙和南聖衆一拜

第十明唱誦金光明典方法行者上已禮旋竟當就別座唱誦是經百録令唯專唱誦不明坐禪者少異餘法應如法華有相安樂行不入三昧但誦持故亦見上妙色像三昧儀云若人本不習坐但欲誦經懺悔當於行坐之中久誦經文疲則暫息息竟便誦亦不乖行法彼則通坐通誦兩無所乖今同彼誦而不開坐而亦於是典金光明中而得見我釋迦牟尼問可通坐不答亦應無妨品云令心安住正念思惟是經深義思惟通坐是義明矣且依百録當誦經時一心正念使文句分明音聲辯了不寬不急繫緣文句如對文不異不得謬誤次應了知音聲性空如空谷響雖知空寂而心歷歷照諸句義言辭辯了運此法音充徧法界供養三寶普熏衆生令得同入金光明法性海中但誦經準法華儀有

二種人一具足誦二不具足誦具足者行人先曾通誦一部不具足者行人本不曾誦今欲修行法但令誦安樂行一品極令精熟今亦如是不具足者宜誦空品於行懺時唯專誦之若禮佛竟正當誦時不拘徧數隨意堪任問法華誦安樂行品所行三昧與品相應今亦應誦功德天行法本品而今誦空品者何答法華亦未必爾故三昧儀云若兼誦餘品亦得但不得誦餘經典籍今誦空品亦無乖也但正取意爲論豈不行人上懺悔滅惡讃歎供養禮敬生善須空導成經云一切種智而爲根本既不別令坐禪觀慧故誦此品擬觀最便宜可思之十科竟

金光明懺法補助儀

略法華三昧補助儀并序

由此懺法隨事觀想並指法華三昧補助儀文今恐各行無處尋檢翻成所闕故從要急略彼辭句附此文後以備承用請對前事儀之下運此觀想故此但令運想不錄事相用者應知

初運香華 運想曰願此香華徧十方以爲微妙光明臺諸天音樂天寶香諸天餚饍天寶衣不可思議妙法塵一一塵出一切塵一一塵出一切法旋轉無礙互莊嚴徧至一切三寶前十方法界三寶前皆有我身修供養一一皆悉徧法界彼彼無雜無障閡盡未來際作佛事普熏法界諸衆生蒙熏皆發菩提心同入無生證佛智

請佛 我三業性如虛空釋迦牟尼亦如是不起眞際爲衆生與衆俱來受供養

諸佛菩薩 但改牟尼及形相來處

請法 法性如空不可見常住法寶難思議我今三業如法請惟願影現受供養

禮佛 能禮所禮性空寂感應道交難思議我此道場如帝珠釋迦牟尼影現中我今影現牟尼前頭面接足歸命禮

餘佛菩薩 但改牟尼爲異

禮法 眞空法性如虛空常住法寶難思議我身影現法寶前莫不皆悉歸命禮

普爲 我及衆生云云

懺悔前運逆順十心 我與衆生云云

音釋

銓此緣切量也度也

壅於隴切塞也

覃徒含切及也

窄側革切狹也

皴補過切

簁相咨切

往生淨土懺願儀

沙門遵式輒采大本無量壽經
及稱讚淨土等諸大乘經集此
方法流布諸
後普結淨緣

往生淨土決疑行願二門

宋 耆山沙門遵式撰

清刻龍藏佛說法變相圖

一儀一門同卷

往生淨土懺願儀

往生淨土決疑行願二門

往生淨土懺願儀

沙門遵式輒采大本無量壽經及稱讚淨土等諸大乘經集此方法流布諸後普結淨緣

原其諸佛愍物迷盲設多方便而引取之但唯安養淨業捷直可修諸大乘經皆啓斯要十方諸佛無不稱美者也若比丘四衆及善男女諸根缺具者欲得速破無明諸闇欲得永滅五逆十惡犯禁重罪及餘輕過當修此法欲得還復清淨大小戒律現前得念佛三昧及能具足一切菩薩諸波羅蜜門者當學

此法欲得臨終離諸怖畏身心安快喜悅如歸光照室宅異香音樂阿彌陁佛觀音勢至現在其前送紫金臺授手接引五道橫截九品長騖謝去熱惱安息清凉初離塵勞便至不退不歷長劫即得無生者當學是法欲修少法而感妙報十方諸佛俱時稱讚現前授記一念供養無央數佛即還本國與彌陁坐食觀音議論勢至行步眼耳洞視徹聞身量無際飛空自在宿命了了徧見五道如鏡面像念念證入無盡三昧如是稱述不可窮盡應當修習此之勝法如所說者皆實不虛十方諸佛出廣長舌稱美此事以示不妄我等云何敢不信佛令取淨土衆經立此行法若欲廣知尋經補益且聊爲十科說之一嚴淨道場二明方便法三明正修意四燒香散華五禮請法六讚歎法七禮佛法八懺願法九旋誦法十坐禪法

第一嚴淨道場當選閑靜堂室先去舊土後於淨處取新土須地無瓦石及先非穢染用填其地以香和塗極令清淨次於其上懸新寶蓋蓋中懸五雜旛及徧室懸諸繒綵旛華取好莊嚴安佛像西坐東向觀音侍左勢至侍右像前列衆好華及蓮華等若安九往生像最好無亦無妨餘者嚴事隨力安之次周設薦席慮地卑濕行人須新淨衣如絕無新淨即浣染身中上者浴後披著方入道場應從門頰左右出入鞋履齊正不得雜亂其所往時須換故衣沐浴後却著淨衣日日如是次於道場當自傾竭種種供養三寶若不盡其所有供養行法不專必無感降如絕無已

物方可外求行者十人已還多則不可宜於
六齋日建首

第二明方便法

行者欲入道場身心散亂須預行方便當於七日營理別房不得與道場同處如無別屋亦許共室應日夜調習案試及預誦下五悔等文極令精熟即通染浣紉縫及中辦事餘治生雜務即時併息但念不久定生淨土一心求懺無有留難各自尅期不惜身命定取淨業即時成就不得一念思憶五塵訶去愛欲勤息恚癡行人各有無始惡習速求捨離不爲正懺障礙自當觀察何習偏重訶棄調停取令平復勿使行法唐喪其功可以意解

第三明正修意

大集明七七日鼓音王及大彌陁經十日十夜十六觀經及小彌陁經明七日七夜取此三等爲期決不可減言正修意者天親論曰明何義觀安樂世界見阿彌陁佛願生彼國土云何觀云何生信心修五念門成就者畢竟得生安樂國土見阿彌陁佛何等爲五一者禮拜門二者讚歎門三者作願門四者觀察門五者迴向門乃至菩薩巧方便迴向者謂說禮拜等五種修行所集一切功德善根不求自身住持之樂欲拔一切衆生苦故作願攝取一切衆生共生彼安樂佛國是名菩薩巧方便迴向如是善知迴向得三種順菩提門一者無染清淨心不爲自身求諸樂故二者安清淨心以拔一切衆生苦故三者樂清淨心令一切衆生得大菩提以攝取衆生生彼國土故故全用論文爲令正意但加懺

悔者爲令除滅往生障故爲順佛慈速度生故當須一心一意滿七七日乃至七日晝夜六時禮十方佛及彌陁世尊若坐若行皆勿散亂不得如彈指頃念世五欲及接對外人語論戲笑亦不得託事延緩放逸睡眠當於瞬息俯仰繫念不斷爲求往生一心精進問行法旣多云何一心答有理有事一者理一心謂初入道場乃至畢竟雖涉衆事皆是無性不生不滅法界一相如法界緣名理一心二者事一心謂若禮佛時不念餘事但專禮佛誦經行道亦復如是名事一心也

第四燒香散華行者已淨三業初入道場時先當正立思惟我爲衆生發菩提心願求淨土故總禮三寶廣修供養三寶受供必當念我隨我請求證知我願此燒香散華亦名三業供養初總禮三寶未須一一隨方想念但想已身及十方諸佛實相理體本無能所故無能禮所禮想無能所名法界海願諸衆生同見此理名爲同入首者先

當唱云

一切恭敬一心敬禮十方法界常住佛

一心敬禮十方法界常住法

一心敬禮十方法界常住僧唱已各執香爐蹋跪復云

是諸衆等各各蹋跪嚴持香華如法供養供養十方法界三寶至此輟唱各放香爐手捧散華廣作供養想云願此香華徧十方以爲微妙光明臺諸天音樂天寶香諸天餚饍天寶衣不可思議妙法塵一一塵出一切塵一一塵出一切法旋轉無礙互莊嚴徧至十方三寶前十方法界三寶前皆有我身修供養一一皆悉徧法界彼彼無雜無障礙盡未來際作佛事普熏法界諸衆生蒙熏皆發菩提心同入無生證佛智想已散華復執手爐口發是言

願此香華雲徧滿十方界供養一切佛尊法諸菩薩無量聲聞衆以起光明臺過於無邊界無邊佛土中受用作佛事普熏諸衆生皆發菩提心皆發下一句接和供養下獨唱供養已一切恭敬起已一拜

第五禮請法

當更添香如前蹁跪執香爐端意勤重徧請三寶來入道場不可輕率延屈至尊當須三業併切一心奉請若不爾者虛請無益各想一一如來隨其方面須領諸眷屬入我道場如住目前畟塞虛空不得剎那起於雜念但初入日迎請餘時不用首人唱云

一心奉請南無本師釋迦牟尼佛 釋迦是我等師說諸大乘令我修淨土業故須初請當各運心感此恩德如是三請每一徧請時想云我三業性如虛空釋迦如來亦如是不起眞際為衆生與衆俱來受供養下去例為三請

一心奉請南無過去久遠劫中定光佛光遠佛龍音佛等五十三佛 五十三佛即法藏比丘未出世前次第有此諸佛五十四方是世自在王佛為法藏師請時應知之想偈同前但改佛名

一心奉請南無過去久滅世自在王佛 世王佛即法藏本師依彼佛所發四十八願請時須知之偈同前改云自在王佛亦如是此佛并前五十三佛出大本無量壽佛經

一心奉請南無十方現在不動佛等盡十方河沙淨土一切諸佛 此十方諸佛皆出廣長舌相徧覆大千稱讚極樂是故須請求護念故出稱讚淨土經請時應想從彼十方來改偈云十方諸佛亦如是餘皆同前

一心奉請南無往世七佛未來賢劫千佛三世一切諸佛

一心奉請南無極樂世界阿彌陀佛 彌陀是懺願之主應想領無邊眷屬至我道場攝受護念各各雨淚勸重三請決定須來正坐道場餘佛菩薩悉是證明改偈如前此最後請者準普賢懺法應知

一心奉請南無大乘四十八願無量壽經稱讚經等及彼淨土所有經法十方一切尊經十二部眞淨法寶 應想二處法寶一十方法寶二淨土法寶想淨土法時徧想佛菩薩水鳥樂樹皆說妙法隨我請來顯現道場今我道場如彼淨土無異想云法性如空無所見二處法寶難思議我今三業如法請供時顯現受供養

一心奉請南無文殊師利菩薩普賢菩薩無

能勝菩薩不休息菩薩等一切菩薩摩訶薩偈同請佛但改云諸大菩薩亦如是當請時想文殊普賢等皆在淨土如願王經說

一心奉請南無極樂世界觀世音菩薩摩訶薩想此菩薩坐蓮華座侍佛左邊威德光明悉皆無量偈同前作

一心奉請南無極樂世界大勢至菩薩摩訶薩想此菩薩坐蓮華座侍佛右邊亦如觀音不異

一心奉請南無過去阿僧祇劫法藏比丘菩薩摩訶薩即彌陀因身修行四十八願攝化衆生當念此恩德偈如前說

一心奉請南無極樂世界新發道意無生不退一生補處諸大菩薩摩訶薩經云不退及一生補處諸大菩薩請時應如是想偈如前

一心奉請南無此土舍利弗等一切聲聞緣覺得道賢聖僧想徧法界請賢聖僧

一心奉請此土梵釋四王一切天衆摩羅天主龍鬼諸王閻羅五道主善罰惡守護正法護伽藍神一切賢聖例皆三請來此守護惟除禮拜應知

上所奉請彌陀世尊觀世音菩薩大勢至菩薩清淨海衆一切賢聖唯願不捨大慈大悲他心道眼無礙見聞身通自在降來道場安住法座光明徧照攝取我等哀憐覆護令得成就菩提願行釋迦文佛定光佛等世自在王佛十方三世一切正覺及文殊師利菩薩普賢菩薩三乘聖衆唯願悉來慈悲攝護諸天魔梵龍鬼等衆護法諸神一切賢聖悉到道場安慰堅守同成淨行三說

第六讚歎法當起立恭敬合掌想此身正對彌陀及一一佛前說偈讚願云

色如閻浮金　面逾淨滿月　身光智慧明
所照無邊際　降伏魔冤衆　善化諸人天
乘彼八正船　能度難度者　聞名得不退

是故歸命禮

以此歎佛功德修行大乘無上善根奉福上界天龍八部大梵天王三十三天閻羅五道六齋八王行病鬼王各及眷屬此土神祇僧伽藍内護正法者又爲國王帝主土境萬民師僧父母善惡知識造寺檀越十方信施廣及法界衆生願藉此善根平等熏修功德智慧二種莊嚴臨命終時俱生樂國

第七禮佛法 讚歎竟應禮諸佛當禮佛時須想一切諸佛是我慈父能令我生諸佛淨土故

一心敬禮本師釋迦牟尼佛 唱竟一禮想云能禮所禮性空寂感應道交難思議我此道場如帝珠釋迦如來影現中我身影現釋迦前頭面接足歸命禮下去同用

一心敬禮過去久遠劫中定光佛光遠佛龍音佛等五十三佛 五十三佛如禮請中說當想此身如幻如化自見對彼佛前作禮偈同上但改云五十三佛影現中我身影現諸佛前下去倣此

一心敬禮過去久滅世自在王佛 法藏本師應知

一心敬禮東方不動佛等盡東方河沙淨土一切諸佛 此下十方佛皆出廣長舌相稱讚極樂當想此身對河沙淨土佛前

一心敬禮東南方最上廣大雲雷音王佛等盡東南方河沙淨土一切諸佛

一心敬禮南方日月光佛等盡南方河沙淨土一切諸佛

一心敬禮西南方最上日光名稱功德佛等盡西南方河沙淨土一切諸佛

一心敬禮西方放光佛等盡西方河沙淨土一切諸佛

一心敬禮西北方無量功德火王光明佛等盡西北方河沙淨土一切諸佛

一心敬禮北方無量光嚴通達覺慧佛等盡北方河沙淨土一切諸佛

一心敬禮東北方無數百千俱胝廣慧佛等盡東北方河沙淨土一切諸佛

一心敬禮上方梵音佛等盡上方河沙淨土一切諸佛

一心敬禮下方示現一切妙法正理常放火王勝德光明佛等盡下方河沙淨土一切諸佛

一心敬禮往古來今三世諸佛七佛世尊賢劫千佛

一心敬禮極樂世界阿彌陁佛應三禮但改偈云為求往生接足禮

一心敬禮極樂世界佛菩薩等所說經法乃至水鳥樂樹一切法音清淨法藏想彼淨土法寶顯現道場偈云眞空法性如虛空常住法寶難思議我身影現法寶前一一皆悉歸命禮

一心敬禮大乘四十八願無量壽經稱讚經等十方一切尊經十二部眞淨法藏此土法寶偈如前

一心敬禮極樂世界觀世音菩薩摩訶薩想此菩薩侍彌陁左邊坐蓮華座偈同禮佛但改菩薩為異

一心敬禮極樂世界大勢至菩薩摩訶薩想侍佛右邊如觀音不異

一心敬禮過去阿僧祇劫法藏比丘菩薩摩訶薩

一心敬禮極樂世界一生補處諸大菩薩摩訶薩

一心敬禮極樂世界無生不退諸大菩薩摩訶薩

一心敬禮極樂世界新發道意菩薩及十方來生淨土一切菩薩摩訶薩

一心敬禮文殊師利菩薩普賢菩薩彌勒菩薩常精進菩薩等盡十方一切諸大菩薩摩訶薩

一心敬禮大智舍利弗阿難持法者諸大聲聞緣覺一切得道賢聖僧

第八懺願法（總有五法今舉初後故云懺願）

一明懺悔法（懺悔有事理應須並運事則竭其三業不惜身命流血雨淚披露罪根不敢覆諱理則觀罪實相能懺所懺皆悉寂滅如餘文廣說知事理已當須等心普為一切懺悔想云我及衆生無始常為三業六根重罪所障不見諸佛不知出要但順生死不知妙理我今雖知猶與一切衆生同為一切重罪所障今對彌陁十方佛前普為衆生歸命懺悔唯願加護令障消滅想已唱云）

普為法界一切衆生悉願斷除三障至誠懺悔（唱已一禮各執香鑪先運逆順十心始則背真逐妄名順十心今則背妄向真名逆則十心有事有理應細思之從初至撥無因果是順故於今日深信下去是逆至正陳懺悔時亦須扶此逆順之意想云我與衆生無始來今由愛見故內計我人外加惡友二不隨喜他一毫之善三唯徧三業廣造衆罪四事雖不廣惡心徧布五晝夜相續無有間斷六覆諱過失不欲人知七不畏惡道八無慚無愧九撥無因果十故於今日深信因果一生重慚愧二生大怖畏三發露懺悔四斷相續心發菩提心斷惡修善六勤策三業翻昔重過七隨喜凡聖一毫之善八念十方佛有大福慧能救拔我及諸衆生從二死海置三德岸九從無始來不知諸法本性空寂廣造衆惡今知空寂為求菩提為衆生故廣修諸善徧斷衆惡十唯願十方諸佛彌陁世尊慈悲攝受聽我懺悔）

我比丘（某甲）至心懺悔十方諸佛真實見知我及衆生本性清淨諸佛住處名常寂光徧在刹那及一切法而我不了妄計我人於平等法中而起分別於清淨心中而生染著以是顛倒五欲因緣生死循環經歷三界坐此相續不念出期而復於中造極惡業四重五逆及一闡提非毀大乘謗破三寳謗無諸佛

斷學般若用十方僧物用佛塔物汙梵行人習近惡法於破戒者更相讚護三乘道人種種毀罵内覆過失外現威儀常以五邪招納四事不淨說法非律敎人因佛出家反破佛法違逆師長如法敎誨恣行貪恚無慚恥心以是因緣諸惡業力命終當墮阿鼻地獄猛火熾然受無量苦千萬億劫無解脱期今始覺知生大慚愧生大怖畏十方世尊阿彌陁佛久已於我生大悲心無數劫來爲度我故修菩提道不惜身命今已得佛大悲滿足眞實能爲一切救護我今造惡必墮三塗願起哀憐受我懺悔重罪得滅諸惡消除乃至娑婆生因永盡諸佛淨土如願往生當命終時悉無障礙懺悔已歸命禮阿彌陁佛及一切三寶禮已以頭三叩於地表三處作禮一謂彌陁世尊二淨土三寶三十方三寶應三說懺悔等文自看時早晚若時促略云第二第三亦如是說下四悔準此

二明勸請法想對十方一切佛前長跪勸請請有二義一從初至轉於無上妙法輪名請說法二諸佛下請久住世意亦在說法十方諸佛以道眼力知我勸請唯願久住轉正法輪所在生處常能勸請

我比丘某甲至心勸請十方所有世間燈最初成就菩提者我今一切皆勸請轉於無上妙法輪諸佛若欲示涅槃我悉至誠而勸請唯願久住刹塵劫利樂一切諸衆生勸請已歸命禮阿彌陁佛及一切三寶

三明隨喜法十方凡聖一毫之善我亦隨喜善根福德能令見者生喜我隨彼喜

我比丘某甲至心隨喜十方一切諸衆生二乘有學及無學一切如來與菩薩所有功德皆隨喜隨喜已歸命禮阿彌陁佛及一切三寶

四明迴向法無始時來乃至今日一毫之善迴向三有故今悔之誓求菩提

我比丘（某甲）至心迴向所有禮讚供養福請佛住世轉法輪隨喜懺悔諸善根迴向衆生及佛道（迴向已歸命禮阿彌陁佛及一切三寶）

五明發願法（大體須存滅罪除障扶四弘誓隨順菩提求生淨土唱時想的對彌陁餘佛菩薩悉爲證明）

我比丘（某甲）至心發願願共修淨行人三業所生一切諸善莊嚴淨願福智現前願得彌陁世尊觀音勢至慈悲攝受爲我現身放淨光明照觸我等諸根寂靜三障消除樂修淨行身心潤澤念念不失淨土善根及於夢中常見彼國衆妙莊嚴慰悅我心令生精進願得臨命終時預知將至盡除障礙慧念增明身無病苦心不顛倒面奉彌陁及諸眷屬歡喜快樂於一刹那即得往生極樂世界到已自見生蓮華中蒙佛授記得授記已自在化身微塵佛刹。隨順衆生。而爲利益。能令佛刹塵數衆生。發菩提心。俱時離苦。皆共往生。阿彌陁佛。極樂世界。如是行願。念念現前。盡未來時相續不斷。身語意業。常作佛事。（發願已歸命禮阿彌陁佛及一切三寶發願往生正行須具足三說不同前四悔隨時廣略應知）

第九旋遶誦經法（禮竟當起各整衣服定立少願當想三寶賢聖畟塞道場各坐法座見身一一遶旋法座安詳而轉然後口稱念云）

南無佛　南無法　南無僧　南無釋迦牟尼佛　南無世自在王佛　南無阿彌陁佛　南無觀世音菩薩　南無大勢至菩薩　南無文殊師利菩薩　南無普賢菩薩　南無清淨大海衆菩薩摩訶薩（如是三稱當誦阿彌陁經或十六觀經誦畢復三稱前名號當稱誦時聲名句文空無所得猶空鳥跡豈可取著身語意三如影響談雖皆不實感應其在自見其身各旋法座或多或少經畢爲斯旋已唱云）

自歸於佛。當願衆生。體解大道。發無上心（拜一）

自歸於法。當願衆生。深入經藏。智慧如海一拜自歸於僧。當願衆生。統理大衆。一切無礙和南聖衆一拜首者跪唱云白衆等聽說經中如來偈何不力爲善念道之自然宜各勤精進努力自求之必得超絶去往生安養國橫截五惡道惡趣自然閉升道無窮極易往而無人何不棄世事勤行求道德各得極長生壽樂無窮極

第十坐禪法

如上事畢當於一處繩牀西向易觀想故表正向故跏趺端坐項脊相對不昂不傴調和氣息定住其心然所修觀門經論甚多初心凡夫那曾偏習今從要易想略示二種於二種中仍逐所宜未必併用其有於餘觀想熟者任便但得不離淨土法門皆應修習所言二種一者扶普觀意坐已自想即時所修計功合生極樂世界當便起心生於彼想於蓮華中結跏趺坐作蓮華合想作華開想當華開時有五百色光來照身想作眼目開想見佛菩薩及國土想即於佛前坐聽妙法及聞一切音聲皆說所樂聞法所聞要與十二部經合作此想時大須堅固令心不散心想明了如眼所見經久乃起二者直想阿彌陀佛丈六金軀坐於華上專繫眉間白毫一相其毫長一丈五尺周圍五寸外有八稜其毫中空右旋宛轉在眉中間瑩淨明徹不可具說顯映金顔分齊分明作此想時停心注想堅固勿移然復應觀想念所見若成未成皆想念因緣無實性相所有皆空一如鏡中面像如水現月影如夢如幻雖空而亦可見二皆

心性所現所有者即是自心心不自知心心不自見心心有想即癡無想即泥洹心有心無皆名有想盡名爲癡不見法性三因緣生法即空假中不一不異非縱非橫不可思議心想寂靜則能成就念佛三昧久而乃起廣如删說問念佛三昧久習方成十日七日修懺之者云何卒學答緣有生熟習有久近若過去曾習及今生預修至行懺時薄修即得若宿未經懷近懺方學此必難成然雖不成亦須依此繫心爲坐禪觀境經云若成不成皆滅無量生死之罪生諸佛前又云但聞白毫名字滅無量罪何況繫念凡欲修者勿生疑怖自謂無分彼佛有宿願力令修此三昧者皆得成就般舟依三力成就一佛威力二三昧力三已功德力觀經但聞無量壽佛二菩薩名能滅無量生死之罪況憶念者乎若有樂修餘觀當自隨情坐已即起隨意佛事或要修觀更坐無妨若不慣習坐乃行道稱念亦得於夜夢中見彌陁佛具如經說

往生淨土懺願儀

後序

此法自撰集于今凡二改治前本越僧契凝已刊刻廣行其後序首云予自濫沾祖教等是也聖位既廣比見行者拜起昜勞懺悔禪法皆事攻削餘悉存舊今之廣略既允似可傳行後賢無惑其二三焉刊詳删補何嫌精措特大中祥符八年太歲乙卯二月日序

往生淨土決疑行願二門

宋　耆山沙門遵式撰

維安養寶刹大覺攸讚三輩高升夕孕金華列宿猶慚於海滴晨遊玉沼世燈彌喻於河沙良以十方爰來四生利往雖騰光而普示終稽首而偏求故其竺國

皇州自今觀古彼則鉅賢至聖咸舒藻以爲盟文殊普賢大親龍樹聖賢之傳或別譯願文或著在經論非此備載此則覺德鴻儒盡摛毫而作誓且首從晉世東林淨社劉雷等十八賢洎一百二十三人同誓遺民屬詞其後冠蓋之士德望之僧潔志之俗富於編簡目茲迴向綿續唱和相尋誠爲道德之通衢常樂之直濟者也但世多創染割截未識方隅忽遇問津靡慚濫吹或攘臂排爲小教或大笑斥作權乘以其言既反經人惑常典易不云乎居其室出其言不善則千里之外違之況其邇者乎遂輒述往生淨土決疑行願二門詞愧不文理存或當視菽麥而且辯挹涇渭而永分剪伊蘭之臭林植栴檀之香幹信解行願原始要終不數千言而能備舉者實茲二門矣

第一決疑門一疑師二疑法三疑自

第二行願門一禮懺門二十念門三繫緣門四衆福門

第一決疑門者疑爲信障世間小善尚不能成況菩提大道乎或曰天台智者已有釋十疑論何須此文然略由三意一者上爲王臣宰官生信樂者幾務少暇難尋廣文今舉大綱及略出行相易披覽故易修行故二者論中多隨事釋難唯第二第三略附理立且事既無盡疑亦叵窮今直明一理爲諸法源指源則流可識矣三者正對說者反經乖

理自損損他故於第二疑法中簡小取大明白權實使來者不惑至於道安和尚往生論六卷懷感法師群疑論七卷道綽禪師安樂集三卷慈敏三藏淨土慈悲集三卷源信禪師淨土集二卷古今諸師歸心淨域者或製疏解經或宗經造論或隨情釋難或伽陀讚揚雖殊途同居而各陳所見動盈編帙尋究良難今統彼百家以三疑收盡然文出天台止觀非敢臆說一者疑師二者疑法三者疑自

一疑師者師有二種一邪外等師倒惑化人非所承也二正法之師復有凡聖因果凡及因位容有未了猶清辯謂今彌勒未是徧知俟龍華道後方復問津即其事也今顯示西方令迴向者唯果佛聖師釋迦如來及十方佛出廣長舌說誠實言讚勸往生更何所惑

二疑法者佛法有二一者小乘不了義法二者大乘了義法大乘中復有了不了義今談淨土唯是大乘了義中了義之法也且小乘經部括盡貝書曾無一字讚勸往生他方淨土故天親論云女人及根缺二乘種不生此即明據也問小彌陀經等皆說彼國有聲聞弟子及鼓音王經云佛母名殊勝妙顏亦應復有女人答佛母恐指初降生時成正覺已國土隨淨必無女人其母或轉成男子如此方龍女或復命終如悉達母有人注論引此經文而云彼土亦有女人者非也聲聞如觀經疏及十疑論和會今明大乘復有三種一者三乘通教此則門雖通大類狎二乘又當教菩薩雖復化他淨佛國土化畢還同二乘歸於永滅淨土深理非彼所知非了義也二

者大乘別教此明大乘獨菩薩法雖談實理道後方證因果不融淨土則理外修成萬法乃不由心具雖塵劫修道廣遊佛刹指彼淨土因果但是体外方便斯亦未了三者佛乘圓教此教詮旨圓融因果頓足佛法之妙過此以往不知所裁也經曰十方諦求更無餘乘唯一佛乘斯之謂與是則大乘中大乘了義中了義十方淨穢卷懷同在於刹那一念色心羅列徧收於法界並天眞本具非緣起新成一念旣然一塵亦爾故能一一塵中一切刹一一心中一切心一一心塵復互周重重無盡無障礙一時頓現非隱顯一切圓成無勝劣若神珠之頓含衆實猶帝網之交映千光我心旣然生佛體等如此則方了迴神億刹實生乎自已心中孕質九蓮豈逃乎刹那際內苟或事理攸隔淨穢相妨安令五逆凡夫十念便登於寶土二乘賢輩迴心即達於金池也哉信此圓談則事無不達昧斯至理則觸類皆迷故華嚴云心如工畫師造種種五陰一切世間中無不從心造（造通二種一者理具名造十界依正一念頓足二者變起名造全理緣起知無不爲）如心佛亦爾如佛衆生然心佛及衆生是三無差別（實由三無差別方得感應道交悲願相攝共變各變因果万成若但知一理無差不曉諸法互具則直指未善圓旨）又起信論云所言法者謂衆生心（凡心）是心即攝一切世間（六凡法界）出世間法（四聖法界也攝義亦二種一理具一事造並攝十界十界之內身土淨穢何法不在）依於此心顯示摩訶衍義（摩訶衍大乘也若非此心安堪乘運）十六觀云諸佛如來是法界身入一切衆生心想中乃至是心作佛是心是佛又般舟三昧經云佛是我心是我心見佛是我心作佛等談斯旨

者大乘卷中粲然可舉至若法華妙部如來親記往生華嚴頓談普賢躬陳迴向是知彌陀因地觀此理而大誓普收釋迦果成稱此理而廣舌深讚十方三世莫不咸然問如上所明妙理圓極爲世人盡須觀行然始生耶答此不然也今但直決疑情令知淨土百寶莊嚴九品因果並在衆生介爾心中理性具足方得今日往生事用隨願自然是則旁羅十方不離當念往來法界正協唯心免信常流執此非彼其行願之相正在次門非此所問況九品生相各有行類上輩三品須解須行故文云汝行大乘解第一義即其人矣若今之學者見賢思齊企金座而高升唯妙觀而是託若其中下之流六品生因只是精持禁戒行世仁慈乃至下下品生本是惡逆十念精誠便生彼國但能知有淨土盡可迴心苟不然者寧容九品之差降也世人繼云淨土出大乘教不能如上約教甄簡寧地混濫未足決疑

三疑自者問曰我是博地凡夫世緣纏蓋云何此身生諸淨土入賢聖海同正定聚耶釋曰若了如上法性虛通及信彌陀本願攝受但勤功福寧俟問津況十念者得生唯除五逆及謗正法又定心十念逆謗亦生今幸無此惡而正願志求夫何惑矣

第二正修行願門者略開四門一者禮懺門二者十念門三者繫緣門四者衆福門所以但四門者修行整足唯須此四何者先禮佛懺悔淨除業障身心皎潔故第一門如淨良田次修十念定心成行立願要期植往生正因故第二門如下種子次使繫心愛護長養

滋發芽莖故第三門如雲以膏雨次假衆福助令繁茂使速成華果故第四門如灌以肥膩是知能具修此四行者最上最勝然相由雖爾若或少暇但隨修三二一者皆生彼國以四門中各有行願皆是正因故也又亦可於六齋日修禮懺法於日日中修十念法以十念是淨因要切必不可廢後二門任力所能若不然者但隨所欲任意行之四門今當說

第一禮懺門者應日日早晨於常供養道場中冠帶服飾端莊謹肅於佛像前手自燒香合掌定心作是唱云

一切恭謹一心頂禮常住三寶（存心徧禮十方三世一切佛法僧寶拜起兩膝著地手執香爐燒衆名香唱云）

願此香煙雲徧滿十方界無邊佛土中無量香莊嚴具足菩薩道成就如來香（唱已冥心少頃徧運香雲供養三寶普熏衆生咸生淨土想已置香爐起作一禮起已合掌曲躬懇切想面對彌陀及一切佛而讚歎曰）

如來妙色身　世間無與等　無比不思議
是故今頂禮　如來色無盡　智慧亦復然
一切法常住　是故我歸依　大智大願力
普度於群生　令捨熱惱身　生彼清涼國
我今淨三業　歸依及禮讚　願共諸衆生
同生安樂刹（讚願已即便禮佛一一存心專對唱云）

一心頂禮常寂光淨土阿彌陀如來清淨妙法身徧法界諸佛

一心頂禮實報莊嚴土阿彌陀如來微塵相海身徧法界諸佛

一心頂禮方便聖居土阿彌陀如來解脫相嚴身徧法界諸佛

一心頂禮西方安樂土阿彌陀如來大乘根界身徧法界諸佛
一心頂禮西方安樂土阿彌陀如來十方化往身徧法界諸佛
一心頂禮西方安樂土觀世音菩薩萬億紫金身徧法界菩薩摩訶薩
一心頂禮西方安樂土大勢至菩薩無邊光智身徧法界菩薩摩訶薩
一心頂禮西方安樂土清淨大海衆滿分二嚴身徧法界聖衆（即以兩膝跪地手執香爐燒香至誠而唱是言）
我今普為四恩三有法界衆生悉願斷除三障歸命懺悔（起禮復跪地執手爐唱云）
至心懺悔我弟子（某甲）及法界衆生從無始世來無明所覆顛倒迷惑而由六根三業習不善法廣造十惡及五無間一切衆罪無量無邊説不可盡十方諸佛常在世間法音不絶妙香充塞法味盈空放淨光明照觸一切常住妙理徧滿虛空我無始來六根內盲三業昏闇不見不聞不覺不知以是因緣長流生死經歷惡道百千萬劫永無出期經云毗盧遮那徧一切處其佛所住名常寂光是故當知一切諸法無非佛法而我不了隨無明流是則於菩提中見不清淨於解脱中而起纏縛今始覺悟今始改悔奉對諸佛彌陀世尊發露懺悔當令我與法界衆生三業六根無始所作現作當作自作教他見聞隨喜若憶不憶若識不識若疑不疑若覆若露一切重罪畢竟清淨我懺悔已六根三業淨無瑕累所修善根悉亦清淨皆悉迴向莊嚴淨土普與衆生同生安養願阿彌陀佛常來護持

令我善根現前增進不失淨因臨命終時身心正念視聽分明面奉彌陀與諸聖衆手執華臺接引於我一刹那頃生在佛前具菩薩道廣度衆生同成種智懺悔發願已歸命禮阿彌陀佛及一切三寶應具三説若時促及事迫一説亦得次旋遶法或三帀或七帀乃至多帀口稱云

南無阿彌陀佛　南無觀世音菩薩　南無大勢至菩薩　南無清淨大海衆菩薩摩訶薩或三或七或多如是稱念隨意所欲不拘徧數次至佛前三自歸唱云

自歸於佛當願衆生體解大道發無上心

自歸於法當願衆生深入經藏智慧如海

自歸於僧當願衆生統理大衆一切無礙和

南聖衆

次至别座誦經誦彌陀經或十六觀經若都不誦得經文即一心稱阿彌陀佛名量時而止或更迴向結撮亦得

第二十念門者每日清晨服飾已後面西正立合掌連聲稱阿彌陀佛盡一氣爲一念如是十氣名爲十念但隨氣長短不限佛數惟長惟久氣極爲度其佛聲不高不低不緩不急調停得中如此十氣連屬不斷意在令心不散專精爲功故名此爲十念者顯是藉氣束心也作此念已發願迴向云

我弟子某甲一心歸命極樂世界阿彌陀佛願以淨光照我慈誓攝我我今正念稱如來名經十念頃爲菩提道求生淨土佛昔本誓若有衆生欲生我國至心信樂乃至十念若不生者不取正覺唯除五逆誹謗正法我今自憶此生已來不造逆罪不謗大乘願此十念得入如來大誓海中承佛慈力衆罪消滅淨因增長若臨欲命終自知時至身不病苦心無貪戀心不倒散如入禪定佛及聖衆手

持金臺來迎接我如一念頃生極樂國華開見佛即聞佛乘頓開佛慧廣度衆生滿菩提願（作此願已便止不必禮拜要盡此一生不得一日暫廢唯將不廢自要其心得生彼國）

第三繫緣門者凡公臨私養歷涉緣務雖造次而常内心不忘於佛及憶淨土譬如世人切事繫心雖經歷語言去來坐卧種種作務而不妨客憶前事宛然念佛之心亦應如是或若失念數數攝還久久成性任運常憶楞嚴經云譬如有人一專爲憶（譬佛常念衆生）一人專念（譬衆生念佛）二人相憶二憶念深如是乃至從生至生同於形影不相乖異十方如來憐念衆生如母憶子若子逃逝雖憶何爲子若憶母如母憶時母子歷生不相違遠若衆生心憶佛念佛現前當來必定見佛去佛不遠不假方便自得心開如染香人身有香氣如此繫心任運常遮一切惡念設欲作惡憶佛之故惡不能成縱使隨惡作惡業時心常下耎如身有香自然離臭又復覺心微起惡念即便憶佛以佛力故惡念自息如人遇難求彼彊援必得免脫又若見他受苦時以念佛心憐憫於彼願其離苦若斷刑獄以念佛故生憫念心雖依王法當寄作願云我行王法非我本心願生淨土誓相救濟凡歷一切境界若善若惡由心憶佛皆心念作願故普賢願王云作一切惡皆不成就若作善業皆悉和合即此意爾如是相續念佛在心能辦一切淨因功德恐煩披覽不復具說誠哉此門爲益最大

第四明衆福門者普賢觀經云若國王大臣

欲懺悔重罪者當修行五事一者但當正心不謗三寶不障出家不爲梵行人作惡留難於持戒四衆勿行汙行二者孝養父母奉事師長三者正法治國不邪枉人民四者於六齋日勑諸境內力所及處令行不殺嚴禁漁捕及誡姦鬭六齋日者白月初八日四天王使者巡世十四日四王太子巡十五日四大天王親巡黑月二十三日二十九日三十日巡世準上白月次第終而復始若四王親下一切諸天星宿鬼神俱時隨從若遇修福齋戒者諸天相慶即爲此人注祿添筭護持福業令其成就五者當深信因果信一實道知佛不滅此與十六觀經三福大同但普賢觀正爲王臣故特引用此亦是三世諸佛淨土正因若出家四衆應具依觀經三福爲行當自撿文但隨作一福並須即時若心念若口言作意迴向方成淨因爾勸修者於此四種法門必須繫日專持修習方可自期定生淨土此之四行即是學習念佛三昧往生正因經云行此三昧者現身得見阿彌陀佛及二菩薩若人但聞佛名二菩薩名除無量劫生死之罪何況憶念若念佛者當知此人是人中芬陀利華觀音勢至爲其勝友當坐道場生諸佛家此人現世彼佛常遣無數化佛無數化觀音化大勢至及娑婆世界常有二十五菩薩晝夜擁護若行住坐卧若一切時處不令惡鬼得便不受一切災難常爲

國王大臣一切人民之所宗奉所得功德一念之間不可筭數如佛之辯不能稱揚除彼不肖人孰聞不信樂

往生淨土決疑行願二法門

音釋

鶩（七遇切馳也）浣（合管切濯衣垢也）頰（古協切門頰門旁也）紉（女隣切以線貫針也）摛（丑知切舒也）創（楚亮切始造也）濫吹（濫盧瞰切叨濫也吹尺僞切笛籥音也）攘（汝羊切捋也）綽（昌約切）袟（直一切書衣也）甄（居延切陶也察也）耎（而兗切柔也）

請觀世音菩薩消伏毒害陀羅尼三昧儀
宋東山沙門遵式始於天台國清
集於四明大靁山蘭若再治
金光明最勝懺儀
宋傳天台教觀四明沙門知禮集

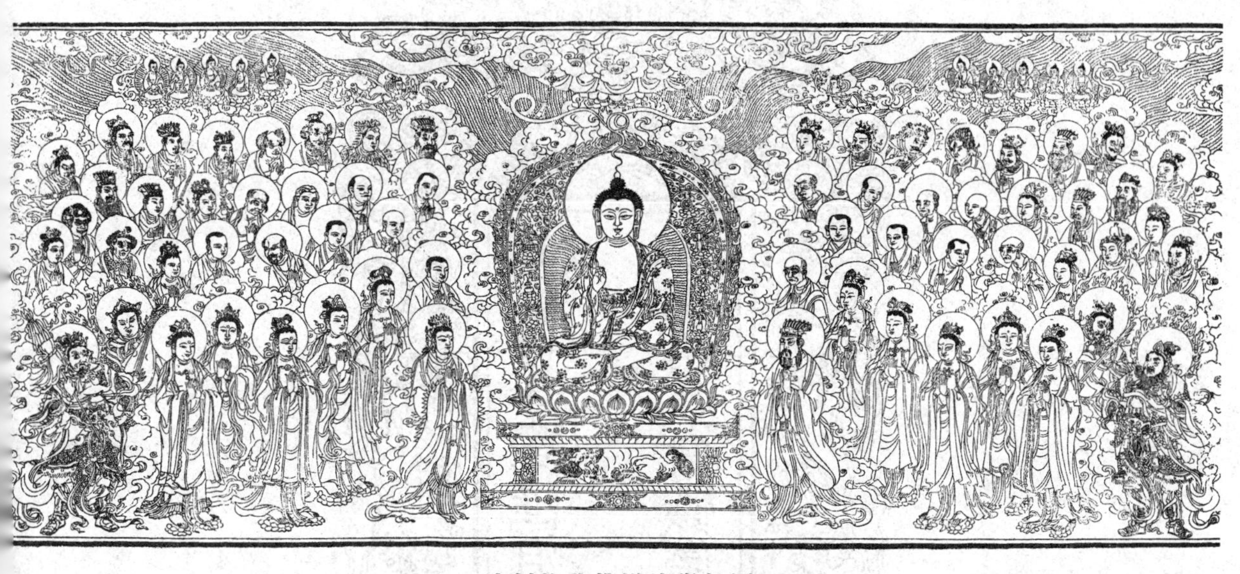

清刻龍藏佛說法變相圖

二儀同卷

請觀世音菩薩消伏毒害陀羅尼三昧儀

金光明最勝懺儀

請觀世音菩薩消伏毒害陀羅尼三昧儀

宋東山沙門遵式始於天台國清

集於四明大靁山蘭若再治

叙緣起第一

此文再治凡四因緣一者爲國清始集之日正欲於靈墟自修旣迫所期遽取成就其間事理文句錯雜廣略未允一徃難曉依百録題請觀音懺法是也今之再治務本有在命用經題以異衆製及所治本二者爲國清集多潤色之語並削去之悉用經疏止觀等言

既援據有在俾後之人增長正信三者近得國清所集晚學狂簡於懺願文後更添法華懺文中四悔并音切梵字又見一本删去諸儀及觀慧等文直寫佛位并懺願而已題云觀音禮文又一本應是耄年書寫全行脱落麤注不分却於行間私安注字意欲區别傷此等人好而不習輒便去取毁甘露門殃累非淺今用再治爲遠諸過四者盡取觀慧諸文安於事後令運念周備免使行人時有虚擲應知大乘三種懺悔必以理觀爲主止觀云觀慧之本不可闕也輔行釋云若無觀慧乃成無益苦行故也禪波羅蜜云一切大乘經中明懺悔法悉以此觀爲主若離此觀則不得名大乘方等懺也補助儀云夫禮懺法世雖同數事儀運想多不周旋或粗讀懺文半不通利或推力前拒理觀一無數精進之風闕入門之緒故言勤修苦行非涅槃因吾祖大醫明誡斯在上四意擬四悉檀叙因緣竟

明正意第二

請觀音䟽依舊人約十意明方法一嚴淨道場二作禮三燒香散華四繫念數息五具楊枝淨水六請三寶七誦呪八披陳九禮拜十坐禪䟽但釋經不暇細出方法故且依舊列而已百録既正明事儀其意少别舊家五具楊枝六始請聖百録依經請後楊枝舊家十坐禪百録移爲誦經便將第四數息爲禪舊坐則重而闕唱誦故今數雖十專依百録爲準然此十意各具事理皆通感應俱徧三業悉淨三障咸會三德解脱要道一何坦然故

約事即今十科事行約理惟二一順陀羅尼中道正觀二歷事修觀此之事理必藉三業三業成機理無不應應即業淨業淨即障除障除即會德會德即無事理亦無感應一切寂然誰論十意問嚴淨道場始能置辦通具事理可爾云何便論感應乃至會德答十意約別不無方便正修之異今約通論既許具事理何疑感應等耶況復凡云請聖皆約三義一標心二行三證且置辦道場觸類標心擬求何事三業行淨非時尚感況道場手歷事觀理義同於證三請意足豈無應耶道場尚爾餘九可知更爲引經通證十意感應等者經云汝今應當五體投地燒香散華繫念數息爲衆生故當請彼佛及二菩薩說是語時佛及菩薩俱到此國此乃牟尼纔示設請之法都未修行但云說此語時佛等早降自非三請之力安致於斯投地證二番作禮餘證請等三意又國人面授楊枝淨水此證道場及第六意三呪皆云現前見佛證誦呪意處處破障見佛文證披陳意得聞此經受持讀誦等即超越無量無數阿僧祇劫生死之罪證唱誦意十意整足感應炳然行者思之首尾十意既勞三業勿使唐喪常悲灑血韋提扣頭此亦今初二意感應之明證餘可例知云何凡置道場猥同俗務反招罪累滅障良難此如輔行記所訶至於正修須心通廣遠事理明白自或未達當詢解者書云自用者小弗詢勿庸十意今當說

第一莊嚴道場

百錄云當嚴飾道場香泥塗地懸諸幡蓋安

置佛像南向觀音像別東向止觀云於淨處道場請彌陀像觀音勢至像安於西方道場正須安觀音像東向於觀音右肩安勢至於左肩南向安佛像當中更安釋迦無妨須莊嚴畢備然後安像設楊枝淨水若便利左右以灰塗身澡浴清淨著新淨衣百録云行者十人已還當西向蓆地地若卑濕置低脚牀當日日盡力供養若不能辦初日不可無施輔行云雖身口精誠須假以福助日日爲者彌爲增上恐力不逮聽從初日必先課已資財以伸傾竭百録按大悲經三七日按此經七七日悉用齋日建首理觀者輔行云歷事修觀約尊容道具止觀云道場即清淨境界也治五住糠顯實相米亦是定慧用莊嚴法身也輔行云場是所嚴能嚴雖多不出定慧供養雖衆不出動與不動止觀云香泥者即無上尸羅也輔行云究竟戒香徧塗實理旛蓋者止觀云旛即翻也翻法界上迷生動出之解蓋者觀五陰免子縛起大慈悲覆法界也輔行云觀陰本空如免子縛無緣慈陰故徧法界又靜處者止觀云遠離二邊稱之爲靜處者諦理是處也中道之法幽遠深邃故也彌陀像等疏云表如來法身實相之境觀音表中道正觀之智大勢表福德神力熏修西方者對五行西即是金主決斷剛直之義對四諦即是道諦道名能通用智慧見理故大智觀音能消伏毒害左右出入者左表定出是散以定止散故須左出右表權入表實即以權入實故須右入澡浴者止觀曰以實觀蕩障淨智輔行云所除如惑能洗觀如身無垢故能所俱淨又助道如灰塗正觀如清水淨法身上垢也新淨衣者百録表寂滅忍覆二邊醜陋輔行云寂忍稱體如衣在身問便利何無觀解然但便利飲食非三昧行義所制故文無無解若作觀何妨如華嚴淨品文又便利時順經作想蕩除糞穢還得清淨餘文既非常制悉可隨意作觀但令順圓正助雅合法相向後備書

第二作禮法

百録云各執香爐一心一意向彼西方五體投地使明了音聲者唱輔行云五體投地理須雙膝前詣雙肘續施後方額扣肝膽委地想佛足下施手承足如對目前疏云大聖常欲濟拔爲無瘡之者毒不能入故令三業爲

機理解者跡云地是一實相地若與薩婆若相應心合名爲投地若離薩婆若而起五陰此是平倚毒害不消沉淪生死今明五體表五陰左脚是色右脚是受左手是行右手是想頭是識何故爾戒是色法無作冥密如陰表左脚也定是受者定是心神之法爲陽表右脚也想是推畫前境如陽表右手也行是思數如陰表左手也五識在頭能了別故識對頭也若依薩婆若地者得五分法身戒是防護七支故是色陰定是三昧正受故是受陰慧是悟虛智即想陰解脫是行行能招累解脫無累故對行陰解脫知見是識陰能了別故以五分法身代生死五陰經云因滅是色獲得常色受想行識亦復如是是以名五體投地令毒害消伏則出生死翛然累表也

一心頂禮本師釋迦牟尼世尊

一心頂禮西方無量壽世尊

一心頂禮過去七佛世尊

一心頂禮十方一切諸佛世尊

一心頂禮消伏毒害陀羅尼破惡業障陀羅尼六字章句陀羅尼

一心頂禮十方一切尊法

一心頂禮觀世音菩薩摩訶薩

一心頂禮大勢至菩薩摩訶薩

一心頂禮十方一切菩薩摩訶薩

一心頂禮舍利弗等聲聞緣覺賢聖僧

禮佛想云能禮所禮性空寂感應道交難思議我此道場如帝珠釋迦牟尼影現中我身影現釋迦前頭面接足歸命禮至禮無量壽佛即云無量壽佛影現中云云禮法想云真空法性如虛空常住法寶難思議我身影現法寶前莫不皆悉歸命禮禮僧準上禮佛作想但改爲菩薩等惟禮觀音云爲求滅障接足禮此是懺悔之主別須三禮表破三障及勤重故耳

第三燒香散華

止觀云燒香運念三業供養輔行云三業供養者身翹跪口宣唱意運想百録云禮竟燒香散華而作是言

是諸衆等各各胡跪嚴持香華如法供養供養十方法界三寶

至此捧香華想云願此香華徧十方以為微妙光明臺諸天音樂天寶香諸天餚饍天寶衣不可思議妙法塵一一塵出一切塵一一塵出一切法旋轉無礙互莊嚴徧至十方三寶前十方法界三寶前悉有我身修供養一一皆悉徧法界彼彼無雜無障礙盡未來際作佛事普熏法界諸衆生蒙熏皆發菩提心同入無生證佛智想已散華更執手爐口發誠言云

願此香華雲徧滿十方界供養一切佛尊法諸菩薩無量聲聞衆以起光明臺過於無邊界無邊佛土中受用作佛事普熏諸衆生皆發菩提心起已一禮收坐具至坐禪處理解者䟽云香即熏馨遮掩臭穢表智慧斷結香即智慧也亦名止善華能嚴飾表定定是福德莊嚴亦名行善復次華以表慧華是可見之法對慧是照了見理之義香以表定香以冥熏對定寂靜之義作此互對者通明慧中有定定中有慧別明各具定慧復次香對無作行善無作因作而發不須更作任運常起如燒香時用火爲緣即便香煙任運徧滿華對作善不作善則不生如華以手散香若不運華則不散用此合十種行人明消伏意

第四繫念數息

百録云當向西方結跏趺坐繫念數息令心不散勿數風喘氣爲衆生故經十念頃䟽云十息爲一念凡百息爲十念禪波羅蜜云初至繩牀令坐安穩若半加以左脚置右䏶上牽來近身令脚指與左右䏶齊若全加即上下右脚置左䏶次左掌置右掌上頓置左䏶近身當心而安正身端直令鼻與臍相對平面正住閉口脣齒纔相拄著舉舌向齶閉眼纔令斷外光而已息者有聲曰風結滯曰喘不細曰氣不聲不結不麤不澀不滑出入綿綿若存若亡資神安隱曰息守風散喘滯氣勞息定百録云成十念已次念十方佛七佛世尊色身實相妙身猶如虛空又當慈念一切衆生作此念時如一上禪久運念已安詳徐覺䟽云繫念是勸意業默念之請下根即得心定亂止中根即得細住上根即得

未到地定此是喜發諸禪無漏見十方佛念佛三昧一切諸禪即此十念約十種行人數息域意不同若數息調適身心安靜四大調和即消伏果報上壽害若數數息時開發善心惡業俱息具世善即人天數息若觀息是風氣風即色能觀心王是識領受此息緣想此息其餘是行息具五陰即四念處名聲聞息若觀息過去無明因緣成今果報之息三世因緣是緣覺息若觀息不保不著名檀不起不善名尸安耐此數名忍念念相續名進知數不亂名定照了風喘邪正是智成事六度息若觀息成無相慧名通教息若觀息不空不俗中道佛性前後觀之名別教息若圓觀此息一心三諦無次第前後名圓教息念佛者經文令念七佛等也輔行引婆沙云諸法本來無生無滅菩薩信樂色法二身如虛空故於一切處得無障礙言障礙者謂須彌山等是人未得天眼念他方佛得禪定法隨意見佛亦應細約十種行相疏云十方佛即十法界皆有佛性七佛七覺分也念生生者應緣四諦境起慈悲爲便文繁不引可以意思應知繫念勿得輕心但爲斂念而已須知行人根性不同於三七日若七七日深有所發故疏中廣約三根及十種行人明其相貌令旨趣在遠行者深思數息既爾諸門例然一一約十種行人明消伏意

第五召請

疏云請有三義一爲自請二爲他請三護正法請自請如斯那爲他如月蓋護法如七言偈自請是攝善法戒爲他是攝衆生戒護法是攝正法戒得意者三祇是一欲使自身戒定慧明淨即是攝善法以已利他即攝衆生心佛及衆生是三無差別今逐行者傍正或自爲正餘爲傍乃至護法亦爾自請復有三延請祈請願請爲他護法亦此三也延即屈伸俯仰延致之義對身業如五體投地是也祈即發口干求即口業如四行偈是也願即要心處所即繫念是也然別對雖爾通則必具三業合行宜在得意今義當延請百録云令一人裝香火各各互跪召請輔行云互跪之儀三處翹聳曲身合掌自注金容近代澆醨都無跪相愓幢未折業海難傾尚縱穢軀安期大道視斯明誠切在勤拳請云

一心奉請南無本師釋迦牟尼世尊三徧奉請前所

禮三寶請佛想云我三業性如虛空釋迦如來亦如是不起真際爲衆生與衆俱來受供養請法云法性如空不可見常住法寶難思議我今三業如法請唯願顯現受供養請僧同前請佛但改名字爲異耳

諸本懺法於奉請後說偈讚佛惟此懺無讚歎文今依三請觀音經録偈就刋于此

大悲大名稱　吉祥安樂人　常說吉祥句
救濟極苦者　衆生若聞名　離苦得解脫
亦遊戲地獄　大悲代受苦　或處畜生中
化作畜生形　教以大智慧　令發無上心
或處阿修羅　軟言調伏心　令除憍慢習
疾至無爲岸　現身作餓鬼　手出香色乳
飢渴逼切者　施令得飽滿　大慈大悲心
遊戲於五道　常以善習慧　無上勝方便
普教一切衆　令離生死苦　常得安樂處
到大涅槃岸讚歎已隨意陳情

第六具楊枝淨水

經云爾時毗舍離人即具楊枝淨水授與觀世音菩薩止觀但云設楊枝等不言授與今依經令行人跪授唱云

我今已具楊枝淨水唯願大悲哀憐攝受三說

輔行事解云以觀音左手把楊枝右手持澡缾是故請者須備二物疏云此是勸具要因正爲機感也楊枝拂動以表慧淨水澄停以表定楊枝又二義一拂除對消義二拂打對伏義又拂除對消滅二折伏即對消除淨水亦二義一洗除對消義二醒悟對伏義又四義一洗二潤漬三醒悟四安樂洗對消滅之消潤對消除醒悟對降伏之伏安樂對平伏之伏又洗除對消伏毒害大悲拔苦是慧義潤漬是大慈與樂是定義醒悟是慧義安樂是定義約十種行人各作與拔等云云

第七誦三呪

行人先知云何呪義疏云呪名呪願如螟蛉

法亦名呪術此術法盡與十種行人毒害相應客能消伏十種行人者分段有八一受苦報人二修世善三修聲聞四修緣覺五修六度六修通七修別八修圓變易有二別三十心人圓初住已上各有苦業愛見毒害具如疏釋又云此呪即實相正觀爲體非空非有遮二邊惡業持中道正善具足三德不縱不橫諸佛祕要不可思議又云靈智寂照法身爲體感應爲宗救厄拔苦爲用歷四教十法界消除三障當知此呪神用廣遠止觀云消伏毒害陀羅尼能破報障毗舍離人平復如本破惡業陀羅尼能破業障破梵行人蕩除糞穢令得清淨六字章句陀羅尼能破煩惱障淨於三毒根成佛道無疑疏以初呪破煩惱六字破報各有經證蓋三呪各能破於三障故互論皆得既略知梗槩當自籌計於十種人中投心何位欲消何障欲期何事又消障應從重者對治重者若滅輕者隨去決起精進不得自疑三世諸佛眞實法印豈虛也哉將欲誦呪先互跪合掌一心一意三稱三寶及觀世音名疏云三稱三寶表除三障應令衆聲起伏同時勿使喧亂惑心

南無佛南無法南無僧南無觀世音菩薩摩訶薩大悲大名稱救護苦厄者三稱竟復唱云

願救我苦厄　大悲覆一切　普放淨光明
滅除癡闇瞑　爲免毒害苦　煩惱及衆病
必來至我所　施我大安樂　我今稽首禮
聞名救厄者　我今自歸依　世間慈悲父
唯願必定來　免我三毒苦　施我今世樂
及與大涅槃

三說然此四偈初二正請次二結集初中有二初偈總請次偈別請初偈又二初一句唯自請次三句通自他言苦厄者六根患也覆一切者通於十界也普放者請大智光除癡

瞋也次別請別標三障也毒害若業障也二障如文大樂即涅槃涅槃即三德三德破三障次二行結請如文慈悲父等義更須尋䟽爲善誦此四偈者爲轉障之緣亦爲入觀相應之本故須略識仍一一須約十種行人此下經文歎呪體用誦時作白佛想

白佛言世尊如是神呪必定吉祥乃是過去現在未來十方諸佛大慈大悲陀羅尼印聞此呪者衆苦永盡常得安樂遠離八難得念佛定現前見佛我今當說十方諸佛救護衆生神呪

多耶他　嗚呼膩　摸呼膩　闍婆膩　躭婆膩　安荼詈　盤荼詈　首埤帝　般般荼囉囉　婆私膩　多經他　伊梨　寐梨韙首梨　迦婆梨　佉韙端耆　旃陀梨摩蹬耆　勒叉勒叉　薩婆薩埵　薩婆婆耶唎婆訶　多荼咃　伽帝伽帝　膩伽帝　脩留毗　脩留毗　勒叉勒叉　薩婆薩埵　薩婆婆耶唎　婆訶或三或七徧結經云

白佛言世尊如此神呪乃是十方三世無量諸佛之所宣說誦持此呪者常爲諸佛諸大菩薩之所護持免離怖畏刀杖毒害及與疾病令得無患說是語時毗舍離人平復如本

次誦破惡業障陀羅尼起一拜已復跪下去例然

爾時世尊憐愍衆生覆護一切重請觀世音菩薩說消伏毒害呪爾時觀世音菩薩大悲熏心承佛神力而說破惡業消伏毒害陀羅尼呪

南無佛陀南無達摩南無僧伽南無觀世音菩提薩埵摩訶薩埵大慈大悲唯願愍我救護苦惱亦救一切怖畏衆生令得大護

怛經他　陀呼膩　摸呼膩　闍婆膩　躭

婆膩　阿婆熙　摸呼脂　分荼梨　槃荼
梨　輸鞞帝　般荼囉　婆私膩　休樓休
樓　分荼利　兜樓　兜樓　般荼梨　周
樓周樓　膩般荼梨　豆富豆富　般荼囉
婆私膩　矧墀　跡墀　膩跡墀　薩婆阿
婆耶羯多　薩婆咺婆　婆陁伽　阿婆耶
畀離陁　閉殿　娑訶
一切怖畏一切毒害一切惡鬼虎狼師子聞
此呪時口即閉塞不能爲害破梵行人作十
惡業聞此呪時蕩除糞穢還得清淨設有業
障濁惡不善稱觀世音菩薩誦持此呪即破
業障現前見佛
次誦六字章句陀羅尼
南無佛　南無法　南無僧
南無釋迦牟尼佛
南無觀世音菩薩摩訶薩
我今當誦大吉祥六字章句救苦神呪
多經他　安陀詈　般陀詈　枳由詈　檀
陀詈　羶陀詈　底耶婆陀　耶賒婆陀
頗羅膩祇毗質雌　難多詈　婆伽詈　檀
盧禰　薄鳩詈　摸鳩隸　兜毗隸　娑訶
爾時世尊說是神呪已告阿難言若善男子
善女人四部弟子得聞觀世音菩薩名號并
受持讀誦六字章句若行曠野迷失道徑誦
此呪故觀世音菩薩大悲熏心化爲人像示
其道路令得安隱乃至獲大善利消伏毒害
令世後世不吉祥事永盡無餘持戒精進念
定總持皆悉具足
第八披陳懺悔
呪竟當自憶念先罪起大怖畏未有惡業不

招苦報禪門云行者思惟若戒不清淨決須懺悔是故經云佛法之中有二健兒一性不作惡二作已能悔今造過知悔名健人也夫懺名懺謝三寶及一切衆生悔名慚愧改過求哀我今此罪若得滅者於將來時寧失身命終不更犯如比丘白佛我寧抱是熾然大火終不敢毀犯淨戒此下語出法華三昧復憶無始所造乃至今生業性雖空果報不失顛倒因緣起諸重罪流淚悲泣口宣懺悔應心念言我常爲三業六根重罪所障不見諸佛不知出要但順生死不知妙理我今雖知猶與衆生同爲一切重罪所障今對觀音十方佛前普與衆生歸命懺悔唯願加護令障消滅念已唱云

普爲法界衆生悉願斷除三障歸命懺悔唱已五體投地心復念云我與衆生無始來今由愛見故內計我人外加惡友不隨喜他一毫之善唯徧三業廣造衆罪事雖不廣惡心徧布晝夜相續無有間斷覆諱過失不欲人知不畏惡道無慚無愧撥無因果故於今日深信因果生重慚愧生大怖畏發露懺悔斷相續心發菩提心斷惡修善勤策三業翻昔重過隨喜凡聖一毫之善念十方佛有大福慧能救拔我及諸衆生從空死海置三德岸從無始來不知諸法本性故寂廣造衆惡今知空寂爲求菩提爲衆生故廣修諸善徧斷衆惡唯願觀音慈悲攝受

至心懺悔比丘某甲稽首歸命十方三世三寶本師釋迦牟尼佛等上所奉請諸佛賢聖大悲觀世音菩薩憐愍覆護受我奉請顯現道場受我懺悔比丘某甲等爲法界沉淪苦趣一切衆生發菩提心行菩薩道但以三業六根多諸罪累三障厚重菩提行願不得現前不能自利利人深自剋責今日奉請諸佛賢聖大悲觀世音菩薩摩訶薩等懺悔過去今生及未來世一切惡業三業六根三障三毒自有身來流浪六道處處受形內無慧眼外近惡人開放逸門造生死業枝條華葉徧

滿三界二十五有無不受生輪環無際相續無窮偶得人身犯諸重戒一切諸犯輕重篇聚多有毀犯違逆十方三世諸佛清淨妙戒若不懺悔當墮阿鼻大地獄中畜生餓鬼阿脩羅道天上人間受無量苦輪迴六道無解脫期今日嚴淨道場誠心懺悔不敢覆藏唯願尊者觀世音菩薩摩訶薩顯現道場放勝光明照觸身心令得清淨一一戒根還得如故興隆三寶起護法心起護戒心起四攝心起慈忍心心如金剛願不更犯已犯之罪與法界衆生俱同懺悔盡未來際常得修習菩提行願生生常處淨佛國土三障永除絕三惡道永離衆苦成無上道虛空有盡我願無窮法性有邊願心無極盡入如來願性海中懺悔發願已歸命禮三寶

第九禮拜

百録云一心禮上所請三寶禮拜事儀理觀并運念偈等並如前禮竟如法行道或三或七旋遶時口稱

南無佛　南無法　南無僧　南無本師釋迦牟尼佛　南無無量壽佛　南無過去七佛　南無十方諸佛　南無觀世音菩薩　南無大勢至菩薩　南無十方一切菩薩摩訶薩

或七稱或三稱當隨意補助儀云欲行道時更須正立想此道場猶如法界十方三寶畟塞虛空以次回身旋遶法座十方三寶心性寂滅影現十方心想如夢梵聲如響勿令心散旋竟三自皈依

自歸於佛當願衆生體解大道發無上心說竟作禮復言

自歸於法當願衆生深入經藏智慧如海說竟作禮復言

自歸於僧當願衆生統理大衆一切無礙和南聖衆作禮

第十誦經

百録云令一人登高座唱誦請觀音經法華三昧云夫誦經之法當使文句分明音聲辯了不寛不急繫緣經中文句如對文不異不得謬誤次當靜心了音聲性空猶如谷響雖不得音聲而心歷歷照諸句義言辭辯了運此法音充滿法界供養三寶普施衆生令入大乘一實境界順此經意應令十種行人各得消伏毒害悉入大涅槃海百録云午前初夜施上方法餘坐禪禮佛依常法是爲一日一夜規矩至第二乃至七七日亦復如是輔行云餘謂四時必依常儀不可廢也正意竟

勸修第三

止觀問曰上三三昧皆有勸修此何獨無答六蔽非道爲解脱道若更勸修失旨逾甚今何特違止觀而立勸修也然隨自意凡約四法論修何妨勸善乎彼不勸之旨已在答文令別約依經方法經中佛自勸修豈關人情經云此陀羅尼名灌頂章句無上梵行必定吉祥大功德海衆生聞者獲大善利應當闇誦疏指此爲勸修也一經備揚大悲施無畏者念佛三昧功德寶幢欲得現身見觀世音欲見釋迦無比色像欲於毛孔見無數佛欲於現身見八十億諸佛皆來授手爲說大悲無畏功德乃至現身發無忘旋陀羅尼一切善願皆得成就後生佛前長與苦別如是稱善令受持此呪滅三障者毗舍離人六根重病即得平復饑饉王難惡獸盜賊牢獄枷杻羅刹毒藥刀劍生難四百四病一時不起報也破梵行人作十惡業聞此呪時蕩除糞穢還得清淨過去業緣現造衆惡惡業惡行不善惡聚極

重惡業斯那比丘往昔惡行殺生無量皆得消滅業也斷除三毒根成佛道無疑大火從四面來焚燒已身龍王降雨設火焚身節節疼痛三誦此呪即得除愈不被繫縛長貪欲瞋恚愚癡三毒等畏譬如猛風吹去重雲即得消伏煩惱也失國亡妻冤憎會苦三塗八難皆得解脫稱歎無盡又偈云一切惡人惡口者違逆此呪起不善現身白癩膿血流後墮地獄長夜苦是故應當慈心護受持讀誦灌頂句地獄清淨如蓮華餓鬼破碎無八難蓮華化生爲父母心淨柔軟無塵垢嗚呼諸佛慈音如此稱讚誠實不虛願再讀再思勇發道意少功大報當須一一約十種行人乃至等覺生善滅惡明經力用廣如經說略勸修竟

已上擬經三分歸向流布偈

十方大悲海　佛法賢聖僧　護世觀世音

能施無畏者　我集吉祥句　利益初心人

唯願賜冥加　在所常流布

請觀世音菩薩消伏毒害陀羅尼三昧儀

金光明最勝懺儀

宋傳天台教觀四明沙門知禮集

一切恭敬

一心頂禮十方常住三寶（一拜已胡跪執爐云）

願此香華雲徧滿十方界供養一切佛尊法諸菩薩聲聞縁覺衆及一切天仙受用作佛事　供養已一切恭敬（一拜已復跪奉請云）

一心奉請南無本師釋迦文佛東方阿閦四佛世尊寶華瑠璃寶勝佛等盡金光明經中及十方三世一切諸佛（三請一禮）

一心奉請南無大乘金光明海十二部經（三請已一拜）

一心奉請南無信相菩薩觀世音菩薩大勢至菩薩金光明菩薩金藏菩薩常悲法上盡金光明經内及十方三世一切菩薩聲聞縁覺賢聖僧（三請已一拜）

一心奉請南無大梵尊天三十三天護世四王金剛密跡散脂大將大辯天神摩利支天韋䭾天神堅牢地神菩提樹神訶梨帝喃鬼子母等五百眷屬一切皆是大菩薩等及此國内名山大川一切靈廟當州地分屬内鬼神此所住處護伽藍神守正法者一切聖衆（三請已不應禮）

一心奉請南無第一威德成就衆事大功德天（此位衆唱三請已不禮白衣須禮當合掌持呪）

南無室利莫訶天女　怛姪他（姪字徒細地夜你也三切）

（並通）鉢唎脯[口律]拏折囇（脯布乎切[口律]力出切折市列切囇力計切下並同之）

三曼頞（多可切）達喇設泥（喇字多達切泥字去聲）

莫訶毘　阿囉揭諦　三曼頞毘曇末泥

莫訶迦哩也　鉢喇底瑟侘鉢泥（侘丑迦切）　薩

婆頞他娑彈泥（頞烏割切）蘇鉢喇底脯囉痾
耶娜（娜乃可切）達摩多　摩訶毗俱比諦（比脾必切）
莫訶迷咄嚕鄔波僧呬羝（鄔烏古切　呬香器切　羝了兮切）
莫訶頡唎使（頡戶結切）蘇僧近（入聲）哩呬羝　三
曼多頗他　阿奴波喇泥莎訶（七遍誦一拜起同聲嘆云）

佛面猶如淨滿月　亦如千日放光明
目淨修廣若青蓮　齒白齊密猶珂雪
佛德無邊如大海　無限妙寶積其中
智慧德水鎮常盈　百千勝定咸充滿
足下輪相皆嚴飾　轂輞千輻悉齊平
手足縵網徧莊嚴　猶如鵝王相具足
佛身光耀等金山　清淨殊特無倫匹
亦如妙高功德滿　故我稽首佛山王
相好如空不可測　逾於千日放光明
皆如焰幻不思議　故我稽首心無着

（讚已當陳述意須合掌恭敬令衆平聲三唱云）

南無寶華瑠璃佛南無大乘金光明經南無第一威德成就衆事大功德天（如是三稱已次處奉供養專想面對後陳辭句餘時除去飲食并淨潔如法復持散擲等語但云香華至同圓種智而止便即禮佛）

今我道場敷設供養然種種燈燒種種香奉種種飲食淨潔如法恭持奉供諸佛世尊大乘經典菩薩賢聖一切三寶又復別具香華飲食奉獻功德大天大辯四王梵釋天龍八部聖衆復持飲食散擲餘方施諸神等惟願三寶天仙憐愍於我及諸衆生受此供養以金光明力及諸佛威神於一念間顯現十方一切佛刹如雲徧滿如雨普洽廣作佛事等熏衆生發菩提心同圓種智（此亦應隨意所陳未必專誦此語作是語已當持飲食至道場外淨處布散四方先作是言）

我今依教供養大乘三寶及吉祥大天持此種種飲食散灑諸方徧施諸神願諸神明威權自在一念普集各受法食充足無乏身力勇鋭守護堅強知我所求願當相與迴此福利普潤含生果報自然常受勝樂作是呪願竟即便以食散擲四方想無量鬼神悉來受食爾時或誦前呪或但云南無室利摩訶天女以食盡爲度散灑畢迴道場禮佛

一心頂禮本師釋迦牟尼佛

一心頂禮東方阿閦佛

一心頂禮南方寶相佛

一心頂禮西方無量壽佛

一心頂禮北方微妙聲佛

一心頂禮寶華瑠璃佛

一心頂禮寶勝佛

一心頂禮無垢熾寶光明王相佛

一心頂禮金燄光明佛

一心頂禮金百光明照藏佛

一心頂禮金山寶蓋佛

一心頂禮金華焰光相佛

一心頂禮大炬佛

一心頂禮寶相佛

一心頂禮盡金光明經中及十方三世一切諸佛

一心頂禮大乘金光明海十二部經三禮

一心頂禮信相菩薩摩訶薩

一心頂禮觀世音菩薩摩訶薩

一心頂禮大勢至菩薩摩訶薩

一心頂禮金光明菩薩摩訶薩

一心頂禮金藏菩薩摩訶薩

一心頂禮常悲菩薩摩訶薩

一心頂禮法上菩薩摩訶薩

一心頂禮盡金光明經內及十方三世一切菩薩摩訶薩

一心頂禮舍利弗等聲聞緣覺賢聖僧

普為法界一切衆生悉願斷除三障歸命懺悔（一拜運想逆順十心）

我比丘（某甲）歸命頂禮現在十方一切諸佛已得阿耨多羅三藐三菩提者轉妙法輪持照法輪雨大法雨擊大法鼓吹大法螺建大法幢秉大法炬為欲利益安樂諸衆生故常行法施誘進群迷令得大果證常樂故如是等諸佛世尊以身語意稽首歸誠至心禮敬彼諸世尊以真實慧以真實眼真實證明真實平等悉知悉見一切衆生善惡之業我從無始生死以來隨惡流轉共諸衆生造業障罪為貪嗔癡之所纏縛未識佛時未識法時未識僧時未識善惡由身語意造無間罪惡心出佛身血誹謗正法破和合僧殺阿羅漢殺害父母身三語四意三種行造十惡業自作教他見作隨喜於諸善人橫生毀謗斗秤欺誑以偽為真不淨飲食施與一切於六道中所有父母更相惱害或盜窣堵波物四方僧物現前僧物自在而用世尊法律不樂奉行師長教示不相隨順見行聲聞獨覺大乘行者喜生罵辱令諸行人心生悔惱見有勝已便懷嫉妬法施財施常生慳惜無明所覆邪見惑心不修善因令惡增長於諸佛所而起誹謗法說非法非法說法如是衆罪佛以真實慧真實眼真實證明真實平等悉知悉見我今歸命對語佛前皆悉發露不敢覆藏

未作之罪更不復作已作之罪今皆懺悔所作業障應墮惡道地獄旁生餓鬼之中阿蘇羅衆及八難處願我此生所有業障皆得消滅所有惡報未來不受亦如過去諸大菩薩修菩提行所有業障悉已懺悔我之業障今亦懺悔皆悉發露不敢覆藏已作之罪願得除滅未來之惡更不敢造亦如未來諸大菩薩修菩提行所有業障悉已懺悔我之業障今亦懺悔皆悉發露不敢覆藏已作之罪願得除滅未來之惡更不敢造亦如現在十方世界諸大菩薩修菩提行所有業障悉已懺悔我之業障今亦懺悔皆悉發露不敢覆藏已作之罪願得除滅未來之惡更不敢造懺悔已歸命禮三寶

我比丘某甲歸命頂禮十方一切諸佛世尊初成正覺未轉法輪欲捨應身入涅槃者我皆頂禮是諸世尊勸轉法輪請久住世度脫安樂一切衆生勸請已歸命禮三寶

我比丘某甲歸命頂禮十方一切諸佛世尊我今隨喜一切衆生三業所修施戒心慧二乘菩薩賢聖善根十方諸佛證妙菩提法施一切所有功德我皆至誠隨喜讚歎隨喜已歸命禮三寶

我比丘某甲歸命頂禮十方一切諸佛世尊願作證知我從無始至於今日三業所修一切諸善施戒禪慧乃至懺悔勸請隨喜攝取現前迴施法界一切衆生同證菩提如諸佛等迴向已歸命禮三寶

我比丘某甲歸命頂禮十方一切諸佛世尊證我微誠現前所願願諸天八部增長威神

常來護持我此國土風祥雨順穀果豐登聖帝仁王慈臨無際羣臣官屬常守尊榮萬姓四民永安富樂佛法檀越父母師僧歷世冤親法界含識咸生正信發菩提心六度齊修二嚴等備復願我等衆聖冥加常值大乘及善知識開我佛慧願行現前荷負流通三世佛法誘化一切然無盡燈普會衆生同歸祕藏（發願已歸命禮一寶）

南無佛南無法南無僧南無本師釋迦牟尼佛南無四方四佛南無寶華瑠璃佛南無大乘金光明經（三稱）南無信相菩薩南無金光明菩薩南無金藏菩薩南無常悲菩薩南無法上菩薩南無第一威德成就衆事大功德天

自歸於佛當願衆生體解大道發無上心

自歸於法當願衆生深入經藏智慧如海

自歸於僧當願衆生統理大衆一切無礙和南聖衆

金光明最勝懺儀

音釋

靁（力回切） 斆（胡教切像也） 翛（相邀切飛羽貌） 翹（渠堯切） 喘（昌兖切） 䏶（旁禮切股也） 齶（五各切齒齗也） 澆醨（澆堅堯切醨呂支切澆醨薄也） 螟蛉（螟莫經切蛉郎丁切螟蛉桑蟲也） 梗槩（梗古杏切槩古代切） 埤（匹詣切） 鞮（丁奚切） 跡（尼展切）

法智遺編觀心二百問

法孫繼忠集

清刻龍藏佛說法變相圖

法智遺編觀心二百問

法孫繼忠集

景德四年六月十五日四明沙門比丘知禮謹用爲法之心問義于浙陽講主昭上人左右五月二十六日本州國寧寺傳到上人答十義書一軸云云答釋未善讀文縱事改張終當乖理始末全書於妄語披尋倫見於諂心毀人且容壞法寧忍欲敷後難恐混前文故且於十科立二百問蓋恐上人仍前隱覆不陳己墮之愆更肆奸諛重改難酬之問故先標問目後布難詞必冀上人依數標章覽文爲答毋使一條漏失欲令正理分明希不延時庶塞顒望

問辨訛云觀有二種一曰理觀二曰事觀今文不須附事而觀蓋十法純談理觀故且

二種觀法各能觀境顯理既不附事相而觀乃是直於陰入觀理此則正是約行理觀今那云是事法理觀耶

問夫名事法爲理觀者須託事附法入陰心用觀顯理方名理觀今文既不附事託陰而觀於理何顯而名理觀耶

問附事顯理乃是一種觀法何得摽列云觀有二種一曰理觀二曰事觀豈以所附事自爲一事所顯理更立爲一理觀耶

問約教明三法對觀心三法但名爲事今文既非約觀三法那名爲所顯三諦耶

問辨訛云今文理觀事事全成於法界心心咸顯於金光既不附事相法相則是直體陰入事事成不思議境則十乘心心顯於金光既爾得不是約行理觀耶

問十法若非約行理觀那得便是普賢端坐念實相耶

問答疑書既云普賢觀法證前圓談理觀示可修義何故釋難書轉云念念相續及念實相令依止觀修證耶

問若非約行理觀焉得念念相續焉得入理證果耶

問答疑書云此玄直顯心性義同理觀若少帶事法且非直顯心性唯約行理觀直觀陰心顯性此玄既直觀心顯性那非約行理觀耶

問今文既是約行理觀那無揀陰及十乘耶

問本立十法是約行理觀故廢後附法觀心約行觀既不成後文觀心如何廢耶

問此玄十種三法乃是正談果法何得是直

顯心性耶

問所引五章但稱涅槃只是佛性乃是正談果法該於因人佛性豈是直顯衆生佛性耶

問如云游心法界如虛空則知諸佛之境界乃是直顯心性該得佛法豈名直顯佛法耶

問詰難書特問此玄正談佛法郍名直顯心性因何不荅何得二三處改云予不許直顯法性耶

問今既牽率而荅何得言心性處不言直顯言直顯處不言心性豈非四字全書恐義乖返耶

問荅疑書云此玄文直顯心性今何改云學者偹覽妙玄已知心性徧生徧佛故觀此果法知是心性此豈非妙玄自顯心性此玄不顯心性何得云此直顯心性耶

問予云良師取意講授義合諸文仁尚不伏仁立學者先解妙玄方尋此部出何文耶

問既此玄直顯心性故十法皆以理融妙玄不直顯心性故十法不以理融學者解彼心性尚能融於他部何不自融當部而更觀心融之耶

問此玄十法文顯標云爲未有智眼約信解分別郍云純被妙玄深達心性人耶

問秖爲此玄附於如來所游十法廣示心觀故至經文不論觀解何得據彼廢此觀心耶

問此玄大師被在日當機故須即示修法涅槃玄是滅後私制既非當衆策觀故且缺

如以託講者倣諸部授人那云學者自知耶

問妙經文疏雖叙偏小本被習圓之人故附文作觀多分在圓令一一文不違所習據何文證知是久習止觀之人豈大師講妙經時預爲玉泉寺修止觀人示觀心耶

問所據觀心銷開等欲成觀心銷文是要且開等具於四釋最後旁用觀心銷之觀銷若要何不居初又何文云觀心銷是要耶

問大師說玄疏時尚未說圓頓止觀何得純爲久習圓頓止觀人示事法觀耶

問妙玄觀心令即聞即修不待觀境那云指示行人須依止觀中修耶

問若廢此文觀心何以稱久修者本習耶

問本習既是揀境修觀今文亦揀恰稱本習豈以太稱而以爲非耶

問若廢此文觀心將何以指示令於止觀中修耶

問止觀既揀境修觀今文預揀示之有何乖違耶

問發揮本據十法有六即義故不觀心妙玄十法一一細示六即何故却云彼文須有觀心觀於十法耶

問此玄十法以一法性貫之故不須觀心妙玄十法豈不以一理貫之何故須有觀心耶

問仁以此三法欲類淨名疏法無衆生具觀心義彼約研心修觀辨三法此談果證三法那具觀心義耶

問仁立十法只是三諦異名故具觀心義既

類法無衆生彼約所觀所顯能觀能顯能破所破助道正道自行利物論三法此既一向是所顯諦理安類彼文具觀心義耶

問又云此三法具修性義故具觀心義釋毘耶離城具論修性三德何故更示觀心耶

問此十法從三德至三道而辨妙玄十法從衆生心性三道辨至極果一一皆具六即何故却須用觀心觀之此文何故不用觀之耶

問攝事入陰用觀顯理方名攝事成理故妙玄五義正觀心文俱明觀陰仁何但云攝事歸理不云入陰觀理耶

問今十法文既不攝入陰心又無觀法顯理那名事法理觀耶

問辨訛顯立十法純是理觀修證之法同普賢觀何故改云只有理觀義耶

問常坐雖觀三道事境既非起心末事又非借事立觀乃是直顯心性那名事觀耶

問觀於一念及三道皆是直附事境觀只是一種理觀那名事理二觀耶

問常行觀相好是立事境三觀依之顯理方成一種觀法那名事理二觀耶

問隨自意推於末事四運叵得只是一種事觀那名事理二觀耶

問今約四三昧論事理二觀辨訛既云不須附事而觀即是不附三道相好旛壇白象起心等事乃是一念法界觀空之理觀既爾十法那無一念等十乘耶

問辨訛既立十法純談理觀遂問何無理觀揀陰十乘仁既不立純是事觀那責不問

事觀揀境幷十乘耶

問大意與正修事儀與理觀互有廣畧舉四行必帶正修觀法予將常坐爲難巳攝正修何得枉云常坐唯在大意耶

問予云若依五畧修行證果能利他者一是聞師取意教授二是宜畧即能修證那得枉云五畧自具十乘耶

問若諸經與妙經觀體全同何故妙樂云此示觀解異於他經他經豈無圓觀耶

問前時圓教欲修觀人既未聞開於聲聞那能自用開顯之理爲觀體耶

問若二經圓理是同妙玄十法那無理融耶

問妙玄一心成觀那類方等懺儀未成之觀耶

問若執王數相扶觀王必觀數何故約識心修觀後更歷四陰觀耶觀時既然悟時那不然耶

問王城耆山房宿萬二千數皆觀陰入那云事法觀不立陰入爲陰境耶

問既云又諸觀境不出五陰令此山等約陰便故山等約陰既便故立陰名則顯諸境雖無陰名而體皆是陰故云不出五陰那據此句判諸觀境非陰耶

問所云以諸文中直云境智者蓋以諸文既對陰不便故輟陰名而但以一念心及因緣生心等爲境以三觀爲智即是直云境智也若不爾者有何觀解但立境智兩字耶

問諸文觀一念心及因緣生心若非陰心謂是何物如仁之意豈不謂是清淨眞如耶

問大意妙境云觀心性諸文事法多觀心性止觀既是陰識之性諸文那不是耶

問山城觀中妙樂令於此辨方便正修講人還須於此辨否若不辨者則違尊教若具辨之學者還可修否

問妙樂於山城觀中令於此揀境及心若非揀陰爲揀何境若不揀思議取不思議爲揀何心耶

問阿難觀中妙樂令具述觀相若不述揀境十乘何名具述豈獨此中具述驗知凡指止觀皆令具述那違教耶

問婆多觀中妙樂令廣引般舟三昧仁於講時還曾引否

問山城之外只合直云境智今文既立陰境以驗是訛者山城之外房宿亦立陰境不異山城萬二千人立十二入爲境豈亦後人添耶

問諸文觀一念心與此棄三觀一何異縱諸數相扶豈不的以心王爲主耶

問今文因云棄三觀一驗是訛者據何教云附法觀心不得揀陰耶

問十二入各具千如則已結成妙境諸文但云陰等未結妙境乃於此境示乎三觀三觀若立境自成妙故云但寄能觀觀耳今文棄三觀一方當示陰未結妙境故於此境示乎三觀顯金光明豈非寄能觀耶那將示陰便爲妙境那云不是寄能觀觀耶

問義例二種觀法雖不云陰而云入一念心心之與陰雖能造能覆少殊其體豈異託事則山城觀陰既令揀境那執二種不立

陰耶

問答疑書云此玄文十境不足既無修發九境驗知只有陰境既是十境中辨須是揀陰之境且今十法何文是揀陰境耶

問妙玄心如幻燄等既在觀心科中須作境觀而説故釋籤云今銷一一文俱入觀門仍須細釋令成妙觀何得謗云是通途法相耶

問指要本立先解諸法皆妙然欲立行須論起觀之處乃立不變隨縁陰識爲境觀之顯理仁曾破之今那枉予解則唯妄觀方了眞耶

問予據金錍大意立不變隨縁名心爲所觀境豈是獨頭之妄那斥同外道耶

問予據止觀念處懺儀立陰識妄心一念無明爲境此諸教文既單就妄立未云即眞豈是外道説耶

問所觀之心是無明染縁所成佛界心是十乘淨縁所成詰難書定所觀心那責不説淨縁佛界心耶

問金錍立不變隨縁名心本示妄染色心有果佛性若是隨淨縁佛界心者豈是佛界色心有佛性耶

問輔行引心造如來本證妄染陰識能造一切因何抅作非染非淨心耶

問若云妄心即眞故立非染非淨心者豈大師不知即眞那但云陰識應不及仁之所説耶

問大意本示止觀陰識是隨縁心輔行乃指隨縁所成陰識能造如來那作四句分之

云大意是隨緣染淨心止觀是非染淨心耶

問若轉計云妄心即理故云非染非淨者何獨止觀論即大意不即耶若皆即者何故約句定分之耶

問若約染淨兩緣所成十界心論所觀境者十境之中那無佛心耶

問示珠云一念常靈寂體一念眞知等顯是以眞性釋一念耶

問示珠若知一念是妄何不仰順妙玄釋籤以迷因法釋心那云心非因果約理能造事以釋心是因耶

問大意雖將陰境在修觀文中揀繁取要與大部不殊豈見文在一處便不分陰境理境所破所顯耶

問大意云異故分於染淨緣緣體本空空不空此論所顯能破三諦三觀那得引此而難所破心境耶

問仁既自云濁成本有之語此示本迷今了迷心當體即理染淨不二等且所觀陰心爲約本迷說爲約今了說二義若混則將賊不分那名觀法耶

問雖云三無差別乃是陰心攝他生佛豈可攝佛便令能攝之心屬果耶若便屬果何故釋籤云生佛在心亦定屬因耶

問仁立鑽火之喻意執於火唯是所鑽所出而不知出已燒木復是能燒觀陰顯理本欲滅陰理顯陰滅理非能滅耶

問輔行既用器械權謀及以將身喻止觀及以諦理此三俱運方破三賊因何身力獨

非能破耶
問仁執了陰是理所以觀之不知此是妙解若欲立行須且立陰觀陰顯理豈云觀理顯理鑽火出火耶
問辨訛云三千是妄法今云是所顯之理因誰解耶
問初棄於陰明具三千後依妙境起誓安心等豈非妙境對陰爲能對九爲所耶
問仁執心具三千色無三千且心與色皆是眞如隨緣而造豈一片具德眞如造心一片不具德眞如造色不爾何故心具色無耶
問若色不具三千何故妙經疏十二入各具千如耶
問若執入義帶心妙樂那云界亦各具耶
問既許有情體遍無情體既徧已具那不遍豈有一分不具德體遍於無情不爾那執色無三千耶
問金錍本立無情有佛性豈獨有不具三千之性若爾不名有果人之性也莫違宗否
問能造之心既由全理而起故能具三千色是全理之心而起那不具三千能生樹根既具四微所生枝條豈不具四微耶
問他約能造論於唯識故無唯色之義今既約具論於唯識故有唯色之義既許唯色那無三千耶
問豈以色不造心等故便不得云色具三千便不名法界中道及不名唯色耶豈以波結爲冰暫不流動便謂不具波性耶
問心具於色色是妙色既是妙色那無三千

耶

問觀陰爲妙境攝彼無情同爲佛乘蓋顯法法皆具三千若無情不具那爲佛乘耶

問四念處内外二觀之後結歸心者蓋捨旁從正捨難從易外觀破於内着豈全不觀外耶

問荆溪云四教中圓奚啻不云三處具法邪師執此立頓頓觀却抑四教中圓唯論心具二處不具仁立心具三千色無三千是不及彼師所見以彼元知隨觀即具但不合立爲頓頓耳仁全不知此義望彼邪師千里萬里更何分踈耶

問子據破於着内着外之文遂立恐心外向復遵唯識唯色之教乃云心具色具何得以標隔見誣獨頭爲謗耶

問内心徧攝觀成更論歷外者猶居因位故也雖約理融寧無事境唯遍游歷而任運見理既云任運那以巡檢覆察釋於歷耶

問内外不二門標列牒釋二種境觀文義顯然何得但對義例淨心外歷及止觀例餘陰入國土方等歷旛壇等耶

問若色心門明内觀畢何故次門方標列二境逐一牒釋耶

問若先了等文爲結前生後者既云先了外色心一念無念則結前已泯合畢因何内體三千即空假中生後之文又對泯合是何道理

問示珠以外觀谿同眞淨是六根淨位則成結前外觀至六根已方乃生後令修内觀豈名字全無内觀耶

問內外門立二境觀乃加功研習之義那對任運泯合之文耶

問色心門無修觀相那對內心正觀內外門二種觀境分明因何却對傍歷外觀耶

問仁執色心門明內觀對實相觀內外門明外觀對唯識觀且義例實相唯識二觀既且約內心修之則二觀俱在色心門豈非內外門全不明觀法耶

問四念處令著外者修唯識觀著內者修唯色觀豈得特違教文將唯識爲外觀耶

問仁今議論特扶先師之義示珠既判色心門未論觀法內外門方對境明觀今何違彼自立色心門明內心正觀內外門但示外境旁歷之觀耶

問示珠判外觀谿同眞淨名六根觀成位則外已泯合仁何違彼自立次文內觀方是泯合耶

問示珠自於外境明觀成相於義無虧仁何乖義苦破師耶

問若示珠釋不二門有乖發揮廢觀心自敗何故拌入地獄强諍非義耶

問心佛衆生既是事用故分高下廣狹初心修觀遂有難易去取若三種三千本來融攝因何內觀但觀巳之三千未攝生佛三千外觀但觀彼彼三千未與巳心三千泯合至第二番觀內境方得彼此泯合此之邪曲之見還與一家觀法合否

問若心佛衆生事相既別三處理性又殊則人人各住法法不融約何義說三無差別獨頭標隔推與誰耶

問大意約三無差別染淨明其假觀此假空中明三諦觀仁何違彼內觀不觀生佛三千違文違義何可言耶

問事境暫隔故扶宗云初觀內心未涉外境仁何破云理境本融生佛同趣內觀如何作意去取耶

問今執內觀未觀生佛三千何故辨訛更令內觀託彼色心依正豈非其時全不識內外二境耶

問仁於前書數將止觀例餘界入國土及方等播壇以爲外觀豈此外境非已依正尚違自語寧會圓宗耶

問義例本論色心不二之觀先觀內心約心融色明不二觀次歷色等任運各融本既不論三法之觀何以初觀已心次歷生佛豈非不解看讀耶

問仁於前書堅執內外二觀並修方名事理不二今那改云內心理觀自說事理不二豈非竊予之義爲已見耶

問實相唯識用觀雖殊妙解無別那云觀唯識者未能即了一切唯心但隨自意四運推檢若爾與通教觀心何異耶

問辨訛既將揀境中心造諸法便爲妙境中一念三千又以託外依正色心便爲內觀之境還是不分事理二造內外二境耶

問既遭問疑書難便改轉云所造諸法者理具名造實非事造又云所言三千者即是所具三千名造實非外境事造此是欺心轉計否

問辨訛難於恐心外向之義云何不恐心外

向但云託彼心即空即中彼心旣是生佛之心豈託彼心便非外向耶此時還知二境否

問辨訛云色心之境俱觀此時還知揀境之意耶

問仁今轉云觀理攝事者乃是甘伏予云但觀理具自然攝於事造不可遍將事造諸法爲觀所託境前那頻難未涉二修事造耶

問仁今復云遍攬諸法專觀能造之心意以遍攬之言欲成色心之境俱觀之義且遍攬諸法乃是妙解總攝諸法歸心若論修觀須的揀陰境而觀用觀遍攬豈免俱觀之失耶

問義例先了萬法唯心方可觀心仁前定云先了屬解觀心是行今之遍攬那非解耶

問仁今復云若了一心即見諸法意成色心內外俱爲觀境旣云若了一心顯是初唯觀心未涉他境即見諸法者乃是了悟一心具攝諸法豈是所託事境耶

問若觀內心理具攝一切法便爲色心之境俱觀內外之法皆託者或修內觀不入更將何法爲境觀之顯理耶

問若言觀內心理具雖攝外境事造不妨修外觀時的就外境事造觀之顯理若爾者正合予之所立非初作觀便觀依正諸法及未涉二修事相何頻妄破耶

問若不暫分內外二境但以理攝便云俱觀者或用正觀歷衆緣時何異未歷時耶

問仁立外觀只是觀色歸心仁立內觀亦是

攬外歸内二觀如何分耶

問義例本爲邪解之師錯謂止觀釋名已下皆是漸圓乃將十二部經觀心之文立頓頓觀修道即得旣謂九章帶漸終不取彼方便正修十境十乘度入事法觀中修習此師又云頓將二頓問人人無答者終不肯咨稟良師口訣只據見文一句爲頓頓觀修道即得遂斥之爲壞驢車也若稟師氏取彼止觀方便十境十乘細釋成乎妙觀豈是驢車餘文或有此斥皆潛防此計乃言止觀一部爲妙行者皆爲防於不取大部銷通便以一句爲足者也那例破事法觀心不得修習儻得知識決通豈亦成壞驢車耶

問仁執金錍須善一家宗途方可委究行門始末之語謂須讀止觀者且妙境最邃尚於言下開通儻再請餘乘豈聞說不解而執須讀止觀部帙耶

問懺儀旣云不入三昧但誦持故南嶽云散心誦法華不入禪三昧亦見普賢身那云於誦持時修十乘耶請細看廣難一一答之

問荆溪自云面授口訣非後代所堪今懸敍私記決事法觀道有何失耶

問妙玄觀心一釋令即聞即修何得以聲聞悟入稍難而便不許委銷事法勸人修觀耶

問大師說禪門六妙門小止觀旣各有人修說諸文事法觀門何獨無人修耶

問大師在日聞事法觀旣能修行滅後聞之

豈不能即修耶

問若據陳都機緣減少豈獨今日無機抑亦玉泉處唱傳法本令誘物而却約時退人還善爲師否

問輔行云若依五畧修行證果能利他者自是一途此指不須廣聞爲自是一途何得類同頑境踏心之一途耶

問若執方便純解無行者或習方便時欲蓋數起還須用圓觀呵棄否或因玆悟理還入位否況云初心即可修習仍結六即耶

問夫論法門須求其意不可以名相多少爲論釋名等四章三觀名相雖多意謂生於止觀之解釋法無衆生名相雖少意成中道生空之觀得意之師依章善消豈不成乎解行耶

問仁用違文背義各十段文難予不尋止觀即修附法若得良師取意決通何須尋讀止觀既蒙勸進可不即修此義既成更問何耶

問始從發揮至答疑書皆以談於妙性眞理便爲觀心因何改云觀六識妄心成三諦眞心此義因誰解耶

問始從扶宗觀於一念識心及諸義狀皆立因心爲境那枉抑予不許觀於妄心仁於何時說觀妄心予不許耶

問示珠既云心非因果還是偏指清淨眞如否

問若轉計云色由心造但示心即妙理者自巳報色且由心造生佛各有能造之心何不皆即妙理何故定作因果事釋耶

問予立三法各具二造何文謂生佛約色論造豈非三各二造示珠全無此義仁欲翻爲巳見説之遂先加誣色造之失作偷義之計便自約心各論二造此之賊心仁當自省謂無報耶

問示珠何文曾言生佛約心論能造耶

問三法各論二造互具互攝方名無差示珠於六義中心之事造尚不全以約心論能造故餘之五義本非擬議還甘伏否

問示珠設問本定經中三無差語爲就三人論爲約一人説答中約心迷悟論生佛畢即明判云示本末因果不二故云三無差别豈非定判經中三法在於一人那得抵諱翻轉作了巳知他救之耶

問既不約因心論乎二造則不善了巳若例他亦以眞心造事則不善知他如此了知有何益耶

問妙玄三法皆判屬事示珠何故作一理二事判耶

問止觀二境觀法全在名字中示因何答疑書五番言修二觀皆在觀行五品位中偶一迴云五品初心便自歸觀行那於今來改轉將五品初心却爲名字既朗自結歸觀行如何翻改爲名字耶

問止觀八種觀成顯云初品因何答疑書五番言觀成皆在相似況五番説五品方修二觀却言初品觀成誰不知之得非彰灼欺誑耶

問不二門結境智行三法相符設位簡濫豈非六即之位揀三法之濫況證果起用不

離三法仁何抑之但在凡位耶

問若境智行局在初住前位因何妙樂通果說耶

問若智局在名字不通後位豈可行時全無於目若二凡無智則名字無境豈非五即皆無佛性耶

問若位位中以正行爲智將助行爲行明智妙既至極果行妙因何更明正行又妙樂智三既在妙覺豈等覺來唯修助行耶

問仁執正釋三法全無修二性一今那自許八種三法是修二性一耶

問不二門本論一切三法離合仁堅執只約三因說離合今那八種有離合耶

問今觀心前先約離明觀識次約合示歷法豈須就前離論於後合如正釋三智約離次釋三因約合豈云離則三智合則緣了豈智唯空行惟假耶

問若合三智之解爲了三脫之行爲緣顯發性三爲正如此約開論合有何等過那得枉云開則三觀合則空假耶

問妙玄云生佛高廣難觀觀心則易此玄十種果法正當太高那云談此便不用觀心耶

問諸文事法之後所明觀心豈非捨難取易仁廢觀心自以果法爲理觀豈非捨易取難耶

問十義書引淨名玄約教明三身三脫爲事解後更約觀心明三身三脫仁但謂彼之事解與今三涅槃惑畢竟不生等不齊何不具說不齊之義耶

問仁今又云淨名玄三身與法無衆生義齊否未知欲與彼事釋觀釋何義論齊不齊何不顯説耶

問此玄十法約乎果證該及迷因其間具示自行化他若智若行何得名爲於諸佛法邊直談理性耶

問妙玄起五心中乃先出觀心一解之意觀心解中既皆約陰論觀何得以不待陰境銷於起五心中不待觀境之文

問釋籤不待觀境方名修觀乃是預出觀解之意實未正明觀解何得輙謂是觀心之式樣耶

問若轉計云自道不待揀示陰境不道不待通示陰境且釋籤今消示陰之文皆入觀門若不揀陰那得入於觀門耶

問彼觀心文云三界無別法皆是一心作止觀大意皆以此示揀陰妙玄觀心何獨非耶又既在觀心文中豈以顯境及生解銷之耶

問仁轉計云自是久修止觀行人攝法入於三千三諦心中不待玄文揀示陰境此説甚違釋籤自令講者銷入觀門乃是宗師取意揀示故不待止觀教文故云即聞即修那云學者自能

問仁又報云未習止觀即聞事法乃知須依正觀修之此則固違妙玄即聞即修之説既須待止觀揀境示妙教文豈非又違釋籤不待觀境之語耶

問若不攝事法入乎陰心修觀顯發何名攝事成理耶

問若云不待觀境之文是觀心式樣者縱云不待陰境豈不待精進而修耶

問諸事法觀未明揀境尚須精進修之此玄觀心既揀那不可修耶

問既許不二門撮乎十妙爲止觀大體那不許諸得意師將十門妙意入事法中爲觀體耶

問大師說此十法開解之後即合策衆觀心故有觀法章安制大經玄義既非對衆時節又艱但宣教義託後師氏比望餘部示人學者因兹諳練豈是自尋諸部耶

問初習玄疏事法之觀人師取其止觀通釋如引衆經說乎止觀修入者豈名衆經修入耶

問若先習止觀未悟今歷事法觀門得悟如將無生觀法度入生門豈名無生門悟耶

問予引義例唯達法性不云達陰既是端坐十乘豈不達陰爲法性用例攝事成理雖不云入陰後觀解中既立陰境驗須攝事入陰觀理方名攝事成理仁那枉云意謂法性不關三千耶

問仁答疑書中引此文正圓談法性義同理觀理觀既不達陰驗仁當時不知約行須觀陰心若不爾者何故引此證無陰理觀耶

問妙玄以三軌通十法此玄以無量甚深法性貫十法因何此中獨得云以法性融法耶

問若妙玄尚不以法性融圓果十法何能融餘因果又何能開二乘耶

問答疑書明説彼玄不以法性融故用觀心觀前十法今那轉云觀三教三軌及援引文相耶

問妙玄三教三軌既云從一開三又一一皆以如來藏攝何得却用觀心融之此玄三教十法未云從實開出未成藏理融攝何以却不用觀心融耶

問義例自云託事導情何得自撰附法觀情耶

問若託事一向導情全無修相何故耆山觀中令於此明方便正修耶

問縱云附法遣執教忘行之情者妙玄十法皆以一念用六即辨至極果何故更用觀心示行此玄但約信解説四教法相何能自遣忘行之情那無觀心示行耶

問妙玄十法附妙法題那非理融此玄十法附世金喻却得是理融耶

問止觀結題説爲結文相事法觀心處處言爲行立令即聞即修安輒類之耶

問發心中觀心約自己心數衆生明乎與拔之觀那自撰爲結其文相及示行耶

問仁元執云此玄所談十法純是理觀直顯心性超過妙玄故廢附法觀心今何全同法界次第列諸法數却是學三觀者自用觀法融之則成此玄全不談理觀全不顯心性乃自發揮至今義狀所説一時傾敗此文觀心自成真説

此之義目並是自來廢立觀心之意儻於此問不能酬答及答不盡理則顯妄破觀心正文仍以上人心行多奸言詞無准已墮之義

隱覆不言縱答之文復多輒改使鑑覽稍分於得失討論未息於往來故今列數於前冀答無缺畧演義於後知問有因由請上人只將所列問詞實書前項用所陳答語即寫次文休將已義前書如不善消文之類莫謂後科兼答如直顒心性之流庶邪正之甄分俾勝負之明白須臻極理必見所歸唯願上人正直修心流通勖念莫顧一期之虛譽仰扶千載之真宗使教觀之不空見說行之並運損益即大罪福不輕須取證於神明豈強行於呪詛若心無諫諂任呪之無徵或意有誑欺必言之速驗請揣尋昔見比對今言儻用實解以廢教文罪應少薄或縱欺心而毀方等報必不遲切宜審思莫侮聖法悟與未悟酬與不酬速望迴音即有徵索徵素或作也

法智遺編觀心二百問

音釋

僁丘虔切過也有隔也 顒魚容切仰也 詰溪吉切 槃魯水切器名似盤中

千手眼大悲心咒行法
宋四明沙門知禮集
禮法華經儀式
失譯撰人名
修懺要旨
宋四明沙門釋知禮述

清刻龍藏佛說法變相圖

一法一式一旨同卷
千手眼大悲心咒行法
禮法華經儀式
修懺要旨

千手眼大悲心咒行法

宋四明沙門知禮集

此大陀羅尼柰自髫年便能口誦且冈諳持法後習天台敎觀尋其經文觀慧事儀足可行用故略出之誠堪自軌然智者所立行儀總有四種何等爲四一曰常坐即文殊問經一行三昧也二曰常行即般舟經佛立三昧也三曰半行半坐即方等法華二經袒持普賢二三昧也四曰非行非坐即有依諸經行法及歷善惡無記修觀總名隨自意三昧也

若據此經不制專坐唯行及以相半亦非縱任三性於中覺察而今三七日依法誦持葢隨自意中依經行法也今於本經出十意一嚴道場二淨三業三結界四修供養五請三寶諸天六讃歎伸誠七作禮八發願持咒九懺悔十修觀行仍以法華三昧補助觀想注於事儀之下俾其修者免檢他文

一嚴道場

經云住於淨室懸旛然燈香華飲食以用供養百録請觀音儀云當嚴飾道場香泥塗地懸諸旛葢安置佛像南向觀音像別東向今須安千手眼觀音像或四十手如無此像秖於六手四手像前或但是觀音形貌亦無在更安釋迦勢至等像無妨行者十人已還當西向席地地若卑濕置低脚牀當日日盡力供養若不能辦初日不可無施輔行云雖心口精誠須以福助日日爲者彌爲增上恐力不逮聽從初日必先課已資財以伸傾竭經云若諸衆生現世求願者於三七日淨持齋戒誦此陀羅尼必果所願據此修者須三七日爲一期必不可減準法華三昧正修之前於一七日行方便法使事儀理觀皆悉精熟仍求加護令無障礙者也

二淨三業

經云誦此神呪者發廣大菩提心誓度一切衆生身持齋戒住於靜室澡浴清淨著淨衣服制心一處更莫異緣法華三昧云初入道場當以香湯沐浴著淨潔衣若大衣及諸新染服若無新者當取已衣中勝者以爲入道場衣於後若出道場至不淨處當脱淨衣著

不淨衣所爲事竟當洗浴著本淨衣入道場行法上皆法華三昧文也縱一日都不至穢亦須一浴終竟一期專莫雜語及一切接對問訊等終竟一期依經運想不得剎那念於世務若便利飲食亦須秉護勿令散失事畢即入道場不得托事延緩大要身論開遮口論說默意論止觀也修者須依善師咨禀知已然可行之愼勿自任

三結界

行者於建首日未禮敬前當齋修行處如法結界經云其結界法者取刀呪二十一徧畫地爲界或取淨水呪二十一徧散著四方爲界或取白芥子呪二十一徧擲著四方爲界或以想到處爲界或取淨灰呪二十一徧爲界或呪五色線二十一徧圍繞四邊爲界皆得若能如法受持自然克果經云皆得隨便行之

四修供養

行者依法結界已至千眼像前先敷具倚立當念一切三寶及法界衆生與我身心無二無別諸佛已悟衆生尚迷我爲衆生翻迷障故禮事三寶作是念已口當唱言

一切恭謹一心頂禮十方常住三寶一禮已燒香散華首者唱是諸衆等各各胡跪嚴持香華如法供養願此香華雲徧滿十方界一一諸佛土無量香莊嚴具足菩薩道成就如來香至此想云我此香華徧十方以爲微妙光明臺諸天音樂天寶香諸天肴膳天寶衣不可思議妙法塵一一塵出一切塵一一塵出一切法旋轉無閡互莊嚴徧至十方三寶前十方法界三寶前悉有我身修供養一一皆悉徧法界彼彼無雜無障閡盡未來際作佛事普熏法界諸衆生蒙熏皆發菩提心同入無生證佛智想已云供養已一切恭謹

五請三寶諸天行者運心普供養已胡跪燒香當念三寶雖離障清淨而以同體慈悲護念羣品若能三業致請必不來而來拔苦與樂然須至誠逐位殷勤三請必有感降唱云

一心奉請南無本師釋迦牟尼世尊

一心奉請南無西方極樂世界阿彌陀世尊

一心奉請南無過去無量億劫千光王靜住世尊

一心奉請南無過去九十九億殑伽沙諸佛世尊

一心奉請南無過去無量劫正法明世尊

一心奉請南無十方一切諸佛世尊

一心奉請南無賢劫千佛三世一切諸佛世尊

一心奉請南無廣大圓滿無閡大悲心大陀羅尼神妙章句想云法性如空不可見常住法寶難思議我今三業如法請惟願顯現受供養次位亦爾

一心奉請南無觀音所說諸陀羅尼及十方三世一切尊法

一心奉請南無千手千眼大慈大悲觀世音自在菩薩摩訶薩運想如佛但改云觀世音菩薩亦如是下去菩薩聲聞隨位改之

一心奉請南無大勢至菩薩摩訶薩

一心奉請南無總持王菩薩摩訶薩

一心奉請南無日光菩薩月光菩薩摩訶薩

一心奉請南無寶王菩薩藥王菩薩藥上菩薩摩訶薩

一心奉請南無華嚴菩薩大莊嚴菩薩寶藏菩薩摩訶薩

一心奉請南無德藏菩薩金剛藏菩薩虛空藏菩薩摩訶薩

一心奉請南無彌勒菩薩普賢菩薩文殊師利菩薩摩訶薩

一心奉請南無十方三世一切菩薩摩訶薩

一心奉請南無摩訶迦葉無量無數大聲聞僧

一心奉請善吒梵摩瞿婆伽天子護世四王天龍八部童目天女虛空神江海神泉源神河沼神藥草樹林神舍宅神水神火神風神土神山神地神宮殿神等及守護持呪一切天龍鬼神各及眷屬

唯願釋迦本師彌陀慈父千光王靜住如來十方三世一切諸佛不移本際平等慈熏來降道場證我行法

廣大圓滿無閡大悲心總持祕要顯現道場受我供養

千手千眼觀世音菩薩摩訶薩乘本願力來到我前神呪加持頓消三障大勢至菩薩總持王等諸大菩薩摩訶迦葉諸大聲聞同運慈悲俱時來降

梵釋四王諸天八部隨我請來堅守道場擁護持呪却諸魔障示現吉祥令我所修不違本願

六讚歎伸誠（本經無讚歎偈欲取他經恐與呪體及表報相小有參差故輒依經略述讚之）

南無過去正法明如來現前觀世音菩薩成妙功德具大慈悲於一身心現千手眼照見法界護持衆生令發廣大道心教持圓滿神呪永離惡道得生佛前無間重愆纏身惡疾莫能救濟悉使消除三昧辯才現生求願皆令果遂決定無疑能使速獲三乘早登佛地

威神之力歎莫能窮故我一心歸命頂禮仰述誠懇隨其智力如實說之然所求之事不可增長生死所運一心必須利益羣品唯在專謹方有感通慎勿容易

七作禮行者應念三寶體是無緣慈悲常欲拔濟一切衆生但爲無機不能起應我既再三奉請縱非目擊寔應不虛故須作已降之想燒衆名香五體投地禮上所請三寶唯諸天鬼神不須致禮若至大悲心呪及觀世音菩薩各須三禮此之人法是道場主故唱云

一心頂禮本師釋迦牟尼世尊如前請中三寶諸位皆須五體投地動重致禮禮佛想云能禮所禮性空寂感應道交難思議我此道場如帝珠釋迦如來影現中我身影現釋迦前頭面接足歸命禮至禮阿彌陀云即云阿彌陀佛影現中云云禮法想云真空法性如虛空常住法寶難思議我身影現法寶前一心如法歸命禮禮僧準上禮佛但改爲菩薩等唯禮觀音云爲求滅障接足禮此是懺悔主故

八發願持呪

經云若有比丘比丘尼優婆塞優婆夷童男童女欲誦持者於諸衆生起慈悲心先當從我發如是願此願橫深該收權實非天台教觀莫到邊涯今依一家略爲標指併其行者心有所歸願有二節前十願明成就法一往生善後六願明除滅法一往破惡然準聞呪獲四果十地等益部在方等顯矣此願合被四教菩薩旁兼兩教二乘亦有法緣慈悲隨世利物故今之行者既顯圓頓止觀覺意三昧故立願起行須順法華之意故荆溪云散引諸文該乎一代文體正意唯在醍醐故十六願須約開顯圓義釋也前十願皆稱南無大悲觀世音者南無翻歸命亦度我亦信從大悲者以此菩薩拔苦心重故稱具大悲者施無畏者此悲體圓即能與樂觀世音具如別行䟽釋蓋哀憫至深故教衆生求我度脫歸心順我立乎誓願令成機感故也仍須了

知大悲觀音即我本性今欲復本故稱本立願又復此願即本性之力用故馬鳴云自心起信還信自心此經云應當從我發如是願今以二義釋兹十願初約諸經四弘釋次約今家十乘釋夫四弘者依四諦起四諦者二示世間苦因果二示出世樂因果一切菩薩欲拔此苦欲與此樂故依之立四誓也依苦諦立云衆生無邊誓願度依集諦立云煩惱無數誓願斷依道諦立云法門無盡誓願知依滅諦立云佛道無上誓願成但今十願拔世間苦因在前故與四誓次第小異而皆二二相成以知法由眼智度衆生須方便船必越海道能登山舍可棲身故初二依集諦立先願知一切塵勞之法皆即法界次願得是圓淨慧眼以非此慧不能知故三四依苦諦立先願度一切沉淪之衆次願早得體内方便非此方便度生不徧故五六七八依道諦立道雖萬行不出三學今先求實慧般若即慧學次願慧成越於二死苦海次求出世上上戒定後願二學功成入於三德涅槃三學是道諦之始越苦證滅顯道諦之終也九十依滅諦立先求無爲之法以宅其心則惑滅行息後願冥乎法性復本淨身則究竟常寂也縱百千願亦何出於四弘況此十耶又願不依諦名爲狂願雖不出四今以觀音智巧悲深故開四爲十則使行者標心立行原始要終皆悉顯了故也仍須了知始終等相體性融即故荆溪云初心徧攝觀惑法界即惑成智即生成滅名圓四誓又了前二誓拔性德之苦後二誓與性德之樂性之苦樂何須

拔與即無作之誓也二約今家十乘釋者聖意多含且作二釋尋經始末以後驗前知是願成十法乘也何者以說呪前令發十願說呪訖示呪相貌有九句并呪體成十法與今家十乘更無差忒後觀行中當說言十乘者初觀不思議境二發菩提心三巧安止觀四破法徧五識通塞六調適道品七對治助開八知次位九安忍十離順道法愛十願對此唯一處前後彼則依境發心此則依境修觀各有其意初知一切法願顯不思議境非一念三千豈收一切二智慧眼願圓止觀成佛眼智也非此眼智不顯妙境故三度一切衆願發分滿菩提心也無緣與拔初住已上方現前故四善方便願成破徧也三惑破已方能任運與拔破徧即度生方便菩薩破惑爲度生故五般若船願識通塞如水有船即塞能通也六越苦海願成道品也非無作道品莫越二死海故七戒定道願成助道也以無作心修事戒定最能治惡故八登涅槃山願知次位也山須自下昇高雖觀即理道不浪階故九會無爲舍願成安忍行也舍名捨衆速證無爲故此行不專初品上地亦然天龍恭敬不以爲喜即其例也十同法性身願離法愛也不滯似解合佛眞身故準文二二相成者照境由止觀與拔由破惑先知通塞方修道品無對治功安有次位若不安忍則無似愛可離也此之觀法修在名字成在五品似發在六根眞發在分證究盡在妙覺今立願者願修之得門成之即世或於一觀或歷餘心便入似眞以至等妙又復應知此之十

法雖論修證及以因果而現前一念本自圓成全性起修即因成果今立十願標心在玆又復應知此之十法雖是智者像代宣揚而並是漸頓諸經之旨以離此十更無修證之法法華大車深可例也後之六願一往破惡於中前三破地獄而初二別破刀火二種第三破一切地獄後三破餘三趣應知六願皆就對治悉檀而立故地獄云摧折枯竭餓鬼云飽滿修羅云調伏畜生云智慧如六觀音對破六道唯天從便宜以善彊故人兼入理思惟盛故餘四並從對治以惡多故皆標我者雖是行人所稱全是諸有眞常我性一念千法也前十願中一一我字莫不爾也若者不定之詞隨趣對治也皆云向者訓對也爲對治義宛合即以四趣我性爲能對治四趣三障爲所對治皆云自者三障本空無明故有治以圓法稱本虛融更非障閡故云自摧折等然能對有自他所治有三障人自治有事行理觀治他論神通感應何者若自起四趣煩惱造四趣惡業受四趣苦時稱名誦咒對之願此三障即自摧折等此事行治也若自用十乘觀慧對於四趣若惑若業若報時願得觀成障滅即摧折等此理觀治也若自觀行成能破三障顯出我性得大自在見一切衆生爲四趣三障所苦以似解力對之即神通治他也以分滿力對之即感應治他也故一言我若向刀山刀山自摧折等其義甚深不可卒備原其所歸觀音能障三道神咒及我體是法界亦名中道舉一全收法法絕待以彊迷故暫分感應故曰南無以翻迷故

義立對治故云我向令順圓法立上諸願名無作誓其功巨量問圓解圓修者獲益可爾無此解者修有何益答法體本然聖人稱本而示其修此者縱未圓解但得機成任運獲益若能解者功不可論如摩尼珠愚人得之非全無益但貿一衣一食而已若其識者十事修治四洲雨寶故經云有慧觀方便者十地果位克獲不難是故行者當親善師學玆圓解立願之際心口一如三障即消法身速證既略知此旨當發是願首者唱云

南無大悲觀世音　願我速知一切法

南無大悲觀世音　願我早得智慧眼

南無大悲觀世音　願我速度一切衆

南無大悲觀世音　願我早得善方便

南無大悲觀世音　願我速乘般若船

南無大悲觀世音　願我早得越苦海

南無大悲觀世音　願我速得戒定道

南無大悲觀世音　願我早登涅槃山

南無大悲觀世音　願我速會無爲舍

南無大悲觀世音　願我早同法性身

我若向刀山　刀山自摧折　我若向火湯

火湯自枯竭　我若向地獄　地獄自消滅

我若向餓鬼　餓鬼自飽滿　我若向修羅

惡心自調伏　我若向畜生　自得大智慧

經云發是願已至心稱念我之名字亦應專念我本師阿彌陀如來然後即當誦此陀羅尼行者想身對此佛菩薩前稱念尊名雖在哀切如遭焚溺求於救濟若時促略稱七徧若時稍寬多稱無妨

南無觀世音菩薩　南無阿彌陀佛稱念訖云

觀世音菩薩白佛言世尊若諸衆生誦持大

悲神呪墮三惡道者我誓不成正覺誦持大悲神呪若不生諸佛國者我誓不成正覺誦持大悲神呪若不得無量三昧辯才者我誓不成正覺誦持大悲神呪於現在生中一切所求若不果遂者不得為大悲心陀羅尼也乃至說是語已於衆會前合掌正住於諸衆生起大悲心開顏含笑即說如是廣大圓滿無礙大悲心大陀羅尼神妙章句陀羅尼曰

南無喝囉怛那哆囉夜耶一 南無阿唎耶二 婆盧羯帝爍鉢囉耶三 菩提薩埵婆耶四 摩訶薩埵婆耶五 摩訶迦盧尼迦耶六 唵七 薩皤囉罰曳八 數怛那怛寫九 南無悉吉利埵伊蒙阿利耶十 婆盧吉帝室佛囉楞馱婆十一 南無那囉謹墀十二 醯唎摩訶皤哆沙咩十三羊鳴音 薩婆阿他豆輸朋十四 阿逝孕十五 薩婆薩哆那摩婆伽十六 摩罰特豆十七 怛姪他十八 唵阿婆盧醯十九 盧迦帝二十 迦羅帝二十一 夷醯唎二十二 摩訶菩提薩埵二十三 薩婆薩婆二十四 摩羅摩羅二十五 摩醯摩醯唎馱孕二十六 俱盧俱盧羯懞二十七 度盧度盧罰闍耶帝二十八 摩訶罰闍耶帝二十九 陀羅陀羅三十 地利尼三十一 室佛囉耶三十二 遮羅遮羅三十三 摩摩罰摩羅三十四 穆帝隸三十五 伊醯伊醯三十六 室那室那三十七 阿羅嘇佛羅舍利三十八 罰沙罰嘇三十九 佛囉舍耶四十 呼嚧呼嚧摩囉四十一 呼嚧呼嚧醯利四十二 娑囉娑囉四十三 悉利悉利四十四 蘇嚧蘇嚧四十五 菩提夜菩提夜四十六 菩馱夜菩馱夜四十七 彌帝利夜四十八 那羅謹墀四十九 地利瑟尼那五十 波夜摩那五十一 娑婆訶五十二 悉陀夜五十三 娑婆訶五十四 摩訶悉陀夜五十五 娑婆訶五十

悉陀喻藝五十七室皤羅耶五十八娑婆訶五十九那羅謹墀六十娑婆訶六十一摩羅那羅六十二娑婆訶六十三悉羅僧阿穆佉耶六十四娑婆訶六十五娑婆摩訶阿悉陀夜六十六娑婆訶六十七者吉羅阿悉陀夜六十八娑婆訶六十九波陀摩羯悉陀夜七十娑婆訶七十一那羅謹墀皤伽羅㖿七十二娑婆訶七十三摩婆利勝羯羅夜七十四娑婆訶七十五南無喝囉怛那哆囉夜㖿七十六南無阿唎㖿七十七婆嚧吉帝七十八爍皤囉夜七十九娑婆訶八十悉殿都八十一漫哆羅八十二跋陀耶八十三莎婆訶八十四

觀世音菩薩說此呪已大地六變震動天雨寶華繽紛而下十方諸佛悉皆歡喜天魔外道恐怖毛竪一切衆會皆獲果證或得須陀洹果或得斯陀含果或得阿那含果或得阿羅漢果或得一地二地三四五地乃至十地者無量衆生發菩提心

九懺悔

行者誦呪畢當念一切緣障皆由宿因過去今生與諸有情何惡不造罪累旣積世世相逢爲冤爲親爲障爲惱若不懺悔無由解脫道法不成故須披陳哀求三寶爲我滅除經云爲一切衆生懺悔先業之罪亦自懺謝無量刧種種惡業法華三昧云業性雖空果報不失顚倒因緣起諸重罪流淚悲泣口宣懺悔應心念言我及衆生無始常爲三業六根重罪所障不見諸佛不知出要但順生死不知妙理我今雖知猶與衆生同爲一切重罪所障今對觀音十方佛前普爲衆生歸命懺悔唯願加護令障消滅念已唱云

普爲四恩三有法界衆生悉願斷除三障歸

命懺悔唱已五體投地心復念言我與衆生無始來今由愛見故內計我人外加惡友不隨喜他一毫之善唯徧三業廣造衆罪事雖不廣惡心徧布晝夜相續無有間斷覆諱過失不欲人知不畏惡道無慚無愧撥無因果故於今日深信因果生重慚愧生大怖畏發露懺悔斷相續心發菩提心斷惡修善勤策三業翻昔重過隨喜凡聖一毫之善念十方佛有大福慧能救拔我及諸衆生從二死海置三德岸從無始來不知諸法本性空寂廣造衆惡今知空寂爲求菩提爲衆生故廣修諸善徧斷衆惡唯願觀音慈悲攝受想訖唱云

至心懺悔比丘某甲等與法界一切衆生現前一心本具千法皆有神力及以智明上等佛心下同含識無始闇動障此靜明觸事昏迷舉心縛著平等法中起自他想愛見爲本身口爲緣於諸有中無罪不造十惡五逆謗法謗人破戒破齋毀塔壞寺偷僧祇物汙淨梵行侵損常住飲食財物千佛出世不通懺悔如是等罪無量無邊捨茲形命合墮三塗備嬰萬苦復於現世衆惱交煎或惡疾縈纏他緣逼迫障於道法不得熏修今遇大悲圓滿神呪速能滅除如是罪障故於今日至心誦持歸向觀世音菩薩及十方大師發菩提心修眞言行與諸衆生發露衆罪求乞懺悔畢竟消除唯願大悲觀世音菩薩摩訶薩千手護持千眼照見令我等內外障緣寂滅自他行願圓成開本見知制諸魔外三業精進修淨土因至捨此身更無他趣決定得生阿彌陀佛極樂世界親承供養大悲觀音具諸總持廣度群品皆出苦輪同到智地懺悔發願已歸命禮三寶起禮一拜

次當如法旋遶或三或七欲旋遶時先須正立想此道場如法

界十方三寶畟塞虛空以次迴身旋繞法座十方三寶心性寂滅影現十方心想如夢梵聲如響勿令心散口唱云

南無十方佛　南無十方法　南無十方僧

南無本師釋迦牟尼佛　南無阿彌陀佛

南無千光王靜住佛　南無廣大圓滿無礙大悲心大陀羅尼　南無千手千眼觀世音菩薩　南無大勢至菩薩　南無總持王菩薩（或三稱或七稱旋繞已還至像前三自歸）

自歸依佛當願衆生體解大道發無上心

自歸依法當願衆生深入經藏智慧如海

自歸依僧當願衆生統理大衆一切無閡和南聖衆

十觀行

行者禮懺訖應出道場別於一處身就繩牀依經修觀經說此咒結益纔訖大梵天王請曰惟願大士爲我說此陀羅尼形貌相狀觀世音菩薩言大慈悲心是平等心是無爲心是無染心是空觀心是恭敬心是卑下心是無雜亂心是無上菩提心是當知如是等心即是陀羅尼相貌汝當依此而修行之今輒釋其意經文九心即依境發菩提心等九法乘也以初神呪是其理境雖通顯說然以密談愈彰深祕故上根一聞即能入證或階四果或登十地内外凡位通名發心是則大梵覩於上根聞境得悟乃爲中下請餘九乘故云相貌理境如車體相貌如具度問既稱法稱機故觀音歎曰汝爲方便利益一切衆生故作斯問故知呪體及以九心十乘意備又復此經頻令行者於諸衆生起大慈悲若非依理豈忘愛見故初理境即慈悲本後之八

心成悲之法應知此經正明悲行又復應知部在方等此之十法通於四教而廣大圓滿無礙大悲藏通二教有名無體離斷常中豈不廣大等耶別雖有理修在後時圓教初心盡茲體用今明觀心專依圓妙仍有二種謂約行托事也初約行者直就一念觀於十界百界千如妙法雖即一念千法宛然全體即空當處即假仍非二邊又即雙照不可以一多說安以有無思若邊若中皆莫能擬故寄語示及顯了詮皆不可以識識不可以言言是爲於已心觀不思議境也既知已心若是復思一切衆生念念皆爾本具九界既即佛界仍各具十種因果即一苦一切苦我與衆生縱貪瞋癡動身口意隨業受報萬劫千生故於自他哀傷哽痛深起悲心誓拔其苦本

具佛界既即九界仍各具十種因果即一樂一切樂我與衆生以凡小心求人天身及二乘果得少爲足資生囏難故於自他愛念憐憫深起慈心誓與其樂此乃與究竟樂拔一切苦故名大慈悲心慈悲雖普散動尚多須用不二止觀安於法性使寂照均融名平等心理若未顯由三惑覆當觀此惑本空法性本淨無可破立名無爲心若著此能觀則於通起塞識此通塞名無染心諸法雖空證由觀道觀不調適品次不生道品相生成空觀心蔽資理惑不顯眞如事度助開見生齊佛名恭敬心乍息麤心謂爲深詣若知圓位上慢可袪名卑下心名利眷屬三術離之三昧可成名無雜亂心行上九事過内外障若起法愛則不得前能離此愛方登分果名無上

菩提心上根觀境即入初住或內外凡中根二至七下根盡用二託事者觀音一身有千手眼手有提拔之力眼有照明之用即是一千神通智慧也一身具千手眼千手眼不離一身乃表一念即千通慧千種通慧不離一念法稱廣大圓滿復云無礙大悲非一念千法焉稱此名然既密說人那解之乃現此相而爲表示非一家觀法安能盡釋法名身相在於彼部領解雖殊今之行人得法華意於茲名相終無異塗況於道場唯瞻此相不表觀法何以用心故二種觀門相須而進若行立持誦若却坐思惟不思議觀不應暫廢是名依法受持也故前立十願令示十乘即所願之法既令依此而修行之即是初心修相後文云有觀慧方便者十地果位克獲不難即分滿證相觀成似發準例前後其意必然若未深諳一家教觀須近善師咨決解行方識正邪故方便五緣四或可闕善知識緣必須具也若居異處無師可承當自尋止觀仍須輔行決通觀道方可修之慎勿師心自立規矩又復應知如上說者此就咒體深取經宗爲成觀行者也若論此經力用何人不攝何善不收故求聲聞人各獲果證求世間事無不從心而略示四十手功德欲得富饒欲求官位除身惡疾求見善友欲生淨土樂趣諸天莫不果願乃至經持咒者若風若水霑著其身不受惡趣常生佛前若行者未能修觀但當深信斷諸疑心依文誦持現世當生離苦得脫故法華懺立有相安樂行不入三昧但誦持故亦能得見上妙色也故知初心

入門多種妙悟之時理應兩捨唯願若士若庶若俗若僧於此總持生決定信起精進心於相無相盡力修之現世障惱皆除淨土往生不惑廣論利益具載經文

千手眼大悲心咒行法

禮法華經儀式

一心頂禮十方法界常住三寶 拜起胡跪燒香運想已合掌唱云

願此香華雲徧滿十方界供養一切佛妙法蓮華經菩薩聲聞衆受用作佛事 一拜起立歎云

稽首十方佛　圓滿最上乘　本迹開二門法喻談眞祕　普使諸權小　悉證佛菩提我今誓歸依　願超生死海 讚歎已隨意述誠雖曰禮經應須禮佛菩薩使三寶義足

一心頂禮本師釋迦牟尼佛

一心頂禮過去多寶佛

一心頂禮十方分身釋迦牟尼佛

一心頂禮盡法華經中及十方三世一切諸佛

一心頂禮妙法蓮華經妙字法寶 下去每字準此一唱

一心頂禮盡法華經中及十方三世一切菩薩聲聞緣覺得道賢聖僧 一拜

一心頂禮普賢菩薩摩訶薩 拜已胡跪運想準常儀

志心懺悔我 某甲 與一切衆生從無始來迷失眞心流轉生死六根罪障無量無邊圓妙佛乘無以開解一切所願不得現前我今禮敬妙法華經以此善根發露黑惡過現未來三業所造無邊重罪皆得消滅身心清淨惑障蠲除福智莊嚴淨因增長自他行願速得圓成願諸如來常在說法所有功德起隨喜心回向菩提證常樂果命終之日正念現前面奉彌陀及諸聖衆一剎那頃生蓮華中普願衆生俱成佛道 懺悔發願已歸命禮三寶

南無佛　南無法　南無僧　南無釋迦牟

尼佛　南無妙法蓮華經　南無文殊師利菩薩　南無普賢菩薩旋竟三皈依如常

禮法華經儀式

○要旨分二　初題目

修懺要旨

二述人

宋四明沙門釋知禮述

三緣起

因入內殿頭俞源清奉宣到院修法華三昧三晝夜欲知懺法旨趣故述此以示之

二正文三　初總題三　初通叙四行三　初標行門總攝

夫諸大乘經所詮行法約身儀判不出四種攝一切行罄無不盡

二列行名期限

一曰常坐即一行三昧二曰常行即般舟三昧並九十日爲一期三曰半行半坐即方等三昧七日爲一期又法華三昧三七日爲一期四曰非行非坐即請觀音三昧四十九日爲一期又大悲三昧三七日爲一期但諸經中有不專行坐及相半者一切行法並屬此三昧所攝

三論定日用心二　初定日期破顯

然限定日數者蓋令行者剋時破障域意修真決取功成理顯也

二用心無久近

若欲長修如法華安樂行畢世行之或宜時促如觀無量壽經一日至七日或如普門品一時禮拜等然但在用心不必定日也

二正明法華三　初標功能

今所修法華三昧者若能精至進功豈不破障顯理

二正解釋二　初別示懺悔處三　初標示

然須預識標心之處進行之門

二正明二

所謂圓常正信也

三結約略

三結歸止觀

初懺悔處二

初徵起

云何生信

初約明事理

信一切法唯心本具全心發生
生無別理並由本具具無別具
皆是緣生故世間相常緣起理
一事理不二色心互融故法法
徧周念念具足十方三世不離
剎那諸佛衆生皆名法界

二結成圓融

當處皆空全體即假二邊叵得
中道不存三諦圓融一心具足
不一不異非縱非横不可言言
寧容識識

二正示二

三結顯

斯是不思議境入道要門

初妙境三

依此博運慈悲無緣無念託此
巧安定慧無作無爲仗茲徧破
執情何情不破據此反尋塞著
無著不通道品因其中適助治
附此合行圓位可登寂忍不動
不滯相似速入分真

二九乘

初約信示處二

故天台智者先令行人親近良
師學懺悔處即不思議境理觀
所詣之處也

二引祖垂訓

三懺悔法三

初示三懺相

次示懺悔之法乃有三種一作
法懺謂身口所作一依法度二
取相懺謂定心運想相起爲期
三無生懺謂了我心自空罪福
無主觀業實相見罪本源法界
圓融真如清淨

二示三懺意

法雖三種行在一時寧可闕於
前前不得虧於後後無生最要
取相尚寬蓋妙觀之宗是大乘

三示三懺用

之主滅障如翻大地草木皆枯顯德如照澄江森羅盡現

三結勸

以此理觀導於事儀則一禮一旋罪消塵劫一燈一水福等虛空故口說六根罪時心存三種懺法

二正明本文軌儀三

如是標心方堪進行

初依文標列

法華三昧儀云行者初入道場當具足十法一者嚴淨道場二者清淨身器三者三業供養四者奉請三寶五者讚歎三寶六者禮佛七者懺悔八者行道旋遶九者誦法華經十者思惟一實境界

二指所教示

明此十法之中有但說施爲方法有教運心作念有教誦文章句口自宣說備詳彼文此不具載今但畧述用心旨趣而已

三正辨十科七

初略標指初二兩科

第一嚴淨道場法第二淨身方法此並可見云云

二示第三三業供養

第三修三業供養法行者三業供養之際須起難思之想離於謂實之心若香若花體是法界能供所供性本眞空其量徧周出生無盡其性常住亘徹無遺豈唯徧至此界他方抑亦普入未來過去普獻三寶等熏衆生

三標第四五六三科

雖曰施財以財通法是眞法供能資法身五果皆常四德咸顯

五果者壽色力辯安

故黙想香華偈云云

四示第六禮三寶法四

第四請三寶法第五讚歎三寶法第六禮三寶法云云

初禮佛寶法

且初禮佛時深知佛體不離我心同一覺源圓照諸法諸佛悟本起同體悲愍衆生迷强受諸幻苦悲苦相對感應斯成一身徧至諸佛之前一拜普銷無邊之罪故默想禮佛偈云云

二禮法寶法

次禮法時深知諸佛所證果德衆生所迷理心一切行門無邊教道離染清淨能軌聖凡稱此法門三業致禮故默想禮法偈云云

三禮僧寶法

次禮僧時即三乘賢聖也雖是因位已到眞源同佛無緣之慈同佛不謀而應我今三業致感聖衆四誓所熏滅我罪根生我樂果故默想禮僧偈云云

四運普懺心

次運普懺之心用成曠濟之道若不然者豈但不成大道抑亦難滅衆愆何者我從無始已來造罪之際自身爲業本衆生爲惡緣生生於彼愛憎處處於他婬殺況一切男子是我父一切女人是我母無不業累相關悉爲煩惑所覆今運同體慈悲如理懺悔盡妄染際徹眞性源仰答四恩旁資三有有情之類稱性徧該故默想云云

五示第七懺悔方法三

初標章

第七懺悔六根及四悔法

二示意

三釋相二

夫六根之罪願悉銷除四悔之心願皆成就

初懺六根法三

初示懺悔意

初修懺悔者所謂發露衆罪也何故爾耶如草木之根露之則枯覆之則茂故善根宜覆則衆善皆生罪根宜露則衆罪皆滅今對三寶眞實知見照我善惡之際窮我本末之邊故原始要終從微至著悉皆發露更不覆藏

二明運十心二

初十心逆順

所謂逆順十心通於迷悟兩派故迷眞造惡則有十心逆涅槃流順生死海始從無始無明起愛起見終至作一闡提撥因撥果所以沈淪生死無解脫期今遇三寶勝緣能生一念正信先人後已改往修來故起十心逆生死流順涅槃道始則深信因果不忘終則圓悟心性本寂一一翻破上之十心

二十心功能

不明前之十心則不識造罪之相若非後之十心則不知修懺之法故欲行五悔先運十心故默想云云

三正明懺法三

初結前生後

想已當說六根過罪

初聖師教示三

初說所示法

然此六根懺文非人師所撰乃聖語親宣是釋迦本師說普賢大士爲三昧行者示除障法門

初見起妄

蓋由洞見衆生起過之由造罪之相

二知本真

三愍迷倒

又知諸法本來寂滅全體靈明
無相無爲無染無礙互攝互具
互發互生皆眞皆如非破非立

四示復本

迷情昏動觸事狂愚以菩提涅
槃爲煩惱生死

二明能見知四

是以大士示懺悔法開解脫門
令了無明即明知縛無縛就玆
妙理懺此深愆

三述所顯德

故懺眼根罪時即見諸佛常色
次懺耳根罪時即聞諸佛妙音

二能修解行二

乃至懺悔意根即悟刹那住處
三身一體四德宛然

初無生妙解二

以要言之一切罪相無非實相
十惡五逆四重八邪皆理毒之
法門悉性染之本用以此爲能

初性具染惡本融

懺即此爲所觀感智本如理事
一際能障所障皆泯能懺所懺
俱忘終日加功終日無作

二引經三懺結顯

是名無罪相懺悔亦名大莊嚴
懺悔亦名最上第一懺悔

二正助妙行三

以此無生理觀爲懺悔主方用
有作事儀爲懺悔緣其事儀者
即五體投地如泰山頹剋責己

初約法明

心語淚俱下挫情折意首罪求
哀如此事行既勤理觀彌進

二以喩顯

如洗滌之法雖淨在清水若不
加之灰皁則垢膩難除

三結功過

故正助合行如目足相假豈獨
滅罪即能證眞故六根懺悔若
成六根清淨可獲若不以圓觀

二示懺法二

爲主則不名大乘懺法縱能滅罪止免三塗縱能生善不出三界

三勸誡行者

先知此意然誦其文併在兼行取成大益也云

二明四悔法三

次之四悔所謂勸請隨喜回向發願也

初標列

所以悉稱悔者蓋皆能滅罪故也勸請則滅波旬請佛入滅之罪隨喜則滅嫉他修善之愆回向則滅倒求三界之心發願則滅修行退志之過

二示義

三隨釋四

初修勸請者行者先知現今剎那十方世界有不可說佛剎微塵數佛方坐道樹未轉法輪我

初勸請

今稱理運想於一一佛前請說妙法即此剎那十方復有如上塵數諸佛唱入涅槃我皆於前請久住世能此運念不止滅乎魔愆復能成於法施其功甚大切在用心先運此心方陳其語云云

二隨喜

次修隨喜者則隨他修善喜他得成謂六道凡夫二乘賢聖一切菩薩三世如來有爲無漏善根上求下化功德皆歡喜讚歎隨順修行夫善是樂因今隨喜助成則與一切衆生安樂之果當以此意念念行之云云

三回向

次修回向者所謂回事向理回

四發願二

初通標四誓指前

二別要淨土令誓二

初標文

自向他回因向果初回事向理者元由理具方有事用一切修證不出理性衆生强執計是有爲今回此心向於實際回自向他者昔迷理徧凡所修善莊嚴自身及巳眷屬今順本性回向衆生回因向果者一毫善種三業熏修不趣二乘寧滞三有修既順性則成緣了二因因必顯眞同歸究竟三德是名回因向果此三種回向一切菩薩共修是故行人依此回向云云

次修發願者要誓志行也一切菩薩通有四誓謂未度苦者令度未解集者令解未安道者令安未證滅者令證此則通標其志巳具前門

二示意

三誡勸

六示八九旋誓方法二

今則別要其心專期淨土

蓋此堪忍之界不常值佛多諸惡緣深位尚乃有退若彼安養之土常得見佛唯有勝緣初心即得不退又彼佛願力普攝有情若能願求定得生彼況過現積集善惡業緣每至終身咸來責報臨終惡念增盛則衆惡成功牽生惡道臨終善念增盛則衆善皆成牽生善道

今既求生安養必須淨業莊嚴若無願力强牽焉克臨終正念故誠心發願決志要期既欲往

生宜在專切

初標二科

第八行道法第九誦經法云云

二示二法三　初正示

然欲畧知觀法之要者恒想遶佛之身誦經之聲皆是法界各徧虛空十方三寶受我遶旋一切衆生聞此句偈而無能旋所旋求絶能誦所誦旋則步步無跡誦乃聲聲絶聞

二引證

故曰舉足下足無非道場又云其說法者無說無示

三結歎

如此旋誦功莫與京

七示第十坐禪觀法三

第十坐禪實相正觀法上諸觀想雖皆稱理而帶事修蓋欲行人涉事之時體事即理心無倚著功不唐捐故如前施設也今之禪法乃是正修純用理觀

初結前生後

二正明禪觀二　初雙標

今先明坐相方示觀門

二隨示二　初坐相

且坐相者當於別室身就繩牀結跏趺坐以左脚置右脚上名爲半跏更以右脚置左脚上牽求就身令齊兩髀名爲全跏此坐爲最易發禪那若不能全跏半跏亦得次整衣服不得太寬寬則袒露不得過急急則氣壅次當正身令不萎不倚項脊相對其頭不低不昂令平正自然勿以力制合眼令斷外光合口令斷外風次令氣息調勻心離昏散故止觀云調身則不緩不急調息則不澀不滑調心則不

二觀門二

浮不沈三事若調禪定可獲也

次示觀門者所謂捨外就内簡色取心不假別求他法爲境唯觀當念現今刹那最促最微且近且要何必棄兹妄念別想真如

初的示識心觀三

初法

當觀一念識心德量無邊體性常住十方諸佛一切衆生過現未來虚空刹土徧攝無外咸趣其中

二喻

如帝網之一珠似大海之一浪浪無別體全水所成水既無邊浪亦無際一珠雖小影徧衆珠衆珠之影皆入一珠衆珠非多一珠非少

三合

現前一念亦復如是性徹三世體徧十方該攝不遺出生無盡九界實造佛地權施不離即今刹那能窮過未作用

二結成不思議境

然須知性具一切是故能攝能生勿謂本覺孤然隨妄緣而方有不明性具者法成有作觀匪無緣今觀諸法即一心一心即諸法非一心生諸法非一心舍諸法非前非後無所無能雖論諸法性相本空雖即一心聖凡宛爾即立即破不有不無境觀雙忘待對斯絕非言能議非心可思故强示云不可思議微妙觀也

三結歎功能

此觀能滅罪之邊際能顯理之

淵源是首楞嚴禪是法華三昧亦稱王三昧統攝一切三昧故亦號總持之主出生一切總持故功德甚深稱歎莫及

三結約略

上來所述事儀理觀多有漏畧備急披詳不煩援引

三結歸止觀

若欲廣知應尋摩訶止觀當知止觀一部即法華三昧之筌罤一乘十觀即法華三昧之正體圓頓大乘究竟於此

修懺要旨

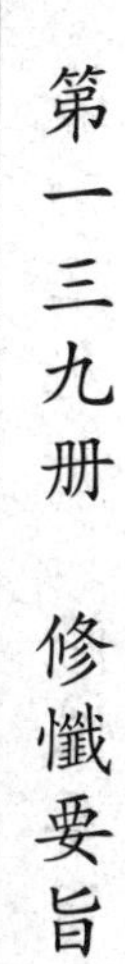

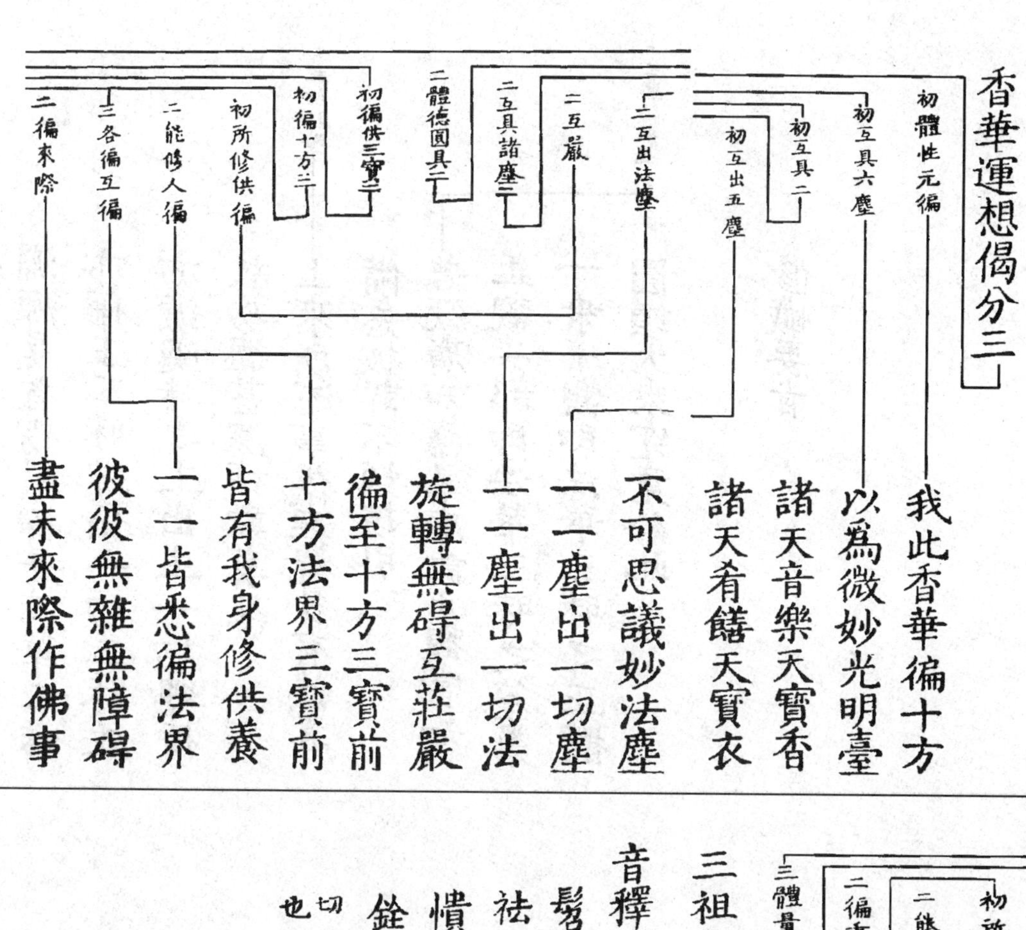

香華運想偈分三

初體性元徧　我此香華徧十方

初互具六塵　以爲微妙光明臺

初互具二　諸天音樂天寶香

初互出五塵　諸天肴饍天寶衣

二互出法塵　不可思議妙法塵

二互嚴　一一塵出一切塵

二互具諸塵　一一塵出一切法

二體德圓具二　旋轉無礙互莊嚴

初徧供三寶二　徧至十方三寶前

初徧十方二　十方法界三寶前

初所修供徧　皆有我身修供養

二能修人徧　一一皆悉徧法界

三各徧互徧　彼彼無雜無障礙

二徧來際　盡未來際作佛事

初所熏境　普熏法界諸衆生

二能熏普　蒙熏皆發菩提心

三體量隨徧二

二徧熏衆生二　同入無生證佛智

三祖文同卷竟

音釋

髫 徒聊切童子垂髮也　貿 莫候切易財也　皤 薄波切　鞲 古閑切與鞻同

祛 去魚切攘却也　諳 烏含切悉也　洎 巨至切及也　拓 他各切斥開也

憒鬧 憒胡對切心亂也鬧女教切不靜也　鯁 古杏切與哽同哽咽悲塞也

銓 且緣切量也　⿰忄追惕 ⿰忄追音堆惕他的切　喟 丘媿切歎息聲　䏶 部禮切股也

筌罤 筌且緣切魚笱也弟杜兮切兔罟也

熾盛光道場念誦儀
宋 雲間沙門 遵式 述
釋迦如來涅槃禮讚文
宋 霅谿沙門 仁岳 撰

清刻龍藏佛說法變相圖

一儀一文同卷

熾盛光道場念誦儀

釋迦如來涅槃禮讚文

熾盛光道場念誦儀拾遺序

宋雲間沙門靈鑑述

宋天竺法師慈雲尊者以行光教示滅於錢塘天竺道場門弟子靈鑑以所禀法師道德化乎當世三昧行法施於後代發揚四種三昧在乎斯文行法之盛不可以不紀於是拾其遺編獨有熾盛光道場念誦儀未廣流布遂更采諸文補助始末因舊五章增爲七科新添示方法并釋疑示方法乃取於本經令造修者有據釋疑則華梵功等道俗兼該其間壇場儀

軌令皇朝譯經三藏大鄉圖紀行世此不委
明餘皆沿襲舊文不忘乎本云爾

熾盛光道場念誦儀

宋天竺寺傳天台教觀沙門遵式撰

夫法儀施設在乎必當爲主若言理有歸何須諍論除傳者不肖醍醐殺人熾盛光大威德眞言者大聖垂慈別示神方雖言小異持蓋功深難測專心暫誦立見有功豈在載言

第一設壇場供養自有三意初示清淨處者經文但云於清淨處不別指方隅又云於國於家及分野處若定須閒靜離於閙鬧別求淨地者或若一家災難起時貧庶之士屋但逾尋室唯方丈四迫隣舍傍遠精藍豈亦專令別求淨地若其無者便合坐受灾耶理而推之決不然矣今作二意若貧者秖於所住選於勝處便於淨地安立道場若大悲經中用刀咒二十一徧畫地爲界或想到處爲界若灾難變緣急準此便可持誦若國王大臣及豪富者選取上處避喧遠穢逈絕之室及先非穢染或新立堂宇最爲第一若苾芻精舍亦選可知當於其處作誦呪場二立道場法若國王臣庶並須預空其屋淨潔掃灑香泥塗地隨看廣狹而安道場於香壇上正面安釋迦像以曼殊普賢觀音等像從之四方安護世四天王像壇中佛前安忿怒明王像聖捺迦忿怒金剛童子菩薩成就軌儀經上卷金剛藏菩薩云畫菩薩法取白氎用牛尿洗復用香水濯之於閒靜處對佛前舍利塔不應用皮膠和彩色畫筆色盞須新者畫匠澡浴著淨衣受八齋戒勿吐氣以銜其像亦不與畫人論其價直其像獨身從海涌出如吠瑠璃色身有六臂臂膊傭停相貌充滿面有三目其目赤色首戴寶冠狗牙上出口咬下脣顰眉威怒又於海中畫一寶山像以左足踏於寶山山上有妙蓮華以承其足右足在海水中立沒其半膝右第一手持金剛杵作擲勢第二手持毋娑羅棒謂棒一頭如鐵杵形第三手執鉞斧左第一手把棒第二手如擬勢作金剛拳舒頭指第三手持劍以大蛇於身角絡繫又以一切毒蛇膊釧臂釧腰條瓔珞及耳璫繫

髮又以大蛇繞腰三帀身背圓光火燄圍繞於火燄外有其雲電以相輔翼也以設覩嚕形對之梵語設覩嚕此翻爲寃即畫寃家形於忿怒明王像前也餘繞四壁列諸星曜淨居天等位供養取意自裁三供養者並懸新繒蓋旛華菓名香飲食種種精美竭誠盡力若實貧乏亦隨已所有盡出供養無令隱惜誑聖欺心

第二示方法

經云我今說過去娑羅王如來所說熾盛光大威德陀羅尼除災難法若有國王及諸大臣所居之處及諸國界或被五星陵逼羅睺彗孛妖星照臨所屬本命宮宿及諸星位或臨帝座於國於家及分野處陵逼之時或退或入作諸障難者但於清淨處置立道場念此陀羅尼一百八遍或一千遍若一日二日三日乃至七日依法修飾壇場至心受持讀誦一切災難悉皆消滅不能爲害乃至云若有苾芻苾芻尼族姓男族姓女受持讀誦此陀羅尼者能成就八萬種吉祥事能除滅八萬種不吉祥事等據於經文具乎四義一所消三障二能消勝法三明力用四顯陀羅尼經云一切災難悉皆消滅一切之言包乎三障而業障經分明然由煩惱故有業業必招報也又內身外報災難等事是報障也專明內心是煩惱障也若起決定心動發身口必牽來報者是業障也若爾惡星災星異都不關心云何是業障答此乃外相表業將起是業責報之相業障感報故其相現前業障外彰報對不久若無方法何以禳之所以第三有能消方法若一日二日三日乃至七日誦此陀羅尼一百八遍表破一百八煩惱成就

百八三昧或一千遍成就千種法門故約三業持呪作三德方法以事表理但於清淨處置立道場處清淨身須沐浴以外明内表作法身念此陀羅尼欲知智在說表作般若至心受持信力故受念力故持擬作解脫作法若成必惡滅善生故第三明於力用夫人身本於不淨蓮華本於淤泥今近因三業規矩遠成三德妙義身業成能禳報障口業成能禳煩惱障至心能禳業障三業旣消即成三德故第四顯陀羅尼體三障旣其以轉理數成於三德報障轉成法身德煩惱障轉成般若德業障轉成解脫德如此三法即陀羅尼三德妙體非空而空慧光熾盛非寂而寂具大威德遮九界惡持佛界善遮持不二舉一具三言三即一苟非三德祕呪安能成就八萬種吉祥事能除滅八萬種不吉祥事耶略示如此委陳行相如摩訶止觀具明

第三揀衆清淨

經云若有國界不安灾難競起請清淨衆揀衆爲二一舊行清淨二入道場行清淨舊即出家已來精諳律範定慧循修遍檢七支曾無一過大集開其悔淨尚名汙道近世三學難具四儀易頹但取隨分如法之僧不犯重戒曾無醜露檀越信奉亦得清淨恐揀衆太精世少良導若塵埃過甚三業彰露及爲貪供養誑說清淨南山云人前似人屏處如鬼天龍惡見鬼魅嗤誚如此又何能持呪却灾乎又何能使列宿收光妖怪滅影乎二入道場行清淨者衆雖舊行淨潔堪爲福田至入道場更加嚴肅先須洗染新淨衣服料理威

儀令去就安庠生人善敬每日沐浴飲食洗漱勿得語笑爲施主調謔瞻望堂室道場未滿預籌信施喜恚多少非時湯果無度須索飲食麤細勿起恚愛勿睡勿倚謦咳彈指警喧俗舍當可意知勿使生人譏誚或爲國王大臣彌加至誠肅清三業可以意知

第四誦呪法

夫誦呪法者歷覽念誦部諸文設執不同今取大意略示或禮佛前及禮後誦皆須一上滿一百八徧據此文須厲聲令聲不得有間如鑽火法若運手間斷則煙燧歇滅取火不成今亦如是又如蝻蠦祝蟲爲子聲聲不絶呪成方罷今亦如是若一上發聲呪未滿百八則呪功不成所作空過兼有障難若水火事急起時須心念言我呪法未斷即來續之至去須心懸不斷中間不得接人言語來時復心念言我已復來續滿呪數除此急外餘事不得輒開若故開者定得障難宜專慎之切不得行來做作手運口誦及正誦持應接人語快須滿數然後作事兼並須界内或跪或坐誦之輒不得離界又壇内若一日若二日至七日不得一彈指頃闕人誦呪唯除禮佛及飲食時多見時僧不識觸犯任意亂爲笑語不拘出入無度飲食不節恣飡藥石果蓏及食供養三寶并鬼神齋食坐立行住皆口誦呪不拘界内界外眼耳不禁聲色身心不奉節度非唯自生障道亦令施主返得灾殃縱未現應亦全無益虛消信施不念地獄哀哉苦哉望善思之惡切之語不在讀過意在行持近世滋彰卒難改革有識之者寒心

思之

第五三業供養禮請陳意自爲七一者三業供養二者奉請三寶三者讚歎三寶四者作法持呪五者禮佛六者懺悔七者行道旋繞將入道場先令一人持呪結界護持恐有留難結界竟然後可以作法

第一行者修三業供養法方法如法華中所著

一切恭敬信禮常住三寶一禮各想二寶性海無能無所畢竟平等一切衆生同入此三寶海中起已各胡跪手執香爐端身正意口自唱言

嚴持香華如法供養願此香華諸佛受用徧滿一切佛法僧前諸天仙衆日月星宫爲光明臺廣作佛事運想如常

供養已一切恭信

第二行者召請三寶方法各各胡跪手執香爐一一專想召入道場證明持呪放大光明照彼家國及其分野爲除災難應當目注心存如見三寶聖衆入於道場念念不移首者唱云

一心奉請總持教主釋迦牟尼佛每位三請運想如常

一心奉請南無過去娑羅王佛

一心奉請南無過去七佛未來彌勒賢劫千佛十方三世一切諸佛

一心奉請南無陀羅尼藏一切密言清淨法寶

一心奉請南無忿怒明王金剛手菩薩摩訶薩聖捺迦金剛童子菩薩成就軌儀經中卷爾時金剛手菩薩告大衆言此忿怒王有無量威德大神通力善能調伏難調伏故示諸方便從於三昧生此菩薩適纔憶念一切鬼魅悉皆馳走一切惡心衆生皆當損壞一切災禍悉皆除滅經云此忿怒王菩薩即金剛手是壇場主彌加虔請必希降臨

一心奉請南無曼殊室利菩薩普賢菩薩觀世音菩薩大勢至菩薩摩訶薩

一心奉請南無總持王菩薩金剛藏菩薩及

十方一切菩薩摩訶薩

一心奉請南無聲聞緣覺一切賢聖僧

一心奉請南無梵釋天等淨居諸天護世四鎮一切天衆此位已下惟俗衆作禮比丘立

一心奉請南無遊空天衆九執大天二十八宿十二宮神一切聖衆

一心奉請閻羅王界十八獄主主善罰惡一切靈祇行病行藥行災鬼王一切聖衆

一心奉請此所住處護伽藍神守正法者爲施主此位不須請

一心奉請此一境邑靈壇社廟五聖王子城隍神等一切聖衆

一心奉請施主宅內護宅龍神方隅禁忌坊務庫店守護神衆宅中長幼官宿元辰除災注福一切神衆若國若家但看住處各有所事隨意加減周旋

三請

上所奉請一切三寶釋迦牟尼娑羅王佛惟願不捨大慈大悲領諸眷屬到我所居受我供養及諸星曜一切靈祇各承三寶威光皆來集會我今此處作大吉祥誦持神呪惟願守護使無留難令諸有情獲福無量如是至三此召請法但只入時用餘則削之須當懇告希望降臨

第三讚歎三寶法請三寶已衆各起立合掌令施主手執香爐跪對三寶專聽陳意須流淚懇告必取所成求大吉祥除滅災障心念三寶微妙功德口同宣偈讚歎呪願

如來妙色身　世間無與等　無比不思議

是故今敬禮　如來色無盡　智慧亦復然

一切法常住　是故我歸依

讚歎已述建道場意回向菩提所求吉祥隨意陳述竟衆各一禮

第四依法持呪胡跪同聲稱云

南無佛南無法南無僧南無釋迦牟尼佛南無過去娑羅王佛三稱竟即作是言

我今當誦過去娑羅王佛所說熾盛光大威德陀羅尼曰

曩謨三滿哆一 母馱喃二 阿鉢羅二合 底丁以切下同三 賀多舍四 娑曩喃引五 但你也二合引 他六 唵引七 佉佉八 佉呬佉呬九 吽吽十 入嚩二合下同 囉十一 入嚩囉十二 鉢囉二合下同 入嚩囉十三 鉢囉入嚩囉十四 底瑟姹二合下同十五 底瑟姹十六 瑟致哩三合下同十七 瑟致哩十八 娑發二合下同 吒十九 娑發吒二十 扇底迦二十一 室哩二合 曳二十二 娑嚩賀二十三

此陀羅尼者一切如來同共宣說若有苾芻苾芻尼族姓男族姓女受持讀誦此陀羅尼者能成就八萬種吉祥事能除滅八萬種不吉祥事乃至一切四衆聞佛所說皆大歡喜

第五禮佛方法行者既持呪竟應一心正身威儀次第禮諸佛法身猶如虛空應物現形如對目前一一皆然行者自知身心空寂影現法界一一佛前悉有此身頭面頂禮令施主隨禮一一起伏齊整勿令失儀唱云

一心頂禮本師釋迦牟尼佛徧法界諸佛運想如常

一心頂禮過去娑羅王佛徧法界諸佛

一心頂禮過去毗婆尸佛徧法界諸佛

一心頂禮過去尸棄佛徧法界諸佛

一心頂禮毗首尸佛徧法界諸佛

一心頂禮迦求村佛徧法界諸佛

一心頂禮迦那含牟尼佛徧法界諸佛

一心頂禮迦葉佛徧法界諸佛

一心頂禮當來彌勒佛徧法界諸佛

一心頂禮十方三世諸佛賢劫千佛徧法界
諸佛
一心頂禮十方諸佛舍利形像支提寶塔
一心頂禮總持法藏大威德神呪及一切尊
經清淨妙法
一心頂禮忿怒明王金剛手菩薩摩訶薩
一心頂禮總持王菩薩金剛藏菩薩摩訶薩
一心頂禮觀世音菩薩大勢至菩薩摩訶薩
一心頂禮十方一切諸大菩薩摩訶薩
一心頂禮聲聞緣覺得道賢聖僧
跪膝手執香爐心念云我及衆生無始常爲三業六根重罪所障不見諸佛不知出要但順生死不知妙理我今雖知猶與一切衆生同爲一切重罪所障今對釋迦十方佛前普爲衆生歸命懺悔惟願加護令障消滅
普爲梵釋四王遊空天等及一切衆生悉願
消除三障歸命懺悔

第六懺願方法行者旣禮佛竟卽於法座前
正身威儀焼香散華存想三寶旻塞虛空如
對目前一心一意普與衆生行懺悔法生重
慚愧發露無量劫來及至此生與一切衆生
三業所造一切惡業斷相續心從於今日乃
至盡未來際終不更造一切惡業所以者何
業性雖空果報不失了空之人尚不作善況
復作罪若造罪不止悉是顚倒因緣則受妄
果是故行者以知空故生大慚愧發露懺悔
逆順十心如常
至心懺悔我比丘某甲歸命頂禮十方一切
常住三寶釋迦牟尼娑羅王佛曼殊室利忿
怒明王金剛手菩薩摩訶薩等願起哀憐現
前明證我與法界一切衆生心性平等威德
熾盛具足總持同佛所證清淨涅槃最上安

樂我無始來迷惑不了隨無明流於生死中受諸熱惱爲身口意造諸惡業十不善法五逆七遮破佛律儀侵損常住謗法謗人謗無因果如是罪障無量無邊當墮阿鼻及諸地獄畜生餓鬼惡道受身百劫千劫永無出期以惡業故現感灾殃五星陵逼本命宮宿及諸星位羅睺彗孛妖怪惡星作諸障難或現身疾病王法所加水火盜賊劫奪漂燒寃家謀害諸惡橫事厭禱呪詛一切不祥今奉本師釋迦文佛敎我誦持威德神呪如長灾難皆悉滅除一切吉祥令得成就惟願世尊諸大菩薩受我懺悔滿我所求令我熏修莊嚴福慧弘通佛法開化衆生三寶光揚法燈相續諸天星宿增長威權風雨以時護持國界聖君聖化臣宰忠賢萬姓四民各臻福壽十方信施父母師僧法界衆生一切含識三障消除同成佛道（懺悔已歸命禮三寶）

爲施主當誦此文

至心懺悔我在家弟子（某甲）稽首歸命十方三世三寶本師釋迦牟尼佛等娑羅王佛七佛世尊惟願大慈大悲受我懺悔我與法界一切衆生無始迷妄隨貪瞋癡造諸惡業由惡業故墮在三塗受諸苦報罪畢得出偶受人身惡習難除餘業殘報及以今生更造殺生劫盜嗜酒貪非欺誑無道背理求財以是因緣未來惡報現感灾殃橫羅惡事或五星陵逼羅睺計都彗孛妖怪鎮臨宮宿灾難並起種種侵陵及宿世寃家競相謀害諸惡橫事口舌厭禱呪詛毒藥官事所牽禁繫枷鎖受諸楚痛水火盜賊劫奪漂焚錢財舍宅一

切破壞所有眷屬離間鬬諍互相殘害如是等種種惡報由心所生慚愧剋責今日嚴淨道場歸命三寶諸佛賢聖惟願悉來受我懺悔發露衆罪不敢覆藏燒香散華誦持神呪作除障難法求大吉祥一切惡曜灾星傍臨正照冤家呪詛諸不吉祥永得消除無使侵害又願十方三寶菩薩天仙威德呪王加持覆護變灾爲福皆得吉祥富足錢財充盛眷屬所求皆得一切隨心飲食豐盈壽命長遠六親和穆園苑滋榮長幼同心常奉三寶深信因果無敢爲非讀誦大乘願求淨報生生之内常住佛家受受之身行菩薩道又願皇帝聖主仁慈廣大覆育黎甿雨順風祥邊安中静州縣官屬常受寵恩彌加清顯境邑之内百姓咸安彗孛諸星不興灾難然後虚

空法界六道四生我此道場所有福業一切回向同成佛道懺悔發願已歸命禮三寶

第七行道方法行者當正身威儀右繞法座安庠徐步稱三寶名課誦經典了音聲性空亦知身心如雲如影舉足下足心無所得亦知此身影現十方充滿法界無不普現圍繞諸佛三寶稱云

南無佛　南無法　南無僧　南無釋迦牟尼佛　南無娑羅王佛　南無過去七佛

南無十方諸佛　南無熾盛光陀羅尼

南無總持王菩薩　南無金剛手菩薩

南無曼殊室利菩薩　南無普賢菩薩

南無觀世音菩薩　南無大勢至菩薩

南無十方一切菩薩摩訶薩

三稱已誦熾盛光經供養三寶然後三歸依

自歸依佛當願衆生體解大道發無上心

自歸依法當願衆生深入經藏智慧如海

自歸依僧當願衆生統理大衆一切無礙和南聖衆（竟方共坐食此是初日法餘時但除召請一日乃至七日晝夜準此）

第六釋疑

疑者曰斯經作法專以持呪為主近孤山法師於請觀音記中不許梵誦故今華音不遵梵誦有梵誦者排彼華音疑既在心功何成就釋曰華梵兩存適時之變依法持誦功力弗殊其有偏弘恐妨通論如無梵學指教可以從華若其專據華音不許梵誦則二合三合之例無用空翻荆溪云當知西方有三合聲如翻譯流類有音字俱翻如如是我聞等諸顯教能詮若翻字不翻音如陀羅尼或句絶處引或有須急呼斯皆譯人指示此方聲勢故僧傳十科翻譯為首智者詳之無勞致惑或曰變灾為福報應之說出乎釋典儒宗則天命所賦何所祈禳解曰尚書金縢歷代所寶遇有灾變開取其法以禳之又曰作善降之百祥作不善降之百殃周易所謂一言善千里之外應之一言不善千里之外違之況其邇者乎如宋景公一言善熒惑三徙布在方册明如日星有見作法持呪即引仲尼云吾禱久矣且仲尼聖人也聖人無過言豈虛哉仲尼之徒皆其弟子同乎聖人無過豈免濫聖之非且子夏喪明乃云天乎予之無罪友人謂曰子居河上人疑汝如夫子而罪一也親奉聖師尚或惑之徇名之徒堅守偏見雖曰排釋實是破儒或云此法專為國主大臣一切庶民及諸眷屬除灾難法得大吉祥出家之人視身如寄小乘乃無常苦空念念生滅大乘則心安實相造境即中何灾可

消何福可禳令謂不然經云若有苾芻苾芻尼族姓男族姓女受持讀誦此陀羅尼者能成就八萬種吉祥事能除滅八萬種不吉祥事據乎經文何隔道俗聖人以祕密語詮微妙法非凡所知況三乘行人引道修行或遇梵命及諸灾難障乎道法不得熏修詎有守愚弗遵勝法世有茍名之徒挾邪拒正如經所謂口雖說空行在有中見有變灾爲福之言又弗細尋經旨便云俗事豈非偏執且生善滅惡諸經率同何非此而是彼乎如金光明中惡星灾異令當聽是經請觀音經生身十地未免虎狼師子等難當須稱名持呪在聖尚然居凡奚捨縱是內有實德必須外假熏修障道因緣以之寂滅是故經云功德無比良在兹焉

第七誡勸檀越

夫修福慧之門置於菩提之道實難實易得之即易失之即難如善鑽摇醍醐可獲其不善者漿猶難得此亦如是善用心者一華一香功等虛空一偈一句累滅道成其不善者人天近果尚失何況菩薩勝因夫沙門者名世間眼世間盲瞑即須導之不然則非沙門如來遺囑令無慳悋法財施人既奉聖言故斯誡勸近見檀越之家深有信向請僧歸舍設食讀經望其福慧勞力損財無善儀則敬慢不分是非寧别或倚恃豪富或放縱矜高反言衣食庇蔭門僧請喚道場便言恩幸趨瞻失節朗責明訶鋪設法筵穩便驅使門僧無識恐失依棲苦事先爲免勞施主縱有法則豈敢輒言檀越不詢門僧不説詭謬之迹

自此滋彰不掃廳堂便張法席未斷葷穢輒請聖賢至於迎像延尊殊不避座旋踵致敬儒典所謂過尊之位必趨況其三寶荊溪大師云凡建道場應先嚴淨然後請像世人口云求道滅障置道場時令愚童慢豎猥服躶形云將像來取像去以此觀之可悲之甚又云雖置道場傲慢尊像反招罪累滅障良難又經云佛滅後供養像者與在世無別云何世人視同土木迎之大慢禮時薄敬而恠無福報者可弗暫思又石壁大師云斷莫齋筵不如禮席誠哉此言誰肯暫聽徒喪財力實無福報故使世間貧窮者多富足者少由此而然今觀檀越常親有識請問佛法甚深福慧云何修行下氣低心屈膝接足敬奉爲師凡設法筵先往取則嚴灑廳觀齋潔身心名香異華珍果美食預備支儲請迎勤重承接衆僧虔想十方三寶衆聖來入我家慚愧驚惶如僕奉大家如婆羅門事火遵依法式不得師心勿憚勤勞事事供給皆可意裁此事千條不可盡說今略示五事粗可行持第一欲陳法會家中長幼盡須同心去其酒肉五辛等物施主每日隨僧禮佛陳吐懺悔第二當齋僧次躬須給侍不得坐於僧上稱是主人放縱談笑第三佛前供養須倍於僧凡聖等心事事精細第四盡其所惜施佛及僧勿得隱細用麤世世招失意果報第五道場緩急不得使僧此是福田翻爲僮僕豈得然乎我今此說智者知之有愚者爲檀越之家嫌難遵奉門僧無識見有揀衆之言恐爲所鄙不能盡行吾知此文將被燒滅願

十方三寶及有識者同力護持

熾盛光道場念誦儀

釋迦如來涅槃禮讚文序

宋雩谿沙門仁岳撰

儒家流有終身之憂者考妣遠日之謂也釋氏子豈不然乎彼所以思生我劬勞之親此所以懷度我慈悲之父其德罔極其孝依同觀夫叔世出家之徒具沙門之形禀釋迦之姓至佛涅槃日不能齋莊致禮者衆矣予竊傷之甞讀涅槃後分如來滅後梵釋天衆大竉氏等莫不皆以偈頌爲之哀歎又僧祇律令涅槃日稱揚佛德於是追述化迹輒成讚辭凡十四章章八句初十章讚佛次一章讚法後三章讚僧其諸方軌亦備行用所冀吾衆於二月十五日嚴事經像精設供養命聲德者唱之以展必哀之誠矣昔孤山中庸子有涅槃八德讚蓋倣於傅徽白衣觀音禮而作也以爲吳蜀音韻碩異故江浙間多不行焉今擬天竺法師讚智者文撰之非苟好異務在生善知我者且無以色聲求佛邪道爲讓哉

釋迦如來涅槃禮讃文

初入道場普礼三拜焚香互跪首者唱云

恭以能仁應世寂默證眞廓千界以居尊撫四生而爲子形隨物現元同非相之身教逐機興詎異無言之道爰自法輪載轉化迹彌隆半字初談譬擊蒙而靡倦百金後寄猶贖命以惟勤普令煩惱之儔安住如來之藏四心告滿三德云歸所謂不令一人獨得滅度皆以如來滅度而滅度之是故入于涅槃不可得而思議我等鶴林旣遠痛失於前緣像法猶存泰遵於遺訓今值中春之日緬懷北首之儀澗藻谿蘋聊展薦羞之禮巴歈俚詠少陳哀歎之誠惟願洪慈俯迴昭鑒至此總禮一拜

晨朝必須致請餘時存略請者一位三唱

一心奉請涅槃教主堪忍世尊釋迦文佛

惟願降臨道場受我供養

一心奉請涅槃會上所說法門修多羅藏

惟願降臨道場受我供養

一心奉請涅槃會上所集聖賢菩薩僧衆

惟願降臨道場受我供養

一心奉請涅槃會上所集聖賢緣覺僧衆

惟願降臨道場受我供養

一心奉請涅槃會上所集聖賢聲聞僧衆

惟願降臨道場受我供養

歎佛偈依經中迦葉菩薩所說歎後宣疏或隨意陳白

憐愍世間大醫王　身及智慧俱寂靜

無我法中有眞我　是我頂禮無上尊

向下禮讃凡唱一身至釋迦字和之禮畢起立唱讃

一心頂禮涅槃教主堪忍世尊現聲光集衆時身釋迦文佛

吉河堅樹生初日　靈耀仙音徧十方
爲召群生問後疑　示言大覺歸元寂
世界寶嚴如樂土　人身血現似奢華
天供雲臻但默然　一時稽首懷憂惱
故我一心歸命頂禮
一心頂禮涅槃教主堪忍世尊受純陀施食
時身釋迦文佛
如來久證遮那體　權現臨終應供儀
能與毛端變化身　受茲華氏秔糧食
六塵雖謂空無相　五果當知結有緣
我今追遠奉粢盛　願證真常同妙義
故我一心歸命頂禮
一心頂禮涅槃教主堪忍世尊卧寶牀現病
時身釋迦文佛
付囑文殊傳正法　俄然背疾示衆生

曲肱右脅類嬰兒　收視無言如病者
鄭重任聽迦葉問　從容猶待世王來
再起流光燭大千　滿中群苦皆消蕩
故我一心歸命頂禮
一心頂禮涅槃教主堪忍世尊入月愛三昧
時身釋迦文佛
大悲俯念阿闍世　隨順耆婆發善心
覆座重舒月愛光　衮衣頓覺身瘡愈
歸佛始知邪道誤　聞經方了逆緣空
伊蘭叢裏出栴檀　奇哉取譬無根信
故我一心歸命頂禮
一心頂禮涅槃教主堪忍世尊示人天相好
時身釋迦文佛
手袪法服舒身相　昇降虚空四六迴
欲入泥洹寂靜門　令觀紫磨莊嚴聚

纍軀曷報修因德　塵劫難逢出世緣
遺教殷勤囑未來　歸依三寶皆常住
故我一心歸命頂禮
一心頂禮涅槃教主堪忍世尊觀世間寂定
時身釋迦文佛
應物已曾開祕藏　還源相次近中宵
又放光明號涅槃　徧遊禪定咸超越
種智莫非觀實相　有情寧免見無常
薪盡臨當火滅時　阿難於是心迷亂
故我一心歸命頂禮
一心頂禮涅槃教主堪忍世尊入四禪滅度
時身釋迦文佛
重入四禪休顧命　便於三昧示云亡
雙林變鶴覆金棺　大地如雷震沙界
釋梵累陳哀歎偈　魔邪聊解戰爭憂

慧日慈光罷照臨　無明長夜何當曉
一心頂禮涅槃教主堪忍世尊入金棺白氎
時身釋迦文佛
故我一心歸命頂禮
國人相問荼毗法　天帝親傳囑累言
俾順輪王所化儀　令生梵衆無彊福
細氎千重周聖體　寶棺七帀繞仙城
再以香泉灌沐時　咸覩妙嚴身不壞
故我一心歸命頂禮
一心頂禮涅槃教主堪忍世尊示飲光在柩
時身釋迦文佛
尊者飲光居鷲嶺　出禪知佛已歸眞
遙望拘尸徒步來　正值闍維襄事日
柩中先現身金色　拜次仍迴足輻輪
最後能隨哀慕心　是爲平等慈悲相

故我一心歸命頂禮

一心頂禮涅槃教主堪忍世尊入香樓火化時身釋迦文佛

卍字胷中流聖火　衆香樓上爇眞軀
玉相金姿竟不存　霜綿素氎還如故
舍利晶熒分國土　塔婆高顯示人天
我等慚生像法餘　空讃當時遺化事

故我一心歸命頂禮

一心頂禮涅槃會上所說法門修多羅藏

始爲純陀敷妙義　終因須跋演微言
力扶毗柰破權疑　能使闡提生實信
飲用醍醐勝衆味　浴臨渤海足群流
我願聞持盡後身　圓伊滿字常修學

故我一心歸命頂禮

一心頂禮涅槃會上所集聖賢菩薩僧衆

爰求無上菩提道　徧集微塵薩埵因
不於三界現諸心　等視衆生如一子
引導大乘令發趣　提携弱喪使知歸
人中自在盡猶龍　乗時利見難思議

故我一心歸命頂禮

一心頂禮涅槃會上所集聖賢緣覺僧衆

因緣深入輪迴境　觀照優遊解脱門
福智曾經累劫修　神通能起無方用
已捨鹿車行直道　不同犀角守孤峯
來會娑羅雙樹間　猶如鏡像隨形現

故我一心歸命頂禮

一心頂禮涅槃會上所集聖賢聲聞僧衆

調伏諸根皆寂靜　受持遺教悉流通
既於朽宅免焚燒　不向春池收瓦礫
四果並堪爲佛子　三修俱得會經王

常與無常畢竟同　是謂莊嚴雙樹者

故我一心歸命頂禮

禮讃巳復跪秉爐如常運想披陳五悔

至心懺悔我及十方法界一切衆生惟自心清淨之元具種智妙明之性千如未眹本絶於聖凡六妄成因遂流於生死由是眉珠頓失眼膜重增不逢明鏡之醫罔會金錍之治何縁宿植生處人倫值釋迦法中預比丘僧數但以律儀匪慎道品難成一乘了義之談未開實慧七聚防非之制多犯深誓畜不淨以資身順無明而為行浮囊有鈌誠懷溺海之憂華屋空存寧受入門之賜今則眇觀泥越躬事懺摩既發露於罪根乃淨除於業障佛慈普覆法力潛通故我歸依必垂護念

懺悔巳至心歸命三寶

至心勸請

十方諸佛同常寂　各為衆生出世閒

既成道果巳降魔　勸轉法輪當度物

優曇瑞蕚良難見　師子雄音豈易聞

乃至隨機現滅時　請以洪慈延劫壽

勸請巳至心歸命三寶

至心隨喜

圓通巳是開方便　五衍無非會一乘

去來今世有修行　身語意業皆隨喜

黄葉謂金因亦善　聚沙為塔道猶成

一切曾生嫉恚心　故玆悔過咸稱讃

隨喜巳至心歸命三寶

至心迴向

疇昔與今諸福業　總將空慧悉融通

所作皆成四德因　不為再求三有果

庶彙若非同解脫　我心終未取菩提
萬水唯朝大海宗　其猶迴向無差別
迴向已至心歸命三寶
至心發願
誓向此身修般若　常觀我佛住泥洹
不離因緣所起心　即見空中無相體
若効雪山書樹石　或於田里舉筌蹄
普願猶如妙吉祥　俱時明了如來性
發願已至心歸命三寶
右旋道場諷遺教經
稱揚佛號盡誠而退

釋迦如來涅槃禮讚文

音釋

闠閙（闠胡對切市外門也　閙奴教切喧鬧也）絛（土刀切編絲繩也）彗（徐醉切星名）嗤誚（嗤赤脂切笑也　誚才笑切責也）謔（虛約切戲也）詛（莊助切沮也）甿（謨盲切民也）縢（徒登切緘也）悚（息拱切懼也）霅（直甲切水名）歈（羊朱切歌也）俚（力紙切）粢盛（粢即移切　盛時征切　粢盛黍稷在器中以祀者也）麑（研奚切狻麑也）柩（巨救切尸在棺曰柩）焫（儒劣切燒也）罙（民卑切深也）錍（賓彌切）僁（丘虔切過也）眇（亡沼切微也）

景德傳燈録
宋沙門道原纂

清刻龍藏佛說法變相圖

景德傳燈録卷第一

宋沙門道原纂

七佛

毗婆尸佛　尸棄佛

毗舍浮佛　拘留孫佛

拘那含牟尼佛　迦葉佛

釋迦牟尼佛

天竺一十五祖 内一祖旁出無録

第一祖摩訶迦葉　第二祖阿難 旁出末田底迦

第三祖商那和修　第四祖優波毱多

第五祖提多迦　第六祖彌遮迦

第七祖婆須蜜　第八祖佛陀難提

第九祖伏馱蜜多　第十祖脇尊者

第十一祖富那夜奢　第十二祖馬鳴大士

第十三祖迦毗摩羅　第十四祖龍樹大士

叙七佛

古佛應世緜歷無窮不可以周知而悉數也故近譚賢劫有千如來暨于釋迦但紀七佛案長阿含經云七佛精進力放光滅暗冥各各坐樹下於中成正覺又曼殊室利爲七佛祖師金華善慧大士登松山頂行道感七佛引前維摩接後今之撰述斷自七佛而下

毗婆尸佛（過去莊嚴劫第九百九十八尊）偈曰

身從無相中受生　猶如幻出諸形像
幻人心識本來無　罪福皆空無所住

長阿含經云人壽八萬歲時此佛出世種剎利姓拘利若父盤頭母盤頭婆提居盤頭婆提城坐波波羅樹下說法三會度人三十四萬八千人神足二一名騫茶二名提舍侍者無憂子方膺

尸棄佛（莊嚴劫第九百九十九尊）偈曰

起諸善法本是幻　造諸惡業亦是幻
身如聚沫心如風　幻出無根無實性

長阿含經云人壽七萬歲時此佛出世種剎利姓拘利若父明相母光耀居光相城坐芬陁利樹下說法三會度人二十五萬神足二一名阿毗浮二名婆婆侍者忍行子無量

毗舍浮佛（莊嚴劫第一千尊）偈曰

假借四大以爲身　心本無生因境有
前境若無心亦無　罪福如幻起亦滅

長阿含經云人壽六萬歲時此佛出世種剎利姓拘利若父善燈母稱戒居無喻城坐婆羅樹下說法二會度人一十三萬神足二一扶遊二鬱多摩侍者寂滅子妙覺

拘留孫佛（見在賢劫第一尊）偈曰

見身無實是佛身　了心如幻是佛幻
了得身心本性空　斯人與佛何殊別
長阿含經云人壽四萬歲時此佛出世種婆羅門姓迦葉父禮得母善枝居安和城坐尸利沙樹下說法一會度人四萬神足二一薩尼二毗樓侍者善覺子上勝

拘那含牟尼佛（賢劫第二尊）偈曰
佛不見身知是佛　若實有知別無佛
智者能知罪性空　坦然不怖於生死
長阿含經云人壽三萬歲時此佛出世種婆羅門姓迦葉父大德母善勝居清淨城坐烏暫婆羅門樹下說法一會度人三萬神足二一舒槃那二欝多樓侍者安和子導師

迦葉佛（賢劫第三尊）偈曰
一切衆生性清淨　從本無生無可滅
即此身心是幻生　幻化之中無罪福
長阿含經云人壽二萬歲時此佛出世種婆羅門姓迦葉父梵德母財主居波羅奈城坐尼拘律樹下說法一會度人二萬神足二一提舍二婆羅婆侍者善友子集軍

釋迦牟尼佛（賢劫第四尊）姓剎利父淨飯天母大清淨妙位登補處生兜率天上名曰勝善天人亦名護明大士度諸天衆說補處行亦於十方界中現身說法普耀經云佛初生剎利王家放大智光明照十方世界地涌金蓮華自然捧雙足東西及南北各行於七步分手指天地作師子吼聲上下及四維無能尊我者即周昭王二十四年甲寅歲四月八日也至四十二年二月八日年十九欲求出家而自念言當復何遇即於四門遊觀見四等事

心有悲喜而作思惟此老病死終可厭離於是夜子時有一天人名曰淨居於窻牖中叉手白太子言出家時至可去矣太子聞已心生歡喜即逾城而去於檀特山中修道始於阿藍迦藍處三年學不用處定知非便捨復至鬱頭藍弗處三年學非非想定知非亦捨又至象頭山同諸外道日食麻麥經于六年故經云以無心意無授行而悉摧伏諸外道先歷試邪法示諸方便發諸異見令至菩提故普集經云菩薩於二月八日明星出時成佛號天人師時年三十矣即穆王三年癸未歲也既而於鹿野苑中爲憍陳如等五人轉四諦法輪而論道果說法住世四十九年後告弟子摩訶迦葉吾以清淨法眼涅槃妙心實相無相微妙正法將付於汝汝當護持并

勑阿難副貳傳化無令斷絶而說偈言

法本法無法　無法法亦法　今付無法時　法法何曾法

爾時世尊說此偈已復告迦葉吾將金縷僧伽梨衣傳付於汝轉授補處至慈氏佛出世勿令朽壞迦葉聞偈頭面禮足曰善哉善哉我當依勑恭順佛故爾時世尊至拘尸那城告諸大衆吾今背痛欲入涅槃即往熈連河側娑羅雙樹下右脇累足泊然宴寂復從棺起爲母說法特示雙足化婆耆并說無常偈曰

諸行無常　是生滅法　生滅滅已　寂滅爲樂

時諸弟子即以香薪競茶毗之燼後金棺如故爾時大衆即於佛前以偈讚曰

凡俗諸猛熾　何能致火爇　請尊三昧火

闍維金色身

爾時金棺從座而舉高七多羅樹往反空中化火三昧須臾灰生得舍利八斛四斗即穆王五十二年壬申歲二月十五日也自世尊滅後一千一十七年教至中夏即後漢永平十年戊辰歲也

第一祖摩訶迦葉摩竭陀國人也姓婆羅門父飲澤母香志昔爲鍛金師善明金性使其柔伏付法傳云甞於久遠劫中毗婆尸佛入涅槃後四衆起塔塔中像面上金色有少缺壞時有貧女將金珠往金師所請飾佛面既而因共發願願我二人爲無姻夫妻由是因緣九十一劫身皆金色後生梵天天壽盡生中天摩竭陀國婆羅門家名曰迦葉波此云飲光勝尊蓋以金色爲號也繇是志求出家冀度諸有佛言善來比丘鬚髮自除袈裟著體常於衆中稱歎第一復言吾以清淨法眼將付於汝汝可流布無令斷絕涅槃經云爾時世尊欲涅槃時迦葉不在衆會佛告諸大弟子迦葉來時可令宣揚正法眼藏爾時迦葉在耆闍崛山賓鉢羅窟覩勝光明即入三昧以淨天眼觀見世尊於熈連河側入般涅槃乃告其徒曰如來涅槃也何其駛哉即至雙樹間悲戀號泣佛於金棺内現雙足爾時迦葉告諸比丘佛以荼毗金剛舍利非我等事我等宜當結集法眼無令斷絕乃説偈曰

如來弟子　且莫涅槃　得神通者　當赴結集

於是得神通者悉集王舍耆闍崛山賓鉢羅窟時阿難爲漏未盡不得入會後證阿羅漢果由是得入迦葉乃白衆言此阿難比丘多

聞總持有大智慧常隨如來梵行清淨所聞佛法如水傳器無有遺餘佛所讚歎聰敏第一宜可請彼集脩多羅藏大衆默然迦葉告阿難曰汝今宜宣法眼阿難聞語信受觀察衆心而宣偈言

比丘諸眷屬　離佛不莊嚴　猶如虛空中衆星之無月

說是偈已禮衆僧足陞法座而說是言如是我聞一時佛在某處說某經教乃至人天等作禮奉行時迦葉問諸比丘阿難所言不錯謬乎皆曰不異世尊所說迦葉乃告阿難言我今年不久留今將正法付囑於汝汝善守護聽吾偈言

法法本來法　無法無非法　何於一法中有法有非法

說偈已乃持僧伽棃衣入雞足山俟慈氏下生即周孝王五年丙辰歲也

第二祖阿難王舍城人也姓刹帝利父斛飯王實佛之從弟也梵語阿難陀此云慶喜亦云歡喜如來成道夜生因爲之名多聞博達智慧無礙世尊以爲總持第一甞所讚歎加以宿世有大功德受持法藏如水傳器佛乃命爲侍者後阿闍世王白言仁者如來迦葉尊勝二師皆已涅槃而我多故悉不能覩仁者般涅槃時願垂告别阿難許之後自念言我身危脆猶如聚沫況復衰老豈堪長久又念阿闍世王與吾有約乃詣王宫告之曰吾欲入涅槃來辭耳門者曰王寢不可以聞阿難曰俟王覺時當爲我說時阿闍世王夢中見一寶蓋七寶嚴飾千萬億衆圍繞瞻仰俄

而風雨暴至吹折其柄珎寶瓔珞悉墜於地心甚驚異既寤門者具白上事王聞語已失聲號慟哀感天地即至毗舍離城見阿難在恒河中流跏趺而坐王乃作禮而説偈言

稽首三界尊　棄我而至此　暫憑悲願力　且莫般涅槃

時毗舍離王亦在河側復説偈言

尊者一何速　而歸寂滅場　願住須臾間　而受於供養

爾時阿難見二國王咸來勸請乃説偈言

二王善嚴住　勿爲苦悲戀　涅槃當我靜　而無諸有故

阿難復念我若偏向一國而般涅槃諸國爭競無有是處應巳平等度諸有情遂於恒河中流將入寂滅是時山河大地六種震動雪山中有五百仙人覩兹瑞應飛空而至禮阿難足胡跪白言我於長老當證佛法願垂大慈度脱我等阿難黙然受請即變殑伽河悉爲金地爲其仙衆説諸大法阿難復念先所度脱弟子應當來集須臾五百羅漢從空而下爲諸仙人出家受具其仙衆中有二羅漢一名商那和修二名末田底迦阿難知是法器乃告之曰昔如來以大法眼付大迦葉迦葉入定而付於我我今將滅用傳於汝汝受吾教當聽偈言

本來付有法　付了言無法　各各須自悟　悟了無無法

阿難付法眼藏竟踊身虚空作十八變入風奮迅三昧分身四分一分奉忉利天一分奉娑竭羅龍宫一分奉毗舍離龍王一分奉阿

闍世王各造寶塔而供養之乃厲王十二年癸巳歲也

第三祖商那和脩者摩突羅國人也亦名舍那婆斯姓毗舍多父林勝母憍奢耶在胎六年而生梵云商諾迦此云自然服即西域九枝秀草名也若羅漢聖人降生則此草生於淨潔之地和脩生時瑞草斯應昔如來行化至摩突羅國見一青林枝葉茂盛語阿難曰此林地名優留荼吾滅度後一百年有比丘商那和脩於此地轉妙法輪後百歲果誕和脩出家證道受慶喜尊者法眼化導有情及止此林降二火龍歸順佛教龍因施其地以建梵宮尊者化緣既久思付正法尋於吒利國得優波毱多以爲給侍因問毱多曰汝年幾耶答曰我年十七師曰汝身十七性十七耶答曰師髮已白爲髮白耶心白耶師曰我但髮白非心白耳毱多曰我身十七非性十七也和脩知是法器後三載遂爲落髮受具乃告曰昔如來以無上法眼藏付囑迦葉展轉相授而至於我我今付汝勿令斷絕汝受吾教聽吾偈言

非法亦非心　無心亦無法　說是心法時
是法非心法

說偈已即隱於罽賓國南象白山中後於三昧中見弟子毱多有五百徒衆常多懈慢尊者乃往彼現龍奮迅三昧以調伏之而說偈曰

通達非彼此　至聖無長短　汝除輕慢意
疾得阿羅漢

五百比丘聞偈已依教奉行皆獲無漏尊者

乃作十八變化火光三昧用焚其身毱多收舍利葬於梵迦羅山五百比丘人持一旛迎導至彼建塔供養乃宣王二十三年乙未歲也

第四祖優波毱多者吒利國人也亦名優波崛多又名鄔波毱多姓首陀父善意十七出家二十證果隨方行化至摩突羅國得度者甚衆由是魔宮震動波旬愁怖遂竭其魔力以害正法尊者即入三昧觀其所由波旬復伺便密持瓔珞縻之於頸及尊者出定乃取人狗蛇三屍化爲花鬘輭言慰諭波旬曰汝與我瓔珞甚是珎妙吾以花鬘以相酬奉波旬大喜引頸受之即變爲三種臭屍蟲蛆壞爛波旬猒惡大生憂惱盡巳神力不能移動乃升六欲天告諸天主又詣梵王求其解免彼各告言十力弟子所作神變我輩凡陋何能去之波旬曰然則奈何梵王曰汝可歸心尊者即能除斷乃爲説偈令其迴向曰

若因地倒　還因地起　離地求起　終無其理

波旬受教巳即下天宮禮尊者足哀露懺悔毱多曰汝自今去於如來正法更作嬈害否波旬曰我誓迴向佛道永斷不善毱多曰若然者汝可口自唱言歸依三寶魔王合掌三唱花鬘悉除乃歡喜踊躍作禮尊者而説偈曰

稽首三昧尊　十力聖弟子　我今願迴向
勿令有劣弱

尊者在世化導證果最多每度一人以一籌置於石室其室縱十八肘廣十二肘充滿其間最後有一長者子名曰香衆來禮尊者志

求出家尊者問曰汝身出家心出家荅曰我來出家非爲身心尊者曰不爲身心復誰出家荅曰夫出家者無我我故無我我故即心不生滅心不生滅即是常道諸佛亦常心無形相其體亦然尊者曰汝當大悟心自通達宜依佛法僧紹隆聖種即爲剃度受具足戒仍告之曰汝父甞夢金日而生汝可名提多迦復謂曰如來以大法眼藏次第傳授以至於我今復付汝聽吾偈言

心自本來心　本心非有法　有法有本心
非心非本法

付法已乃踊身虛空呈十八變然復本座跏趺而逝多迦以室內籌用焚其軀收舍利建塔供養即平王三十一年庚子歲也

第五祖提多迦者摩伽陀國人也初生之時父夢金日自屋而出照耀天地前有大山諸寶嚴飾山頂泉涌滂沲四流後遇毱多尊者爲解之曰寶山者吾身也泉涌者法無盡也日從屋出者汝今入道之相也照耀天地者汝智慧超越也尊者本名香衆師因易今名焉梵云提多迦此云通真量也多迦聞師說已歡喜踊躍而唱偈言

巍巍七寶山　常出智慧泉　迴爲真法味
能度諸有緣

毱多尊者亦說偈曰

我法傳於汝　當現大智慧　金日從屋出
照耀於天地

提多迦聞師妙偈設禮奉持後至中印度彼國有八千大僊彌遮迦爲首聞尊者至率衆瞻禮謂尊者曰昔與師同生梵天我遇阿私

陀仙人授我仙法師逢十力弟子修習禪那自此報分殊途已經六劫尊者曰支離累劫誠哉不虚今可捨邪歸正以入佛乘彌遮迦曰昔阿私陀仙人授我記云汝却後六劫當遇同學獲無漏果今也相遇非宿緣耶願師慈悲令我解脱尊者即度出家命聖授戒餘仙衆始生我慢尊者示大神通於是俱發菩提心一時出家乃告彌遮迦曰昔如來以大法眼藏密付迦葉展轉相授而至於我我今付汝當護念之乃説偈曰

通達本心法　無法無非法　悟了同未悟　無心亦無法

説偈已踊身虚空作十八變火光三昧自焚其軀彌遮迦與八千比丘同收舍利於班茶山中起塔供養即莊王七年已丑歳也

第六祖彌遮迦者中印度人也既傳法已遊化至北天竺國見雉堞之上有金色祥雲歎曰斯道人氣也必有大士爲吾法嗣乃入城於闤闠間有一人手持酒器逆而問曰師何方而來欲往何所師曰從自心來欲往無處曰識我手中物否師曰此是觸器而負淨者曰師還識我否師曰我即不識識即非我又謂曰汝試自稱名氏吾當後示本因彼人説偈而荅我從無量劫至于生此國本姓頗羅墮名字婆須蜜師曰我師提多迦説世尊昔遊北印度語阿難言此國中吾滅後三百年有一聖人姓頗羅墮名婆須蜜而於禪祖當獲第七世尊記汝汝應出家彼乃置器禮師側立而言曰我思往劫嘗作檀那獻一如來寶座彼佛記我云汝於賢劫釋迦法中宣傳

至教令符師說願加度脫師即與披剃復圓戒相乃告之曰正法眼藏今付於汝勿令斷絶乃說偈曰

無心無可得　說得不名法　若了心非心　始了心心法

師說偈已入師子奮迅三昧踊身虛空高七多羅樹却復本座化火自焚婆須蜜收靈骨貯七寶函建浮圖寘于上級即襄王十七年甲申歲也

第七祖婆須蜜者北天竺國人也姓頗羅墮常服淨衣執酒器遊行里閈或吟或嘯人謂之狂及遇彌遮迦尊者宣如來往誌自省前緣投器出家授法行化至迦摩羅國廣興佛事於法座前忽有一智者自稱我名佛陀難提今與師論義師曰仁者論即不義義即不論若擬論義終非義論難提知師義勝心即欽伏曰我願求道霑甘露味尊者遂與剃度而授具戒復告之曰如來正法眼藏我今付汝汝當護持乃說偈曰

心同虛空界　示等虛空法　證得虛空時　無是無非法

尊者即入慈心三昧時梵王帝釋及諸天衆俱來作禮而說偈言

賢劫衆聖祖　而當第七位　尊者哀念我　請爲宣佛地

尊者從三昧起示衆云我所得法而非有故若識佛地離有無故說此語已還入三昧示涅槃相難提即於本座起七寶塔以葬全身即定王十九年辛未歲也

第八祖佛陀難提者迦摩羅國人也姓瞿曇

氏頂有肉髻辯捷無礙初遇婆須蜜尊者出家受教既而領徒行化至提伽國城毗舍羅家見舍上有白光上騰謂其徒曰此家當有聖人口無言說眞大乘器不行四衢知觸穢耳言訖長者出致禮問何所須尊者曰我求侍者曰我有一子名伏馱蜜多年巳五十口未曾言足未曾履尊者曰如汝所說眞吾弟子尊者見之遽起禮拜而說偈曰

父母非我親　誰是最親者　諸佛非我道
誰是最道者

尊者以偈荅曰

汝言與心親　父母非可比　汝行與道合
諸佛心即是　外求有相佛　與汝不相似
欲識汝本心　非合亦非離

伏馱蜜多聞師妙偈便行七步師曰此子昔曾值佛悲願廣大慮父母愛情難捨故不言不履耳時長者遂捨令出家尊者尋授具戒復告之曰我今以如來正法眼藏付囑於汝勿令斷絶乃說偈曰

虛空無內外　心法亦如此　若了虛空故
是達眞如理

伏馱蜜多承師付囑以偈讚曰

我師禪祖中　當得爲第八　法化衆無量
悉獲阿羅漢

爾時尊者佛陀難提即現神變却復本座儼然寂滅衆興寶塔葬其全身即景王十二年丙寅歲也

第九祖伏馱蜜多者提伽國人姓毗舍羅既受佛陀難提付囑後至中印度行化時有長者香蓋攜一子而來瞻禮尊者曰此子處胎

六十歲因號難生復甞會一仙者謂此兒非凡當爲法器今遇尊者可令出家尊者即與落髮授戒羯磨之際祥光燭座仍感舍利三七粒現前自此精進忘疲既而師告曰如來大法眼藏今付於汝汝護念之乃説偈曰

眞理本無名　因名顯眞理
受得眞實法　非眞亦非僞

尊者付法已即入滅盡三昧而般涅槃衆以香油栴檀闍維眞體收舍利建塔于那爛陀寺即敬王三十五年甲寅歲也

第十祖脇尊者中印度人也本名難生初尊者將誕父夢一白象背有寶座座上安一明珠從門而入光照四衆既覺遂生後值伏馱尊者執侍左右未甞睡眠謂其脇不至席遂號脇尊者焉初至華氏國憩一樹下右手指地而告衆曰此地變金色當有聖人入會言訖即變金色時有長者子富那夜奢合掌前立尊者問汝從何來夜奢曰我心非往尊者曰汝何處住曰我心非止尊者曰汝不定耶曰諸佛亦然尊者曰汝非諸佛曰諸佛亦非尊者因説偈曰

此地變金色　預知於聖至
當坐菩提樹　覺華而成已

夜奢復説偈曰

師坐金色地　常説眞實義
迴光而照我　令入三摩諦

尊者知其意即度出家復具戒品乃告之曰如來大法眼藏今付於汝汝護念之乃説偈言

眞體自然眞　因眞説有理
領得眞眞法

無行亦無止

尊者付法已即現神變而入涅槃化火自焚四衆各以衣裓盛舍利隨處興塔而供養之即貞王二十二年已亥歲也

第十一祖富那夜奢華氏國人也姓瞿曇氏父寶身既得法於脇尊者尋詣波羅柰國有馬鳴大士迎而作禮因問曰我欲識佛何者即是師曰汝欲識佛不識者是曰佛既不識焉知是乎師曰既不識佛焉知不是曰此是鋸義師曰彼是木義復問鋸義者何曰與師乎出又問木義者何師曰汝被我解馬鳴豁然省悟稽首歸依遂求剃度師謂衆曰此大士者昔爲毗舍離國王其國有一類人如馬裸露王運神力分身爲蠶彼乃得衣王後復生中印度馬人感戀悲鳴因號馬鳴焉如來記云吾滅度後六百年當有賢者馬鳴於波羅柰國摧伏異道度人無量繼吾傳化今正是時即告之曰如來大法眼藏今付於汝即說偈曰

迷悟如隱顯　明暗不相離　今付隱顯法
非一亦非二

尊者付法已即現神變湛然圓寂衆興寶塔以閟全身即安王十四年戊戌歲也

第十二祖馬鳴大士者波羅柰國人也亦名功勝以有作無作諸功德最爲殊勝故名焉既受法於夜奢尊者後於華氏國轉妙法輪忽有老人座前仆地師謂衆曰此非庸流當有異相言訖不見俄從地踊出一金色人復化爲女子右手指師而說偈曰

稽首長老尊　當受如來記　今於此地上

宣通第一義

説偈已瞥然不見師曰將有魔來與吾校力有頃風雨暴至天地晦冥師曰魔之來信矣吾當除之即指空中現一大金龍奮發威神震動山岳師儼然於座魔事隨滅經七日有一小蟲大若蟭螟潛形座下師以手取之示衆曰斯乃魔之所變盜聽吾法耳乃放之令去魔不能動師告之曰汝但歸依三寶即得神通遂復本形作禮懺悔師問曰汝名誰耶眷屬多少曰我名迦毗摩羅有三千眷屬師曰汝盡神力變化若何曰我化巨海極爲小事師曰汝化性海得否曰何謂性海我未嘗知師即爲説性海云山河大地皆依建立三昧六神通由茲發現迦毗摩羅聞言遂發信心與徒衆三千俱求剃度師乃召五百羅漢與授具戒復告之曰如來大法眼藏今當付汝汝聽偈言

隱顯即本法　明暗元不二　今付悟了法　非取亦非離

付法已即入龍奮迅三昧挺身空中如日輪相然後示滅四衆以眞體藏之龍龕即顯王三十七年甲午歳也

第十三祖迦毗摩羅者華氏國人也初爲外道有徒三千通諸異論後於馬鳴尊者得法領徒至西印度彼有太子名雲自在仰尊者名請於宮中供養尊者曰如來有教沙門不得親近國王大臣權勢之家太子曰今我國城之北有大山焉山中有一石窟師可禪寂于此否尊者曰諾即入彼山行數里逢一大蟒尊者直進不顧遂盤繞師身師因與受三

歸依蟒聽訖而去尊者將至石窟復有一老人素服而出合掌問訊尊者曰汝何所止荅曰我昔嘗爲比丘多樂寂靜有初學比丘數來請益而我煩於應荅起嗔恨想命終墮爲蟒身住是窟中今已千載適遇尊者獲聞戒法故來謝耳尊者問曰此山更有何人居止曰北去十里有大樹蔭覆五百大龍其樹王名龍樹常爲龍衆說法我亦聽受耳尊者遂與徒衆詣彼龍樹出迎尊者曰深山孤寂龍蟒所居大德至尊何枉神足師曰吾非至尊來訪賢者龍樹默念曰此師得決定性明道眼否是大聖繼眞乘否師曰汝雖心語吾已意知但辦出家何慮吾之不聖龍樹聞已悔謝尊者即與度脫及五百龍衆俱授具戒復告龍樹曰今以如來大法眼藏付囑於汝諦聽偈言

非隱非顯法　說是眞實際　悟此隱顯法

非愚亦非智

付法已即現神變化火焚身龍樹收五色舍利建塔瘞之即赧王四十一年壬辰歲也

第十四祖龍樹尊者西天竺國人也亦名龍勝始於毗羅尊者得法後至南印度彼國之人多信福業聞尊者爲說妙法遞相謂曰人有福業世間第一徒言佛性誰能覩之尊者曰汝欲見佛性先須除我慢彼人曰佛性大小尊者曰非大非小非廣非狹無福無報不死不生彼聞理勝悉迴初心尊者復於座上現自在身如滿月輪一切衆唯聞法音不覩師相彼衆中有長者子名迦那提婆謂衆曰識此相否衆曰目所未覩安能辨識提婆曰

此是尊者現佛性體相以示我等何以知之蓋以無相三昧形如滿月佛性之義廓然虛明言訖輪相即隱復居本座而説偈言

身現圓月相　以表諸佛體　説法無其形　用辨非聲色

彼衆聞偈頓悟無生咸願出家以求解脱尊者即爲剃髮命諸聖授具其國先有外道五千餘人作大幻術衆皆宗仰尊者悉爲化之令歸三寶復造大智度論中論十二門論垂之於世後告上首弟子迦那提婆曰如來大法眼藏今當付汝聽吾偈言

爲明隱顯法　方説解脱理　於法心不證　無嗔亦無喜

付法訖入月輪三昧廣現神變復就本座凝然禪寂迦那提婆與諸四衆共建寶塔以葬焉即秦始皇三十五年巳丑歲也

景德傳燈録卷第一

音釋

暨巨至切及也　騫起虔切　爇儒劣切焼也　鍛都玩切冶金曰鍛　繇夷周切與由同因也　駛爽士切疾也　脆此芮切易斷也　寤五故切寐覺也　罽賓梵語也此云賤種罽居例切　蔓莫班切　蛆七餘切蛆蟲也　嬈爾紹切擾同亂也　滂沲滂鋪郎切沲唐何切　雉堞堞達協切雉堞城上女牆也　闤闠闤胡關切市垣也闠胡對切市外門也　寘支義切置也　攜玄圭切提挈也　祴古得切衣前襟也　裸郎果切赤體也　閟兵媚切閉也　仆芳遇切偃仆也　瞥匹蔑切　蟭螟蟭茲消切螟忙經切蟭螟小蟲也　蟒母朗切大蛇也　瘞於罽切埋也　赧乃版切　遞大計切更迭也

景德傳燈録卷第二

宋 沙門 道原 纂

天竺三十五祖 一十三祖見録

第十五祖迦那提婆 第十六祖羅睺羅多

第十七祖僧伽難提 第十八祖伽耶舍多

第十九祖鳩摩羅多 第二十祖闍夜多

第二十一祖婆修盤頭

第二十二祖摩拏羅 第二十三祖鶴勒那

第二十四祖師子尊者

第二十五祖婆舍斯多

第二十六祖不如密多

第二十七祖般若多羅

師子尊者旁出達磨達
達磨達出二祖
一因陀羅 二瞿羅忌利婆
因陀羅出四祖
一達磨尸利帝 二那伽難提
三破樓求多羅 四波羅婆提

瞿羅忌利婆出二祖
一波羅跋摩 二僧伽羅叉
達磨尸利帝出二祖
一摩帝隷披羅 二訶利跋茂
破樓求多羅出三祖
一和修盤頭 二達摩訶帝
三旃陀羅多
波羅跋摩出三祖
一勒那多羅 二盤頭多羅
三婆羅婆多
僧伽羅叉出五祖
一毗舍也多羅 二毗樓羅多摩
三毗栗眵多羅 四優波羶馱
五婆難提多
已上旁出二十二祖
無機縁語句不録

第十五祖迦那提婆者南天竺國人也姓毗舍羅初求福業兼樂辯論後謁龍樹大士將及門龍樹知是智人先遣侍者以滿鉢水置於座前尊者覩之即以一針投而進之欣然契會龍樹即爲說法不起於座見月輪相唯聞其聲不見其形尊者語衆曰今此瑞者師現佛性表說法非聲色也尊者既得法後至

毗羅國彼有長者曰梵摩淨德一日園樹生大耳如菌味甚美唯長者與第二子羅睺羅多取而食之取已隨長盡而復生自餘親屬皆不能見時尊者知其宿因遂至其家長者問其故尊者曰汝家昔曾供養一比丘然此比丘道眼未明以虛霑信施故報爲木菌惟汝與子精誠供養得以享之餘即否矣又問長者年多少答曰七十有九尊者乃說偈曰

入道不通理　復身還信施　汝年八十一

此樹不生耳

長者聞偈彌加歎伏且曰弟子衰老不能事師願捨次子隨師出家尊者曰昔如來記此子當第二五百年爲大教主今之相遇蓋符宿因即剃髮執侍至巴連弗城聞諸外道欲障佛法計之既久尊者乃執長旛入彼衆中彼問尊者曰汝何不前尊者曰汝何不後又曰汝似賤人尊者曰汝似良人又曰汝解何法尊者曰汝百不解又曰我欲得佛尊者曰我酌然得佛又曰汝不合得尊者曰元道我得汝實不得又曰汝既不得云何言得尊者曰汝有我故所以不得我無我故我自當得彼詞既屈乃問師曰汝名何等尊者曰我名迦那提婆彼既夙聞師名乃悔過致謝時衆中猶互興問難尊者析以無礙之辯由是歸伏乃告上足羅睺羅多而付法眼偈曰

本對傳法人　爲說解脫理　於法實無證

無終亦無始

尊者說偈已入奮迅定身放八光而歸寂滅學衆興塔而供養之即前漢文帝十九年庚辰歲也

第十六祖羅睺羅多者迦毗羅國人也行化至室羅筏城有河名曰金水其味殊美中流復現五佛影尊者告衆曰此河之源凡五百里有聖者僧伽難提居於彼處佛誌一千年後當紹聖位語已領諸學衆泝流而上至彼見僧伽難提安坐入定尊者與衆伺之經三七日方從定起尊者問曰汝身定耶心定耶曰身心俱定尊者曰身心俱定何有出入曰雖有出入不失定相如金在井金體常寂尊者曰若金在井若金出井金無動靜何物出入曰言金動靜何物出入許金出入金非動靜尊者曰若金在井出者何金若金出井在者何物曰金若出井在者非金金若在井出者非物尊者曰此義不然曰彼理非著尊者曰此義當墮曰彼義不成尊者曰彼義不成我義成矣曰我義雖成法非我故尊者曰我義已成我無我故曰我無我故復成何義尊者曰我無我故故成汝義曰仁者師於何聖得是無我尊者曰我師迦那提婆證是無我曰稽首提婆師而出於仁者仁者無我故我欲師仁者尊者曰我已無我故汝須見我我汝若師我故知我非我我難提心意豁然即求度脱尊者曰汝心自在非我所繫語已即以右手擎金鉢舉至梵宮取彼香飯將齋大衆而大衆忽生猒惡之心尊者曰非我之咎汝等自業即命僧伽難提分座同食衆復訝之尊者曰汝不得食皆由此故當知與吾分座者即過去娑羅樹王如來也愍物降迹汝輩亦莊嚴劫中已至三果而未證無漏者也衆曰我師神力斯可信矣彼云過去佛者即

竊疑焉僧伽難提知衆生慢乃曰世尊在日世界平正無有丘陵江河溝洫水悉甘美草木滋茂國土豐盈無八苦行十善自雙樹示滅八百餘年世界丘墟樹木枯悴人無至信正念輕微不信眞如唯愛神力言訖以右手漸展入地至金剛輪際取甘露水以瑠璃器持至會所大衆見之即時欽慕悔過作禮於是尊者命僧伽難提而付法眼偈曰

於法實無證　不取亦不離　法非有無相　内外云何起

尊者付法已安坐歸寂四衆建塔此當前漢武帝二十八年戊辰歳也

第十七祖僧伽難提者室羅閥城寶莊嚴王之子也生而能言常讚佛事七歳即猒世樂以偈告其父母曰

稽首大慈父　和南骨血母　我今欲出家　幸願哀愍故

父母固止之遂終日不食乃許其在家出家號僧伽難提復命沙門禪利多爲之師積十九載未曾退倦尊者每自念言身居王宮胡爲出家一夕天光下屬見一路坦平不覺徐行約十里許至大巖前有石窟焉乃燕寂于中父既失子即擯禪利多出國訪尋其子不知所在經十年尊者得法受記已行化至摩提國忽有涼風襲衆身心悦適非常而不知其然尊者曰此道德之風也當有聖者出世嗣續祖燈乎言訖以神力攝諸大衆遊歷山谷食頃至一峯下謂衆曰此峯頂有紫雲如蓋聖人居此矣即與大衆徘徊久之見山舍一童子持圓鑑直造尊者前尊者問汝幾歳

耶曰百歲尊者曰汝年尚幼何言百歲曰我不會理正百歲耳尊者曰汝善機耶曰佛言若人生百歲不會諸佛機未若生一日而得決了之師曰汝手中者當何所表童曰諸佛大圓鑑內外無瑕翳兩人同得見心眼皆相似彼父母聞子語即捨令出家尊者携至本處受具戒訖名伽耶舍多他時聞風吹殿銅鈴聲尊者問師曰鈴鳴耶風鳴耶師曰非風非鈴我心鳴耳尊者曰心復誰乎師曰俱寂靜故尊者曰善哉善哉繼吾道者非子而誰即付法偈曰

心地本無生　因地從緣起　緣種不相妨
華果亦復爾

尊者付法已右手攀樹而化大衆議曰尊者樹下歸寂其垂蔭後裔乎將奉全身於高原建塔衆力不能舉即就樹下起塔當前漢昭帝十三年丁未歲也

第十八祖伽耶舍多者摩提國人也姓鬱頭藍父天蓋母方聖嘗夢大神持鑑因而有娠凡七日而誕肌體瑩如瑠璃未嘗洗沐自然香潔幼好閑靜語非常童持鑑出遊遇難提尊者得度領徒至大月氏國見一婆羅門舍有異氣尊者將入彼舍舍主鳩摩羅多問曰是何徒衆曰是佛弟子彼聞佛號心神竦然即時閉戶尊者良久扣其門羅多曰此舍無人尊者曰荅無者誰羅多聞語知是異人遽開關延接尊者曰昔世尊記曰吾滅後一千年有大士出現於月氏國紹隆玄化今汝值吾應斯嘉運於是鳩摩羅多發宿命智投誠出家受具訖付法偈曰

有種有心地　因縁能發萌　於縁不相礙
當生生不生

尊者付法已踊身虛空現十八種神變化火光三昧自焚其身衆以舍利起塔當前漢成帝二十年戊申歳也

第十九祖鳩摩羅多者大月氏國婆羅門之子也昔爲自在天人（欲界第六天）見菩薩瓔珞忽起愛心墮生忉利（欲界第二天）聞憍尸迦説般若波羅蜜多以法勝故升于梵天（色界）以根利故善説法要諸天尊爲導師以繼祖時至遂降月氏後至中天竺國有大士名闍夜多問曰我家父母素信三寶而嘗縈疾瘵凡所營作皆不如意而我隣家久爲旃陀羅行而身常勇健所作和合彼何幸而我何辜尊者曰何足疑乎且善惡之報有三時焉凡人恒見仁夭暴壽逆吉義凶便謂亡因果虛罪福殊不知影響相隨毫釐靡忒縱經百千萬劫亦不磨滅時闍夜多聞是語已頓釋所疑尊者曰汝雖已信三業而未明業從惑生惑因識有識依不覺不覺依心心本清淨無生滅無造作無報應無勝負寂寂然靈靈然汝若入此法門可與諸佛同矣一切善惡有爲無爲皆如夢幻闍夜多承言領旨即發宿慧懇求出家既受具尊者告曰吾今寂滅時至汝當紹待化迹乃付法眼偈曰

性上本無生　爲對求人説　於法既無得
何懷決不決

師曰此是妙音如來見性清淨之句汝宜傳布後學言訖即於座上以指爪務面如紅蓮開出大光明照耀四衆而入寂滅闍夜多起

塔當新室十四年壬午歲也

第二十祖闍夜多者北天竺國人也智慧淵沖化導無量後至羅閱城敷揚頓教彼有學衆唯尚辯論爲之首者名婆修盤頭（此云徧行）常一食不卧六時禮佛清淨無欲爲衆所歸尊者將欲度之先問彼衆曰此徧行頭陀能修梵行可得佛道乎衆曰我師精進何故不可尊者曰汝師與道遠矣設苦行歷於塵劫皆虚妄之本也衆曰尊者蘊何德行而譏我師尊者曰我不求道亦不顛倒我不禮佛亦不輕慢我不長坐亦不懈怠我不一食亦不雜食我不知足亦不貪欲心無所希名之曰道時徧行聞已發無漏智歡喜讃歎尊者又語彼衆曰會吾語否吾所以然者爲其求道心切夫弦急即斷故吾不賛令其住安樂地入諸佛智復告徧行曰吾適對衆抑挫仁者得無惱於衷乎曰我憶念十劫前生常安樂國師於智者月淨記我非久當證斯陀含果時有大光明菩薩出世我以老故策杖禮謁師叱我曰重子輕父一何鄙哉時我自謂無過請師示之師曰汝禮大光明菩薩以杖倚壁畫佛面以此過慢遂失二果我責躬悔過已來聞諸惡言如風如響況今獲飲無上甘露而反生熱惱耶惟願大慈以妙道垂誨尊者曰汝久植衆德當繼吾宗聽吾偈曰

言下合無生　同於法界性　若能如是解
通達事理竟

尊者付法已不起於座奄然歸寂闍維收舍利建塔當後漢明帝十七年甲戌歲也

第二十一祖婆修盤頭者羅閱城人也姓毗

舍佉父光蓋毋嚴一家富而無子父毋禱于佛塔而求嗣焉一夕毋夢呑明暗二珠覺而有孕經七日有一羅漢名賢衆至其家光蓋設禮賢衆端坐受之嚴一出拜賢衆避席云迴禮法身大士光蓋罔測其由遂取一寶珠跪獻賢衆試其眞僞賢衆即受之殊無遜謝光蓋不能忍問曰我是丈夫致禮不顧我妻何德尊者避之賢衆曰我受禮納珠貴福汝耳汝婦懷聖子生當爲世燈慧日故吾避之非重女人也賢衆又曰汝婦當生二子一名婆修盤頭則吾所尊者也二名芻尼（此云野鵲子）昔如來在雪山修道芻尼巢於頂上佛既成道芻尼受報爲那提國王佛記云汝至第二五百年生羅閲城毗舍佉家與聖同胞今無爽矣後一月果産一子尊者婆修盤頭年至十五禮光度羅漢出家感毘婆訶菩薩與之授戒行化至那提國彼王名常自在有二子一名摩訶羅次名摩拏羅王問尊者曰羅閲城土風與此何異尊者曰彼土曾三佛出世今王國有二師化導曰二師者誰尊者曰佛記第二五百年有一神力大士出家繼聖即王之次子摩拏羅是其一也吾雖德薄敢當其一王曰誠如尊者所言當捨此子作沙門尊者曰善哉大王能遵佛旨即與受具付法偈曰

泡幻同無礙　如何不了悟　達法在其中
非今亦非古

尊者付法已踊身高半由旬屹然而住四衆仰瞻虔請復坐跏趺而逝茶毗得舍利建塔當後漢殤帝十二年丁己歲也

第二十二祖摩拏羅者那提國常自在王之子也年三十遇婆修祖師出家傳法至西印度彼國王名得度即瞿曇種族歸依佛乘勤行精進一日於行道處現一小塔欲取供養衆莫能舉王即大會梵行禪觀呪術等三衆欲問所疑時尊者亦赴此會是三衆皆莫能辯尊者即爲王廣説塔之所因(阿育王造塔此不繁録)今之出現王福力之所致也王聞是説乃曰至聖難逢世樂非久即傳位太子投祖出家七日而證四果尊者深加慰誨曰汝居此國善自度人今異域有大法器吾當化令得度曰師應迹十方動念當至寧勞往耶尊者曰然於是焚香遥語月氏國鶴勒那比丘曰汝在彼國教導鶴衆道果將證宜自知之時鶴勒那爲彼國王寶印説修多羅偈忽覩異香成穗王曰是何祥也曰此是西印度傳佛心印祖師摩拏羅將至先降信香耳曰此師神力何如荅曰此師遠承佛記當於此土廣宣玄化時王與鶴勒那俱遥作禮尊者知已即辭得度比丘往月氏國受王與鶴勒那供養後鶴勒那問尊者曰我止林間已經九白(印度以一年爲一白)有弟子龍子者幼而聰慧我於三世推窮莫知其本尊者曰此子於第五劫中生妙喜國婆羅門家曾以栴檀施於佛宇作槌撞鍾受報聰敏爲衆欽仰又問我有何緣而感鶴衆尊者曰汝第四劫中嘗爲比丘當赴會龍宮汝諸弟子咸欲隨從汝觀五百衆中無有一人堪任妙供時諸子曰師常説法於食等者於法亦等今既不然何聖之有汝即令赴會自汝捨生趣生轉化諸國其五百弟

子以福微德薄生於羽族今感汝之惠故爲鶴衆相隨鶴勒那聞語曰以何方便令彼解脱尊者曰我有無上法寳汝當聽受化未來際而説偈曰

心隨萬境轉　轉處實能幽　隨流認得性　無喜復無憂

時鶴衆聞偈飛鳴而去尊者跏趺寂然奄化鶴勒那與寳印王起塔當後漢桓帝十九年乙巳歲也

第二十三祖鶴勒那者勒那梵語鶴即華言以尊者出世常感羣鶴戀慕故名月氏國人也姓婆羅門父千勝母金光以無子故禱于七佛金幢即夢須彌山頂一神童持金環云我來也覺而有孕年七歲遊行聚落覩民間淫祀乃入廟叱之曰汝妄興禍福幻惑於人歲費牲牢傷害斯甚言訖廟貌忽然而壞由是鄉黨謂之聖子年二十二出家三十遇摩拏羅尊者付法眼藏行化至中印度彼國王名無畏海崇信佛道尊者爲説正法次王忽見二人緋素服拜尊者王問曰此何人也師曰此是日月天子吾昔曾爲説法故來禮耳良久不見唯聞異香王曰日月國土總有多少尊者曰千釋迦佛所化世界各有百億迷盧日月我若廣説即不能盡王聞忻然時尊者演無上道度有縁衆以上足龍子早夭有兄師子博通强記事婆羅門厥師既逝弟復云亡乃歸依于尊者而問曰我欲求道當何用心尊者曰汝欲求道無所用心曰既無用心誰作佛事尊者曰汝若有用即非功德汝若無作即是佛事經云我所作功德而無我所故師子聞是言已即入

佛慧時尊者忽指東北問云是何氣象師子曰我見氣如白虹貫乎天地復有黒氣五道横亘其中尊者曰其兆云何曰莫可知矣尊者曰吾滅後五十年北天竺國當有難起嬰在汝身吾將滅矣今以法眼付囑於汝善自護持乃説偈曰

認得心性時　可説不思議　了了無可得　得時不説知

師子比丘聞偈欣愜然未曉將罹何難尊者乃密示之言訖現十八變而歸寂闍維畢分舍利各欲興塔尊者復現空中而説偈曰

一法一切法　一切一法攝　吾身非有無　何分一切塔

大衆聞偈遂不復分就馱都之塲而建塔焉即後漢獻帝二十年己丑歲也

第二十四祖師子比丘者中印度人也姓婆羅門得法遊方至罽賓國有波利迦者本習禪觀故有禪定知見執相捨相不語之五衆尊者詰而化之四衆皆默然心服唯禪定師達磨達者聞四衆被責憤悱而來尊者曰仁者習定何當來此既至于此胡云習定曰我雖來此心亦不亂定隨人習豈在處所尊者曰仁者既來其習亦至既無處所豈在人習曰定習人故非人習定我雖來此其定常習尊者曰人非習定定習人故當自來時其定誰習彼曰如淨明珠内外無翳定若通達必當如此師曰定若通達一似明珠今見仁者非珠之徒彼曰其珠明徹内外悉定我心不亂猶若此淨師曰其珠無内外仁者何能定穢物非動揺此定不是淨達磨達蒙尊者開

悟心地朗然尊者既攝五衆名聞遐邇方求法嗣遇一長者引其子問尊者曰此子名斯多當生便拳左手今既長矣而終未能舒願尊者示其宿因尊者覩之即以手接曰可還我珠童子遽開手奉珠衆皆驚異尊者曰吾前報爲僧有童子名婆舍吾嘗赴西海齋受䞋珠付之今還吾珠理固然矣長者遂捨其子出家尊者即與受具以前緣故名婆舍斯多尊者即謂之曰吾師密有懸記罹難非久如來正法眼藏今轉付汝汝應保護普潤來際偈曰

正說知見時　知見俱是心　當心即知見知見即于今

尊者說偈已以僧伽梨衣密付斯多俾之他國隨機演化斯多受教直抵南天尊者以難不可以苟免獨留罽賓時本國有外道二人一名摩目多二名都落遮學諸幻法欲共謀亂乃盜爲釋子形像潛入王宮且曰不成即罪歸佛子妖既自作禍亦旋踵事既敗王果怒曰吾素歸心三寶何乃搆害一至于斯即命破毀伽藍袪除釋衆又自秉劒至尊者所問曰師得蘊空否尊者曰已得蘊空曰離生死否尊者曰已離生死曰既離生死可施我頭尊者曰身非我有何悋於頭王即揮刃斷尊者首涌白乳高數尺王之右臂旋亦墮地七日而終太子光首歎曰我父何故自取其禍時有象白山僊人者深明因果即爲光首廣宣宿因解其疑網事具聖胄集及寶林傳　遂以師子尊者報體而建塔焉當魏齊王二十年己卯歲也師子尊者付婆舍斯多心法信衣爲正

嗣外傍出達磨達四世二十二師

第二十五祖婆舍斯多者罽賔國人也姓婆羅門父寂行母常安樂初母夢得神劒因而有孕既誕拳左手遇師子尊者顯發宿因密受心印後適南天至中印度彼國王名迦勝設禮供養時有外道號無我尊先爲王禮重嫉祖之至欲與論義幸而勝之以固其事乃於王前謂祖曰我解默論不假言說祖曰孰知勝負曰不爭勝負但取其義祖曰汝以何爲義曰無心爲義祖曰汝既無心安得義乎曰我說無心當名非義祖曰汝說無心當名非義我說非心當義非名曰當義非名誰能辨義祖曰汝名非義此名何名曰爲辨非義是名無名祖曰名既非名義亦非義辨者是誰當辨何物如是往返五十九翻外道杜口信伏于時祖忽然面北合掌長吁曰我師師子尊者今日遇難斯可傷焉即辭王南邁達于南天潛隱山谷時彼國王名天德迎請供養王有二子一凶暴而色力充盛一柔和而長嬰疾苦祖乃爲陳因果王即頓釋所疑又有呪術師忌祖之道乃潛置毒藥于飲食中祖知而食之彼返受禍遂投祖出家祖即與受具後六十載太子得勝即位復信外道致難于祖太子不如密多以進諫被囚王遽問祖曰予國素絶妖訛師所傳者當是何宗祖曰王國昔來實無邪法我所得者即是佛宗王曰佛滅已千二百載師從誰得耶祖曰飲光大士親受佛印展轉至二十四世師子尊者我從彼得王曰予聞師子比丘不能免於刑戮何能傳法後人祖曰我師難未起時密

授我信衣法偈以顯師承王曰其衣何在祖即於囊中出衣示王王命焚之五色相鮮薪盡如故王即追悔致禮師子眞嗣既明乃赦太子太子遂求出家祖問太子曰汝欲出家當爲何事曰我若出家不爲别事祖曰不爲何事曰不爲俗事祖曰當爲何事曰當爲佛事祖曰太子智慧天至必諸聖降迹即許出家六年侍奉後於王宫受具羯磨之際大地震動頗多靈異祖乃命之曰吾巳衰朽安可久留汝當善護正法眼藏普濟羣有聽吾偈曰

聖人説知見　當境無是非　我今悟眞性　無道亦無理

不如密多聞偈再啓祖曰法衣宜可傳授祖曰此衣爲難故假以證明汝身無難何假其衣化被十方人自信向不如密多聞語作禮而退祖現于神變化三昧火自焚平地舍利可高一尺得勝王創浮圖而祕之當東晉明帝太寧三年乙酉歲也

第二十六祖不如密多者南印度得勝王之太子也既受度得法至東印度彼王名堅固奉外道師長爪梵志暨尊者將至王與梵志同覩白氣貫于上下王曰斯何瑞也梵志預知尊者入境恐王遷善乃曰此是魔來之兆耳何瑞之有既鳩諸徒衆議曰不如密多將入都城誰能挫之弟子曰我等各有呪術可以動天地入水火何患哉尊者至先見宫墻有黑氣乃曰小難耳直詣王所王曰師來何爲尊者曰將度衆生曰以何法度尊者曰各以其類度之時梵志聞言不勝其怒即以幻

法化大山於尊者頂上尊者指之忽在彼衆頭上梵志等怖懼投尊者尊者愍其愚惑再指之化山隨滅乃爲王演說法要俾趣眞乘又謂王曰此國當有聖人而繼於我是時有婆羅門子年二十許幼失父母不知名氏或自言瓔珞故人謂之瓔珞童子遊行閭里丐求度日若常不輕之類人問汝何行急即荅云汝何行慢或問何姓乃云與汝同姓莫知其故後王與尊者同車而出見瓔珞童子稽首於前尊者曰汝憶往事否曰我念遠劫中與師同居師演摩訶般若我轉甚深脩多羅今日之事蓋契昔因尊者又謂王曰此童子非他即大勢至菩薩是也此聖之後復出二人一人化南印度一人縁在震旦四五年内却返此方遂以昔因故名般若多羅付法眼藏偈曰

眞性心地藏　無頭亦無尾　應緣而化物　方便呼爲智

尊者付法已即辭王曰吾化緣已終當歸寂滅願王於最上乘無忘外護即還本座跏趺而逝化火自焚王收舍利塔而瘞之當東晉孝武帝太元十三年戊子歲也

第二十七祖般若多羅者東印度人也既得法已行化至南印度彼王名香至崇奉佛乘尊重供養度越倫等又施無價寶珠時王有三子其季開士也尊者欲試其所得乃以所施珠問三王子曰此珠圓明有能及此否第一子目淨多羅第二子功德多羅皆曰此珠七寶中尊固無踰也非尊者道力孰能受之第三子菩提多羅曰此是世寶未足爲上於

諸寶中法寶爲上此是世光未足爲上於諸光中智光爲上此是世明未足爲上於諸明中心明爲上此珠光明不能自照要假智光光辯於此既辯此巳即知是珠既知是珠即明其寶若明其寶寶不自寶若辯其珠珠不自珠珠不自珠者要假智珠而辯世珠寶不自寶者要假智寶以明法寶然則師有其道其寶即現衆生有道心寶亦然尊者歎其辯慧乃復問曰於諸物中何物無相曰於諸物中不起無相又問於諸物中何物最高曰於諸物中人我最高又問於諸物中何物最大曰於諸物中法性最大尊者知是法嗣以時尚未至且默而混之及香至王厭世衆皆號絕唯第三子菩提多羅於柩前入定經七日而出乃求出家既受具戒尊者告曰如來以正法眼付大迦葉如是展轉乃至於我我今囑汝聽吾偈曰

心地生諸種　因事復生理　果滿菩提圓
華開世界起

尊者付法巳即於座上起立舒左右手各放光明二十七道五色光耀又踊身虛空高七多羅樹化火自焚空中舍利如雨收以建塔當宋孝武帝大明元年丁酉歲也

景德傳燈録卷第二

音釋

菌 巨隕切地蕈也　泝 蘇故切逆流而上曰泝　洫 忽域切溝也　悴 秦醉切焦瘁也　屬 朱欲切連也　擯 必刃切斥也　襲 席入切入也　娠 失人切孕也　月氏 氏音支月氏國名　竦 荀勇切恭也　縈 娟營切繞也　瘵 側界切病也　忒 惕德切差也　剺 陵之切劃也　屹 魚訖切山立貌

殤尸羊切穗徐醉切禾成秀也緋匪微切絳色也亘古鄧切延袤也

罹鄰知切遭也詰契吉切問也憒悱憒房問切悱妃尾切䁦初覷切覷施也

踵主勇切足跟也構居候切合也羯磨梵語也此云作法羯居謁切

鴆直禁切毒鳥也挫則臥切摧折也

景德傳燈録卷第三

宋 沙門 道原 纂

中華五祖幷旁出尊宿共二十五人

第二十八祖菩提達磨

旁出三人
一道育禪師 二道副禪師
三尼總持
已上無機緣語句不録

第二十九祖慧可大師 旁出六世共一十七人三人見録

僧那禪師 向居士

相州慧滿禪師

峴山神定禪師 寶月禪師
華閑居士 大士化公
和公 廖居士
華閑居士復出一人 曇邃
曇邃復出三人 一延陵慧簡
二彭城慧瑳 三定林寺慧綱
慧綱復出一人 六合大覺
大覺復出一人 高郵曇影
曇影復出一人 太山明練
明練復出一人 揚州靜泰
已上一十四人無機緣語句不録

第三十祖僧粲大師

第三十一祖道信大師 旁出七十人見第四卷

第三十二祖弘忍大師 旁出一百七人見第五卷

第二十八祖菩提達磨者南天竺國香至王第三子也姓刹帝利本名菩提多羅後遇二十七祖般若多羅至本國受王供養知師密迹因試令與二兄辨所施寶珠發明心要既而尊者謂曰汝於諸法已得通量夫達磨者通大之義也宜名達磨因改號菩提達磨師乃告尊者曰我既得法當往何國而作佛事願垂開示尊者曰汝雖得法未可遠遊且止南天竺待吾滅後六十七載當往震旦設大法藥直接上根愼勿速行衰於日下師又曰彼有大士堪爲法器否千載之下有留難否尊者曰汝所化之方獲菩提者不可勝數吾

滅後六十餘年彼國有難水中文布自善降之汝至時南方勿住彼唯好有爲功業不見佛理汝縱到彼亦不可久留聽吾偈曰

路行跨水復逢羊　獨自悽悽暗渡江
日下可憐雙象馬　二株嫩桂久昌昌

復演八偈皆預讖佛教隆替（事具寶林傳及聖胄集）師恭禀教義服勤左右垂四十年未嘗廢闕追尊者順世遂演化本國時有二師一名佛大先一名佛大勝多本與師同學佛陀跋陀小乘禪觀佛大先既遇般若多羅尊者捨小趣大與師並化時號二甘露門矣而佛大勝多更分途而爲六宗第一有相宗第二無相宗第三定慧宗第四戒行宗第五無得宗第六寂靜宗各封已解别展化源聚落崢嶸徒衆甚盛大師喟然而歎曰彼之一師已陷牛迹況復支離繁盛而分六宗我若不除永纏邪見言已微現神力至第一有相宗所問曰一切諸法何名實相彼衆中有一尊長薩婆羅荅曰於諸相中不互諸相是名實相師曰一切諸相而不互者若明實相當何定耶彼曰於諸相中實無有定若定諸相何名爲實師曰諸相不定便名實相汝今不定當何得之彼曰我言不定不説諸相當説諸相其義亦然師曰汝言不定當爲實相定不定故即非實相彼曰定既不定即非實相知我非故不定不變師曰汝今不變何名實相已變已往其義亦然彼曰不變當在不在故故變實相以定其義師曰實相不變變即非實於有無中何名實相薩婆羅心知聖師懸解潛達即以手指虚空曰此是世間有相亦能空故

當我此身得似否師曰若解實相即見非相若了非相其色亦然當於色中不失色體於非相中不礙有故若能是解此名實相彼衆聞已心意朗然欽禮信受師又瞥然匿跡至第二無相宗所問曰汝言無相當何證之彼衆中有智者波羅提荅曰我明無相心不現故師曰汝心不現當何明之彼曰我明無相心不取捨當於明時亦無當者師曰於諸有無心不取捨又無當者諸明無故彼曰入佛三昧尚無所得何況無相而欲知之師曰相既不知誰云有無尚無所得何名三昧彼曰我說不證證無所證非三昧故我說三昧師曰非三昧者何當名之汝既不證非證何證波羅提聞師辯析即悟本心禮謝於師懺悔往謬師記曰汝當得果不久證之此國有魔非久降之言已忽然不現至第三定慧宗所問曰汝學定慧爲一爲二彼衆中有婆蘭陀者荅曰我此定慧非一非二師曰既非一二何名定慧彼曰在定非定處慧非慧一即非一二亦不二師曰當一不一當二不二既非定慧約何定慧彼曰不一不二定慧能知非定非慧亦復然矣師曰慧非定故然何知哉不一不二誰定誰慧婆蘭陀聞之疑心氷釋至第四戒行宗所問曰何者名戒云何名行當此戒行爲一爲二彼衆中有一賢者荅曰一二二一皆彼所生依教無染此名戒行師曰汝言依教即是有染一二俱破何言依教此二違背不及於行內外非明何名爲戒彼曰我有內外彼已知竟既得通達便是戒行若說違背俱是俱非言及清淨即戒即行師

曰俱是俱非何言清淨既得通故何談内外賢者聞之即自慙服至第五無得宗所問曰汝云無得無得何得既無所得亦無得得彼衆中有寶淨者荅曰我說無得非無得得當說得得無得是得師曰得既不得得亦非得既云得得得得得何得彼曰見得非得非得是得若見不得名爲得得師曰得既非得得得無得既無所得當何得得寶淨聞之頓除疑網至第六寂靜宗所問曰何名寂靜於此法中誰靜誰寂彼有尊者荅曰此心不動是名爲寂於法無染名之爲靜師曰本心不寂要假寂靜本來寂故何用寂靜彼曰諸法本空以空空故於彼空空故名寂靜師曰空空已空諸法亦爾寂靜無相何靜何寂彼尊者聞師指誨豁然開悟既而六衆咸誓歸依由是化被南天聲馳五印遠近學者靡然嚮風經六十餘載度無量衆後值異見王輕毀三寶每云我之祖宗皆信佛道陷于邪見壽年不永運祚亦促且我身是佛何更外求善惡報應皆因多智之者妄搆其說至於國内耆舊爲前王所奉者悉從廢黜師知已歎彼德薄當何救之又念無相宗中二首領其一波羅提者與王有縁將證其果其二宗勝者非不博辯而無宿因時六宗徒衆亦各念言佛法有難師何自安師遥知衆意即彈指應之六衆聞之云此是我師達磨信響我等宜須速行以副慈命言已至師所禮拜問訊師曰今一葉翳虚孰能剪拂宗勝曰我雖淺薄敢憚其行師曰汝雖辯慧而道力未全宗勝自念我師恐我見王作大佛事名譽顯達映奪尊

威縱彼福慧爲王我是沙門受佛教旨豈難敵也言訖潛去至王所廣説法要及世界苦樂人天善惡等事王與之往返徵詰無不詣理王曰汝今所解其法何在宗勝曰如王治化當合其道王所有道何在王曰我所有道將除邪法汝所有法將伏何人師不起于座懸知宗勝義墮遽告波羅提曰宗勝不禀吾教潛化於王須臾即屈汝可速救波羅提恭禀師旨云願假神力言已雲生足下至王前默然而住時王正問宗勝忽見波羅提乘雲而至愕然忘其問荅曰乘空之者是正是邪荅曰我非邪正而來正邪王心若正我無邪正王雖驚異而驕慢方熾即擯宗勝令出波羅提曰王既有道何擯沙門我雖無解願王致問王怒而問曰何者是佛荅曰見性是佛王曰師見性否荅曰我見佛性王曰性在何處荅曰性在作用王曰是何作用我今不見荅曰今見作用王自不見王曰於我有否荅曰王若作用無有不是王若不用體自難見王曰若當用時幾處出現荅曰若出現時當有其八王曰其八出現當爲我説波羅提即説偈曰

在胎爲身　處世名人　在眼曰見　在耳曰聞
在鼻辨香　在口談論　在手執捉　在足運奔
徧現俱該沙界　收攝在一微塵
識者知是佛性　不識唤作精魂

王聞偈已心即開悟乃悔謝前非咨詢法要朝夕忘倦迄于九旬時宗勝既被斥逐退藏深山念曰我今百歲八十爲非二十年來方歸佛道性雖愚昧行絶瑕疵不能禦難生何

如死言訖即自投崖俄有一神人以手捧承置于巖石之上安然無損宗勝曰我忝沙門當與正法爲主不能抑絶王非是以捐身自責何神祐助一至於斯願垂一語以保餘年於是神人乃説偈曰

師壽於百歲　八十而造非　爲近至尊故
熏修而入道　雖具少智慧　而多有彼我
所見諸賢等　未嘗生珍敬　二十年功德
其心未恬靜　聰明輕慢故　而獲至於此
得王不敬者　當感果如是　自今不踈怠
不久成奇智　諸聖悉存心　如來亦復爾

宗勝聞偈欣然即於巖閒宴坐時異見王復問波羅提曰仁者智辯當師何人荅曰我所出家即娑羅寺烏沙婆三藏爲授業師其出世師者即大王叔菩提達磨是也王聞師名驚駭久之曰鄙薄忝嗣王位而趣邪背正忘我尊叔遽敕近臣特加迎請師即隨使而至爲王懺悔往非王聞規誡泣謝于師又詔宗勝歸國大臣奏曰宗勝被謫投崖今已亡矣王告師曰宗勝之死皆自於吾如何大慈令免斯罪師曰宗勝今在巖閒宴息但遣使召當即至矣王即遣使入山果見宗勝端居禪寂宗勝蒙召乃曰深媿王意貧道誓處巖泉且王國賢德如林達磨是王之叔六衆所師波羅提法中龍象願王崇仰二聖以福皇基使者復命未至師謂王曰知取得宗勝否王曰未知師曰一請未至再命必來良久使還果如師語師遂辭王曰當善修德不久疾作吾且去矣經七日王乃得疾國醫診治有加無瘳貴戚近臣憶師前記急發使告師曰王

疾殆至彌留願叔慈悲遠來診救師即至王所慰問其疾時宗勝再承王召即別巖間波羅提久受王恩亦來問疾波羅提曰當何施爲令王免苦師即令太子爲王宥罪施恩崇奉僧寶復爲王懺悔云願罪消滅如是者三王疾有間師心念震旦縁熟行化時至乃先辭祖塔次別同學然至王所慰而勉之曰當勤修白業護持三寶吾去非晚一九即迴王聞師言涕淚交集曰此國何罪彼土何祥叔既有縁非吾所止唯願不忘父母之國事畢早迴王即具大舟實以衆寶躬率臣寮送至海壖師汎重溟凡三周寒暑達于南海實梁普通八年丁未歲九月二十一日也廣州刺史蕭昂具主禮迎接表聞武帝帝覽奏遣使齎詔迎請十月一日至金陵帝問曰朕即位已來造寺寫經度僧不可勝紀有何功德師曰並無功德帝曰何以無功德師曰此但人天小果有漏之因如影隨形雖有非實帝曰如何是眞功德荅曰淨智妙圓體自空寂如是功德不以世求帝又問如何是聖諦第一義師曰廓然無聖帝曰對朕者誰師曰不識帝不領悟師知機不契是月十九日潛迴江北十一月二十三日屆于洛陽當後魏孝明太和十年也寓止于嵩山少林寺面壁而坐終日默然人莫之測謂之壁觀婆羅門時有僧神光者曠達之士也久居伊洛博覽羣書善談玄理每歎曰孔老之教禮術風規莊易之書未盡妙理近聞達磨大士住止少林至人不遥當造玄境乃往彼晨夕參承師常端坐面牆莫聞誨勵光自惟曰昔人求道敲骨

取髓刺血濟饑布髮掩泥投崖飼虎古尚若此我又何人其年十二月九日夜天大雨雪光堅立不動遲明積雪過膝師憫而問曰汝久立雪中當求何事光悲淚曰惟願和尚慈悲開甘露門廣度羣品師曰諸佛無上妙道曠劫精勤難行能行非忍而忍豈以小德小智輕心慢心欲冀眞乘徒勞勤苦光聞師誨勵潛取利刀自斷左臂置于師前師知是法器乃曰諸佛最初求道爲法忘形汝今斷臂吾前求亦可在師遂因與易名曰慧可光曰諸佛法印可得聞乎師曰諸佛法印匪從人得光曰我心未寧乞師與安師曰將心來與汝安曰覓心了不可得師曰我與汝安心竟後孝明帝聞師異跡遣使齎詔徵前後三至師不下少林帝彌加欽尚就賜摩衲袈裟二領金鉢銀水缾繒帛等師牢讓三返帝意彌堅師乃受之自爾緇白之衆倍加信向迄九年已欲西返天竺乃命門人曰時將至矣汝等盍各言所得乎時門人道副對曰如我所見不執文字不離文字而爲道用師曰汝得吾皮尼總持曰我今所解如慶喜見阿閦佛國一見更不再見師曰汝得吾肉道育曰四大本空五陰非有而我見處無一法可得師曰汝得吾骨最後慧可禮拜後依位而立師曰汝得吾髓乃顧慧可而告之曰昔如來以正法眼付迦葉大士展轉囑累而至於我我今付汝汝當護持并授汝袈裟以爲法信各有所表宜可知矣可曰請師指陳師曰內傳法印以契證心外付袈裟以定宗旨後代澆薄疑慮競生云吾西天之人言汝此方之子

憑何得法以何證之汝今授此衣法却後難生但出此衣并吾法偈用以表明其化無礙至吾滅後二百年衣止不傳法周沙界明道者多行道者少說理者多通理者少潛符密證千萬有餘汝當闡揚勿輕未悟一念迴機便同本得聽吾偈曰

吾本來茲土　傳法救迷情　一花開五葉
結果自然成

師又曰吾有楞伽經四卷亦用付汝即是如來心地要門令諸衆生開示悟入吾自到此凡五度中毒我常自出而試之置石石裂緣吾本離南印來此東土見赤縣神州有大乘氣象遂踰海越漠爲法求人際會未諧如愚若訥今得汝傳授吾意已終（別記云師初居少林寺九年爲二祖說法秖教曰外息諸緣內心無喘心如墻壁可以入道慧可種種說心性理道未契師秖遮其非不爲說無念心體慧可曰我已息諸緣師曰莫不成斷滅去否可曰不成斷滅師曰何以驗之云不斷滅可曰了了常知故言之不可及師曰此是諸佛所傳心體更勿疑）言已乃與徒衆往禹門千聖寺止三日有期城太守楊衒之早慕佛乘問師曰西天五印師承爲祖其道如何師曰明佛心宗行解相應名之曰祖又問此外如何師曰須明他心知其今古不厭有無於法無取不賢不愚無迷無悟若能是解故稱爲祖又曰弟子歸心三寶亦有年矣而智慧昏蒙尚迷眞理適聽師言罔知攸措願師慈悲開示宗旨師知懇到即說偈曰

亦不覩惡而生嫌　亦不觀善而勤措
亦不捨智而近愚　亦不拋迷而就悟
達大道兮過量　通佛心兮出度
不與凡聖同躔　超然名之曰祖

衒之聞偈悲喜交并曰願師久住世間化導羣有師曰吾即逝矣不可久留根性萬差多逢患難衒之曰未審何人弟子爲師除得師曰吾以傳佛祕密利益迷途害彼自安必無此理衒之曰師若不言何表通變觀照之力師不獲已乃爲讖曰江槎分玉浪管炬開金鎖五口相共行九十無彼我衒之聞語莫究其端默記于懷禮辭而去師之所讖雖當時不測而後皆符驗時魏氏奉釋禪雋如林光統律師流支三藏者乃僧中之鸞鳳也覩師演道斥相指心每與師論議是非蜂起師遐振玄風普施法雨而偏局之量自不堪任競起害心數加毒藥至第六度以化緣已畢傳法得人遂不復救之端居而逝即後魏孝明帝太和十九年丙辰歲十月五日也其年十二月二十八日葬熊耳山起塔於定林寺後三歲魏宋雲奉使西域迴遇師于葱嶺見手攜隻履翩翩獨逝雲問師何往師曰西天去又謂雲曰汝主已猒世雲聞之茫然別師東邁暨復命即明帝已登遐矣迨孝莊即位雲具奏其事帝令啓壙惟空棺一隻革履存焉舉朝爲之驚歎奉詔取遺履於少林寺供養至唐開元十五年丁卯歲爲信道者竊在五臺華嚴寺今不知所在初梁武遇師因緣未契及聞化行魏邦遂欲自撰師碑而未暇也後聞宋雲事乃成之代宗謚圓覺大師塔曰空觀師自魏丙辰歲告寂迄皇宋景德元年甲辰得四百六十七年矣

第二十九祖慧可大師者武牢人也姓姬氏父寂未有子時嘗自念言我家崇善豈無令

子禱之既久一夕感異光照室其母因而懷姙及長遂以照室之瑞名之曰光自幼志氣不羣博涉詩書尤精玄理而不事家産好遊山水後覽佛書超然自得即抵洛陽龍門香山依寶靜禪師出家受具於永穆寺浮游講肆徧學大小乘義年三十二却返香山終日宴坐又經八載於寂默中倏見一神人謂曰將欲受果何滯此耶大道匪遥汝其南矣光知神助因改名神光翊日覺頭痛如刺其師欲治之空中有聲曰此乃换骨非常痛也光遂以見神事白於師師視其頂骨即如五峯秀出矣乃曰汝相吉祥當有所證神令汝南者斯則少林達磨大士必汝之師也光受教造于少室其得法傳衣事跡達磨章具之矣自少林託化西歸大師繼闡玄風博求法嗣至北齊天平二年有一居士年踰四十不言名氏聿來設禮而問師曰弟子身纒風恙請和尚懺罪師曰將罪來與汝懺居士良久云覓罪不可得師曰我與汝懺罪竟宜依佛法僧住曰今見和尚已知是僧未審何名佛法師曰是心是佛是心是法法佛無二僧寶亦然曰今日始知罪性不在内不在外不在中間如其心然佛法無二也大師深器之即爲剃髮云是吾寶也宜名僧璨其年三月十八日於光福寺受具自兹疾漸愈執侍經二載大師乃告曰菩提達磨遠自竺乾以正法眼藏密付於吾吾今授汝并達磨信衣汝當守護無令斷絶聽吾偈曰

本來緣有地　因地種華生　本來無有種
華亦不曾生

大師付衣法已又曰汝受吾教宜處深山未可行化當有國難璨曰師既預知願垂示誨師曰非吾知也斯乃達磨傳般若多羅懸記云心中雖吉外頭凶是也吾校年代正在于茲當諦思前言勿罹世難然吾亦有宿累今要酬之善去善行俟時傳付大師付囑已即於鄴都隨宜說法一音演暢四衆歸依如是積三十四載遂韜光混跡變易儀相或入諸酒肆或過於屠門或習街談或隨廝役人問之曰師是道人何故如是師曰我自調心何關汝事又於筦城縣匡救寺三門下談無上道聽者林會時有辯和法師者於寺中講涅槃經學徒聞師闡法稍稍引去辯和不勝其憤興謗于邑宰翟仲侃仲侃惑其邪說加師以非法師怡然委順識眞者謂之償債時年一百七歲即隋文帝開皇十三年癸丑歲三月十六日也(皓月供奉問長沙岑和尚古德云了即業障本來空未了應須償宿債只如師子尊者二祖大師爲什麼得償債去長沙云大德不識本來空彼云如何是本來空長沙云業障是又問如何是業障長沙云本來空是彼無語長沙便示一偈云假有元非有假滅亦非無涅槃償債義一性更無殊)後葬於磁州滏陽縣東北七十里唐德宗謚大祖禪師自師之化至皇宋景德元年甲辰得四百一十三年

僧那禪師姓馬氏少而神俊通究墳典年二十一講禮易於東海聽者如市暨南徂相部學衆隨至會二祖說法與同志十人投祖出家自邇手不執筆永捐世典惟一衣一鉢一坐一食奉頭陀行既久侍於祖後謂門人慧滿曰祖師心印非專苦行但助道耳若契本心發隨意眞光之用則苦行如握土成金若唯務苦行而不明本心爲憎愛所縛則苦行

如黑月夜履于險道汝欲明本心者當審諦推察遇色遇聲未起覺觀時心何所之是無耶是有耶既不墮有無處所則心珠獨朗常照世間而無一塵許間隔未甞有一刹那頃斷續之相故我初祖兼付楞伽經四卷謂我師二祖曰吾觀震旦唯有此經可以印心仁者依行自得度世又二祖凡說法竟乃曰此經四世之後變成名相深可悲哉我今付汝宜善護持非人慎勿傳之付囑已師乃遊方莫知其終

向居士幽棲林野木食澗飲北齊天保初聞二祖盛化乃致書通好曰影由形起響逐聲來弄影勞形不識形爲影本揚聲止響不知聲是響根除煩惱而趣涅槃喻去形而覓影離衆生而求佛果喻默聲而尋響故知迷悟一途愚智非別無名作名因其名則是非生矣無理作理因其理則爭論起矣幻化非眞誰是誰非虛妄無實何空何有將知得無所得失無所失未及造謁聊申此意伏望荅之二祖大師命筆迴示曰備觀來意皆如實眞幽之理竟不殊本迷摩尼謂瓦礫豁然自覺是眞珠無明智慧等無異當知萬法即皆如愍此二見之徒輩申辭措筆作斯書觀身與佛不差別何須更覓彼無餘居士捧披祖偈乃伸禮覲密承印記

相州隆化寺慧滿禪師滎陽人也姓張氏始於本寺遇僧那禪師開示志存儉約唯蓄二鍼冬則乞補夏乃捨之自言一生心無怯怖身無蚤虱睡而不夢常行乞食住無再宿所至伽藍則破柴製履貞觀十六年於洛陽會

善寺側宿古墓中遇大雪旦入寺見曇曠法師曠怪所從來師曰法有來耶曠遣尋來處四邊雪積五尺許曠曰不可測也尋聞有括録事諸僧逃隱師持鉢周行聚落無所滯礙隨得隨散索爾虛閑有請宿齋者師曰天下無僧方受斯請也又嘗示人曰諸佛說心令知心相是虛妄今乃重加心相深違佛意又增論議殊乖大理故常齎楞伽經四卷以爲心要如說而行蓋遵歷世之遺付也後於陶冶中無疾坐化壽七十許

第三十祖僧璨大師者不知何許人也初以白衣謁二祖既受度傳法隱于舒州之皖公山屬後周武帝破滅佛法師往來太湖縣司空山居無常處積十餘載時人無能知者至隋開皇十二年壬子歲有沙彌道信年始十四來禮師曰願和尚慈悲乞與解脫法門師曰誰縛汝曰無人縛師曰何更求解脫乎信於言下大悟服勞九載後於吉州受戒侍奉尤謹師屢試以玄微知其緣熟乃付衣法偈曰

華種雖因地　從地種華生　若無人下種
華地盡無生

師又曰昔可大師付吾法後往鄴都行化三十年方終今吾得汝何滯此乎即適羅浮山優游二載却旋舊址逾月士民奔趨大設檀供師爲四衆廣宣心要訖於法會大樹下合掌立終即隋煬帝大業二年丙寅十月十五日也唐玄宗謚鑑智禪師覺寂之塔至皇宋景德元年甲辰凡四百載矣初唐河南尹李常素仰祖風深得玄旨天寶乙酉歲遇荷澤

神會問曰三祖大師葬在何處或聞入羅浮不迴或說終於山谷未知孰是會曰璨大師自羅浮歸山谷得月餘方示滅今舒州見有三祖墓常未之信也常謫爲舒州别駕因詢問山谷寺衆僧曰聞寺後有三祖墓是否時上座慧觀對曰有之常欣然與寮佐同往瞻禮又啓壙取眞儀闍維之得五色舍利三百粒以百粒出已俸建塔焉百粒寄荷澤神會以徵前言百粒隨身後於洛中私第設齋以慶之時有西域三藏犍那等在會中常問三藏天竺禪門祖師多少揵那荅曰自迦葉至般若多羅有二十七祖若叙師子尊者傍出達磨達四世二十二人總有肆拾玖祖若從七佛至此璨大師不括横枝凡三十七世常又問會中耆德曰嘗見祖圖或引五十餘祖至於支派差殊宗族不定或但有空名者以何爲驗時有智本禪師者六祖門人也荅曰斯乃後魏初佛法淪替有沙門曇曜於紛紜中以素絹單録得諸祖名字或忘失次第藏衣領中隱于巖穴經三十五載至文成帝即位法門中興曇曜名行俱崇遂爲僧統乃集諸沙門重議結集目爲付法藏傳其間小有差互即曇曜抄録時怖懼所致又經一十三年帝令國子博士黄元眞與北天竺三藏佛陀扇多吉弗煙等重究梵文甄别宗旨次叙師承得無紕繆也

第三十一祖道信大師者姓司馬氏世居河内後徙於蘄州之廣濟縣師生而超異幼慕空宗諸解脱門宛如宿習既嗣祖風攝心無寐脅不至席者僅六十年隋大業十三載領

徒衆抵吉州值羣盜圍城七旬不解萬衆惶怖師愍之教令念摩訶般若時賊衆望雉堞間若有神兵乃相謂曰城內必有異人不可攻矣稍稍引去唐武德甲申歲師却返蘄春住破頭山學侶雲臻一日往黄梅縣路逢一小兒骨相奇秀異乎常童師問曰子何姓荅曰性即有不是常性師曰是何姓荅曰是佛性師曰汝無姓耶荅曰性空故師默識其法器即俾侍者至其家於父母所乞令出家父母以宿緣故殊無難色遂捨爲弟子以至付法傳衣偈曰

華種有生性　因地華生生　大緣與信合

當生生不生

遂以學徒委之一日告衆曰吾武德中遊廬山登絶頂望破頭山見紫雲如蓋下有白氣橫分六道汝等會否衆皆默然忍曰莫是和尚他後橫出一枝佛法否師曰善後貞觀癸卯歲太宗嚮師道味欲瞻風彩詔赴京師上表遜謝前後三返竟以疾辭第四度命使曰如果不起即取首來使至山諭旨師乃引頸就刃神色儼然使異之迴以狀聞帝彌加歎慕就賜珍繒以遂其志迄高宗永徽辛亥歲閏九月四日忽垂誡門人曰一切諸法悉皆解脫汝等各自護念流化未來言訖安坐而逝壽七十有二塔于本山明年四月八日塔戶無故自開儀相如生爾後門人不敢復閉代宗謚大醫禪師慈雲之塔自圓寂至皇宋景德元年甲辰凡三百五十六載

第三十二祖弘忍大師者蘄州黄梅人也姓周氏生而岐嶷童遊時逢一智者歎曰此子

闕七種相不逮如來後遇信大師得法嗣化於破頭山咸亨中有一居士姓盧名慧能自新州來叅謁師問曰汝自何來曰嶺南師曰欲須何事曰唯求作佛師曰嶺南人無佛性若為得佛曰人即有南北佛性豈然師知是異人乃訶曰著槽廠去能禮足而退便入碓坊服勞於杵臼之間晝夜不息經八月師知付授時至遂告衆曰正法難解不可徒記吾言持為巳任汝等各自隨意述一偈若語意冥符則衣法皆付時會下七百餘僧上座神秀者學通內外衆所宗仰咸共推稱云若非尊秀疇敢當之神秀竊聆衆譽不復思惟乃於廊壁書一偈云

身是菩提樹　心如明鏡臺　時時勤拂拭

莫遣有塵埃

師因經行忽見此偈知是神秀所述乃讃歎曰後代依此修行亦得勝果其壁本欲令處士盧珍繪楞伽變相及見題偈在壁遂止不畫各令誦念能在碓坊忽聆誦偈乃問同學是何章句同學曰汝不知和尚求法嗣令各述心偈此則秀上座所述和尚深加歎賞必將付法傳衣也能曰其偈云何同學為誦能良久曰美則美矣了則未了同學訶曰庸流何知勿發狂言能曰子不信耶願以一偈和之同學不荅相視而笑能至夜密告一童子引至廊下能自秉燭令童子於秀偈之側寫一偈云

菩提本非樹　心鏡亦非臺　本來無一物

何假拂塵埃

大師後見此偈云此是誰作亦未見性衆聞

師語遂不之顧迨夜乃潛令人自碓坊召能行者入室告曰諸佛出世爲一大事故隨機小大而引導之遂有十地三乘頓漸等旨以爲教門然以無上微妙祕密圓明眞實正法眼藏付于上首大迦葉尊者展轉傳授二十八世至達磨屆于此土得可大師承襲以至于吾今以法寶及所傳袈裟用付於汝善自保護無令斷絶聽吾偈曰

有情來下種　因地果還生　無情既無種

無性亦無生

能居士跪受衣法啓曰法則既授衣付何人師曰昔達磨初至人未知信故傳衣以明得法今信心已熟衣乃爭端止於汝身不復傳也且當遠隱俟時行化所謂授衣之人命如懸絲也能曰當隱何所師曰逢懷即止遇會且藏能禮足已捧衣而出是夜南邁大衆莫知忍大師自此不復上堂凡三日大衆疑怪致問祖曰吾道行矣何更詢之復問衣法誰得耶師曰能者得於是衆議盧行者名能尋訪既失懸知彼得即共奔逐忍大師既付衣法復經四載至上元二年忽告衆曰吾今事畢時可行矣即入室安坐而逝壽七十有四建塔於黄梅之東山代宗皇帝謚大滿禪師法雨之塔自大師滅度至皇宋景德元年甲辰凡三百三十年

景德傳燈録卷第三

音釋

峴胡典切山名也 磋倉何切 鄅于求切 璨倉按切 讖楚禁切驗也 喟丘媿切歎息聲也 析先的切分也 黜尺律切貶斥也 憚徒案切畏也 愕五各切驚遽貌 瑕疵瑕何加切疵才支切 診止忍切候脈也 瘳丑鳩切病瘉也 壖而宣切海邊也 勵力制切勉也 齎牋西切持也 阿閦梵語也此云無動閦初六切 衒熒絹切 雋祖峻切與俊同 壙苦謗切基穴也 韜他刀切藏也 筦古緩切 侃空旱切 滏扶雨切 鍼諸深切與針同 皖合版切地名也 犍渠焉切 甄稽延切察也 蘄渠之切地名也 岐嶷岐翹移切嶷魚力切岐嶷小兒有知識貌 聆盧經切聽

景德傳燈録卷第四

宋　沙門道原　纂

第三十一祖道信大師法嗣共一百八十三人（内七十六人旁出）

金陵牛頭山六世祖宗見録

第一世法融禪師　第二世智巖禪師

第三世慧方禪師　第四世法持禪師

第五世智威禪師　第六世慧忠禪師

前六世祖宗法嗣共八十人

法融禪師下三世旁出一十二人（一人見録）

金陵鍾山曇璀禪師

荆州大素禪師　幽棲月空禪師

白馬道演禪師　新安定莊禪師

彭城智瑳禪師　廣州道樹禪師

湖州智爽禪師　新州杜默禪師

上元智誠禪師

智誠復出一人　定真禪師

定真復出一人　如度禪師

已上一十一人無機緣語句不録

智巖禪師下旁出

東都鏡潭禪師　襄州志長禪師

湖州義眞禪師　益州端伏禪師

龍光龜仁禪師　襄陽辯才禪師

漢南法俊禪師　西川敏古禪師

已上八人無機緣語句不録

法持禪師下旁出

牛頭山玄素禪師　天柱弘仁禪師

已上二人無機緣語句不録

智威禪師下三世旁出一十二人（六人見録）

宣州安國寺玄挺大師

潤州鶴林寺玄素禪師

舒州天柱山崇慧禪師

杭州徑山道欽禪師　杭州鳥窠道林禪師

杭州招賢寺會通禪師

玄素復出二人

一金華曇益禪師　二吳門圓鏡禪師

道欽復出三人

一木渚山悟禪師

二青陽廣敷禪師

三杭州中子山崇慧禪師

道林復出一人　靈巖寶觀禪師

已上六人無機緣語句不録

慧忠禪師下兩世旁出三十六人二人見録

天台山佛窟巖惟則禪師旁出天台雲居

天台山雲居智禪師

牛頭山道性禪師　江寧智燈禪師
解縣懷信禪師　鶴林全禪師
北山懷古禪師　明州觀宗禪師
牛頭山大智禪師　白馬善道禪師
牛頭山智真禪師　牛頭山諲顒禪師
牛頭山雲韜禪師　牛頭山凝禪師
牛頭山法梁禪師　江寧行應禪師
牛頭山惠良禪師　興善道融禪師
蔣山照明禪師　牛頭山法燈禪師
牛頭山定空禪師　牛頭山慧涉禪師
幽棲道遇禪師　牛頭山凝空禪師
蔣山道初禪師　幽棲藏禪師
牛頭山靈暉禪師　幽棲道頴禪師
牛頭山巨英禪師　釋山法常禪師
龍門凝寂禪師　莊嚴遠禪師
襄州道堅禪師　尼明悟
居士殷淨已前慧涉復出一人
潤州棲霞寺清源禪師
已上三十四人無機緣語句不録

第三十二祖弘忍大師五世旁出一百七人

第一世一十三人三人見録

北宗神秀禪師　嵩嶽慧安國師

袁州蒙山道明禪師

揚州奉法寺曇光禪師　金州法持禪師
隨州禪慥禪師　舒州法照禪師
資州智侁禪師　枝江道俊禪師
越州義方禪師　越州僧達禪師
常州玄賾禪師
白松山劉主簿
已上一十人無機緣語句不録

第二世三十七人

北宗神秀禪師法嗣一十九人五人見録

五臺山巨方禪師

河中府中條山智封禪師

兗州降魔藏禪師　壽州道樹禪師

淮南都梁山全植禪師

荊州辭朗禪師　嵩山普寂禪師
大佛山香育禪師　西京義福禪師
忽雷澄禪師　東京日禪師
大原徧淨禪師　南嶽元觀禪師

汝南杜禪師　嵩山敬禪師
京兆小福禪師　晉州霍山觀禪師
潤州茅山崇珪禪師
安陸懷空禪師
已上一十四人無機緣語句不録

前嵩嶽慧安國師法嗣一十八人 三人見録

洛京福先寺仁儉禪師

嵩嶽破竈墮和尚　嵩嶽元珪禪師

常山坦然禪師　鄴都圓寂禪師
西京道亮禪師
道亮復出五人
一揚州大總管李孝逸
二工部尚書張錫　三國子祭酒崔融
四祕書監賀知章　五睦州刺史康詵
前隨州神慥禪師復出一人　正壽禪師
前蒙山道明禪師復出三人
一洪州崇寂禪師　二江西瓌禪師
三撫州神貞禪師
前資州智侁禪師復出一人
資州處寂禪師
前玄賾禪師復出二人
一義興神斐禪師　二湖州暢禪師
已上一十五人無機緣語句不録

第三世四十九人

前荊州辭朗禪師法嗣

紫金玄宗禪師
明州大梅山常禪師
塼界慎徽禪師
已上三人無機緣語句不録

前嵩山普寂禪師法嗣四十六人 一人見録

終南山惟政禪師

廣福慧空禪師　常越禪師
襄州夾石山思禪師　敬愛寺真禪師
明瓚禪師　定州石藏禪師
兖州守賢禪師　南嶽日照禪師
南嶽澄心禪師
洛京同德寺幹禪師
蘇州真亮禪師　瓦棺寺濬禪師
弋陽法融禪師　廣陵演禪師
陝州慧空禪師　洛京真亮禪師
澤州亘月禪師　亳州曇真禪師
都梁山崇演禪師
京兆章敬寺澄禪師
嵩陽寺一行禪師
京兆山北寺融禪師
晉州定陶丁居士
前西京義福禪師復出八人
大雄猛禪師　西京大震動禪師
神斐禪師　西京大悲光禪師
西京大隱禪師　定境禪師
道播禪師　玄證禪師

前降魔藏禪師復出三人
西京寂滿禪師　西京定莊禪師
南嶽慧隱禪師
前南嶽元觀禪師復出一人神照禪師
前小福禪師復出二人
京兆藍田深寂禪師
太白山日没雲禪師
東白山法超禪師
前霍山觀禪師復出一人峴山幽禪師
前資州處寂禪師復出四人
益州無相禪師
益州長松山馬禪師
超禪師　梓州曉了禪師
前義興斐禪師復出二人
西京智游禪師　東都智深禪師
已上四十五人無機緣語句不録

第四世七人

前興善惟政禪師法嗣
衡州定心禪師　敬愛寺志眞禪師
已上二人無機緣語句不録

前益州無相禪師法嗣五人一人見録
益州保唐寺無住禪師
荊州明月山融禪師
漢州雲頂山王頭陀
益州淨衆寺神會禪師
前壇界愼徽禪師復出一人武誠禪師
已上四人無機緣語句不録

第五世一人

前敬愛寺志眞禪師法嗣
嵩山照禪師無機緣語句不録

第三十一祖道信大師下旁出法嗣

金陵牛頭山六世祖宗

第一世法融禪師者潤州延陵人也姓韋氏年十九學通經史尋閱大部般若曉達眞空忽一日歎曰儒道世典非究竟法般若正觀出世舟航遂隱茅山投師落髮後入牛頭山幽棲寺北巖之石室有百鳥嗡華之異唐貞觀中四祖遙觀氣象知彼山有奇異之人乃躬自尋訪問寺僧此間有道人否曰出家兒那箇不是道人祖曰阿那箇是道人僧無對別僧云此去山中十里來有一懶融見人不

起亦不合掌莫是道人祖遂入山見師端坐自若曾無所顧祖問曰在此作什麼師曰觀心祖曰觀是何人心是何物師無對便起作禮師曰大德高棲何所祖曰貧道不決所止或東或西師曰還識道信禪師否曰何以問他師曰嚮德滋久冀一禮謁曰道信禪師貧道是也師曰因何降此祖曰特來相訪莫更有宴息之處否師指後面云別有小庵遂引祖至庵所繞庵唯見虎狼之類祖乃舉兩手作怖勢師曰猶有這箇在祖曰適來見什麼師無對少選祖却於師宴坐石上書一佛字師覩之竦然祖曰猶有這箇在師未曉乃稽首請說真要祖曰夫百千法門同歸方寸河沙妙德總在心源一切戒門定門慧門神通變化悉自具足不離汝心一切煩惱業障本來空寂一切因果皆如夢幻無三界可出無菩提可求人與非人性相平等大道虛曠絕思絕慮如是之法汝今已得更無闕少與佛何殊更無別法汝但任心自在莫作觀行亦莫澄心莫起貪瞋莫懷愁慮蕩蕩無礙任意縱橫不作諸善不作諸惡行住坐臥觸目遇緣總是佛之妙用快樂無憂故名為佛師曰心既具足何者是佛何者是心祖曰非心不問佛問佛非不心師曰既不許作觀行於境起時如何對治祖曰境緣無好醜好醜起於心心若不強名妄情從何起妄情既不起真心任徧知汝但隨心自在無復對治即名常住法身無有變異吾受璨大師頓教法門今付於汝汝今諦受吾言只住此山向後當有五人達者紹汝玄化（圭峯判爲泯絕無寄宗引破相教而印之有僧）

問南泉牛頭未見四祖時爲什麼鳥獸銜華來供養南泉云只爲步步蹋佛階梯洞山云如掌觀珠意不暫捨僧云見後爲什麼不來南泉云直饒不來猶校王老師一線道洞山云通身去也○又一尊宿荅前兩問皆云賊不打貧兒家○僧問一老宿牛頭未見四祖時如何云如條貫葉僧云見後如何云秋夜紛紛○又僧問吳越永明潛禪師牛頭未見四祖時如何潛云牛頭僧云見後如何潛云牛頭諸方多舉唱不可備録祖付法訖遂返雙峯山終老師自爾法席大盛唐永徽中徒衆乏粮師往丹陽縁化去山八十里躬負米一石八斗朝往暮還供僧三百二時不闕三年邑宰蕭元善請於建初寺講大般若經聽者雲集至滅靜品地爲之震動講罷歸山博陵王問師曰境縁色發時不言縁色起云何得知縁乃欲息其起師荅曰境色初發時色境二性空本無知縁者心量與知同照本發非發爾時起息息抱暗生覺縁心時縁不逐至如未生前色心非養育從空本無

念想受言念生起法未曾起豈用佛教令問曰閉目不見色境慮乃便多色既不關心境從何處發師曰閉目不見色內心動慮多幻識假成用起名終不過知色不關心心亦不關人隨行有相轉鳥去空中眞問曰境發無處所縁覺了知生境謝覺還轉覺乃變爲境若以心曳心還爲覺所覺從之隨隨去不離生滅際師曰色心前後中實無縁起境一念自凝忘誰能計動靜此知自無知知知縁不會當自檢本形何須求域外前境不變謝後念不來今求月執玄影討迹逐飛禽欲知心本性還如視夢裏譬之六月冰處處皆相似避空終不脫求空復不成借問鏡中像心從何處生問曰恰恰用心時若爲安隱好師曰恰恰用心時恰恰無心用曲譚名相勞直說

無繁重無心恰恰用常用恰恰無今說無心處不與有心殊問曰智者引妙言與心相會當言與心路別合則萬倍乖師曰方便說妙言破病大乘道非關本性譚還從空化造無念爲眞常終當絕心路離念性不動生滅無乖悞谷響既有聲鏡像能迴顧問曰行者體境有因覺知境亡前覺及後覺并境有三心師曰境用非體覺覺罷不應思因覺知境亡覺時境不起前覺及後覺并境有三遲問曰住定俱不轉將爲正三昧諸業不能牽不知細無明徐徐躡其後師曰復聞別有人虛執起心量三中事不成不轉還虛妄心爲正受縛爲之淨業障心塵萬分一不了說無明細細習因起徐徐名相生風來波浪轉欲靜水還平更欲前途說恐畏後心驚無念大獸吼

性空下霜雹星散織草摧縱横飛鳥落五道定紛綸四魔不前却既如猛火燎還如利劔斫問曰賴覺知萬法萬法本來然若假照用心只得照用心不應心裏事師曰賴覺知萬法萬法終無賴若假照用心應不在心外問曰隨隨無簡擇明心不現前復慮心闇昧在心用功行智障復難除師曰有此不可有尋此不可尋無簡即眞擇得闇出明心慮者心冥昧存心託功行何論智障難至佛方爲病問曰折中消息間實亦難安怗自非用行人此難終難見師曰折中欲消息消息非難易先觀心處心次推智中智第三照推者第四通無記第五解脫名第六等眞僞第七知法本第八慈無爲第九徧空陰第十雲雨被最盡彼無覺無明生本智鏡像現三業幻人化

四衢不住空邊盡當照有中無不出空有內未將空有俱號之名折中折中非言說安怗無處安用行何能決問曰別有一種人善解空無相口言定亂一復道有中無同證用常寂知覺寂常用用心會眞理復言用無用智慧方便多言辭與理合如如理自如不由識心會既知心會非心心復相泯如是難知法永劫不能知同此用心人法所不能化師曰別有證空者還如前偈論行空守寂滅識見暫時翻會眞是心量終知未了原又說息心用多智疑相似良由性不明求空且勞巳永劫住幽識抱相都不知放光便動地於彼欲何爲問曰前件看心者復有羅縠難師曰看心有羅縠幻心何待看況無幻心者從容下口難問曰久有大基業心路差互間得覺微細障即達於眞際自非善巧師無能決此理仰惟我大師當爲開要門引導用心者不令失正道師曰法性本基業夢境成差互實相微細身色心常不悟忽逢混沌士哀怨愍羣生託疑廣設問抱理內常明生死幽徑徹毀譽心不驚野老顯分荅法相媿來儀蒙發羣生藥還如色性爲顯慶元年邑宰蕭元善請出山住建初師辭不獲免遂命入室上首智巖付囑法印令以次傳授將下山謂衆曰吾不復踐此山矣時鳥獸哀號踰月不止庵前有四大桐樹仲夏之月忽自凋落明年丁巳閏正月二十三日終於建初壽六十四臘四十一二十七日窆于雞籠山會送者萬餘人其牛頭山舊居金源虎跑泉錫杖泉金龜等池宴坐石室今悉存焉

第二世智巖禪師者曲阿人也姓華氏弱冠智勇過人身長七尺六寸隋大業中爲郎將常以弓掛一濾水囊隨行所至汲用累從大將征討頻立戰功唐武德中年四十遂乞出家入舒州晥公山從寶月禪師爲弟子後一日宴坐覩異僧身長丈餘神姿爽拔詞氣清朗謂師曰卿八十生出家宜加精進言訖不見嘗在谷中入定山水瀑漲師怡然不動其水自退有獵者遇之因改過修善復有昔同從軍者二人聞師隱遁乃共入山尋之既見因謂師曰郎將狂耶何爲住此咨曰我狂欲醒君狂正發夫嗜色滛聲貪榮冒寵流轉生死何由自出二人感悟歎息而去師貞觀十七年歸建業入牛頭山謁融禪師發明大事禪師謂師曰吾受信大師眞訣所得都亡設有一法勝過涅槃吾説亦如夢幻夫一塵飛而翳天一芥墮而覆地汝今已過此見吾復何云山門化導當付之於汝師禀命爲第二世以後正法付方禪師住白馬棲玄兩寺又遷住石頭城於儀鳳二年正月十日示滅顔色不變屈伸如生室有異香經旬不歇遺言水葬壽七十有八臘三十有九

第三世慧方禪師者潤州延陵人也姓濮氏投開善寺出家及進具洞明經論後入牛頭山謁巖禪師諮詢祕要巖觀其根器堪任正法遂示以心印師豁然領悟於是不出林藪僅踰十年四方學者雲集師一旦謂衆曰吾欲他行隨機利物汝宜自安也乃以正法付法持禪師遂歸茅山數載將欲滅度見有五百許人髻髮後垂狀如菩薩各持旛華云請

法師講又感山神現大蟒身至庭前如將泣別師謂侍者洪道曰吾去矣汝爲吾報諸門人及門人奔至師已入滅時唐天册元年八月一日山林變白谿澗絶流七日道俗悲慕聲動山谷壽六十有七臘四十

第四世法持禪師者潤州江寧人也姓張氏幼歲出家年三十遊黄梅忍大師座下聞法心開後復遇方禪師爲之印可乃繼迹山門作牛頭宗祖及黄梅謝世謂弟子玄賾曰後傳吾法者可有十人金陵法持是其一也後以法眼付智威禪師於唐長安二年九月五日終於金陵延祚寺無常院遺囑令露骸松下飼諸鳥獸迎出日空中有神旛從西而來遶山數帀所居故院竹林變白七日而止壽六十有八臘四十一

第五世智威禪師者江寧人也姓陳氏住迎青山始卄歲忽一日家中失之莫知所往及父母尋訪乃知已依天寶寺統法師出家矣年二十受具後聞法持禪師出世乃往禮謁傳受正法焉自爾江左學徒皆奔走門下其中有慧忠者目爲法器師嘗有偈示曰

莫繫念念　成生死河　輪迴六趣海
無見出長波

慧忠偈荅曰

念想由來幻　性自無終始　若得此中意
長波當自止

師又示偈曰

余本性虚無　縁妄生人我　如何息妄情
還歸空處坐

慧忠偈荅曰

虛無是實體　人我何所存　妄情不須息
即汎般若船

師知其了悟乃付以山門遂隨緣化導於唐開元十七年二月十八日終於延祚寺將示滅謂弟子云將屍林中施諸鳥獸壽七十有七

第六世慧忠禪師者潤州上元人也姓王氏年二十三受業於莊嚴寺其後聞威禪師出世乃往謁之威纔見曰山主來也師感悟微旨遂給侍左右後辭詣諸方巡禮威於具戒院見凌霄藤遇夏萎悴人欲伐之因謂之曰勿剪慧忠還時此藤更生及師迴果如其言即以山門付囑訖出居延祚寺師平生一納不易器用唯一鐺嘗有供僧穀兩廩盜者窺伺虎爲守之縣令張遜者至山頂謁問師有何徒弟師曰有三五人遜曰如何得見師敲禪牀有三虎哮吼而出遜驚怖而退後衆請入城居莊嚴舊寺師欲於殿東别創法堂先有古木羣鵲巢其上工人將伐之師謂鵲曰此地建堂汝等何不速去言訖羣鵲乃遷巢他樹初築基有二神人定其四角復潛資夜役遂不日而就繇是四方學徒雲集座下矣得法者有三十四人各住一方轉化多衆師嘗有安心偈示衆曰人法雙淨善惡兩忘直心真實菩提道場唐大曆三年石室前掛鐺樹掛衣藤忽盛夏枯死四年六月十五日集僧布薩訖命侍者淨髮浴身至夜有瑞雲覆其精舍空中復聞天樂之聲詰旦怡然坐化時風雨暴作震折林木復有白虹貫于巖壑五年春荼毗獲舍利不可勝計壽八十七

前法融禪師下三世旁出法嗣

金陵鍾山曇璀禪師者吳郡人也姓顧氏初謁牛頭融大師大師目而奇之乃告之曰色聲爲無生之鴆毒受想是至人之坑穽子知之乎師默而審之大悟玄旨尋晦迹鍾山多歷年所茅庵瓦缶以終老焉唐天授三年二月六日恬然入定七日而滅壽六十二

前智威禪師下三世旁出法嗣

宣州安國寺玄挺禪師者不知何許人也嘗一日有長安講華嚴經僧來問五祖云眞性緣起其義云何祖默然時師侍立次乃謂曰大德正興一念問時是眞性中緣起其僧言下大悟又或問南宗自何而立師曰心宗非南北

潤州鶴林玄素禪師者潤州延陵人也姓馬氏唐如意年中受業於江寧長壽寺晚㕘智威禪師遂悟眞宗後居京口鶴林寺嘗一日有屠者禮謁願就所居辦供師欣然而往衆皆訝之師曰佛性平等賢愚一致但可度者吾即度之復何差別之有或有僧問如何是西來意師曰會即不會疑即不疑師又曰不會不疑底不疑不會底又有僧扣門師問是什麼人曰是僧師曰非但是僧佛來亦不著曰佛來爲什麼不著師曰無汝止泊處天寶十一年十一月十一日中夜無疾而滅壽八十五建塔於黄鶴山勅謚大律禪師大和寶航之塔

舒州天柱山崇慧禪師者彭州人也姓陳氏唐乾元初往舒州天柱山創寺永泰元年勅賜號天柱寺僧問如何是天柱境師曰主簿

山高難見日王鏡峯前易曉人問達磨未來此土時還有佛法也無師曰未來時且置即今事作麽生曰某甲不會乞師指示師曰萬古長空一朝風月良久又曰闍黎會麽自巳分上作麽生干他達磨來與未來作麽他家來大似賣卜漢相似見汝不會爲汝錐破卦文纔生吉凶在汝分上一切自看僧問如何是解卜底人師曰汝纔出門時便不中也問如何是天柱家風師曰時有白雲來閉戸更無風月四山流問亡僧遷化向什麽處去也師曰灊嶽峯高長積翠舒江明月色光暉問如何是大通智勝佛師曰曠大劫來未曾壅滯不是大通智勝佛是什麽曰爲什麽佛法不現前師曰只爲汝不會所以成不現前汝若會去亦無佛道可成問如何是道師曰白雲覆青嶂蜂鳥歩庭華問從上諸聖有何言說師曰汝今見吾有何言說問宗門中請師舉唱師曰石牛長吼眞空外木馬嘶時月隱山問如何是和尚利人處師曰一雨普滋千山秀色問如何是天柱山中人師曰獨歩千峯頂優游九曲泉問如何是西來意師曰白猿抱子來青嶂蜂蝶啣華緑蘂間師居山演道凡二十二載大曆十四年七月二十二日歸寂起塔于寺北眞身見在

杭州徑山道欽禪師者蘇州崑山人也姓朱氏初服膺儒教年二十八玄素禪師遇之因謂之曰觀子神氣温粹眞法寶也師感悟因求爲弟子素躬與落髮乃誡之曰汝秉流而行逢徑則止師遂南行抵臨安見東北一山因訪於樵子曰此徑山也乃駐錫焉有僧問

如何是道師曰山上有鯉魚水底有蓬塵馬祖令人送書到書中作一圓相師發緘於圓相中作一畫却封迴(忠國師聞乃云欽師猶被馬師惑)僧問如何是祖師西來意師曰汝問不當曰如何得當師曰待吾滅後即向汝說馬祖令門人智藏來問十二時中以何爲境師曰待汝迴去時有信藏曰如今便迴去師曰傳語却須問取曹谿唐大曆三年代宗詔至闕下親加瞻禮一日師在内庭見帝起立帝曰師何以起師曰檀越何得向四威儀中見貧道帝悦謂忠國師曰欲錫欽師一名忠欣然奉詔乃賜號國一焉後辭歸本山於貞元八年十二月示疾說法而逝壽七十有九勅謚曰大覺禪師

杭州鳥窠道林禪師本郡富陽人也姓潘氏母朱氏夢日光入口因而有娠及誕異香滿室遂名香光焉九歲出家二十一於荆州果願寺受戒後詣長安西明寺復禮法師學華嚴經起信論復禮示以真妄頌俾修禪那師問曰初云何觀云何用心復禮久而無言師三禮而退屬唐代宗詔徑山國一禪師至闕師乃謁之遂得正法及南歸先是孤山永福寺有辟支佛塔時道俗共爲法會師振錫而入有靈隱寺韜光法師問曰此之法會何以作聲師曰無聲誰知是會後見秦望山有長松枝葉繁茂盤屈如蓋遂棲止其上故時人謂之鳥窠禪師復有鵲巢于其側自然馴狎人亦目爲鵲巢和尚有侍者會通忽一日欲辭去師問曰汝今何往對曰會通爲法出家不蒙和尚垂慈誨今往諸方學佛法去師曰

若是佛法吾此間亦有少許曰如何是和尚佛法師於身上拈起布毛吹之會通遂領悟玄旨元和中白居易出守玆郡因入山禮謁乃問師曰禪師住處甚危險師曰太守危險尤甚曰弟子位鎮江山何險之有師曰薪火相交識性不停得非險乎又問如何是佛法大意師曰諸惡莫作衆善奉行白曰三歲孩兒也解恁麼道師曰三歲孩兒雖道得八十老人行不得白遂作禮師於長慶四年二月十日告侍者曰吾今報盡言訖坐亡壽八十有四臘六十三有云師名圓修者恐是謚號

前杭州烏窠道林禪師法嗣

杭州招賢寺會通禪師本郡人也姓吳氏本名元卿形相端嚴幼而聰敏唐德宗時爲六宫使王族咸美之春時見昭陽宫華卉敷榮翫而久之倏聞空中有聲曰虚幻之相開謝不停能壞善根仁者安可嗜之師省念稚齒崇善極生猒患帝一日遊宫問曰卿何不樂對曰臣幼不食葷羶志願從釋曰朕視卿若昆仲但富貴欲出于人表者不違卿唯出家不可既浹旬帝覩其容顇詔王賓相之奏曰此人當紹隆三寶帝謂師曰如卿願任選日遠近奏來師荷德致謝尋得鄉信言毋患乞歸寧省帝厚其所賜勑有司津遣師至家未幾會韜光法師勉之謁烏窠爲檀越與結庵創寺寺成啓曰弟子七歲蔬食十一受五戒今年二十有二爲出家故休官願和尚授與僧相曰今時爲僧鮮有精苦者行多浮濫師曰本淨非琢磨元明不隨照曰汝若了淨智妙圓體自空寂即眞出家何假外相汝當爲

在家菩薩戒施俱修如謝靈運之儔也師曰然理雖如此於事何益儻垂攝受則誓遵師教如是三請皆不諾時韜光堅白鳥窠曰宫使未甞娶亦不畜侍女禪師若不拯接誰其度之鳥窠即與披剃具戒師常卯齋晝夜精進誦大乘經而習安般三昧尋固辭遊方鳥窠以布毛示之悟旨時謂布毛侍者鳥窠章敘訖曁鳥窠歸寂垂二十載武宗廢其寺師與衆僧禮辭靈塔而邁莫知其終

前慧忠禪師兩世傍出法嗣

天台山佛窟巖惟則禪師者京兆人也姓長孫氏初謁牛頭忠禪師大悟玄旨後隱於天台瀑布之西巖唐元和中法席漸盛始自目其巖爲佛窟焉一日示衆云天地無物也我無物也然未甞無物斯則聖人如影百年如夢孰爲生死哉至人以是獨照能爲萬物之主吾知之矣汝等知之乎有僧問如何是那羅延箭師云中的也忽一日告門人曰汝當自勉吾何言哉後二日夜安坐示滅壽八十臘五十有八

前天台山佛窟巖惟則禪師法嗣

天台山雲居智禪師甞有華嚴院僧繼宗問見性成佛其義云何師曰清淨之性本來湛然無有動揺不屬有無淨穢長短取捨體自脩然如是明見乃名見性性即佛佛即性故云見性成佛曰性既清淨不屬有無因何有見師曰見無所見曰無所見因何更有見師曰見處亦無曰如是見時是誰之見師曰無有能見者曰究竟其理如何師曰汝知否妄計爲有即有能所乃得名迷隨見生解便墮

生死明見之人即不然終日見未嘗見求見處體相不可得能所俱絶名爲見性曰此性徧一切處否師曰無處不徧曰凡夫具否師曰上言無處不徧豈凡夫而不具乎曰因何諸佛菩薩不被生死所拘而凡夫獨縈此苦何曾得徧師曰凡夫於清淨性中計有能所即墮生死諸佛大士善知清淨性中不屬有無即能所不立曰若如是説即有了不了人師曰了尚不可得豈有能了人乎曰至理如何師曰我以要言之汝即應念清淨性中無有凡聖亦無了人不了人凡之與聖二俱是名若隨名生解即墮生死若知假名不實即無有當名者又曰此是極究竟處若云我能了彼不能了即是大病見有淨穢凡聖亦是大病作無凡聖解又屬撥無因果見有清淨性可棲止亦大病作不棲止解亦大病然清淨性中雖無動摇具不壞方便應用及興慈運悲如是興運之處即生清淨之性可謂見性成佛矣繼宗踊躍禮謝而退

第三十二祖忍大師第一世旁出法嗣

北宗神秀禪師者（耶舍三藏誌云艮地生玄旨通尊媚亦尊比肩三九族足下一毛分）開封尉氏人也姓李氏少親儒業博綜多聞俄捨愛出家尋師訪道至蘄州雙峯東山寺遇五祖忍師以坐禪爲務乃歎伏曰此眞吾師也誓心苦節以樵汲自役而求其道忍默識之深加器重謂之曰吾度人多矣至於悟解無及汝者忍既示滅秀遂住江陵當陽山唐武后聞之召至都下於内道場供養特加欽禮命於舊山置度門寺以旌其德時王公士庶皆望塵拜伏暨中宗即位尤加

禮重大臣張説甞問法要執弟子之禮師有偈示衆曰

一切佛法　自心本有　将心外求　捨父逃走

神龍二年於東都天宫寺入滅賜謚大通禪師羽儀法物送殯於龍門帝送至橋王公士庶皆至葬所張説及徵士盧鴻一各爲碑誄門人普寂義福等並爲朝野所重

嵩嶽慧安國師耶舍三藏誌云九女出人倫三女絶婚姻朽牀添六脚心祖衆中尊荊州支江人也姓衛氏隋文帝開皇十七年括天下私度僧尼勘師云本無名遂遁于山谷大業中大發丁夫開通濟渠饑殍相枕師乞食以救之獲濟者甚衆煬帝徵師不赴潛入太和山暨帝幸江都海内擾攘乃杖錫登衡嶽寺行頭陀行唐貞觀中至黄梅謁忍祖遂得心要麟德元年遊終南山石壁因止焉高宗甞召師不奉詔徧歴名迹至嵩少云是吾終焉之地也自爾禪者輻湊有坦然懷讓二人來參問曰如何是祖師西來意師曰何不問自己意曰如何是自己意師曰當觀密作用曰如何是密作用師以目開合示之然言下知歸更不他適讓機縁不逗辭往曹谿武后徵至輦下待以師禮與神秀禪師同加欽重后甞問師甲子對曰不記帝曰何不記耶師曰生死之身其若循環環無起盡焉用記爲况此心流注中間無間見漚起滅者乃妄想耳從初識至動相滅時亦只如此何年月而可記乎后聞稽顙信受尋以神龍二年中宗賜紫袈裟度弟子二七人仍延入禁中供養三年又賜摩衲一副辭師嵩嶽是年三月三日囑門人曰吾死已将屍向林中

待野火焚之俄爾萬迴公來見師猖狂握手言論傍侍傾耳都不體會至八日閉戶偃身而寂春秋一百二十八（隋開皇二年壬寅生唐景龍三年已酉滅）（時稱老安國師）門人遵旨舁置林間果野火自然闍維得舍利八十粒内五粒色紅紫留於宫中至先天二年門人建浮圖

袁州蒙山道明禪師者鄱陽人陳宣帝之裔孫也國亡落於民間以其王孫嘗受署因有將軍之號少於永昌寺出家慕道頗切往依五祖法會極意研尋初無解悟及聞五祖密付衣法與盧行者即率同意數十人躡跡追逐至大庾嶺師最先見餘輩未及盧行者見師奔至即擲衣鉢於盤石曰此衣表信可力爭耶任君將去師遂舉之如山不動踟躕悚慄乃曰我來求法非爲衣也願行者開示於我祖曰不思善不思惡正恁麼時阿那箇是明上座本來面目師當下大悟徧體汗流泣禮數拜問曰上來密語密意外還更別有意旨否祖曰我今與汝說者即非密也汝若返照自己面目密却在汝邊師曰某甲雖在黄梅隨衆實未省自己面目今蒙指授入處如人飲水冷暖自知今行者即是某甲師也祖曰汝若如是則是吾與汝同師黄梅善自護持師又問某甲向後宜往何所祖曰逢袁可止遇蒙即居師禮謝遽迴至嶺下謂衆人曰向陟崔嵬遠望杳無蹤迹當別道尋之皆以爲然師既迴遂獨往廬山布水臺經三載後始往袁州蒙山大唱玄化初名慧明以避師上字故名道明弟子等盡遣過嶺南參禮六祖

前北宗神秀禪師法嗣第二世

五臺山巨方禪師安陸人也姓曹氏幼稟業於明福院朗禪師初講經論後參禪會及造北宗秀師問曰白雲散處如何師曰不昧秀又問到此間後如何師曰正見一枝生五葉秀默許之入室侍對庶幾無爽尋至上黨寒嶺居焉數歲之間衆盈千數後於五臺山闡化涉二十餘載入滅年八十一以唐開元十五年九月三日奉全身入塔

河中府中條山智封禪師姓吳氏初習唯識論滯於名相爲知識所詰乃發憤罷講遊行登武當山見秀禪師疑心頓釋思養聖胎乃辭去居于蒲津安峯山不下十年木食澗飲屬州牧衛文昇請歸城内建新安國院居之緇素歸依憧憧不絶使君問曰某今日後如何師曰日從濛汜出照樹全無影使君初不能諭拱揖而退少選開曉釋然自得師來往中條山二十餘年得其道者不可勝紀滅後門人於州城北建塔焉

兗州降魔藏禪師趙郡人也姓王氏父爲亳掾師七歲出家時屬野多妖鬼魅惑於人師孤形制伏曽無少畏故得降魔名焉即依廣福院明讚禪師出家服勤受法後遇北宗盛化便誓摳衣秀師問曰汝名降魔此無山精木怪汝翻作魔耶師曰有佛有魔秀曰汝若是魔必住不思議境界師曰是佛亦空何境界之有秀懸記之曰汝與少皥之墟有緣師尋入泰山數稔學者雲集一日告門人曰吾今老朽物極有歸言訖而逝壽九十一

壽州道樹禪師唐州人也姓聞氏幼探經籍

年将五十因遇髙僧誘諭遂誓出家禮本部明月山慧文爲師師趾乎年長求法淹遲勵志遊方無所不至後歸東洛遇秀禪師言下知微晚成法器乃卜壽州三峯山結茅而居常有野人服色素朴言譚詭異於言笑外化作佛形及菩薩羅漢天僊等形或放神光或呈聲響師之學徒覩之皆不能測如此涉十年後寂無形影師告衆曰野人作多色伎倆眩惑於人只消老僧不見不聞伊伎倆有窮吾不見不聞無盡唐寶曆元年示疾而終壽九十二明年正月遷塔

淮南都梁山全植禪師光州人也姓芮氏初結庵居止太守衛文卿命本州長壽寺開法聚徒文卿問曰将來佛法隆替若何師曰眞實之物無古無今亦無軌躅有爲之法四相遷流法當陻厄君侯可見師年九十三而終唐會昌四年甲子九月七日入塔

前嵩嶽慧安國師法嗣

洛京福先寺仁儉禪師自嵩山罷問放曠郊鄽時謂之騰騰和尚唐天冊萬歳中天后詔入殿前仰視天后良久曰會麼后曰不會師曰老僧持不語戒言訖而出翌日進短歌一十九首天后覽而嘉之厚加賜賚師皆不受又令寫歌辭傳布天下其辭並敷演眞理以警時俗唯了元歌一首盛行於世

嵩嶽破竈墮和尚不稱名氏言行叵測隱居嵩嶽山塢有廟甚靈殿中唯安一竈遠近祭祠不輟烹殺物命甚多師一日領侍僧入廟以杖敲竈三下云咄此竈只是泥瓦合成聖從何來靈從何起恁麼烹宰物命又打三下

竈乃傾破墮落（安國師號爲破竈墮）須臾有一人青衣峩冠忽然設拜師前師曰是什麼人云我本此廟竈神久受業報今日蒙師説無生法得脱此處生在天中特來致謝師曰是汝本有之性非吾彊言神再禮而没少選侍僧等問師云某等諸人久在和尚左右未蒙師苦口直爲某等竈神得什麼徑旨便得生天師曰我只向伊道本是泥瓦合成别也無道理爲伊侍僧等立而無言師曰會麼主事云不會師曰本有之性爲什麼不會侍僧等乃禮拜師曰墮也墮也破也破也後有義豐禪師舉白安國師國師嘆曰此子會盡物我一如可謂如朗月處空無不見者難遘伊語脉豐禪師乃低頭叉手而問云未審什麼人遘他語脉國師曰不知者又僧問物物無形時如何師曰禮即唯汝非我不禮即唯我非汝其僧乃禮謝師曰本有之物物非物也所以道心能轉物即同如來又僧問如何是修善行人師曰捻槍帶甲云如何是作惡行人師曰修禪入定僧云某甲淺機請師直指師曰汝問我惡惡不從善汝問我善善不從惡良久又曰會麼僧云會師曰惡人無善念善人無惡心所以道善惡如浮雲俱無起滅處其僧從言下大悟有僧從牛頭處來師乃曰來何人法會僧近前叉手遶師一帀而出師曰牛頭會下不可有此人僧乃迴師上邊叉手而立師云果然果然僧却問云應物不由他時如何師曰爭得不由他僧云恁麼即順正歸源去也師曰歸源何順僧云若非和尚幾錯招愆師曰猶是未見四祖時道理也見後通將

來僧却遶師一帀而出師曰順正之道今古如然僧作禮又僧侍立久師乃曰祖祖佛佛只説如人本性本心别無道理會取會取僧禮謝師乃以拂子打之曰一處如是千處亦然僧乃叉手近前應喏一聲師曰更不信更不信僧問如何是大闡提人師曰尊重禮拜又問如何是大精進人師曰毀辱嗔恚其後莫知所終

嵩嶽元珪禪師伊闕人也姓李氏幼歲出家唐永淳二年受具戒隸閑居寺習毗尼無解後謁安國師印以眞宗頓悟玄旨遂卜廬於嶽之龐塢一日有異人者峩冠袴褶而至從者極多輕步舒徐稱謁大師師覩其形貌奇偉非常乃諭之曰善來仁者胡爲而至彼曰師寧識我耶師曰吾觀佛與衆生等吾一目之豈分别耶彼曰我此嶽神也能生死於人師安得一目我哉師曰吾本不生汝焉能死吾視身與空等視吾與汝等汝能壞空與汝乎苟能壞空及壞汝吾則不生不滅也汝尚不能如是又焉能生死吾耶神稽首曰我亦聰明正直於餘神詎知師有廣大之智辯乎願授以正戒令我度世師曰汝既乞戒即既戒也所以者何戒外無戒又何戒哉神曰此理也我聞茫昧止求師戒我身爲門弟子師即爲張座秉鑪正几曰付汝五戒若能奉持即應曰能不能即曰否神曰謹受教師曰汝能不婬乎曰亦娶也師曰非謂此也謂無羅欲也曰能師曰汝能不盜乎曰何乏我也焉有盜取哉師曰非謂此也謂饗而福淫不供而禍善也曰能師曰汝能不殺乎曰實司其

柄焉曰不殺師曰非謂此也謂有濫誤疑混也曰能師曰汝能不妄乎曰我正直焉能有妄乎師曰非謂此也謂先後不合天心也曰能師曰汝不遭酒敗乎曰能師曰如上是爲佛戒也又言以有心奉持而無心拘執以有心爲物而無心想身能如是則先天地生不爲精後天地死不爲老終日變化而不爲動畢盡寂默而不爲休悟此則雖娶非妻也雖饗非取也雖柄非權也雖作非故也雖醉非惽也若能無心於萬物則羅欲不爲婬福淫禍善不爲盜濫誤疑混不爲殺先後違天不爲妄惽荒顚倒不爲醉是謂無心也無心則無戒無戒則無心無佛無衆生無汝及無我無汝孰爲戒哉神曰我神通亞佛師曰汝神通十句五能五不能佛則十句七能三不能

神悚然避席跪啓曰可得聞乎師曰汝能戾上帝東天行而西七曜乎曰不能師曰汝能奪地祇融五嶽而結四海乎曰不能師曰是謂五不能也佛能空一切相成萬法智而不能即滅定業佛能知羣有性窮億劫事而不能化導無緣佛能度無量有情而不能盡衆生界是謂三不能也定業亦不牢久無緣亦謂一期衆生界本無增減且無一人能主有法有法無主是謂無法無法無主是謂無心如我解佛亦無神通也但能以無心通達一切法爾神曰我誠淺昧未聞空義師所授戒我當奉行今願報慈德効我所能師曰吾觀身無物觀法無常塊然更有何欲神曰師必命我爲世間事展我小神功使已發心初發心未發心不信心必信心五等人自我神蹤

知有佛有神有能有不能有自然有非自然者師曰無爲是無爲是神曰佛亦使神護法師寧隳慈叛佛耶願隨意垂誨師不得已而言曰東巖寺之障莽然無樹北岫有之而背非屏擁汝能移北樹於東嶺乎神曰已聞命矣然昏夜問必有喧動願師無駭即作禮辭去師門送而且觀之見儀衛逶迤如王者之狀嵐靄煙霞紛綸間錯幢旛環珮凌空隱没焉其夕果有暴風吼雷奔雲震電棟宇摇蕩宿鳥聲喧師謂衆曰無怖無怖神與我契矣詰旦和霽則北巖松栝盡移東嶺森然行植師謂其徒曰吾没後無令外知若爲口實人將妖我以開元四年丙辰歲囑門人曰吾始居寺東嶺吾滅汝必寘吾骸于彼言訖若委蛻焉春秋七十三門人建塔焉

前嵩山普寂禪師法嗣第三世

終南山惟政禪師平原人也姓周氏受業於本州延和寺詮澄法師得法於嵩山普寂禪師既決了眞詮即入太一山中學者盈室唐大和中文宗嗜蛤蜊沿海官吏先時遞進人亦勞止一日御饌中有擘不張者帝以其異即焚香禱之俄變爲菩薩形梵相具足即貯以金粟檀香合覆以美錦賜興善寺令衆僧瞻禮因問羣臣斯何祥也或言太一山有惟政禪師法明佛法博聞彊識帝即令召至問其事師曰臣聞物無虛應此乃啓陛下之信心耳故契經云應以此身得度者即現此身而爲説法帝曰菩薩身已現且未聞説法師曰陛下覩此爲常非常耶信非信耶帝曰希可之事朕深信焉師曰陛下已聞説法了時

皇情怳豫得未曾有詔天下寺院各立觀音像以荅殊休因留師於内道場累辭入山復詔令住聖壽寺至武宗即位師忽入終南山隱居人問其故師曰吾避仇矣後終於山舍年八十七闍維収舍利四十九粒以會昌三年九月四日入塔

益州無相禪師法嗣第四世

益州保唐寺無住禪師初得法於無相大師乃居南陽白崖山專務宴寂經累歲學者漸至勤請不已自此垂誨雖廣演言教而唯以無念爲宗唐相國杜鴻漸出撫坤維聞師名思一瞻禮大曆元年九月遣使到山延請時節度使崔寧亦命諸寺僧徒遠出迎引十月一日至空慧寺時杜公與戎帥召三學碩德俱會寺中致禮訖公問曰頃聞師嘗駐錫於此而後何往耶曰無住性好疎野多泊山閒自賀蘭五臺周遊勝境聞先師居貴封大慈寺説最上乘遂遠來摳衣忝預函丈後棲遲白崖已逾多載今幸相公見召敢不從命公曰弟子聞今和尚説無憶無念莫妄三句法門是否曰然公曰此三句是一是三曰無憶名戒無念名定莫妄名慧一心不生具戒定慧非一非三也公曰後句妄字莫是從心之忘乎曰從汝者是也公曰有據否曰法句經云若起精進心是妄非精進若能心不妄精進無有涯公聞疑情盪焉又問師還以三句示人否曰對初心學人還令息念澄停識浪水清影現悟無念體寂滅現前無念亦不立也于時庭樹鵶鳴公問師聞否曰聞鵶去已又問師聞否曰聞公曰鵶去無聲云何言聞

師乃普告大衆佛世難值正法難聞各各諦聽聞無有聞非關聞性本來不生何曾有滅有聲之時是聲塵自生無聲之時是聲塵自滅而此聞性不隨聲生不隨聲滅悟此聞性則免聲塵之所轉當知聞無生滅聞無去來公與僚屬大衆稽首又問何名第一義第一義者從何次第得入師曰第一義者無有次第亦無出入世諦一切有第一義即無諸法無性性說名第一義佛言有法名俗諦無性第一義公曰如師開示實不可思議公又曰弟子性識微淺昔因公暇撰得起信論章疏兩卷可得稱佛法否師曰夫造章疏皆用識心思量分別有爲有作起心動念然可造成據論文云當知一切法從本以來離言說相離名字相離心緣相畢竟平等無有變異唯有一心故名眞如今相公著言說相著名字相著心緣相既著種種相云何是佛法公起作禮曰弟子亦曾問諸供奉大德皆讚弟子不可思議當知彼等但徇人情師今從理解說合心地法實是眞理不可思議公又問云何不生云何不滅如何得解脫師曰見境心不起名不生不生即不滅既無生滅即不被前塵所縛當處解脫不生名無念無念即無滅無念即無縛無念即無脫舉要而言識心即離念見性即解脫離識心見性外更有法門證無上菩提者無有是處公曰何名識心見性師曰一切學道人隨念流浪蓋爲不識眞心眞心者念生亦不順生念滅亦不依寂不來不去不定不亂不取不捨不沉不浮無爲無相活鱍鱍平常自在此心體畢竟不可

得無可知覺觸目皆如無非見性也公與大衆作禮稱讚踊躍而去無住禪師後居保唐寺而終

景德傳燈録卷第四

音釋

璀取猥切 慥七到切 侁跣臻切 賾士革切 詵跣榛切 瓚在旱切 濬須閏切 怗託協切靜也 觳胡谷切縐紗也 窆陂驗切葬下棺也 爮蒲交切爪爬也 濾良豫切 濮博木切 丱古患切丫角也 萎邑危切枯也 穽疾郢切陷穽也 缶俯九切盆也 灊慈鹽切山名 蕉如累切花鬚也 葷羶葷許云切辛臭也羶尸連切羊臭也 浹即協切 頳秦醉切憔頳也 儻他曩切 誄魯水切壘述其德曰誄 殍婢小切餓死曰殍 煬餘亮切 輻湊輻方六切湊千候切輻湊如車輻之湊聚也 舁羊朱切對舉也 踟蹰踟陳知切蹰重株切踟蹰行不進貌 憧昌容切憧憧往來不絶貌 濛汜濛莫紅切汜詳里切蒙汜日入處也 亳掾亳白各切州名掾俞絹切官屬也 摳驅侯切褰衣也 皞胡老切 稔忍甚切年也 詭古委切異也 眩熒絹切目無常主也 躅厨玉切跡也 陻伊真切塞也 袴褶袴苦瓦切褶音習袴褶騎服也 隳叛隳翾規切毀也叛薄半切背叛也 蜕輪芮切猶化也 盪徒黨切盪除也 鱍北末切

景德傳燈録卷第五

宋 沙門 道原 纂

第三十三祖慧能大師

第三十三祖慧能大師法嗣四十三人 一十九人見録 一十八人旁出

西印度堀多三藏　韶州法海禪師
吉州志誠禪師　匾檐山曉了禪師
河北智隍禪師　洪州法達禪師
壽州智通禪師　江西志徹禪師
信州智常禪師　廣州志道禪師
廣州法性寺印宗和尚
吉州青原山行思禪師
南嶽懷讓禪師　温州永嘉玄覺禪師
司空山本淨禪師　婺州玄策禪師
曹谿令韜禪師
西京光宅寺慧忠禪師
西京荷澤寺神會禪師

韶州祇陀禪師　撫州淨安禪師
嵩山尋禪師　羅浮山定真禪師
南嶽堅固禪師　制空山道進禪師
善快禪師　韶山緣素禪師
宗一禪師
會稽秦望山善現禪師
南嶽梵行禪師　并州自在禪師
西京咸空禪師　峽山泰祥禪師
光州法淨禪師　清涼山辯才禪師
廣州吳頭陀　道英禪師
智本禪師
廣州清苑法真禪師
玄楷禪師　曇璀禪師
韶州刺史韋據　義興孫菩薩
已上二十四人無機緣語句不録

第三十三祖慧能大師者俗姓盧氏其先范陽人父行瑫武德中左宦于南海之新州遂占籍焉三歲喪父其母守志鞠養及長家尤貧窶師樵采以給一日負薪至市中聞客讀金剛經悚然問其客曰此何法也得於何人

客曰此名金剛經得於黃梅忍大師師遽告其母以爲法尋師之意直抵韶州遇高行士劉志略結爲交友尼無盡藏者即志略之姑也常讀涅槃經師暫聽之即爲解說其義尼遂執卷問字師曰字即不識義即請問尼曰字尚不識曷能會義師曰諸佛妙理非關文字尼驚異之告鄉里耆艾云能是有道之人宜請供養於是居人競來瞻禮近有寶林古寺舊地衆議營緝俾師居之四衆霧集俄成寶坊師一日忽自念曰我求大法豈可中道而止明日遂行至昌樂縣西山石室間遇智遠禪師師遂請益遠曰觀子神姿爽拔殆非常人吾聞西域菩提達磨傳心印于黃梅汝當往彼參決師辭去直造黃梅之東禪即唐咸亨二年也忍大師一見默而識之後傳衣法令隱于懷集四會之間至儀鳳元年丙子正月八日屆南海遇印宗法師於法性寺講涅槃經師寓止廊廡間暮夜風颺刹旛聞二僧對論一云旛動一云風動往復酬荅未曾契理師曰可容俗流輒預高論否直以風旛非動動自心耳印宗竊聆此語竦然異之翊日邀師入室徵風旛之義師具以理告印宗不覺起立云行者定非常人師爲是誰師更無所隱直叙得法因由於是印宗執弟子之禮請受禪要乃告四衆曰印宗具足凡夫今遇肉身菩薩即指座下盧居士云即此是也因請出所傳信衣悉令瞻禮至正月十五日會諸名德爲之剃髮二月八日就法性寺智光律師受滿分戒其戒壇即宋朝求那跋陀三藏之所置也三藏記云後當有肉身菩薩

在此壇受戒又梁末真諦三藏於壇之側手植二菩提樹謂衆曰却後一百二十年有大開士於此樹下演無上乘度無量衆師具戒已於此樹下開東山法門宛如宿契明年二月八日忽謂衆曰吾不願此居要歸舊隱時印宗與緇白千餘人送師歸寶林寺韶州刺史韋據請於大梵寺轉妙法輪并受無相心地戒門人紀録目爲壇經盛行於世然返曹谿雨大法雨學者不下千數中宗神龍元年降詔云朕請安秀二師宫中供養萬機之暇每究一乘二師並推讓云南方有能禪師密受忍大師衣法可就彼問今遣内侍薛簡馳詔迎請願師慈念速赴上京師上表辭疾願終林麓薛簡曰京城禪德皆云欲得會道必須坐禪習定若不因禪定得而解脱者未之有也未審師所説法如何師曰道由心悟豈在坐也經云若見如來若坐若卧是行邪道何故無所從來亦無所去若無生滅是如來清淨禪諸法空寂是如來清淨坐究竟無證豈況坐耶簡曰弟子之迴主上必問願和尚慈悲指示心要師曰道無明暗明暗是代謝之義明明無盡亦是有盡簡曰明喻智慧暗況煩惱修道之人儻不以智慧照破煩惱無始生死憑何出離師曰若以智慧照煩惱者此是二乘小兒羊鹿等機上智大根悉不如是簡曰如何是大乘見解師曰明與無明其性無二無二之性即是實性實性者處凡愚而不減在賢聖而不增住煩惱而不亂居禪定而不寂不斷不常不來不去不在中間及其内外不生不滅性相如如常住不遷名之

曰道簡曰師說不生不滅何異外道師曰外道所說不生不滅者將滅止生以生顯滅滅猶不滅生說無生我說不生不滅者本自無生今亦無滅所以不同外道汝若欲知心要但一切善惡都莫思量自然得入清淨心體湛然常寂妙用恒沙簡蒙指教豁然大悟禮辭歸闕表奏師語有詔謝師并賜摩衲袈裟絹五百匹寶鉢一口十二月十九日勑改古寶林爲中興寺三年十一月十八日又勑韶州刺史重加崇飾賜額爲法泉寺師新州舊居爲國恩寺一日師謂衆曰諸善知識汝等各各淨心聽吾說法汝等諸人自心是佛更莫狐疑外無一物而得建立皆是本心生萬種法故經云心生種種法生心滅種種法滅若欲成就種智須達一相三昧一行三昧若於一切處而不住相彼相中不生憎愛亦無取捨不念利益成壞等事安靜閑恬虛融澹泊此名一相三昧若於一切處行住坐卧純一直心不動道場眞成淨土名一行三昧若人具二三昧如地有種能含藏長養成就其實一相一行亦復如是我今說法猶如時雨溥潤大地汝等佛性譬諸種子遇玆霑洽悉得發生承吾旨者決獲菩提依吾行者定證妙果先天元年告諸徒衆曰吾忝受忍大師衣法今爲汝等說法不付其衣蓋汝等信根淳熟決定不疑堪任大事聽吾偈曰

心地含諸種　普雨悉皆生　頓悟華情已
菩提果自成

師說偈已復曰其法無二其心亦尒其道清淨亦無諸相汝等愼勿觀淨及空其心此心

本淨無可取捨各自努力隨緣好去師說法利生經四十載其年七月六日命弟子往新州國恩寺建報恩塔仍令倍工又有蜀僧名方辯來謁師云善捏塑師正色曰試塑看方辯不領旨乃塑師眞可高七寸曲盡其妙師觀之曰汝善塑性不善佛性酬以衣物僧禮謝而去先天二年七月一日謂門人曰吾欲歸新州汝速理舟檝時大衆哀慕乞師且住師曰諸佛出現猶示涅槃有來必去理亦常然吾此形骸歸必有所衆曰師從此去早晚却迴師曰葉落歸根來時無口又問師之法眼何人傳受師曰有道者得無心者通又問後莫有難否曰吾後滅五六年當有一人來取吾首聽吾記曰頭上養親口裏須餐遇滿之難楊柳爲官又云吾去七十年有二菩薩從東方來一在家一出家同時興化建立吾宗締緝伽藍昌隆法嗣言訖往新州國恩寺沐浴訖跏趺而化異香襲人白虹屬地即其年八月三日也時韶新兩郡各修靈塔道俗莫決所之兩郡刺史共焚香祝云香煙引處即師之欲歸焉時鑪香騰涌直貫曹谿以十一月十三日入塔壽七十六前韶州刺史韋據撰碑門人憶念取首之記遂先以鐵葉漆布固護師頸塔中有達磨所傳信衣（西域屈眴布也緝木綿華心織成後人以碧絹爲裏）中宗賜摩衲寶鉢方辯塑眞道具等主塔侍者尸之開元十年壬戌八月三日夜半忽聞塔中如拽鐵索聲僧衆驚起見一孝子從塔中走出尋見師頸有傷具以賊事聞於州縣縣令楊侃刺史柳無忝得牒切加擒捉五日於石角村捕得賊人送韶

州鞠問云姓張名淨滿汝州梁縣人於洪州開元寺受新羅僧金大悲錢二十千令取六祖大師首歸海東供養柳守聞狀未即加刑乃躬至曹谿問師上足令韜曰如何處斷韜曰若以國法論理須誅夷但以佛教慈悲寃親平等況彼求欲供養罪可恕矣柳守嘉歎曰始知佛門廣大遂赦之（爾後甚有名賢贊述及檀施珍異文繁不録）上元元年肅宗遣使就請師衣鉢歸內供養至永泰元年五月五日代宗夢六祖大師請衣鉢七日勅刺史楊瑊云朕夢感能禪師請傳法袈裟却歸曹溪今遣鎮國大將軍劉崇景頂戴而送朕謂之國寶卿可於本寺如法安置專令僧衆親承宗旨者嚴加守護勿令遺墜後或爲人偷竊皆不遠而獲如是者數四憲宗謚大鑒禪師塔曰元和靈照皇朝開寶初王師平南海劉氏殘兵作梗師之塔廟鞠爲煨燼而真身爲守塔僧保護一無所損尋有制興修功未竟會太宗即位留心禪門頗增壯麗焉大師自唐先天二年癸丑入滅至今景德元年甲辰歲凡二百九十二年矣得法者除印宗等三十三人各化一方標爲正嗣其外藏名匿迹者不可勝紀今於諸家傳記中略録十人謂之旁出

西域堀多三藏者天竺人也東遊韶陽見六祖於言下契悟後遊五臺至定襄縣歷村見一僧結庵而坐三藏問曰汝孤坐奚爲曰觀靜三藏曰觀者何人靜者何物其僧作禮問曰此理何如三藏曰汝何不自觀自靜彼僧茫然莫知其對三藏曰汝出誰門耶曰神秀大師三藏曰我西域異道最下根者不墮此

見兀然空坐於道何益其僧却問三藏所師何人三藏曰我師六祖汝何不速往曹谿決其眞要其僧即捨庵往叅六祖具陳前事六祖垂誨與三藏符合其僧信入三藏後不知所終

韶州法海禪師者曲江人也初見六祖問曰即心即佛願垂指喻祖曰前念不生即心後念不滅即佛成一切相即心離一切相即佛吾若具說窮刼不盡聽吾偈曰

即心名慧　即佛乃定　定慧等持　意中清淨
悟此法門　由汝習性　用本無生　雙修是正

法海信受以偈賛曰

即心元是佛　不悟而自屈　我知定慧因
雙修離諸物 壇經云門人法海者即禪師是也

吉州志誠禪師者吉州太和人也少於荊南當陽山玉泉寺奉事神秀禪師後因兩宗盛化秀之徒衆往往譏南宗曰能大師不識一字有何所長秀曰他得無師之智深悟上乘吾不如也且吾師五祖親付衣法豈徒然哉吾所恨不能遠去親近虚受國恩汝等諸人無滯於此可往曹谿質疑他日迴復還爲吾說師聞此語禮辭至韶陽隨衆叅請不言來處時六祖告衆曰今有盜法之人潛在此會師出禮拜具陳其事祖曰汝師若爲示衆對曰常指誨大衆令住心觀靜長坐不卧祖曰住心觀靜是病非禪長坐拘身於理何益聽吾偈曰

生來坐不卧　死去卧不坐　元是臭骨頭
何爲立功過

師曰未審大師以何法誨人祖曰吾若言有

法與人即爲誑汝但且隨方解縛假名三昧
聽吾偈曰
一切無心自性戒　一切無礙自性慧
不增不退自金剛　身去身來本三昧
師聞偈悔謝即誓依歸乃呈一偈曰
五蘊幻身　幻何究竟　迴趣眞如　法還不淨
祖然之尋迴玉泉
匾檐山曉了禪師者傳記不載唯北宗門人
忽雷澄撰塔碑盛行于世略曰師住匾檐山
法號曉了六祖之嫡嗣也師得無心之心了
無相之相無相者森羅眩目無心者分別熾
然絶一言一響響莫可傳傳之行矣言莫可
窮窮之非矣師自得無無之無不無於無也
吾今以有有之有不有於有也不有之有去
來非增不無之無涅槃非減嗚呼師住世兮
曹谿明師寂滅兮法舟傾師譚無説兮寰宇
盈師示迷徒兮了義乘匾檐山色垂兹色空
谷猶留曉了名
河北智隍禪師者始參五祖法席雖甞咨決
而循乎漸行後往河北結庵長坐積二十餘
載不見惰容及遇六祖門人策禪師遊歷于
彼激以勤求法要師遂捨庵往參六祖祖愍
其遠來便垂開抉師於言下豁然契悟前二
十年所得心都無影響其夜河北檀越士庶
忽聞空中有聲曰隍禪師今日得道也後迴
河北開化四衆
洪州法達禪師者洪州豐城人也七歲出家
誦法華經進具之後來禮祖師頭不至地祖
呵曰禮不投地何如不禮汝心中必有一物
蘊習何事耶師曰念法華經已及三千部祖

曰汝若念至萬部得其經意不以爲勝則與吾偕行汝今負此事業都不知過聽吾偈曰

禮本折慢幢　頭奚不至地　有我罪即生
亡功福無比

祖又曰汝名什麽對曰名法達祖曰汝名法達何曾達法復説偈曰

汝今名法達　勤誦未休歇　空誦但循聲
明心號菩薩　汝今有緣故　吾今爲汝説
但信佛無言　蓮華從口發

師聞偈悔過曰而今而後當謙恭一切惟願和尚大慈略説經中義理祖曰汝念此經以何爲宗師曰學人愚鈍從來但依文誦念豈知宗趣祖曰汝試爲吾念一遍吾當爲汝解説師即高聲念經至方便品祖曰止此經元來以因緣出世爲宗縱説多種譬喻亦無越於此何者因緣唯一大事一大事即佛知見也汝慎勿錯解經意見他道開示悟入自是佛之知見我輩無分若作此解乃是謗經毁佛也彼既是佛已具知見何用更開汝今當信佛知見者只汝自心更無别體蓋爲一切衆生自蔽光明貪愛塵境外緣内擾甘受驅馳便勞他從三昧起種種苦口勸令寢息莫向外求與佛無二故云開佛知見汝但勞勞執念謂爲功課者何異犛牛愛尾也師曰若然者但得解義不勞誦經耶祖曰經有何過豈障汝念只爲迷悟在人損益由汝聽吾偈曰

心迷法華轉　心悟轉法華　誦久不明已
與義作讎家　無念念即正　有念念成邪
有無俱不計　長御白牛車

師聞偈再啓曰經云諸大聲聞乃至菩薩皆盡思度量尚不能測於佛智今令凡夫但悟自心便名佛之知見自非上根未免疑謗又經說三車大牛之車與白牛車如何區别願和尚再垂宣說祖曰經意分明汝自迷背諸三乘人不能測佛智者患在度量也饒伊盡思共推轉加懸遠佛本爲凡夫說不爲佛說此理若不肯信者從他退席殊不知坐却白牛車更於門外覔三車況經文明向汝道無二亦無三汝何不省三車是假爲昔時故一乘是實爲今時故只教汝去假歸實歸實之後實亦無名應知所有珍財盡屬於汝由汝受用更不作父想亦不作子想亦無用想是名持法華經從劫至劫手不釋卷從晝至夜無不念時也師既蒙啓發踊躍歡喜以偈贊曰

經誦三千部　曹谿一句亡　未明出世旨
寧歇累生狂　羊鹿牛權設　初中後善揚
誰知火宅内　元是法中王

祖曰汝今後方可名爲念經僧也師從此領玄旨亦不輟誦持

壽州智通禪師者壽州安豐人也初看楞伽經約千餘遍而不會三身四智禮師求解其義祖曰三身者清淨法身汝之性也圓滿報身汝之智也千百億化身汝之行也若離本性别說三身即名有身無智若悟三身無有自性即名四智菩提聽吾偈曰

自性具三身　發明成四智　不離見聞縁
超然登佛地　吾今爲汝說　諦信永無迷
莫學馳求者　終日說菩提

師曰四智之義可得聞乎祖曰既會三身便明四智何更問耶若離三身別譚四智此名有智無身也即此有智還成無智復偈曰

大圓鏡智性清淨　平等性智心無病
妙觀察智見非功　成所作智同圓鏡
五八六七果因轉　但用名言無實性
若於轉處不留情　繁興永處那伽定

轉識爲智者教中云轉前五識爲成所作智轉第六識爲妙觀察智轉第七識爲平等性智轉第八識爲大圓鏡智雖六七因中轉五八果上轉但轉其名而不轉其體也

師禮謝以偈賛曰

三身元我體　四智本心明
身智融無礙　應物任隨形
起修皆妄動　守住匪真精
妙旨因師曉　終亡汙染名

江西志徹禪師者江西人也姓張氏名行昌少任俠自南北分化二宗主雖亡彼我而徒侶競起愛憎時北宗門人自立秀師爲第六祖而忌能大師傳衣爲天下所聞然祖是菩薩預知其事即置金十兩於方丈時行昌受北宗門人之囑懷刃入祖室將欲加害祖舒頸而就行昌揮刃者三都無所損祖曰正劒不邪邪劒不正只負汝金不負汝命行昌驚仆久而方甦求哀悔過即願出家祖遂與金云汝且去恐徒衆翻害於汝汝可他日易形而來吾當攝受行昌稟旨宵遁終投僧出家具戒精進一日憶祖之言遠來禮覲祖曰吾久念於汝汝來何晚曰昨蒙和尚捨罪今雖出家苦行終難報於深恩其唯傳法度生乎弟子嘗覽涅槃經未曉常無常義乞和尚慈悲略爲宣說祖曰無常者即佛性也有常者即善惡一切諸法分別心也曰和尚所說大

違經文也祖曰吾傳佛心印安敢違於佛經曰經説佛性是常和尚却言無常善惡諸法乃至菩提心皆是無常和尚却言是常此即相違令學人轉加疑惑祖曰涅槃經吾昔者聽尼無盡藏讀誦一徧便爲講説無一字一義不合經文乃至爲汝終無二説曰學人識量淺昧願和尚委曲開示祖曰汝知否佛性若常更説什麼善惡諸法乃至窮劫無有一人發菩提心者故吾説無常正是佛説眞常之道也又一切諸法若無常者即物物皆有自性容受生死而眞常性有不徧之處故吾説常者正是佛説眞無常義也佛比爲凡夫外道執於邪常諸二乘人於常計無常共成八倒故於涅槃了義教中破彼偏見而顯説眞常眞我眞淨汝今依言背義以斷滅無常及確定死常而錯解佛之圓妙最後微言縱覽千徧有何所益行昌忽如醉醒乃説偈曰

因守無常心　佛演有常性　不知方便者
猶春池執礫　我今不施功　佛性而見前
非師相授與　我亦無所得

祖曰汝今徹也宜名志徹師禮謝而去

信州知常禪師者本州貴谿人也髫年出家志求見性一日參六祖祖問汝從何來欲求何事師曰學人近往洪州建昌縣白峯山禮大通和尚蒙示見性成佛之義未決狐疑至吉州遇人指迷令投謁和尚伏願垂慈攝受祖曰彼有何言句汝試舉似於吾與汝證明師曰初到彼三月未蒙開示以爲法切故於中夜獨入方丈禮拜哀請大通乃曰汝見虚空否對曰見彼曰汝見虚空有相貌否對曰

虚空無形有何相貌彼曰汝之本性猶如虚空返觀自性了無一物可見是名正見無一物可知是名眞知無有青黄長短但見本源清淨覺體圓明即名見性成佛亦名極樂世界亦名如來知見學人雖聞此說猶未決了乞和尚誨示令無疑滯祖曰彼師所說猶存見知故令汝未了吾今示汝一偈曰

不見一法存無見　大似浮雲遮日面
不知一法守空知　還如太虚生閃電
此之知見瞥然興　錯認何曾解方便
汝當一念自知非　自己靈光常顯見

師聞偈已心意豁然乃述一偈曰

無端起知解　著相求菩提　情存一念悟
寧越昔時迷　自性覺源體　隨照枉遷流
不入祖師室　茫然趣兩頭

廣州志道禪師者南海人也叅六祖曰學人初自出家覽涅槃經僅十餘載未明大意願和尚垂誨祖曰汝何處未了對曰諸行無常是生滅法生滅滅已寂滅爲樂於此疑惑祖曰汝作麼生疑對曰一切衆生皆有二身謂色身法身也色身無常有生有滅法身有常無知無覺經云生滅滅已寂滅爲樂者不審是何身寂滅何身受樂若色身者色身滅時四大分散全是苦苦不可言樂若法身寂滅即同草木瓦石誰當受樂又法性是生滅之體五蘊是生滅之用一體五用生滅是常生則從體起用滅則攝用歸體若聽更生即有情之類不斷不滅若不聽更生即永歸寂滅同於無情之物如是則一切諸法被涅槃之所禁伏尚不得生何樂之有祖曰汝是釋子

何習外道斷常邪見而議最上乘法據汝所解即色身外別有法身離生滅求於寂滅又推涅槃常樂言有身受者斯乃執吝生死耽著世樂汝今當知佛爲一切迷人認五蘊和合爲自體相分別一切法爲外塵相好生惡死念念遷流不知夢幻虛假枉受輪迴以常樂涅槃翻爲苦相終日馳求佛愍此故乃示涅槃眞樂剎那無有生相剎那無有滅相更無生滅可滅是則寂滅見前當見前之時亦無見前之量乃謂常樂此樂無有受者亦無不受者豈有一體五用之名何況更言涅槃禁伏諸法令永不生斯乃謗佛毀法聽吾偈曰

無上大涅槃　圓明常寂照　凡愚謂之死
外道執爲斷　諸求二乘人　目以爲無作
盡屬情所計　六十二見本　妄立虛假名
何爲眞實義　唯有過量人　通達無取捨
以知五蘊法　及以蘊中我　外現衆色象
一一音聲相　平等如夢幻　不起凡聖見
不作涅槃解　二邊三際斷　常應諸根用
而不起用想　分別一切法　不起分別想
劫火燒海底　風鼓山相擊　眞常寂滅樂
涅槃相如是　吾今彊言說　令汝捨邪見
汝勿隨言解　許汝知少分

師聞偈踊躍作禮而退

廣州法性寺印宗和尚者呉郡人也姓印氏從師出家精涅槃大部唐咸亨元年抵京師勅居大敬愛寺固辭往蘄春謁忍大師後於廣州法性寺講涅槃經遇六祖能大師始悟玄理以能爲傳法師又採自梁至唐諸方達

者之言著心要集盛行于世先天二年二月二十一日終于會稽山妙喜寺壽八十有七會稽王師乾立塔銘焉

吉州青原山行思禪師本州安城人也姓劉氏幼歲出家每羣居論道師唯默然後聞曹谿法席乃往叅禮問曰當何所務即不落階級祖曰汝曾作什麽來師曰聖諦亦不爲祖曰落何階級曰聖諦尚不爲何階級之有祖深器之會下學徒雖衆師居首焉亦猶二祖不言少林謂之得髓矣一日祖謂師曰從上衣法雙行師資遞授衣以表信法乃印心吾今得人何患不信吾受衣以來遭此多難況乎後代爭競必多衣即留鎮山門汝當分化一方無令斷絶師既得法住吉州青原山靜居寺六祖將示滅有沙彌希遷（即南嶽石頭和尚）問曰和尚百年後希遷未審當依附何人祖曰尋思去及祖順世遷每於靜處端坐寂若忘生第一座問曰汝師已逝空坐奚爲遷曰我稟遺誡故尋思爾第一座曰汝有師兄行思和尚今住吉州汝因縁在彼師言甚直汝自迷耳遷聞語便禮辭祖龕直詣靜居師問曰子何方而來遷曰曹谿來師曰將得什麽來曰未到曹谿亦不失師曰恁麽用去曹谿作什麽曰若不到曹谿爭知不失遷又問曰曹谿大師還識和尚否師曰汝今識吾否師曰識又爭能識得師曰衆角雖多一麟足矣遷又問和尚自離曹谿什麽時至此間師曰我却不知汝早晚離曹谿曰希遷不從曹谿來師曰我亦知汝來處也曰和尚幸是大人且莫造次他日師復問遷汝什麽處來曰曹谿

來師乃舉拂子曰曹谿還有這箇麼曰非但曹谿西天亦無師曰子莫曾到西天否曰若到即有也師曰未在更道曰和尚也須道取一半莫全靠學人師曰不辭向汝道恐已後無人承當師令希遷持書與南嶽讓和尚曰汝達書了速迴吾有箇鈯斧子與汝住山遷至彼未呈書便問不慕諸聖不重己靈時如何讓曰子問太高生何不向下問遷曰寧可永劫受沉淪不從諸聖求解脱讓便休遷迴至靜居師問曰子去未久送書達否遷曰信亦不通書亦不達師曰作麼生遷舉前話了却云發時蒙和尚許箇鈯斧子便請取師垂一足遷禮拜尋辭往南嶽玄沙云大小石頭和尚被讓師推倒至今起不得荷澤神會來叅師問曰什麼處來會曰曹谿師曰曹谿意旨如何會振身而已師曰猶滯瓦礫在曰和尚此間莫有眞金與人否師曰設有與汝向什麼處著玄沙云果然雲居錫云只如玄沙道果然是眞金是瓦礫僧問如何是佛法大意師曰廬陵米作麼價師既付法石頭唐開元二十八年庚辰十二月十三日陞堂告衆跏趺而逝僖宗謚弘濟禪師歸眞之塔

南嶽懷讓禪師者姓杜氏金州人也年十五往荆州玉泉寺依弘景律師出家受具之後習毗尼藏一日自歎曰夫出家者爲無爲法天上人間無有勝處時同學坦然知師志高邁勸師同謁嵩山安和尚安啓發之乃直詣曹谿叅六祖祖問什麼處來曰嵩山來祖曰什麼物恁麼來曰説似一物即不中祖曰還可修證否曰修證即不無汙染即不得祖曰只此不汙染諸佛之所護念汝既如是吾亦

如是西天般若多羅讖汝足下出一馬駒蹋殺天下人並在汝心不須速說師豁然契會執侍左右一十五載唐先天二年始往衡嶽居般若寺開元中有沙門道一(即馬祖大師也)住傳法院常曰坐禪師知是法器往問曰大德坐禪圖什麼一曰圖作佛師乃取一塼於彼庵前石上磨一曰磨塼作麽師曰磨作鏡一曰磨塼豈得成鏡耶師曰磨塼既不成鏡坐禪豈得成佛耶一曰如何即是師曰如牛駕車車不行打車即是打牛即是一無對師又曰汝爲學坐禪爲學坐佛若學坐禪禪非坐卧若學坐佛佛非定相於無住法不應取捨汝若坐佛即是殺佛若執坐相非達其理一聞示誨如飲醍醐禮拜問曰如何用心即合無相三昧師曰汝學心地法門如下種子我說法要譬彼天澤汝緣合故當見其道又問曰道非色相云何能見師曰心地法眼能見乎道無相三昧亦復然矣一曰有成壞否師曰若以成壞聚散而見道者非見道也聽吾偈曰

心地含諸種　遇澤悉皆萌　三昧華無相
何壞復何成

一蒙開悟心意超然侍奉十秋日益玄奥師入室弟子總有六人師各印可云汝等六人同證吾身各契一路一人得吾眉善威儀(常浩)一人得吾眼善顧眄(智達)一人得吾耳善聽理(坦然)一人得吾鼻善知氣(神照)一人得吾舌善譚說(嚴峻)一人得吾心善古今(道一)又曰一切法皆從心生心無所生法無能住若達心地所作無礙非遇上根宜慎辭哉有一大德問如鏡

鑄像像成後鏡明向什麼處去師曰如大德爲童子時相貌何在（法眼別云阿那箇是大德鑄成底像）曰只如像成後爲什麼不鑑照師曰雖然不鑑照謾他一點不得後馬大師闡化於江西師問衆曰道一爲衆說法否衆曰已爲衆說法師曰總未見人持箇消息來衆無對師遣一僧去云待伊上堂時但問作麼生伊道底言語記將來僧去一如師旨迴謂師曰馬師云自從胡亂後三十年不曾闕鹽醬師然之天寶三年八月十一日圓寂 於衡嶽勅諡大慧禪師最勝輪之塔

温州永嘉玄覺禪師者永嘉人也姓戴氏丱歲出家徧探三藏精天台止觀圓妙法門於四威儀中常冥禪觀後因左谿朗禪師激勵與東陽策禪師同詣曹谿初到振錫攜瓶繞祖三帀卓然而立祖曰夫沙門者具三千威儀八萬細行大德自何方而來生大我慢師曰生死事大無常迅速祖曰何不體取無生了無速乎曰體即無生了本無速祖曰如是如是于時大衆無不愕然師方具威儀參禮須臾告辭祖曰返太速乎師曰本自非動豈有速耶祖曰誰知非動曰仁者自生分別祖曰汝甚得無生之意曰無生豈有意耶祖曰無意誰當分別曰分別亦非意祖歎曰善哉善哉少留一宿時謂一宿覺矣策公乃留師翌日下山迴温江學者輻湊號眞覺大師著證道歌一首及禪宗悟修圓旨自淺之深慶州刺史魏靖緝而序之成十篇目爲永嘉集並盛行于世

慕道志儀第一

夫欲修道先須立志及事師儀則彰乎軌則
故標第一明慕道儀式

戒憍奢意第二

初雖立志修道善識軌儀若三業憍奢妄心
擾動何能得定故次第二明戒憍奢意也

淨修三業第三

前戒憍奢略標綱要今子細檢責令過不生
故次第三明淨修三業戒乎身口意也

奢摩他頌第四

已檢責身口令麤過不生次須入門修道漸
次不出定慧五種起心六種料簡故次第四
明奢摩他頌也

毗婆舍那頌第五

非戒不禪非禪不慧上既修定定久慧明故
次第五毗婆舍那頌也

優畢叉頌第六

偏修於定定久則沉偏學於慧慧多心動故
次第六明優畢叉頌等於定慧令不沉動使
定慧均等捨於二邊

三乘漸次第七

定慧既均則寂而常照三觀一心何疑不遣
何照不圓自解雖明悲他未悟悟有深淺故
次第七明三乘漸次也

事理不二第八

三乘悟理理無不窮窮理在事了事即理故
次第八明事理不二即事而眞用祛倒見也

勸友人書第九

事理既融內心自瑩復悲遠學虛擲寸陰故
次第九明勸友人書也

發願文第十

勸友人雖是悲他專心在一情猶未普故次
第十明發願文誓度一切
復次觀心十門初則言其法爾次則出其觀
體三則語其相應四則警其上慢五則誡其
踈怠六則重出觀體七則明其是非八則簡
其詮旨九則觸途成觀十則妙契玄源
第一言法爾者夫心性虚通動静之源莫二
眞如絶慮縁計之念非殊惑見紛馳窮之則
唯一寂靈源不狀鑒之則以千差千差不同
法眼之名自立一寂非異慧眼之號斯存理
量雙銷佛眼之功圓著是以三諦一境法身
之理常清三智一心般若之明常照境智冥
合解脱之應隨機非縱非横圓伊之道玄會
故知三德妙性宛爾無乖一心深廣難思何
出要而非路是以即心爲道者可謂尋流而
得源
第二出其觀體者只知一念即空不空非空
非不空
第三語其相應者心與空相應則譏毁讃譽
何憂何喜身與空相應則刀割香塗何苦何
樂依報與空相應則施與刼奪何得何失心
與空不空相應則愛見都忘慈悲普救身與
空不空相應則内同枯木外現威儀依報與
空不空相應則永絶貪求資財給濟心與空
不空非空非不空相應則實相初明開佛知
見身與空不空非空非不空相應則一塵入
正受諸塵三昧起依報與空不空非空非不
空相應則香臺寶閣嚴土化生
第四警其上慢者若不爾者則未相應也
第五誡其踈怠者然渡海應上船非船何以

能渡修心必須入觀非觀何以明心心尚未明相應何日思之勿自恃也

第六重出觀體者只知一念即空不空非有非無不知即念即空不空非非有非非無

第七明其是非者心不是有心不是無心不非有心不非無是有是無即墮是非有非無即墮非如是只是是非之非未是非是非非之是今以雙非破兩是是破非是猶是非又以雙非破兩非非破非非即是是如是只是非是非非非之是未是不非不不非不是不不是是非之惑綿微難見神清慮靜細而研之

第八簡其詮旨者然而至理無言假文言以明其旨旨宗非觀籍修觀以會其宗若旨之未明則言之未的若宗之未會則觀之未深深觀乃會其宗的言必明其旨旨宗既其明會言觀何得復存耶

第九觸途成觀者夫再演言辭重標觀體欲明宗旨無異言觀有逐方移方移則言理無差無差則觀旨不異不異之旨即理無差之理即宗旨一而二名言觀明其弄胤耳

第十妙契玄源者夫悟心之士寧執觀而迷旨達教之人豈滯言而惑理理明則言語道斷何言之能議旨會則心行處滅何觀之能思心言不能思議者可謂妙契寰中矣

師先天二年十月十七日安坐示滅十一月十三日塔于西山之陽勑謚無相大師塔曰淨光皇朝淳化中太宗皇帝詔本州重修龕塔

司空山本淨禪師者絳州人也姓張氏幼歲披緇于曹谿之室受記隸司空山無相寺唐

天寶三年玄宗遣中使楊光庭入山采常春藤因造丈室禮問曰弟子慕道斯久願和尚慈悲略垂開示師曰天下禪宗碩學咸會京師天使歸朝足可咨決貧道隈山傍水無所用心光庭泣拜師曰休禮貧道天使爲求佛耶問道耶曰弟子智識昏昧未審佛之與道其義云何師曰若欲求佛即心是佛若欲會道無心是道曰云何即心是佛師曰佛因心悟心以佛彰若悟無心佛亦不有曰云何無心是道師曰道本無心無心名道若了無心無心即道光庭作禮信受既迴闕庭具以山中所遇奏聞即勅光庭詔師十二月十三日到京勅住白蓮寺越明年正月十五日召兩街名僧碩學赴内道場與師闡揚佛理時有遠禪師者抗聲謂師曰今對聖上校量宗旨應須直問直荅不假繁辭只如禪師所見以何爲道師荅曰無心是道遠曰道因心有何得言無心是道師曰道本無名因心名道心名若有道不虛然窮心既無道憑何立二俱虛妄總是假名遠曰禪師見有身心是道已否師曰山僧身心本來是道曰適言無心是道今又言身心本來是道豈不相違師曰無心是道心泯道無心道一如故言無心是道身心本來是道道亦本是身心身心本既是空道亦窮源無有曰觀禪師形質甚小却會此理師曰大德只見山僧相不見山僧無相見相者是大德所見經云凡所有相皆是虛妄若見諸相非相即悟其道若以相爲實窮劫不能悟道曰今請禪師於相上說於無相師曰淨名經云四大無主身亦無我無我所

見與道相應大德若以四大有主是我若有我見窮劫不可會道也遠公聞語失色逡巡避席師有偈曰

四大無主復如水　遇曲逢直無彼此
淨穢兩處不生心　壅決何曾有二意
觸境但似水無心　在世縱横有何事

復云一大如是四大亦然若明四大無主即悟無心若了無心自然契道又有志明禪師者問曰若言無心是道瓦礫無心亦應是道又云身心本來是道四生十類皆有身心亦應是道師曰大德若作見聞覺知之解與道懸殊即是求見聞覺知之者非是求道之人經云無眼耳鼻舌身意六根尚無見聞覺知憑何而立窮本不有何處存心焉得不同草木瓦礫志明杜口而退師又有偈曰

見聞覺知無障礙　聲香味觸常三昧
如鳥空中只麽飛　無取無捨無憎愛
若會應處本無心　始得名爲觀自在

又有眞禪師者問云道既無心佛有心否佛之與道是一是二師曰不一不異曰佛度衆生爲有心故道不度人爲無心故一度一不度何得無二師曰若言佛度衆生道無度者此是大德妄生二見如山僧即不然佛是虛名道亦妄立二俱不實總是假名一假之中何分二問曰佛之與道從是假名當立名時是誰爲立若有立者何得言無師曰佛之與道因心而立推窮立心心亦是無心既是無即悟二俱不實知如夢幻即悟本空彊立佛道二名此是二乘人見解師乃說無修無作偈曰

見道方修道　不見復何修　道性如虛空
虛空何所修　徧觀修道者　撥火覓浮漚
但看弄傀儡　線斷一時休

又有法空禪師者問曰佛之與道俱是假名十二分教亦應不實何以從前尊宿皆言修道師曰大德錯會經意道本無修大德彊修道本無作大德彊作道本無事彊生多事道本無知於中彊知如此見解與道相違從前尊宿不應如是自是大德不會請思之師又有偈曰

道體本無修　不修自合道　若起修道心
此人不會道　棄却一眞性　却入鬧浩浩
忽逢修道人　第一莫向道

又有安禪師者問曰道既假名佛云妄立十二分教亦是接物度生一切是妄以何爲眞師曰爲有妄故將眞對妄推窮妄性本空眞亦何曾有故故知眞妄總是假名二事對治都無實體窮其根本一切皆空曰既言一切是妄妄亦同眞眞妄無殊復是何物師曰若言何物何物亦妄經云無相似無比況言語道斷如鳥飛空安公慙伏不知所措師又有偈曰

推眞眞無相　窮妄妄無形　返觀推窮心
知心亦假名　會道亦如此　到頭亦只寧

又有達性禪師者問曰禪是至妙至微眞妄雙泯佛道兩亡修行性空名相不實世界如幻一切假名作此解時不可斷絕衆生善惡二根師曰善惡二根皆因心有窮心若有根亦非虛推心既無根因何立經云善不善法從心化生善惡業緣本無有實師又有偈曰

善既從心生　惡豈離心有　善惡是外緣
於心實不有　捨惡送何處　取善令誰守
傷嗟二見人　攀緣兩頭走　若悟本無心
始悔從前咎

又有近臣問曰此身從何而來百年之後復
歸何處師曰如人夢時從何而來睡覺時從
何而去曰夢時不可言無既覺不可言有雖
有有無來往無所師曰貧道此身亦如其夢

又有偈曰

視生如在夢　夢裏實是鬧　忽覺萬事休
還同睡時悟　智者會悟夢　迷人信夢鬧
會夢如兩般　一悟無別悟　富貴與貧賤
更亦無別路

上元二年五月五日歸寂勑謚大曉禪師

婺州玄策禪師者婺州金華人也出家遊方
届于河朔有智隍禪師者曾謁黄梅五祖庵
居二十年自謂正受師知隍所得未眞往問
曰汝坐於此作麼隍曰入定師曰汝言入定
有心耶無心耶若有心者一切蠢動之類皆
應得定若無心者一切草木之流亦合得定
曰我正入定時則不見有有無之心師曰既
不見有有無之心即是常定何有出入若有
出入則非大定隍無語良久問師嗣誰師曰
我師曹谿六祖曰六祖以何爲禪定師曰我
師云夫妙湛圓寂體用如如五陰本空六塵
非有不出不入不定不亂禪性無住離住禪
寂禪性無生離生禪想心如虛空亦無虛空
之量隍聞此語未息疑情遂造于曹谿請決
疑翳而祖意與師冥符隍始開悟師後却歸
金華大開法席

曹谿令韜禪師者吉州人也姓張氏依六祖出家未嘗離左右祖歸寂遂爲衣塔主唐開元四年玄宗聆其德風詔令赴闕師辭疾不起上元元年肅宗遣使取傳法衣入內供養仍勅師隨衣入朝師亦以疾辭終于本山壽九十五勅謚大曉禪師

西京光宅寺慧忠國師者越州諸暨人也姓冉氏自受心印居南陽白崖山黨子谷四十餘祀不下山門道行聞于帝里唐肅宗上元二年勅中使孫朝進齎詔徵赴京待以師禮初居千福寺西禪院及代宗臨御復迎止光宅精藍十有六載隨機說法時有西天大耳三藏到京云得他心慧眼帝勅令與國師試驗三藏纔見師便禮拜立于右邊師問曰汝得他心通耶對曰不敢師曰汝道老僧即今在什麼處曰和尚是一國之師何得却去西川看競渡師再問汝道老僧即今在什麼處曰和尚是一國之師何得却在天津橋上看弄猢猻師第三問語亦同前三藏良久罔知去處師叱曰這野狐精他心通在什麼處三藏無對僧問仰山曰長耳三藏第三度爲什麼不見國師仰山曰前兩度是涉境心後入自受用三昧所以不見又有僧舉前語問玄沙玄沙曰汝道前兩度還見麼玄覺云前兩度若見後來爲什麼不見且道利害在什麼處僧問趙州曰長耳三藏第三度不見國師未審國師在什麼處趙州云在三藏鼻孔裏僧問玄沙既在鼻孔裏爲什麼不見玄沙云只爲太近一日喚侍者侍者應諾如是三召皆應諾師曰將謂吾孤負汝却是汝孤負吾僧問玄沙國師喚侍者意作麼生玄沙云却是侍者會雲居錫云且道侍者會不會若道會國師又道汝孤負吾若道不會玄沙又道却是侍者會且作麼生商量玄覺徵問僧什麼是侍者會處僧云若不會爭解恁麼應玄覺云汝少會在又云若於這裏商量得去便見玄沙僧問法眼國師喚侍者意作麼生法眼云且去別時來雲居錫云法眼恁麼道爲

復明國師意不明國師意僧問趙州國師喚侍者意作麼生趙州云如人暗裏書字字雖不成文彩已彰南泉到叅師問什麼處來對曰江西來師曰還將得馬師真來否曰只這是師曰背後底南泉便休長慶稜云大似不知保福展云幾不到和尚此間雲居錫云此二尊者盡扶背後只如南泉休去爲當扶面前扶背後麻谷到叅繞禪牀三帀於師前振錫而立師曰既如是何用更見貧道麻谷又振錫師叱曰這野狐精出去師毎示衆云禪宗學者應遵佛語一乘了義契自心源不了義者互不相許如師子身蟲夫爲人師若涉名利別開異端則自他何益如世大匠斤斧不傷其手香象所負非驢能堪有僧問若爲得成佛去師曰佛與衆生一時放却當處解脱問作麼生得相應去師云善惡不思自見佛性問若爲得證法身師曰越毗盧之境界曰清淨法身作麼生得師曰不著佛求耳問阿那箇是佛師曰即心是佛曰心有煩惱否師曰煩惱性自離曰豈不斷耶師曰斷煩惱者即名二乘煩惱不生名大涅槃問坐禪看靜此復若爲師曰不垢不淨寧用起心而看淨相又問禪師見十方虛空是法身否師曰以想心取之是顛倒見問即心是佛可更修萬行否師曰諸聖皆具二嚴豈撥無因果耶又曰我今荅汝窮劫不盡言多去道遠矣所以道說法有所得斯則野干鳴說法無所得是名師子吼南陽張濆行者問伏承和尚道無情說法某甲未體其事乞和尚垂示師曰汝若問無情說法解他無情方得聞我說法汝但聞取無情說法去濆曰只約如今有情方便之中如何是無情因緣師曰如今一切動用之中但凡聖兩

流都無少分起滅便是出識不屬有無熾然見覺只聞無其情識繫執所以六祖云六根對境分别非識有僧到叅禮師問藴何事業曰講金剛經師曰最初兩字是什麽曰如是師曰是什麽僧無對有人問如何是解脱師曰諸法不相到當處解脱曰恁麽即斷去也師曰向汝道諸法不相到斷什麽師見僧來以手作圓相相中書日字僧無對師問本淨禪師汝已後見奇特言語如何淨曰無一念心愛師曰是汝屋裏事肅宗問師得何法師曰陛下見空中一片雲麽帝曰見師曰釘釘著懸掛著又問如何是十身調御師乃起立曰還會麽曰不會師曰與老僧過淨瓶來又曰如何是無諍三昧師曰檀越蹋毗盧頂上行曰此意如何師曰莫認自己作清淨法身

又問師師都不視之曰朕是大唐天子師何以殊不顧視師曰還見虚空麽曰見師曰他還眨目視陛下否魚軍容問師住白崖山十二時中如何修道師喚童子來摩頂曰惺惺直然惺惺歷歷直然歷歷已後莫受人謾師與紫璘供奉論議既陞座供奉曰請師立義某甲破師曰立義竟供奉曰是什麽義師曰果然不見非公境界便下座一日師問紫璘供奉佛是什麽義曰是覺義師曰佛曾迷否曰不曾迷師曰用覺作麽共奉無對又問如何是實相師曰把將虚底來曰虚底不可得師曰虚底尚不可得問實相作麽僧問如何是佛法大意師曰文殊堂裏萬菩薩曰學人不會師曰大悲千手眼耽源問百年後有人問極則事作麽生師曰幸自可憐生須要箇

護身符子作麽師以化緣將畢涅槃時至乃
辭代宗代宗曰師滅度後弟子將何所記師
曰告檀越造取一所無縫塔曰就師請取塔
樣師良久曰會麽曰不會師曰貧道去後有
侍者應眞却知此事大曆十年十二月九日
右脇長往弟子奉靈儀於黨子谷建塔勅諡
大證禪師代宗後詔應眞入内舉問前語眞
良久曰聖上會麽曰不會眞述偈曰

湘之南　潭之北　中有黄金充一國
無影樹下合同船　瑠璃殿上無知識

應眞後住耽源山

西京荷澤神會禪師者襄陽人也姓高氏年
十四爲沙彌謁六祖祖曰知識遠來大艱辛
將本來否若有本則合識主試説看師曰以
無住爲本見即是主祖曰這沙彌爭合取次
語便以杖打師於杖下思惟曰大善知識歷
劫難逢今既得遇豈惜身命自此給侍他日
祖告衆曰吾有一物無頭無尾無名無字無
背無面諸人還識否師乃出曰是諸佛之本
源神會之佛性祖曰向汝道無名無字汝便
喚本源佛性師禮拜而退師尋往西京受戒
唐景龍中却歸曹谿祖滅後二十年間曹谿
宗旨沉廢於荆吴嵩嶽漸門盛行於秦洛乃
入京天寶四年方定兩宗（南能頓宗　北秀漸教）乃著顯
宗記盛行于世一日鄉信至報二親亡師入
堂白槌曰父母俱喪請大衆念摩訶般若衆
纔集師便打槌曰勞煩大衆師於上元元年
五月十三日中夜奄然而化俗壽七十五二
年遷塔於洛京龍門勅於塔所置寶應寺大
曆五年賜號眞宗般若傳法之堂七年又賜

般若大師之塔

有僧舉卧輪禪師偈云

卧輪有伎倆　能斷百思想　對境心不起

菩提日日長

六祖大師聞之曰此偈未明心地若依而行之是加繫縛因示一偈曰

慧能没伎倆　不斷百思想　對境心數起

菩提作麽長　此二偈諸方多舉故附於卷末卧輪者非名即住處也

景德傳燈録卷第五

音釋

堀渠勿切　匾檐匾悲典切檐都濫切　嫈亡遇切地名　瑫他刀切

窅胡慣切仕也　窶郡羽切貧無禮也　麓盧谷切山足也　捏塑捏倪結切塑蘇故切捏塑捏土容也　檝即涉切短櫂也　鞫居六切　瑊古咸切

煨燼煨烏回切燼徐刃切煨燼火餘也　犛莫交切長氂牛也　甦孫祖切死而更生也　确克角切堅也　髫田聊切童子垂髮也　耽都含切過樂也

靠口到切相倚也　鈯陀骨切鈍也　蹋徒合切踐也　醍醐醍田黎切醐洪孤切醍醐酥之精液也　眄匹襇切視也　警居影切言之戒也　胤羊進切

偎烏回切倚也　傀儡傀苦猥切儡魯猥切傀儡木偶戲也　蠢尺尹切蟲動也　濆符分切　眨側合切目動也

景德傳燈録卷第六

宋　沙　門　道　原　纂

南嶽懷讓禪師法嗣

第一世九人　一人見録

江西道一禪師　姓馬時謂馬祖

南嶽常浩禪師　智達禪師

坦然禪師　潮州神照禪師

揚州大明寺嚴峻禪師

新羅國本如禪師　玄晟禪師

東霧山法空禪師

已上八人無機緣語句不録

第二世三十七人　馬祖法嗣一十四人見録

越州大珠慧海禪師

洪州百丈山惟政禪師

洪州泐潭法會禪師　池州杉山智堅禪師

洪州泐潭惟建禪師　澧州茗谿道行禪師

撫州石鞏慧藏禪師

唐州紫玉山道通禪師

江西北蘭讓禪師　洛京佛光如滿禪師

袁州南源道明禪師　忻州酈村自滿禪師

朗州中邑洪恩禪師

洪州百丈山懷海禪師　禪門規式附

鎬英禪師　王姥山翛然禪師

崇泰禪師

華州伏棲寺策禪師

澧州松滋塔智聰禪師

唐州雲秀山神鑒禪師

杭州智藏禪師

揚州棲靈寺智通禪師　處州法藏禪師

京兆懷韜禪師

常州明幹禪師　河中府懷則禪師

鄂州洪潭禪師

潞府青蓮元禮禪師　河中府保慶禪師

象原懷坦禪師

甘泉志賢禪師　大會山道晤禪師

潞府法柔禪師

京兆咸通寺覺平禪師

義興勝辯禪師

洪州開元寺玄虛禪師

海陵慶雲禪師

已上二十三人無機緣語句不録

懷讓禪師第一世

江西道一禪師漢州什邡人也姓馬氏容貌奇異牛行虎視引舌過鼻足下有二輪文幼歲依資州唐和尚落髮受具於渝州圓律師唐開元中習禪定於衡嶽傳法院遇讓和尚同參九人唯師密受心印讓之一猶思之遷也同源而異派故禪法之盛始于二師劉軻云江西主大寂湖南主石頭往來憧憧不見二大士爲無知矣西天般若多羅記達磨云震旦雖闊無別路要假姪孫脚下行金雞解銜一顆米供養十方羅漢僧又六祖能和尚謂讓曰向後佛法從汝邊去出馬駒蹋殺天下人厥後江西法嗣布於天下時號馬祖始自建陽佛迹嶺遷至臨川次至南康龔公山大曆中隷名於開元精舍時連帥路嗣恭聆風景慕親受宗旨由是四方學者雲集座下一日謂衆曰汝等諸人各信自心是佛此心即是佛心達磨大師從南天竺國來躬至中華傳上乘一心之法令汝等開悟又引楞伽經文以印衆生心地恐汝顛倒不自信此心之法各各有之故楞伽經云佛語心爲宗無門爲法門又云夫求法者應無所求心外無別佛佛外無別心不取善不捨惡淨穢兩邊俱不依怙達罪性空念念不可得無自性故故三界唯心森羅萬象一法之所印凡所見色皆是見心心不自心因色故有心汝但隨時言說即事即理都無所礙菩提道果亦復如是於心所生即名爲色知色空故生即不生若了此心乃可隨時著衣喫飯長養聖胎任運過時更有何事汝受吾教聽吾偈曰

心地隨時說　菩提亦只寧　事理俱無礙　當生即不生

僧問和尚爲什麼說即心即佛師云爲止小兒啼僧云啼止時如何師云非心非佛僧云

除此二種人來如何指示師云向伊道不是物僧云忽遇其中人來時如何師云且教伊體會大道僧問如何是西來意師云即今是什麽意龐居士問如水無筋骨能勝萬斛舟此理如何師云這裏無水亦無舟説什麽筋骨一日師上堂良久百丈收却面前席師便下堂百丈問如何是佛法旨趣師云正是汝放身命處師問百丈汝以何法示人百丈竪起拂子師云只這箇爲當别有百丈抛下拂子僧問如何得合道師云我早不合道僧問如何是西來意師便打乃云我若不打汝諸方笑我也有小師行脚迴於師前畫箇圓相就上禮拜了立師云汝莫欲作佛否云某甲不解揑目師云吾不如汝小師不對鄧隱峯辭師師云什麽處去對云石頭去師云石頭路滑對云竿木隨身逢場作戲便去纔到石頭即繞禪牀一帀振錫一聲問是何宗旨石頭云蒼天蒼天隱峯無語却迴舉似於師師云汝更去見他道蒼天汝便嘘嘘隱峯又去石頭一依前問是何宗旨石頭乃嘘嘘隱峯又無語歸來師云向汝道石頭路滑有僧於師前作四畫上一長下三短問云不得道一長三短離此四字外請和尚荅師乃畫地一畫云不得道長短荅汝了也忠國師聞别云何不問老僧有一講僧來問云未審禪宗傳持何法師却問云座主傳持何法彼云忝講得經論二十餘本師云莫是師子兒否云不敢師作嘘嘘聲彼云此是法師云是什麽法云師子出窟法師乃默然彼云此亦是法師云是什麽法云師子在窟法師云不出不入是什麽法無

對(百丈代云見麼)遂辭出門師召云座主彼即迴首師云是什麼亦無對師云這鈍根阿師洪州廉使問云弟子喫酒肉即是不喫即是師云若喫是中丞祿不喫是中丞福師入室弟子一百三十九人各爲一方宗主轉化無窮師於貞元四年正月中登建昌石門山於林中經行見洞壑平坦處謂侍者曰吾之朽質當於來月歸茲地矣言訖而迴至二月四日果有微疾沐浴訖跏趺入滅元和中追謚大寂禪師塔曰大莊嚴今海昏縣影堂存焉(高僧傳云)

(大覺禪師)

懷讓禪師第二世馬祖法嗣

越州大珠慧海禪師者建州人也姓朱氏依越州大雲寺道智和尚受業初至江西叅馬祖祖問曰從何處來曰越州大雲寺來祖曰來此擬須何事曰來求佛法祖曰自家寶藏不顧拋家散走作什麼我這裏一物也無求什麼佛法師遂禮拜問曰阿那箇是慧海自家寶藏祖曰即今問我者是汝寶藏一切具足更無欠少使用自在何假向外求覓師於言下自識本心不由知覺踊躍禮謝師事六載後以受業師年老遽歸奉養乃晦迹藏用外示癡訥自撰頓悟入道要門論一卷被法門師姪玄晏竊出江外呈馬祖祖覽訖告衆去越州有大珠圓明光透自在無遮障處也衆中有知師姓朱者迭相推識結契來越上尋訪依附(時號大珠和尚者因馬祖示出也)師謂曰禪客我不會禪並無一法可示於人故不勞汝久立且自歇去時學侶漸多日夜叩激事不得已隨問隨荅其辯無礙(廣語出別卷)時有法師數人

來謁曰擬伸一問師還對否師曰深潭月影任意撮摩問如何是佛師曰清潭對面非佛而誰衆皆茫然（法眼云是即沒交涉）良久其僧又問師說何法度人師曰貧道未曾有一法度人曰禪師家渾如此師却問曰大德說何法度人曰講金剛般若經師曰講幾座來曰二十餘座師曰此經是阿誰說僧抗聲曰禪師相弄豈不知是佛說耶師曰若言如來有所說法則爲謗佛是人不解我所說義若言此經不是佛說則是謗經請大德說看無對師少頃又問經云若以色見我以音聲求我是人行邪道不能見如來大德且道阿那箇是如來曰某甲到此却迷去師曰從來未悟說什麼却迷僧曰請禪師爲說師曰大德講經二十餘座却未識如來其僧再禮拜願垂開示師

曰如來者是諸法如義何得忘却曰是是諸法如義師曰大德是亦未是曰經文分明那得未是師曰大德如否曰如師曰木石如否曰如師曰大德如同木石如否曰無二師曰大德與木石何別僧無對良久却問如何得大涅槃師曰不造生死業對曰如何是生死業師曰求大涅槃是生死業捨垢取淨是生死業有得有證是生死業不脫對治門是生死業曰云何即得解脫師曰本自無縛不問求解直用直行是無等等僧曰如禪師和尚者實謂希有禮謝而去有行者問即心即佛那箇是佛師云汝疑那箇不是佛指出看無對師云達則徧境是不悟永乖踈有律師法明謂師曰禪師家多落空師曰却是座主家多落空法明大驚曰何得落空師曰經論是

紙墨文字紙墨文字者俱空設於聲上建立名句等法無非是空座主執滯教體豈不落空法明曰禪師落空否師曰不落空曰何却不落空師曰文字等皆從智慧而生大用現前那得落空法明曰故知一法不達不名悉達師曰律師不唯落空兼乃錯用名言法明作色問曰何處是錯師曰律師未辨華竺之音如何講說曰請禪師指出法明錯處師曰豈不知悉達是梵語耶律師雖省過而心猶憤然（具梵語薩婆曷剌他悉陀中國翻云一切義成舊云悉達多猶是訛畧梵語）又問曰夫經律論是佛語讀誦依教奉行何故不見性師曰如狂狗趂塊師子齩人經律論是自性用讀誦者是性法法明曰阿彌陀佛有父母及姓否師曰阿彌陀姓憍尸迦父名月上母名殊勝妙顔曰出何教文師曰出陀羅尼集法明禮謝讚歎而退有三藏法師問眞如有變易否師曰有變易三藏曰禪師錯也師却問三藏有眞如否曰有師曰若無變易決定是凡僧也豈不聞善知識者能迴三毒爲三聚淨戒迴六識爲六神通迴煩惱作菩提迴無明爲大智眞如若無變易三藏眞是自然外道也三藏曰若爾者眞如即有變易師曰若執眞如有變易亦是外道曰禪師適來說眞如有變易如今又道不變易如何即是的當師曰若了了見性者如摩尼珠現色說變亦得說不變亦得若不見性人聞說眞如變便作變解聞說不變便作不變解三藏曰故知南宗實不可測有道流問世間有法過自然否師曰有曰何法過得師曰能知自然者曰元氣是道否師曰元氣自元氣

道自道曰若如是者則應有二師曰知無兩人又問云何爲邪云何爲正師曰心逐物爲邪物從心爲正有源律師來問和尚修道還用功否師曰用功曰如何用功師曰饑來喫飯困來即眠曰一切人總如是同師用功否師曰不同曰何故不同師曰他喫飯時不肯喫飯百種須索睡時不肯睡千般計校所以不同也律師杜口有韞光大德問禪師自知生處否師曰未曾死何用論生知生即是無生法無離生法説有無生祖師云當生即不生曰不見性人亦得如此否師曰自不見性不是無性何以故見即是性無性不能見識即是性故名識性了即是性喚作了性能生萬法喚作法性亦名法身馬鳴祖師云所言法者謂衆生心若心生故一切法生若心無生法無從生亦無名字迷人不知法身無象應物現形遂喚青青翠竹總是法身鬱鬱黄花無非般若黄花若是般若般若即同無情翠竹若是法身法身即同草木如人喫筍應總喫法身也如此之言寧堪齒録對面迷佛長劫希求全體法中迷而外覓是以解道者行住坐卧無非是道悟法者縱横自在無非是法大德又問太虛能生靈智否眞心緣於善惡否貪欲人是道否執是執非人向後心通否觸境生心人有定否住寂寞人有慧否懷傲物人有我否執空執有人有智否尋文取證人苦行求佛人離心求佛人執心是佛人此智稱道否請禪師一一爲説師曰太虛不生靈智眞心不緣善惡嗜欲深者機淺是非交爭者未通觸境生心者少定寂寞忘機

者慧沉傲物高心者我壯執空執有者皆愚尋文取證者益滯苦行求佛者俱迷離心求佛者外道執心是佛者爲魔大德曰若如是應畢竟無所有師曰畢竟是大德不是畢竟無所有大德踊躍禮謝而去

洪州百丈山惟政禪師一日謂衆曰你爲我開田我爲汝說大義僧衆開田竟師晚間上堂僧問開田已竟請師說大義師下禪牀行三步展手兩畔以目視天地云大義田即今存矣有老宿見日影透牕問師曰爲復牕就日日就牕師曰長老房内有客歸去好師問南泉曰諸方善知識還有不說似人底法也無南泉曰有師曰作麼生是不說似人底法泉云不是心不是佛不是物師曰恁麼則說似人了也曰某甲即恁麼師曰師伯作麼生曰我又不是善知識爭知有說不說底法師曰某甲不會請師伯說曰我太殺爲汝說了也僧問如何是佛佛道齊師曰定也師因入京路逢官人命喫飯忽見驢鳴官人召云頭陀師舉頭官人却指驢師却指官人（法眼別云但作驢鳴）

洪州泐潭法會禪師問馬祖如何是西來祖師意祖曰低聲近前來師便近前祖打一摑云六耳不同謀來日來師至來日猶入法堂云請和尚道祖云且去待老漢上堂時出來與汝證明師乃悟云謝大衆證明乃繞法堂一帀便去

池州杉山智堅禪師初與歸宗南泉行脚時路逢一虎各從虎邊過了南泉問歸宗云適來見虎似箇什麼宗云似箇猫兒宗却問師

師云似箇狗子宗又問南泉泉云我見是箇大蟲師喫飯次南泉收生飯云生師云無生南泉云無生猶是末南泉行數步師召云長老長老南泉迴頭云怎麽師云莫道是末一日普請擇蕨菜南泉拈起一莖云這箇大好供養師云非但這箇百味珍羞他亦不顧南泉云雖然如此箇箇須嘗他始得（玄覺云是相見語不是相見語）僧問如何是本來身師云舉世無相似

洪州泐潭惟建禪師一日在馬祖法堂後坐禪祖見乃吹師耳兩吹師起定見是和尚却復入定祖歸方丈令侍者持一椀茶與師師不顧便自歸堂

澧州茗谿道行禪師師有時云吾有大病非世所醫後有僧問先曹山承古人有言吾有大病非世所醫未審喚作什麽病曹云攢簇不得底病云一切衆生還有此病也無曹云人人盡有云人人盡有和尚還有此病也無曹云正覓起處不得云一切衆生爲什麽不病曹云衆生若病即非衆生云未審諸佛還有此病也無曹云有云既有爲什麽不病曹云爲伊惺惺僧問如何修行師云好箇阿師莫客作僧云畢竟如何師云安置即不堪又僧問如何是正修行路師云涅槃後有僧云如何是涅槃後有師云不洗面僧云學人不會師云無面得洗

撫州石鞏慧藏禪師本以弋獵爲務惡見沙門因逐羣鹿從馬祖庵前過祖乃迎之藏問和尚見鹿過否祖曰汝是何人曰獵者祖曰汝解射否曰解射祖曰汝一箭射幾箇曰一箭射一箇祖曰汝不解射曰和尚解射否祖

曰解射曰和尚一箭射幾箇祖曰一箭射一羣曰彼此是命何用射他一羣祖曰汝既知如是何不自射曰若教某甲自射即無下手處祖曰這漢曠劫無明煩惱今日頓息藏當時毀棄弓箭自以刀截髮投祖出家一日在厨作務次祖問曰作什麼曰牧牛祖曰作麼生牧曰一迴入草去便把鼻孔拽來祖曰子眞牧牛師便休師住後常以弓箭接機（如三平和尚章述之）師問西堂汝還解捉得虛空麼西堂云捉得師云作麼生捉堂以手撮虛空師云作麼生恁麼捉虛空堂却問師兄作麼生捉師把西堂鼻孔拽西堂作忍痛聲云大殺拽人鼻孔直得脫去師云直須恁麼捉虛空始得衆僧𠫭次師云適來底什麼處去也有僧云在師云在什麼處其僧彈指一聲僧到禮拜師云還將那箇來否僧云將得來師云在什麼處僧彈指三聲問如何免得生死師云用免作什麼僧云如何免得師云這底不生死

唐州紫玉山道通禪師者廬江人也姓何氏幼隨父守官泉州南安縣因而出家唐天寶初馬祖闡化建陽居佛迹巖師往謁之尋遷於南康龔公山師亦隨之貞元四年二月初馬祖將歸寂謂師曰夫玉石潤山秀麗益汝道業遇可居之師不曉其言是秋與伏牛山自在禪師同遊洛陽迴至唐州西見一山四面懸絶峯巒秀異因詢鄉人云是紫玉山師乃陟山頂見有石方正瑩然紫色歎曰此其紫玉也始念先師之言乃懸記耳遂翦茅構舍而居焉後學徒四集僧問如何出得三界師云汝在裏許得多少時也僧云如何出離

師云青山不礙白雲飛于頔相公問如何是黒風吹其船舫漂墮羅刹鬼國師云于頔客作漢問恁麼事怎麼于公失色師乃指云這箇便是漂墮羅刹鬼國于公又問如何是佛師喚于頔頔應諾師云更莫別求（有僧舉似藥山藥山云縛殺這漢也僧云和尚如何藥山亦喚云某甲僧應諾藥山云是什麼）元和八年弟子金藏叅百丈迴禮覲師曰汝其來矣此山有主也於是囑付金藏訖策杖徑去襄州道俗迎之至七月十五日無疾而終壽八十有三

江西北蘭讓禪師湖塘亮長老問伏承師兄畫得先師眞暫請瞻禮師以兩手擘胷開示之亮便禮拜師云莫禮莫禮亮云師兄錯也某甲不禮師兄師云汝禮先師眞亮云因什麼教某甲莫禮師云何曾錯

洛京佛光如滿禪師（曾住五臺山金閣寺）唐順宗問佛從何方來滅向何方去既言常住世佛今在何處師荅曰佛從無爲來滅向無爲去法身等虛空常在無心處有念歸無念有住歸無住來爲衆生來去爲衆生去清淨眞如海湛然體常住智者善思惟更勿生疑慮帝又問佛向王宮生滅向雙林滅住世四十九又言無法說山河及大海天地及日月時至皆歸盡誰言不生滅疑情猶若斯智者善分別師荅曰佛體本無爲迷情妄分別法身等虛空未曾有生滅有緣佛出世無緣佛入滅處處化衆生猶如水中月非常亦非斷非生亦非滅生亦未曾生滅亦未曾滅了見無心處自然無法說帝聞大悅益重禪宗

袁州南源道明禪師上堂云快馬一鞭快人

一言有事何不出頭來無事各自珍重便下堂有僧問一言作麽生師乃吐舌云待我有廣長舌相即向汝道洞山來叅方上法堂師云已相看了也洞山便下去至明日却上問云昨日已蒙和尚慈悲不知什麽處是與某甲已相看處師云心心無間斷流入於性海洞山云幾放過洞山辭去師云多學佛法廣作利益洞山云多學佛法即不問如何是廣作利益師云一物莫違即是僧問如何是佛師云不可道你是也

忻州酈村自滿禪師上堂云古今不異法爾如然更復何也雖然如此這箇事大有人罔措在時有僧問不落古今請師直道師云情知汝罔措僧欲進語師云將謂老僧落伊古今僧云如何即是師云魚騰碧漢階級難飛僧云如何即得免茲過咎師云若是龍形誰論高下其僧禮拜師云苦哉屈哉誰人似我師一日謂衆曰除却日明夜暗更説什麽即得珍重時有僧問如何是無諍之句師云喧天動地

朗州中邑洪恩禪師仰山初領新戒到謝戒師見來於禪牀上拍手云和和仰山即東邊立又西邊立又於中心立然後謝戒了却退後立師云什麽處得此三昧仰云於曹谿脱印子學來師云汝道曹谿用此三昧接什麽人仰云接一宿覺用此三昧仰云和尚什麽處得此三昧來師云某甲於馬大師處學此三昧問如何得見性師云譬如有屋屋有六窻内有一獼猴東邊喚山山山應如是六窻俱喚俱應仰山禮謝起云所蒙和尚譬喻

無不了知更有一事只如內獼猴困睡外獼猴欲與相見如何師下繩牀執仰山手作舞云山山與汝相見了譬如蟭螟蟲在蚊子眼睫上作窠向十字街頭叫喚云土曠人稀相逢者少（雲居錫云中邑當時若不得仰山這一句語何處有中邑也○崇壽稠云還有人定得此道理麼若定不得只是箇弄精魂脚手佛性義在什麼處○玄覺云若不是仰山爭得見中邑且道什麼處是仰山得見中邑處）

洪州百丈山懷海禪師者福州長樂人也丱歲離塵三學該練屬大寂闡化南康乃傾心依附與西堂智藏南泉普願同號入室時三大士爲角立焉一夕三士隨侍馬祖翫月次祖曰正恁麼時如何西堂云正好供養師云正好修行南泉拂袖便去祖云經入藏禪歸海唯有普願獨超物外馬祖上堂大衆雲集方陞座良久師乃卷却面前禮拜席祖便下堂師再叅馬祖祖見師來取禪牀角頭拂子竪起師云即此用離此用祖掛拂子於舊處師良久祖云你已後開兩片皮將何爲人師遂取拂子竪起祖云即此用離此用師掛拂子於舊處祖便喝師直得三日耳聾自此雷音將震檀信請於洪州新吳界住大雄山以居處巖巒峻極故號之百丈既處之未朞月叅玄之賓四方麏至即有潙山黃蘗當其首一日師謂衆曰佛法不是小事老僧昔再叅馬祖被大師一喝直得三日耳聾眼暗時黃蘗聞舉不覺吐舌師曰子已後莫承嗣馬祖去蘗云不然今日因師舉得見馬祖大機之用然且不識馬祖若嗣馬祖已後喪我兒孫師云如是如是見與師齊減師半德見過於師方堪傳授子甚有超師之作一日有僧哭

入法堂來師曰作麽曰父毋俱喪請師選日師云明日來一時埋却師上堂云併却咽喉脣吻速道將來潙山云某甲不道請和尚道師云不辭與汝道久後喪我兒孫五峯云和尚亦須併却師云無人處斫額望汝雲巖云某甲有道處請和尚舉師云併却咽喉脣吻速道將來雲巖曰師今有也師曰喪我兒孫師謂衆曰我要一人傳語西堂阿誰去得五峯云某甲去得師云汝作麽生傳語五峯云待見西堂即道師云道什麽五峯云却來説似和尚師與潙山作務次師問有火也無潙山云有師云在什麽處潙山把一枝木吹三兩氣過與師師云如蟲蝕木問如何是佛師云汝是何誰僧云某甲師云汝識某甲否僧云分明箇師乃舉起拂子云汝還見麽僧云見師乃不語因普請钁地次忽有一僧聞飯鼓鳴舉起钁頭大笑便歸師云俊哉此是觀音入理之門師歸院乃喚其僧問適來見什麽道理便恁麽對云適來只聞鼓聲動歸喫飯去來師乃笑問依經解義三世佛怨離經一字如同魔説如何師云固守動靜三世佛怨此外別求即同魔説因僧問西堂云有問有荅不問不荅時如何西堂云怕爛却作麽師聞舉乃云從來疑這箇老兄僧云請和尚道師云一合相不可得師謂衆云有一人長不喫飯不道饑有一人終日喫飯不道飽衆皆無對雲巖問和尚每日驅驅爲阿誰師云有一人要巖云因什麽不教伊自作師云他無家活僧問如何是大乘頓悟法門師曰汝等先歇諸縁休息萬事善與不善世出世間

一切諸法莫記憶莫緣念放捨身心令其自在心如木石無所辯別心無所行心地若空慧日自現如雲開日出相似俱歇一切攀緣貪嗔愛取垢淨情盡對五欲八風不被見聞覺知所縛不被諸境所惑自然具足神通妙用是解脫人對一切境心無靜亂不攝不散透一切聲色無有滯礙名爲道人但不被一切善惡垢淨有爲世間福智拘繫即名爲佛慧是非好醜是理非理諸知見總盡不被繫縛處心自在名初發心菩薩便登佛地一切諸法本不自空不自言色亦不言是非垢淨亦無心繫縛人但人自虛妄計著作若干種解起若干種知見若垢淨心盡不住繫縛不住解脫無一切有爲無爲解平等心量處於生死其心自在畢竟不與虛幻塵勞蘊界生死諸入和合逈然無寄一切不拘去留無礙往來生死如門開相似若遇種種苦樂不稱意事心無退屈不念名聞衣食不貪一切功德利益不爲世法之所滯心雖親受苦樂不干于懷麤食接命補衣禦寒暑兀兀如愚如聾相似稍有親分於生死中廣學知解求福求智於理無益却被解境風漂却歸生死海裏佛是無求人求之即乖理是無求理求之即失若取於無求復同於有求此法無實無虛若能一生心如木石相似不爲陰界五欲八風之所漂溺即生死因斷去住自由不爲一切有爲因果所縛他時還與無縛身同利物以無縛心應一切心以無縛慧解一切縛亦能應病與藥僧問如今受戒身口清淨已具諸善得解脫否答少分解脫未得心解脫

未得一切解脫問云何是心解脫荅不求佛不求知解垢淨情盡亦不守此無求爲是亦不住盡處亦不畏地獄縛不愛天堂樂一切法不拘始名爲解脫無礙即身心及一切皆名解脫汝莫言有少分戒善將爲便了有恒沙無漏戒定慧門都未涉一毫在努力猛作早與莫待耳聾眼暗頭白面皺老苦及身眼中流淚心中慞惶未有去處到恁麼時整理脚手不得也縱有福智多聞都不相救爲心眼未開唯緣念諸境不知返照復不見佛道一生所有惡業悉現於前或忻或怖六道五蘊現前盡見嚴好舍宅舟船車轝光明顯赫爲縱自心貪愛所見悉變爲好境隨所見重處受生都無自由分龍畜良賤亦總未定問如何得自由荅如今對五欲八風情無取捨垢淨俱亡如日月在空不緣而照心如木石亦如香象截流而過更無疑滯此人天堂地獄所不能攝也又不讀經看教語言皆須宛轉歸就自己但是一切言教只明如今覺性自己俱不被一切有無諸法境轉是導師能照破一切有無境法是金剛即有自由獨立分若不能恁麼得縱令誦得十二韋陀經只成增上慢却是謗佛不是修行讀經看教若准世間是好善事若向明理人邊數此是壅塞人十地之人脫不去流入生死河但不用求覓知解語義句知解屬貪貪變成病只如今但離一切有無諸法透過三句外自然與佛無差既自是佛何慮佛不解語只恐不是佛被有無諸法轉不得自由是以理未立先有福智載去如賤使貴不如於理先立後有

福智臨時作得捉土爲金變海水爲酥酪破須彌山爲微塵於一義作無量義於無量義作一義師有時說法竟大衆下堂乃召之大衆迴首師云是什麽(藥山目之爲百丈下堂句)唐元和九年正月十七日歸寂壽九十五長慶元年勅謚大智禪師塔曰大寶勝輪

禪門規式

百丈大智禪師以禪宗肇自少室至曹谿以來多居律寺雖別院然於說法住持未合規度故常爾介懷乃曰祖之道欲誕布化元冀來際不泯者豈當與諸部阿笈摩教爲隨行耶(舊梵語阿含新云阿笈摩即小乘教也)或曰瑜伽論瓔珞經是大乘戒律胡不依隨哉師曰吾所宗非局大小乘非異大小乘當博約折中設於制範務其宜也於是創意別立禪居凡具道眼有可尊之德者號曰長老如西域道高臘長呼須菩提等之謂也既爲化主即處于方丈同淨名之室非私寢之室也不立佛殿唯樹法堂者表佛祖親囑受當代爲尊也所裒學衆無多少無高下盡入僧中依夏次安排設長連牀施椸架掛搭道具卧必斜枕牀脣右脇吉祥睡者以其坐禪既久畧偃息而已具四威儀也除入室請益任學者勤怠或上或下不拘常准其闔院大衆朝參夕聚長老上堂陞堂主事徒衆鴈立側聆賓主問酬激揚宗要者示依法而住也齋粥隨宜二時均徧者務于節儉表法食雙運也行普請法上下均力也置十務謂之寮舍每用首領一人管多人營事令各司其局也(主飯者目爲飯頭主菜者目爲菜頭他皆倣此)或有假號竊形混于清衆并別致喧撓之

事即堂維那檢舉抽下本位掛搭擯令出院者貴安清衆也或彼有所犯即以拄杖杖之集衆燒衣鉢道具遣逐從偏門而出者示耻辱也詳此一條制有四益一不汚清衆生恭信故三業不善不可共住準律合用梵壇法治之者當驅出院清衆既安恭信生矣二不毁僧形循佛制故隨宜懲罰得留法服後必悔之二不擾公門省獄訟故四不洩于外護宗綱故四來同居聖凡孰辨且如來應世尚有六羣之黨況今像末豈得全無但見一僧有過便雷例譏誚殊不知以輕衆壞法其損甚大今禪門若稍無妨害者宜依百丈叢林格式量事區分且立法防姦不爲賢士然寧可有格而無犯不可有犯而無教惟百丈禪師護法之益其大哉矣禪門獨行由百丈之始今略叙大要徧示後代學者令不忘本也其諸軌度山門備焉

景德傳燈録卷第六

音釋

晟時正切 沕歷德切 鞏居竦切 酈郎狄切地名也 鎬胡老切
姥莫補切 邡敷房切 齩五巧切 摑古獲切批打也 蕨居月切菜名
攢簇攢徂官切簇千木切攢簇聚也 弋獵弋與職切繳射曰弋獵力涉切逐禽也
拽羊結切拖也 頔亭歷切 睫即涉切目旁毛也 麕拘云切鹿屬
吻武粉切脣邊也 钁厥縛切大鉏也 轝羊諸切車也
裒蒲侯切聚也 椸余之切衣架也 闔胡臘切總合也 醻是周切答也
洩私列切漏也

景德傳燈録卷第七

宋 沙門 道原 纂

懷讓禪師第二世四十五人

馬祖法嗣十八人見録

潭州三角山總印禪師

池州魯祖山寶雲禪師

洪州泐潭常興禪師

虔州西堂智藏禪師

京兆章敬寺懷惲禪師

定州栢巖明哲禪師

信州鵝湖大義禪師

伏牛山自在禪師

幽州盤山寶積禪師

毗陵芙蓉山大毓禪師

蒲州麻谷山寶徹禪師

杭州鹽官齊安禪師

婺州五洩山靈默禪師

明州大梅山法常禪師

京兆興善惟寬禪師

湖南如會禪師

鄂州無等禪師

廬山歸宗寺智常禪師

韶州渚涇山清賀禪師

封山洪濬禪師

紫陰山惟建禪師

崛山道圓禪師

練山神翫禪師

玉臺惟然禪師

池州灰山曇覬禪師

荊州新寺寶積禪師

河中府法藏禪師

漢南慈悲寺良津禪師

京兆府崇禪師

南嶽周禪師

白虎法宣禪師

金窟惟直禪師

台州栢巖常徹禪師

乾元暉禪師

齊州道巖禪師

襄州常堅禪師

荊南寶貞禪師

雲水靖宗禪師

荊州永泰寺靈湍禪師

潭州龍牙山圓暢禪師

洪州雙嶺道方禪師

羅浮山修廣禪師

越州洞泉惟獻禪師

峴山定慶禪師

光明普滿禪師

已上二十七人無機緣語句不録

懷讓禪師第二世法嗣

潭州三角山總印禪師僧問如何是三寶師曰禾麥豆曰學人不會師曰大衆欣然奉持師上堂曰若論此事眨上眉毛早已蹉過也麻谷便問眨上眉毛即不問如何是此事師曰蹉過也麻谷乃掀禪牀師打之麻谷無語(長慶代云悄然)

池州魯祖山寶雲禪師僧問如何是諸佛師師云頭上有寶冠者不是僧云如何即是師云頭上無寶冠洞山來叅禮拜後侍立少頃而出却再入來師云只恁麼只恁麼所以如此洞山云大有人不肯師云作麼取汝口辯洞山乃侍奉數月僧問如何是言不言師云汝口在什麼處僧云無口師云將什麼喫飯僧無對(洞山代云他不飢喫什麼飯)師尋常見僧來便面壁南泉聞云我尋常向僧道向佛未出世時會取尚不得一箇半箇他恁麼地驢年去(玄覺云爲復唱和語不肯語保福問長慶只如魯祖節文在甚麼處被南泉恁麼道長慶云退己讓於人萬中無一箇羅山云陳老師當時若見背上與五火抄何故如此爲伊解放不解收玄沙云我當時若見也與五火抄雲居錫云羅山玄沙總恁麼道爲復一般別有道理若擇得出許上座佛法有去處玄覺云且道玄沙五火抄打伊著不著)

洪州泐潭常興禪師僧問如何是曹谿門下客師云南來鸞僧云學人不會師云養羽候秋風僧問如何是宗乘極則事師云秋雨草離披又南泉躬至見師面壁乃拊師背問汝是阿誰曰普願師曰如何曰也尋常師曰汝何多事

虔州西堂智藏禪師者虔化人也姓廖氏八歲從師二十五具戒有相者覩其殊表謂之曰師骨氣非凡當爲法王之輔佐也師遂往佛迹巖叅禮大寂與百丈海禪師同爲入室

皆承印記一日大寂遣師詣長安奉書于忠國師國師問曰汝師說什麽法師從東過西而立國師曰只這箇更別有師却過東邊立國師曰這箇是馬師底仁者作麽生師曰早箇呈似和尚了尋又送書往徑山與國一禪師（語在國一章）屬連帥路嗣恭延請大寂居府應期盛化師迴郡得大寂付受納袈裟令學者親近僧問馬祖請和尚離四句絶百非直指某甲西來意祖云我今日無心情汝去問取智藏其僧乃來問師師云汝何不問和尚僧云和尚令某甲來問上座師以手摩頭云今日頭疼汝去問海師兄其僧又去問海（百丈和尚）海云我到遮裏却不會僧乃舉似馬祖祖云藏頭白海頭黒馬祖一日問師云子何不看經師云經豈異耶祖云然雖如此汝向後爲人也須得曰智藏病思自養敢言爲人祖云子末年必興於世也馬祖滅後師唐貞元七年衆請開堂李尚書翺甞問僧馬大師有什麽言教僧云大師或說即心即佛或說非心非佛李云總過這邊李却問師馬大師有什麽言教師呼李翺翺應諾師云鼓角動也制空禪師謂師曰日出太早生師曰正是時師住西堂後有一俗士問有天堂地獄否師曰有曰有佛法僧寶否師曰有更有多問盡荅言有曰和尚恁麽道莫錯否師曰汝曾見尊宿來耶曰某甲曾参徑山和尚來師曰徑山向汝作麽生道曰他道一切總無師曰汝有妻否曰有師曰徑山和尚有妻否曰無師曰徑山和尚道無即得俗士禮謝而去師元和九年四月八日歸寂壽八十臘五十五憲宗

謚大宣教禪師塔曰元和證眞至穆宗重謚大覺禪師

京兆府章敬寺懷惲禪師泉州同安人也姓謝氏受大寂心印初住定州栢巖次止中條山唐元和初憲宗詔居上玄寺學者奔湊師上堂示徒曰至理忘言時人不悉強習他事以爲功能不知自性元非塵境是箇微妙大解脫門所有鑒覺不染不礙如是光明未曾休廢曩劫至今固無變易猶如日輪遠近斯照雖及衆色不與一切和合靈燭妙明非假鍛鍊爲不了故取於物象但如捏目妄起空華徒自疲勞枉經劫數若能返照無第二人舉措施爲不虧實相僧問心法雙亡指歸何所師曰郢人無汙徒勞運斤曰請師不返之言師曰即無返句（後人舉之於洞山洞山云道即甚易罕遇作家）百丈和尚令一僧來伺候師上堂次展坐具禮拜了起來拈師一隻靸鞋以衫袖拂却塵了倒覆向下師曰老僧罪過或問祖師傳心地法門爲是眞如心妄想心非眞非妄心爲是三乘教外別立心師曰汝見目前虛空麼曰信知常在目前人自不見師曰汝莫認影像曰和尚作麼生師以手撥空三下曰作麼生即是師曰汝向後會去在有一僧來繞師三帀振錫而立師曰是是（長慶代云和尚佛法身心何在）其僧又到南泉亦繞南泉三帀振錫而立南泉云不是不是此是風力所轉始終成壞僧云章敬道是和尚爲什麼道不是南泉云章敬即是是汝不是（長慶代云和尚是什麼心行雲居錫云章敬未必道是南泉未必道不是又云這僧當初但持錫出去恰好）師有小師行脚迴師問曰汝離此間多少年耶曰離和尚左右將

及八年師曰辨得箇什麽小師於地畫一圓相師曰只這箇更別有小師乃畫破圓相後禮拜僧問四大五蘊身中阿那箇是本來佛性師乃呼僧名僧應諾師良久曰汝無佛性唐元和十三年十二月二十二日示滅建塔于灞水勑謚大覺禪師大寶相之塔

定州栢巖明哲禪師甞見藥山和尚看經因語之曰和尚莫猱人好藥山置經云日頭早晚也師云正當午也藥山云猶有文采在師云某甲亦無藥山云老兄好聰明師云某甲只恁麽和尚作麽生藥山云跛跛挈挈百醜千拙且恁麽過時

信州鵝湖大義禪師者衢州須江人也姓徐氏李翱甞問師大悲用千手眼作麽師云今上用公作麽有一僧乞置塔李尚書問云教中不許將屍塔下過又作麽生無對僧却來問師師云他得大闡提唐憲宗甞詔入内於麟德殿論議有一法師問如何是四諦師云聖上一帝三帝何在又問欲界無禪禪居色界此土憑何而立禪師云法師只知欲界無禪不知禪界無欲法師云如何是禪師以手點空法師無對帝云法師講無窮經論只這一點尚不柰何師却問諸碩德曰行住坐卧畢竟以何爲道有對曰知者是道師曰不可以智知不可以識識安得知者是道乎有對無分別是道師曰善能分別諸法相於第一義而不動安得無分別是道乎有對四禪八定是道師曰佛身無爲不墮諸數安在四禪八定耶衆皆杜口師又舉順宗問尸利禪師大地衆生如何得見性成佛尸利云佛性猶

如水中月可見不可取因謂帝曰佛性非見必見水中月如何攫取帝乃問何者是佛性師對曰不離陛下所問帝默契眞宗益加欽重師於元和十三年正月七日歸寂壽七十四勑諡慧覺禪師見性之塔

伊闕伏牛山自在禪師者吳興人也姓李氏初依徑山國一禪師受具後於南康見大寂發明心地因爲大寂送書於忠國師國師問曰馬大師以何示徒對曰即心即佛國師曰是甚麼語話良久又問曰此外更有什麼言教師曰非心非佛或云不是心不是佛不是物國師曰猶較些子師曰馬大師即恁麼未審和尚此間如何國師曰三點如流水曲似刈禾鐮師後隱于伏牛山一日謂衆曰即心即佛是無病求病句非心非佛是藥病對治句僧問如何是脫灑底句師曰伏牛山下古今傳師後於隨州開元寺示滅壽八十一

幽州盤山寶積禪師僧問如何是道師曰出僧曰學人未領旨在師曰去師上堂示衆曰心若無事萬象不生意絕玄機纖塵何立道本無體因道而立名道本無名因名而得號若言即心即佛今時未入玄微若言非心非佛猶是指蹤之極則向上一路千聖不傳學者勞形如猿捉影夫大道無中復誰先後長空絕際何用稱量空既如斯道復何說夫心月孤圓光吞萬象光非照境境亦非存光境俱亡復是何物禪德譬如擲劒揮空莫論及之不及斯乃空輪無迹劒刃無虧若能如是心心無知全心即佛全佛即人人佛無異始爲道矣禪德可中學道似地擎山不知山之

孤峻如石含玉不知玉之無瑕若如此者是名出家故導師云法本不相礙三際亦復然無爲無事人猶是金鎖難所以靈源獨耀道絶無生大智非明眞空無迹眞如凡聖皆是夢言佛及涅槃並爲增語禪德且須自看無人替代三界無法何處求心四大本空佛依何住璿璣不動寂爾無言覿面相呈更無餘事珍重師將順世告衆曰有人邈得吾眞否衆皆將寫得眞呈師師皆打之弟子普化出曰某甲邈得師曰何不呈似老僧普化乃打筋斗而出師曰這漢向後如風狂接人去在師既奄化勑謚凝寂大師眞際之塔

毗陵芙蓉山太毓禪師者金陵人也姓范氏年十二禮牛頭山第六世忠禪師落髮二十三於京兆安國寺受具後遇大寂密傳祖意唐元和十三年止毗陵義興芙蓉山一日因行食與龐居士居士接食次師云生心受施淨名早訶去此一機居士還甘否居士云當時善現豈不作家師云非關他事居士云食到口邊被他奪却師乃下食居士云不消一句居士又問師馬大師著實爲人處還分付吾師否師云某甲尚未見他作麽知他著實處居士云只此見知也無討處師云居士也不得一向言説居士云一向言説師又失宗若作兩向三向師還開得口否師云直似開口不得可謂實也居士撫掌而出寶曆中歸齊雲入滅壽八十臘五十八大和二年追謚大寶禪師楞伽之塔

蒲州麻谷山寶徹禪師一日隨馬祖行次問如何是大涅槃祖云急師云急箇什麽祖云

看水師與丹霞遊山次見水中魚以手指之丹霞云天然天然師至來日又問丹霞昨日意作麼生丹霞乃放身作卧勢師云蒼天又與丹霞行至麻谷山師云某甲向這裏住也丹霞云住即且從還有那箇也無師云珍重有僧問云十二分教某甲不疑如何是祖師西來意師乃起立以杖繞身一轉翹一足云會麼僧無對師打之僧問如何是佛法大意師默然其僧又問石霜此意如何石霜云主人勤拳帶累闍梨拖泥帶水耽源問十二面觀音是凡是聖師云是聖耽源乃打師一摑師云知汝不到這箇境界

杭州鹽官鎮國海昌院齊安禪師者海門郡人也姓李氏生時神光照室復有異僧謂之曰建無勝幢使佛日迴照者豈非汝乎遂依本郡雲琮禪師落髮受具後聞大寂行化於龔公山乃振錫而造焉師有奇相大寂一見深器異之乃命入室密示正法僧問如何是本身盧舍那佛師云與我將那箇銅缾來僧即取淨缾來師云却送本處安置其僧送缾本處了却來再徵前語師云古佛也過去久矣有講僧來參師問云座主蘊何事業對云講華嚴經師云經中有幾種法界對云廣說則重重無盡略說有四種法界師豎起拂子云這箇是第幾種法界座主沉吟徐思其對師云思而知慮而解是鬼家活計日下孤燈果然失照（保福聞云若禮拜即喫和尚棒禾山代云某甲不煩和尚莫怪法眼代撫掌三下）僧問大梅如何是西來意大梅云西來無意師聞乃云一箇棺材兩箇死屍（玄沙云鹽官是作家）師喚侍者云將犀牛扇子來侍者云破

也師云扇子破還我犀牛兒來侍者無對投子代云不辭將去恐頭角不全資福代作圓相心中書牛字石霜代云若還和尚即無也保福云和尚年尊別請人好師一日謂衆曰虛空爲鼓須彌爲椎什麼人打得衆無對有人舉似南泉南泉云王老師不打遮破鼓法眼別云王老師不打有法空禪師到請問經中諸義師一一荅了却云自禪師到來貧道總未得作主人法空云請和尚便作主人師云今日夜也且歸本位安置明日却來法空下去至明旦師令沙彌屈法空禪師法空至師顧沙彌曰咄這沙彌不了事教屈法空禪師却屈得箇守堂家人來法空無語法昕院主來叅師問汝是誰對曰法昕師云我不識汝昕無語師後不疾宴坐示滅勑謚悟空禪師

婺州五洩山靈默禪師者毗陵人也姓宣氏初謁豫章馬大師馬接之因披剃受具後初叅石頭時裝腰便上方丈見石頭坐次便問一言相契即住不然便發石頭據坐師便發去石頭隨後遂至門外召云闍梨闍梨師迴首石頭云從生至老秖是這箇又迴頭轉腦作什麼師於言下忽然有省便踏折拄杖一住二十年爲侍者洞山云當時若不是五洩先師大難承當然雖如此猶涉在途長慶云險玄覺云那箇是涉在途處有僧云爲伊三寸途中薦得所以在途玄覺云爲復薦得自已爲復薦得三寸若是自已爲什麼成三寸若是三寸爲什麼悟去且道洞山意旨作麼生莫亂說子細好唐貞元初入天台山住白沙道場復居五洩僧問何物大於天地師云無人識得伊僧云還可雕琢也無師云汝試下手看僧問此箇門中始終事如何師云汝道目前底成來得多少時也僧云學人不會師云我此間無汝問底僧云和尚豈無接人處師云待汝求接我即接僧云便請和尚接

師云汝欠少箇什麼問如何得無心師云傾山覆海晏然靜地動安眠豈採伊師元和十三年三月二十三日沐浴焚香端坐告衆云法身圓寂示有去來千聖同源萬靈歸一吾今漚散胡假興哀無自勞神須存正念若遵此命眞報吾恩儻固違言非吾之子時有僧問和尚向什麼處去師曰無處去曰某甲何不見師曰非眼所覩（洞山云作家）言畢奄然順化壽七十有二臘四十一

明州大梅山法常禪師者襄陽人也姓鄭氏幼歲從師於荆州玉泉寺初叅大寂問如何是佛大寂云即心是佛師即大悟唐貞元中居於大梅山鄞縣南七十里梅子眞舊隱時鹽官會下一僧入山採柱杖迷路至庵所問曰和尚在此山來多少時也師曰只見四山青又黃又問出山路向什麼處去師曰隨流去僧歸説似鹽官鹽官曰我在江西時曾見一僧自後不知消息莫是此僧否遂令僧去請師出師有偈曰

摧殘枯木倚寒林　幾度逢春不變心
樵客遇之猶不顧　郢人那得苦追尋

大寂聞師住山乃令一僧到問云和尚見馬師得箇什麼便住此山師云馬師向我道即心是佛我便向這裏住僧云馬師近日佛法又別師云作麼生別僧云近日又道非心非佛師云這老漢惑亂人未有了日任汝非心非佛我只管即心即佛其僧迴舉似馬祖祖云大衆梅子熟也（僧問禾山大梅恁麼道意作麼生禾山云眞師子兒）自此學者漸臻師道彌著師上堂示衆曰汝等諸人各自迴心達本莫逐其末但得其本

其未自至若欲識本唯了自心此心元是一切世間出世間法根本故心生種種法生心滅種種法滅心但不附一切善惡而生萬法本自如如龐居士問師久嚮大梅未審梅子熟也未師云你向什麼處下口士云與麼則百雜碎也師云還我核子來僧問如何是佛法大意師云蒲花柳絮竹針麻線夾山與定山同行言話次定山云生死中無佛即非生死夾山云生死中有佛即不迷生死二人上山參禮夾山便舉問師未審二人見處那箇較親師云一親一踈夾山云那箇親師云且去明日來夾山明日再上問師師云親者不問問者不親（夾山住後自云當時失一隻眼）忽一日謂其徒曰來莫可拒往莫可追從容間復聞鼯鼠聲師云即此物非他物汝等諸人善護持之吾今逝矣言訖示滅壽八十八臘六十有九智覺禪師延壽讚曰

師初得道　即心是佛　最後示徒　物非他物

窮萬法源　徹千聖骨　真化不移　何妨出沒

京兆興善寺惟寬禪師者衢州信安人也姓祝氏年十三見殺生者盭然不忍食乃求出家初習毗尼修止觀後參大寂乃得心要唐貞元六年始行化於吳越間八年至鄱陽山神求受八戒十三年止嵩山少林寺僧問如何是道師云大好山僧云學人問道師何言好山師云汝只識好山何曾達道問狗子還有佛性否師云有僧云和尚還有否師云我無僧云一切衆生皆有佛性和尚因何獨無師云我非一切衆生僧云既非衆生是佛否師云不是佛僧云究竟是何物師云亦不是

物僧云可見可思否師云思之不及議之不得故云不可思議元和四年憲宗詔至闕下白居易嘗詣師問曰既曰禪師何以說法師曰無上菩提者被於身爲律說於口爲法行於心爲禪應用者三其致一也譬如江湖淮漢在處立名名雖不一水性無二律即是法法不離禪云何於中妄起分別又問既無分別何以修心師云心本無損傷云何要修理無論垢與淨一切勿起念又問垢即不可念淨無念可乎師曰如人眼睛上一物不可住金屑雖珍寶在眼亦爲病又問無修無念又何異凡夫耶師曰凡夫無明二乘執著離此二病是曰眞修眞修者不得勤不得忘勤則近執著忘即落無明此爲心要云爾有僧問道在何處師曰只在目前曰我何不見師曰汝有我故所以不見曰我有我故即不見和尚見否師曰有汝有我展轉不見曰無我無汝還見否師曰無汝無我阿誰求見元和十二年二月晦日升堂說法訖就化壽六十三臘三十九歸葬於灞陵西原勑謚大徹禪師元和正眞之塔

湖南東寺如會禪師者始興曲江人也初謁徑山後參大寂學徒既衆僧堂内牀榻爲之陷折時稱折牀會也自大寂去世師常患門徒以即心即佛之譚誦憶不已且謂佛於何住而曰即心心如畫師而云即佛遂示衆曰心不是佛智不是道劒去久矣爾方刻舟時號東寺爲禪窟焉相國崔公羣出爲湖南觀察使見師問曰師以何得曰見性得師方病眼公譏曰既云見性其奈眼何師曰見性非

眼眼病何害公稽首謝之法眼別云是相公眼師問南泉近離什麼處來云江西師云將得馬師眞來否泉云只這是師云背後底你無對長慶代云太似不知保福云幾不到和尚此間雲居錫云此二尊宿盡扶背後只如南泉休去爲當扶面前扶背後崔相公入寺見鳥雀於佛頭上放糞乃問師曰鳥雀還有佛性也無師云有崔云爲什麼向佛頭上放糞師云是伊爲什麼不向鷂子頭上放仰山來叅師云已相見了更不用上來仰山云恁麽相見莫不當否師歸方丈閉却門仰山歸舉似溈山溈山云寂子是什麼心行仰山云若不恁麼爭識得他復有人問師曰某甲擬請和尚開堂得否師曰待你將物裹石頭煖即得彼無語藥山代云石頭煖也唐長慶癸卯歲八月十九日歸寂壽八十勑謚傳明大師塔曰永際

鄂州無等禪師者尉氏人也姓李氏初出家於龔公山叅禮馬大師密受心要後往隨州土門嘗謁州牧王常侍者師退將出門王後呼之云和尚師迴顧王敲柱三下師以手作圓相復三撥之便行師後住武昌大寂寺一日大衆晚叅師見人人上來師前道不審乃謂衆曰大衆適來聲向什麼處去也有一僧竪起指頭師云珍重其僧至來朝上叅次師乃轉身靣壁而卧佯作呻吟聲云老僧三兩日來不多安樂大德身邊有什麼藥物與老僧些些少僧以手拍淨缾云這箇淨缾什麼處得來師云這箇是老僧底大德底在什麼處僧云亦是和尚底亦是某甲底唐大和四年十月示滅壽八十二

廬山歸宗寺智常禪師上堂云從上古德不

是無知解他高尚之士不同常流今時不能自成自立虛度時光諸子莫錯用心無人替汝亦無汝用心處莫就他覓從前只是依他解發言皆滯光不透脫只爲目前有物僧問如何是玄旨師云無人能會僧云向者如何師云有向即乖僧云不向者如何師云誰求玄旨又云去無汝用心處僧云豈無方便門令學人得入師云觀音妙智力能救世間苦僧云如何是觀音妙智力師敲鼎蓋三下云子還聞否僧云聞師云我何不聞僧無語師以棒趂下師甞與南泉同行後忽一日相別煎茶次南泉問云從前與師兄商量語句彼此已知此後或有人問畢竟事作麼生師云這一片地大好卓庵泉云卓庵且置畢竟事作麼生師乃打却茶銚便起泉云師兄喫茶了普願未曾喫茶師云作這箇語話滴水也銷不得僧問此事久遠如何用心師云牛皮鞔露柱露柱啾啾叫凡耳聽不聞諸聖呵呵笑師因俗官來乃拈起帽子兩帶云還會麼俗官云不會師云莫怪老僧頭風不卸帽子師入園取菜次師畫圓相圍却一株語衆云輙不得動著這箇衆不敢動少頃師復來見菜猶在便以棒趂衆僧云這一隊漢無一箇有智慧底師問新到僧什麼處來僧云鳳翔來師云還將得那箇來否僧云將得來師云在什麼處僧以手從頂擎捧呈之師即舉手作接勢抛向背後僧無語師云這野狐兒師剗草次有座主來祭值師鋤草忽見一條蛇師以鋤便钁座主云久嚮歸宗到來祇見箇麤行沙門師云是你麤是我麤主云如何是

麤師竪起鋤頭主云如何是細師作斬蛇勢主云與麽則依而行之師云依而行之即且置你什麽處見我斬蛇主無語雲巖來叅師作挽弓勢巖良久作抜劒勢師云來太遲生有僧辭去師喚近前來吾爲汝說佛法僧近前師云汝諸人盡有事在汝異時却來這裏無人識汝時寒途中善爲去師上堂云吾今欲說禪諸子總近前大衆進前師云汝聽觀音行善應諸方所僧問如何是觀音行師乃彈指云諸人還聞否僧曰聞師云一隊漢向這裏覓什麽以棒趂出大笑歸方丈僧問初心如何得箇入處師敲鼎蓋三下云還聞否僧云聞師云我何不聞師又敲三下問還聞否僧云不聞師云我何以聞僧無語師云觀音妙智力能救世間苦江州刺史李渤問師曰教中所言須彌納芥子渤即不疑芥子納須彌莫是妄譚否師曰人傳使君讀萬卷書籍還是否李曰然師曰摩頂至踵如椰子大萬卷書向何處著李俛首而已李異日又問云大藏教明得箇什麽邊事師舉拳示之云還會麽李云不會師云這箇措大拳頭也不識李云請師指示師云遇人即途中授與不遇即世諦流布師以目有重瞳遂將藥手按摩以致目眥俱赤世號赤眼歸宗焉後示滅勑謚至眞禪師

景德傳燈録卷第七

音釋

惲委粉切　鯍余六切　覬几利切　掀虛言切擧也　靸悉合切草屧也　灞必駕切水名　猱奴刀切　跛補火切　挈詰結切　攫厥縛切持也　璿璣璿句緣切璣居希切　鼯訛胡切飛鼠也　衋許極切痛傷也　潙俱為切水名　銚徒弔切燒器也　鞔莫官切覆也　卸司夜切脫也　剗楚限切削也　渤蒲没切　椰余遮切木名

景德傳燈録卷第八

宋 沙門 道原 纂

懷讓禪師第二世五十六人（四十三人見録）

汾州無業禪師　澧州大同廣澄禪師
池州南泉普願禪師　五臺鄧隱峯禪師
温州佛嶼和尚　烏臼和尚
潭州石霜山大善禪師
石臼和尚　本谿和尚
石林和尚　洪州西山亮座主
黑眼和尚　米嶺和尚
齊峯和尚　大陽和尚
紅螺山和尚　泉州龜洋無了禪師
利山和尚　韶州乳原和尚
松山和尚　則川和尚
南嶽西園曇藏禪師　百靈和尚
鎮州金牛和尚　洞安和尚
忻州打地和尚　潭州秀谿和尚
磁州馬頭峯神藏禪師
潭州華林善覺禪師　汀州水塘和尚
古寺和尚　江西椑樹和尚
京兆草堂和尚
袁州陽岐山甄叔禪師
濛谿和尚　洛京黑澗和尚
京兆興平和尚　逍遙和尚
福谿和尚　洪州水老和尚
浮盃和尚　潭州龍山和尚
襄州居士龐蘊
天目山明覺禪師　王屋山行明禪師
京兆智藏禪師　大陽山希項禪師
蘇州崑山定覺禪師
隨州洪山大師　連州元堤禪師
泉州無了禪師　泉州慧忠禪師
安豐山懷空禪師　羅浮山道行禪師

廬山法藏禪師 吕后山寧賁禪師 已上一十三人無機緣語句不録

懷讓禪師第二世法嗣

汾州無業禪師者商州上洛人也姓杜氏初母李氏聞空中言寄居得否乃覺有娠誕生之夕神光滿室俯及丱歲行必直視坐即跏趺九歲依開元寺志本禪師受大乘經五行俱下諷誦無遺十二落髮二十受具戒於襄州幽律師習四分律疏纔終便能敷演每爲衆僧講涅槃大部冬夏無廢後聞馬大師禪門鼎盛特往瞻禮馬祖覩其壯貌瓌偉語音如鐘乃曰巍巍佛堂其中無佛師禮跪而問曰三乘文學粗窮其旨常聞禪門即心是佛實未能了馬祖曰只未了底心即是更無別物師又問如何是祖師西來密傳心印祖曰大德正鬧在且去別時來師纔出祖召曰大德師迴首祖云是什麼師便領悟禮拜祖云這鈍漢禮拜作麼（雲居錫拈云什麼處是汾州正鬧）自得旨尋詣曹谿禮祖塔及廬嶽天台徧尋聖迹自洛抵雍憩西明寺僧衆舉請充兩街大德師曰吾非本志也後至上黨節度使李抱真重師名行旦夕瞻奉師常有倦色謂人曰吾本避上國浩穰今復煩接君侯豈吾心哉乃之緜上抱腹山未久又往清涼金閣寺重閱大藏周八稔而畢復南下至于西河刺史董叔纏請住開元精舍師曰吾緣在此矣緜是兩大法雨垂二十載（廣語具別録）并汾緇白無不嚮化凡學者致問師多荅之云莫妄想唐憲宗屢遣使徵召師皆辭疾不赴暨穆宗即位思一瞻禮乃命兩街僧録靈阜等齎詔迎請至彼作禮曰皇上此度恩旨不同常時願和尚

且順天心不可言疾也師微笑曰貧道何德累煩世主且請前行吾從别道去矣乃沐身剃髮至中夜告弟子惠愔等曰汝等見聞覺知之性與太虚同壽不生不滅一切境界本自空寂無一法可得迷者不了即爲境惑一爲境惑流轉不窮汝等當知心性本自有之非因造作猶如金剛不可破壞一切諸法如影如響無有實者故經云唯此一事實餘二即非眞常了一切空無一物當情是諸佛用心處汝等勤而行之言訖跏趺而逝荼毗日祥雲五色異香四徹所獲舍利瑩若玉珠弟子等貯以金棺當長慶三年十二月二十一日葬于石塔壽六十二臘四十二勑謚大達國師塔曰澄源

澧州大同廣澄禪師僧問如何是六根滅師云輪劔擲雲無傷於物問如何是本來人師云共坐不相識僧云恁麽即學人禮謝下去師云暗寫愁腸寄與誰

池州南泉普願禪師者鄭州新鄭人也姓王氏唐至德二年依大隗山大慧禪師受業三十詣嵩嶽受戒初習相部舊章究毗尼篇聚次遊諸講肆歷聽楞伽華嚴入中百門觀精練玄義後扣大寂之室頓然忘筌得遊戲三昧一日爲僧行粥次馬大師問桶裏是什麽師云這老漢合取口作恁麽語話自餘同叅之流無敢徵詰貞元十一年憩錫于池陽自搆禪齋不下南泉三十餘載大和初宣城廉使陸公亘嚮師道風遂與監軍同請下山申弟子之禮大振玄綱自此學徒不下數百言滿諸方目爲郢匠一日師示衆云道箇如如

早是變也今時師僧須向異類中行歸宗云雖行畜生行不得畜生報師云孟八郎又恁麼去也師有時云文殊普賢昨夜三更每人與二十棒趂出院也趙州云和尚棒教誰喫師云且道王老師過在什麼處趙州禮拜而出（玄覺云且道趙州休去是肯南泉不肯南泉）師擬取明日遊莊舍其夜土地神先報莊主莊主乃預爲備師到問莊主爭知老僧來排辦如此莊主云昨夜土地報道和尚今日來師云王老師修行無力被鬼神覷見有僧便問和尚既是善知識爲什麼被鬼神覷見師云土地前更下一分飯（玄覺云什麼處是土地前更下一分飯雲居錫云是賞伊罰伊只如土地前見是南泉不是南泉）師有時云江西馬祖說即心即佛王老師不恁麼道不是心不是佛不是物恁麼道還有過麼趙州禮拜而出時有一僧隨問趙州云上座禮拜了便出意作麼生趙州云汝却問取和尚僧上問曰適來諗上座意作麼生師云他却領得老僧意旨師一日捧鉢上堂黄蘗和尚居第一座見師不起師問云長老什麼年中行道黄蘗云空王佛時師云猶是王老師孫在下去師一日問黄蘗黄金爲世界白銀爲壁落此是什麼人居處黄蘗云是聖人居處師云更有一人居何國土黄蘗乃叉手立師云道不得何不問王老師黄蘗却問更有一人居何國土師云可惜許師又別時問黄蘗定慧等學此理如何黄蘗云十二時中不依倚一物師云莫是長老見處麼黄蘗云不敢師云漿水價且置草鞋錢教阿誰還師見僧斫木師乃擊木三下僧放下斧子歸僧堂師歸法堂良久却入僧堂見

前僧在衣鉢下坐師云賺殺人僧問師歸丈室將何指南師云昨夜三更失却牛天明失却火師因東西兩堂各爭猫兒師遇之白衆曰道得即救取猫兒道不得即斬却也衆無對師便斬之趙州自外歸師舉前語示之趙州乃脱履安頭上而出師曰汝適來若在即救得猫兒也師在方丈與杉山向火次師云不用指東指西直下本分事道來杉山插火箸叉手立師云雖然如是猶較王老師一線道有僧問訊叉手而立師云太俗生其僧便合掌師云太僧生僧無對一僧洗鉢次師乃奪却鉢其僧即空手而立師云鉢在我手裏汝口喃喃作麼僧無對師因入菜園見一僧師乃將瓦子打之其僧迴顧師乃翹足僧無語師便歸方丈僧隨後入問訊云和尚適來擲瓦子打某甲豈不是警覺某甲師云翹足又作麼生僧無對（後有僧問石霜云南泉翹足意作麼生石霜舉手云還恁麼無）師示衆云王老師要賣身阿誰要買一僧出云某甲買師云他不作貴價不作賤價汝作麼生買僧無對（臥龍代云屬某去也禾山代云是何道理趙州代云明年求與和尚縫箇布衫）師與歸宗麻谷同去參禮南陽國師師先於路上畫一圓相云道得即去歸宗便於圓相中坐麻谷作女人拜師云恁麼即不去也歸宗云是什麼心行師乃相喚迴不去禮國師（玄覺云只如南泉恁麼道是肯底語不肯語雲居錫云比來去禮拜國師南泉為什麼却相喚迴且道古人意作麼生）師問神山作什麼對云打羅師云手打脚打神山云請和尚道師云分明記取舉似作家（洞山別云無脚手者始解打羅）有一座主辭師師問什麼處去對云山下去師云第一不得謗王老師對云爭敢謗和

尚師乃噴水云多少座主便出去先雲居云非師本意先曹山云賴也石霜云不爲人斟酌長慶云請領話雲居錫云座主當時出去是會不會師一日掩方丈門將灰圍却門外云若有人道得即開或有祗對多未愜師意趙州云蒼天師便開門師因翫月次有僧便問幾時得似這箇去師云王老師二十年前亦恁麼來僧云即今作麼生師便歸方丈陸亘大夫問云弟子從六合來彼中還更有身否師云分明記取舉似作家陸又謂師曰和尚大不可思議到處世界皆成就師云適來總是大夫分上事陸異日又謂師曰弟子亦薄會佛法師便問大夫十二時中作麼生陸云寸絲不掛師云猶是堦下漢師又云不見道有道君王不納有智之臣師上堂次陸大夫云請和尚爲衆說法師云教老僧作麼生說陸云和尚豈無方便師云道他欠少什麼陸云爲什麼有六道四生師云老僧不教他陸大夫與師見人雙陸拈起骰子云恁麼不恁麼只恁麼信彩去時如何師拈起骰子云臭骨頭十八又問云弟子家中有一片石或時坐或時臥如今擬鐫作佛還得否師云得大夫云莫不得否師云不得不得雲巖云坐即佛不坐即非佛洞山云不坐即佛坐即非佛趙州問道非物外物外非道如何是物外道師便打趙州捉住棒云已後莫錯打人去師云龍蛇易辨納子難謾師喚院主院主應諾師云佛九十日在忉利天爲母說法時優塡王思佛請目連運神通三轉攝匠人往彼雕佛像只雕得三十一相爲什麼梵音相雕不得院主問如何是梵音相師云賺殺人師問維那今日普請作什麼對云拽磨師

云麼從你拽不得動著磨中心樹子維那不語保福代云比來拽磨如今却不成法眼代云恁麼即不拽也一日有大德問師曰即心是佛又不得非心非佛又不得師意如何師云大德且信即心是佛便了更說什麼得與不得只如大德喫飯了從東廊上西廊下不可總問人得與不得也師住庵時有一僧到庵師向其僧道某甲上山待到齋時做飯先自喫了送一分來山上少時其僧自喫了却一時打破家事就牀卧師待不見來便歸庵見僧卧師亦去一邊而卧僧便起去師住後云我往前住庵時有箇靈利道者直至如今不見師拈起毬子問僧云那箇何似這箇對云不似師云什麼處見那箇便道不似僧云若問某甲見處和尚放下手中物師云許你具一隻眼陸亘大夫向師道肇法師甚奇怪道萬物同根是非一體師指庭前牡丹花云大夫時人見此一株花如夢相似陸罔測陸又問天王居何地位師云若是天王即非地位陸云弟子聞說天王是居初地師云應以天王身得度者即現天王身而爲說法陸辭歸宣城治所師問大夫去彼將何治民陸云以智慧治民師云恁麼即彼處生靈盡遭塗炭去也師入宣州陸大夫出迎接指城門云人人盡喚作甕門未審和尚喚作什麼門師云老僧若道恐辱大夫風化陸云忽然賊來時作麼生師云王老師罪過陸又問大悲菩薩用如許多手眼作什麼師云只如國家又用大夫作什麼師爲馬大師設齋問衆云馬大師來否衆無對洞山云待有伴即來師云子雖後生甚堪雕琢洞山云

和尚莫壓良爲賤師洗衣次有僧問和尚猶有這箇在師拈起衣云爭奈這箇何（玄覺云且道是一箇是兩箇）師問僧良欽空劫中還有佛否對云有師云是阿誰對云良欽師云居何國土無語僧問祖祖相傳合傳何事師云一二三四五問如何是古人底師云待有即道僧云和尚爲什麽妄語師云我不妄語盧行者却妄語問十二時中以何爲境師云何不問王老師僧云問了也師云還曾與汝爲境麽僧問青蓮不隨風火散時是什麽師云無風火不隨是什麽僧無對師却問不思善不思惡思總不生時還我本來面目來僧云無容止可露（洞山云還曾將示人麽）師問座主云你與我講經得麽對云某甲與和尚講經和尚須與某甲說禪始得師云不可將金彈子博銀彈子去座主云某甲不會師云汝道空中一片雲爲復釘釘住爲復藤纜著問空中有一珠如何取得師云斫竹布梯空中取僧云空中如何布梯師云汝擬作麽生取僧辭問云學人到諸方有人問和尚近日作麽生未審如何祗對師云但向道近日解相撲僧云作麽生師云一拍雙泯問父母未生時鼻孔在什麽處師云父母已生了鼻孔在什麽處師將順世第一座問和尚百年後向什麽處去師云山下作一頭水牯牛去僧云某甲隨和尚去還得也無師云汝若隨我即須啣取一莖草來師乃示疾大和八年甲寅十二月二十五日淩晨告門人曰星翳燈幻亦久矣勿謂吾有去來也言訖而謝壽八十七臘五十八明年春入塔

五臺山隱峯禪師者福建邵武人也姓鄧氏(時稱鄧隱峯)幼若不慧父母聽其出家初遊馬祖之門而未能覩奥復來往石頭雖兩番不捷(語見馬祖章)而後於馬大師言下契會師在石頭時問云如何得合道去石頭云我亦不合道師云畢竟如何石頭云汝被這箇得多少時耶一日石頭和尚剗草次師在左側叉手而立石頭飛剗子向師面前剗一株草師云和尚只剗得這箇不剗得那箇石頭提起剗子師接得剗子乃作剗勢石頭云汝只剗得那箇不解剗得這箇師無對(洞山代云還有堆阜麼)師一日推土車次馬大師展脚在路上坐師云請師收足大師云已展不收師云已進不退乃推車碾過大師脚損歸法堂執斧子云適來碾損老僧脚底出來師便出於大師前引頸大師乃置斧師到南泉覩衆僧叅次南泉指淨缾云銅缾是境缾中有水不得動著境與老僧将水來師便拈淨缾向南泉面前瀉南泉便休師後到溈山於上座頭解放衣鉢溈山聞師叔到先具威儀下堂内師見來便倒作睡勢溈山便歸方丈師乃發去少間溈山問侍者師叔在否對云已去也溈山云去時有什麼言語對云無言語溈山云莫道無言語其聲如雷師以冬居衡嶽夏止清涼唐元和中荐登五臺路出淮西屬吴元濟阻兵違拒王命官軍與賊交鋒未決勝負師曰吾當去解其患乃擲錫空中飛身而過兩軍将士仰觀事符預夢鬪心頓息師既顯神異慮成惑衆遂入五臺於金剛窟前将示滅先問衆云諸方遷化坐去卧去吾甞見之還有立化

也無衆云有也師云還有倒立者否衆云未甞見有師乃倒立而化亭亭然其衣順體時衆議舁就茶毗屹然不動遠近瞻視驚歎無巳師有妹爲尼時在彼乃俯近而咄曰老兄疇昔不循法律死更熒惑於人於是以手推之僨然而踣遂就闍維收舍利入塔

温州佛嶴和尚尋常見人來以拄杖卓地云前佛也恁麼後佛也恁麼僧問正恁麼時作麼生師畫一圓相僧作女人拜師乃打之僧問如何是佛法大意師云賊也賊也僧問如何是異類師敲椀云花奴花奴喫飯來

烏臼和尚有玄紹二上座從江西來叅師師乃問云二禪伯發足什麼處僧云江西師以拄杖打之玄云久知和尚有此機要師云你既不會後面箇僧祇對看後面僧擬近前師便打云信知同坑無異土叅堂去

潭州石霜（一作瀧）大善和尚僧問如何是佛法大意師云春日雞鳴僧云學人不會師云中秋犬吠師上堂云大衆出來出來老漢有箇法要百年後不累你衆云便請和尚說師云不消一堆火洞山問几前一童子甚是了事如今不見向甚處去也師云火焰上泊不得却歸清涼世界去也

石臼和尚初叅馬祖問什麼處來師云烏臼來祖云烏臼近日有何言句師云幾人於此茫然在祖云茫然且置悄然一句作麼生師乃近前三步祖云我有七棒寄打烏臼你還甘否師云和尚先喫某甲後甘却迴烏臼

本谿和尚龐居士問云丹霞打侍者意在何所師云大老翁見人長短在居士云爲我與

師同參了方敢借問師云若恁麼從頭舉來共你商量居士云大老翁不可共你説人是非師云念翁老年居士云罪過罪過

石林和尚一日龐居士來師乃竪起拂子云不落丹霞機試道一句居士奪却拂子了却自竪起拳師云正是丹霞機居士云與我不落看師云丹霞患瘂龐翁患聾居士云恰是也恰是也師無語居士云向道偶爾恁麼師亦無語又一日師問居士云某甲有箇借問居士莫惜言句居士云便請舉來師云元來惜言句居士云這箇問訊不覺落他便宜師乃掩耳而已居士云作家作家

亮座主（隱洪州西山）本蜀人也頗講經論因參馬祖祖問曰見説座主大講得經論是否亮云不敢祖云将什麼講亮云将心講祖云心如工伎兒意如和伎者爭解講得經亮抗聲云心既講不得虚空莫講得麼祖云却是虚空講得亮不肯便出将下堦祖召云座主亮迴首祖云是什麼亮豁然大悟禮拜祖云這鈍根阿師禮拜作麼亮歸寺告聽衆云某甲所講經論謂無人及得今日被馬大師一問平生功夫冰釋而已乃隱西山更無消息

黒眼和尚僧問如何是不出世師師云善財拄杖子問如何是佛法大意師云十年賣炭漢不知秤畔星

米嶺和尚僧問如何是衲衣下事師云醜陋任君嫌不掛雲霞色師将示滅乃遺一偈云

祖祖不思議　不許常住世　大衆審思惟　畢竟只這是

齊峯和尚一日龐居士入院師云俗人頻頻

入僧院討箇什麽居士迴顧兩邊云誰恁道誰恁道師乃咄之居士云在這裏師云莫是當陽道麽居士云背後底師迴首云看看居士云草賊敗草賊敗師無語居士又問此去峯頂有幾里師云什麽處去來居士云可畏峻硬不得問著師云是多少居士云一二三師云四五六居士云何不道七師云纔道七便有八居士云得也得也師云一任添取居士乃咄之而去師隨後咄之

大陽和尚伊禪師参次師云伊禪近日一般禪師向目前指教人了取目前事作這箇爲人還會文彩未兆時也無伊云擬向這裏致一問問和尚不知可否師云荅汝已了莫道可否伊云還識得目前也未師云是目前作麽生識伊云要且遭人點檢師云誰伊云某甲師便咄之伊退步而立師云汝只解瞻前不解顧後伊云雪上更加霜師云彼此無便宜

紅螺和尚在幽州有頌示門人曰

紅螺山子近邊夷　度得之流半是奚

共語問醻全不會　可憐只解那斯祈

泉州龜洋山無了禪師者莆田縣壷公宏塘人也姓沈氏年七歳父携入白重院視之如家因而捨愛至十八剃度受具靈巖寺後叅大寂禪師了達祖乘即還本院院之北樵采路絶師一日策杖披榛而行遇六眸巨龜斯須而失乃庵于此峯因號龜洋和尚一日有虎逐鹿入庵師以杖格虎遂存鹿命洎将示化乃述偈曰

八十年來辨西東　如今不要白頭翁

非長非短非大小　還與諸人性相同
無來無去兼無住　了却本來自性空

偈畢儼然告寂瘞于正堂垂二十載爲山泉淹没門人發塔見全身水中而浮閩王聞之遣使舁入府庭供養忽臭氣遠聞王焚香祝之曰可遷龜洋舊址建塔言訖異香普熏傾城瞻禮本道奏謚眞寂大師塔曰靈覺後弟子慧忠遇澄汰終於白衣就塔之東二百步而葬謂之東塔今龜洋二眞身士民依怙若僧伽之遺化焉慧忠得法於草庵和尚如本章述之

利山和尚僧問衆色歸空空歸何所師云舌頭不出口僧云爲什麽不出口師云内外一如故僧問不歷僧祇獲法身請師直指師云子承父業僧云如何領會師云貶剥不施僧云恁麽即大衆有頼去師云大衆且置作麽生是法身僧無對師云汝問我向你道僧却問如何是法身師云空華陽焰僧問如何是西來意師云不見如何僧云爲什麽如此師云只爲如此

韶州乳源和尚上堂云西來的的意不妨難道大衆莫有道得者出來試道看有一僧出纔禮拜師便打云是什麽時節出頭來（後人舉似長慶長慶云不妨不妨資福代云爲和尚不惜身命）師見仰山作沙彌時念經師咄云這沙彌念經恰似哭聲仰山云慧寂念經似哭未審和尚如何師乃顧視而已

松山和尚一日命龐居士喫茶居士舉起托子云人人盡有分因什麽道不得師云只爲人人盡有所以道不得居士云阿兄爲什麽

却道得師云不可無言也居士云灼然灼然師便喫茶居士云阿兄喫茶何不揖客師云誰居士云龐翁師云何須更揖後丹霞聞舉乃云若不是松山幾被箇老翁作亂一上居士聞之乃令人傳語丹霞云何不會取未舉起托子時

則川和尚龐居士看師師云還記得初見石頭時道理否居士云猶得阿師重舉在師云情知久叅事慢居士云阿師老耄不啻龐翁師云二彼同時又爭幾許居士云龐翁鮮健且勝阿師師云不是勝我秖是欠你一箇幞頭居士云恰與師相似師大笑而已師入茶園內摘茶次龐居士云法界不容身師還見我否師云不是老師洎荅公話居士云有問有荅蓋是尋常師乃摘茶不聽居士云莫怪適來容易借問師亦不顧居士喝云這無禮儀老漢待我一一舉向明眼人在師乃拋却茶籃子便入方丈

南嶽西園蘭若曇藏禪師者本受心印於大寂禪師後謁石頭遷和尚瑩然明徹唐貞元二年遁衡嶽之絕頂人罕叅訪尋以脚疾移止西園禪侶繁盛師一日自開浴次僧問何不使沙彌師乃撫掌三下（洞山云一種是時節因緣就中西園精妙僧問曹山古人撫掌豈不明沙彌邊事曹山云如何是向上事曹山云這沙彌）師養一靈犬嘗夜經行次其犬嚙師衣師即歸房又於門側伏守而吠頻奮身作猛噬之勢詰旦東廚有一大蟒長數丈張口呀氣毒焰熾然侍者請避之師曰死可逃乎彼以毒來我以慈受毒無實性激發則強慈苟無緣寃親一揆言訖其蟒按首徐行倏然不見復一

夕有羣盜犬亦嚙師衣師語盜曰茅舍有可意物一任取去終無所吝盜感其言皆稽首而散

百靈和尚一日與龐居士路次相逢師問云昔日居士南嶽得意句還曾舉向人未居士云曾舉來師云舉向什麽人居士以手自指云龐翁師云直是妙德空生也歎居士不及居士却問師得力句是誰知師便戴笠子而去居士云善爲道路師一去更不迴首

鎮州金牛和尚師自作飯供養衆僧每至齋時舁飯桶到堂前作舞曰菩薩子喫飯來乃撫掌大笑曰日如是僧問長慶古人撫掌喚僧喫飯意旨如何長慶云大似因齋慶讃僧問大光未審慶讃箇什麽大光便作舞僧乃禮拜大光云這野狐精東禪齊云古人自出手作飯舞了喚人來喫意作麽生還會麽只如長慶與大光是明古人意別爲他分析今問上座每日持盂掌鉢時迎來送去時爲當與古人一般別有道理若道別且作麽生得別來若一般恰到他舞又被喚作野狐精有會處麽若未會行脚眼在什麽處僧問曹山古人恁麽是奴兒婢子否曹山云是僧云向上事請師道曹山咄云這奴兒婢子

洞安和尚有僧辭師師云什麽處去僧云本無所去師云善爲闍黎僧云不敢不敢師云到諸方分明舉僧侍立次師問今日是幾僧云不知師云我却記得僧云今日是幾師云今日昏晦

忻州打地和尚自江西領旨自晦其名凡學者致問惟以棒打地而示之時謂之打地和尚一日被僧藏却棒然後問師但張其口僧問門人曰只如和尚每有人問便打地意旨如何門人即於竈底取柴一片擲在釜中

潭州秀谿和尚一日谷山問聲色純眞如何是道師云亂道作麽谷山却從東邊過西邊

立師云若不恁麽即禍事也谷山却過東邊師乃下禪牀方行兩步被谷山捉住云聲色純眞事作麽生師便掌谷山谷山云十年後要箇人下茶也無在師云要谷山老漢作麽谷山呵呵大笑三聲

磁州馬頭峯神藏禪師上堂謂衆云知而無知不是無知而説無知（南泉云恁麽依師道始道得一半黄蘗云不是南泉駮他要圓前話）

潭州華林善覺禪師常持錫夜出林麓間七步一振錫一稱觀音名號夾山善會造庵問曰遠聞和尚念觀音是否師曰然夾山曰騎却頭如何師曰出頭從汝騎不出頭騎什麽僧叅方展坐具師曰緩緩僧曰和尚見什麽師曰可惜許磕破鍾樓其僧從此悟入一日觀察使裴休訪之問曰師還有侍者否師曰有一兩箇裴曰在什麽處師乃喚大空小空時二虎自庵後而出裴覩之驚悸師語二虎曰有客且去二虎哮吼而去裴問曰師作何行業感得如斯師乃良久曰會麽曰不會師曰山僧常念觀音

汀州水塘和尚師勘歸宗甚麽處人歸宗云陳州人師云多少年幾歸宗云二十二師云闍黎未生時老僧去來歸宗云和尚幾時生師竪起拂子歸宗云這箇豈有生耶師云會得即無生歸宗云未會在師無語

古寺和尚丹霞叅師經宿至明旦煑粥熟行者只盛一鉢與師又盛一碗自喫殊不顧丹霞丹霞即自盛粥喫行者云五更侵早起更有夜行人丹霞問師何不教訓行者得恁麽無禮師云淨地上不要點汚人家男女丹霞

云幾不問過這老漢

江西椑樹和尚因臥次道吾近前牽被覆之師云作麽道吾云蓋覆師云臥底是坐底是道吾云不在這兩處師云爭奈蓋覆何道吾云莫亂道師向火次道吾問作什麽師云和合道吾云恁麽即當頭脫去也師云隔闊來多少時耶道吾便拂袖而去道吾一日從外歸師問什麽處去來道吾云親近來師云用皷這兩片皮作什麽道吾云借師云他有從汝借無作麽生道吾云只爲有所以借

京兆草堂和尚自罷叅大寂遊至海昌海昌和尚問什麽處來師云道場來昌云這裏什麽處師云賊不打貧人家問未有一法時此身在什麽處師乃作一圓相於中書身字

袁州陽岐山甄叔禪師上堂示衆曰羣靈一源假名爲佛體竭形消而不滅金流朴散而常存性海無風金波自涌心靈絶兆萬象齊昭體斯理者不言而徧歷沙界不用而功益玄化如何背覺反合塵勞於陰界中妄自囚執師始登此山宴處以至成院聚徒演法四十餘年唐元和十五年正月十三日歸寂荼毗獲舍利七百粒於東峯下建塔

濛谿和尚僧問一念不生時如何師良久僧便禮拜師云汝且作麽生會僧云某甲終不無慙愧師云汝却信得及問本分事如何體悉師云你何不問僧云請師荅話師云你却問得好其僧大笑而出師云只有這師僧靈利有僧從外來師便喝僧云好箇來由師云猶要棒在僧云珍重便出師云得能自在

洛京黑㵎和尚僧問如何是密室師云截耳

卧街僧云如何是密室中人師乃換手搥胷京兆興平和尚洞山來禮拜師云莫禮老朽洞山云禮非老朽師云非老朽者不受禮洞山云他亦不止洞山問如何是古佛心師云即汝心是洞山云雖然如此猶是某甲疑處師云若恁麽即問取木人去洞山云某甲有一句子不借諸聖口師云汝試道看洞山云不是某甲洞山辭師云什麽處去洞山云沿流無定止師云法身沿流報身沿流洞山云總不作此解師乃撫掌保福云洞山自是一家乃别云覓得幾人道遥和尚一日師在禪牀上坐有僧鹿西問云念念攀緣心心永寂師云昨日晚間也有人恁麽道西云道箇什麽師云不知西云請師說師以拂子驀口打西便出師告大衆云頂門上著一隻眼

福谿和尚僧問古鏡無瑕時如何師良久僧云師意如何師云山僧耳背僧又舉前問師云猶較些子僧問如何是自已師云你問什麽僧云豈無方便去也師云你適來問什麽僧云得恁麽顛倒師云今日合喫山僧手裏棒僧問緣散歸空空歸何所師云某甲僧云喏師云空在何處僧云却請師道師云波斯喫胡椒

洪州水老和尚初參馬祖如何是西來的的意祖云禮拜著師纔禮拜祖便與一蹋師大悟起來撫掌呵呵大笑云也大奇也大奇百千三昧無量妙義只向一毛頭上便識得根源去便禮拜而退師住後告衆云自從一喫馬師蹋直至如今笑不休有僧作一圓相以手撮向師身上師乃三撥亦作一圓相却指

其僧僧便禮拜師打云這虛頭漢問如何是沙門行師云動則影現覺則氷生問如何是佛法大意師乃撫掌呵呵大笑凡接機大約如此

浮盃和尚有淩行婆來禮拜師師與坐喫茶行婆乃問云盡力道不得底句還分付阿誰師云浮盃無剩語婆云某甲不恁麼道師遂舉前語問婆婆斂手哭云蒼天中間更添寃苦師無語婆云語不知偏正理不識倒邪爲人即禍生也後有僧舉似南泉南泉云苦哉浮盃被老婆摧折婆後聞南泉恁道笑云王老師猶少機關在有幽州澄一禪客逢見行婆乃問云怎生南泉恁道猶少機關在婆乃哭云可悲可痛禪客罔措婆乃問云會麼禪客合掌而退婆云伎死禪和如麻似粟後澄一禪客舉似趙州趙州云我若見這臭老婆問教口啞却澄一問趙州云未審和尚怎生問他趙州以棒打云似這箇伎死漢不打待幾時連打數棒婆又聞趙州恁道云趙州自合喫婆手裏棒後僧舉似趙州趙州哭云可悲可痛婆聞趙州此語合掌歎云趙州眼放光明照破四天下也後趙州教僧去問婆云怎生是趙州眼婆乃竪起拳頭趙州聞乃作一頌送淩行婆云

當機直面提　直面當機疾　報你淩行婆
哭聲何得失

婆以頌荅趙州云

哭聲師已曉　已曉復誰知　當時摩竭國
幾喪目前機

潭州龍山和尚（亦云隱山）問僧什麼處來僧云老

宿處來師云老宿有何言句僧云說即千句萬句不說即一字也無師云恁麼即蠅子放卵其僧禮拜師便打之洞山价和尚行脚時迷路到山因參禮次師問此山無路闍黎向什麼處來洞山云無路且置和尚從何而入師云我不曾雲水洞山云和尚住此山多少時師云春秋不涉洞山云此山先住和尚先住師云不知洞山云為什麼不知師云我不為人天來洞山却問如何是賓中主師云長年不出户洞山云如何是主中賓師云青天覆白雲洞山云賓主相去幾何師云長江水上波洞山云賓主相見有何言說師云清風拂白月洞山又問和尚見箇什麼道理便住此山師云我見兩箇泥牛鬭入海直至如今無消息師因有頌云

三間茅屋從來住　一道神光萬境閑
莫作是非來辨我　浮生穿鑿不相關

襄州居士龐蘊者衡州衡陽縣人也字道玄世以儒為業而居士少悟塵勞志求眞諦唐貞元初謁石頭和尚忘言會旨復與丹霞禪師為友一日石頭問曰子自見老僧已來日用事作麼生對曰若問日用事即無開口處復呈一偈云

日用事無別　唯吾自偶諧　頭頭非取捨處處勿張乖　朱紫誰為號　丘山絶點埃神通并妙用　運水及搬柴

石頭然之曰子以緇耶素耶居士曰願從所慕遂不剃染後之江西參問馬祖云不與萬法為侶者是什麼人祖云待汝一口吸盡西江水即向汝道居士言下頓領玄要乃留駐

參承經涉二載有偈曰

有男不婚　有女不嫁　大家團欒頭

共說無生話

自爾機辯迅捷諸方嚮之嘗遊講肆隨喜金剛經至無我無人處致問曰座主既無我無人是誰講誰聽座主無對居士曰某甲雖是俗人粗知信向座主曰只如居士意作麼生居士乃示一偈云

無我復無人　作麼有踈親　勸君休歷坐

不似直求真　金剛般若性　外絕一纖塵

我聞并信受　總是假名陳

座主聞偈欣然仰歎居士所至之處老宿多往復問醻皆隨機應響非格量軌轍之可拘也元和中北遊襄漢隨處而居或鳳嶺鹿門或鄽肆閭巷初住東巖後居郭西小舍一女名靈照常隨製竹漉籬令鬻之以供朝夕有偈曰

心如境亦如　無實亦無虛　有亦不管

無亦不居　不是賢聖　了事凡夫　易復

易　即此五蘊有真智　十方世界一乘同

無相法身豈有二　若捨煩惱入菩提

不知何方有佛地

居士將入滅令女靈照出視日早晚及午以報女遽報曰日已中矣而有蝕也居士出戶觀次靈照即登父座合掌坐亡居士笑曰我女鋒捷矣於是更延七日州牧于公問疾次居士謂曰但願空諸所有慎勿實諸所無好住世間皆如影響言訖枕公膝而化遺命焚棄江湖緇白傷悼謂禪門龐居士即毗耶淨名矣有詩偈三百餘篇傳於世

景德傳燈録卷第八

音釋

嶼於到切　椑班縻切　瓌姑回切奇偉也　穰如羊切繁也　愔於禽切　隗五罪切　郢以井切地名　覷七慮切伺視也　諗式荏切　賺直陷切　噴普悶切巽也　骰徒侯切博具也　鐫子全切刻也　碾尼展切轢也　荐才甸切再也　僨方問切僵也　踣蒲北切仆也　嫌胡兼切愶也　幞頭幞防玉切幞頭頭巾也　呀虛加切猶呵也　磕克盍切粲也　鬻余六切賣也

景德傳燈録卷第九

宋沙門道原纂

懷讓禪師第三世五十六人

洪州百丈懷海禪師法嗣三十人一十三人見録

潭州潙山靈祐禪師

洪州黄檗山希運禪師

杭州大慈寰中禪師　天台山普岸禪師

筠州常觀禪師　潭州石霜性空禪師

福州大安禪師　古靈神讚禪師

廣州和安通禪師　江州龍雲臺禪師

洛京衛國道禪師　鎮州萬歲和尚

洪州東山和尚

高安無畏禪師　東巖道曠禪師

邢州素禪師

唐州大乘山吉本禪師

小乘山慧深禪師

揚州慧照寺昭一禪師

禎州羅浮鑒深禪師

洪州九僊山梵雲禪師　江州廬山操禪師

百丈山涅槃和尚

越州禹迹寺契真禪師

筠州包山天性禪師

明州大梅山彼岸禪師

洪州逯山藏術禪師

昇州祇闍山道方禪師

清田和尚　大于和尚

已上一十七人無機緣語句不録

前虔州西堂藏禪師法嗣四人一人見録

虔州處微禪師

雞林道義禪師　新羅國慧禪師

新羅國洪直禪師

已上三人無機緣語句不録

前蒲州麻谷山寶徹禪師法嗣二人一人見録

壽州良遂禪師

新羅國無染禪師一人無機緣語句不録

前湖南東寺如會禪師法嗣四人一人見録

吉州薯山慧超禪師

舒州景諸禪師　莊嚴寺光肇禪師

潭州幕輔山昭禪師

前京兆章敬寺懷惲禪師法嗣一十六人（六人見録）

（已上三人無機緣語句不録）

京兆薦福弘辯禪師　福州龜山智眞禪師

朗州懷政禪師　金州操禪師

朗州古堤和尚　河中公畿和尚

栢林院閑雲禪師　宣州玄哲禪師

河中寶堅禪師　西京道志禪師

絳州神祐禪師　西京智藏禪師

許州無迹禪師　壽州惟肅禪師

新羅國玄昱禪師　新羅國覺體禪師

已上十人無機緣語句不録

前百丈懷海禪師第三世法嗣

潭州溈山靈祐禪師者福州長谿人也姓趙氏年十五辤親出家依本郡建善寺法常律師剃髮於杭州龍興寺受戒究大小乘經律二十三遊江西叅百丈大智禪師百丈一見許之入室遂居叅學之首一日侍立百丈問誰師曰靈祐百丈云汝撥鑪中有火否師撥云無火百丈躬起深撥得少火舉以示之云此不是火師發悟禮謝陳其所解百丈曰此乃暫時岐路耳經云欲見佛性當觀時節因緣時節既至如迷忽悟如忘忽憶方省已物不從他得故祖師云悟了同未悟無心亦無法只是無虛妄凡聖等心本來心法元自備足汝今既爾善自護持時司馬頭陀自湖南來（司馬頭陀叅禪外蘊人倫之鑒兼窮地理諸方刱院多取決可）百丈謂之曰老僧欲往溈山可乎對云溈山奇絶可聚千五百衆然非和尚所住百丈云何也對云和尚是骨人彼是肉山設居之徒不盈千百丈云吾衆中莫有人住得否對云待歷觀之百丈乃令侍者喚第一座來（即華林和尚也）問云此人如何頭陀令謦欬一聲行數步對云此人

不可又令喚典座來(即祐師也)頭陀云此正是溈山主也百丈是夜召師入室囑云吾化縁在此溈山勝境汝當居之嗣續吾宗廣度後學時華林聞之曰某甲忝居上首祐公何得住持百丈云若能對衆下得一語出格當與住持即指淨瓶問云不得喚作淨瓶汝喚作什麼華林云不可喚作木楔也百丈不肯乃問師師踢倒淨瓶百丈笑云第一座輸却山子也遂遣師往溈山是山峭絶敻無人煙師猿猱爲伍橡栗充食山下居民稍稍知之率衆共營梵宇連帥李景讓奏號同慶寺相國裴公休甞咨玄奥繇是天下禪學若輻湊焉師上堂示衆云夫道人之心質直無僞無背無面無詐妄心行一切時中視聽尋常更無委曲亦不閉眼塞耳但情不附物即得從上諸聖只是説濁邊過患若無如許多惡覺情見想習之事譬如秋水澄渟清淨無爲澹泞無礙喚他作道人亦名無事之人時有僧問頓悟之人更有修否師云若真悟得本他自知時修與不修是兩頭語如今初心雖從縁得一念頓悟自理猶有無始曠劫習氣未能頓淨須教渠淨除現業流識即是修也不道别有法教渠修行趣向從聞入理聞理深妙心自圓明不居惑地縱有百千妙義抑揚當時此乃得座披衣自解作活計以要言之則實際理地不受一塵萬行門中不捨一法若也單刀趣入則凡聖情盡體露真常理事不二即如如佛仰山問如何是西來意師云大好燈籠仰山云莫只這箇便是麼師云這箇是什麼仰山云大好燈籠師云果然不識一曰

師謂衆云如許多人只得大機不得大用仰山舉此語問山下庵主云和尚恁麼道意旨如何庵主云更舉看仰山擬再舉被庵主蹋倒歸舉似師師大笑師在法堂坐庫頭擊木魚火頭擲却火抄拊掌大笑師云衆中也有恁麼人喚來問作麼生火頭云某甲不喫粥肚飢所以喜歡師乃點頭（東使聞云將知潙山衆裏無人臥龍云將知潙山衆裏有人）普請摘茶師謂仰山曰終日摘茶只聞子聲不見子形請現本形相見仰山撼茶樹師云子只得其用不得其體仰山云未審和尚如何師良久仰山云和尚只得其體不得其用師云放子二十棒（玄覺云且道過在什麼處）師上堂有僧出云請和尚爲衆說法師云我爲汝得徹困也僧禮拜（後人舉似雪峯雪峯云古人得恁麼老婆心玄沙云山頭和尚蹉過古人事也雪峯聞之乃問玄沙什麼處是老僧蹉過古人事處玄沙云大小潙山被那僧一問得百雜碎雪峯駭之乃休）師謂仰山曰寂子速道莫入陰界仰山云慧寂信亦不立師云子信了不立不信不立仰山云只是慧寂更信阿誰師云若恁麼即是定性聲聞仰山云慧寂佛亦不見師問仰山涅槃經四十卷多少佛說多少魔說仰山云總是魔說師云已後無人奈子何仰山云慧寂即一期之事行履在什麼處師云只貴子眼正不說子行履仰山蹋衣次提起問師云正恁麼時和尚作麼生師云正恁麼時我這裏無作麼生仰山云和尚有身而無用師良久却拈起問汝正恁麼時作麼生仰山云正恁麼時和尚還見伊否師云汝有用而無身（此語是二月中問答）師忽問仰山汝春間有話未圓今試道看仰山云正恁麼時切忌勃塑師云停囚長智師一日

喚院主院主來師云我喚院主汝來作什麼院主無對曹山代云也知和尚不喚某甲又令侍者喚第一座第一座來師云我喚第一座汝來作什麼亦無對曹山代云若令侍者喚恐不來法眼別云適來侍者喚師問新到僧名什麼僧云名月輪師作一圓相問何似這箇僧云和尚恁麼語話諸方大有人不肯在師云貧道即恁麼闍黎作麼生僧云還見月輪麼師云闍黎恁麼道此閒大有人不肯諸方師問雲巖云聞汝久在藥山是否巖云是師云藥山大人相如何雲巖云涅槃後有師云涅槃後有如何雲巖云水灑不著雲巖却問師百丈大人相如何師云巍巍堂堂煒煒煌煌聲前非聲色後非色蚊子上鐵牛無汝下觜處師過淨缾與仰山仰山擬接師却縮手云是什麼仰山云和尚還見箇什麼

師云若恁麼何用更就吾覓仰山云雖然如此仁義道中與和尚提缾挈水亦是本分事師乃過淨缾與仰山師與仰山行次指栢樹子問云前面是什麼仰山云只這箇栢樹子師却指背後田翁云這阿翁向後亦有五百衆師問仰山從何處歸仰山云田中歸師云禾好刈也未仰山云好刈也師云作青見作黃見作不青不黃見仰山云和尚背後是什麼師云子還見麼仰山拈起禾穗云和尚何曾問這箇師云此是鵝王擇乳冬月師問仰山天寒人寒仰山云大家在這裏師云何不直說仰山云適來也不曲和尚如何師云直須隨流有僧來禮拜師作起勢僧云請和尚不起師云老僧未曾坐僧云某甲亦未曾禮師云何故無禮僧無對同安代云和尚不怪石霜會下

有二禪客到云此間無一人會禪後普請搬柴仰山見二禪客歇將一橛柴問云還道得麽俱無語仰山云莫道無人會禪好歸舉似溈山云今日二禪客被慧寂勘破師云什麽處被子勘破仰山便舉前話師云寂子又被吾勘破（雲居錫云什麽處是溈山勘破仰山處）師睡次仰山問訊師便迴面向壁仰山云和尚何得如此師起云我適來得一夢汝試爲我原看仰山取一盆水與師洗面少頃香嚴亦來問訊師云我適來得一夢寂子原了汝更與我原看香嚴乃點一椀茶來師云二子見解過於鶖子僧云不作溈山一頂笠無由得到莫傜村如何是溈山一頂笠師即蹋之師上堂示衆云老僧百年後向山下作一頭水牯牛左脇書五字云溈山僧某甲此時喚作溈山僧又是水牯牛喚作水牯牛又云溈山僧喚作什麽即得（雲居代云師無異號資福代作圓相托起古人頌云不道溈山不道牛一身兩號實難醻離却兩頭應須道如何道得出常流）師敷揚宗教凡四十餘年達者不可勝數入室弟子四十一人唐大中七年正月九日盥漱敷坐怡然而寂壽八十三臘六十四塔于本山勑謚大圓禪師塔曰清淨

洪州黃檗希運禪師閩人也幼於本州黃檗山出家額間隆起如肉珠音辭朗潤志意沖澹後遊天台逢一僧與之言笑如舊相識熟視之目光射人乃偕行屬澗水暴漲乃捐笠植杖而止其僧率師同渡師曰兄要渡自渡彼即褰衣躡波若履平地迴顧云渡來渡來師曰咄這自了漢吾早知當斫汝脛其僧歎曰眞大乘法器我所不及言訖不見師後遊

京師因人啓發乃往叅百丈問曰從上宗乘如何指示百丈良久師云不可教後人斷絶去也百丈云將謂汝是箇人乃起入方丈師隨後入云某甲特來百丈云若爾則他後不得孤負吾百丈一日問師什麽處去來曰大雄山下採菌子來百丈曰還見大蟲麽師便作虎聲百丈拈斧作斫勢師即打百丈一摑百丈吟吟大笑便歸上堂謂衆曰大雄山下有一大蟲汝等諸人也須好看百丈老漢今日親遭一口師在南泉時普請擇菜南泉問什麽處去曰擇菜去南泉曰將什麽擇師舉起刀子南泉云只解作賓不解作主師扣三下一日南泉謂師曰老僧偶述牧牛歌請長老和師云某甲自有師在師辭南泉門送提起師笠子云長老身材勿量大笠子太小生師云雖然如此大千世界總在裏許南泉云王老師㖿師便戴笠子而去後居洪州大安寺海衆奔湊裴相國休鎮宛陵建大禪苑請師說法以師酷愛舊山還以黄檗名之又請師至郡以所解一篇示師師接置於座略不披閲良久云會麽公云未測師云若便恁麽會得猶較些子若也形於紙墨何有吾宗裴乃贈詩一章曰

自從大士傳心印　額有圓珠七尺身
掛錫十年棲蜀水　浮盃今日渡漳濵
一千龍象隨高步　萬里香華結勝因
擬欲事師爲弟子　不知將法付何人

師亦無喜色自爾黄檗門風盛于江表矣一日上堂大衆雲集乃曰汝等諸人欲何所求因以棒趂散云盡是噇酒糟漢恁麽行脚取

笑於人但見八百一千人處便去不可只圖熱鬧也老漢行脚時或遇草根下有一箇漢便從頂上一錐看他若知痛痒可以布袋盛米供養可中總似汝如此容易何處更有今日事也汝等既稱行脚亦須著些精神好還知道大唐國内無禪師麽時有一僧出問云諸方尊宿盡聚衆開化爲什麽道無禪師師云不道無禪只道無師闍梨不見馬大師下有八十四人坐道場得馬師正眼者止三兩人廬山和尚是其一人夫出家人須有從上來事分且如四祖下牛頭融大師横説竪説猶未知向上關棙子有此眼腦方辨得邪正宗黨且當人事寔不能體會得但知學言語念向皮袋裏安著到處稱我會禪還替得汝生死麽輕忽老宿入地獄如箭我纔見入門來便識得汝了也還知麽急須努力莫容易事持片衣口食空過一生明眼人笑汝久後總被俗漢筭將去在宜自看遠近是阿誰面上事若會即便會若不會即散去問如何是西來意師便打自餘施設皆被上機中下之流莫窺涯涘唐大中年終於本山勅謚斷際禪師塔曰廣業

杭州大慈山寰中禪師蒲坂人也姓盧氏頂骨圓聳其聲如鍾少丁母憂廬於墓所服闋思報罔極於并州童子寺出家嵩嶽登戒習諸律學後叅百丈受心印辭往南嶽常樂寺結茅于山頂一日南泉至問如何是庵中主師云蒼天蒼天南泉云蒼天且置如何是庵中主師云會即便會莫忉忉南泉拂袖而出後住浙江北大慈山上堂云山僧不解荅話

只能識病時有一僧出師前立師便下座歸方丈（法眼云衆中喚作病在目前不識玄覺云且道大慈識病不識病此僧出來是病不是病若言是病每日行住不可總是病若言不是病出來又作麼生）趙州問般若以何爲體師云般若以何爲體趙州大笑而出師明日見趙州掃地問般若以何爲體趙州置箒拊掌大笑師便歸方丈有僧辭師云去什麼處僧云暫去江西師云我勞汝一段事得否僧云和尚有什麼事師云將取老僧去僧云更有過於和尚者亦不能將得去師便休其僧後舉似洞山洞山云闍黎爭合恁麼道僧云和尚作麼生洞山云得（法眼別云和尚若去某甲提笠子）洞山又問其僧大慈別有什麼言句僧云有時示衆云說得一丈不如行取一尺說得一尺不如行取一寸洞山云我不恁麼道僧云作麼生洞山云說取行不得底行取說不得底（雲居云行時無說路說時無行路不說不行時合行什麼路樂普云行說俱到即本事無行說俱不到即本事在）後屬唐武宗廢教師短褐隱居大中壬申歲重剃染大揚宗旨咸通三年二月十五日不疾而逝壽八十三臘五十四僖宗謚性空大師定慧之塔

天台平田普岸禪師洪州人也於百丈門下得旨後聞天台勝槩聖賢間出思欲高蹈方外遠追遐躅乃結茅薙草宴寂林下日居月諸爲四衆所知創建精藍號平田禪院焉有時謂衆曰神光不昧萬古徽猷入此門來莫存知解有僧到參師打一拄杖其僧近前把住拄杖師曰老僧適來造次僧却打師一拄杖師曰作家作家僧禮拜師把住曰是闍黎造次僧大笑師曰這箇師僧今日大敗也有偈示衆曰

大道虛曠常一眞心　善惡勿思　神清物表
隨緣飲啄　更復何爲
終于本院今山門有遺塔存焉皇朝重加修飾賜額曰壽昌岸禪師即壽昌開山和尚也

筠州五峯常觀禪師有僧問如何是五峯境師云險僧云如何是境中人師云塞有僧辭師云闍黎向什麼處去僧云臺山去師豎起一指云若見文殊了却來這裏與汝相見僧無對師問一僧汝還見牛麼僧云見師云見左角見右角僧無對師自代云見無左右（仰山別云還辨左右麼）又有僧辭師云汝去諸方莫謗老僧在這裏僧云某甲不道和尚在這裏師云汝道老僧在什麼處僧豎起一指師云早是謗老僧也

潭州石霜山性空禪師僧問如何是西來意師曰若人在千尺井中不假寸繩你若出得此人即荅汝西來意僧曰近日湖南暢和尚出世亦爲人東語西話師喚沙彌拽出死屍著（沙彌即仰山也）沙彌後舉問躭源如何出得井中人躭源曰咄癡漢誰在井中仰山後問溈山如何出得井中人溈山乃呼慧寂寂應諾溈山曰出也及住仰山常舉前語謂衆曰我在躭源處得名溈山處得地

福州大安禪師者本州人也姓陳氏幼於黃檗山受業聽習律乘甞自念言我雖勤苦而未聞玄極之理乃孤錫遊方將往洪井路出上元逢一老父謂師曰師往南昌當有所得師即造于百丈禮而問曰學人欲求識佛何者即是百丈曰大似騎牛覓牛師曰識後如何百丈曰如人騎牛至家師曰未審始終如

何保任百丈曰如牧牛人執杖視之不令犯人苗稼師自茲領旨更不馳求同叅祐禪師創居潙山也師躬耕助道及祐禪師歸寂衆請接踵住持師上堂云汝諸人總來就安求覓什麼若欲作佛汝自是佛而却傍家走怱怱如渴鹿趂陽焰何時得相應去阿你欲作佛但無如許多顛倒攀緣妄想惡覺垢欲不淨衆生之心則汝便是初心正覺佛更向何處別討所以安在潙山三十來年喫潙山飯屙潙山屎不學潙山禪只看一頭水牯牛若落路入草便牽出若犯人苗稼即鞭撻調伏既久可憐生受人言語如今變作箇露地白牛常在面前終日露迥迥地趂亦不去也汝諸人各自有無價大寶從眼門放光照山河大地耳門放光領覽一切善惡音響六門晝夜常放光明亦名放光三昧汝自不識取影在四大身中內外扶持不教傾側如人負重檐從獨木橋上過亦不教失脚且是什麼物任持便得如是汝若覓毫髮即不見故誌公和尚云內外追尋覓總無境上施爲渾大有問一切施爲是法身用如何是法身師云一切施爲是法身用僧云離却五蘊如何是本來身師云地水火風受想行識僧云這箇是五蘊師云這箇異五蘊問此陰已謝彼陰未生時如何師云此陰未謝那箇是大德僧云不會師云若會此陰便明彼陰問大用現前不存軌則時如何師云汝用得但用僧乃脫膊繞師三帀師云向上事何不道取僧擬開口師便打云這野狐精出去有僧上法堂顧視東西不見師乃云好箇法堂只是無人師

從門裏出云作麽無對雪峯和尚因入山采得一枝木其形似蛇於背上題云本自天然不假雕琢寄來與師師云本色住山人且無刀斧痕人問師佛在何處師云不離心又云雙峯上人有何所得師云法無所得設有所得得本無得有僧問云黄巢軍來和尚向什麽處迴避師云五蘊山中僧云忽被他捉著時如何師云惱亂將軍師大化閩城二十餘載唐中和三年十月二十二日歸黄檗寺示疾而終塔于楞伽山勅謚圓智禪師證眞之塔

福州古靈神讃禪師本州大中寺受業後行脚遇百丈開悟却迴本寺受業師問曰汝離吾在外得何事業曰並無事業遂遣執役一日因澡浴命師去垢師乃撫背曰好所佛殿而佛不聖其師迴首視之師曰佛雖不聖且能放光其師又一日在窻下看經蜂子投窻紙求出師覩之曰世界如許廣闊不肯出鑚他故紙驢年出得其師置經問曰汝行脚遇何人吾前後見汝發言異常師曰某甲蒙百丈和尚指箇歇處今欲報慈德耳其師於是告衆致齋請師説法師登座舉唱百丈門風乃曰靈光獨耀迥脱根塵體露眞常不拘文字心性無染本自圓成但離妄縁即如如佛其師於言下感悟曰何期垂老得聞極則事師後住古靈聚徒數載臨遷化剃沐聲鐘告衆曰汝等諸人還識無聲三昧否衆曰不識師曰汝等靜聽莫别思惟衆皆側聆師儼然順寂塔存本山焉

廣州和安寺通禪師者婺州雙林寺受業自

㓜寡言時人謂之不語通也因禮佛有禪者問云座主禮底是什麼師云是佛禪者乃指像云這箇是何物師無對至夜具威儀禮問禪者云今日所問某甲未知意旨如何禪者云座主幾夏耶師云十夏禪者云還曾出家也未師轉茫然禪者云若也不會百夏奚為禪者乃命師同叅馬祖行至江西馬祖已圓寂乃謁百丈頓釋疑情有人問師是禪師否師云貧道不曾學禪師良久却召其人其人應諾師指椶櫚樹子其人無對師一日令仰山將牀子來仰山將到師云却送本處仰山從之師云牀子那邊是什麼物仰山云無物師云這邊是什麼物仰山云無物師召云慧寂仰山云諾師云去

江州龍雲臺禪師有僧問如何是祖師西來意師云老僧昨夜欄裏失却牛

京兆衛國院道禪師僧到叅師問何方來僧云湘南來師云黃河清未僧無對（溈山代云小小孤兒要過即過但知過用疑作什麼）師因疾有人來問疾師不出其人云久聆和尚道德忽承法體違和請和尚相見師將鉢鐼盛鉢㨢令侍者擎出呈之其人無對

鎮州萬歲和尚僧問大衆雲集合譚何事師云序品第一（歸宗柔別云禮拜了去）

洪州東山慧和尚遊山見一巖僧問云此巖有主也無師云有僧云是什麼人師云三家村裏覓什麼其僧又問如何是巖中主師云還氣急麼有小師行脚迴師問汝離吾在外多少時耶小師云十年師云不用指東指西直道將來小師云對和尚不敢謾語師喝云

這打野榸漢清田和尚一日與瑫上座煎茶次師敲繩牀三下瑫亦敲三下師云老僧敲有箇善巧上座敲有何道理瑫曰某甲敲有箇方便和尚敲作麽生師舉起盞子瑫云善知識眼應須恁麽煎茶了瑫却問和尚適來舉起盞子意作麽生師云不可更別有也大于和尚與南用到茶堂見一僧近前不審用云我既不納汝汝亦不見我不審阿誰僧無語師云不得平白地恁麽問伊用云大于亦無語師乃把其僧云是你恁麽累我亦然打一摑用便笑曰朗月與青天侍者到看師問云金剛正定一切皆然秋去冬來且作麽生侍者云不妨和尚借問師云即令即得去後作麽生侍者云誰敢問著某甲師云大于還得麽侍者云猶要別人點檢在師云輔弼宗師不廢光彩侍者禮拜

前虔州西堂藏禪師法嗣

虔州處微禪師僧問三乘十二分教體理得妙與祖師意爲同爲別師云恁麽即須向六句外鑒不得隨他聲色轉僧曰如何是六句師曰語底默底不語不默總是總不是汝合作麽生僧無對師問仰山汝名什麽對曰慧寂師曰那箇是慧那箇是寂曰只在目前師曰猶有前後在寂曰前後且置和尚見什麽師曰喫茶去

前蒲州麻谷山寶徹禪師法嗣

壽州良遂禪師初叅麻谷麻谷召曰良遂師應諾如是三召三應麻谷曰這鈍根阿師師方省悟乃曰和尚莫謾良遂若不來禮拜和尚幾空過一生麻谷可之

前湖南東寺如會禪師法嗣

吉州薯山慧超禪師洞山來禮拜次師曰汝已住一方又來這裏作麽對曰良价無奈疑何特來見和尚師召良价价應諾師曰是什麽价無語師曰好箇佛只是無光焰

京兆章敬寺懷惲禪師法嗣

京兆大薦福寺弘辯禪師唐宣宗問禪宗何有南北之名師對曰禪門本無南北昔如來以正法眼付大迦葉展轉相傳至二十八祖菩提達磨來遊此方爲初祖暨第五祖弘忍大師在蘄州東山開法時有二弟子一名慧能受衣法居嶺南爲六祖一名神秀在北揚化其後神秀門人普寂立本師爲第六祖而自稱七祖其所得法雖一而開導發悟有頓漸之異故曰南頓北漸非禪宗本有南北之號也帝曰云何名戒師對曰防非止惡謂之戒帝曰何爲定對曰六根涉境心不隨緣名定帝曰何爲慧對曰心境俱空照覽無惑名慧帝曰何爲方便對曰方便者隱實覆相權巧之門也被接中下曲施誘迪謂之方便設爲上根言捨方便但說無上道者斯亦方便之譚乃至祖師玄言忘功絶語亦無出方便之迹帝曰何爲佛心對曰佛者西天之語唐言覺謂人有智慧覺照爲佛心心者佛之別名有百千異號體唯其一本無形狀非青黃赤白男女等相在天非天在人非人而現天現人能男能女非始非終無生無滅故號靈覺之性如陛下曰應萬機即是陛下佛心假使千佛共傳而不念別有所得也帝曰如今有人念佛如何對曰如來出世爲天人師善

知識隨根器而說法爲上根者開最上乘頓悟至理中下者未能頓曉是以佛爲韋提希權開十六觀門令念佛生於極樂故經云是心是佛是心作佛心外無佛佛外無心帝曰有人持經念佛持呪求佛如何對曰如來種種開讃皆爲最上一乘如百川衆流莫不朝宗于海如是差別諸數皆歸薩婆若海帝曰祖師既契會心印金剛經云無所得法如何對曰佛之一化實無一法與人但示衆人各各自性同一法寶藏當時然燈如來但印釋迦本法而無所得方契然燈本意故經云無我無人無衆生無壽者是法平等修一切善法不住於相帝曰禪師既會祖意還禮佛轉經否對曰沙門釋子禮佛轉經蓋是住持常法有四報焉然依佛戒修身參尋知識漸修梵行須踐如來所行之迹帝曰何爲頓見何爲漸修對曰頓明自性與佛同儔然有無始染習故假漸修對治令順性起用如人喫飯不一口便飽是日辯師對七刻賜紫方袍號圓智禪師仍勅修天下祖塔各令守護

福州龜山智眞禪師者揚州人也姓柳氏受業於本州華林寺唐元和元年潤州丹徒天香寺受戒不習經論唯慕禪那初謁惲禪師惲問曰何所而至眞曰至無所至來無所來惲雖默然眞亦自悟尋抵婺州五洩山會正原禪伯長慶二年同遊建陽受郡人葉玠請居東禪至開成元年往福州長谿邑人陳亮黃瑜請於龜山闢刱一日示衆曰動容瞬目無出當人一念淨心本來是佛乃說偈曰

心本絕塵何用洗　身中無病豈求醫

欲知是佛非身處　明鑑高懸未照時
後值武宗澄汰有偈二首示衆曰
明月分形處處新　白衣寧墜解空人
誰言在俗妨修道　金粟曾爲長者身
其二曰
忍僊林下坐禪時　曾被歌王割截支
況我聖朝無此事　只令休道亦何悲
暨宣宗中興乃不復披緇咸通六年終于本山壽八十四臘六十勑謚歸寂禪師塔曰祕眞

朗州東邑懷政禪師仰山來叅師問汝何處人仰山曰廣南人師曰我聞廣南有鎮海明珠是否仰山曰是師曰此珠何形狀仰山曰白月即現師曰汝將得來否仰山曰將得來師曰何不呈似老僧看仰山曰昨到潙山亦就慧寂索此珠直得無言可對無理可宣師曰眞師子兒大師子吼

金州操禪師一日請米和尚齋不排座位米到展坐具禮拜師下禪牀米乃就師位而坐師却席地而坐齋訖米便去侍者曰和尚受一切人欽仰今日座位被人奪却師曰三日若來即受救在米果三日後來云前日遭賊（僧問鏡清古人遭賊意如何清云只見錐頭利不見鑿頭方）

朗州古堤和尚尋常見僧來每云去汝無佛性僧無對或有對者莫契其旨一日仰山慧寂到叅師云去汝無佛性寂叉我近前應諾師笑曰子什麽處得此三昧寂曰我從潙山得寂問曰和尚從誰得師曰我從章敬得

河中公畿和尚僧問如何是道如何是禪師云有名非大道是非俱不禪欲識此中意黃

葉止啼錢

景德傳燈録卷第九

音釋

薯 音署 楔 待骨切 夐 翾正切 遠也 橡 似兩切 櫟實也 渟 唐丁切 水止也 泞 直呂切 瀯也 駭 下楷切 驚也 橛 其月切 术段也 鷲 此由切 鳥名也 傜 餘招切 盥漱 盥古玩切 漱先奏切 褰 起虔切 摳衣也 脛 胡定切 脚脛也 咔 乃倚切 物聲也 指 棙 里計切 坂 甫遠切 闃 苦穴切 終也 箒 之酉切 籌也 拊 斐父切 拍手也 薙 丈几切 芟也 膊 伯各切 肩膊也 鐨 音訓 鉢也 小 揞 章移切 梩 卓皆切 水根也 枯 玢 筆貧切

景德傳燈録卷第十

宋　沙　門　道　原　纂

懷讓禪師第三世六十一人

池州南泉普願禪師法嗣一十七人（一十二人見録）

湖南長沙景岑禪師　荆南白馬曇照禪師

終南山雲際師祖禪師

鄧州香嚴下堂義端禪師

趙州東院從諗禪師　池州靈鷲閑禪師

鄂州茱萸山和尚　衢州子湖利蹤禪師

洛京嵩山和尚　日子和尚

蘇州西禪和尚　池州行者甘贄

資山存制禪師　江陵道弘禪師　宣州玄極禪師　新羅國道均禪師　宣州刺史陸亘　已上五人無機縁語句不録

杭州鹽官齊安禪師法嗣八人（三人見録）

襄州關南道常禪師　洪州雙嶺玄真禪師

杭州徑山鑒宗禪師

唐宣宗皇帝　白雲曇靖禪師　潞府渌水文舉禪師　新羅品日禪師　壽州建宗禪師　已上五人無機縁語句不録

婺州五洩山靈默禪師法嗣四人（一人見録）

福州龜山正原禪師

甘泉寺曉方禪師　甘泉寺元遂禪師　明州棲心寺藏奐禪師　已上三人無機縁語句不録

洛京佛光寺如滿禪師法嗣一人見録

杭州刺史白居易

明州大梅山法常禪師法嗣三人（二人見録）

新羅國迦智禪師　杭州天龍和尚

新羅國忠彦禪師一人無機縁語句不録

荆州永泰寺靈湍禪師法嗣五人（三人見録）

湖南上林戒虚禪師　五臺山祕魔巖和尚

湖南祇林和尚

吕后山文質禪師　蘇州法河禪師

已上二人無機緣語句不録

幽州盤山寶積禪師法嗣二人一人見録

鎮府普化和尚

鎮州上方和尚一人

無機緣語句不録

京兆興善寺惟寛禪師法嗣

京兆法智禪師　京兆慧建禪師

京兆無表禪師　京兆元淨禪師

京兆光禪師　京兆義宗禪師

已上六人無機緣語句不録

雲水靖宗禪師法嗣

華州小馬神照禪師

華州道圓禪師

已上二人無機緣語句不録

潭州龍牙山圓暢禪師法嗣二人一人見録

嘉禾藏廙禪師

羊腸藏樞禪師一人

無機緣語句不録

汾州無業國師法嗣

鎮州常貞禪師　鎮州奉禪師

已上二人無機緣語句不録

廬山歸宗寺法常禪師法嗣六人四人見録

福州芙蓉山靈訓禪師

漢南穀城縣高亭和尚

新羅大茅和尚　五臺山智通禪師

洪州高安大愚禪師　江州刺史李勃

已上二人無機緣語句不録

魯祖山寶雲禪師法嗣

雲水和尚一人無機緣語句不録

紫玉山道通禪師法嗣

唐襄州節度使于頔一人無機緣語句不録

華嚴寺智巖禪師法嗣一人見録

黄州齊安和尚

懷讓禪師第三世

前池州南泉普願禪師法嗣

湖南長沙景岑號招賢大師初住鹿苑爲第

一世其後居無定所但徇緣接物隨請說法故時衆謂之長沙和尚上堂曰我若一向舉揚宗教法堂裏須草深一丈我事不獲已所以向汝諸人道盡十方世界是沙門眼盡十方世界是沙門全身盡十方世界是自巳光明盡十方世界在自巳光明裏盡十方世界無一人不是自巳我常向汝諸人道三世諸佛共盡法界衆生是摩訶般若光光未發時汝等諸人向什麼處委光未發時尚無佛無衆生消息何處得山河國土來時有僧問如何是沙門眼師云長長出不得又云成佛成祖出不得六道輪迴出不得僧云未審出箇什麼不得師云晝見日夜見星僧云學人不會師云妙高山色青又青僧問教中云而常處此菩提座如何是座師云老僧正坐大德正立僧問如何是大道師云没却汝僧問諸佛師是誰師云從無始劫來承誰覆蔭僧云未有諸佛巳前作麼生師云魯祖開堂亦與師僧東道西說僧問學人不據地時如何師云汝向什麼處安身立命僧云却據地時如何師云拖出死屍著僧問如何是異類師云尺短寸長僧問如何是諸佛師師云不可更㧞直作曲耶僧云請和尚向上說師云闍黎眼瞎耳聾作麼師遣一僧去問同叅會和尚云和尚見南泉後如何會默然僧云和尚未見南泉巳前作麼生會云不可更别有也僧迴舉似師師示一偈曰

百丈竿頭不動人　雖然得入未爲眞
百丈竿頭須進步　十方世界是全身

僧問只如百丈竿頭如何進步師云朗州山

澧州水僧云請師道師云四海五湖皇化裏有客來謁師召曰尚書其人應諾師曰不是尚書本命對曰不可離却即今祇對別有第二主人師曰喚尚書作至尊得麽彼云恁麽總不祇對時莫是弟子主人否師曰非但祇對與不祇對時無始劫來是箇生死根本有偈曰

學道之人不識眞　只爲從來認識神

無始劫來生死本　癡人喚作本來身

有秀才看佛名經問曰百千諸佛但見其名未審居何國土還化物也無師曰黄鶴樓崔顥題後秀才還曾題未曰未曾師曰得閑題一篇何妨僧問南泉遷化向什麽處去師云東家作驢西家作馬僧云此意如何師云要騎即騎要下即下僧皓月問天下善知識證三德涅槃未師曰大德問果上涅槃因中涅槃曰問果上涅槃師曰天下善知識未證曰爲什麽未證師曰功未齊於諸聖曰功未齊聖何爲善知識師曰明見佛性亦得名爲善知識曰未審功齊何道名證大涅槃師有偈曰

摩訶般若照　解脱甚深法　法身寂滅體

三一理圓常　欲識功齊處　此名常寂光

又曰果上三德涅槃已蒙開示如何是因中涅槃師曰大德是又問教中説幻意是有邪師曰大德是何言與云恁麽幻意是無邪師曰大德是何言與云恁麽即幻意是不有不無邪師又曰大德是何言與云如某三明盡不契於幻意未審和尚如何明教中幻意師曰大德信一切法不思議否云佛之誠言那

敢不信師曰大德言信二信之中是何信云如其所明二信之中是名緣信師曰依何教門得生緣信大德云據華嚴云菩薩摩訶薩以無障無礙智慧信一切世間境界是如來境界又華嚴云諸佛世尊悉知世法及諸佛法性無差別決定無二又華嚴云佛法世間法若見其眞實一切無差別師曰大德所舉緣信教門甚有來處聽老僧與大德明教中幻意若人見幻本來眞是則名爲見佛人圓通法法無生滅無滅無生是佛身又問蚯蚓斬爲兩斷兩頭俱動佛性在阿那頭師云動與不動是何境界云言不干典非智者所談只如和尚言動與不動是何境界出自何經師曰酌然言不干典非智者所談大德豈不見首楞嚴經云當知十方無邊不動虛空幷其動搖地水火風均名六大性眞圓融皆如來藏本無生滅師有偈云

最甚深　最甚深　法界人身便是心
迷者迷心爲衆色　悟時刹境是眞心
身界二塵無實相　分明達此號知音

又問如何是陀羅尼師指禪牀右邊曰這箇師僧却誦得又問別有人誦得否又指禪牀左邊曰這箇師僧亦誦得云某甲爲什麼不聞師曰大德豈不知道眞誦無響眞聽無聞云恁麼則音聲不入法界性也師曰離色求觀非正見離聲求聽是邪聞云如何不離色是正見不離聲是眞聞師乃有偈曰

滿眼本非色　滿耳本非聲　文殊常觸目
觀音塞耳根　會三元一體　達四本同眞
堂堂法界性　無佛亦無人

僧問南泉云貍奴白牯却知有三世諸佛不知有爲什麽三世諸佛不知有師曰未入鹿苑時猶較些子僧曰貍奴白牯爲什麽却知有師曰汝爭怪得伊僧問和尚繼嗣何人師曰我無人得繼嗣僧曰還叅學也無師曰我自叅學僧曰師意如何師有偈曰

虛空問萬象　萬象荅虛空　誰人親得聞　木叉丱角童

僧問如何是平常心師云要眠即眠要坐即坐僧云學人不會師云熱即取凉寒即向火

僧問向上一路請師道師云一口針三尺線

僧云如何領會師云益州布揚州絹僧問動是法王苗寂是法王根如何是法王師指露柱曰何不問大士因庭前向日仰山云人人盡有這箇事只是用不得師云恰是請汝用

仰山云作麽生用師乃蹋倒仰山仰山云直下似箇大蟲長慶云前彼此作家後彼此不作家乃別云邪法難扶自此諸方謂爲岑大蟲僧問本來人還成佛也無師云汝見大唐天子還自種田割稻否僧云未審是何人成佛師云是汝成佛僧無語師云會麽僧云不會師云如人因地而倒依地而起地道什麽三聖令秀上座問云南泉遷化向什麽處去師云石頭作沙彌時叅見六祖秀云不問石頭見六祖南泉遷化向什麽處去師云教伊尋思去秀云和尚雖有千尺寒松且無抽條石筍師默然秀云謝和尚荅話師亦默然秀上座舉似三聖三聖云若實恁麽猶勝臨濟七步然雖如此待我更驗看至明日三聖上問云承聞和尚昨日荅南泉遷化一則語可謂光前絶後今古罕聞師

亦默然僧問如何是文殊師云牆壁瓦礫是又問如何是觀音師云音聲語言是又問如何是普賢師云衆生心是又問如何是佛師云衆生色身是僧曰河沙諸佛體皆同何故有種種名字師云從眼根返源名爲文殊耳根返源名爲觀音從心返源名爲普賢文殊是佛妙觀察智觀音是佛無緣大慈普賢是佛無爲妙行三聖是佛之妙用佛是三聖之眞體用則有河沙假名體則總名一薄伽梵僧問色即是空空即是色此理如何師偈曰

礙處非牆壁　通處勿虛空　若人如是解
心色本來同

又偈曰

佛性堂堂顯現　住性有情難見
若悟衆生無我　我面何殊佛面

僧問第六第七識及第八識畢竟無體云何得名轉第八爲大圓鏡智師有偈曰

七生依一滅　一滅持七生　一滅滅亦滅
六七永無遷

又有僧問蚯蚓斬爲兩段兩頭俱動未審佛性在阿那頭師云妄想作麽僧云爭奈動何師云汝豈不知火風未散僧問如何轉得山河國土歸自己去師云如何轉得自己成山河國土去僧云不會師云湖南城下好養民米賤柴多足四隣其僧無語師有偈曰

誰問山河轉　山河轉向誰　圓通無兩畔
法性本無歸

講華嚴大德問虛空爲是定有爲是定無師曰言有亦得言無亦得虛空有時但有假有虛空無時但無假無云如和尚所說有何教

文師曰大德豈不聞首楞嚴經云十方虛空生汝心内猶片雲點太清裏豈不是虛空生時但生假名又云汝等一人發眞歸元十方虛空皆悉消殞豈不是虛空滅時但滅假名老僧所以道有是假有無是假無又問經云如淨瑠璃中内現眞金像此意如何師曰以淨瑠璃爲法界體以眞金像爲無漏智體體能生智智能達體故云如淨瑠璃中内現眞金像問如何是上上人行處師曰如死人眼云上上人相見時如何師曰如死人手問善財爲什麽無量劫遊普賢身中世界不徧師曰你從無量劫來還遊得徧否云如何是普賢身師曰含元殿裏更覓長安問如何是學人心師曰盡十方世界是你心云恁麽則學人無著身處也師曰是你著身處云如何是著身處師曰大海水深又深云學人不會師曰魚龍出入任升沉問有人問和尚即隨因緣荅總無人問和尚如何師曰困即睡健即起云教學人向什麽處會師曰夏天赤骲骿冬寒須得被問亡僧什麽處去也師有偈云

不識金剛體　却喚作緣生　十方眞寂滅
誰在復誰行

南泉有眞讃云

堂堂南泉　三世之源　金剛常住　十方無邊
生佛無盡　現巳却還

南泉久住投機偈

今日還鄉入大門　南泉親道遍乾坤
法法分明皆祖父　迴頭慙愧好兒孫

師荅曰

今日投機事莫論　南泉不道遍乾坤

還鄉盡是兒孫事　祖父從來不入門

師又有勸學偈云

萬丈竿頭未得休　堂堂有路少人遊
禪師頭達南泉去　滿目青山萬萬秋

因臨濟和尚云肉團上有無位眞人師乃有偈云

萬法一如不用揀　一如誰揀誰不揀　即今生死本菩提　三世如來同箇眼

師誡人斫松竹偈云

千年竹　萬年松　枝枝葉葉盡皆同　爲報四方玄學者　動手無非觸祖公

荊南白馬曇照禪師常云快活快活及臨終時叫苦苦又云閻羅王來取我也院主問曰和尚當時被節度使抛向水中神色不動如今何得恁麼地師舉枕子云汝道當時是如今是院主無對法眼代云此時但掩耳出去

終南山雲際師祖禪師初在南泉時問云摩尼珠人不識如來藏裏親收得如何是藏南泉云與汝來往者是藏師云不來往者如何南泉云亦是藏又問如何是珠南泉召云師祖師應諾南泉云去汝不會我語師從此信入

鄧州香嚴下堂義端禪師示衆云兄弟彼此未了有什麼事相共商量我三五日即發去也如今學者須了却今時莫愛他向上人無事兄弟縱學得種種差別義路終不代得自已見解畢竟著力始得空記持他巧妙章句即轉加煩亂去汝若欲相應但恭恭盡莫停留纖毫直似虛空方有少分以虛空無鎖無壁落無形無心眼有僧問古人相見時如何

師云老僧不曾見他古人僧云今時血脉不斷處如何仰羨師云有什麼仰羨處僧問云某甲不問閑事請和尚荅話師云更從我覓什麼僧云不爲閑事師云汝教我道師又云兄弟佛是塵法亦是塵終日馳求有什麼休歇但時中不用掛情情不掛物無善可取無惡可棄莫教被他籠罩著始是學處有僧云曾辭一老宿示某甲云去則親良朋附道友未審老宿意旨如何纔禮拜次師云禮拜一任不得認奴作郎僧問如何是直截根源師乃擲下拄杖入方丈一日師謂衆曰語是謗寂是誑寂語向上有路在老僧口門窄不能與汝説得便下堂僧問一句子如何師云此間一句亦無僧問正因爲什麼無事師云我不曾停留又云假饒重重剥得淨盡無停留權時施設亦是方便接人若是那邊事無有是處

趙州觀音院亦名東院從諗禪師曹州郝鄉人也姓郝氏童稚於本州扈通院從師披剃未納戒便抵池陽𠫵南泉偃息而問曰近離什麼處師曰近離瑞像曰還見立瑞像麼師曰不見立瑞像只見卧如來曰汝是有主沙彌無主沙彌師曰有主沙彌曰主在什麼處師曰仲冬嚴寒伏惟和尚尊體萬福南泉器之而許入室異日問南泉如何是道南泉曰平常心是道師曰還可趣向否南泉曰擬向即乖師曰不擬時如何知是道南泉曰道不屬知不知知是妄覺不知是無記若是眞達不疑之道猶如太虛廓然虛豁豈可强是非耶師言下悟理乃往嵩嶽瑠璃壇納戒却返南泉

異日問南泉知有底人向什麽處休歇南泉云山下作牛去師云謝指示南泉云昨夜三更月到窻師作火頭一日閉却門燒滿屋煙叫云救火救火時大衆俱到師云道得即開門衆皆無對南泉將鎖於窻間過與師師便開門又到黃檗黃檗見來便閉方丈門師乃把火於法堂內叫云救火救火黃檗開門捉住云道道師云賊過後張弓又到寶壽寶壽見來即於禪牀上背面坐師展坐具禮拜寶壽下禪牀師便出又到鹽官云看箭鹽官云過也師云中也又到夾山將拄杖入法堂夾山曰作麽師曰沁水夾山曰一滴也無沁什麽師倚杖而出師將遊五臺山次有大德作偈留云

何處青山不道場　何須策杖禮清涼
雲中縱有金毛現　正眼觀時非吉祥

師曰作麽生是正眼大德無對（法眼代云請上座領某甲甲情同安顯代云是上座眼）師自此道化被於北地衆請住趙州觀音上堂示衆如明珠在掌胡來胡現漢來漢現老僧把一枝草爲丈六金身用把丈六金身爲一枝草用佛是煩惱煩惱是佛時有僧問未審佛是誰家煩惱師云與一切人煩惱僧云如何免得師云用免作麽師掃地有人問云和尚是善知識爲什麽有塵師曰外來又僧問清淨伽藍爲什麽有塵師曰又一點也又有人與師遊園見兎子驚走問云和尚是大善知識爲什麽兎子見驚師云爲老僧好殺僧問覺華未發時如何辨眞實師云開也僧云是眞是實師云眞是實實是眞僧云什麽人分上事師云老僧有分闍

黎有分僧云某甲不招納是如何師伴不聞僧無語師云去師院有石幢子被風吹折僧問陀羅尼幢子作凡去作聖去師云也不作凡亦不作聖僧云畢竟作什麼師云落地去也師問一座主講什麼經對云講涅槃經師云問一段義得否云得師以脚踢空吹一吹云是什麼義座主云經中無此義師云五百力士揭石義便道無大衆晚參師云今夜答話去也有解問者出來時有一僧便出禮拜師云比來拋塼引玉却引得箇墼子保壽云射虎不眞徒勞沒羽長慶問覺上座云那僧纔出禮拜爲甚麼便指伊爲墼子覺云適來那邊亦有人恁麼問慶云何伊道什麼云也向伊恁麼道玄覺云什麼處却成墼子去叢林中道纔出來便成墼子只如每日出入行住坐卧不可總成墼子也且道這僧出來具眼不具眼有僧遊五臺問一婆子云臺山路向什麼處去婆子云驀直去僧便去婆子云又恁麼

去也其僧舉似師師云待我去勘破這婆子師至明日便去問臺山路向什麼處去婆子云驀直去師便去婆子云又恁麼去也師歸院謂僧云我爲汝勘破這婆子了也玄覺云前來僧也恁麼道趙州去也恁麼道什麼處是勘破婆子又云非唯被趙州勘破亦被這僧勘破僧問恁麼來底人師還接否師云接僧云不恁麼來底師還接否師云接僧云恁麼來者從師接不恁麼來者如何接師云止止不須說我法妙難思師出院路逢一婆子問和尚住什麼處師云趙州東院西婆子無語師歸院問衆僧合使那箇西字或言東西字或言棲泊字師曰汝等總作得鹽鐵判官僧曰和尚爲什麼恁麼道師曰爲汝總識字法燈別衆僧云已知去處僧問如何是囊中寶師云合取口法燈別云莫說似人有新到僧謂師曰某甲從長安來橫檐

一條拄杖不曾撥著一人師曰自是大德拄杖短（同安顯別云老僧這裏不曾見恁麼人）僧無對（法眼代云呵呵同安顯代云也不短）有僧寫得師真呈師師曰且道似我不似我若似我即打殺老僧不似我即燒却真僧無對（玄覺代云留取供養）師敲火問僧云老僧喚作火汝喚作什麽僧無語師云不識玄旨徒勞念靜（法燈別云我不如汝）新到僧条師問什麽處來僧云南方來師云佛法盡在南方汝來這裏作什麽僧云佛法豈有南北耶師云饒汝從雪峯雲居來只是箇檐板漢（崇壽稠別云和尚是據客置主人）僧問如何是佛師云殿裏底僧云殿裏者豈不是泥龕塑像師云是僧云如何是佛師云殿裏底僧問如何是學人自己師云喫粥了也未僧云喫粥也師云洗鉢去其僧忽然省悟師上堂云纔有是非紛然失心還有荅話分也無樂普在衆扣齒雲居云何必師云今日大有人喪身失命有僧云請和尚舉師便舉前語僧指傍僧云這僧作恁麽語話師乃休僧問久響趙州石橋到來只見掠彴師云汝只見掠彴不見趙州橋僧云如何是趙州橋師云過來過來又有僧同前問師亦如前荅僧云如何是趙州橋師云度驢度馬僧云如何是掠彴師云箇箇度人（雲居錫云趙州爲當扶石橋扶掠彴）師聞沙彌喝条向侍者云教伊去侍者乃教去沙彌便珍重去師云沙彌得入門侍者在門外（雲居錫云什麽處是沙彌入門侍者在門外這裏若會得便見趙州）師問新到僧什麽處來僧云從南來師云還知有趙州關否僧云須知有不涉關者師云這販私鹽漢僧問如何是西來意師下禪牀立僧云莫即這箇便是否師云老僧未有語

在師問菜頭今日喫生菜熟菜菜頭拈起呈之師云知恩者少負恩者多僧問空劫中還有人修行也無師云汝喚什麽作空劫僧云無一物是師云這箇始稱得修行喚什麽作空劫僧無語僧問如何是玄中玄師云汝玄來多少時耶僧云玄之久矣師云闍黎若不遇老僧幾被玄殺僧問萬法歸一一歸何所師云老僧在青州作得一領布衫重七斤僧問夜生兜率晝降閻浮於其中間摩尼爲什麽不現師云道什麽其僧再問師云毗婆尸佛早留心直至如今不得妙師問院主什麽處來對云送生來師云鵶爲什麽飛去院主云怕某甲師云是什麽語話院主却問鵶子爲什麽却飛去師代云爲某甲有殺心在師托起鉢云三十年後若見老僧留取供養若不見即撲破一僧出云三十年後敢道見和尚師乃撲破有僧辭師問什麽處去僧云雪峯去師云雪峯忽若問汝云和尚有何言句汝作麽生祇對僧云某甲道不得請和尚道師云冬即言寒夏即道熱又云雪峯更問汝畢竟事作麽生其僧又云道不得師云但道親從趙州來不是傳語人其僧到雪峯一依前語舉似雪峯雪峯云也須是趙州始得玄沙聞云大小趙州敗闕也不知雲居錫云什麽處是趙州敗闕若撿得出是上座眼僧問如何是趙州一句師云老僧半句也無僧云豈無和尚在師云老僧不是一句僧問如何是出家師云不履高名不求苟得僧問澄澄絕點時如何師云這裏不著客作漢僧問如何是祖師意師乃敲牀脚僧云只這莫便是否師云是即脫取去僧問

如何是毗盧圓相師云老僧自幼出家不曾眼花僧云豈不爲人師云願汝常見毗盧圓相問和尚還入地獄否師云老僧末上入曰大善知識爲什麽入地獄師云若不入阿誰教化汝一日眞定帥王公攜諸子入院師坐而問曰大王會麽王云不會師云自小持齋身已老見人無力下禪牀王公尤加禮重翌日令客將傳語師下禪牀受之少間侍者問和尚見大王來不下禪牀今日軍將來爲什麽却下禪牀師云非汝所知第一等人來禪牀上接中等人來下禪牀接末等人來三門外接師寄拂子與王公曰若問何處得來便道老僧平生用不盡者師之玄言布於天下時謂趙州門風皆悚然信伏矣唐乾寧四年十一月二日右脇而寂壽一百二十有人問師年多少師云一串念珠數不盡後謚眞際大師

池州靈鷲閑禪師謂衆曰是汝諸人本分事若教老僧道即與蛇畫足此是頓教諸上座有僧便問與蛇畫足即不問如何是本分事師云闍黎試道看其僧擬再問師曰畫足作麽明水和尚問如何是頓獲法身師云一透龍門雲外望莫作黃河點額魚仰山問寂寂無言如何視聽師云無縫塔前多雨水僧問二彼無言時如何師云是常僧云還有過常者無師云有僧云請師唱起師云玄珠自朗耀何須壁外光僧問今日供養西川無染大師未審大師還來否師云本自無所至今豈隨風轉僧云恁麽即供養何用師云功力有爲不換義相涉

鄂州茱萸山和尚初住隨州護國院爲第一

世金輪可觀和尚問如何是道師云莫向虛空裏釘橛觀云虛空是橛師乃打之觀捉住云莫打某甲已後錯打人在師便休（雲居錫云此人具眼不具眼因什麼著打）趙州諗和尚先到雲居雲居問曰老老大大漢何不覓箇住處諗曰什麼處住得雲居曰山前有古寺基諗曰和尚自住取後到師處師曰老老大大漢何不住去諗曰什麼處住得師曰老老大大漢住處也不知諗曰三十年弄馬伎今日却被驢撲（雲居錫云什麼處是趙州被驢撲處）衆僧侍立師曰只恁麼白立無箇說處一場氣悶有僧擬出問師乃打之曰爲衆竭力便入方丈有行者叅師曰曾去看趙州麼曰和尚敢道否師云非但茱萸一切人道不得曰和尚放某甲過師曰這裏從前不通人情曰要且慈悲心在師便打曰醒後來爲汝

衢州子湖巖利蹤禪師澶州人也姓周氏幽州開元寺出家依年受具後入南泉之室乃抵于衢州之馬蹄山結茅宴居唐開成二年邑人翁遷貴施山下子湖創院咸通二年勑賜額曰安國禪院一日上堂示衆曰子湖有一隻狗上取人頭中取人心下取人足擬議即喪身失命僧問如何是子湖一隻狗師曰嘷嘷臨濟下二僧到叅方揭簾師曰看狗二僧迴顧師歸方丈師與勝光和尚鋤園師驀按鋤迴視勝光云事即不無擬心即差光乃禮拜擬問師與一蹋便歸院有一尼到叅師曰汝莫是劉鐵磨否尼曰不敢師曰左轉右轉尼云和尚莫顛倒師便打師中夜於僧堂前叫賊賊大衆皆驚有一僧從僧堂內出被

師把住云捉得也捉得也僧云不是某甲師云是即是即是不肯承當師有偈示衆曰三十年來住子湖　二時齋粥氣力麤　無事上山行一轉　問汝時人會也無　師居子湖說法四十五稔廣明中無疾歸寂壽八十有一臘六十一今本山有塔

洛京嵩山和尚僧問古路坦然時如何師曰不前僧曰爲什麽不前師曰無遮障處僧問如何是嵩山境師曰日從東出月向西頹曰學人不會師曰東西也不會僧問六識俱生時如何師曰異僧曰爲什麽如此師曰同

日子和尚亞谿來參師作起勢亞谿曰這老山鬼猶見某甲在師曰罪過罪過適來失祗對亞谿欲進語師乃叱之亞谿曰大陣前不妨難禦師曰是是亞谿曰不是不是（趙州云可憐兩箇漢不識轉身句）

蘇州西禪和尚僧問三乘十二分教則不問如何是祖師西來的的意師舉拂子示之其僧不禮拜去參雪峯雪峯問什麽處來僧云浙中來雪峯曰今夏在什麽處曰蘇州西禪雪峯曰和尚安否曰來時萬福雪峯曰何不且從容曰佛法不明雪峯曰有什麽事僧舉前話雪峯曰汝作麽不肯僧曰是境雪峯曰汝見蘇州城裏人家男女否曰見雪峯曰汝見路上林木否曰見雪峯曰凡覩人家男女大地林沼總是境汝還肯否曰肯雪峯曰只如拈起拂子汝作麽生不肯僧乃禮拜曰學人取次發言乞師慈悲雪峯曰盡乾坤是箇眼汝向什麽處蹲坐僧無語

宣州陸亘大夫初問南泉曰古人瓶中養一鵝鵝漸長大出

瓶不得如今不得毀瓶不得損鵝和尚作麽生出得南泉召曰大夫陸應諾南泉曰出也陸從此開解暨南泉圓寂院王問曰大夫何不哭先師陸曰院主道得即哭院主無對長慶代云合哭不合哭

池州甘贄行者將錢三貫文入僧堂於第一座面前云請上座施財上座云財施無盡法施無窮甘云恁麽道爭得其甲錢却將出去上座無語又於南泉設粥云請和尚念誦南泉云甘贄行者設粥請大衆爲貍奴白牯念摩訶般若波羅蜜甘乃禮拜便出去南泉却到厨内打破鍋子雪峯和尚來甘閉門召云請和尚入雪峯隔籬掉過納衣甘便開門禮拜有住庵僧緣化什物甘曰若道得即施乃書心字問是什麽字僧云心字又自問其妻什麽字妻云心字甘云某甲山妻亦合住庵其僧無語甘亦無施又問一僧什麽處來僧云溈山來甘云曾有僧問溈山如何是西來意溈山舉起拂子上座作麽生會溈山意僧云借事明心附物顯理甘云且歸溈山去好保福聞之乃仰手覆手

前杭州鹽官齊安禪師法嗣

襄州關南道常禪師僧問如何是西來意師舉拄杖云會麽僧云不會師乃喝出僧問如何是大道之源師與一拳師每見僧來參禮多以拄杖打趂或云遲一刻或云打動關南鼓而時輩鮮有唱和者

洪州雙嶺玄真禪師初問道吾無神通菩薩爲什麽足迹難尋道吾曰同道者方知師曰和尚還知否曰不知師曰何故不知曰去不

識我語師後於鹽官契會
杭州徑山鑒宗禪師湖州長城人也姓錢氏依本州開元寺大德高閑出家學通淨名思益經後往鹽官謁悟空大師決擇疑滯唐咸通三年上徑山宣揚禪教有小師洪諲以講論自矜(諲即徑山第三世法濟大師)師謂之曰佛祖正法直截亡詮汝筭海沙於理何益但能莫存知見泯絕外緣離一切心即汝眞性諲聞茫然禮辭遊方至溈山方悟玄旨乃師溈山宗禪師咸通七年丙戌閏三月五日示滅後謚曰無上大師即徑山第二世也

前五洩山靈默禪師法嗣

福州長谿龜山正原禪師宣州南陵人也姓蔡氏幼猒俗出家於本州籍山落髮唐元和十二年丁酉建州乾元寺受具尋造五洩山默師之室決擇玄微後住龜山爲第二世也
師嘗述二偈其一曰
滄溟幾度變桑田　唯有虛空獨湛然
已到岸人休戀筏　未曾度者要須船
其二曰
尋師認得本心源　兩岸俱玄一不全
是佛不須更覓佛　只因如此更忘緣
師咸通十年終于本山壽七十八臘五十四勑謚性空大師慧觀之塔也

前洛京佛光寺如滿禪師法嗣

唐杭州刺史白居易字樂天久參佛光得心法兼禀大乘金剛寶戒元和中造于京兆興善法堂致四問(語見興善章)十五年牧杭州訪鳥窠和尚有問答偈頌(鳥窠章叙訖)嘗致書于濟法師以佛無上大慧演出教理安有徇機高下

應病不同與平等一味之説相反援引維摩及金剛三昧等六經闢二義而難之又以五蘊十二縁説名色前後不類立理而徵之並鈎深索隱通幽洞微然未覩法師醻對後來亦鮮有代荅者復受東都凝禪師八漸之目各廣一言而爲一偈釋其旨趣自淺之深猶貫珠焉凡守任處多訪祖道學無常師後爲賔客分司東都罄巳俸修龍門香山寺寺成自撰記凡爲文動關教化無不賛美佛乘見于本集其歷官次第歸全代祀即史傳存焉耳

前大梅山法常禪師法嗣

新羅國迦智禪師僧問如何是西來意師云待汝裏頭來即與汝道僧問如何是大梅的旨師云酪本一時拋

杭州天龍和尚上堂云大衆莫待老僧上來便上來下去便下去各有華藏性海具足功德無礙光明各各叅取珍重僧問如何是祖師意師竪起拂子僧問如何得出三界去師云汝即今在什麽處

前永泰寺靈湍禪師法嗣

湖南上林戒靈禪師初叅溈山曰大德作什麽來師曰介胄全具溈山曰盡卸了來與大德相見師曰卸了也溈山咄曰賊尚未打卸作什麽師無對仰山代云請和尚屏左右溈山以手揖云諾諾師後叅永泰方喻其旨

五臺山秘魔巖和尚常持一木叉每見僧來禮拜即叉却頸云那箇魔魅教汝出家那箇魔魅教汝行脚道得也叉下死道不得也叉下死速道學僧鮮有對者法眼代云乞命法燈代云但引頸示

之玄覺代云老兒家放却叉子得也

湖南祇林和尚每叱文殊普賢皆爲精魅手持木劒自謂降魔纔有僧參禮便云魔來也魔來也以劒亂揮潛入方丈如是十二年後置劒無言僧問十二年前爲什麽降魔師曰賊不打貧兒家曰十二年後爲什麽不降魔師曰賊不打貧兒家

前幽州盤山寶積禪師法嗣

鎮州普化和尚者不知何許人也師事盤山密受真訣而佯狂出言無度暨盤山順世乃於北地行化或城市或塚間振一鐸云明頭來也打暗頭來也打一日臨濟令僧捉住云不明不暗時如何荅云來日大悲院裏有齋凡見人無高下皆振鐸一聲時號普化和尚或將鐸就人耳邊振之或拊其背有迴顧者即展手云乞我一錢非時遇食亦喫嘗暮入臨濟院喫生菜飯臨濟曰這漢大似一頭驢師便作驢鳴臨濟乃休僧問法眼未審臨濟當時下得什麽語法眼云臨濟留與後人師見馬步使出喝道師亦喝道及作相撲勢馬步使令人打五棒師曰似即似是即不是師嘗於闤闠間搖鐸唱曰覓箇去處不可得時道吾遇之把住問曰汝擬去什麽處師曰汝從什麽處來道吾無語師掣手便去臨濟一日與河陽木塔長老同在僧堂内坐因說普化每日在街市中掣風掣顛知他是凡是聖言猶未了師入來濟便問汝是凡是聖師云汝且道我是凡是聖濟便喝師以手指云河陽新婦子木塔老婆禪臨濟小廝兒却具一隻眼濟云這賊師云賊賊便出去師唐咸通初將示滅乃入市謂人曰乞一

箇直裰人或與披襖或與布裘皆不受振鐸而去時臨濟令人送與一棺師笑曰臨濟廝兒饒舌便受之乃告辭曰普化明日去東門遷化郡人相率送出城師厲聲曰今日葬不合青烏乃曰第二日南門遷化人亦隨之又曰明日出西門方吉人出漸稀出已還返人意稍怠第四日自擎棺出北門外振鐸入棺而逝郡人奔走出城揭棺視之已不見唯聞鐸聲漸遠莫測其由

嘉禾藏廙禪師衢州信安人也姓程氏唐元和中辭親往長沙嶽麓寺禮靈智律師出家長慶三年於武陵開元寺受戒因聽律部語同學曰教門繁廣宜扣總門遂緣會龍牙山暢禪師龍牙告之曰蘊界不眞佛生非我子之正本當復何名而從誰得師一言領悟迴

柯山避會昌沙汰後於龍興廣揚道化乾符六年三月中長往壽八十二臘五十六

前歸宗寺法常禪師法嗣

福州芙蓉山靈訓禪師初參歸宗問如何是佛宗曰我向汝道汝還信否師曰和尚發言何敢不信宗曰即汝便是師曰如何保任宗曰一翳在眼空華亂墜法眼云歸宗若無後語有什麼歸宗也師辭歸宗宗問子什麼處去師曰歸嶺中去宗曰子在此多年裝束了却來爲子說一上佛法師結束了上堂宗曰近前來師乃近前宗曰時寒途中善爲師聆此一言頓忘前解後歸寂謚弘照大師塔曰圓相

漢南穀城縣高亭和尚有僧自夾山來禮拜師便打僧云特來禮拜師何打其僧再禮拜師又打趂僧迴舉似夾山夾山云汝會也無

僧云不會夾山云賴汝不會若會即夾山口瘂

新羅大茅和尚上堂云欲識諸佛師向無明心內識取欲識常住不彫性向萬木遷變處識取僧問如何是大茅境師云不露鋒僧云爲什麼不露鋒師云無當者

五臺山智通禪師（自稱大禪佛）初在歸宗會下時忽一夜巡堂叫云我已大悟也衆駭之明日歸宗上堂集衆問昨夜大悟底僧出來師出云智通歸宗云汝見什麼道理言大悟試說似吾看師對云師姑天然是女人作歸宗默而異之師便辭歸宗門送與拈笠子師接得笠子戴頭上便行更不迴顧後居臺山法華寺臨終有偈曰

舉手攀南斗　迴身倚北辰　出頭天外見　誰是我般人

前華嚴寺智藏禪師法嗣

黃州齊安和尚示學衆曰言不落句佛祖徒施玄韻不墜誰人知得僧問如何識得自已佛師曰一葉明時消不盡松風韻罷怨無人僧曰如何是自已佛師曰草前駿馬實難窮妙盡還須畜生行又問大師年多少師曰五六四三不得類豈同一二實難窮師有頌曰

猛熾焰中人有路　旋風頂上屹然棲
鎮常歷劫誰差互　杲日無言運照齊

師後居鳳翔

景德傳燈録卷第十

音釋

贄脂利切　奐呼玩切　廙羊至切　顥胡老切　殞羽敏切歿也　骴𩪘骴音疵𩪘音瀝　罩陟教切籠罩也　沁七鴆切水名　墼古歷切磚坏也　掠彴掠力灼切彴式灼切横木渡水曰掠彴　樸普卜切擊也　嘷胡刀切　諲伊真切　矜居陵切自負也　援于元切牽也

景德傳燈録卷第十一

宋 沙門 道原 纂

懷讓禪師第四世八十九人

潭州溈山靈祐禪師法嗣四十三人 十人見録

袁州仰山慧寂禪師

鄧州香嚴寺智閑禪師

襄州延慶法端禪師　杭州徑山洪諲禪師

福州靈雲志勤禪師　益州應天和尚

福州九峯慈慧禪師　京兆米和尚

晉州霍山和尚　襄州王敬初常侍

福州雙峯和尚　洪州西山道方禪師　長延圓鑒禪師　并州元順禪師　鄂州全諗禪師　許州弘進禪師　越州光相禪師　上元志滿禪師　鄂州黃鶴山超達大師　白鹿從約禪師

志和禪師　溈山如真禪師　興元府崇皓禪師　嵩山神劔禪師　餘杭文立禪師　蘇州文約禪師　金州法朗禪師　堂復禪師

温州靈空禪師　荊南智朗禪師　溈山法真禪師　霜山和尚　滁州定山神英禪師　溈山沖逸禪師　蘄州三角山法遇禪師　鄧州志詮禪師　巖背道曠禪師

大溈簡禪師　溈山普潤禪師　黒山和尚　南源和尚　溈山彦禪師　荊州弘珪禪師

已上三十三人無機緣語句不録

福州長慶院大安禪師法嗣一十人 八人見録

益州大隨法真禪師　韶州靈樹如敏禪師

福州壽山師解禪師　饒州嶤山和尚

泉州莆田崇福慧日大師

台州浮江和尚　潞州淥水和尚

廣州文殊院圓明禪師

温州靈陽禪師　洪州紙衣和尚

已上二人無機緣語句不録

杭州徑山鑒宗大師法嗣

明州天童咸啓禪師

背山行真禪師

杭州大慈山行滿禪師

已上三人無機緣語句不録

趙州東院從諗禪師法嗣十三人 七人見録

洪州新興嚴陽尊者

揚州光孝院慧覺禪師

隴州國清院奉禪師　婺州木陳從朗禪師

婺州新建禪師　杭州多福和尚

益州西睦和尚

潭州麻谷和尚　觀音院定鄂禪師

宣州茗萍山和尚　太原免道者

幽州燕王　鎮州趙王

已上六人無機緣語句不録

衢州子湖巖利蹤禪師法嗣四人見録

台州勝光和尚　漳州浮石和尚

紫桐和尚　日容和尚

吉州孝義寺性空禪師法嗣

卭州壽興院守閑禪師

一人無機緣語句不録

鄂州茱萸和尚法嗣一人見録

石梯和尚

天龍和尚法嗣二人 一人見録

婺州金華山俱胝和尚

新羅國彦忠禪師一

人無機緣語句不録

長沙景岑禪師法嗣二人 一人見録

明州雪竇山常通禪師

婺州金華山嚴靈禪師

一人無機緣語句不録

襄州關南道常禪師法嗣二人見録

關南道吾和尚　漳州羅漢和尚

白馬曇照禪師法嗣

晋州霍山無名禪師一

人無機緣語句不録

新羅大證禪師法嗣

文聖大王　憲安大王

已上二人無機緣語句不録

小馬神照禪師法嗣

縉雲郡連雲院有緣禪師

一人無機緣語句不録

高安大愚和尚法嗣一人見録

筠州末山尼了然

新羅洪直禪師法嗣

興德大王　宣康太子

已上二人無機緣語句不録

許州無跡和尚法嗣

道遂禪師一人無機緣語句不録

前潙山靈祐禪師法嗣

袁州仰山慧寂禪師韶州懷化人也姓葉氏年十五欲出家父母不許後二載師斷手二指跪致父母前誓求正法以荅劬勞遂依南華寺通禪師落髮未登具即遊方初謁耽源已悟玄旨後叅潙山遂陞堂奧祐問曰汝是有主沙彌無主沙彌師曰有主曰在什麼處師從西過東立祐知是異人便垂開示寂問如何是眞佛住處祐曰以思無思之妙返思靈燄之無窮思盡還源性相常住事理不二眞佛如如師於言下頓悟自此執侍尋往江陵受戒住夏探律藏後叅巖頭頭舉起拂子師展坐具頭拈拂子置背後寂將坐具搭肩上而出頭云我不肯汝放只肯汝收又問石室佛之與道相去幾何室云道如展手佛似握拳乃辭石室室門送召云子莫一向去巳後却來我邊（雲居錫云要會麼如今歸堂去明日却上來）韋宙就潙山請一伽陀潙山曰覿面相呈猶是鈍漢豈況形於紙筆乃就師請師於紙上畫一圓相注云思而知之落第二頭不思而知落第三首一日隨潙山開田師問曰者頭得恁麼低那頭得恁麼高祐曰水能平物但以水平師曰水也無憑和尚但高處高平低處低平祐然之有施主送絹寂問和尚受施主如是供養將何報荅祐敲禪牀示之師曰和尚何

得將衆人物作自己用祐忽問師什麽處去來師曰田中來祐曰田中多少人師插鍬而立祐曰今日南山大有人刈茅師舉鍬而去玄沙云我若見即蹋倒鍬子○僧問鏡清仰山插鍬意旨如何清云狗銜赦書諸侯避道又問只如玄沙蹋鍬其意如何鏡清云勿奈船何打破戽斗又問南山刈茅意旨如何清云李靖三兄久經行陣○雲居錫云且道鏡清下此一判著不著○又僧問禾山云仰山插鍬意旨如何禾山云汝問我僧云玄沙蹋鍬意旨如何禾山云我問汝師在潙山牧牛時第一座曰百億毛頭百億師子現師不荅歸侍立第一座上問訊師舉前話問云適來道百億毛頭百億師子現豈不是上座曰是師曰正當現時毛前現毛後現上座曰現時不說前後師乃出祐曰師子腰折也爲山上座舉起拂子曰若人作得道理即與之師曰某甲作得道理還得否上座曰但作得道理便得師乃掣拂子將去雲居錫云什麽處是仰山道理一日雨下上座曰好雨寂闍黎師曰好在什麽處上座無語師曰某甲却道得上座曰好在什麽處師指雨潙山與師遊行次烏銜一紅柿落前祐將與師師接得乃以水洗了却與祐祐曰子什麽處得來師曰此是和尚道德所感祐曰汝也不得空然即分半與師玄沙云大小潙山被仰山一坐至今起不得師浣納衣次耽源曰正恁麽時作麽生師曰正恁麽時向什麽處見師盤桓潙山前後十五載凡有語句學衆無不弭伏暨受潙山密印領衆住王莽山緣化未契遷止仰山學徒臻萃師上堂示衆曰汝等諸人各自回光返顧莫記吾言汝無始劫來背明投暗妄想根深卒難頓拔所以假設方便奪汝麤識如將黃葉止啼有什麽是處亦如人將百種貨物與金玉作一鋪貨

賣秖擬輕重來機所以道石頭是眞金鋪我者裏是雜貨鋪有人來覓鼠糞我亦拈與他來覓眞金我亦拈與他時有僧問鼠糞即不要請和尚眞金師云齧鏃擬開口驢年亦不會僧無對師曰索喚則有交易不索喚則無我若說禪宗身邊要一人相伴亦無豈況有五百七百衆耶我若東說西說則爭頭向前采拾如將空拳誑小兒都無實處我今分明向汝說聖邊事且莫將心湊泊但向自己性海如實而修不要三明六通何以故此是聖末邊事如今且要識心達本但得其本莫愁其末他時後日自具去在若未得本縱饒將情學他亦不得汝豈不見溈山和尚云凡聖情盡體露眞常事理不二即如如佛問如何是祖師意師以手於空作圓相相中書佛字

僧無語師謂第一座曰不思善不思惡正恁麼時作麼生對曰正恁麼時是某甲放身命處師曰何不問老僧對曰正恁麼時不見有和尚師曰扶吾教不起師因歸溈山省覲祐問子既稱善知識爭辨得諸方來者知有不知有有師承無師承是義學是玄學子試說看師曰慧寂有驗處但見諸方僧來便竪起拂子問伊諸方還說者箇不說又云者箇且置諸方老宿意作麼生祐歎曰此是從上宗門中牙爪祐問大地衆生業識茫茫無本可據子作麼生知他有之與無師曰慧寂有驗處時有一僧從面前過師召云闍黎其僧回首師曰和尚這箇便是業識茫茫無本可據祐曰此是師子一滴乳迸散六斛驢乳鄭愚相公問不斷煩惱而入涅槃時如何師竪起

拂子公曰入之一字不要亦得師曰入之一字不爲相公（法燈別云相公不用煩惱）師問僧什麼處來曰幽州師曰我恰要箇幽州信米作麼價曰某甲來時無端從市中過踏折他橋梁師便休師見僧來豎起拂子其僧便喝師曰喝即不無且道老僧過在什麼處僧曰和尚不合将境示人師乃打之師問香嚴師弟近日見處如何嚴曰某甲卒說不得乃有偈曰

去年貧未是貧　今年貧始是貧　去年貧無卓錐之地　今年貧錐也無

師曰汝只得如來禪未得祖師禪（玄覺云且道祖師禪與如來禪分不分長慶稜云一時坐却）溈山封一面鏡寄師師上堂提起云且道是溈山鏡仰山鏡有人道得即不撲破衆無對師乃撲破師問雙峯師弟近日見處如何對曰據某甲見處實無一法可當情師曰汝解猶在境雙峯曰某甲只如此師兄如何師曰汝豈不能知無一法可當情者溈山聞云寂子一句疑殺天下人（玄覺云金剛經道實無一法然燈佛與我授記他道實無一法可當情爲什麼道解猶在境且道利害在什麼處）僧問法身還解說法也無師曰我說不得別有一人說得曰說得底人在什麼處師推枕子出溈山聞云寂子用劒刃上事師閉目坐次有僧潛來身邊立師開目於地上作一圓相相中書水字顧視其僧僧無語師攜一杖子僧問什麼處得師便拈向背後僧無語師問一僧汝會什麼僧曰會卜師提起拂子曰者箇六十四卦中阿那卦收僧無對師自代云適來是雷天大壯如今變爲地火明夷師問僧名什麼曰靈通師曰便請入燈籠曰早箇入了也（法眼別云喚什麼作燈籠）僧問古人

道見色便見心禪牀是色請和尚離色指學人心師曰那箇是禪牀指出來僧無語玄覺云忽然被伊却指禪牀作麼生對伊好有僧云却請和尚道玄覺代拊掌三下僧問如何是毗盧師師乃叱之又問如何是和尚師師曰莫無禮師共一僧語傍有僧曰語底是文殊默底是維摩師曰不語不默底莫是汝否僧默之師曰何不現神通僧曰不辭現神通只恐和尚收入教師曰鑒汝來處未有教外底眼問天堂地獄相去幾何師將拄杖畫地一畫師住觀音時出榜云看經次不得問事後有僧來問訊見師看經傍立而待師卷却經問會麼僧曰某甲不看經爭得會師曰汝以後會去在其僧到巖頭頭問甚麼處來僧曰江西觀音院來頭云和尚有何言句其僧舉前語頭云者箇老師我將謂被故紙埋却元來猶在僧問禪宗頓悟必竟入門的意如何師曰此意極難

若是祖宗門下上根上智一聞千悟得大總持此根人難得其有根微智劣所以古德道若不安禪靜慮到者裏總須茫然僧曰除此格外還別有方便令學人得入也無師曰別有別無令汝心不安汝是什麼處人曰幽州人師曰汝還思彼處否曰常思師曰彼處樓臺林苑人馬駢闐汝返思底還有許多般也無僧曰某甲到者裏一切不見有師曰汝解猶在境信位即是人位即不是據汝所解只得一玄得座披衣向後自看其僧禮謝而去師始自仰山後遷觀音接機利物爲禪宗標準遷化前數年有偈曰

年滿七十七　老去是今日　任性自浮沉
兩手攀屈膝

於韶州東平山示滅年七十七抱膝而逝勅

謚智通大師妙光之塔後遷塔于仰山

鄧州香嚴智閑禪師青州人也厭俗辭親觀方慕道依溈山禪會祐和尚知其法器欲激發智光一日謂之曰吾不問汝平生學解及經卷冊子上記得者汝未出胞胎未辨東西時本分事試道一句來吾要記汝師懵然無對沉吟久之進數語陳其所解祐皆不許師曰却請和尚爲説祐曰吾説得是吾之見解於汝眼目又何益乎師遂歸堂徧檢所集諸方語句無一言可將酬對乃自歎曰畫餅不可充飢於是盡焚之曰此生不學佛法也且作箇長行粥飯僧免役心神遂泣辭溈山而去抵南陽覩忠國師遺迹遂憩止焉一日因山中芟除草木以瓦礫擊竹作聲俄失笑間廓然省悟遽歸沐浴焚香遥禮溈山贊曰和尚大悲恩踰父母當時若爲我説却何有今日事耶仍述一偈云

一擊忘所知　更不假修治　動容揚古路
不墮悄然機　處處無踪迹　聲色外威儀
諸方達道者　咸言上上機

師上堂云道由悟達不在語言況見密密堂堂曾無間歇不勞心意暫借回光日用全功迷徒自背問如何是香嚴境師曰花木不滋問如何是仙陀婆師敲禪牀曰過這裏來問如何是現在學師以扇子旋轉示曰見麼僧無語問如何是正命食師以手撮而示之問如何是無表戒師曰待闍黎作俗即説問如何是聲色外相見一句師曰如某甲未住香嚴時道在甚麼處僧曰恁麼時亦不敢道有所在師曰如幻人心心所法僧問不慕諸聖

不重已靈時如何師曰萬機休罷千聖不攜此時踈山在衆嘔聲曰是何言歟師問阿誰衆曰師叔師曰不諾老僧耶踈山出曰是師曰汝莫道得麼曰道得師曰汝試道看曰若教某甲道須還師資禮始得師乃下座禮拜躡前語問之踈山曰何不道肯重不得全師曰饒汝恁麼也須三十年倒屙設住山無柴燒近水無水喫分明記取後住踈山果如師記至二十七年病愈自云香嚴師兄記我三十年倒屙今少三年在每至食必以手抉而吐之以應前記（踈山後問道愆長老肯重不得全汝作麼生會愆曰全歸肯重踈山云不得全又作麼生愆云箇中無肯路師曰始憊病僧意）問如何是聲前句師曰大德未問時即荅僧曰即時如何師曰即時問也問如何是直截根源佛所印師抛下拄杖撒手而去問如何是佛法大意師曰今年霜降早蕎麥總不收問如何是西來意師以手入懷出拳展開與之僧乃跪膝以兩手作受勢師曰是什麼僧無對問如何是道師曰枯木龍吟僧曰學人不會師曰髑髏裏眼睛（玄沙別云龍藏枯木）問離四句絕百非請和尚道師曰獮師前不得說本師戒一日謂衆曰如人在千尺懸崖口銜樹枝脚無所蹋手無所攀忽有人問如何是西來意若開口荅即喪身失命若不荅又違他所問當恁麼且作麼生時有招上座出曰上樹時即不問未上樹時如何師笑而已師問僧什麼處來僧曰溈山來師曰和尚近日有何言句僧曰人問如何是西來意和尚竪起拂子師聞舉乃曰彼中兄弟作麼會和尚意旨僧曰彼中商量道即色明心附物顯理師曰會即便會

不會著什麽死急僧却問師意如何師還舉拂子（玄沙云只者香嚴脚跟猶未點地雲居錫云什麽處是香嚴脚跟未點地處）師凡示學徒語多簡直有偈頌二百餘首隨縁對機不拘聲律諸方盛行後謚襲燈大師

襄州延慶山法端大師有人問蚯蚓斬爲兩段兩頭俱動佛性在阿那頭師展兩手（洞山別云問底在阿那頭）師滅後勅謚紹眞大師塔曰明金

杭州徑山洪諲禪師吳興人也姓吳氏十九禮開元寺無上大師落髮（無上大師嗣鹽官後住徑山爲第二世也）二十二往嵩嶽受滿足律儀歸禮本師師問曰汝於時中將何報四恩耶諲不能對三日忘食乃辭行脚往謁雲巖機縁未契後造潙山蒙滯頓除遭唐會昌沙汰衆皆悲惋諲曰大丈夫鍾此厄會豈非命也何乃效兒女子乎大中初復沙門相還故鄉西峯院咸通六年上徑山明年本師遷神衆請繼躅爲徑山第三世於法即潙山之嗣僧問掩息如灰時如何師曰猶是時人功幹僧曰幹後如何師曰耕人田不種曰畢竟如何師曰禾熟不臨場僧問龍門不假風雷勢便透得者如何師曰猶是一品二品僧曰此既是堦級向上事如何師曰吾不知有汝龍門問如霜如雪時如何師曰猶是污染曰不污染時如何師曰不同色

許州全明上座先問石霜一毫穿衆穴時如何石霜云直須萬年後曰萬年後如何石霜云登科任汝登科拔萃任汝拔萃後問師云一毫穿衆穴時如何師曰光靴任汝光靴結果任汝結果問如何是長師曰千聖不能量曰如何是短師曰蟭螟眼裏著不滿其僧不

肯便去舉似石霜霜云只爲太近實頭僧問如何是長霜云不屈曲曰如何是短霜曰雙陸盤中不喝彩佛曰長老訪師師問曰伏承長老獨化一方何以荐遊峯頂佛曰曰朗月當空掛氷霜不自寒師曰莫即是長老家風否佛曰曰峭峙萬重關於中含寶月師曰此猶是文言作麽生是長老家風曰今日頼遇佛曰佛曰却問師云隱密全眞時人知有道不得太省無辜時人知有道得於此二途猶是時人升降處未審長老親道自道如何道師曰我家道處無箇道佛曰曰如來路上無私曲便請玄音和一場師曰任汝二輪更互照碧潭雲外不相關佛曰曰爲報白頭無限衆此回年少不歸鄉師曰老少同輪無向背我家玄路勿參差佛曰曰一言定天下四句爲誰留師曰汝言有三四我道其中一也無師因有偈曰

東西不相顧　南北與誰留　汝即言三四　我即一也無

光化四年九月二十八日白衆而化

福州靈雲志勤禪師長溪人也初在溈山桃花悟道有偈曰

三十年來尋劒客　幾回落葉又抽枝　自從一見桃花後　直至如今更不疑

祐師覽偈詰其所悟與之符契祐曰從緣悟達永無退失善自護持玄沙云諦當甚諦當敢保老兄猶未徹在衆疑此語玄沙問地藏我恁麽道汝作麽生會地藏云不是桂琛即走殺天下人乃返閩川玄徒臻集上堂謂衆曰諸仁者所有長短盡至不常且觀四時草木葉落花開何況塵劫來人天六趣地水火風成壞輪轉因

果將盡三惡道苦毛髮不添減唯根帶神識常存上根者遇善友申明當處解脱便是道場中下癡愚不能覺照沉迷三界流轉死生釋尊爲伊天上人間設教證明顯發智道汝等還會麼問如何得出離生老病死師曰青山元不動浮雲飛去來問君王出陣時如何師曰春明門外不問長安曰如何得覲天子師曰盲鶴下清池魚從脚底過問如何是佛法大意師曰驢事未了馬事到來僧未喻旨曰再請垂示師曰彩氣夜常動精靈日少逢雪峯有偈送雙峯出嶺末句云雷罷不停聲師更之云雷震不聞聲雪峯聞之乃曰靈雲山頭古月現雪峯問云古人道前三三後三三意旨如何師曰水中魚山上鳥峯曰意旨作麼生師曰高可射兮深可釣僧問諸方悉皆雜食未審和尚如何師曰獨有閩中異雄雄鎮海涯問久戰沙場爲什麼功名不就師曰君王有道三邊静何勞萬里築長城曰罷息干戈束手歸朝時如何師曰慈雲普潤無邊刹枯樹無花爭奈何長生問混沌未分時含生何來師曰如露柱懷兒曰分後如何師曰如片雲點太清曰未審太清還受點也無師曰恁麼即含生不來也曰直得純清絶點時如何師曰猶是真常流注曰如何是真常流注師曰如鏡長明曰向上更有事否師曰有曰如何是向上事師曰打破鏡來相見問如何是西來意師曰井底種林檎曰學人不會師曰今年桃李貴一顆直千金問摩尼珠不隨衆色未審作麼色師曰白色曰恁麼即隨衆色也師曰趙壁本無瑕相如誑秦主問

君王出陣時如何師曰呂才葬虎耳曰其事如何師曰坐見白衣天曰王令何在師曰莫觸龍顔

益州應天和尚問人人有佛性如何是和尚佛性師曰汝喚什麼作佛性曰恁麼即和尚無佛性也師乃叫快活快活

福州九峯慈慧禪師初在溈山遇祐師上堂云汝等諸人只得大體不得大用師抽身出去溈山召之更不迴顧溈山云此子堪爲法器師一日辭溈山入嶺云某甲辭違和尚千里之外不離左右溈山動容曰善爲

京兆米和尚（亦謂七師）初叅學歸受業寺有老宿問月中斷井索時人喚作蛇未審七師見佛喚作什麼師曰若有佛見即同衆生（法眼別云此是什麼時節問法燈別云喚底不是）老宿曰千年桃核師令僧去問仰山云今時還假悟也無仰山云悟即不無爭奈落在第二頭師深肯之又令僧去問洞山云那箇究竟作麼生洞山云却須問他始得師亦肯之僧問如何是納衣下事師曰醜陋任君嫌不掛雲霞色

晉州霍山和尚仰山一僧到自稱集雲峯下四藤條天下大禪佛叅師乃喚維那搬柴著大禪佛驟步而去師聞祕魔巖和尚凡有僧到禮拜以木叉叉著師一日遂往訪之纔見不禮拜便入祕魔懷裏祕魔拊師背三下師起拍手曰師兄我一千里地來便回

襄州王敬初常侍視事次米和尚至王公乃舉筆米曰還判得虚空否公擲筆入廳更不復出米致疑至明日憑鼓山供養主入探其意米亦隨至潛在屏蔽間偵伺供養主纔坐

問云昨日米和尚有什麼言句便不得見王公曰師子咬人韓獹逐塊米師竊聞此語即省前謬遽出朗笑曰我會也我會也嘗問一僧一切衆生還有佛性也無僧曰盡有公指壁間畫狗子云者箇還有也無僧無對公自代云看咬著

前福州長慶大安禪師法嗣 亦稱大溈和尚

益州大隨法眞禪師僧問劫火洞然大千俱壞未審此箇還壞也無師曰壞僧曰恁麼即隨他去也師曰隨他去也問如何是大人相師曰肚上不帖榜師問僧什麼處去曰西山住庵去師曰我向東山頭喚汝汝還來得麼僧曰即不然師曰汝住庵未得問生死到來時如何師曰遇茶喫茶遇飯喫飯曰誰受供養師曰合取鉢盂師庵側有一龜僧問一切衆生皮裹骨者箇衆生骨裹皮如何師拈草履於龜邊著僧無語問如何是諸佛法要師舉拂子云會麼曰不會師曰麈尾拂子問如何是學人自己師曰是我自己曰爲什麼却是和尚自己師曰是汝自己問如何是無縫塔師云高五尺曰學人不會師曰鶻崙塼問和尚百年後法付何人師曰露柱火爐曰還受也無師曰火爐露柱有行者領衆到師問叅得底人喚東作什麼對曰不可喚作東師曰臭驢漢不喚作東喚作什麼行者無語衆遂散問如何是和尚家風師曰赤土畫簸箕曰如何是赤土畫簸箕師曰簸箕有唇米不跳出師問一僧講什麼教法曰百法論師拈拄杖子曰從何而起對曰從緣而起師曰苦哉苦哉師問僧什麼處去曰禮普賢去師舉

拂子云文殊普賢總在者裏僧作圓相拋向後乃禮拜師曰侍者取一貼茶與者僧一日衆僧叅次師口作患風勢云還有人醫得吾口麽時衆僧競送藥以至俗士聞之亦多送藥師並不受七日後師自摑口令正乃云如許多時鼓者兩片皮至今無人醫得吾口蜀主欽尚遣使屢徵師皆辤以老病署神照大師

韶州靈樹如敏禪師閩川人也廣主劉氏奕世欽重署知聖大師僧問佛法至理如何師展手而矣問如何是和尚家風師曰千年田八百主曰如何是千年田八百主師曰郎當屋舍没人修問如何是西來意師曰童子莫傜兒曰乞師指示師曰汝從虔州來問是什麽得恁麽難會師曰火官頭上風車子有尼送瓷鉢與師師托起問云者箇出在什麽處尼云出在定州（法燈別云不遠此間）師乃撲破尼無對（保福代云歎敵者亡）問和尚年多少師曰今日生來日死又問和尚生緣什麽處師曰日出東月落西師四十餘年化被嶺表頗有異迹廣主將興兵躬入院請師決臧否師先已知怡然坐化主怒知事云和尚何時得疾對曰師不曾有疾適封一函子令伺王來呈之主開函得一帖子書云人天眼目堂中上座主悟斯旨遂寢兵乃召第一座開堂說法（即雲門偃和尚）師全身不散其葬具龕塔並廣主具辦今號靈樹眞身塔焉

福州壽山師解禪師行脚時造洞山法席洞山問云闍黎生緣何處師曰和尚若實問某甲即是閩中人山云汝父名什麽師曰今日

蒙和尚致此一問直得忘前失後上堂曰諸上座幸有眞實言語相勸諸兄弟各各自體悉凡聖情盡體露眞常但一時卸却從前虛妄攀緣塵垢心如虛空相似他時後日合識得些子好惡闔師問曰壽山年多少師曰與虛空齊年曰虛空年多少師曰與壽山齊年饒州嶤山和尚問如何是西來意師曰仲冬嚴寒問如何是和尚深深處師曰待汝舌頭落地即向汝道問如何是丈六金身師曰判官斷案相公改長慶問從上宗乘此間如何言論師曰有願不負先聖長慶云不負先聖作麼生師曰不露長慶云恁麼即請師領話師曰什麼處去來長慶云只者什麼處去來泉州莆田縣國歡崇福院慧日大師福州侯官人也姓黄氏生而有異及長名文矩爲縣獄卒往往棄役往靈觀和尚及西院大安禪師所吏不能禁復謁萬歲塔譚空禪師落髮不披袈裟不受具戒唯以雜彩爲掛子至觀和尚所觀曰我非汝師汝去禮西院去師攜一小青竹杖入西院法堂安遙見而笑曰入涅槃堂去師應諾輪竹杖而入時有五百許僧染時疾師以杖次第點之各隨點而起閩王禮重創國歡禪苑以居之厥後頗多靈跡唐乾寧中示滅

台州浮江和尚雪峯和尚領衆到問云即今有二百人寄院過夏得也無師將拄杖畫地一下云著不得即道雪峯無語

潞州淥水和尚問如何是祖師西來意師曰還見庭前花藥欄麼僧無語

廣州文殊院圓明禪師福州人也姓陳氏本

叅大溈得旨後造雪峯請益法無異味又甞遊五臺山覩文殊化現乃隨方建院以文殊爲額開寳中前樞密使李崇矩巡護南方因入師院覩地藏菩薩像問僧曰地藏何以展手僧曰手中珠被賊偷却也李却問師既是地藏爲什麽遭賊師曰今日捉下也李乃謝之淳化元年示滅壽一百三十有六

前趙州從諗禪師法嗣

洪州武寧縣新興嚴陽尊者僧問如何是佛師曰土塊曰如何是法師曰地動也曰如何是僧師曰喫粥喫飯問如何是新興水師曰前面江裏問如何是應物現形師曰與我拈牀子過來師常有一蛇一虎隨從左右手中與食

楊州城東光孝院慧覺禪師僧問覺花纔綻徧滿娑婆祖印西來合談何事師曰情生智隔曰此是教意師曰汝披什麽衣服問一棒打破虛空時如何師曰困即歇去師問宋齊丘還會道麽宋曰道也著不得師曰有著不得無著不得宋曰總不恁麽師曰著不得底宋無對師領衆出見露柱師合掌曰不審世尊一僧曰和尚是露柱師曰啼得血流無用處不如緘口過殘春問遠遠投師師意如何曰官家嚴切不許安排曰豈無方便師曰且向火倉裏一宿張居士問爭奈老何師曰年多少張曰八十也師曰可謂老也曰究竟如何師曰直至千歲也未住有人問某甲平生愛殺牛還有罪否師曰無罪曰爲什麽無罪師曰殺一箇還一箇

隴州國清院奉禪師問祖意教意同別師曰

雨滋三草秀春風不裹頭曰畢竟是一是二師曰祥雲競起巖洞不虧問如何是和尚家風師曰臺梓椅子火爐牕牖問如何是出家人曰銅頭鐵額鳥觜鹿身曰如何是出家人本分事師曰早起不審夜間珍重問牛頭未見四祖時爲甚百鳥獻花師曰如陜府人送錢財與鐵牛曰見後爲甚不銜花師曰木馬投明行八百問十二時中如何降伏其心師曰敲冰求火論劫不逢問十二分教是止啼之義離却止啼請師一句師曰孤峯頂上雙角女問如何是佛法大意師曰釋迦是牛頭獄卒祖師是馬面阿傍問如何是西來意師曰東壁打西壁問如何是撲不破底句師曰不隔毫釐時人遠嚮

婺州木陳從朗禪師僧問放鶴出籠和雪去時如何師曰我道不一色因金剛倒僧問既是金剛不壞身爲什麼却倒地師敲禪牀曰行住坐卧師將歸寂有頌曰

三十年來住木陳　時中無一假功成
有人問我西來意　展似眉毛作麼生

婺州新建禪師不度小師有僧問和尚年老何不畜一童子侍奉師曰有聻瞶者爲吾討來僧辭師問什麼處去曰府下開元寺去師曰我有一信附與了寺主汝將得去否曰便請師曰想汝也不奈何

杭州多福和尚僧問如何是多福一叢竹師曰一莖兩莖斜曰學人不會師曰三莖四莖曲問如何是衲衣下事師曰大有人疑在曰爲什麼如此師曰月裏藏頭

益州西睦和尚上堂有一俗士舉手云和尚

便是一頭驢師曰老僧被汝騎彼無語去後三日再來自言某甲三日前著賊師拈拄杖趂出師有時驀喚侍者侍者應諾師曰更深夜靜共汝商量

前衢州子湖巖利蹤禪師法嗣

台州勝光和尚問如何是和尚家風師曰福州荔枝泉州刺桐問如何是佛法兩字師曰即便道曰請師道師曰穿耳胡僧笑點頭龍華照和尚來師把住云作麼生照云莫錯師乃放手照云久嚮勝光師默然照乃辭師門送云自此一別什麼處相見照呵呵而去

漳州浮石和尚上堂云山僧開卜鋪能斷人貧富定人生死時有僧出云離却生死貧富不落五行請師直道師云金木水火土

紫桐和尚問如何是紫桐境師曰阿你眼裏著沙得麼曰大好紫桐境也不識師曰老僧不諱此事其僧出去師下禪牀擒住云今日好箇公案老僧未得分文入手曰賴遇某甲是僧師曰禍不單行

日容和尚奯上座叅師拊掌三下云猛虎當軒誰是敵者奯曰俊鶻沖天阿誰捉得師曰彼此難當曰且休未斷者公案師將拄杖舞歸方丈奯無語師曰死却者漢也（雲山云奯不別前語）

前鄂州茱萸和尚法嗣

石梯和尚僧新到於師前立少頃便出師曰有什麼辨白處僧再立良久師曰辨得也辨得也曰辨後作麼生師曰埋却得也僧曰蒼天蒼天師曰適來却恁麼如今還不當僧乃出去

天龍和尚法嗣

婺州金華山俱胝和尚初住庵有尼名實際到庵戴笠子執錫繞師三帀云道得即拈下笠子三問師皆無對尼便去師曰日勢稍晚且留一宿尼曰道得即宿師又無對尼去後歎曰我雖處丈夫之形而無丈夫之氣擬棄庵往諸方叅尋其夜山神告曰不須離此山將有大菩薩來爲和尚説法也果旬日天龍和尚到庵師乃迎禮具陳前事天龍竪一指而示之師當下大悟自此凡有叅學僧到師唯舉一指無别提唱有一童子於外被人詰曰和尚説何法要童子竪起指頭歸而舉似師師以刀斷其指頭童子叫喚走出師召一聲童子回首師却竪起指頭童子豁然領解師將順世謂衆曰吾得天龍一指頭禪一生用不盡言訖示滅（長慶代衆云美食不中飽人喫○玄沙云我當時若見拗折指頭○玄覺云且道玄沙恁麼道意作麽生雲居錫云只如玄沙恁麼道肯伊不肯伊若肯何言拗折指頭若不肯俱胝過在什麽處○先曹山云俱胝承當處鹵莽只認得一機一境一種是拍手拊掌是他西園奇恠○玄覺又云且道俱胝還悟也未若悟爲什麽道承當處鹵莽若不悟又道用一指頭禪不盡且道曹山意旨在什麽處）

前長沙景岑禪師法嗣

明州雪竇山常通禪師邢州人也姓李氏入鵲山出家年二十本州開元寺受戒習經律凡七載乃曰摩騰入漢譯著斯文達磨來梁復明何事遂遠叅長沙岑和尚岑問曰何處人曰邢州人岑曰吾道不從彼來曰和尚還曾住此無岑然之乃容入室後往洞山石霜而法無異味唐咸通末遊宣城郡守於謝仙山奏置禪苑號瑞聖院請師居焉僧問如何是密室師曰不通風僧曰如何是密室中人師曰諸聖求覩不見又曰千佛不能思萬聖

不能議乾坤壞不壞虛空包不包一切比無倫三世唱不起問如何是三世諸佛出身處師曰伊不肯知有汝三世良久又曰薦否不然者且向著佛不得處體取時中常在識盡功亡瞥然而起即是傷他而況言句乎光啓中羣盜起師領徒至四明大順二年郡守請居雪竇轡然盛化天祐二年乙丑七月示疾集衆焚香付囑訖合掌而逝壽七十二其年八月七日建石塔於院西南隅

前關南道常禪師法嗣

襄州關南道吾和尚始經村墅間聞巫者樂神云識神無師忽然省悟後叅常禪師印其所解復游德山門下法味彌著凡上堂示徒戴蓮花笠披襴執簡擊鼓吹笛口稱魯三郎有時云打動關南鼓唱起德山歌僧問如何是祖師西來意師以簡揖云諾師有時執木劒橫在肩上作舞僧問手中劒什麼處得來師擲于地僧却置師手中師曰什麼處得來僧無對師曰容汝三日內下取一語其僧亦無對師自代拈劒肩上作舞云恁麼始得問如何是和尚家風師下禪牀作女人拜云謝子遠來都無祇待師問灌溪作麼生灌溪云無位師云與同虛空麼曰者屠兒師曰有生可殺即不倦

漳州羅漢和尚始於關南常禪師拳下悟旨語見師章乃爲歌曰

咸通七載初叅道　到處逢言不識言
心裏疑團若栲栳　三春不樂止林泉
忽遇法王氊上坐　便陳疑懇向師前
師從氊上那伽定　袒膊當胷打一拳

驟散疑團猶狚落　舉頭看見日初圓
從茲蹬蹬以碣碣　直至如今常快活
只聞肚裏飽膨脝　更不東西去持鉢
又述偈曰
宇内爲閑客　人中作野僧　任從他笑我
隨處自騰騰
前高安大愚禪師法嗣
筠州末山尼了然灌溪閑和尚遊方時到山
先云若相當即住不然則推倒禪牀乃入堂
内然遣侍者問上座遊山來爲佛法來閑云
爲佛法來然乃升座閑上叅然問上座今日
離何處閑曰離路口然云何不蓋却閑無對（禾山代云争得到者裏）始禮拜問如何是末山然云不
露頂閑云如何是末山主然曰非男女相閑
乃喝云何不變去然云不是神不是鬼變箇
甚麼閑於是伏膺作園頭三載僧到叅然云
大繿縷生僧云雖然如此且是師子兒然云
既是師子兒爲甚被文殊騎僧無對僧問如
何是古佛心然云世界傾壞曰世界爲什麼
傾壞然云寧無我身

景德傳燈録卷第十一

音釋

諲（伊真切）諗（式荏切）蘄（渠希切地名）卭（渠容切州名）齧（倪結切噬也）蹋（達合切踐也）駢闐（駢蒲眠切闐亭年切駢闐衆盛貌）懵（莫鳳切惛也）芟（師銜切刈也）礫（郎狄切小石也）怤（芳無切）髑髏（髑徒木切髏力侯切髑髏頂骨也）惋（烏貫切惋歎也）荐（才甸切再至也）詰（契吉切問也）閩（弥隣切地名）蔕（丁計切根底也）偵（聦慶切閒視也）獹（來胡切韓獹俊犬名）簸（補過切簸箕揚米器也）摑（古獲切批打也）傜（余招

切瓷才資切瓦器也釦司夜切解下也柈蒲官切盛器也椅隱綺切坐
甆也陜失冉切地名瞽果五切目盲也聵五怪切聾也驀莫白切猶
忽也奯呼括切拗於巧切手拉也鹵莽鹵郎古切莽滿補切鹵莽苟且
也墅承與切田廬也髆伯各切肩髆也獦狚獦古曷切狚當割切膨
膨蒲行切脝許
脝庚切膨脝脹貌襤褸襤魯甘切褸力主切襤褸衣破弊也

景德傳燈録卷第十二

宋　沙　門　道　原　纂

懷讓禪師法嗣第四世一十三人

洪州黄蘗山希運禪師法嗣一十三人七人見録

鎭州臨濟義玄禪師　睦州龍興寺陳尊宿

杭州千頃山楚南禪師

福州烏石山靈觀禪師

杭州羅漢宗徹禪師　魏府大覺禪師

相國裴休

揚州六合德元禪師　襄州政禪師

土門蘭禪師

吴門山弘宣禪師　幽州超禪師

蘇州憲禪師

已上六人無機緣語句不録

第五世五十一人

袁州仰山慧寂禪師法嗣一十人六人見録

袁州仰山西塔光穆禪師

晋州霍山景通禪師　杭州龍泉文喜禪師

新羅國順支禪師

袁州仰山南塔光涌禪師

袁州仰山東塔和尚

洪州觀音常蠲大師

福州東禪慧茂大師

福州明月山道崇大師

處州遂昌禪師

已上四人無機緣語句不録

鎭州臨濟義玄禪師法嗣二十一人一十五人見録

鄂州灌谿志閑禪師　幽州譚空和尚

鎭州寶壽沼和尚　鎭州三聖慧然禪師

魏府興化存獎禪師　鎭州善崔禪師

鎭州萬歲和尚　雲山和尚

桐峯庵主　杉洋庵主

涿州紙衣和尚　虎谿庵主

覆盆庵主　襄州歷村和尚

滄州米倉和尚

齊聳大師　涿州秀禪師　浙西善權徹禪師　金沙禪師　允誠禪師　新羅國智異山和尚　已上六人無機緣語句不録

睦州陳尊宿法嗣二人一人見録

睦州刺史陳操

睦州嚴陵釣臺和尚一人無機緣語句不録

鄧州香嚴智閑禪師法嗣一十二人一十人見録

吉州止觀和尚

壽州紹宗禪師

襄州延慶法端禪師

益州南禪無染禪師

益州長平山和尚

益州崇福演教大師

安州大安山清幹禪師

終南山豐德寺和尚

均州武當山佛巖暉禪師

江州雙谿田道者

益州照覺寺和尚　睦州東禪和尚　已上二人無機緣語句不録

福州雙峯和尚法嗣一人見録

雙峯古禪師

杭州徑山洪諲禪師法嗣四人一人見録

洪州米嶺和尚

廬州棲賢寺寂禪師　臨川義直禪師　杭州功臣院令道禪師　已上三人無機緣語句不録

揚州光孝院慧覺禪師法嗣一人見録

昇州長慶道巘禪師

第六世一十九人

袁州仰山南塔光涌禪師法嗣五人四人見録

越州清化全付禪師

郢州芭蕉山慧清禪師

韶州黄連山義初禪師

韶州慧林鴻究禪師

洪州黄龍山忠和尚一人無機緣語句不録
袁州仰山西塔光穆禪師法嗣一人見録
吉州資福如寶禪師
灌谿志閑禪師法嗣一人見録
池州魯祖山教和尚
魏州興教存奬禪師法嗣二人一人見録
汝州寶應和尚
魏府天鉢和尚一人無機緣語句不録
鎭州寶壽沼禪師法嗣二人見録
汝州西院思明禪師　第二世寶壽和尚
涿州紙衣和尚法嗣
鎭州譚空和尚一人無機緣語句不録
鎭州三聖慧然禪師法嗣二人見録
鎭州大悲和尚　淄州水陸和尚
魏府大覺和尚法嗣四人三人見録
廬州大覺和尚　廬州澄心旻德禪師
汝州南院和尚
宋州法華和尚一人無機緣語句不録
金陵道㦸禪師法嗣
金陵廣孝院處微禪師一人無機緣語句不録
懷讓禪師第四世
前洪州黄檗山希運禪師法嗣
鎭州臨濟義玄禪師曹州南華人也姓邢氏幼負出塵之志及落髮進具便慕禪宗初在黄檗隨衆參侍時堂中第一座勉令問話師乃問如何是祖師西來的的意黄檗便打如是三問三遭打遂告辭第一座云早承激勸問話唯蒙和尚賜棒所恨愚魯且往諸方行脚去在座遂告黄檗云義玄雖是後生却甚奇特來辭時願和尚更垂提誘來日師辭黄

檗黃檗指往大愚師遂叅大愚愚問曰什麼處來曰黃檗來愚曰黃檗有何言教曰義玄親問佛法的的意蒙和尚便打如是三問三遭被打不知過在什麼處愚曰黃檗恁麼老婆爲汝得徹困猶覓過在師於言下大悟云元來黃檗佛法無多子大愚搊住云者尿牀鬼子適來又道不會如今却道黃檗佛法無多子你見箇什麼道理速道速道師於大愚肋下築三拳大愚托開云汝師黃檗非干我事師辭大愚却迴黃檗黃檗云汝迴太速生師云秖爲老婆心切便人事了侍立次黃檗云大愚有何言句師遂舉前話黃檗云這大愚老漢待見痛與一頓師云說什麼待見即今便與隨後便打黃檗一掌黃檗云這風顛漢却來這裏捋虎鬚師便喝黃檗云侍者引這風顛漢叅堂去（後溈山舉此話問仰山云臨濟當時得大愚力得黃檗力仰山云非但騎虎頭亦解把虎尾）師一日與黃檗赴普請師在後行黃檗迴頭見師空手乃問钁頭在什麼處師云有人将去了也黃檗云近前來共汝商量箇事師便近前黃檗将钁钁地云我這箇天下人拈掇不起師就手掣得竪起云爲什麼却在某甲手裏黃檗云今日自有人普請我更不著去也便歸院（後溈山舉問仰山云钁頭在黃檗手裏爲甚却被臨濟奪却仰山云賊是小人智過君子）黃檗一日普請鋤茶園黃檗後至師問訊按钁而立黃檗曰莫是困耶曰纔钁地何言困黃檗舉拄杖便打師接杖推倒和尚黃檗呼維那維那拽起我來維那扶起曰和尚爭容得這風顛漢無禮黃檗却打維那師自钁地云諸方即火葬我這裏活埋（溈山問仰山只如黃檗與臨濟此時意作麽生仰山云正

賊走却羅賊人喫棒師一日在黃檗僧堂裏睡黃檗入來以拄杖於牀邊敲三下師舉首見是和尚却睡黃檗打席三下去却往上間見首座坐禪乃云下間後生却坐禪汝這裏妄想作什麼首座云這老漢患風耶黃檗打板頭一下便出去潙山舉問仰山只如黃檗意作麼生仰山云兩彩一賽師與黃檗栽杉黃檗曰深山裏栽許多樹作麼師曰一與後人作古記二與山門作標牓道了以钁頭打地三下黃檗云雖然如是子已喫我棒了也師又以钁頭打地三下作噓噓聲黃檗云吾宗到汝此記方出潙山舉問仰山且道黃檗後語但囑臨濟爲復別有意旨仰山云亦囑臨濟亦記向後潙山云向後作麼生仰山云一人指南吳越令行南塔和尚注云獨坐震威此記方出又云若遇大風此記亦出潙山云如是如是師因半夏上黃檗山見和尚看經師曰我將謂是箇人元來是唵黑豆老和尚住數日乃辭去黃檗曰汝破夏來不終夏去曰某甲暫來禮拜和尚黃檗遂打趁令去師行數里疑此事却迴終夏師一日辭黃檗黃檗曰什麼處去曰不是河南即河北去黃檗拈起拄杖便打師捉住拄杖曰這老漢莫盲枷瞎棒已後錯打人在黃檗遂喚侍者把將几案禪板來師曰侍者把將火來黃檗曰不然子但將去已後坐斷天下人舌頭在師即便發去師到熊耳塔頭塔主問先禮佛先禮祖師曰祖佛俱不禮塔主曰祖佛與長老有什麼冤家俱不禮師便拂袖而出又別舉云師問塔主先禮佛先禮祖塔主曰祖佛是什麼人弟子師拂袖便去師後還鄉黨俯徇趙人之請住于城南臨濟禪苑學侶奔湊一日上堂曰汝等諸人赤肉團上有一無位眞人常向汝諸人面門出入未證據者看看時有僧

問如何是無位眞人師下禪牀把住云道道僧擬議師托開云無位眞人是什麼乾屎橛便歸方丈師問樂普云從上來一人行棒一行喝阿那箇親對曰總不親師曰親處作麼生普便喝師乃打師問木口和尚如何是露地白牛木口曰吽師曰啞木口曰老兄作麼生師曰這畜生大覺到㕘師舉拂子大覺敷坐具師擲下拂子大覺收坐具入僧堂衆僧曰這僧莫是和尚親故不禮拜又不喫棒師聞令喚新到僧大覺遂出師曰大衆道汝未㕘長老大覺云不審便自歸衆麻谷（第二世）到㕘敷坐具問十二面觀音阿那面正師下繩牀一手收坐具一手搊麻谷云十二面觀音向什麼處去也麻谷轉身擬坐繩牀師拈拄杖打麻谷接却相捉入方丈師上堂云大衆夫爲法者不避喪身失命我於黃蘗先師處三度問佛法的的大意三度蒙他賜棒如蒿枝拂著相似如今更思一頓誰爲我下手得時有僧出云某甲行得師拈棒與他其僧擬接師便打（後雪峯拈云臨濟大似白拈賊）僧問如何是第一句師曰三要印開朱點窄朱容擬議主賓分曰如何是第二句師曰妙解豈容無著問漚和爭負截流機曰如何是第三句師曰看取棚頭弄傀儡抽牽全籍裏邊人師又曰夫一句語須具三玄門一玄門須具三要有權有用汝等諸人作麼生會師唐咸通七年丙戌四月十日師將示寂上堂云吾滅後不得滅却吾正法眼藏三聖出云爭敢滅却和尚正法眼藏師云已後有人問你向他道什麼三聖便喝師云誰知吾正法眼藏向這瞎驢邊

滅却乃有頌曰

沿流不止問如何　真照無邊説似他

離相離名人不禀　吹毛用了急還磨

頌畢坐逝勑謚慧照大師塔曰澄靈

陳尊宿初居睦州龍興寺晦迹藏用製草屨

密置於道上歲久人知乃有陳蒲鞋之號焉

時有學人叩激隨問遽荅詞語峻險既非循

轍故淺機之流徃徃嗤之唯玄學性敏者欽

伏由是諸方歸慕謂之陳尊宿師因晚叅謂

衆曰汝等諸人未得箇入頭須得箇入頭若

得箇入頭已後不得孤負老僧時有僧出禮

拜曰某甲終不敢孤負和尚師曰早是孤負

我了也師又曰老僧在此住持不曾見箇無

事人到來汝等何不近前時有一僧方近前

師云維那不在汝自領去三門外與二十棒

僧云某甲過在什麼處師云枷上更著杻師

尋常或見衲僧來即閉門或見講僧乃召云

座主其僧應諾師云擔板漢或云這裏有桶

與我取水師一日在廊階上立有僧來問云

陳尊宿房在何處師脱草屨驀頭打僧便走

師召云大德僧迴首師指云却從那邊去有

僧扣門師云阿誰僧云某甲師云秦時轅轢

鑽一日有天使問三門俱開從那門而入師

喚尚書天使應諾師云從信門入天使又見

壁畫問云二尊者對譚何事師摑露柱云三

身中那箇不説法師問座主汝莫是講唯識

否對曰是師云五戒不持師問一長老云了

即毛端滴巨海始知大地一微塵長老作麼

生對云問阿誰師云問長老長老云何不領

話師云汝不領話我不領話師見僧來云見

成公案放汝三十棒僧云某甲如是師云三門金剛爲什麽舉拳僧云金剛尚乃如是師便打問如何是向上一路師云要道有什麽難僧云請師道師云初三十一中九下七問以一重去一重即不問不以一重不去一重時如何師云昨朝栽茄子今日種冬瓜問如何是曹谿的的意師云老僧愛嗔不愛喜僧云爲什麽如是師云路逢劒客須呈劒不是詩人莫説詩僧到叅師問什麽處來僧云瀏陽師云彼中老宿祗對佛法大意道什麽云徧地行無路師云老宿實有此語否云實有師拈拄杖打云這念言語漢師問一長老若有兄弟來将什麽祗對長老云待他來師云何不道長老云和尚欠少什麽師云請不煩葛藤有僧叅師云汝豈不是行脚僧云是師云禮佛也未云禮那土堆作麽師云自領出去僧問某甲講兼行脚不會教意時如何師云實語當懺悔僧云乞師指示師云汝若不會老僧即緘口無言僧云便請道師云心不負人面無慚色問一句道盡時如何師云義墮也僧云什麽處是學人義墮處師云三十棒教誰喫問教意祖意是同是別師云青山自青山白雲自白雲僧云如何是青山師云還我一滴雨來僧云道不得請師道師云法華峯前陣湼槃句後收師問僧今夏在什麽處云待和尚有住處即説似和尚師云狐非師子類燈非日月明師問新到僧什麽處來僧瞪目視之師云驢前馬後漢僧云請師鑒師云驢前馬後漢道将一句來僧無對師看經次陳操尚書問和尚看什麽經師云金剛

經尚書云六朝翻譯此當第幾譯師舉起經云一切有爲法如夢幻泡影師又因看涅槃經僧問和尚看什麼經師拈起經云這箇是茶毗品最末後師問新到僧今夏在什麼處僧云徑山師云多少人云四百人師云這喫夜飯漢僧云尊宿叢林何言喫夜飯師乃棒趂出師聞一老宿難親近躬往相訪老宿見師纔入方丈便喝師側掌云兩重公案老宿云過在什麼處師云這野狐精便退師問僧近離什麼處僧云江西師云蹋破多少草鞋僧無對師與講僧喫茶師云我救汝不得也僧云某甲不曉乞師垂示師拈油餅示之云這箇是什麼僧云色法師云這入鑊湯漢有一紫衣大德到禮拜師拈帽子帶示之云這箇喚作什麼大德云朝天帽師云恁麼即老僧不卸也師復問所習何業云唯識師云作麼生說云三界唯心萬法唯識師指門扇云這箇是什麼云是色法師云簾前賜紫對御談經何得不持五戒僧無對僧問某甲乍入叢林乞師指示師云你不解問云和尚作麼生師云放汝三十棒自領出去問教意請師提綱師云但問將來與你道僧云請和尚道師云佛殿裏燒香三門外合掌問如何是展演之言師云量才補職僧云如何得不落展演師云伏惟尚饗師喚焦山近前來又呼童子取斧來童子取斧至云未有繩墨且斫麤師喝之又喚童子云作麼生是你斧頭童子遂作斫勢師云斫你老爺頭不得問如何是放一線道師云量才補職又問如何是不放一線道師云伏惟尚饗新到僧參師云汝是

新到否云是師云且放下葛藤會麽云不會師云擔枷陳狀自領出去僧便出師云來來我實問汝什麽處來云江西師云泐潭和尚在你背後怕你亂道見麽僧無對問寺門前金剛托即乾坤大地不托即絲髮不逢時如何師云吽吽我不曾見此問先跳三千倒退八百你合作麽生僧云諾師云先責一紙罪狀好便打其僧擬出師云來我共你葛藤托即乾坤大地你且道洞庭湖裏水深多少僧云不曾量度師云洞庭湖又作麽生僧云只爲今時師云只這葛藤尚不會乃打之問如何是觸途無滯底句師云我不恁麽道云師作麽生道師云箭過西天十萬里却向大唐國裏等候有僧扣門師云作什麽云已事未明乞師指示師云這裏只有棒方開門其僧擬問師便摑其僧口問以字不成八字不是是何章句師彈指一下云會麽云不會師云上來表讃無限勝因蝦蟇跳上梵天蚯蚓走過東海西峯長老來叅師致茶果命之令坐問云長老今夏在什麽處安居云蘭谿師云有多少徒衆云七十來人師云時中將何示徒長老拈起柑子呈云已了師云著什麽死急有僧新到叅方禮拜師叱云闍黎因何偷常住果子喫僧云學人纔到和尚爲什麽道偷果子師云贓物見在師問僧近離什麽處曰仰山師曰五戒也不持曰某甲什麽處是妄語師云這裏不著沙彌

杭州千頃山楚南禪師閩中人也姓張氏自髫亂投開元寺曇藹禪師出家迨乎冠歲落髮詣五臺具戒就趙郡學相部律往上都聽

淨名經既精研法義而未了玄機遂謁芙蓉芙蓉見曰吾非汝師汝師江外黃檗是也師禮辭而參黃檗黃檗垂問曰子未現三界影像時如何師曰即今豈是有耶檗曰有無且置即今如何師曰非今古曰吾之法眼已在汝躬師乃入室執巾侍盥晨晡請益尋值唐武宗廢教師遂深竄林谷暨大中初相國裴公休出撫宛陵請黃檗和尚出山師隨出由茲抵姑蘇報恩寺精修禪定僅二十餘載足不踰閫俄爲郡守請住寶林院未幾復請居支硎山又住千頃慈雲院振黃檗玄風一日師上堂曰諸子設使解得三世佛教如缾注水及得百千三昧不如一念修無漏道免被人天因果繫絆時有僧問無漏道如何修師曰未有闍黎時體取曰未有某甲時誰人體師曰體者亦無問如何是易師曰著衣喫飯不用讀經看教不用行道禮拜燒身煉頂豈不易耶曰此既是易如何是難師曰微有念生便具五陰三界輪迴生死皆從汝一念生所以佛教諸菩薩云佛所護念師雖應機無倦而常儼然處定或逾月或浹旬光啓三年錢王請下山供養昭宗聞其道化就賜紫衣文德六年五月辭衆奄然而化壽七十六臘五十六遷塔于院西隅大順二年壬子二月宣州孫儒寇錢塘兵士發塔覩全身不散爪髮俱長謝罪懺悔而去師平昔著般若經品頌偈一卷破邪論一卷見行于世

福州烏石山靈觀禪師（住本山薛老峯亦云丁墓山時稱老觀和尚）尋常扃戶人罕見之唯一信士每至食時送供方開一日雪峯伺便扣門師出開門雪

峯驀胷搊住云是凡是聖師咄云這野狐精便推出閉却門雪峯云也只要識老兄師因剗草次問僧汝何處去云西院禮拜安和尚去時竹上有一青蛇子師指蛇云欲識西院老野狐精只這便是師一日問西院安和尚此一片地堪著什麼物安云好著箇無相佛師云好片地被兄放不淨師一日引水次有僧來叅師以引水横抽示之其僧便去師至暮問小師適來僧在何處小師云發去也師云只得一橛（玄覺云什麼處是少一橛）問如何是佛師出舌示之其僧禮謝師云住住你見什麼便禮拜僧云謝和尚慈悲出舌相示師云老漢近日舌上生瘡有僧到敲門行者開門後便出去其僧入禮拜問如何是西來意師云適來出去者是什麼人僧擬近前師便托出閉却門曹山行脚時問如何是毗盧師法身主師云我若向你道即别有也曹山舉似洞山洞山云好箇話頭只欠進語何不更去問爲什麽不道曹山乃却來進前語師云若言我不道即啞却我口若言我道即謇却我舌曹山歸舉似洞山洞山深肯之

杭州羅漢院宗徹禪師湖州吳興縣人也姓吳氏幼歲出家依年受具廵方叅禮依黄檗希運禪師法席黄檗一見便深器之入室領旨後至杭州州牧劉彦嘉其道立精舍於府西號羅漢院化徒三百師有時上堂僧問如何是西來意師曰骨剉也（師對機多用此語故時人因號骨剉和尚）問如何是南宗北宗師曰心爲宗僧曰還看教也無師曰教是心問性地多昏如何了悟師曰煩雲風卷太虚廓清曰如何得明去

師曰一輪皎潔萬里騰光師後示疾遷化門人塔于院之北隅梁貞明五年錢王廣其院爲安國羅漢寺移師塔於大慈山塢今寺與塔並存

魏府大覺禪師興化存奬禪師爲院宰時師一日問曰我常聞汝道向南行一迴拄杖頭未曾撥著箇會佛法底人汝憑什麼道理有此語興化乃喝師打之興化又喝師又打來日興化從法堂過師召曰院主我直下疑汝昨日行底喝與我說來興化曰存奬平生於三聖處學得底盡被和尚折倒了也願與存奬箇安樂法門師曰這瞎驢卸却衲帔待痛決一頓興化即於語下領旨雖同嗣臨濟而常以師爲助發之友師臨終時謂衆曰我有一隻箭要付與人時有一僧出云請和尚箭師云汝喚什麼作箭僧喝師打數下自歸方丈却喚其僧入來問云汝適來會麼僧云不會師又打數下擲却拄杖云已後遇明眼人分明舉似便乃告寂

裴休字公美河東聞喜人也守新安日屬運禪師初於黃蘗山捨衆入大安精舍混迹勞侶掃灑殿堂公入寺燒香主事祗接因觀壁畫乃問是何圖相主事對曰高僧真儀公曰真儀可觀高僧何在僧皆無對公曰此間有禪人否曰近有一僧投寺執役頗似禪者公曰可請來詢問得否於是遽尋運師公覩之欣然曰休適有一問諸德吝辭今請上人代酬一語師曰請相公垂問公即舉前問師朗聲曰裴休公應諾師曰在什麼處公當下知旨如獲髻珠曰吾師真善知識也示人尅的

若是何汨没於此乎寺衆愕然自此延入府署留之供養執弟子之禮屢辭不已復堅請住黄檗山薦興祖教有暇即躬入山頂謁或渇聞玄論即請師入州公既通徹祖心復博綜教相諸方禪學咸謂裴相不浪出黄檗之門也至遷鎮宣城還思瞻禮亦創精藍迎請居之雖圭峯該通禪講爲裴之所重未若歸心於黄檗而傾竭服膺者也又撰圭峯碑云休與師於法爲昆仲於義爲交友於恩爲善知識於教爲内外護斯可見矣仍集黄檗語要親書序引冠於編首留鎮山門又親書大藏經五百函號迄今寶之又圭峯禪師著禪源諸詮原人論及圓覺經疏注法界觀公皆爲之序公父肅字中明任越州觀察使應三百年讖記重建龍興寺大佛殿自撰碑銘先是越州沙門曇彦身長五尺眉垂數寸與檀越許詢字玄度同造塼木大塔二所彦有神異天降相輪能駐日倍工復從地引其轉至塔頂塔未就詢亡彦師壽長可百二十餘歲猶待得詢後身爲岳陽王來撫越州蓋願力也彦預告門人曰許玄度來也弟子咸謂師老耄言無準的許玄度死已三十餘載何云更來也時岳陽王早承誌公密示纔到州便入寺尋訪彦師出門佇望遥見乃召曰許玄度來何暮昔日浮圖今如故王曰弟子姓蕭名詧師何以許玄度呼之彦曰未達宿命焉得知之遂按手命入室席地彦以三昧力加被王忽悟前身造塔之事宛若今日由是二塔益資壯麗時龍興寺大殿隳壞衆請彦師重修彦曰非貧道緣力也却後二百年有緋衣功德主來興此殿大作佛事寺衆刻石記之及期裴太守赴任興隆三寶傾施俸錢修成大殿方曉彦師懸記無忒公遂篤志内典深入法會有發願文傳於世

懷讓禪師第五世

前袁州仰山慧寂禪師法嗣

仰山西塔光穆禪師第二世住僧問如何是正聞師曰不從耳入曰作麼生師曰還聞麼問祖意與教意同別師曰同別且置汝道鉼觜裏

什麼物出來入去問如何是西來意師曰汝無佛性問如何是頓師作圓相示之曰如何是漸師以手空中撥三下

晉州霍山景通禪師初叅仰山仰山閉目坐師曰如是如是西天二十八祖亦如是中華六祖亦如是和尚亦如是景通亦如是語訖向右邊翹一足而立仰山起來打四藤杖師因此自稱集雲峯下四藤條天下大禪佛（歸宗下亦有大禪佛名智通終於五臺）後住霍山有行者問如何是佛法大意師乃禮拜行者曰和尚爲什麼禮俗人師曰汝不見道尊重弟子師問僧什麼處來僧提起坐具師云龍頭蛇尾僧問如何是佛師打之僧亦打師師曰汝打我有道理我打汝無道理僧無對師乃打趂師化緣将畢先備薪於郊野徧辤檀信食訖行至薪所謂弟子曰日午當來報至日午師自執燭登積薪上以笠置頂後作圓光相手執拄杖作降魔杵勢立終於紅燄中

杭州文喜禪師嘉禾御兒人也姓朱氏七歲出家唐開成二年趙郡具戒初習四分律屬會昌廢教返服韜晦大中初例重懺度於鹽官齊峯寺後謁大慈山性空禪師性空曰子何不徧叅乎咸通三年至洪州觀音院見仰山言下頓了心契仰山令典常住一日有異僧就求齋食師減已分饋之仰山預知問曰適來果位人汝給食否荅曰輟已迴施仰山曰汝大利益七年旋浙右止千頃山築室而居會巢寇之亂避地湖州住仁王院光啓三年錢王請住龍泉廨署（今慈光院）僧問如何是涅槃相師曰香煙盡處驗問如何是佛法大意

師曰喚院主來這師僧患顛問如何是自己師默然僧罔措再問師曰青天蒙昧不向月邊飛大順元年錢王表薦賜紫衣乾寧四年又奏師號曰無著光化二年示疾十月二十七日夜子時告衆曰三界心盡即是涅槃言訖跏趺而終壽八十臘六十終時方丈發白光竹樹同色十一月二十二日遷塔靈隱山西塢（天祐二年宣城帥田頵應杭將許思叛將縱兵大掠發師塔覩肉身不壞髮爪俱長武肅王奇之遣禪將邵志重封瘞焉）

新羅五觀山順支本國號了悟大師僧問如何是西來意師竪拂子僧曰莫這箇便是師放下拂子問以字不成八字不是是什麽字師作圓相示之有僧於師前作五花圓相師畫破別作一圓相

仰山南塔光涌禪師僧問文殊是七佛師文殊有師否師曰遇緣即有曰如何是文殊師師竪拂子示之僧曰莫這箇是麽師放下拂子叉手問如何是妙用一句師曰水到渠成問眞佛住在何處師曰言下無相也不在別處

仰山東塔和尚僧問如何是君王劒師曰落纜不采功僧曰用者如何師曰不落時人手問法王與君王相見時如何師曰兩掌無私曰見後如何師曰中間絶像

前臨濟義玄禪師法嗣

灌谿志閑禪師魏府館陶人也姓史氏幼從栢巖禪師披剃二十受具後見臨濟和尚和尚搊住良久放之師曰領矣往後謂衆曰我見臨濟無言語直至如今飽不饑問請師不借師曰我滿口道不借師又曰大庾嶺頭佛

不會黄梅路上没衆生師會下一僧去叅石霜石霜問什麽處來云灌谿來石霜云我北山住不如他南山住僧無對師問云但道修涅槃堂了也僧問久嚮灌谿到來只見漚麻池師曰汝只見漚麻池不見灌谿僧曰如何是灌谿師曰劈箭急（後人舉似玄沙玄沙云更學三十年未會禪）問如何是古人骨師曰安置不得曰爲什麽安置不得師曰金烏那教下碧天問金鎖斷後如何師曰正是法汝處問如何是細師曰迴換不迴換曰未後事如何師曰忌丈六口頭問如何是一色師曰不隨曰一色後如何師曰有闍黎承當分也無問今日一會抵敵何人師曰不爲凡聖問一句如何師曰不落千聖機問如何是洞中水師曰不洗人師唐乾寧二年乙卯五月二十九日問侍者曰坐死者誰曰僧伽立死者誰曰僧會乃行六七步垂手而逝

幽州譚空和尚有尼欲開堂説法師曰尼女家不用開堂尼曰龍女八歳成佛又作麽生師曰龍女有十八變汝與老僧試一變看尼曰變得也是野狐精師乃打趂寶壽和尚問除却中上二根人來時師兄作麽生師曰汝適來舉早錯也壽曰師兄也不得無過師曰汝却與我作師兄壽側掌云這老賊

鎮州寶壽沼和尚（第一世住）僧問萬境來侵時如何師曰莫管他僧禮拜師曰不要動著動著即打折汝腰趙州諗和尚來師在禪牀背面而坐諗展坐具禮拜師起入方丈諗收坐具而出師問僧什麽處來曰西山來師曰見獮猴麽曰見師曰作什麽伎倆曰見某甲一箇

伎倆也作不得師打之胡釘鉸給師問汝莫是胡釘鉸曰不敢師曰還解釘得虛空否曰請和尚打破某甲與釘師以拄杖打之胡曰和尚莫錯打某甲師曰向後有多口阿師與汝點破在趙州云只這一縫尚不奈何乃代云且釘這一縫問萬里無片雲時如何師曰青天亦須喫棒師將順世謂門人曰汝還知我行履處否對曰知和尚一生長坐不卧師又令近前門人近前師曰去非吾眷屬言訖而化

鎮州三聖院慧然禪師自臨濟受訣徧歷叢林至仰山仰山問汝名什麼師曰名慧寂仰山曰慧寂是我名師曰我名慧然仰山大笑而已師到香嚴嚴問什麼處來師曰臨濟來嚴曰將得臨濟劒來麼師以坐具驀口打而去師到德山纔展坐具德山云莫展炊巾這裏無餕飯師曰縱有也無著處德山以拄杖打師師接住却推德山向禪牀上德山大笑師哭蒼天而去師在雪峯聞峯垂語云人人盡有一面古鏡這箇獼猴亦有一面古鏡師出問歷劫無名和尚爲什麼立爲古鏡峯云瑕生也師咄曰這老和尚話頭也不識峯云罪過老僧住持事多師見寶壽和尚開堂師推出一僧在寶壽前寶壽便打其僧師曰長老若恁麼爲人瞎却鎮州一城人眼在法眼云什麼處是瞎却人眼處

魏府興化存奬禪師問僧什麼處來曰崔禪處來師曰將得崔禪喝來否曰不將得來師曰恁麼即不從崔禪處來僧喝之師遂打師謂衆曰我只聞長廊也喝後架也喝諸子汝莫盲喝亂喝直饒喝得興化向半天裏住却

撲下來氣欲絶待興化蘇息起來向汝道未在何以故我未曾向紫羅帳裏㩉眞珠與汝諸人虛空裏亂喝作什麽師謂克賓維那曰汝不久當爲唱道之師克賓曰不入這保社師曰會了不入不會不入曰沒交涉師便打乃白衆曰克賓維那法戰不勝罰錢五貫設飯一堂仍不得喫飯便趕出院僧問國師喚侍者意作麽生師曰一盲引衆盲師有時喚僧某甲僧應諾師曰點即不到又別喚一僧僧應諾師曰到即不點師後爲後唐莊宗師莊宗一日謂師曰朕收大梁得一顆無價明珠未有人酬價師曰請陛下珠看帝以手舒開幞頭脚師曰君王之寶誰敢酬價（玄覺徵云且道興化肯同光不肯同光若肯同光興化眼在什麽處若不肯同光過在什麽處）師滅後勅謚廣濟大師塔曰通寂

定州善崔禪師州將王公於衙署張座請師說法師陞座良久謂衆曰出來打出來打時譚空和尚出曰崔禪咊師曰久立太尉珍重便下座

鎭州萬歲和尚僧問大衆上來合譚何事師曰序品第一問僧家究竟如何師曰本來只是吹灰法却向壇頭脫却衣師訪寶壽初見便展坐具寶壽即下禪牀師乃坐彼禪牀寶壽驟入方丈少頃知事白師曰堂頭和尚巳關却門也請和尚庫頭喫茶師乃歸院翌日寶壽來復謁師踞禪牀寶壽展坐具師亦下禪牀寶壽還坐禪牀師歸方丈閉關寶壽入侍者寮內取灰於方丈前圍三道而退

雲山和尚有僧從西京來師問還得西京主人書來否僧曰不敢妄通消息師曰作家師

僧天然有在僧曰殘羮餕飯誰喫師曰獨有闍黎不甘喫其僧乃作吐勢師喚侍者曰扶出這病僧著僧便出去

桐峯庵主僧問和尚這裏忽遇大蟲作麼生師作吼聲僧作怖勢師大笑僧曰這老賊師曰爭奈老僧何有僧到庵前便去師曰闍黎闍黎僧迴首便喝師良久僧曰死却這老漢師乃打之僧無語師呵呵大笑有僧入庵摵住師師曰殺人殺人其僧推開曰叫作麼師曰誰僧乃喝師打之僧出迴首曰且待且待師大笑

杉洋庵主有僧到參師問阿誰曰杉洋庵主師曰是我僧便喝師作噓聲僧曰猶要棒在師便打僧問庵主得甚麼道理便住此山師曰也欲通箇來由又恐遭人點檢僧曰又爭免得師乃喝之僧曰恰是師乃打其僧大笑而出師曰今日大敗大敗

涿州紙衣和尚初問臨濟如何是奪人不奪境臨濟曰春煦發生鋪地錦嬰兒垂髮白如絲師曰如何是奪境不奪人曰王令已行天下徧將軍塞外絕煙塵師曰如何是人境俱不奪曰王登寶殿野老謳謌師曰如何是人境俱奪曰并汾絕信獨處一方師於言下領旨深入三玄三要四句之門頗資化道

虎谿庵主僧到抽坐具相看師不顧僧曰知道庵主有此機風師鳴指一聲僧曰是何宗旨師便摑之僧曰知道今日落人便宜師曰猶要棒在有僧纔入門師便喝僧默然師打之僧却喝師曰好箇草賊僧到不審師曰阿誰僧喝師曰得恁麼無賓主僧曰猶要第二

喝在師乃喝之有僧問和尚何處人事師云隴西人僧云承聞隴西有鸚鵡還實也無師云是僧云和尚莫不是也無師便作鸚鵡聲僧云好箇鸚鵡師便棒之

覆盆庵主問僧什麽處來曰覆盆山下來師曰還見庵主否僧便喝師便掌僧曰作麽師又喝一日有僧從山下哭上師閉却門僧於門下畫一圓相師從庵後出却從山下哭上僧喝曰猶作這箇去就在師便換手搥胷曰可惜先師一場埋没僧曰苦苦師曰庵主被謾

襄州歷村和尚煎茶次僧問如何是祖師西來意師舉茶匙子僧曰莫只這便當否師擲向火中問如何是觀其音聲而得解脱師将火筯打柴頭問汝還聞否曰聞師曰誰不解脱

滄州米倉和尚州牧請師與寳壽和尚入廳供養令人傳語請二長老談論佛法壽曰請師兄長老荅話師喝之壽曰某甲尚未借問何便行喝師曰猶欠少在壽却與一喝

睦州陳尊宿法嗣

睦州刺史陳操與僧齋次拈起餬餅問僧江西湖南還有這箇麽僧曰尚書適來喫什麽陳曰敲鐘謝響又一日齋僧次躬行餅僧展手接陳乃縮手僧無語陳曰果然果然異日問僧曰有箇事與上座商量得麽僧曰合取狗口陳自摑曰操罪過僧曰知過必改陳曰恁麽即乞上座口喫飯又齋僧自行食次曰上座施食上座曰三德六味陳曰錯上座無對又與寮屬登樓次有數僧行來一官人曰

來者總是行脚僧陳曰不是曰焉知不是陳曰近前與問相次諸僧樓前行過陳驀喚上座僧皆迴顧陳謂諸官曰不信道又與禪者頌曰

禪者有玄機　玄機是復非　欲了機前旨
咸於句下違

前香嚴智閑禪師法嗣

吉州止觀和尚問如何是毗盧師師攔胷與一托問如何是頓師云非梁陳

壽州紹宗禪師問如何是西來意師曰好事不出門惡事傳千里有官人謂師曰見說江西不立宗師曰遇緣即立曰遇緣立箇什麼師曰江西不立宗

襄州延慶法端號紹眞大師官人問蚯蚓斬兩段兩頭俱動佛性在阿那頭師展兩手洞山別云即今問底在那箇頭

益州南禪無染大師問無句之句師還荅也無師曰從來只明恁麼事僧曰畢竟如何師曰且問看

益州長平山和尚問視瞬不及處如何師曰我眨眼也勿工夫問如何是祖師意師曰西天來唐土去

益州崇福演教大師問如何是寬廓之言師曰無口道得問如何是西來意師曰今日明日

安州大安山清幹禪師問從上諸聖從何而證師乃斫額問如何是祖師西來意師曰羊頭車子推明月

終南山豐德寺和尚問如何是和尚家風師曰觸事面牆問如何是本來事師曰終不更

問人

均州武當山佛巖暉禪師問頃年有疾又中毒藥請師醫師曰二宜湯一椀又問如何是佛向上事曰螺髻子

江西廬山雙谿田道者問如何是啐啄之機師以手作啄勢問如何是西來意師曰什麽處得箇問頭來

前福州雙峯和尚法嗣

雙峯古禪師（第二世）本業講經因上雙峯禮謁雙峯問大德什麽處住曰城裏住雙峯曰尋常還思老僧否曰常思和尚無由禮覲雙峯曰只這思底便是大德師從此領旨即歸本寺捨所居罷講入山執侍數年後到石霜但隨衆而已更不叅請衆僉謂古侍者嘗受雙峯印記往往聞于石霜霜欲詰其所悟而未得其便師因辭石霜霜將拂子送出門首召曰古侍者師迴首石霜曰擬著即差是著即乖不擬不是亦莫作箇會除非知有莫能知之好去好去師應諾諾即前邁尋屬雙峯歸寂師乃繼續住持僧問和尚當時祇對石霜石霜恁麽道意作麽生師曰只教我不著是非（玄覺云且道他會石霜意不會）

前徑山第三世洪諲禪師法嗣

洪州米嶺和尚尋常垂語曰莫過於此僧問未審是什麽莫過於此師曰不出是（其僧後問長慶爲什麽不出是慶云汝擬喚作什麽）

前揚州光孝院慧覺和尚法嗣

道巘禪師廬州人也姓劉氏初叅侍覺和尚便領悟微言即於湖南大光山剃度暨化緣彌盛受請止昇州長慶禪苑師一日上堂謂

衆曰彌勒世尊朝入伽藍暮成正覺乃說偈曰

三界上下法　我說皆是心　離於諸心法

更無有可得

看他恁麼道也大殺惺惺若比吾徒猶是鈍漢所以一念見道三世情盡如印印泥更無前後諸子生死事大快須薦取莫爲等閑業識茫茫蓋爲迷已逐物世尊臨入涅槃文殊請佛再轉法輪世尊咄文殊言吾四十九年住世不曾一字與人汝請吾再轉法輪是謂吾曾轉法輪也然今時衆中建立箇賔主問答事不獲已蓋爲初心爾僧問如何是長慶境師曰閙黎履踐看問如何是佛法大意師曰古人豈不道今日三月三僧曰學人不會師曰止止不須說我法妙難思便下座咸平二年歸寂

懷讓禪師第六世

前仰山南塔光涌禪師法嗣

越州清化全付禪師呉郡崑山人也父賈販師隨至豫章聞禪會之盛遂啓求出家即詣江夏投清平大師清平問曰汝來何求曰求法也清平異而攝受之尋登戒度奉事彌謹一旦自謂曰學無常師豈宜匏繫於此乎即辭抵宜春仰山禮南塔涌和尚涌問從何而來師曰鄂州來涌曰鄂州使君名什麼曰化下不敢相觸涌曰此地通不畏師曰大丈夫何必相試涌諰然而笑遂蒙印可乃遊廬陵安福縣宰爲建應國禪苑迎以聚徒本道上聞賜名清化焉僧問如何是和尚急切爲人處師曰朝看東南暮看西北僧曰不會師曰

徒誇東陽客不識西陽珍問如何是正法眼師曰不可青天白日尿牀也師後因同里僧勉還故國錢氏文穆王特加禮重晉天福二年丁酉歲錢氏戍將闢雲峯山建院亦以清化爲名法侶臻萃僧問如何是佛法大意師曰華表柱頭木鶴飛問路逢達道人不將語默對未審將什麼對師曰眼裏瞳人吹呌子問和尚年多少師曰始見去年九月九如今又見秋葉黄僧曰恁麼即無數也師曰問取黄葉曰畢竟事如何師曰六隻骰子滿盆紅問亡僧遷化向什麼處去師曰長江無間斷聚沫任風飄曰還受祭祀也無師曰祭祀不無僧曰如何祭祀師曰漁歌舉櫂谷裏聞聲至忠獻王賜以紫方袍師不受王改以衲衣仍號純一禪師師曰吾非飾讓也慮後人倣吾而逞欲耳漢開運四年丁未秋七月示疾安然坐逝有大風震摧林木壽六十六臘四十五

郢州芭蕉山慧清禪師新羅人問如何是芭蕉水師曰冬温夏涼問如何是吹毛劒師曰進前三步僧曰用者如何師曰退後三步問如何是和尚爲人一句師曰只恐闍黎不問師上堂謂衆曰會麼相悉者少珍重問不語有問時如何師曰未出三門千里程問如何是自己師曰望南看北斗問光境俱亡復是何物師曰知曰知箇什麼師曰建州九郎問如何是提婆宗師曰赤旛在左師問僧近離什麼處曰請師試道看師曰將謂是舶上商人元來是當州小客問不問二頭三首請師直指本來面目師默然正坐問賊來須打客

來須看忽遇客賊俱來時如何師曰屋裏有一緉破草鞋曰只如破草鞋還堪受用也無師曰汝若将去前凶後不吉問北斗裏藏身意旨如何師曰九九八十一師又曰會麼曰不會師曰一二三四五問古佛未出興時如何師曰千年茄子根曰出興後如何師曰金剛努出眼師上堂良久曰也大相屈珍重

韶州昌樂縣黄連山義初號明微大師問三乘十二分教即不問請師開口不荅話師曰寶華臺上定古今曰如何是寶華臺上定古今師曰一點墨子輪流不移曰學人全體不會請師指示師曰靈覺雖轉空華不墮問古路無蹤如何進步師曰金烏遶須彌元與劫同時曰恁麼即得達於彼岸也師曰黄河三千年一度清廣南劉氏嚮師道化請入府内說法僧問人王與法王相見時如何師曰兩鏡相照萬像歷然曰法王心要達磨西來五祖付與曹谿自此不傳衣鉢未審碧玉階前将何付囑師曰石羊水上行木馬夜翻駒僧曰恁麼即我王有感萬國歸朝師曰時人盡唱太平歌問如何是佛師曰胷題萬字背負圓光問如何是道師展兩手示之僧曰佛之與道相去幾何師曰如水如波

韶州慧林鴻究號妙濟大師有僧問千聖常行此路如何是此路師曰果然不見問魯祖面壁意如何師曰有什麼雪處問如何是急切事師曰鈍漢問如何是和尚家風師曰諸方例大問定慧等學明見理性如何師曰新修梵宇

前仰山西塔光穆禪師法嗣

吉州資福如寶禪師僧問如何是應機之句師默然問如何是玄旨師曰汝與我掩却門問魯祖面壁意作麽生師曰勿交涉問如何是從上真正眼師搥胷曰蒼天蒼天僧曰借問又何妨師曰困問這箇還受學也無師曰未曾钁地栽虚空問如何是納僧急切處師曰不過此問僧曰學人未問已前請師道師曰噫問諸方盡皆妙用未審和尚此間如何師曰噫問古人拈槌豎拂此理如何師曰瘂問如何是一路涅槃門師彈指一聲又展開兩手僧曰如何領會師曰不是秋月明子自横行八九問如何是和尚家風師曰飯後三椀茶師一日拈起蒲團示衆云諸佛菩薩及入理聖人皆從這裏出便擲下擘胷開曰作麽生衆無對問學人創入叢林一夏将末未蒙和尚指教願垂提掇師托開其僧乃曰老僧自住持來未曾瞎却一僧眼師有時坐良久周視左右曰會麽衆曰不會師曰不會即謾汝去也師一日将蒲團於頭上曰汝諸人恁麽時難共語衆無對師将坐却曰猶較些子

前灌谿志閑禪師法嗣

池州魯祖山教和尚僧問如何是目前事師曰絲竹未将爲樂器架上葫蘆猶未收問如何是雙林樹師曰有相身中無相身曰如何是有相身中無相身師曰金香爐下鐵崑崙問如何是高峯孤宿底人師曰半夜日頭明日午打三更問如何是格外事師曰化道縁終後虚空更那邊問進向無門時如何師曰太鈍生僧曰不是鈍根直下進向無門時如

何師曰靈機未曾論邊際執法無邊在暗中問如何是學人著力處師曰春來草自青月上巳天明曰如何是不著力處師曰崩山石頭落平川燒火行

魏府興教存獎禪師法嗣

汝州寶應和尚（亦曰南院第一世住）上堂示衆曰赤肉團上壁立千仞時有僧問赤肉團上壁立千仞豈不是和尚道師曰是其僧乃掀禪牀師曰這瞎驢便棒師問僧近離什麼處曰長水師曰東流西流曰總不恁麼師曰作麼生僧珍重師打之趂下法堂僧到參師舉拂子僧曰今日敗闕師放下拂子僧曰猶有這箇在師乃棒之師問僧近離什麼處曰近離襄州師曰來作什麼曰特來禮拜和尚師曰恰遇寶應老不在僧便喝師曰向汝道不在又喝作什麼僧又喝師乃棒之其僧禮拜師曰這棒本分汝打我我且打汝三五棒要此話大行思明和尚未住西院時到參禮拜後白曰別無好物人事從許州買得一口江西剃刀來獻和尚師曰汝從許州來什麼處得江西剃刀明把師手搯一下師曰侍者收取明拂袖而去師曰阿剌剌師上堂曰諸方只具啐啄同時眼不具啐啄同時用時有僧便問如何是啐啄同時用師曰作家相見不啐啄啐啄同時失僧曰此猶未是某甲問處師曰汝問處又作麼生僧曰失師乃打之其僧不肯後於雲門會下聞別僧舉此語方悟旨却迴參省師已圓寂遂禮風穴和尚風穴問曰汝當時問先師啐啄話後來還有省處也無僧曰已見箇道理也曰作麼生僧曰某甲當時

在燈影裏行照顧不著風穴云汝會也

前寶壽沼和尚法嗣

汝州西院思明禪師有人問如何是伽藍師曰荆棘叢林曰如何是伽藍中人師曰獾兒狢子問如何是臨濟一喝師曰千鈞之弩不為鼷鼠而發機曰和尚慈悲何在師打之僧從漪到法席旬日乃曰莫道會佛法人覔箇舉話底人也無師聞而默之漪異日上法堂次師召從漪漪舉首師曰錯漪進三兩步師又曰錯漪復近前師曰適來兩錯是上座錯是西院錯曰是從漪錯師曰錯又曰上座且這裏過夏待共汝商量這兩錯漪不肯便去後住相州天平山嘗舉前話曰我行脚時被惡風吹到汝州有西院長老勘我連道三錯更待留我過夏商量我不説恁麽時錯我當時發足擬向南去便知道錯了也（首山省念和尚云據天平作恁麽會解未夢見西院在何故話在）

寶壽和尚（第二世住）有僧問如何是祖師曰面黒眼睛白問蹋倒化城時如何師曰死漢不斬僧曰斬師乃打之

前三聖慧然禪師法嗣

鎮州大悲和尚有僧問除上去下請師便道師曰我開口即錯僧曰眞是學人師師曰今日向弟子手裏死

淄州水陸和尚有僧問如何是學人用心處師曰用心即錯僧曰不起一念時如何師曰勿用處漢問此事如何保任師曰切忌問如何是最初一句師便喝問狹路相逢時如何師便攔胷托一托

前魏府大覺和尚法嗣

廬州大覺和尚問牛頭未見四祖特爲什麼鳥獸啣華師曰有恁麼畜生曰見後爲什麼不來啣華師曰無恁麼畜生

廬州澄心院旻德和尚在興化時遇興化和尚示衆云若是作家戰将便請單刀直入更莫如何若何師出禮拜起便喝興化亦喝師又喝化亦喝師乃作禮歸衆化云旻德今夜較却興化二十棒然雖如是賴遇他旻德長老一喝不作一喝用汝州南院和尚問匹馬單槍來時如何師曰待我斫棒問上上根器人還接否師曰接僧曰便請師接師曰且得平交師問新到僧近離什麼處曰漢上師曰汝也罪過我也罪過僧無語師見新到僧乃搊住曰作麼生作麼生僧無對師曰三十年弄馬騎今日被驢撲有僧新到師曰敗也乃抛下拄杖僧曰恁麼語話師便打

景德傳燈録卷第十二

音釋

涿竹角切地名 巚語偃切 郢以整切地名 淄側持切地名 搊楚鳩切手搊也 肋盧則切脅幹也 捋盧括切摩捋也 钁居縛切大鉏也 掇都括切提掇也 掣昌列切拽也 賽先代切報也 唵一感切含也 趂丑刃切逐也 徇松閏切從也 窄側革切狹也 傀儡傀口猥切畾魯猥切傀儡木偶戲也 屨俱遇切屨屬 嗤赤脂切口笑也 [illegible]徒路切 轢歷各切 緘古咸切封緘也 瞪除庚澄應二切直視也 泐力得切泐滭地名 髫徒聊切小兒髫也 齓初覲切毀齒也 研倪堅切窮究也 盥古玩切澡手也 晡博孤切申時也 竄七亂切匿也 閾雨逼切門限也 硎經奚切 絆博慢切羈絆也 浹子協切浹旬周十日也 扃古熒切猶關也 刻

初限切削也　謇居偃切吃也　怶披義切褩帔也　醻時流切答也　愕五各切驚愕也　讖楚譖切符讖也　耄莫報切惛忘也　詧初八切　隳許規切壞也　忒他得切差也　翹渠堯切舉也　禦魚巨切禦兒地名　韜他刀切藏也　饋求位切餉也　瘞於計切埋瘞也　劈普擊切破也　餕所鳩切壞飯也　粲先達切粲放也　𠰷尼止切指物貌　煦香句切溫和也　眨側洽切目動也　啐子律切　匏蒲交切瓟也　辴丑忍切笑貌　骰徒侯切博陸采具也　舶傍陌切海中大船也　掐苦洽切爪刺也　刺剌並盧達切　獾呼官切牡狼也　狢下各切狐狢也　鼷下雞切小鼠也

景德傳燈録卷第十三

宋　沙　門　道　原　纂

懷讓禪師及曹谿別出共七十七人

懷讓禪師第七世

郢州芭蕉山慧清禪師法嗣四人二人見録

郢州興陽清讓禪師

洪州幽谷山法滿禪師

郢州興陽義深禪師　芭蕉山第二世住遇禪師　已上二人無機縁語句不録

吉州資福如寶禪師法嗣四人三人見録

吉州資福貞邃禪師　吉州福壽和尚

潭州鹿苑和尚

潭州報慈徳韶大師一人無機縁語句不録

汝州南院和尚法嗣一人見録

汝州風穴延沼禪師

汝州西院思明禪師法嗣一人見録

郢州興陽歸靜禪師

韶州慧林鴻究禪師法嗣一人見録

韶州靈瑞和尚

懷讓禪師第八世

汝州風穴延沼禪師法嗣四人二人見録

汝州廣慧眞禪師　汝州首山省念禪師

鳳翔長興和尚　潭州靈泉和尚　人已上二人無機縁語句不録

潭州報慈歸眞大師德韶法嗣二人見録

蘄州三角山志謙禪師

郢州興陽詞鐸禪師

懷讓禪師第九世

汝州首山省念禪師法嗣一人見録

汾州善昭禪師

曹谿別出第二世

羅浮山定眞和尚法嗣

羅浮山靈運禪師一人無機緣語句不録

制空山道進和尚法嗣

荊州玄覺禪師一人無機緣語句不録

韶州下回田善快和尚法嗣

善悟禪師一人無機緣語句不録

司空山本淨和尚法嗣

中使楊光庭一人無機緣語句不録

緣素和尚法嗣

韶州小道進禪師　韶州遵寂禪師

已上二人無機緣語句不録

秖陀和尚法嗣

衡州道倩禪師一人無機緣語句不録

南陽慧忠國師法嗣五人一人見録

吉州躭源山眞應禪師

唐肅宗皇帝　代宗皇帝

開封孫知古

鄧州香嚴惟戒禪師

已上四人無機緣語句不録

洛陽荷澤神會大師法嗣一十八人二人見録

黃州大石山福琳禪師

沂水蒙山光寶禪師

磁州法如禪師　懷安郡西隱山進平禪師

澧陽慧演禪師　河陽懷空禪師

南陽圓震禪師　宜春廣敷禪師

江陵行覺禪師　五臺山神英禪師

五臺山無名禪師　南嶽皓玉禪師

宣州志滿禪師　洛州朗禪師

廣陵靈坦禪師　寧州通隱禪師

益州南印禪師　河南尹李常

已上一十六人無機緣語句不録

曹谿別出第三世

下回田善悟禪師法嗣

潭州無學禪師一人無機緣語句不録

衡州道倩和尚法嗣

湖南如寶禪師一人無機緣語句不録

躭源山眞應和尚法嗣

吉州貞邃禪師一人
無機緣語句不録

磁州法如和尚法嗣

荊南惟忠禪師一人
無機緣語句不録

河陽懷空和尚法嗣

蔡州道明禪師一人
無機緣語句不録

烏牙山圓震禪師法嗣

吳頭陀　四面山法智禪師
已上二人無機緣語句不録

五臺山無名禪師法嗣

五臺華嚴澄觀大師
一人無機緣語句不録

益州南印和尚法嗣

義俛禪師一人無
機緣語句不録

曹谿別出第四世

荊南惟忠禪師法嗣 忠禪師亦名南印

道圓禪師　益州如一禪師
奉國神照禪師　廬山東林雅禪師
已上四人無機
緣語句不録

吳頭陀法嗣

玄固禪師一人
機緣語句不録

曹谿別出第五世

遂州道圓禪師法嗣一人見録

終南山圭峯宗密禪師

奉國神照禪師法嗣

鎮州常一禪師　滑州智遠禪師
鹿臺玄邃禪師
已上三人無機
緣語句不録

曹谿別出第六世

圭峯宗密禪師法嗣

圭峯溫禪師　慈恩寺太恭禪師
興善寺太錫禪師　萬乘寺宗禪師
瑞聖寺覺禪師　化度寺仁瑜禪師
已上六人無機緣語句不録

鹿臺玄邃禪師法嗣

龍興念禪師一人
無機緣語句不録

滑州智遠禪師法嗣

彭門審用禪師　圓照禪師
上方眞禪師　東京法志禪師
已上四人無機緣語句不錄

懷讓禪師第七世

前郢州芭蕉山慧清禪師法嗣

郢州興陽山清讓禪師僧問大通智勝佛十劫坐道場佛法不現前不得成佛道時如何師曰其問甚諦當僧曰既是坐道場爲什麼不得成佛道師曰爲伊不成佛

洪州幽谷山法滿禪師僧問如何是道師良久曰會麼僧曰學人不會師曰話道語下無聲舉揚奥旨丁寧禪要如今會取不須別後消停

前吉州資福如寶禪師法嗣

吉州資福貞邃禪師第二世住僧問和尚見古人得何意旨便歇去師作圓相示之問如何是古人歌師作圓相示之問如何是最初一句師曰未具世界時闍黎亦在此問百丈卷席意如何師良久問古人道前三三後三三意如何師曰汝名什麼曰某甲師曰喫茶去師謂衆曰隔江見資福刹竿便迴去脚跟也好與三十棒豈況過江來時有僧纔出師曰不堪共語問如何是古佛心師曰山河大地

吉州福壽和尚僧問祖意教意同別師乃展手問文殊騎師子普賢騎象未審釋迦騎什麼師舉手云邪邪

潭州鹿苑和尚僧問餘國作佛還有異名也無師作圓相示之問如何是鹿苑一路師曰吉嘹舌頭問將來問如何是閉門造車師曰南嶽石橋僧曰如何是出門合轍師曰拄杖頭上掛草鞋師上堂展手云天下老和尚諸

上座命根總在這裏有一僧出曰還收得也無師曰天台石橋側僧曰某甲不恁麼師曰伏惟尚饗問如何是世尊不說說師曰須彌山倒曰如何是迦葉不聞聞師曰大海枯竭

前汝州南院和尚法嗣

汝州風穴延沼禪師餘杭人也初發迹於越州鏡清順德大師未臻堂奥尋詣襄州華嚴院遇守廓上座即汝州南院侍者也乃密探南院宗旨初見不禮拜便問曰入門須辯主端的請師分南院以左手拊膝師喝南院以右手拊膝師又喝南院舉左手曰這箇即從闍黎又舉右手曰這箇又作麼生師曰瞎南院擬拈拄杖次師曰作什麼奪拄杖打著老和尚莫言不道南院曰三十年住持今日被黄面淛子上門羅織師曰和尚大似持鉢不得詐道不饑南院曰闍黎幾時曾到南院來師曰是何言歟曰老僧端的問汝師曰也不得放過南院曰且坐喫茶師方叙師資之禮自後應潙仰之懸記出世聚徒南院法道由是大振諸方矣師上堂曰祖師心印此日全提去即印住住即印破只如不去不住印即是不印即是衆中還有道得者麼時有盧陂長老問曰學人有鐵牛之機請師不搭印師曰慣釣鯨鯢澄巨浸却嗟蝸步驟泥沙盧陂擬進語師以拂子驀口打乃曰記得前語麼盧陂曰記得師曰試舉看盧陂欲開口師又打一拂上堂謂衆曰夫叅學眼目臨機直須大用見前莫自拘於小節設使言前薦得猶是滯殼迷封縱然句下精通未免觸途狂見觀汝諸人從前依他學解迷昧兩蹊而今與

汝一齊掃却箇箇作大師子兒吒呀地哮吼一聲壁立千仞誰敢正眼覷著若覷著即瞎却渠眼問師唱誰家曲宗風嗣阿誰師曰超然逈出威音外翹足徒勞讚底沙問古曲無音韻如何和得齊師曰木雞啼子夜芻狗吠天明問如何是一稱南無佛師曰燈連鳳翅當堂照月影娥眉顆面看問如何是佛師曰如何不是佛問未曉玄言請師直指師曰家住海門洲扶桑最先照問朗月當空時如何師曰不從天上輥任向地中埋問如何是佛師曰嘶風木馬緣無絆背角泥牛痛下鞭問如何是廣慧劒師曰不斬死漢問古鏡未磨時如何師曰天魔膽裂僧曰磨後如何師曰軒轅無道僧問朗月當空時如何師曰不在團天且居姜里問矛盾本成雙翳病帝網明珠事若何師曰爲山登九仞捻土定千鈞僧曰如何師曰如何問干木奉文侯知心有幾人師曰少年曾決龍蛇陣老倒還聽稚子歌問如何是清涼山中主師曰一句不遑無著問迄今猶作野盤僧問句不當機如何顯道師曰大昴縱同天日輪不當午問如何是和尚家風師曰鶴有九皐難翥翼馬無千里漫追風問如何是佛師曰勿使異人聞問未有之言請師試道師曰入市能長嘯歸家著短衣問夏終今日師意如何師曰不憐鵝護雪且喜蠟人冰問歸鄉無路時如何師曰平窺紅爛處暢殺子平生師赴州衙請上堂有僧問曰人王與法王相見時如何師曰大舞遶林泉世間無憂喜僧曰共譚何事師曰虎豹巖前曾宴坐隼旟光裏播眞宗問摘葉尋枝

即不問如何是直截根源師曰赴供凌晨入開堂帶雨歸問凡有所問皆是揑怪請師直指根源師曰罕逢穿耳客多遇刻舟人問正當恁麽時如何師曰盲龜值木雖優穩枯木生華物外春問如何是密室中事師曰出袖譚今古迴顔獨皺眉問驪龍頷下珠如何取得師曰曾向海邊乾竹剌直至如今治素琴問大舸搖空如何舉櫂師曰自在不點胷渾家不喜見問追風難把捉前程事若何師曰波斯衣褧解問誕生王子還假及第否師曰一句擬光禪子問三緘恐負古人機問隨緣不變者忽遇知音人時如何師曰披莎側笠千峯裏引水澆蔬五老前問刻舟求不得當體事如何師曰大勲不立賞柴扉草自深問從上古人印印相契如何是印底眼師曰輕囂道者知機變拈與霑竃拭淚巾問九夏賞勞請師言薦師曰出岫拂開龍洞雨汎波僧涌鉢囊花問最初自恣合對何人師曰一把香芻拈未下六環金錫響搖空問西祖傳來請師端的師曰一犬吠虚千猱啀實問王道與佛道相去幾何師曰芻狗吠時天地合木雞啼後祖燈輝問祖師心印請師拂拭師曰祖月凌空圓聖智何山松檜不青青問大衆雲集請師說法師曰赤脚人趂兎著鞾人喫肉問不曾博覽空王教略借玄機試道看師曰白玉無瑕卞和刖足問如何是無爲之句師曰寶燭當軒顯紅光爍太虚問如何是臨機一句師曰因風吹火用力不多問素面相呈時如何師曰拈却蓋面帛問如何是衲僧氣息師曰膝行肘步大衆見之問紫菊半開

秋巳至月圓當戶意如何師曰月生蓬島人皆望昨夜遭霜子不知問如何是直截一路師曰直截迂曲問如何是師子吼師曰阿誰要汝野干鳴問如何是諦實之言師曰心懸壁上問心不能緣口不能言時如何師曰逢人但恁麼舉看問龍透清潭時如何師曰印駿捺尾問任性浮沉時如何師曰牽牛不入欄問有無俱無去處時如何師曰三月懶遊花下路一家愁閉雨中門問語默涉離微（肇法師寶藏論離微體淨品云其入離其出微知入離外塵無所衣知出微內心無所爲內心無所爲諸見不能移外塵無所依萬有不能機萬有不能機想慮不乘馳諸見不能移寂滅不思議可謂本淨體離微也據入故名離約用故名微混而爲一無離無微體淨不可染無染故無淨體微不可有無有故無無）如何通不犯師曰常憶江南三月裏鷓鴣啼處野花香問百了千當時如何師曰不許夜行投明須到問無地客

身時如何師曰熊耳塔開無叩客僧曰如何即是師曰決須斷却問盡大地人來一時致問如何秖對師曰子期琴韻勿知音問央掘逼佛時如何師曰大家保護萬迴憨問心印未明如何得入師曰雖聞酋帥投歸款未見牵羊納璧來問如何是臨濟下事師曰桀犬吠堯問如何是曹谿事師曰孟浪借辭論馬角問不修定慧爲什麼成佛無疑師曰金雞專報曉漆桶黑光生問一念萬年時如何師曰拂石僊衣破問洪鍾未擊時如何師曰充塞大千無不韻妙含幽致豈能分僧曰擊後如何師曰石壁山河無障礙翳消開後好沾聞問如何是西來意師曰尋山水盡山無盡問大人相爲什麼不具足師曰鵶梟夜半欺鷹隼問今古纔分請師密要師曰截却重舌

問如何是大人相師曰赫赤窮僧曰未審和尚二時如何師曰攜籮挈杖問如何是賓中主師曰入市雙瞳瞽曰如何是主中賓師曰迴鑾兩曜新曰如何是賓中賓師曰攢眉坐白雲曰如何是主中主師曰磨礱三尺刃待斬不平人問如何是钁頭邊意師曰山前一片青問如何是佛師師曰杖林山下竹筋鞭

前汝州西院思明禪師法嗣

郢州興陽歸靜禪師初叅西院乃問曰擬問不問時如何西院便打師良久西院云若喚作棒眉鬚墮落師於言下大悟僧問師唱誰家曲宗風嗣阿誰師曰少室峯前無異路

前韶州慧林鴻究禪師法嗣

韶州靈瑞和尚有人問如何是佛師喝云汝是村裏人問如何是西來意師曰十萬八千里問如何是本來心師曰坐却毗盧頂出没太虛中

前風穴延沼禪師法嗣

汝州廣慧眞禪師僧問如何是廣慧境師曰小寺前頭資慶後問如何是和尚家風師曰杴爬钁子

汝州首山省念禪師萊州人也姓狄氏受業於本部南禪院得法於風穴初住首山爲第一世開堂日有僧問曰師唱誰家曲宗風嗣阿誰師曰少室巖前親掌視僧曰更請洪音和一聲師曰如今也要大家知師謂衆曰佛法付與國王大臣有力檀越令燈燈相然相續不斷至于今日大衆且道相續箇什麽師良久又曰今日須是迦葉師兄始得僧問如何是和尚家風師曰一言截斷千江口萬仭

峯前始得玄問如何是首山境師曰一任衆人看僧曰如何是境中人師曰喫棒得也未僧禮拜師曰且待别時問如何是祖師西來意師曰風吹日炙問從上諸聖向什麽處行履師曰牽犁拽杷問古人拈槌豎拂意旨如何師曰孤峯無宿客僧曰未審意旨如何師曰不是守株人問如何是菩提路師曰此去襄縣五里僧曰向上事如何師曰往來不易問諸聖説不盡處請師舉唱師曰萬里神光都一照誰人敢並日輪齊問一樹還開華也無師曰開來久矣僧曰未審還結子也無師曰昨夜遭霜了問臨濟喝德山棒未審明得什麽邊事師曰汝試道看僧喝師曰瞎僧再喝師曰這瞎漢只麽亂喝作麽僧禮拜師便打問四衆圍繞師説何法師曰打草蛇驚僧

曰未審怎麽生下手師曰適來幾合喪身失命問二龍爭珠誰是得者師曰得者失僧曰不得者又如何師曰珠在什麽處問維摩默然文殊賛善未審此意如何師曰當時聽衆必不如是僧曰未審維摩默然意旨如何師曰知恩者少負恩者多問一切諸佛皆從此經出如何是此經師曰低聲低聲僧曰如何受持師曰切不得汚染問世尊滅後法付何人師曰好箇問頭無人荅得問見色便見心諸法無形將何所見師曰一家有事百家忙僧曰學人不會乞師再指師曰三日後看取問如人入京朝聖主只到潼關便却迴時如何師曰猶是鈍漢問路逢達道人不將語默對未審將什麽對師曰瞥爾三千界問一句了然超百億如何是一句師曰到處舉似人

僧曰畢竟事如何師曰但知恁麽道問如何是古佛心師曰鎭州蘿蔔重三斤問虚心以何爲體師曰老僧在汝脚底僧曰和尚爲什麽在學人脚底師曰知汝是箇瞎漢問如何是玄中的師曰有言須道却僧曰此意如何師曰無言鬼也嗔問如何是衲僧眼師曰此問猶不當僧曰當後如何師曰堪作什麽問如何得離衆縁去師曰千年一遇僧曰不離時如何師曰立在衆人前問如何是大安樂底人師曰不見有一法僧曰將何爲人師曰謝闍黎領話問如何是常在底人師曰亂走作麽問一毫未發時如何師曰路逢穿耳客僧曰發後如何師曰不用更遲疑問無弦琴請師音韻師良久曰還聞麽僧曰不聞師曰何不高聲問著問學人久處沉迷請師一接師曰老僧無恁麽閑功夫僧曰和尚爲什麽如此師曰要行即行要坐即坐問如何是離凡聖底句師曰嵩山安和尚僧曰莫便是和尚極則處否師曰南嶽讓禪師問學人作入叢林乞師指示師曰闍黎到此多少時也僧曰已經冬夏師曰莫錯舉似人問有一人蕩盡來時師還接否師曰蕩盡即不無那箇是誰僧曰今日風高月冷師曰僧堂内幾人坐卧僧無對師曰賺殺老僧問如何是梵音相師曰驢鳴狗吠問如何是徑截一路師曰或在山間或在樹下問曹谿一句天下人聞未審和尚一句什麽人得聞師曰不出三門外僧曰爲什麽不出三門外師曰舉似天下人僧問如何是和尚不欺人眼師曰看看冬到來僧曰究竟如何師曰即便春風至問遠聞

和尚無絲可掛及至到來爲什麼有山可守師曰道什麼僧喝師亦喝僧禮拜師曰放汝二十棒師次住寶安山廣教院亦第一世後徇衆請入城下寶應院（即南院第三世）三處法席海衆常臻淳化三年十二月四日午時上堂說偈示衆曰

今年六十七　老病隨緣且遣日　今年記取來年事　來年記著今朝日

至四年月日與時無爽前記上堂辭衆仍說偈曰

白銀世界金色身　情與非情共一真
明暗盡時俱不照　日輪午後是全身

言訖安坐日將昳而逝壽六十有八茶毗收舍利

前潭州報慈歸眞大師德韶法嗣

蘄州三角山志謙禪師僧問如何是佛師曰速禮三拜

郢州興陽詞鐸禪師（第三世住）僧問佛界與衆生界相去多少師曰道不得僧曰眞箇那師曰有些子問傘蓋忽臨於寶座師今何異鵲巢時師曰道不得僧曰即今底師曰輸汝一佛法

前汝州首山省念禪師法嗣

汾州善昭禪師上堂謂衆曰凡一句語須具三玄門每一玄門須具三要有照有用或先照後用或先用後照或照用同時或照用不同時先照後用且要共你商量先用後照你也須是箇人始得照用同時你作麼生當抵照用不同時你又作麼生湊泊僧問如何是大道之源師曰掘地覓青天曰何得如此師

曰識取幽玄問如何是賓中賓師曰合掌庵前問世尊曰如何是賓中主師曰對面無儔侶曰如何是主中賓師曰陣雲横海上拔劒攪龍門曰如何是主中主師曰三頭六臂驚天地忿怒那吒撲帝鍾

曹谿別出第二世

前南陽慧忠國師法嗣

吉州耽源山眞應禪師爲國師侍者時一日國師在法堂中師入來國師乃放下一足師見便出良久却回國師曰適來意怎麼生師云向阿誰說即得國師曰我問你師云什麼處見某甲師又問百年後有人問極則事如何國師曰幸自可憐生須要覓箇護身符子作麼異日師攜籃子歸方丈國師問籃裏什麼物師曰青梅國師曰將來何用師曰供養國師曰青在爭堪供養師曰以此表獻國師曰佛不受供養師曰某甲只恁麼和尚如何國師曰我不供養師曰爲什麼不供養國師曰我無果子百丈海和尚在㵎潭山牽車次師曰車在這裏牛在什麼處海斫額師乃拭目麻谷問十二面觀音豈不是聖師曰是麻谷與師一摑師曰想汝未到此境國師諱日設齋有僧問曰國師還來否師曰未具他心曰又用設齋作麼師曰不斷世諦

洛陽荷澤神會大師法嗣

黄州大石山福琳禪師荆州人也姓元氏本儒家子幼歸釋氏就玄靜寺謙著禪師剃度登戒遊方遇荷澤師示無念靈知不從緣有即煥然見諦後抵黄州大石山結庵而居四方禪侶依之甚衆唐興元二年入滅壽八十

有二

沂水蒙山光寶禪師并州人也姓周氏初謁荷澤和尚服勤左右荷澤一日謂之曰汝名光寶名以定體寶即已有光非外求縱汝意用而無少乏長夜蒙照而無間歇汝還信否師曰信則信矣未審光之與寶同耶異耶荷澤曰光則寶寶則光何有同異之名乎師曰眼耳緣聲色時爲復抗行爲有迴互荷澤曰抗互且置汝指何法爲聲色之體乎師曰如師所說即無有聲色可得荷澤曰汝若了聲色體空亦信眼耳諸根及與凡聖平等如幻如行迴互其理昭然師由是領悟禮辭而去初隱沂水蒙山唐元和二年圓寂壽年九十

曹谿別出第五世

前遂州道圓禪師法嗣

終南山圭峯宗密禪師果州西充人也姓何氏家本豪盛髫齓通儒書冠歲探釋典唐元和二年將赴貢舉偶造圓和尚法席欣然契會遂求披削當年進具一日隨衆僧齋于府吏任灌家居下位以次受經得圓覺十二章覽未終軸感悟流涕歸以所悟之旨告于圓圓撫之曰汝當大弘圓頓之教此諸佛授汝耳行矣無自滯於一隅也師涕泣奉命禮辭而去因謁荆南張禪師南印張曰傳教人也當宣導於帝都復見洛陽照禪師奉國神照照曰菩薩人也誰能識之尋抵襄漢因病僧付華嚴疏即上都澄觀大師之所撰也師未嘗聽習一覽而講自欣所遇曰向者諸師述作罕窮厥旨未若此疏辭源流暢幽賾煥然吾禪遇南宗教逢圓覺一言之下心地開通一軸之

中義天朗耀今復偶玆絶筆罄竭于懷曁講終思見疏主時屬門人太恭斷臂酬恩師先齎書上疏主遙叙師資往復慶慰尋太恭痊損方隨侍至上都執弟子之禮觀曰毗盧華藏能隨我遊者其汝乎師預觀之室雖日新其德而認筌執象之患永亡矣比遊清涼山迴住鄠縣草堂寺未幾復入寺南圭峯蘭若大和中徵入内賜紫衣帝累問法要朝士歸慕惟相國裴公休深入堂奥受教爲外護師以禪教學者互相非毀遂著禪源諸詮寫録諸家所述詮表禪門根源道理文字句偈集爲一藏（或云一百卷）以貽後代其都序略曰禪是天竺之語具云禪那翻云思惟修亦云靜慮皆是定慧之通稱也源者是一切衆生本覺眞性亦名佛性亦名心地悟之名慧修之名定定慧通名爲禪此性是禪之本源故云禪源亦名禪那理行者此之本源是禪理忘情契之是禪行故云理行然今所集諸家述作多譚禪理少説禪行故且以禪源題之今時有但目眞性爲禪者是不達理行之旨又不辨華竺之音也然非離眞性別有禪體但衆生迷眞合塵即名散亂背塵合眞名爲禪定若直論本性即非眞非妄無背無合無定無亂誰言禪乎況此眞性非唯是禪門之源亦是萬法之源故名法性亦是衆生迷悟之源故名如來藏藏識（出楞伽經）亦是諸佛萬德之源故名佛性（涅槃等經）亦是菩薩萬行之源故名心地（梵網經心地法門品云是諸佛之本源行菩薩道之根本是大衆諸佛子之根本也）萬行不出六波羅蜜禪門但是六中之一當其第五豈可都目眞性爲一禪行哉然禪定

一行最爲神妙能發起性上無漏智慧一切妙用萬行萬德乃至神通光明皆從定發故三乘學人欲求聖道必須修禪離此無門離此無路至於念佛求生淨土亦修十六觀禪及念佛三昧般舟三昧又眞性即不垢不淨凡聖無差禪則有淺有深階級殊等謂帶異計欣上厭下而修者是外道禪正信因果亦以欣厭而修者是凡夫禪悟我空偏眞之理而修者是小乘禪悟我法二空所顯眞理而修者是大乘禪（上四類皆有四色四空之異也）若頓悟自心本來清淨元無煩惱無漏智性本自具足此心即佛畢竟無異依此而修者是最上乘禪亦名如來清淨禪亦名一行三昧亦名眞如三昧此是一切三昧根本若能念念修習自然漸得百千三昧達磨門下展轉相傳者是此禪也達磨未到古來諸家所解皆是前四禪八定諸高僧修之皆得功用南嶽天台令依三諦之理修三止三觀教義雖最圓妙然其趣入門戶次第亦只是前之諸禪行相唯達磨所傳者頓同佛體迥異諸門故宗習者難得其旨得即成聖疾證菩提失則成邪速入塗炭先祖革昧防失故且人傳一人後代已有所憑故任千燈千照洎乎法久成弊錯謬者多故經論學人疑謗亦衆原夫佛說頓教漸教禪開頓門漸門二教二門各相符契今講者偏彰漸義禪者偏播頓宗禪講相逢胡越之隔宗密不知宿生何作薰得此心自未解脫欲解他縛爲法亡於軀命愍人切於神情（亦如淨名云若自有縛能解他縛無有是處然欲罷不能驗是宿習難改故）每歎人與法差法爲人病故別撰經律論疏

大開戒定慧門顯頓悟資於漸修證師說符於佛意意既本末而委示文乃浩博而難尋汎學雖多秉志者少況迹涉名相誰辨金鍮徒自疲勞未見機感雖佛說悲增是行而自慮愛見難防遂捨衆入山習定均慧前後息慮相繼十年云前後者中間被勑追入内住城二年方知表請歸山也微細習情起滅彰於靜慧差別法義羅列現於空心虛隙日光纖埃擾擾清潭水底影像昭昭豈比夫空守默之癡禪但尋文之狂慧者也然本因了自心而辨諸教故懇情於心宗又因辨諸教而解修心故虔誠於教義教也者諸佛菩薩所留經論也禪也者諸善知識所述句偈也但佛經開張羅大千八部之衆禪偈撮略就此方一類之機羅衆則莽蕩難依就機則指的易用今之纂集意在斯焉裴休爲之序曰諸宗門下皆有達人然各安所習通少局多數十年中師法益壞以承禀爲戶牖各自開張以經論爲干戈互相攻擊情隨函矢而遷變周禮曰函人爲甲孟子曰矢人豈不仁於函人哉函人唯恐傷人矢人唯恐不傷人蓋所習之術使然也今學者但隨宗徒彼此相非耳法逐人我以高低是非紛拏莫能辨析則向者世尊菩薩諸方教宗適足以起諍後人增煩惱病何利益之有哉圭山大師久而歎曰吾丁此時不可以默矣於是以如來三種教義印禪宗三種法門融缾盤釵釧爲一金攪酥酪醍醐爲一味振綱領而舉者皆順荀子云如振裘領屈五指而頓之順者不可勝數據會要而來者同趣周易略例云處會要以觀方來則六合輻輳未足多也都序據圓教以印諸宗雖百家亦無所不統尚恐學者之難明也又復直示宗源之本末眞妄之和合空性之隱顯法義之差殊頓漸之

異同遮表之迴互權實之深淺通局之是非若吾師者捧佛日而委曲迴照疑曀盡除順佛心而横亘大悲窮劫蒙益則世尊爲闡教之主吾師爲會教之人本末相符遠近相照可謂畢一代時教之能事矣自世尊演教至今日會而通之能事方畢或曰自如來未嘗大都而通之今一旦違宗趣而不守廢關防而不據無乃乖祕藏密契之道乎荅曰如來初雖別說三乘後乃通爲一道三十年前或說小乘或說空教或說相教或說性教聞者各隨機證悟不相通知也四十年後坐靈鷲而會三乘詣拘尸而顯一性前後之軌則也故涅槃經迦葉菩薩曰諸佛有密語無密藏世尊讚之曰如來之言開發顯露清淨無翳愚人不解謂之祕藏智者達了則不名藏此其證也故王道興則外戶不閉而守在戎夷佛道備則諸法總持而防在魔外涅槃圓教和會諸法唯簡別魔說及外道邪宗耳不當復執情攘臂於其間也師又著圓覺大小二疏鈔法界觀門原人等論皆裴休爲之序引盛行於世師會昌元年正月六日於興福塔院坐滅二十二日道俗等奉全身于圭峯二月十三日荼毗得舍利明白潤大後門人泣而求之皆得於煨燼乃藏之石室壽六十有二臘三十四遺誡令舁屍施鳥獸焚其骨而散之勿得悲慕以亂禪觀每清明上山必講道七日其餘住持儀則當合律科違者非吾弟子持服四衆數千百人哀泣喧野暨宣宗再闡眞教追謚定慧禪師塔曰青蓮蕭俛相公呈已見解請禪師注釋曰荷澤云見清淨體於諸三昧八萬四千諸波羅蜜門皆於見上一時起用名爲慧眼若當眞如相應之時善惡不思空有不念萬化寂滅萬法俱從思想緣念而生皆是虛空故云化也既一念不生則萬法不起故不待泯之自

然寂滅也此時更無所見照體獨立夢智亡階三昧諸波羅密門亦一時空寂更無所得散亂與三昧此岸與彼岸是相待對治之說若知心無念見性無生則定亂真妄一時空寂故無所得也不審此是見上一時起用否然見性圓明理絶相累即絶相爲妙用住相爲執情於八萬法門一一皆爾一法有爲一塵一法空爲一用故云見清淨體則一時起用矣望於此後示及俛狀荅史山人十問問荅各是一本今叅而寫之一問云何是道何以修之爲復必須修成爲復不假功用荅無礙是道覺妄是修道雖本圓妄起爲累妄念都盡即是修成二問道若因修而成即是造作便同世間法虚僞不實成而復壞何名出世荅造作是結業名虚僞世間無作是修行即真實出世三問其所修者爲頓爲漸漸則忘前失後何以集合而成頓則萬行多方豈得一時圓滿荅真理即悟而頓圓妄情息之而漸盡頓圓如初生孩子一日而肢體已全漸修如長養成人多年而志氣方立四問凡修心地之法爲當悟心即了爲當別有行門若別有行門何名南宗頓旨若悟即同諸佛何不發神通光明荅識冰池而全水藉陽氣而鎔消悟凡夫而即真資法力而修習冰消則水流潤方呈漑滌之功妄盡則心靈通始發通光之應修心之外無別行門五問若但修心而得佛者何故諸經復說必須莊嚴佛土教化衆生方名成道荅鏡明而影像千差心淨而神通萬應影像類莊嚴佛國神通則教化衆生莊嚴而即非莊嚴影像而亦色非色六問諸經皆說度脫衆生衆生且即非衆生何故更勞度脫荅衆生若是實度之則爲勞既自云即非衆生何不例度而無度七問諸經說佛常住

或即説佛滅度常即不滅滅即非常豈不相違荅離一切相即名諸佛何有出世入滅之實乎見出没者在乎機縁機縁應則菩提樹下而出現機縁盡則娑羅林間而涅槃其猶淨水無心無像不現像非我有蓋外質之去來相非佛身豈如來之出没八問云何佛化所生吾如彼生佛既無生生是何義若言心生法生心滅法滅何以得無生法忍耶荅既云如化化即是空空即無生何詰生義生滅滅已寂滅爲眞忍可此法無生名曰無生法忍九問諸佛成道説法秖爲度脱衆生衆生既有六道佛何但住在人中現化又佛滅後付法於迦葉以心傳心乃至此方七祖每代秖傳一人既云於一切衆生皆得一子之地何以傳授不普荅日月麗天六合俱照而盲者不見盆下不知非日月不普是障隔之咎也度與不度義類如斯非局人天揀於鬼畜但人道能結集傳授不絶故秖知佛現人中也滅度後委付迦葉展轉相承一人者此亦蓋論當代爲宗教主如土無二王非得度者唯爾數也十問和尚因何發心慕何法而出家今如何修行得何法味所行得至何處地位今住心耶修心耶若住心妨修心若修心則動念不安云何名爲學道若安心一定則何異定性之徒伏願大德運大慈悲如理如如次第爲説荅覺四大如坏幻達六塵如空華悟自心爲佛心見本性爲法性是發心也知心無住即是修行無住而知即爲法味住著於法斯爲動念故如人入闇則無所見今無所住不染不著故如人有目及日光明見

種種法豈爲定性之徒既無所住著何論處所又山南温造尚書問悟理息妄之人不結業一期壽終之後靈性何依者答一切衆生無不具有覺性靈明空寂與佛無殊但以無始劫來未曾了悟妄執身爲我相故生愛惡等情隨情造業隨業受報生老病死長劫輪迴然身中覺性未曾生死如夢被驅役而身本安閑如水作冰而濕性不易若能悟此性即是法身本自無生何有依託靈靈不昧了了常知無所從來亦無所去然多生妄執習性以成喜怒哀樂微細流注眞理雖然頓達此情難以卒除須長覺察損之又損如風頓止波浪漸停豈可一生所修便同諸佛力用但可以空寂爲自體勿認色身以靈知爲自心勿認妄念妄念若起都不隨之即臨命終時自然業不能繫雖有中陰所向自由天上人間隨意寄託若愛惡之念已泯即不受分段之身自能易短爲長易麤爲妙若微細流注一切寂滅唯圓覺大智朗然獨存即隨機應現千百億身度有緣衆生名之爲佛謹對釋曰馬鳴菩薩撮略百本大乘經宗旨以造大乘起信論論中立宗説一切衆生心有覺義不覺義覺中復有本覺義始覺義上所述者雖約但照理觀心處言之而法義亦同彼論謂從初至與佛無殊是本覺也從但以無始下是不覺也從若能悟此事是始覺也始覺中復有頓悟漸修從此次至亦無所去是頓悟也從然多生妄執下是漸修也漸修中從初發心乃至成佛有三位自在從此至隨意寄託者是受生自在也從若愛惡之念下

是變易自在從若微細流注下至末是究竟自在也又從但可以空寂爲自體至自然業不能繫正是悟理之人朝暮行心修習上觀之要節也宗密先有八句之偈顯示此意曾於尚書處誦之奉命解釋今謹注釋如後偈曰

作有義事是惺悟心義謂義理非謂仁義恩義意明凡所作爲先詳利害須有所以當於道理然後行之方免同惛醉顛狂之人也就佛法中有三種義即可爲之一資益色身之事謂衣食醫藥房舍等世間義也二資益法身謂戒定慧六波羅蜜等第一義也三弘正法利濟羣生也乃至爲法諸餘緣事通世出世也作無義事是狂亂心謂凡所作爲若不緣上三般事即名無義也是狂亂者且如世間醉人狂人所往不揀處所所作不量是非今既不擇有何義利但縱情妄念要爲即爲故如狂也上四句述業因也下四句述受果報云狂亂隨情念臨終被業牽既隨妄念欲作即作不以悟理之智揀擇是非猶如狂人故臨終時於業道被業所引受當來報故涅槃經云無明郎主貪愛魔王役使身心策如僮僕惺悟不由情臨終能轉業情中欲作而察理不應即須便止情中不欲作而照理相應即須便作但由是非之理不由愛惡之情即臨命終時業不能繫隨意自在天上人間也通而言之但朝暮之間所作被情塵所牽即臨終被業所牽而受生若所作所爲由於覺智不由情塵即臨終由我自在而受生不由業也當知欲驗臨終受生自在不自在但驗尋常行心於塵境自由不自由

景德傳燈録卷第十三

音釋

磁疾移切州名　涪縛謀切州名　倩七政切　嘹力昭切　鯨鯢鯨渠京切鯢五兮切鯨鯢大魚雄曰鯨雌曰鯢　蝸古華切蝸牛也　驏陟扇切　呀許加切張口貌　覷七慮切伺視也　顊匹米切傾頭也　輥古本切　羑以九切羑里文王囚處也　矛莫侯切句兵也　盾食尹切兵器干櫓之屬　捻

奴協切指捻也
翥 章庶切飛舉也
隼旟 隼聳尹切鷙屬旟羊諸切旌也
舸 嘉我切大船也
櫂 直教切檝也
褩 仁恨切與襯同
驍 虛驕切
猱 奴刀切猴屬
啀 五佳切犬聲也
鞾 許戈切靿履也
刖 魚厥切斷足也
騣 祖紅切馬鬣也
捺 乃曷切手按也
憨 呼甘切癡也
酋 慈秋切魁帥之稱也
鴟梟 鴟處脂切梟古堯切鴟梟鳥名
礱 盧紅切磨也
杴 虛嚴切鍬屬
爬 蒲巴切與杷同
怎 子吽切
賺 佇陷切錯也
昳 徒結切日昃也
賾 士革切深也
筌 且緣切
鄠 侯古切地名
鍮 他侯切銅屬
隙 乞逆切鏬隙也
函 胡南切甲也
挐 女居切紛挐猶言亂揉也
析 先的切分也
曀 壹計切陰曀也
煨燼 煨烏回切燼才進切煨燼火餘也
舁 羊諸切對舉也
坏 鋪杯切未燒瓦器也

景德傳燈録卷第十四

宋沙門道原纂

吉州青原山行思禪師法嗣

第一世一人見録

南嶽石頭希遷大師

第二世二十一人

南嶽石頭希遷大師法嗣二十一人（一十三人見録）

荊州天皇寺道悟禪師

京兆尸利禪師

鄧州丹霞山天然禪師

潭州招提寺慧朗禪師

長沙興國寺振朗禪師

澧州藥山惟儼禪師　潭州大川和尚

汾州石樓和尚

鳳翔法門寺佛陀和尚

潭州華林和尚　潮州大顛和尚

潭州長髭曠禪師　水空和尚

寶通禪師　海陵大辯禪師

渚涇禪師　衡州道詵和尚

漢州常清禪師　福州碎石和尚

商州商嶺和尚　常州義興和尚

已上八人無機縁語句不録

第三世二十三人

荊州天皇道悟禪師法嗣一人見録

澧州龍潭崇信禪師

鄧州丹霞山天然禪師法嗣七人（五人見録）

京兆翠微無學禪師　丹霞山義安禪師

吉州性空禪師　本童和尚

米倉和尚

楊州六合大隱禪師

丹霞山慧勤禪師

已上二人無機縁語句不録

藥山惟儼和尚法嗣十人（六人見録）

潭州道吾山圓智禪師

潭州雲巖曇晟禪師　華亭船子德誠禪師

宣州椑樹慧省禪師　藥山高沙彌

鄂州百顏明哲禪師

鄂州溼原山光宓禪師　藥山蘷禪師　宣州落霞和尚　朗州刺史李翱　已上四人無機緣語句不録

潭州長髭曠禪師法嗣一人見録

潭州石室善道和尚

潮州大顛和尚法嗣二人一人見録

漳州三平山義忠禪師

吉州薯山和尚一人無機緣語句不録

潭州大川和尚法嗣二人見録

僊天和尚　福州普光和尚

行思禪師第一世

石頭希遷大師端州高要人也姓陳氏母初懷妊不喜葷茹師雖在孩提不煩保母既冠然諾自許鄉洞獠民畏鬼神多淫祀殺牛釃酒習以爲常師輙往毀叢祠奪牛而歸歲盈數十鄉老不能禁後直造曹谿六祖大師度爲弟子未具戒屬祖師圓寂稟遺命謁于廬陵青原山思禪師乃攝衣從之緣會語句如思禪師章敘之一日思問師曰有人道嶺南有消息師曰有人不云云曰若恁麼大藏小藏從何而來師曰盡從這裏去終不少他事思甚然之師於唐天寶初荐之衡山南寺寺之東有石狀如臺乃結庵其上時號石頭和尚師一日上堂曰吾之法門先佛傳受不論禪定精進唯達佛之知見即心即佛心佛衆生菩提煩惱名異體一汝等當知自己心靈體離斷常性非垢淨湛然圓滿凡聖齊同應用無方離心

意識三界六道唯自心現水月鏡像豈有生滅汝能知之無所不備時門人道悟問曹谿意旨誰人得師曰會佛法人得曰師還得否師曰我不會佛法僧問如何是解脱師曰誰縛汝又問如何是淨土師曰誰垢汝問如何是涅槃師曰誰將生死與汝師問新到僧從什麽處來僧曰江西來師曰見馬大師否僧曰見師乃指一橛柴曰馬師何似這箇僧無對却迴舉似馬大師馬曰汝見橛柴大小僧曰勿量大馬曰汝甚有力僧曰何也馬曰汝從南嶽負一橛柴來豈不是有力問如何是西來意師曰問取露柱曰學人不會師曰我更不會大顛問師古人云道有道無是二謗請師除師曰一物亦無除箇什麽師却問併却咽喉脣吻道將來顛曰無這箇師曰若恁麽即汝得入門道悟問如何是佛法大意師曰不得不知悟曰向上更有轉處也無師曰長空不礙白雲飛問如何是禪師曰碌磚又問如何是道師曰木頭自餘門屬領旨所有問荅各於本章出焉師著叅同契一篇辭旨幽濬頗有注解大行於世南嶽鬼神多顯迹聽法師皆與受戒廣德二年門人請下于梁端廣闡玄化江西主大寂湖南主石頭往來憧憧並湊二大士之門矣貞元六年庚午十二月二十五日順世壽九十一臘六十三門人建塔于東嶺長慶中謚無際大師塔曰見相

行思禪師第二世

南嶽石頭希遷法嗣

荆州天皇道悟禪師婺州東陽人也姓張氏

神儀挺異幼而生知長而神俊年十四懇求出家父母不聽遂誓志損減飲膳日纔一食形體羸悴父母不得已而許之依明州大德披削二十五杭州竹林寺具戒精修梵行推爲勇猛或風雨昏夜宴坐丘塚身心安靜離諸怖畏一日遊餘杭首謁徑山國一禪師受心法服勤五載唐大歷中抵鍾陵造馬大師重印前解法無異說復住二夏乃謁石頭遷大師而致問曰離却定慧以何法示人石頭曰我這裏無奴婢離箇什麼曰如何明得石頭曰汝還撮得空麼曰恁麼即不從今日去也石頭曰未審汝早晚從那邊來曰道悟不是那邊人石頭曰我早知汝來處曰師何以贓誣於人石頭曰汝身見在曰雖如是畢竟如何示於後人石頭曰汝道阿誰是後人師從此頓悟於前二哲匠言下有所得心罄殫其跡後至于荆州當陽柴紫山五百羅漢翱翔之地也學徒依附駕肩接迹都人士女嚮風而至時崇業寺上首以狀聞于連帥迎入城郡之左有天皇寺乃名藍也因火而廢主寺僧靈鑒將謀修復乃曰苟得悟禪師爲化主必能福我乃中宵潛往哀請肩舁而至遂居天皇時江陵尹右僕射裴公稽首問法致禮勤至師素不迎送客無貴賤皆座而揖之裴公愈加歸向由是石頭法道盛于此席僧問如何是玄妙之說師曰莫道我解佛法僧曰爭奈學人疑滯何師曰何不問老僧僧曰問了也師曰去不是汝存泊處師元和丁亥四月示疾命弟子先期告終至晦日大衆問疾師驀召典座典座近前師曰會麼對曰不會師乃拈

枕子抛於地上即便告寂壽六十臘三十五以其年八月五日塔于郡東
京兆尸利禪師初問石頭如何是學人本分事石頭曰汝何從吾覓曰不從師覓如何即得石頭曰汝還曾失却麽師乃契會厥旨
鄧州丹霞天然禪師不知何許人也初習儒學將入長安應舉方宿於逆旅忽夢白光滿室占者曰解空之祥也偶一禪客問曰仁者何往曰選官去禪客曰選官何如選佛曰選佛當往何所禪客曰今江西馬大師出世是選佛之場仁者可往遂直造江西纔見馬大師以手托幞頭額馬顧視良久曰南嶽石頭是汝師也遽抵南嶽還以前意投之石頭曰著槽廠去師禮謝入行者房隨次執爨役凡三年忽一日石頭告衆曰來日剗佛殿前草至來日大衆諸童行各備鍬钁剗草獨師以盆盛水淨頭於和尚前胡跪石頭見而笑之便與剃髮又爲說戒法師乃掩耳而出便往江西再謁馬師未叅禮便入僧堂内騎聖僧頸而坐時大衆驚愕遽報馬師馬躬入堂視之曰我子天然師即下地禮拜曰謝師賜法號因名天然馬師問從什麽處來師云石頭馬云石頭路滑還躂倒汝麽師曰若躂倒即不來乃杖錫觀方居天台華頂峯三年往餘杭徑山禮國一禪師唐元和中至洛京龍門香山與伏牛和尚爲莫逆之友後於慧林寺遇天大寒師取木佛焚之人或譏之師曰吾燒取舍利人曰木頭何有師曰若爾者何責我乎師一日謁忠國師先問侍者國師在否曰在即在不見客師曰太深遠生曰佛眼亦

覷不見師曰龍生龍子鳳生鳳兒國師睡起侍者以告國師乃鞭侍者二十棒遣出後丹霞聞之乃云不謬爲南陽國師至明日却往禮拜見國師便展坐具國師云不用不用師退步國師云如是如是師却進前國師云不是不是師遶國師一帀便出國師云去聖時遥人多懈怠三十年後覔此漢也還難得師訪龐居士見女子取菜次師云居士在否女子放下籃子斂手而立師又云居士在否女子便提籃子去元和三年師於天津橋橫臥會留守鄭公出呵之不起吏問其故師徐而對曰無事僧留守異之奉束素及衣兩襲日給米麵洛下翕然歸信至十五年春告門人言吾思林泉終老之所時門人令齊靜方卜南陽丹霞山結庵以奉事三年間玄學者至盈三百衆構成大院師上堂曰阿你渾家切須保護一靈之物不是你造作名邈得更說什麽薦與不薦吾往日見石頭和尚亦只教切須自保護此事不是你譚話得阿你渾家各有一坐具地更疑什麽禪可是你解底物豈有佛可成佛之一字永不喜聞阿你自看善巧方便慈悲喜捨不從外得不著方寸善巧是文殊方便是普賢你更擬趂逐什麽物不用經求落空去今時學者紛紛擾擾皆是叅禪問道吾此間無道可修無法可證一飲一啄各自有分不用疑慮在在處處有恁麽底若識得釋迦即者凡夫是阿你須自看取莫一盲引衆盲相將入火坑夜裏暗雙陸賽彩若爲生無事珍重有僧到叅於山下見師乃問丹霞山向什麽處去師指山曰青黯黯

處僧曰莫只這箇便是麽師曰眞師子兒一撥便轉師問僧什麽處宿云山下宿師曰什麽處喫飯曰山下喫飯師曰將飯與闍黎喫底人還具眼也無僧無對（長慶舉問保福將飯與人喫感恩有分爲什麽不具眼保福云施者受者二俱瞎漢長慶云盡其機來又作麽生保福云道某甲瞎得麽玄覺徵云且道長慶明丹霞意爲復自用家財）師以長慶四年六月二十三日告門人曰備湯沐吾欲行矣乃戴笠策杖授履垂一足未及地而化壽八十六門人斵石爲塔勅諡智通禪師塔號妙覺

潭州招提慧朗禪師始興曲江人也姓歐陽氏年十三依鄧林寺模禪師披剃十七遊南嶽二十於嶽寺受具往虔州龔公山謁大寂大寂問曰汝來何求師曰求佛知見曰佛無知見知見乃魔界汝從南嶽來似未見石頭曹谿心要爾汝應却歸師承命迴嶽造于石頭問如何是佛石頭曰汝無佛性曰蠢動含靈又作麽生石頭曰蠢動含靈却有佛性曰慧朗爲什麽却無石頭曰爲汝不肯承當師於言下信入後住梁端招提寺不出戸三十餘年凡參學者至皆曰去去汝無佛性其接機大約如此（時謂大朗禪師）

長沙興國寺振朗禪師初參石頭問如何是祖師西來意石頭曰問取露柱曰振朗不會石頭曰我更不會師俄然省悟住後有僧來參師乃召曰上座僧應諾師曰孤負去也曰師何不鑒師乃拭目而視之僧無語（時謂小朗禪師）

澧州藥山惟儼禪師絳州人姓韓氏年十七依潮陽西山慧照禪師出家唐大歷八年納戒于衡嶽希操律師乃曰大丈夫當離法自

淨豈能屑屑事細行於布巾耶即謁石頭密領玄旨一日師坐次石頭覩之問曰汝在這裏作麽曰一切不爲石頭曰恁麽即閑坐也曰若閑坐即爲也石頭曰汝道不爲且不爲箇什麽曰千聖亦不識石頭以偈讚曰

從來共住不知名　任運相將只麽行
自古上賢猶不識　造次凡流豈敢明

石頭有時垂語曰言語動用勿交涉師曰不言語動用亦勿交涉石頭曰這裏針劄不入師曰這裏如石上栽華石頭然之師後居澧州藥山海衆雲會（廣語見別卷）一日師看經次栢巖曰和尚休猱人得也師卷却經曰日頭早晚曰正當午師曰猶有這箇文彩在曰某甲無亦無師曰汝大殺聰明曰某甲只恁麽和尚尊意如何師曰我跛跛挈挈百醜千拙且恁麽過師與道吾説茗谿上世爲節察來吾曰和尚上世曾爲什麽師曰我痿痿羸羸且恁麽過時吾曰憑何如此師曰我不曾展他書卷（石霜別云書卷不曾展）院主報打鐘也請和尚上堂師曰汝與我擎鉢盂去曰和尚無手來多少時師曰汝只是枉披袈裟曰某甲只恁麽和尚如何師曰我無這箇眷屬師見園頭栽華次師曰栽即不障汝栽莫教根生曰既不教根生大衆喫什麽師曰汝還有口麽僧無對僧問如何得不被諸境惑師曰聽他何礙汝曰不會師曰何境惑汝僧問如何是道中至寶師曰莫諂曲曰不諂曲時如何師曰傾國不換有僧再來依附師問阿誰曰常坦師呵曰前也是常坦後也是常坦一日院主請師上堂大衆纔集師良久便歸方丈閉却門

院主逐後曰和尚許某甲上堂爲什麼却歸方丈師曰院主經有經師論有論師律有律師又爭怪得老僧師問雲巖作什麼巖曰擔屎師曰那箇底巖曰在師曰汝來去爲誰曰替他東西師曰何不教並行曰和尚莫謗他師曰不合恁麼道曰如何道師曰還曾擔麼師坐次有僧問兀兀地思量什麼師曰思量箇不思量底曰不思量底如何思量師曰非思量僧問學人擬歸鄉時如何師曰汝父母徧身紅爛卧在荊棘林中汝歸何所僧曰恁麼即不歸去也師曰汝却須歸去汝若歸鄉我示汝箇休粮方僧曰便請師曰二時上堂不得齩破一粒米僧問如何是涅槃師曰汝未開口時喚作什麼師見遵布衲洗佛乃問這箇從汝洗還洗得那箇麼遵曰把將那箇來師乃休（長慶云邪法難扶玄覺云且道長慶恁麼道在賓在主衆中喚作洗佛語亦云兼帶語且道盡善不盡善）僧問曰學人有疑請師決師曰待上堂時來與闍黎決疑至晚間上堂大衆集定師曰今日請決疑上座在什麼處其僧出衆而立師下禪牀把却曰大衆這僧有疑便托開歸方丈（玄覺云且道與伊決疑否若決疑什麼處是決疑若不與決疑又道待上堂時與汝決疑）師問飯頭汝在此多少時也曰三年師曰我總不識汝飯頭罔測發憤而去僧問身命急處如何師曰莫種雜種曰將何供養師曰無物者師令供養主鈔化甘行者問什麼處來僧曰藥山來甘曰來怎麼僧云教化甘云還將得藥來麼僧曰行者有什麼病甘便捨銀兩鋌曰若有人即却送來無人即休師怪僧歸太急僧曰問佛法相當得兩鋌銀師令舉其語舉已師令僧速還

行者家行者見僧迴云猶來遂添銀施之同安代云早知行者恁麼問終不道藥山來師問僧見說汝解筭虛實曰不敢師曰汝試筭老僧看僧無對雲巖後來舉問洞山汝作麼生洞山云請和尚生日師書佛字問道吾是什麼字吾云佛字師云多口阿師僧問己事未明乞和尚指示師良久曰吾今爲汝道一句亦不難只宜汝於言下便見去猶較些子若更入思量却成吾罪過不如且各合口免相累及大衆夜叅不點燈師垂語曰我有一句子待特牛生兒即向汝道時有僧曰特牛生兒也何以不道師云侍者把燈來其僧抽身入衆雲巖後舉似洞山洞山云其僧却會只是不肯禮拜僧問達磨未到時此土還有祖意也無師云有僧曰既有祖師意又來作什麼師曰只爲有所以來師看經有僧問和尚尋常不許人看經爲什麼却自看師曰我只圖遮眼曰某甲學和尚還得也無師曰若是汝牛皮也須看透長慶云眼有何過玄覺云且道長慶會藥山意不會藥山意朗州刺史李翺嚮師玄化屢請不起乃躬入山謁之師執經卷不顧侍者白曰太守在此翺性褊急乃言曰見面不如聞名師呼太守翺應諾師曰何得貴耳賤目翺拱手謝之問曰如何是道師以手指上下曰會麼翺曰不會師曰雲在天水在缾翺乃欣愜作禮而述一偈曰

練得身形似鶴形　千株松下兩函經
我來問道無餘說　雲在青天水在缾

玄覺云且道李太守是讚他語明他語須是行脚眼始得

翺又問如何是戒定慧師曰貧道這裏無此閑家具翺莫測玄旨師曰太守欲得保任此事直須向高高山頂坐深深海底行閨閤中

物捨不得便爲滲漏師一夜登山經行忽雲開見月大笑一聲應澧陽東九十許里居民盡謂東家明晨迭相推問直至藥山徒衆云昨夜和尚山頂大笑李翺再贈詩曰

選得幽居愜野情　終年無送亦無迎
有時直上孤峯頂　月下披雲笑一聲

師大和八年二月臨順世叫云法堂倒法堂倒衆皆持柱撐之師舉手云子不會我意乃告寂壽八十有四臘六十入室弟子沖虛建塔于院東隅勅謚弘道大師塔曰化城

潭州大川和尚（亦名大湖）有江陵僧新到禮拜了在一邊立師曰幾時發江陵僧拈起坐具師曰謝子遠來下去僧便出師曰若不恁麽爭知眼目端的僧撫掌曰苦殺人幾錯判諸方老宿師肯之（僧舉似丹霞霞曰於大川法道即得於我這裏即不然僧曰未審此閒怎麽生霞曰猶較大川三步其僧禮拜霞曰錯判諸方底甚多甚多洞山聞之曰不是丹霞難分玉石）

汾州石樓和尚師上堂有僧出問曰未識本生乞師方便指曰石樓無耳朶僧曰某甲自知非師曰老僧還有過麽僧曰和尚過在什麽處曰過在汝非處僧禮拜師乃打之師問僧近離什麽處曰漢國師曰漢國主人還重佛法麽僧云賴遇問著某甲若問著別人即禍生師云作麽生僧云人尚不見有何佛法可重師曰汝受戒得多少夏僧曰三十夏師曰大好不見有人便打之

鳳翔府法門寺佛陀和尚師常持一串數珠念三種名號曰一釋迦二元和三佛陀自餘是什麽椀躂丘一箇過終而復始事迹異常時人不可測

潭州華林和尚僧到叅方展坐具師曰緩緩僧曰和尚見什麽師曰可惜許磕破鍾樓其僧大悟

潮州大顛和尚初叅石頭石頭問師曰那箇是汝心師曰言語者是便被石頭喝出經旬日師却問曰前者既不是除此外何者是心石頭曰除却揚眉動目將心來師曰無心可將來石頭曰元來有心何言無心無心盡同謗師言下大悟異日侍立次石頭問曰汝是叅禪僧是州縣白蹋僧師曰是叅禪僧石頭曰何者是禪師曰揚眉動目石頭曰除却揚眉動目外將你本來面目呈看師曰請和尚除揚眉動目外鑒某甲石頭曰我除竟師曰將呈和尚了也石頭曰汝既將呈我心如何師曰不異和尚石頭曰不關汝事師曰本無物石頭曰汝亦無物師曰既無物即真物石頭曰真物不可得汝心見量意旨如此也大須護持師後辤往潮州靈山隱居學者四集師上堂示衆曰夫學道人須識自家本心將心相示方可見道多見時輩只認揚眉動目一語一默驀頭印可以爲心要此實未了吾今爲汝諸人分明說出各須聽受但除却一切妄運想念見量即汝真心此心與塵境及守認靜黙時全無交涉即心是佛不待修治何以故應機隨照泠泠自用窮其用處了不可得喚作妙用乃是本心大須護持不可容易僧問其中人相見時如何師曰早不其中也僧曰其中者如何師曰不作箇問問苦海波深以何爲船筏師曰以木爲船筏曰恁麽即得渡也師曰盲者依前盲瘂者依前瘂

潭州攸縣長髭曠禪師初往曹谿禮祖塔迴叅石頭石頭問什麽處來曰嶺南來石頭曰嶺頭一尊功德成就也未師曰成就久矣只欠點眼在石頭曰莫要點眼麽師曰便請石頭乃翹一足師禮拜石頭曰汝見什麽道理便禮拜師曰據某甲所見如洪鑪上一點雪玄覺云且道長髭具眼祇對不具眼祇對若具眼爲什麽請他點眼若不具眼又道成就久矣且作麽生商量法燈代云和尚可謂眼昏

水空和尚師一日廊下逢見一僧乃問時中事作麽生僧良久師曰只恁便得麽僧曰頭上更安頭師便打之曰去去已後惑亂人家男女在

行思禪師第三世

荊州天皇道悟禪師法嗣

澧州龍潭崇信禪師本渚宫賣餅家子也未詳姓氏少而英異初悟和尚爲靈鑒潛請居天皇寺人莫測師家居于寺巷常日以十餅饋之悟受之每食畢常留一餅曰吾惠汝以蔭子孫師一日自念曰餅是我持去何以返遺我耶其别有旨乎遂造而問焉悟曰是汝持來復汝何咎師聞之頗曉玄旨因投出家悟曰汝昔崇善今信吾言可名崇信由是服勤左右一日問曰某自到來不蒙指示心要悟曰自汝到來吾未甞不指示汝心要師曰何處指示悟曰汝擎茶來吾爲汝接汝行食來吾爲汝受汝和南時吾便低首何處不指示心要師低頭良久悟曰見則直下便見擬思即差師當下開解乃復問如何保任悟曰任性逍遥隨縁放曠但盡凡心無别勝解師後詣澧陽龍潭棲止僧問髻中珠誰人得師

曰不賞翫者得僧曰安著何處師曰有處僧曰有處即道來尼衆問如何得爲僧去師曰作尼來多少時也尼曰還有爲僧時也無師曰汝即今是什麼尼曰現是尼身何得不識師曰誰識汝李翺問如何是眞如般若師曰我無眞如般若翺曰幸遇和尚師曰此猶是分外之言德山問久嚮龍潭到來潭又不見龍亦不現師曰子親到龍潭德山即休（玄覺云且道德山肯龍潭不肯龍潭若肯龍潭德山眼在什麼處若不肯爲什麼承嗣他）

鄧州丹霞山天然禪師法嗣

京兆終南山翠微無學禪師初問丹霞如何是諸佛師丹霞咄曰幸自可憐生須要執巾箒作麼師退三步丹霞曰錯師却進前丹霞曰錯錯師翹一足旋身一轉而出丹霞曰得即得孤負他諸佛師由是領旨住翠微投子問未審二祖初見達磨當何所得師曰汝今見吾復何所得一日師在法堂内行投子進前接禮而問曰西來密旨和尚如何示人師駐步少時又曰乞師垂示師曰更要第二杓惡水作麼投子禮謝而退師曰莫揬却投子曰時至根苗自生師因供養羅漢有僧問曰丹霞燒木佛和尚爲什麼供養羅漢師曰燒也不燒著供養亦一任供養又問供養羅漢羅漢還來也無師曰汝每日還喫麼僧無語師曰少有靈利底

丹霞山義安禪師（第二世住）僧問如何是佛師曰如何是上座曰恁麼即無異去也師曰向汝道

吉州性空禪師有一僧來參師乃展手示之僧近前却退師曰父母俱喪略不慘顔僧呵

呵大笑師曰少間與闍黎舉哀其僧打筋斗而出師曰蒼天蒼天

本童和尚因門僧寫師眞呈師師曰此若是我更呈阿誰僧曰豈可分外師曰若不分外汝却收取這箇僧便擬收師打云正是分外强爲僧曰若恁麼即須呈於師師曰收取收取

米倉和尚有僧新到叅遶師三帀敲禪牀曰不見主人翁終不下叅衆師曰什麼處情識去來僧曰果然不在師打一拄杖僧曰幾落情識呵呵師曰村草步頭逢著一箇有什麼話處僧曰且叅衆去

藥山惟儼禪師法嗣

潭州道吾山圓智禪師豫章海昏人也姓張氏幼依槃和尚受教登戒預藥山法會密契心印一日藥山問子去何處來曰遊山來藥山曰不離此室速道將來曰山上烏兒白似雪澗底遊魚忙不徹師與雲巖侍立次藥山曰智不到處切忌道著道著即頭角生智頭陀怎麼生師便出去雲巖問藥山曰智師兄爲什麼不祗對和尚藥山曰我今日背痛是他却會汝去問取雲巖即來問師曰師兄適來爲什麼不祗對和尚師曰汝却去問取和尚僧問雲居切忌道著意怎麼生雲居云此語最毒僧云如何是最毒底語雲居云一棒打殺龍蛇雲巖臨遷化時遣人送辭書到師展書覽之曰雲巖不知有悔當時不向伊道然雖如是要且不違藥山之子玄覺云古人恁麼道還有也未又云雲巖當時不會且道什麼處是伊不會處藥山上堂云我有一句子未曾說向人師出云相隨來也僧問藥山一句子如何說藥山曰非言說師曰早言

說了也師卧次椑樹云作甚麼師云蓋覆椑云卧是坐是師云不在兩頭椑云爭奈蓋覆師云莫亂道師見椑樹坐次師云作什麼椑云和南師云隔闊來多少時椑云恰是乃拂袖出師提笠子出雲巖云作甚麼師云有用處巖云風雨來怎麼生師云蓋覆著巖云他還受蓋覆麼師云雖然如此且無遺漏因溈山問雲巖菩提以何爲座雲巖曰以無爲爲座雲巖却問溈山溈山曰以諸法空爲座溈山又問師怎麼生師曰坐也聽伊坐卧也聽伊卧有一人不坐不卧速道速道溈山問師什麼處去來師曰看病來曰有幾人病師曰有病底有不病底曰不病底莫是智頭陀否師曰病與不病總不干他事急道急道僧問萬里無雲未是本來天如何是本來天師曰今日好曬麥問無神通菩薩爲什麼足迹難尋師曰同道方知曰和尚知否師曰不知曰爲什麼不知師曰汝不識我語雲巖問師兄家風作麼生師曰教汝指點著堪作什麼曰無這箇來多少時也師曰牙根猶帶生澁在又問如何是今時著力處師曰千人喚不迴頭方有少分曰忽然火起時如何師曰能燒大地師問僧除却星及燄阿那箇是火僧曰不是火別一僧却問師還見火否師曰見曰見從何處起師曰除却行住坐卧更請一問南泉示衆云法身具四大否有人道得與他一腰裩師云性地非空空非性地此是地大四大亦然南泉不違前言乃與師裩師見雲巖不安乃謂曰離此殼漏子向什麼處相見巖云不生不滅處相見師曰何不道非不生

不滅處亦不求相見師見雲巖補草鞋云作甚麼巖云將敗壞補敗壞師云何不道即敗壞非敗壞師聞僧念維摩經云八千菩薩五百聲聞皆欲隨從文殊師利師去甚麼處去其僧無對師便打後僧問禾山禾山代云給侍者方諧師下山到五峯五峯問還識藥山老宿否師曰不識五峯曰爲甚麼不識師曰不識不識問如何是和尚家風師下禪牀作女人拜曰謝子遠來都無祗待問如何是祖師西來意師曰東土不曾逢問設先師齋未審先師還來也無師曰汝諸人設齋作麼生問頭上寶蓋生不得道我是如何師曰聽他曰和尚如何師曰我無這箇石霜問師百年後有人問極則事作麼生向他道師喚沙彌沙彌應諾師曰添却淨缾水著師良久却問石霜適來問什麼石霜再舉師便起去石霜異日又問和尚一片骨敲著似銅鳴向什麼處去也師喚侍者侍者應諾師曰驢年去師唐大和九年乙卯九月示疾有苦僧衆慰問體候師曰有受非償子知之乎衆皆愀然十一日將行謂衆曰吾當西邁理無東移言訖告寂壽六十有七闍維得靈骨數片建塔于石霜山之陽勑謚修一大師塔曰寶相

潭州雲巖曇晟禪師鍾陵建昌人也姓王氏少出家於石門初叅百丈海禪師未悟玄旨侍左右二十年百丈歸寂師乃謁藥山言下契會（語見藥山章）一日藥山問汝除在百丈更到什麼處來師曰曾到廣南來曰見說廣州城東門外有一團石被州主移却是否師曰非但州主闔國人移亦不動藥山乃又問聞汝

解弄師子是否師曰是曰弄得幾出師曰弄得六出曰我亦弄得師曰和尚弄得幾出曰我弄得一出師曰一即六六即一師後到溈山溈山問曰承長老在藥山弄師子是否師曰是曰長弄麼還有置時師曰要弄即弄要置即置曰置時師子在什麼處師曰置也置也問從上諸聖什麼處去師良久云作麼作麼問暫時不在如同死人時如何師云好埋却問大保任底人與那箇是一是二師云一機之絹是一段是兩段洞山聞云如人接樹師煎茶次道吾問煎與阿誰師曰有一人要曰何不教伊自煎師曰幸有某甲在師問石霜什麼處來霜云溈山來師云在彼中得多少時霜云粗經冬夏師云恁麼即成山長也霜云雖在彼中却不知師云他家亦非知非識霜無對後道吾聞云得恁麼無佛法身心師後居潭州攸縣雲巖山一日謂衆曰有箇人家兒子問著無有道不得底洞山問他屋裏有多少典籍師曰一字也無曰爭得恁麼多知師曰日夜不曾眠曰問一段事還得否師曰道得却不道師問僧什麼處來僧曰添香來師曰見佛否曰見師曰什麼處見曰下界見師曰古佛古佛道吾問大悲千手眼那箇是正眼師曰如無燈時把得枕子怎麼生道吾曰我會也我會也師曰怎麼生會道吾曰通身是眼師掃地次溈山云太驅驅生師云須知有不驅驅者溈山云恁麼即有第二月也師竪起掃箒云這箇是第幾月溈山低頭而去玄沙聞云正是第二月師問僧什麼處來僧曰石上語話來師曰石還點頭也無

僧無對師曰未問時却點頭師作莊次洞山問就師乞眼睛未審還得也無師曰汝底與阿誰去也曰良价無師曰設有汝向什麼處著洞山無語師曰乞眼睛底是眼否曰非眼師咄之師問尼衆汝爺在否曰在師曰年多少曰年八十師曰汝有箇爺不年八十還知否曰莫是恁麼來者師曰猶是兒孫在洞山云直是不恁麼來者亦是兒孫僧問一念瞥起便落魔界時如何師曰汝因什麼從佛界而來僧無對師曰會麼曰不會師曰莫道體不得設使體得也只是左之右之師問僧聞汝解卜是否曰是師曰試卜老僧看僧無對洞山代云請和尚生月師唐會昌元年辛酉十月示疾二十六日沐身竟喚主事僧令備齋來曰有上座發去至二十七日並無人去及夜師歸寂壽六十荼毗得舍利一千餘粒瘞于石墳勅謚無住大師塔曰淨勝

華亭船子和尚名德誠嗣藥山嘗於華亭吳江汎一小舟時謂之船子和尚師嘗謂同參道吾曰他後有靈利座主指一箇來道吾後激勉京口和尚善會參禮師師問曰座主住甚寺會曰寺即不住住即不似師曰不似似箇什麼會曰目前無相似師曰何處學得來曰非耳目之所到師笑曰一句合頭語萬劫繫驢橛垂絲千尺意在深潭離鈎三寸速道速道會擬開口師便以篙撞在水中因而大悟師當下棄舟而逝莫知其終

宣州椑樹慧省禪師洞山參師師問曰來作什麼洞山曰來親近和尚師曰若是親近用動兩片皮作麼洞山無對曹山後聞乃云一子親得僧問

如何是佛師曰猫兒上露柱曰學人不會師曰問取露柱去
高沙彌藥山住庵初參藥山藥山問師什麽處來師曰南嶽來山云何處去師曰江陵受戒去山云受戒圖什麽師曰圖免生死山云有一人不受戒亦免生死汝還知否師曰恁麽即佛戒何用山云猶掛脣齒在便召維那云這跛脚沙彌不任僧務安排向後庵著藥山又謂雲巖道吾曰適來一箇沙彌却有來由道吾云未可全信更勘始得藥乃再問師曰見說長安甚閙師曰我國晏然法眼別云見誰說山云汝從看經得請益得師曰不從看經得亦不從請益得山云大有人不看經不請益爲什麽不得師曰不道他無只是他不肯承當師乃辭藥山住庵山云生死事大何不受戒去師曰知是這般事喚什麽作戒藥咄這饒舌沙彌入來近處住庵時復要相見師住庵後雨裏來相看山云你來也師曰是山云可曬濕師曰不打這箇鼓笛雲巖云皮也無打什麽鼓道吾云鼓也無打什麽皮山云今日大好曲調僧問一句子還有該不到處否師云不順世藥山齋時自打鼓高沙彌捧鉢作舞入堂藥山便擲下鼓槌云是第幾和高曰第二和曰如何是第一和高就桶内舀一杓飯便出去
鄂州百顔明哲禪師洞山與密師伯到參師問曰閣黎近離什麽處洞山曰近離湖南師曰觀察使姓什麽曰不得姓師曰名什麽曰不得名師曰還治事也無曰自有郎幕在師曰豈不出入洞山便拂袖去師明日入僧堂

曰昨日對二闍黎一轉語不稔今請二闍黎道若道得老僧便開粥飯相伴過夏速道速道洞山曰太尊貴生師乃開粥飯共過一夏

潭州長髭曠禪師法嗣

潭州石室善道和尚嗣攸縣長髭曠禪師作沙彌時長髭遣令受戒謂之曰汝迴日須到石頭禮拜師受戒後迴叅石頭一日隨石頭遊山次石頭曰汝與我斫却面前頭樹子礙我師曰不將刀來石頭乃抽刀倒與師師云不過那頭來石頭曰你用那頭作什麽師即大悟便歸長髭問汝到石頭否師曰到即到不通號長髭曰從誰受戒師曰不依他長髭曰在彼即恁麽來我這裏作麽生師曰不違背長髭曰太忉忉生師曰舌頭未曾點著在長髭咄曰沙彌出去師便出長髭曰爭得不遇於人師尋值沙汰乃作行者居于石室每見僧便竪起杖子云三世諸佛盡由這箇對者少得冥契長沙聞之乃云我若見即令放下杖子別通箇消息三聖將此語到石室祗對被師認破是長沙語杏山聞三聖失機又親到石室師見杏山僧衆相隨潛往碓米杏山曰行者不易貧道難消師曰無心椀子盛將來無縫合盤合取去說什麽難消杏山便休仰山問佛之與道相去幾何師曰道如展手佛似握拳曰畢竟如何的當可信可依師以手撥空三兩下曰無恁麽事無恁麽事曰還假看教否師曰三乘十二分教是分外之事若與他作對即是心境兩法能所雙行便有種種見解亦是狂慧未足爲道若不與他作對一事也無所以祖師云本來無一物汝

不見小兒出胎時可道我解看教不解看教當恁麽時亦不知有佛性義無佛性義及至長大便學種種知解出來便道我能我解不知是客塵煩惱十六行中嬰兒行爲最哆哆和和時喻學道之人離分别取捨心故讃歎嬰兒何況取之若謂嬰兒是道今時錯會師一夕與仰山翫月仰山問曰這箇月尖時圓相什麽處去圓時尖相又什麽處去師曰尖時圓相隱圓時尖相在（雲巖云尖時圓相在圓時無尖相道吾云尖時亦不尖圓時亦不圓）仰山辭師送出門乃召曰闍黎仰山應諾師曰莫一向去已後却迴這邊來僧問師曾到五臺山否師曰曾到僧曰還見文殊麽師曰見僧曰文殊向行者道什麽師曰文殊道闍黎父母生在村草裏

潮州大顛和尚法嗣

漳州三平義忠禪師福州人也姓楊氏初參石鞏石鞏常張弓架箭以待學徒師詣法席次石鞏曰看箭師乃披襟當之石鞏曰三十年張弓架箭只射得半箇漢師後參大顛往漳州住三平山示衆曰今時出來盡學馳求走作將當自已眼目有什麽相當阿你欲學麽不要諸餘汝等各有本分事何不體取恁麽心憤憤口悱悱有什麽利益分明説若要修行路及諸聖建立化門自有大藏教文在若是宗門中事汝切不得錯用心時有僧出問還有學路也無師曰有一路滑如苔僧曰學人躡得否師曰不擬心汝自看有人問黑豆未生芽時如何師曰佛亦不知講僧問三乘十二分教某甲不疑如何是祖師西來意師曰龜毛拂子兔角拄杖大德藏向什麽處

僧曰龜毛兎角豈是有耶師曰肉重千斤智無銖兩師又示衆曰諸人若未曾見知識即不可若曾見作者來便合體取些子意度向巖谷間木食草衣恁麼去方有少分相應若馳求知解義句即萬里望鄉關去也珍重

潭州大川和尚法嗣

僊天和尚新羅僧到叅方展坐具擬禮拜師捉住云未發本國時道取一句其僧無語師便推出云問伊一句便道兩句又有一僧至擬禮拜師云野狐鬼見什麼了便禮拜僧云老禿奴見什麼了即便恁問師云苦哉苦哉僊天今日忘前失後僧云要且得時終不補失師云爭不如此僧云誰師乃呵呵云遠即遠矣

福州普光和尚有僧立次師以手開胷云還委老僧事麼僧云猶有這箇在師却掩胷云不妨太顯僧云有什麼避處師云的是無避處僧云即今作麼生師便打

景德傳燈録卷第十四

音釋

汾符分切州名 髭即移切 詵所臻切 晟承正切 椑邊迷切 庬房六切 蘷渠龜切 妊汝鴆切孕也 獠魯皓切西南夷謂之獠 醲山宜切醲漉也 吻忘粉切口脣邊曰吻 濬私閏切深也 憧尺容切憧憧往來不絕貌 廠昌兩切屋無壁曰廠 爨七亂切進火也 躂他達切足跌也 黷乙減切深黑也 斵竹角切斫也 跛補火切 挈丘竭切 痿於爲切痺疾也 齩五巧切齧也 翺五勞切 迭徒結切更也 瞥普蔑切猶忽也 舀烏皎切抒也 憤房吻切懣也 悱敷尾切欲言也

景德傳燈録卷第十五

宋 沙門 道原 纂

吉州青原山行思禪師法嗣

第四世一十七人

澧州龍潭崇信禪師法嗣二人見録

朗州德山宣鑒禪師　洪州泐潭寶峯和尚

吉州性空禪師法嗣二人見録

歙州茂源和尚　棗山光仁禪師

京兆翠微無學禪師法嗣五人四人見録

鄂州清平山令遵禪師

舒州投子山大同禪師

湖州道場山如訥禪師

建州白雲約禪師

伏牛山元通禪師一人無機緣語句不録

潭州道吾山圓智禪師法嗣三人見録

潭州石霜山慶諸禪師

潭州漸源仲興禪師　禄清和尚

潭州雲巖曇晟禪師法嗣四人見録

筠州洞山良价禪師　涿州杏山鑒洪禪師

潭州神山僧密禪師　幽谿和尚

華亭船子德誠禪師法嗣一人見録

澧州夾山善會禪師

第五世一十四人

舒州投子山大同禪師法嗣一十三人一十二人見録

第二世投子溫禪師　福州牛頭微禪師

西川香山澄照大師　陝府天福和尚

濠州思明和尚　鳳翔府招福和尚

興元中梁山遵古禪師

襄州谷隱和尚　安州九嵕山和尚

幽州盤山第二世和尚

九嵕山敬慧禪師

東京觀音院巖俊禪師

桂陽龍福眞禪師一人無機緣語句不録

鄂州清平山令遵禪師法嗣一人見録

蘄州三角山令珪禪師

行思禪師第四世

前澧州龍潭崇信禪師法嗣

朗州德山宣鑒禪師劍南人也姓周氏丱歲出家依年受具精究律藏於性相諸經貫通旨趣常講金剛般若時謂之周金剛厥後訪尋禪宗因謂同學曰一毛呑海海性無虧纖芥投鋒鋒利不動學與無學唯我知焉因造龍潭信禪師問答皆一語而已前章出之師即時辭去龍潭留之一夕於室外默坐龍問何不歸來師對曰黑龍乃點燭與師師擬接龍便吹滅師乃禮拜龍曰見什麼曰從今向去不疑天下老和尚舌頭也至明日便發龍潭謂諸徒曰可中有一箇漢牙如劍樹口似血盆一棒打不迴頭他時向孤峯頂上立吾道在師抵于潙山從法堂西過東迴視方丈潙山無語師曰無也無也便出至僧堂前乃曰然雖如此不得草草遂具威儀再叅纔跨門提起坐具喚曰和尚潙山擬取拂子師喝之揚袂而出潙山晚間問大衆今日新到僧何在對曰那僧見和尚了更不顧僧堂便去也潙山問衆還識這阿師也無衆曰不識潙曰是子將來有把茅蓋頭呵佛罵祖去在師住澧陽三十年屬唐武宗廢教避難於獨浮山之石室大中初武陵太守薛廷望再崇德山精

舍號古德禪院（相國裴休題額見存）將訪求哲匠住持聆師道行屢請不下山廷望乃設詭計遣吏以茶鹽誣之言犯禁法取師入州瞻禮堅請居之大闡宗風（總印禪師開山創院鑒即第一世住也）師上堂謂衆曰於已無事則勿妄求妄求而得亦非得汝但無事於心無心於事則虛而靈寂而妙若毛端許言之本末者皆爲自欺毫氂繫念三塗業因瞥爾生情萬劫羈鎖聖名凡號盡是虛聲殊相劣形皆爲幻色汝欲求之得無累乎及其厭之又成大患終爲無益師上堂曰今夜不荅問話問話者三十拄杖時有僧出方禮拜師乃打之僧曰某甲話也未問和尚因什麼打某甲師曰汝是什麼處人曰新羅人師曰汝上船時便好與三十拄杖（法眼云大小德山話作兩橛玄覺云叢林中喚作隔下語且從只如德山道問話者三十拄杖意作麼生）有僧到參師問維那今日幾人新到對曰八人師曰將來一時生案著龍牙問學人仗鏌鎁劒擬取師頭時如何師引頸（法眼別云汝向什麼處下手）龍牙曰頭落也師微笑龍牙後到洞山舉前語洞山曰德山道什麼云德山無語洞山曰莫道無語且將德山落底頭呈似老僧龍牙省過懺謝有人舉似師師曰洞山老人不識好惡這箇漢死來多少時救得有什麼用處僧問如何是菩提師打曰出去莫向這裏屙僧問如何是佛師曰佛即是西天老比丘雪峯問從上宗風以何法示人師曰我宗無語句實無一法與人巖頭聞之曰德山老人一條脊梁骨硬似鐵拗不折然雖如此於唱教門中猶較些子（保福拈問招慶只如巖頭出世有何言教過於德山便恁麼道慶云汝不見巖頭道如人學射久久方中福云中時如何慶云展闍

黎莫不識痛痒福云和尚今日非唯舉話慶云展闍黎是什麼心行明昭云大小招慶錯下名言師尋常遇僧到參多以拄杖打臨濟聞之遣侍者來參教令德山若打汝但接取拄杖當胷一拄侍者到方禮拜師乃打侍者接得拄杖與一拄師歸方丈侍者迴舉似臨濟濟云從來疑這箇漢巖頭云德山老人尋常只據目前一木杖子佛來亦打祖來亦打爭奈較些子東禪齊云只如臨濟道我從來疑這漢是肯底語不肯語爲當別有道理試斷看師上堂曰問即有過不問又乖有僧出禮拜師便打僧曰某甲始禮拜爲什麼便打師曰待汝開口堪作什麼師令侍者喚義存即雪峯也存上來師曰我自喚義存汝又來作什麼存無對師見僧來乃閉門其僧敲門師曰阿誰曰師子兒師乃開門僧禮拜師便騎項曰這畜生什麼處去來雪峯問古人斬猫兒意如何師乃打趂却喚曰會麼峯曰不會師曰我恁麼老婆也不會僧問凡聖相去多少師便喝師因疾有僧問還有不病者無師曰有曰如何是不病者師曰阿爺阿爺師復告諸徒曰捫空追響勞汝心神夢覺覺非竟有何事言訖安坐而化即唐咸通六年乙酉十二月三日也壽八十六臘六十五勑謚見性大師

洪州泐潭寶峯和尚有僧新到師謂曰其中事即易道不落其中事始終難道僧曰某甲在途時便知有此一問師曰更與二十年行脚也不較多曰莫不契和尚意麼師曰苦瓜那堪待客師問僧古人有一路接後進初心汝還知否曰請師指出古人一路師曰恁麼即闍黎知了也曰頭上更安頭師曰寶峯不合問仁者曰問又何妨師曰這裏不曾有人

亂説道理出去

前吉州性空禪師法嗣

歙州茂源和尚平田來參師欲起身平田乃把住曰開口即失閉口即喪去却恁麼時請師道師以手掩耳而巳平田放手曰一步易兩步難師曰有什麼死急平田曰若非此箇師不免諸方點撿

踈山光仁禪師上堂次大衆集師從方丈出未至禪牀謂衆曰不負平生行脚眼目致箇問訊將來還有麼方乃升堂坐時有僧出禮拜師曰不負我且從大衆何也便歸方丈翌日有別僧請辨前語意旨如何師曰齋時有飯與汝喫夜後有牀與汝眠一向煎迫我作什麼僧禮拜師曰若若僧曰請師直指師乃垂足曰舒縮一任老僧

前京兆翠微無學禪師法嗣

鄂州清平山令遵禪師東平人也姓王氏少依本州北菩提寺唐咸通六年落髮後詣滑州開元寺受具攻律學一旦謂同流曰夫沙門應決徹生死玄通佛理若乃孜孜卷軸役役拘文悉數海沙徒勞片心遂罷所業遠參禪會至江陵白馬寺堂中遇一老宿名曰慧勤師親近詢請勤曰吾久侍丹霞今既垂老倦於提誘汝可往謁翠微彼即吾同參也師禮辭而去造于翠微之堂問如何是西來的的意翠微曰待無人即向汝説師良久曰無人也請師説翠微下禪牀引師入竹園師又曰無人也請和尚説翠微指竹曰這竿得恁麼長那竿得恁麼短師雖領其微言猶未徹其玄旨文德元年秪上蔡會州將重法創大

通禪苑請闡宗要師自舉初見翠微語句謂衆曰先師入泥入水爲我自是我不識好惡師自此化導將十稔至光化中領徒百餘遊鄂州從節度使杜洪請居清平山安樂院上堂曰諸上座夫出家人須會佛意始得若會佛意不在僧俗男女貴賤但隨家豐儉安樂便得諸上座盡是久處叢林徧祭尊宿且作麽生會佛意試出來大家商量莫空氣髙至後一事無成一生空度若未會佛意直饒頭上出水足下出火燒身鍊臂聰慧多辯聚徒一千二千說法如雲如雨講得天華亂墜只成箇邪說爭競是非去佛法大遠在諸人幸值色身安健不值諸難何妨近前著些工夫體取佛意好時有僧問如何是大乘師曰麻索曰如何是小乘師曰錢貫問如何是清平家風師曰一斗麪作三箇餻餅問如何是有漏師曰笊籬曰如何是無漏師曰木杓問覿面相呈時如何師曰分付與典座自餘逗機方便靡徇時情逆順卷舒語超格量天祐十六年正月二十五日午時歸寂壽七十有五周顯德六年勅謚法喜禪師塔曰善應

舒州投子山大同禪師本州懷寧人也姓劉氏幼歲依洛下保唐滿禪師出家初習安般觀次閱華嚴教發明性海復謁翠微山法席頓悟宗旨（語見翠微章）由是放任周遊歸旋故土隱投子山結茅而居一日趙州諗和尚至桐城縣師亦出山途中相遇未相識趙州潛問俗士知是投子乃逆而問曰莫是投子山主麽師曰茶鹽錢乞一箇趙州即先到庵中坐

師後攜一餅油歸庵趙州曰久嚮投子到來只見箇賣油翁師曰汝只見賣油翁且不識投子曰如何是投子師曰油油趙州問死中得活時如何師曰不許夜行投明須到趙州曰我早侯白伊更侯黑同諗二師互相問醻廣如本集其辭句簡捷意趣玄險諸方謂趙州投子得逸羣之用自爾師道聞于天下雲水之侶競奔湊焉師謂衆曰汝諸人來這裏擬覓新鮮語句攢華四六口裏貴有可道我老人氣力稍劣脣舌遲鈍汝若問我我便隨汝荅對也無玄妙可及於汝亦不教汝垛根終不說向上向下有佛有法有凡有聖亦不存坐繫縛汝諸人變現千般總是汝生解自擔帶將來自作自受這裏無可與汝不敢誑嚇汝無表無裏可得說似汝諸人還知麼時有僧問表裏不收時如何師曰汝擬向這裏垜根僧問大藏教中還有奇特事也無師曰演出大藏教問如何是眼未開時事師曰目淨脩廣如青蓮問一切諸佛及諸佛法皆從此經出如何是此經師曰以是名字汝當奉持問枯木中還有龍吟也無師曰我道髑髏裏有師子吼問一法普潤一切羣生如何是一法師曰雨下也問一塵含法界時如何師曰早是數塵也問金鎻未開時如何師曰開也問學人欲修行時如何師曰虛空不曾爛壞雪峯侍立師指庵前一塊石曰三世諸佛總在裏許雪峯曰須知有不在裏許者師乃歸庵中坐一日雪峯隨師訪龍眠庵主雪峯問龍眠路向什麼處去師以拄杖指前面雪峯曰東邊去西邊去師曰漆桶雪峯異日又問一槌便成時如何師曰不是性懆漢雪

峯曰不假一槌時如何師曰漆桶師一日庵中坐雪峯問和尚此間還有人叅否師於牀下拈钁頭抛向面前雪峯曰恁麼即當處掘去也師曰漆桶不快雪峯辭去師出門送驀召云道者雪峯迴首應諾師曰途中善爲僧問故歲已去新歲到來還有不涉二途者也無師云有云如何是不涉二途者師云元正啓祚萬物惟新問依稀似半月罔象若三星乾坤收不得師向何處明師曰道什麼僧曰想師只有湛水之波且無滔天之浪師曰閑言語問類中來時如何師曰人類中來馬類中來問佛佛授手祖祖相傳未審傳箇什麼法師曰老僧不解謾語問如何是出門不見佛師曰無所覩曰如何是入室别爺孃師曰無所生問如何是火燄裏藏身師曰有什麼掩處曰如何是炭堆裏藏身師曰我道汝黒似漆問的的不明時如何師曰明也問如何是末後一句師曰最初明不得問從苗辯地因語識人未審將何辯識師曰引不著問院裏三百人還有不在數者無師曰一百年前五十年後看取師問僧久嚮踈山薑頭莫便是否無對（法眼代云嚮重和尚日久）僧問抱璞投師請師雕琢師曰不爲棟梁材曰恁麼即卞和無出身處也師曰擔帶即伶俜辛苦曰不擔帶時如何師曰不教汝抱璞投師更請雕琢問那吒太子析骨還父析肉還母如何是那吒本來身師放下手中杖子問佛法二字如何辯得清濁師曰佛法清濁曰學人不會師曰汝適來問什麼問一等是水爲什麼海鹹河淡師曰天上星地下木（法眼别云大似相違）問如何是祖

師意師曰彌勒覓箇受記處不得問和尚住此來有何境界師曰丫角女子白頭絲問如何是無情説法師曰惡問如何是毗盧師曰已有名字曰如何是毗盧師師曰未有毗盧時會取問歷落一句請師道師曰好問四山相逼時如何師曰五蘊皆空問一念未生時如何師曰眞箇謾語問凡聖相去幾何師下禪牀立問學人一問即和尚荅忽若千問萬問時如何師曰如雞抱卵問天上天下唯我獨尊如何是我師曰推倒這老胡有什麼過問如何是和尚師師曰迎之不見其首隨之不見其形問塑像未成未審身在什麼處師曰莫亂造作僧曰爭奈現不現何師曰隱在什麼處問無目底人如何進步師曰徧十方僧曰無目爲什麼徧十方師曰著得目也無

問如何是西來意師曰不諱問月未圓時如何師曰吞却兩三箇僧曰圓後如何師曰吐却七八箇問日月未明佛與衆生在什麼處師曰見老僧嗔便道嗔見老僧喜便道喜師問僧什麼處來曰東西山禮祖師來師曰祖師不在東西山僧無語（法眼代云和尚識祖師）問如何是玄中的師曰不到汝口裏道問牛頭未見四祖時如何師曰與人爲師又問見後如何師曰不與人爲師問諸佛出世惟以一大事因緣如何是一大事因緣師曰尹司空請老僧開堂問如何是佛師曰幻不可求問千里尋師乞師一接師曰今日老僧腰痛菜頭入方丈請益師曰且去待無人時來爲闍黎説菜頭明日伺得無人又來請和尚説師曰近前來菜頭近前師曰輙不得舉似於人問併

却咽喉脣吻請師道師曰汝只要我道不得問達磨未來時如何師曰偏天偏地曰來後如何師曰蓋覆不得問和尚未見先師時如何師曰通身不奈何曰見先師後如何師曰通身撲不碎曰還從師得也無師曰終不相孤負曰恁麽即從師得也師曰自著眼趂取曰恁麽即孤負先師也師曰非但孤負先師亦乃孤負老僧問七佛是文殊弟子文殊還有師也無師曰適來恁麽道也大似屈已推人問金雞未鳴時如何師曰無這箇音響曰鳴後如何師曰各自知時問師子是獸中之王爲什麽被六塵吞師曰不作大無人我師居投子山三十餘載往來激發請益者常盈于室師縱之以無畏辯隨問遽荅啐啄同時微言頗多今略録少分而已唐中和年巢寇暴起天下喪亂有狂徒持刃上山問師住此何爲師乃隨宜説法魁渠聞而拜伏脱身服施之而去師乾化四年甲戌四月六日示有微疾大衆請醫師謂衆曰四大動作聚散常程汝等勿慮吾自保矣言訖跏趺坐亡壽九十有六詔謚慈濟大師塔曰眞寂

湖州道場山如訥禪師僧問如何是教意師曰汝自看僧禮拜師曰明月鋪霄漢山川勢自分問如何得聞性不隨縁去師曰汝聽看僧禮拜師曰聾人也唱胡笳調好惡高低自不聞僧曰恁麽即聞性宛然也師曰石從空裏立火向水中焚問虛空還有邊際否師曰汝也太多知僧禮拜師曰三尺杖頭挑日月一塵飛起任遮天問如何是道人師曰行運無蹤迹起坐絶人知僧曰如何即是師曰三

鑪力盡無煙餤萬頃平田水不流問一念不生時如何師曰堪作什麼僧無語師又曰透出龍門雲雨合山川大地入無蹤師目有重瞳垂手過膝自琴微受訣乃止于道場山薙草卓庵學徒四至遂成禪苑廣闡法化所遺壞衲三事及開山拄杖木屐今在影堂中

建州白雲約禪師曾住江州東禪院僧問不坐偏空堂不居無學位此人合向什麼處安置師曰青天無電影天台韶和尚參師問什麼處來韶曰江北來師曰船來陸來曰船來師曰還逢見魚鼈麼曰往往遇之師曰遇時作麼生韶曰咄縮頭去師大笑

潭州道吾山圓智禪師法嗣

潭州石霜山慶諸禪師廬陵新淦人也姓陳氏年十三依洪井西山紹鑾禪師落髮二十三嵩嶽受具就洛下學毗尼之教雖知聽制終爲漸宗迴抵大潙山法會爲米頭一日師在米寮内篩米潙山云施主物莫抛撒師曰不抛撒潙山於地上拾得一粒云汝道不抛撒這箇什麼處得來師無對潙山又云莫欺這一粒子百千粒從這一粒生師曰百千粒從這一粒生未審這一粒從什麼處生潙山呵呵笑歸方丈晚後上堂云大衆米裏有蟲師後參道吾問如何是觸目菩提道吾喚沙彌沙彌應諾吾曰添淨缾水著吾却問師汝適來問什麼師乃舉前問道吾便起去師從此省覺道吾曰我疾作將欲去世心中有物久而爲患誰可除之師曰心物俱非除之益患道吾曰賢哉賢哉于時始爲二夏之僧因避世混俗于長沙瀏陽陶家坊朝遊夕處人

莫能識後因洞山价和尚遣僧訪尋囊錐始露乃舉之住石霜山他日道吾將捨衆順世以師爲嫡嗣躬至石霜而就之師日勤執侍全于師禮曁道吾歸寂學侶雲集盈五百衆廣語出別卷一日謂衆曰一代時教整理時人脚手凡有其由皆落在今時直至法身非身此是教家極則我輩沙門全無肯路若分即差不分即坐著泥水但由心意妄說見聞僧問如何是西來意師曰空中一片石僧禮拜師曰會麼曰不會師曰賴汝不會若會即打破你頭問如何是和尚本分事師曰石頭還汗出麼曰到這裏爲什麼却道不得師曰脚底著口問眞身還出世也無師曰不出世曰爭奈眞身何師曰瑠璃餅子口師歸方丈有僧在明𥦗外問咫尺之間爲什麼不覩師顏師曰我道徧界不曾藏僧舉問雪峯徧界不曾藏意旨如何雪峯曰什麼處不是石霜僧迴舉雪峯之語呈師師曰老大漢有什麼死急東禪齊云只如雪峯是會石霜意不會石霜意若會也他爲什麼道死急若不會作麼生雪峯豈可不會然法且無異奈以師承不同解之差別他云徧界不曾藏也須曾學來始得會亂說即不可雲蓋問萬戶俱閉即不問萬戶俱開時如何師曰堂中事作麼生曰無人接得渠師曰道也大殺道也只道得八九成曰未審和尚作麼生道師曰無人接得渠東禪齊云只如石霜意作麼生若道一般前來爲什麼不許伊若道別有道理又只重說一偏且道古人意作麼生問佛性如虛空如何師曰卧時即有坐時即無問忘收一足時如何師曰不共汝同盤問風生浪起時如何師曰湖南城裏大殺鬧有人不肯過江西因僧舉洞山叅次示衆曰兄弟秋初夏末或東去西去直須向萬里

無寸草處去始得又曰只如萬里無寸草處且作麼生去師聞之乃曰出門便是草僧舉似洞山洞山曰大唐國内能有幾人（東禪齊拈云且道石霜會洞山意否若道會去只如諸上座每日折旋俯仰迎來送去爲當是落路下草爲復一一合轍若言不會洞山意又爭解恁麼下語還有會處麼上座擬什麼處去於此若明得可謂還鄉曲也不見也曾著箇語云恁麼即不去也）師止石霜山二十年間學衆有長坐不卧屹若株杌天下謂之枯木衆也唐僖宗聞師道譽遣使齎賜紫衣師牢讓不受光啓四年戊申二月二十日巳亥示疾告寂壽八十有二臘五十九三月十五日葬于院之西北隅勅謚普會大師塔曰見相

潭州漸源仲興禪師在道吾處爲典座一日隨道吾往檀越家弔喪師以手拊棺曰生耶死耶道吾曰生也不道死也不道師曰爲什麼不道道吾曰不道不道弔畢同迴途次師曰和尚今日須與仲興道儻更不道即打去也道吾曰打即任打生也不道死也不道師遂打道吾數拳道吾歸院令師且去少間主事知了打汝師乃禮辭往石霜舉前語及打道吾之事今請和尚道石霜曰汝不見道吾道生也不道死也不道師於此大悟乃設齋懺悔師一日將鍬子於法堂上從東過西從西過東石霜曰作麼師曰覓先師靈骨石霜曰洪波浩渺白浪滔天覓什麼靈骨師曰正好著力石霜曰這裏針劄不入著什麼力（太原孚上座代云先師靈骨猶在）

禄清和尚僧問不落道吾機請師道師云庭前紅莧樹生葉不生華良久云會麼僧云不會師云正是道吾機因什麼不會僧禮拜師

便打云須是老僧打你始得

潭州雲巖曇晟禪師法嗣

筠州洞山良价禪師會稽人也姓俞氏幼歲從師因念般若心經以無根塵義問其師其師駭異曰吾非汝師即指往五洩山禮黙禪師披剃年二十一嵩山具戒遊方首謁南泉值馬祖諱晨修齋次南泉垂問衆僧曰來日設馬師齋未審馬師還來否衆皆無對師乃出對曰待有伴即來南泉聞已讚曰此子雖後生甚堪彫琢師曰和尚莫壓良爲賤次叅溈山問曰頃聞忠國師有無情説法良价未究其微溈山曰我這裏亦有只是難得其人曰便請師道溈山曰父母所生口終不敢道曰還有與師同時慕道者否溈山曰此去石室相連有雲巖道人若能撥草瞻風必爲子之所重既到雲巖問無情説法什麼人得聞雲巖曰無情説法無情得聞師曰和尚聞否雲巖曰我若聞汝即不得聞吾説法也曰若恁麼即良价不聞和尚説法也雲巖曰我説汝尚不聞何況無情説法也師乃述偈呈雲巖曰

也大奇　也大奇　無情説法不思議
若將耳聽終難會　眼處聞聲方可知

遂辭雲巖雲巖曰什麼處去師曰雖離和尚未卜所止曰莫湖南去師曰無曰莫歸鄉去師曰無曰早晚却來師曰待和尚有住處即來曰自此一去難得相見師曰難得不相見又問雲巖和尚百年後忽有人問還貌得師眞不如何祗對雲巖曰但向伊道只這箇是師良久雲巖曰承當這箇事大須審細師猶

涉疑後因過水覩影大悟前旨因有一偈曰
切忌從他覓　迢迢與我踈　我今獨自往
處處得逢渠　渠今正是我　我今不是渠
應須恁麽會　方得契如如
他日因供養雲巖眞有僧問曰先師道只這是莫便是否師曰是僧曰意旨如何師曰當時幾錯會先師語曰未審先師還知有也無師曰若不知有爭解恁麽道若知有爭肯恁麽道（長慶稜云既知有爲什麽恁麽道又云養子方知父慈）師在泐潭見初上座示衆云也大奇也大奇佛界道界不思議師曰佛界道界即不問且如說佛界道界是什麽人只請一言初良久無對師曰何不急道初曰爭即不得師曰道也未曾道說什麽爭即不得初無對師曰佛之與道只是名字何不引教初曰教道什麽師曰得意忘言初曰猶將教意向心頭作病在師曰說佛界道界病大小初因此遷化師至唐大中末於新豐山接誘學徒厥後盛化豫章高安之洞山（今筠州也）因爲雲巖諱日營齋有僧問和尚於先師處得何指示師曰雖在彼中不蒙他指示僧曰既不蒙指示又用設齋作什麽師曰雖然如此焉敢違背於他僧問和尚初見南泉發迹爲什麽與雲巖設齋師曰我不重先師道德亦不爲佛法只重不爲我說破又因設忌齋僧問和尚爲先師設齋還肯先師也無師曰半肯半不肯曰爲什麽不全肯師曰若全肯即孤負先師也僧問欲見和尚本來師如何得見曰年涯相似即無阻矣僧再舉所疑師曰不躡前蹤更請一問僧無對雲居代云恁麽即某甲不見和尚本來師也

後皎上座拈問長慶如何是年涯相似者長慶云古人恁麼道皎闍黎又向這裏覓箇什麼師又曰還有不報四恩三有者無若不體此意何超始終之患直須心心不觸物步步無處所常不間斷稍得相應師問僧什麼處來曰遊山來師曰還到頂否曰到師曰頂上還有人否曰無人師曰恁麼即闍黎不到頂也曰若不到頂爭知無人師曰闍黎何不且住曰某甲不辭住西天有人不肯師問太長老曰有一物上拄天下拄地常在動用中黑如漆過在什麼處太曰過在動用同安顯別云不知師乃咄云出去問如何是西來意師曰大似駭雞犀師問雪峯從什麼處來雪峯曰天台來師曰見智者否曰義存喫鐵棒有分僧問蛇吞蝦蟆救即是不救即是師曰救即雙目不覩不救即形影不彰因夜間不點燈有僧出問話退後師令侍者點燈乃召適來問話僧出來其僧近前師曰將取三兩粉來與這箇上座其僧拂袖而退自此省發玄旨遂罄捨衣資設齋得三年後辭師師曰善爲時雪峯侍立次問曰只如這僧辭去幾時却來師曰他只知一去不解再來其僧歸堂就衣鉢下坐化雪峯上報師師曰雖然如此猶較老僧三生在雪峯上問訊師曰入門來須得語不得道早箇入了也雪峯曰義存無口師曰無口且從還我眼來雪峯無語雲居膺別前語云待某甲有口即道長慶稜別云恁麼即某甲謹退師問僧什麼處來曰三祖塔頭來師曰既從祖師處來又要見老僧作什麼曰祖師即別學人與和尚不別師曰老僧欲見闍黎本來師還得否曰亦須待和尚自出頭來始得師曰老僧適來暫時不在

雲居問如何是祖師西來意師曰闍黎向後有把茅蓋頭或有人問闍黎且作麼生向伊道官人問有人修行否師曰待公作男子即修行僧問承古有言相逢不擎出舉意便知有時如何師乃合掌頂戴師問德山侍者從何方來曰德山來師曰來作什麼曰孝順和尚來師曰世間什麼物最孝順侍者無對師有時云體得佛向上事方有些子語話分僧便問如何是語話師曰語話時闍黎不聞曰和尚還聞否師曰待我不語話時即聞僧問如何是正問正荅師曰不從口裏道曰若有人問師還荅否師曰也未問問如何是從門入者非寶師曰便休便休師問講維摩經僧曰不可以智知不可以識識喚作什麼語對曰讚法身語師曰法身是讚何用更讚師有時垂語曰直道本來無一物猶未消得他鉢袋子僧便問甚麼人合得師曰不入門者僧曰只如不入門者還得也無師曰雖然如此不得不與他師又曰直道本來無一物猶未消得他衣鉢這裏合下得一轉語且道下得什麼語有一上座下語九十六轉不愜師意末後一轉始可師意師曰闍黎何不早恁麼道有一僧聞請舉如是三年執侍巾缾終不爲舉上座因有疾其僧曰某甲三年請舉前話不蒙慈悲善取不得惡取遂持刀向之曰若不爲某甲舉即便殺上座也上座悚然曰闍黎且待我爲汝舉乃曰直饒將來亦無處著其僧禮謝僧問師尋常教學人行鳥道未審如何是鳥道師曰不逢一人曰如何行師曰直須足下無絲去曰只如行鳥道莫便是

本來面目否師曰闍黎因什麼顛倒曰什麼處是學人顛倒師曰若不顛倒因什麼認奴作郎曰如何是本來面目師曰不行鳥道師謂衆曰知有佛向上人方有語話分時有僧問如何是佛向上人師曰非常（保福別云佛非法眼別云方使呼爲佛）師問僧去什麼處來僧曰製鞋來師曰自解依他僧曰依他師曰他還指教闍黎也無僧曰允即不違僧來舉問茱萸如何是沙門行茱萸曰行即不無人覺即乖師令彼僧去進語曰未審是什麼行茱萸曰佛行佛行僧迴舉似師師曰幽州猶似可最苦是新羅（東禪齊拈云此語還有疑訛也無若有且道什麼處不得若無他又道最苦是新羅還檢點得出麼他道行即不無人覺即乖師令再問是什麼行又道佛行那僧是會了問不會而問請斷看）僧却問師如何是沙門行師曰頭長三尺頸長二寸（有僧舉問歸宗權和尚只如洞山意作麼生權云封皮厚二寸）師見幽上座來遽起向禪牀後立幽曰和尚爲什麼迴避學人師曰將謂闍黎覓老僧問如何是玄中又玄師曰如死人舌師洗鉢次見兩烏爭蝦蟇有僧便問曰這箇因什麼到恁麼地師曰只爲闍黎僧問如何是毗盧師法身主師曰禾莖粟榦問三身之中阿那身不墮衆數師曰吾常於此切（僧問曹山先師道吾常於此切意作麼生曹山云要頭即斫將去又問雪峯雪峯以拄杖云我亦曾到洞山來）師因看稻田次朗上座牽牛師曰這箇牛須好看恐喫稻云朗曰若是好牛應不喫稻師問僧世間何物最苦僧曰地獄最苦師曰不然曰師意如何師曰在此衣線下不明大事是名最苦師問僧名什麼僧曰某甲師曰阿那箇是闍黎主人公僧曰見祇對次師曰苦哉苦哉今時人例皆如此只是認得驢前馬

後將爲自巳佛法平沉此之是也客中辯主尚未分如何辯得主中主僧便問如何是主中主師曰闍黎自道取僧曰某甲道得即是客中主如何是主中主師曰恁麼道即易相續也大難雲居別云某甲道得不是客中主師示衆令沙彌去雲居傳語又曰他忽問汝和尚有何言句但道雲巖路欲絕也汝下此語須遠立恐他打汝去沙彌領旨去語未終早被雲居打一棒沙彌無語同安顯代云恁麽即雲巖一枝不墜也後雲居錫云上座且道雲巖路絕不絕崇壽稠云古人打此一棒意作麽生師將圓寂謂衆曰吾有閑名在世誰爲吾除衆皆無對時沙彌出曰請和尚法號師曰吾名巳謝石霜云無人得他肯雲居云若有閑名非吾先師曹山云從古至今無人辯得疎山云龍有出水之機無人辯得僧問和尚病還有不病者也無師曰有僧曰不病者還看和尚否師曰老僧看他有分曰和尚爭得看他師曰老僧看時即不見有病師又曰離此殼漏子向什麼處與吾相見衆無對唐咸通十年三月命剃髮披衣令擊鐘儼然坐化時大衆號慟移晷師忽開目而起曰夫出家之人心不附物是眞修行勞生息死於悲何有乃召主事僧令辦愚癡齋一中蓋責其戀情也衆猶戀慕不已延至七日食具方備師亦隨齋畢曰僧家勿事大率臨行之際喧動如斯至八日浴訖端坐長往壽六十有三臘四十二勅謚悟本大師塔曰慧覺師昔在泐潭尋譯大藏纂出大乘經要一卷幷激勵道俗偈頌誡等流布諸方

涿州杏山鑒洪禪師臨濟問如何是露地白牛師曰吽濟曰啞却杏山口師曰老兄作麼生濟曰這畜生師乃休與石室問答如彼章出之師有五詠十秀皆暢玄風滅後荼毗收五色舍利

潭州神山僧密禪師師在南泉打羅次南泉問作什麼師曰打羅曰汝以手打脚打師曰却請和尚道南泉曰分明記取向後遇明眼作家但恁麼舉似雲巖代云無手脚者始解打師與洞山渡水洞山曰莫錯下脚師曰錯即過不得也洞山曰不錯底事作麼生師曰共長老過水一日與洞山鋤茶園洞山擲下钁頭曰我今日困一點氣力也無師曰若無氣力爭解恁麼道得洞山曰汝將謂有氣力底是也裴大夫問僧供養佛還喫否僧曰如大夫祭家神大夫舉似雲巖雲巖代曰有幾般飯食但一時下來雲巖却問師一時下來後作麼生師曰合取鉢盂巖肯之僧問如何是無所聞者乃曰聽經師曰要會麼僧曰要會師曰未解聽經在問一地不見二地如何師曰汝莫錯否汝是何地有行者問生死事乞師一言師曰汝何時生死去來曰某甲不會請師說師曰不會須死一場去

幽谿和尚僧問大用現前不存軌則時如何師起遶禪牀一帀而坐僧欲進語師與一蹋僧歸位而立師曰汝恁麼我不恁麼汝不恁麼我却恁麼僧再擬進語師又與一蹋曰三十年後吾道大行

前華亭船子德誠禪師法嗣

澧州夾山善會禪師廣州峴亭人也姓廖氏九歲於潭州龍牙山出家依年受戒往江陵聽習經論該練三學遂叅禪會勵力叅承初住澧州一夕道吾策杖而至遇師上堂僧問如何是法身師曰法身無相曰如何是法眼師曰法眼無瑕師又曰目前無法意在目前

不是目前法非耳目所到道吾乃笑師乃生疑問吾何笑吾曰和尚一等出世未有師可往浙中華亭縣參船子和尚去師曰訪得獲否道吾曰彼師上無片瓦遮頭下無卓錐之地師遂易服直詣華亭會船子鼓櫂而至師資道契微眹不留（語見船子章）師比遁世忘機尋以學者交湊廬室星布曉夕參依唐咸通十一年庚寅海衆卜于夾山遽成院宇師上堂示衆曰夫有祖以來時人錯會相承至今以佛祖句爲人師範如此却成狂人無智人去他只指示汝無法本是道道無一法無佛可成無道可得無法可捨故云目前無法意在目前他不是目前法若向佛祖邊學此人未有眼目皆屬所依之法不得自在本只爲生死茫茫識性無自由分千里萬里求善知識須有正眼永脱虛謬之見定取目前生死爲復實有爲復實無若有人定得許汝出頭上根之人言下明道中下根器波波浪走何不向生死中定當取何處更疑佛疑祖替汝生死有智人笑汝偈曰

勞持生死法　唯向佛邊求　目前迷正理
撥火覓浮漚

僧問從上立祖意教意和尚此間爲什麼言無師曰三年不食飯目前無饑人曰既無饑人某甲爲什麼不悟師曰只爲悟迷却闍黎師說頌曰

明明無悟法　悟法却迷人　長舒兩脚睡
無僞亦無眞

僧問如何是道師曰太陽溢目萬里不掛片雲曰如何得會師曰清清之水游魚自迷問

如何是本師曰飲水不迷源問古人布髮掩泥當爲何事師曰九烏射盡一翳猶存一箭墮地天下不黒問祖意與教意同别師曰風吹荷葉滿池青十里行人較一程師有小師隨侍日久師住後遣令行脚游歷禪肆無所用心聞師聚衆道播他室迴歸省覲而問曰和尚有如是奇特事何不早向某甲説師曰汝蒸飯吾著火汝行益吾展鉢什麼處是孤負汝處小師從此悟入師一日喫茶了自烹一梡過與侍者侍者擬接師乃縮手曰是什麼侍者無對有一大德來問師若是教意某甲即不疑只如禪門中事如何師曰老僧也只解變生爲熟問如何是實際之理師曰石上無根樹山含不動雲問如何是出窟師子師曰虚空無影像足下野雲生西川首座遊方至白馬舉華嚴教語問曰一塵含法界無邊時如何白馬曰如鳥二翼如車二輪首座曰將謂禪門别有奇特事元來不出教乘乃迴本地尋嚮夾山盛化遣小師持前語而問師師曰雕沙無鏤玉之譚結草乖道人之思小師迴舉似首座首座乃讃將謂禪門與教意不殊元來有奇特之事問如何是夾山境師曰猿抱子歸青嶂裏鳥銜花落碧巖前師再闢玄樞迨于一紀唐中和元年辛丑十一月七日召主事曰吾與衆僧語道累歲佛法深旨各應自知吾今幻質時盡即去汝等善保護如吾在日勿得雷同世人輙生惆悵言訖至子夜奄然而逝其月二十九日塔于本山壽七十七臘五十七勅謚傳明大師塔曰永濟

行思禪師第五世

前舒州投子山大同禪師法嗣

投子感温禪師第二世住僧問師登寶座接示何人師曰如月覆千谿僧曰恁麽即滿地不虧也師曰莫恁麽道僧問父不投爲什麽却投子師曰豈是别人屋裏事僧曰父與子還屬功也無師曰不屬曰不屬功底如何師曰父子各自脫曰爲什麽如此師曰汝與我會師遊山見蟬蛻殼侍者問曰殼在這裏蟬子向什麽處去也師拈殼就耳畔搖三五下作蟬響聲其僧於是開悟

福州牛頭微禪師師上堂示衆曰三世諸佛用一點伎倆不得天下老師口似匾擔諸人作麽生大不容易除非知有莫能知之僧問如何是和尚家風師曰山畬粟米飯野菜澹黄蘗僧曰忽遇上客來又作麽生師曰喫即從君喫不喫任東西問不問驪龍頷下珠如何識得家中寶師曰忙中爭得作閑人

西川青城香山澄照大師僧問諸佛有難向火焰裏藏身未審衲僧有難向什麽處藏身師曰水精甕裏著波斯問如何是初生月師曰太半人不見

陝府天福和尚僧問如何是佛法大意師曰黄河無滴水華嶽總平沉

濠州思明和尚在投子衆時有僧問如何是上座沙彌童行師曰諾僧問如何是清淨法身師曰屎裏蛆兒頭出頭没

鳳翔府招福和尚僧問東牙烏牙皆出隊和尚爲什麽不出隊師曰住持各不同鬧黎爭得怪

興元府中梁山遵古禪師問空劫無人能問法即今有問法何安師曰大悲菩薩瓮裏坐問如何是祖師西來意師曰道士擔漏巵

襄州谷隱和尚僧問如何是不觸白雲機師曰鶴帶鵶顔浮生不棄

安州九嵕山和尚僧問如何是佛師曰即汝是問遠聞九嵕及至到來只見一嵕師曰闍黎只見一嵕不見九嵕曰如何是九嵕師曰水急浪華麤

盤山和尚（幽州第二世住）僧問如何出得三界師曰在裏頭來多少時耶曰如何出得師曰青山不礙白雲飛問承教有言如化人煩惱如石女兒此理如何師曰闍黎直須石女兒去

安州九嵕敬慧禪師（第一世住）僧問解脫深坑如何過得師曰不求過僧曰如何過得師曰求過亦非

東京觀音院巖俊禪師邢臺人也姓廉氏初參祖席徧歷衡廬岷蜀嘗經鳳林深谷欻覩珍寶發現同侶相顧意將取之師曰古人鋤園觸黄金若瓦礫待吾營茅覆頂須此供四方僧言訖捨去造謁投子投子問曰子昨宿何處師曰在不動道場曰既言不動曷由至此師曰至此豈是動耶曰元來宿不著處然投子默認許之尋抵東京會有梁少保李資即河陽節度使罕之兄也雅信内典尤重于師因捨宅建院曰觀音明聖請師居之周高祖世宗二帝潛隱時每登方丈必施跪禮及即位特賜紫號淨戒大師衆常數百乾德丙寅三月示疾垂誡門人訖怡顔合掌而滅壽八十五臘六十五其年四月八日塔于東郊

豐臺村

前鄂州清平山令遵禪師法嗣

蘄州三角山令珪禪師初參清平清平問曰來作麽師曰來禮拜曰禮拜阿誰師曰特來禮拜和尚清平咄曰這鈍根阿師師乃禮拜清平於師頸上以手斫一下師從此摳衣密領宗旨住後僧問如何是佛師曰明日來向汝道如今道不得

景德傳燈録卷第十五

音釋

歙失涉切郡名　嵕子紅切　丱古患切丫角貌　袂彌蔽切袖也　鏌鎁鏌靡各切鎁以遮切鏌鎁劒名　硬魚孟切堅也　笊側教切　覿徒歷切見也　逗徒候切投合也　嚇呼格切以口距人曰嚇　懆七到切性快也　伶俜伶郎丁切俜普丁切伶俜孤單貌　丫於加切丫角丱髻也　薙丈几

切也　艾　屐奇逆切木屩也　淦古暗切水名也　屹其迄切山貌　杌五骨切木無枝也　僖許羈切　齎祖稽切持也　莧狹襉切　蝦蟆蝦胡加切蟆莫霞切　愜苦協切快也　悚息拱切懼也　晷居洧切日景也　峴胡典切　匾檐匾補典切檐丁紺切　畬詩遮切田也　虀祖稽切菜也　瓮烏貢切大罌也　蛆七余切　欻許勿切忽也　菅古開切白茅也又苦　也　摳苦侯切褰衣也

景德傳燈録卷第十六

宋　沙門　道原　纂

吉州青原山行思禪師法嗣

第五世七十二人

朗州德山宣鑒禪師法嗣九人 六人見録

鄂州巖頭全豁禪師　福州雪峯義存禪師

天台瑞龍院慧恭禪師

泉州瓦棺和尚　襄州高亭簡禪師

洪州感潭資國和尚

德山鴘湖紹奭大師

鳳翔府垢和尚

益州雙流尉遲和尚

已上三人無機緣語句不録

潭州石霜慶諸禪師法嗣四十一人 二十一人見録

河中南際山僧一禪師

潭州大光山居誨禪師

廬山懷祐禪師　筠州九峯道虔禪師

台州涌泉景欣禪師

潭州雲蓋山志元禪師

潭州谷山藏禪師

福州覆船山洪荐禪師

朗州德山存德慧空禪師

吉州崇恩和尚　石霜第三世輝禪師

郢州芭蕉和尚　潭州肥田伏和尚

潭州鹿苑暉禪師　潭州寶蓋約禪師

越州雲門海晏禪師　湖南文殊和尚

鳳翔府石柱和尚　潭州中雲蓋和尚

河中棲巖存壽禪師　南嶽玄泰上座

杭州龍泉敬禪師

潞州盤亭宗敏禪師

新羅欽忠禪師　新羅行寂禪師

洪州鹿源和尚　郢州大陽山和尚

滑州觀音和尚　鄆州正覺和尚

商州高明和尚　許州慶壽和尚

鎮州萬歲和尚

第二世鎮州靈壽和尚

鎮州洪清禪師　吉州簡之禪師
大梁洪方禪師　卭州守閑禪師
新羅朗禪師　新羅清虛禪師
汾州爽禪師　餘杭通禪師
已上二十人無機緣語句不録

澧州夾山善會禪師法嗣二十二人一十一人見録

澧州樂普山元安禪師
洪州上藍令超禪師　鄆州四禪和尚
江西逍遙山懷忠禪師
袁州盤龍山可文禪師
撫州黄山月輪禪師　洛京韶山寰普禪師
太原海湖和尚　嘉州白水寺和尚
鳳翔府天蓋山幽禪師
洪州同安和尚

韶州曇普禪師　吉州僊居山和尚
太原資福端禪師
洪州盧僊山延慶和尚
越州越峯和尚　朗州祇闍山和尚
益州棲穆和尚　嵩山全禪師
益州夾山院和尚　西京雲巖和尚
安福延休和尚
已上十一人無機緣語句不録

前朗州德山宣鑒禪師法嗣

鄂州巖頭全豁禪師泉州人也姓柯氏少禮清原誼公落髮往長安寶壽寺稟戒習經律諸部優遊禪苑與雪峯義存欽山文邃爲友自餘杭大慈山迤邐造于臨濟屬臨濟歸寂乃謁仰山纔入門提起坐具曰和尚仰山取拂子擬舉之師曰不妨好手後參德山和尚執坐具上法堂瞻視德山曰作麼師咄之德山曰老僧過在什麼處師曰兩重公案乃下參堂德山曰這箇阿師稍似箇行脚人至來日上問訊德山曰闍黎是昨日新到否曰是德山曰什麼處學得這箇虛頭來師曰全豁終不自謾德山曰他後不得孤負老僧他日參師入方丈門側身問是凡是聖德山喝師

禮拜有人舉似洞山洞山曰若不是豁上座大難承當師聞之乃曰洞山老人不識好惡錯下名言我當時一手擡一手搦雪峯在德山作飯頭一日飯遲德山擎鉢下法堂雪峯曬飯巾次見德山乃曰鍾未鳴鼓未打老和尚向什麽處去德山却歸方丈師在堂中聞之拊掌曰大小德山猶未會末後句德山聞舉令侍者喚師去問你不肯老僧那師密啓其意德山來日上堂說話異於尋常師到僧堂撫掌大笑云且喜得堂頭老漢會末後句他後天下人不柰何雖然如是也秖得三年三年後果然遷化矣一日與雪峯義存欽山文邃三人聚話存驀然指一椀水邃曰水清月現存曰水清月不現師踢却水椀而去自此邃師洞山存豁二士同嗣德山師與存同辭德山德山問什麽處去師曰暫辭和尚下山去德山曰子他後作麽生師曰不忘曰子憑何有此說師曰豈不聞智慧過師方傳師教其或智慧齊等他後恐減師半德曰如是如是當善護持二士禮拜而退存返閩川居象骨山之雪峯師庵于洞庭卧龍山徒侶臻萃僧問無師還有出身處也無師曰聲前古毳爛問堂堂來時如何師曰刺破眼問如何是祖師意師曰移取廬山來向汝道師一日上堂謂諸徒曰吾嘗究涅槃經七八年覩三兩段文似衲僧說話又曰休休時有一僧出禮拜請師舉師曰吾教意如伊字三點第一向東方下一點點開諸菩薩眼第二向西方下一點點諸菩薩命根第三向上方下一點點諸菩薩頂此是第一段義又曰吾教意如

摩醯首羅擘開面門竪亞一隻眼此是第二段義又曰吾教意猶如毒塗鼓擊一聲遠近聞者皆喪亦云俱死此是第三段義時小嚴上座問如何是毒塗鼓師以兩手按膝亞身曰韓信臨朝底嚴無語夾山會下一僧到石霜入門便道不審石霜曰不必闍黎僧曰恁麽即珍重又到巖頭如前道不審師曰噓僧曰恁麽即珍重方迴步師曰雖是後生亦能管帶其僧歸擧似夾山夾山曰大衆還會麽衆無對夾山曰若無人道老僧不惜兩莖眉毛道去也乃曰石霜雖有殺人刀且無活人劒師與羅山卜塔基羅山中路忽曰和尚師迴顧曰作麽羅山擧手曰這裏好片地師咄曰瓜州賣瓜漢又行數里徘徊間羅山禮拜問曰和尚豈不是三十年在洞山而不肯洞山

師曰是又曰和尚豈不是法嗣德山又不肯德山師曰是曰不肯德山即不問只如洞山有何所闕師良久曰洞山好箇佛只是無光僧問利劒斬天下誰是當頭者師曰暗擬再問師咄曰這鈍漢出去問不歷古今時如何師曰卓朔地曰古今事如何師曰任爛師問僧什麽處來曰西京來師曰黄巢過後還收得劒麽曰收得師作引頸受刃聲僧曰師頭落也師大笑（其僧後到雪峯擧前語被拄杖打趂下山）問二龍爭珠誰是得者師曰俱錯僧問雪峯聲聞人見性如夜見月菩薩人見性如晝見日未審和尚見性如何峯以拄杖打三下其僧後擧前語問師師與三摑問如何是三界主師曰汝還解喫鐵棒麽瑞巖問如何是毗盧師師曰道什麽瑞巖再問之師曰汝年十七八未問

塵中如何辨主師曰銅砂鑼裏盛油問弓折箭盡時如何師曰去問如何是巖中的的意師曰謝指示僧曰請和尚荅話師曰珍重問如何是道師曰破草鞋與拋向湖裏著問萬丈井中如何得到底師曰吽僧再問師曰脚下過也問古帆不掛時如何師曰後園驢喫草邇後人或問佛問法問道問禪者師皆作噓聲而常謂衆曰老漢去時大吼一聲了去唐光啓之後中原盜起衆皆避地師端居晏如也一日賊大至責以無供饋遂傳刃焉師神色自若大呌一聲而終聲聞數十里即光啓三年丁未四月八日也門人後焚之獲舍利四十九粒衆爲起塔壽六十僖宗謚清嚴大師塔曰出塵

福州雪峯義存禪師泉州南安人也姓曾氏家世奉佛師生惡葷茹於襁褓中聞鐘梵之聲或見旛花像設必爲之動容年十二從其父遊莆田玉澗寺見慶玄律師遽拜曰我師也遂留侍焉十七落髮謁芙蓉山常照大師照撫而器之後往幽州寶刹寺受具足戒久歷禪會緣契德山唐咸通中迴閩中登象骨山雪峯創院徒侶翕然懿宗賜號眞覺大師仍賜紫袈裟僧問祖意與教意是同是別師曰雷聲震地室內不聞又曰闍黎行脚爲什麼事問我眼本正因師故邪時如何師曰迷逢達磨曰我眼何在師曰得不從師問剃髮染衣受佛依蔭爲什麼不許認佛師曰好事不如無師問座主如是兩字盡是科文作麼生是本文座主無對（五雲和尚代云更分三段著）問有人問三身中那箇身不墮諸數古人云吾常於

此切意旨如何師曰老漢九轉上洞山僧擬再問師曰拽出此僧著問如何是覿面事師曰千里未是遠問如何是大人相師曰瞻仰即有分問文殊與維摩對譚何事師曰義墮也僧問寂然無依時如何師曰猶是病曰轉後如何師曰船子下揚州問承古有言師便作卧勢良久起曰問什麼僧再舉師曰虛生浪死漢問箭露投鋒時如何師曰好手不中的僧曰盡眼勿標的時如何師曰不妨隨分好手問古人道路逢達道人不將語默對未審將什麼對師曰喫茶去師問僧什麼處來對曰神光來師曰晝喚作日光夜喚作火光作麼生是神光僧無對師自代曰日光火光棲典座問古人有言知有佛向上事方有語話分如何是語話師把住曰道道棲無對師踢倒棲起來汗流師問僧什麼處來僧曰近離浙中師曰船來陸來曰二途俱不涉師曰爭得到這裏曰有什麼隔礙師便打問古人道覿面相呈時如何師曰是曰如何是覿面相呈師曰蒼天蒼天師問僧此水牯牛年多少僧無對師自代曰七十七也僧曰和尚爲什麼作水牯牛師曰有什麼罪過僧辭師問什麼處去曰禮拜徑山和尚去師曰徑山苦問汝此間佛法如何作麼生道曰待問即道師以拄杖打尋舉問道怤（怤即鏡清順德大師）這僧過在什麼處便喫棒怤曰問徑山得徹困也師曰徑山在浙中因什麼問得徹困怤曰不見道遠問近對師乃休（東禪齊云那僧若會雪峯意爲什麼被打若不會又打伊作什麼且道過在什麼處鏡清雖即子父與他分析也大似成就其醜拙還會麼且如雪峯便休是肯伊不肯伊）師一日謂慧稜（稜即長慶）曰吾

見潙山問仰山從上諸聖什麽處去他道或在天上或在人間汝道仰山意作麽生稜曰若問諸聖出沒處恁麽道即不可師曰汝渾不肯忽有人問汝作麽生道稜曰但道錯師曰是汝不錯稜曰何異於錯師問僧什麽處來對曰離江西師曰江西與此間相去多少曰不遥師竪起拂子曰還隔這箇麽曰若隔這箇即遥去也師便打問學人乍入叢林乞師指示箇入路師曰寧自碎身如微塵終不敢瞎却一僧眼問四十九年後事即不問四十九年前事如何師以拂子驀口打有僧辭去參靈雲問佛未出世時如何靈雲舉拂子又問出世後如何靈雲亦舉拂子其僧却迴師問闍黎近去返太速生僧曰某甲到彼問佛法不相當乃迴師曰汝問什麽事僧舉前話師曰汝問我爲汝道僧便問佛未出世時如何師舉拂子又問出世後如何師放下拂子僧禮拜師便打（後僧舉似玄沙玄沙云汝欲得會麽我與汝說箇喩如人賣一片園東西南北一時總結契了也中心有箇樹子猶屬我在崇壽稠云爲當打伊解處別有道理）因舉六祖云不是風動不是旛動仁者心動師曰大小祖師龍頭蛇尾好與二十拄杖時太原孚上座侍立聞之咬齒師又曰我適來恁麽道也好與二十拄杖（雲居錫云什麽自處是祖師龍頭蛇尾便好喫棒只如雪峯自道我好喫拄杖且道佛法意旨作麽生久在衆上座無有不知初機兄弟且作麽生會東禪齊云雪峯恁麽道爲當檢點別有落處衆中喚作自打過打過且置祖師道不是風動不是旛動作麽生）師問慧全汝得入處作麽生全曰共和尚商量了師曰什麽處商量曰什麽處去來師曰汝得入處又作麽生全無對師打之全坦問平田淺草麈鹿成羣如何射得麈中主師喚全坦坦應諾

師曰喫茶去師問僧近離什麼處僧曰離溈山曾問如何是祖師西來意溈山據座師曰汝肯他否僧曰某甲不肯他師曰溈山古佛子速去禮拜懺悔玄沙曰山頭老漢蹉過溈山事也（東禪齊云什麼處蹉過的當蹉過莫便恁麼會也無若恁麼會即未會溈山意在只如雪峯云溈山古佛子速去懺悔是證明溈山是讃歎溈山去事也難子細好見去也不難）問學人道不得處請師道師曰我爲法惜人師舉拂子示一僧其僧便去（長慶稜舉似泉州王延彬乃曰此僧合喚轉與一頓棒彬曰和尚是什麼心行稜曰幾放過）師問慧稜古人道前三三後三三意作麼生稜便出去（鵝湖別云諾）師問僧什麼處來對曰藍田來師曰何不入草（長慶稜云嶮）問大事作麼生師執僧手曰上座將此問誰有僧禮拜師打五棒僧曰過在什麼處師又打五棒喝出師問僧什麼處來僧曰嶺外來師曰還逢達磨也無僧曰青天白日師曰自已作麼生僧曰更作麼生師便打師送僧出行三五步召曰上座僧迴首師曰途中善爲僧問拈槌竪拂不當宗乘和尚如何師竪起拂子其僧自低頭出師乃不顧（法眼代云大衆看此一員戰將）僧問三乘十二分教爲凡夫開演不爲凡夫開演師曰不消一曲楊柳枝師謂鏡清曰古來有老宿引官人巡堂云此一衆盡是學佛法僧官人云金屑雖貴又作麼生老宿無對鏡清代曰比來抛塼引玉（法眼別云官人何得貴耳而賤目）師上堂舉拂子曰這箇爲中下人僧問上上人來如何師舉拂子僧白這箇爲中下師打之問國師三喚侍者意旨如何師乃便起入方丈師問僧今夏在什麼處曰涌泉師曰長時涌暫時涌曰和尚問不著師曰我問不著曰是師乃打之因

普請往莊中路逢獼猴師曰這畜生一箇背一面古鏡摘山僧稻禾僧曰曠劫無名爲什麼章爲古鏡師曰瑕生也僧曰有什麼死急話頭也不識師曰老僧罪過閩帥施銀交牀僧問和尚受大王如此供養將何報荅師以手托地曰少打我（僧問疎山曰雪峯道少打我意作麼生疎山云頭上插瓜韲垂尾脚跟齊）問吞盡毗盧時如何師曰福唐歸得平善否師謂衆曰我若東道西道汝則尋言逐句我若羚羊掛角汝向什麼處捫摹（僧問保福只如雪峯有什麼言教便似羚羊掛角時保福云莫是與雪峯作小師不得麼）師住閩川四十餘年學者冬夏不減千五百人梁開平二年戊辰春三月示疾閩帥命醫診視師曰吾非疾也竟不服其藥遺偈付法夏五月二日朝遊藍田暮歸澡身中夜入滅壽八十七臘五十九

天台瑞龍院慧恭禪師福州人也姓羅氏家世爲儒年十七舉進士隨計京師因遊終南山奉日寺覩祖師遺像遂求出家二十二受戒遊方謁德山鑒禪師鑒問曰會麼恭曰作麼鑒曰請相見恭曰識麼鑒大笑遂入室焉暨鑒順世與門人之天台瑞龍院大開法席唐天復三年癸亥十二月二日午時命衆聲鍾顧左右曰去言訖跏趺而化壽八十四臘六十二門人建塔

泉州瓦棺和尚德山問曰汝還會麼師曰不會德山曰汝成持取箇不會好師曰不會又成持箇什麼德山曰汝大似箇鐵橛師遂摳衣德山

襄州高亭簡禪師初隔江見德山遙合掌云不審德山以手中扇子招之師忽開悟乃橫

趨而去更不迴顧後於襄州開法嗣德山
洪州大寧感潭資國和尚白兆問家内停喪
請師慰問師曰苦痛蒼天兆曰死却爺死却
孃師打而趂之師凡遇僧來亦多以拄杖打
趂
前潭州石霜山慶諸禪師法嗣
河中南際山僧一禪師僧問幸獲親近乞師
指示師曰我若指示即屈著汝僧曰教學人
作麼生即是師曰切忌是非問如何是衲僧
氣息師曰還曾薰著汝也無問類即不問如
何是異師曰要頭即一任斫將去問如何是
法身主師曰不過來又問如何是毗盧師師
曰不超越師初居末山後閩帥請開法於長
慶禪苑卒謚本淨大師塔曰無塵
潭州大光山居誨禪師京兆人也姓王氏初
造于石霜之室函丈請益經二載又令主北
塔麻衣草屨殆忘身意一日石霜將試其所
得垂問曰國家每年放舉人及第朝門還得
拜也無師曰有人不求進曰憑何師曰且不
爲名石霜又因疾問曰除却今日别更有時
也無師曰渠亦不道今日是石霜甚然之如
是徵詰數四疇對無爽盤桓二十餘祀瀏陽
信士胡公請居大光山提唱宗教有僧問只
如達磨是祖否師曰不是祖僧曰既不是祖
又來作什麼師曰爲汝不薦祖僧曰薦後如
何師曰方知不是祖問混沌未分時如何師
曰一代時教阿誰叙師又曰一代時教只是
收拾一代時人直饒剥徹底也只是成得箇
了事人汝不可便將當却衲衣下事所以道
四十九年明不盡四十九年摽不起凡示學

徒大要如此唐天復三年癸亥九月三日歸寂壽六十有七

廬山棲賢懷祐禪師泉州僊遊人也受業於九座山陳禪師尋參學預石霜之室既承奥旨居于謝山其道未震復還止棲賢徒侶臻萃僧問如何是五老峯前句師曰萬古千秋僧曰恁麼莫成嗣絶也無師曰𨈇躇欲與誰僧問自遠而來請師激發師曰他不憑時曰請師憑時師曰我亦不換問如何是法法無差師曰雪上更加霜師後終于廬山謚玄悟大師塔曰傳燈

筠州九峯道虔禪師福州侯官人也姓劉氏徧歷法會後受石霜印記化徒於九峯焉師上堂有僧問無間中人行什麼行師曰畜生行曰畜生復行什麼行師曰無間行曰此猶是長生路上人師曰汝須知有不共命者曰不共什麼命師曰長生氣不常師又曰諸兄弟還識得命麼欲知命流泉是命湛寂是身千波競涌是文殊境界一亘晴空是普賢牀榻其次借一句子是指月於中事是話月從上宗門中事如節度使信旗且如諸方先德未建許多名目指陳已前諸兄弟約什麼體格商量到這裏不假三寸試話會看不假耳根試采聽看不假眼試辨白看所以道聲前抛不出句後不藏形盡乾坤都來是汝當人箇體向什麼處安眼耳鼻舌莫但向意根下圖度作解盡未來際亦未有休歇分所以古人道擬將心意學玄宗狀似西行却向東時有僧問九重無信恩赦何來師曰流光雖徧闈内不周曰流光與闈内相去多少師曰渌

水騰波青山秀色問人人盡言請益未審師將何拯濟師曰汝道巨嶽還曾乏寸土也無曰恁麼即四海參尋當爲何事師曰演若迷頭心自狂曰還有不狂者也無師曰有曰如何是不狂者師曰突曉途中眼不開問如何是學人自巳師曰更問阿誰曰恁麼便承當時如何師曰須彌還更戴須彌麼問祖祖相傳復傳何法師曰釋迦慳迦葉富曰畢竟傳底事作麼生師曰百歲老人分夜燈問諸佛非我道如何是我道師曰我道非諸佛曰既非諸佛爲什麼却立我道師曰適來暫喚來如今却遣出曰爲什麼却遣出師曰若不遣出眼裏塵生問一切處覓不得豈不是聖師曰是什麼聖曰牛頭未見四祖時豈不是聖師曰是聖境未忘曰二聖相去幾何師曰塵中雖有隱形術爭柰全身入帝鄉問承古有言眞心妄心是如何師曰是立眞顯妄曰如何是眞心師曰不雜食曰如何是妄心師曰攀緣起倒是曰離此二途如何是學人本體師曰本體不離曰爲什麼不離師曰不敬功德天誰嫌黒暗女問承古有言盡乾坤都來是箇眼如何是乾坤眼師曰乾坤在裏許曰乾坤眼何在師曰正是乾坤眼曰還照矚也無師曰不借三光勢曰既不借三光勢憑何喚作乾坤眼師曰若不如是髑髏前見鬼人無數問一筆丹青爲什麼貌不得師曰僧繇却許誌公曰未審僧繇得什麼人證旨却許誌公師曰烏龜稽首須彌柱問動容沉古路身没乃方知此意如何師曰偷佛錢買佛香曰學人不會師曰不會即燒香供養本爺孃

師後住泐潭而終謚大覺禪師塔曰圓寂

台州涌泉景欣禪師泉州僊遊人也本白雲山受業得石霜開示而止丹丘涌泉之蘭若一日師不披袈裟喫飯有僧問莫成俗否師曰即今豈是僧耶有彊德二禪客到於路次見師騎牛不識師乃曰蹄角甚分明爭奈騎者不識師驟牛而去二禪客憩於樹下煎茶師迴下牛近前不審與坐喫茶師問曰二禪客近離什麼處曰離那邊師曰那邊事作麼生彼提起茶盞師曰此猶是這邊那邊事作麼生二人無對師曰莫道騎者不識好

潭州雲蓋山志元號圓淨大師遊方時問雲居曰志元不奈何時如何雲居曰闍黎只爲功力不到處師不禮拜而退遂參石霜亦如前問石霜曰非但闍黎老僧亦不奈何師曰和尚爲什麼不奈何石霜曰老僧若奈何拈過汝不奈何（別有問答石霜章出之）有僧問如何是佛師曰黄面底是曰如何是法師曰藏裏是問然燈未出時如何師曰昧不得問蛇子爲什麼吞蛇師師曰通身色不同問如何是衲僧師曰參尋訪道

潭州谷山藏禪師僧問祖意教意是一是二師曰青天白日夜半濃霜

福州覆船山洪荐禪師僧問如何是本來面目師閉目吐舌又開目吐舌僧曰本來有如許多面目師曰適來見什麼問路逢達道人不將語黙對未審將什麼對師曰老僧也恁麼師將示滅三日前令侍者唤第一座來師卧出氣一聲第一座唤侍者曰和尚渴要湯水喫師乃面壁而卧臨終令集衆乃展兩手

出舌示之時第三座曰諸人和尚舌根硬也師曰苦哉苦哉誠如第三座所言舌根硬去也再言之而告寂謚紹隆大師塔曰廣濟

朗州德山存德號慧空大師第六世住僧問如何是一句師曰更請問問如何是和尚僊陀婆師曰昨夜三更見月明

吉州崇恩和尚僧問祖意教意是一是二師曰少林雖有月葱嶺不穿雲

石霜輝禪師第三世住僧問佛出世先度五俱輪和尚出世先度何人師曰總不度曰爲什麼不度師曰爲伊不是五俱輪問如何是和尚家風師曰竹筯瓦椀

郢州芭蕉和尚僧問從上宗乘如何舉唱師曰已被冷眼人覷破了問不落諸緣請師直指師曰有問有答問如何是和尚爲人一句師曰只恐闍黎不問

潭州肥田伏和尚號慧覺大師僧問此地名什麼師曰肥田曰宜什麼師以拄杖打而趂之

潭州鹿苑暉禪師僧問不假諸緣請師道師敲火爐僧曰親切處更請一言師曰莫睡語問牛頭未見四祖時如何師曰如月在水曰見後如何師曰如水在月問祖祖相傳未審傳箇什麼師曰汝問我我問汝僧曰恁麼即緇素不分也師曰什麼處去來

潭州寳蓋約禪師僧問寳蓋高高掛其中事若何請師言下旨一句不消多師曰寳蓋掛空中有路不曾通儻求言下旨便是有西東

越州雲門山拯迷寺海晏禪師僧問如何是衲衣下事師曰如人𣫍硬石頭問如何是古

寺一爐香師曰廣大勿人齅曰齅者如何師曰六根俱不到問久嚮拯迷到來爲什麽不見拯迷師曰闍黎不識拯迷

湖南文殊和尚僧問僧繇爲什麽貌誌公不得師曰非但僧繇誌公也貌不成曰誌公爲什麽貌不成師曰彩繢不將來曰和尚還貌得也無師曰我亦貌不得曰和尚爲什麽貌不得師曰渠不以苟我顏色教我作麽生貌問如何是密室師曰緊不就曰如何是密室中人師曰不坐上牛

鳳翔府石柱和尚遊方時遇洞山和尚第三世垂語曰有四種人一人說過佛祖一步行不得一人行過祖佛一句說不得一人說得行得一人說不得行不得阿那箇是其人師出衆而對曰一人說過祖佛行不得者只是無舌不許行一人行過祖佛一句說不得者只是無足不許說一人說得行得者即是函蓋相稱一人說不得行不得若斷命而求活此是石女披枷帶鎖洞山曰闍黎自己作麽生師曰該通會上卓卓寧彰洞山曰只如海上明公秀又作麽生師曰幻人相逢拊掌呵呵

潭州中雲蓋和尚僧問和尚開堂當爲何事師曰爲汝驢漢曰諸佛出世當爲何事師曰爲汝驢漢問祖佛未出世時如何師曰像不得曰出世後如何師曰闍黎也須側身始得問如何是向上一句師曰文殊失却口曰如何是門頭一句師曰頭上插花子問如何是超百億師曰超人不得肯

河中府棲巖山大通院存壽禪師不知何許人也姓梅氏初講經論後入石霜之室隨緣

誘化抵于蒲坂緇素歸心僧問蓮華未出水時如何師曰汝莫問出水後蓮華事麽僧無語師平居罕言叩之則應度弟子四百人尼衆百數終壽九十有三諡眞寂大師

南嶽玄泰上座不知何許人也沉静寡言未嘗衣帛衆謂之泰布衲始見德山鑒禪師陞于堂矣後謁石霜普會禪師遂入室焉所居蘭若在衡山之東號七寶臺誓不立門徒四方後進依附皆用交友之禮嘗謂衡山多被山民斬木燒畬爲害滋甚乃作畬山謡遠邇傳播達于九重有詔禁止故嶽中蘭若無復然燎師之力也將示滅並無僧至乃自出門召一僧入付囑令備薪蒸又留偈曰

今年六十五　四大將離主　其道自玄玄　箇中無佛祖　不用剃頭　不須澡浴　一堆猛火　千足萬足

偈終端坐垂一足而逝闍維收舍利於堅固禪師塔左營小浮圖置之壽六十有五

前澧州夾山善會禪師法嗣

澧州樂普山元安禪師鳳翔麟遊人也姓淡氏丱年出家依本郡懷恩寺祐律師披削具戒通經論首問道于翠微臨濟臨濟常對衆美之曰臨濟門下一隻箭誰敢當鋒師蒙許可謂自已足尋之夾山卓庵後得夾山書發而覽之不覺竦然乃棄庵至夾山禮拜端身而立夾山曰雞棲鳳巢非其同類出去師曰自遠趨風請師一接夾山曰目前無闍黎此間無老僧師曰錯也夾山曰住住闍黎且莫草草忽忽貉山各異雲月是同闍黎坐却天下人舌頭即不無爭教無舌人解語師茫然

無對夾山便打師因茲服膺數載興化代云但知作佛莫愁衆生師一日問夾山佛魔不到處如何體會夾山曰燭明千里像闇室老僧迷又問朝陽已昇夜月不現時如何夾山曰龍啣海珠游魚不顧夾山將示滅垂語於衆曰石頭一枝看看即滅矣師對曰不然夾山曰何也師曰自有青山在夾山曰苟如是即吾道不墜矣曁夾山順世師抵于涔陽遇故人因話武陵事故人問曰倏忽數年何處逃難師曰只在闤闠中曰何不無人處去師曰無人處有何難曰闤闠中如何逃避師曰雖在闤闠中人且不識故人罔測又問曰承西天有二十八祖至於此土人傳一人且如彼此不垂曲者如何師曰野老門前不話朝堂之事僧曰合譚何事師曰未逢別者終不開拳僧曰有不從朝堂來相逢還話否師曰量外之機徒勞目擊僧無對師尋之澧陽樂普山卜于宴處後遷止朗州蘇谿四方玄侶憧憧奔湊師示衆曰末後一句始到牢關鎖斷要津不通凡聖欲知上流之士不將祖佛見解貼在額頭如靈龜負圖自取喪身之本又曰指南一路智者知疏問瞥然便見時如何師曰曉星分曙色爭似太陽輝問恁麼來不立恁麼去不泯時如何師曰鬻薪樵子貴衣錦道人輕問經云飯百千諸佛不如飯一無修無證者未審百千諸佛有何過無修無證者有何德師曰一片白雲橫谷口幾多歸鳥夜迷巢問曰未出時如何師曰水竭滄溟龍自隱雲騰碧漢鳳猶飛問如何是本來事師曰一粒在荒田不耘苗自秀僧曰若一向不耘莫草裏埋

没却也無師曰肌骨異芻蕘稊稗終難映問不傷物命者如何師曰眼花山影轉迷者謾彷徨問不譚今古時如何師曰靈龜無卦兆空殼不勞鑚問不掛明暗時如何師曰玄中昜舉意外難提問不生如來家不坐華王座時如何師曰汝道火爐重多少問祖意與教意是一是二師曰師子窟中無異獸象王行處絶狐蹤問行到不思議處如何師曰青山常舉足白日不移輪問枯盡荒田獨立事如何師曰鷺倚雪巢猶可辨烏投漆立事難分問如何是賓主雙舉師曰枯樹無横枝鳥來難措足問終日朦朧時如何師曰擲寶混沙中識者天然異曰恁麼即展手不逢師也師曰莫將鶴唳悞作鷺啼問圓伊三點人皆重樂普家風事若何師曰雷霆一震布鼓聲銷

問停午時如何師曰停午猶虧半烏沉始得圓問如何是西來意師曰颯颯當軒竹經霜不自寒僧擬再問師曰只聞風擊響不知幾千竿師上堂謂衆曰孫賓收鋪去也有卜者出來時有僧出曰請和尚一卦師曰汝家爺死僧無語（法眼代拊掌三下）問如何是西來意師敲禪牀曰會麼曰不會師曰天上忽雷驚宇宙井底蝦蟆不舉頭問佛魔不到處如何辨得師曰演若頭非失鏡中認取乖問如何是救離生死師曰執水苟延生不聞天樂妙問四大如何而有師曰湛水無波漚因風擊曰漚滅歸水時如何師曰不渾不濁魚龍任躍問生死事如何師曰一念忘機太虛無點問如何是道師曰存機猶滯迹去杌却通途問如何是一藏收不得者師曰雨滋三草秀片玉

本來輝問一毫呑盡巨海於中更復何言師曰家有白澤之圖必無如是妖恠（保福別云家無白澤之圖亦無如是之怪）問凝然時如何師曰時雷應節震嶽驚蟄曰千般運動不異箇凝然時如何師曰靈鶴翥空外鈍鳥不離巢曰如何師曰白首拜少年舉世人難信問諸聖恁麼來將何供養師曰土宿雖持錫不是婆羅門問祖意與教意是同是別師曰日月並輪空誰家別有路曰恁麼即顯晦殊途事非一槩也師曰但自不亡羊何須泣岐路問學人擬歸鄉時如何師曰家破人亡子歸何處曰恁麼即不歸去也師曰庭前殘雪日輪消室內遊塵遣誰掃問動是法王苗寂是法王根根苗即不問如何是法王師舉拂子僧曰此猶是法王苗師曰龍不出洞誰人奈何師二山開法語播諸方唐光化元年戊午秋八月誡主事曰出家之法長物不留播種之時切宜減省締構之務悉從廢停流光迅速大道深玄苟或因循曷由體悟雖激勵懇切衆以爲常略不相徹至冬師示有微疾亦不倦參請十二月一日告衆曰吾非明即後也今有一事問汝等若道這箇是即頭上安頭若道這箇不是即斬頭求活時第一座對曰青山不舉足日下不挑燈師曰這裏是什麼時節作這箇語話時有彥從上座別對曰離此二途請和尚不問師曰未在更道曰彥從道不盡師曰我不管汝盡不盡曰彥從無侍者祇對和尚師乃下堂至夜令侍者喚彥從入方丈曰闍黎今日祇對老僧甚有道理據汝合體先師意旨先師道目前無法意在目前不是目前法

非耳目之所到且道那句是主句若擇得出分付鉢袋子曰彦從不會師曰汝合會但道曰彦從實不知師喝出乃曰苦苦（玄覺云且道從上座實不會是怕見鉢袋子粘著伊）二日午時別僧舉前語問師師自代曰慈舟不棹清波上劒峽徒勞放木鵝便告寂壽六十有五臘四十六塔于寺西北隅

洪州上藍令超禪師初住筠州上藍山說夾山之禪學侶俱會後於洪井創禪苑居之還以上藍爲名化導益盛僧問如何是上藍本分事師曰不從千聖借豈向萬機求曰只如不借不求時如何師曰不可拈放汝手裏得麼問鋒前如何辯事師曰鋒前不露影莫向舌頭尋問二龍爭珠誰是得者師曰其珠徧地目覩如泥問善財見文殊却往南方意如何師曰學憑入室知乃通方曰爲什麼彌勒遣見文殊師曰道廣無涯逢人不盡至唐大順庚戌歲正月初召衆僧而告曰吾本約住此十年今化事既畢當欲行矣十五日齋畢聲鍾端坐長往謚元眞大師塔曰本空

郢州四禪和尚僧問古人有請不背今請和尚入井還去也無師曰深深無別源飲者消諸患問如何是和尚家風師曰會得底人意須知月色寒

江西逍遙山懷忠禪師僧問不似之句還有人道得否師曰或即五日齋前或即五日齋後問劒鏡明利毫毛何惑師曰不空罥索問洪鑪猛燄烹鍛何物師曰烹佛烹祖曰佛祖作麼生烹師曰業在其中曰喚作什麼業師曰佛力不如問四十九年不說一句如何是

不說底一句師曰隻履西行道人不顧曰莫便是和尚消停處也無師曰馬是官馬不用印問如何是一老一不老師曰三從六義曰如何是奇特一句師曰坐佛牀斫佛朴問祖與佛阿那箇最親師曰眞金不肯博誰肯換泥丸曰恁麼即有不肯也師曰汝貴我賤問如何是懸劍萬年松師曰非言不可及曰當爲何事師曰只汝道話曰言外之事如何明得師曰日久年多筋骨成問不敵魔軍如何證道師曰海水不勞杓子舀問不住有雲山常居無底船時如何師曰果熟自然曰更請師道師曰門前眞佛子曰學人爲什麼不見師曰處處王老師

袁州盤龍山可文禪師僧問亡僧遷化向什麼處去也師曰石牛沿江路日裏夜明燈問如何是佛師曰癡兒捨父逃師後居上藍院

撫州黄山月輪禪師福州福唐人也姓許氏志學之歲詣本郡黄蘗山寺投觀禪師稟教及圓戒品遂遊方抵淦水謁三峯和尚雖問答有序而機緣靡契尋聞夾山盛化乃往叩之夾山問師名什麼師曰名月輪夾山作一圓相曰何似這箇師曰和尚恁麼語話諸方大有人不肯在曰貧道即恁麼闍黎作麼生師曰還見月輪麼曰闍黎恁麼道此間大有人不肯諸方師乃服膺參訊一日夾山抗聲問曰子是什麼處人師曰閩中人曰還識老僧否師曰和尚還識學人否曰不然子且還老僧草鞋價然後老僧還子江陵米價師曰恁麼即不識和尚未委江陵米作麼價夾山曰子善能哮吼乃入室受印依附七年方辭

往撫州卜龍濟山隱居玄侶雲集師遂演夾山奥旨名聞諸方後歸臨川樂棲黄山謂諸徒曰吾居此山頗諧素志矣師上堂謂衆曰祖師西來特唱此事自是諸人不薦向外馳求投赤水以尋珠就荆山而覔玉所以道從門入者不是家珍認影爲頭豈非大錯時有僧問如何是祖師意師曰梁殿不施功魏邦絶心迹問如何是道師曰石牛頻吐三春霧木馬嘶聲滿道途問如何得見本來面目師曰不勞懸石鏡天曉自雞鳴問宗乘一句請師商量師曰黄峯獨脱物外秀年來月往冷颼颼問不辯中言如何指撥師曰劒去遠矣爾方刻舟問如何是衲衣下事師曰石牛水上卧東西得自由問如何是目前意師曰秋風有韻片月無方問如何是學人用心處師曰覺戸不掩對月莫迷問如何是青霄路師曰鶴棲雲外樹不倦苦風霜問過去事如何師曰龍吟清潭波瀾自肅師住黄山僅十三載學者來無虚往以後唐同光二年十二月二十一日示有微恙至二十六日午時奄然坐化壽七十二臘五十三明年正月二十日塔于院西北隅

洛京韶山寰普禪師有僧到參禮拜起立師曰大才藏拙戸僧過一邊立師曰喪却棟梁材師問僧莫是多口白頭譚麼譚云不敢云多少口譚云通身是師云尋常向什麼處屙譚云向韶山口裏屙師云有韶山口向韶山口裏無韶山口向什麼處屙譚無對師便打遵布衲山下見師乃問韶山在什麼處師云青青鬱鬱處是遵云莫只者便是否師云是

即是闍黎有什麽事遵云擬伸一問未審師還答否師云看君不是金牙作爭解彎弓射尉遲遵云鳳凰直入煙霄去誰怕林間野鵲兒師曰當軒畫鼓從君擊試展家風似老僧遵云一句迥超今古格松蘿不與月輪齊師云饒君直出威音外猶較韶山半月程遵云過在什麽處師云調蕩之辭時人知有遵云與麽則眞玉泥中異不撥萬機塵師云魯般門下徒施巧妙遵云學人即與麽師意又如何師云玉女夜拋梭織錦於西舍遵云莫便是和尚家風也無師云耕夫置玉漏不是行家作遵云此是文言家風又若何師云横身當宇宙誰是出頭人遵不禮拜一日又問闍黎有衝天之計老僧有入地之謀闍黎横吞巨海老僧背負須彌闍黎横匆上來老僧亞槍相待向上一路速道速道遵云明鏡當臺請一鑒師云不鑒遵云爲什麽不鑒師云淺水無魚徒勞下釣遵無語師便打遵方禮拜師終後謚無畏大師

太原海湖和尚因有人請灌頂三藏供養敷座訖師乃就彼位坐時有雲涉座主問曰和尚什麽年行道師曰座主近前來涉近前師曰只如憍陳如是什麽年行道涉茫然師咄曰這尿牀鬼僧問和尚院内人何太少定水院人何太多師曰草深多野鹿巖高獬豸稀

嘉州白水寺和尚僧問如何是西來意師曰四濵無窟宅一滴潤乾坤問曹溪一路合譚何事師曰澗松千載鶴來聚月中香桂鳳凰歸

鳳翔天蓋山幽禪師僧問如何是天蓋水師

曰四海滂沲不犯涓滴問學人擬看經時如何師曰既是大商何求小利

洪州建昌鳳棲山同安和尚第一世住僧問如何是和尚家風師曰金雞抱子歸霄漢玉兎懷胎入紫微僧曰忽遇客來將何祗待師曰金果早朝猿摘去玉華晚後鳳啣來問終日在潭爲什麼釣不得師曰玄源不隱無生寶莫謾垂鈎向碧潭問澄機一句曉露不逢時如何師曰太陽門下無星月天子殿前無貧兒問如何是同安轉身處師曰曠劫不曾沉玉露目前豈滯太陽機問險惡道中如何進步師曰玄身透過千差路碧海無波往即難問如何是衲衣下事師曰一片玉輪今古在豈同漁父夜沉鈎問如何是大匆慚愧底人師曰空王不坐無生殿迦葉堂前不點燈

景德傳燈録卷第十六

音釋

奭施隻切　鄆禹慍切地名　迤邐迤移爾切邐力紙切迤邐囙循也　搦女角切按也　曬所賣切日乾也　踼徒浪切倒也　毦充芮切　傳側吏切挿刃也　葷許云切辛臭也　茹人恕切食也又菜也　襁褓襁居兩切褓博浩切襁褓小兒繃也　麈之庾切鹿屬　羚郎丁切羊名　摹暮各切摸摹也　診章忍切候脉也　躊躇躊直由切躇直朱切躊躇猶豫也　閫苦本切閾也　貌莫角切描畫也　繇夷周切　繢胡對切畫也　燎力昭切縱火也　涔鋤簪切地名　闤闠闤獲頑切市垣也闠胡對切市門也　鬻余六切賣也　芻蕘芻窻俞切草也蕘如招切薪也　稊稗稊杜奚切稗蒲拜切稊稗似穀穢草也　彷徨彷蒲光切徨胡光切彷徨猶徘徊也　颯蘇合切風

聲也　締構締丁計切結也構古候切架也　儆居影切戒也　胥古法切縃也　鍛鍛丁貫切鍛煉也　颼所鳩切風貌　恙餘亮切疾也　魯般般博閑切魯般人名　獬豸獬下買切豸宅買切獬豸獸似羊一角　滂沱滂鋪郎切沲徒河切滂沲大雨貌

景德傳燈録卷第十七

宋　沙　門　道　原　纂

吉州青原山行思禪師第五世

袁州洞山良价禪師法嗣二十六人（一十八人見録）

洪州雲居山道膺禪師

撫州曹山本寂禪師

洞山第二世道全禪師

湖南龍牙山居遁禪師

京兆華嚴寺休靜禪師

京兆蜆子和尚　筠州九峯普滿大師

台州幽棲道幽禪師

洞山第三世師虔禪師

洛州白馬遁儒禪師　越州乾峯和尚

吉州禾山和尚

明州天童山咸啓禪師

潭州寶蓋山和尚　益州北院通禪師

高安白水本仁禪師　撫州踈山光仁禪師

澧州欽山文邃禪師

明州天童山義禪師

大原資聖方禪師　新羅國金藏和尚

益州白禪師　潭州文殊和尚

舒州白水山和尚　邵州西湖和尚

青陽通玄和尚

已上八人無機緣語句不録

第六世四十三人

鄂州巖頭全豁禪師法嗣九人（六人見録）

台州瑞巖師彥禪師　懷州玄泉彥禪師

吉州靈巖慧宗禪師　福州羅山道閑禪師

福州香谿從範禪師

福州羅源聖壽嚴禪師

洪州大寧海禪師

信州鵞湖山韶和尚

洪州大寧訥和尚

已上三人無機緣語句不録

洪州感潭資國和尚法嗣一人見録

安州白兆山志圓禪師

濠州思明和尚法嗣一人見録

襄州鷲嶺善本禪師

潭州大光山居誨禪師法嗣一十三人七人見録

潭州谷山有縁禪師　潭州龍興和尚

潭州伏龍山第一世和尚

京兆白雲善藏禪師

潭州伏龍山第二世和尚

陝府龍峻山和尚

潭州伏龍山第三世和尚

大光山玄禪師　漳州藤霞和尚
宋州淨覺和尚　華州崇勝證和尚
鄂州永壽和尚　鄂州靈竹和尚
已上六人無機縁語句不録

筠州九峯道虔禪師法嗣一十人見録

新羅清院和尚　洪州泐潭神黨禪師

吉州南源山行修禪師

洪州泐潭明禪師　吉州秋山和尚

洪州泐潭延茂禪師　洪州同安常察禪師

洪州泐潭悟禪師　吉州禾山無殷禪師

洪州泐潭牟和尚

台州涌泉景欣禪師法嗣一人見録

台州六通院紹禪師

潭州雲蓋山志元禪師法嗣三人見録

雲蓋山志罕禪師　新羅卧龍和尚

彭州天台和尚

潭州谷山藏禪師法嗣三人見録

新羅瑞巖和尚　新羅泊巖和尚

新羅大嶺和尚

潭州中雲蓋山和尚法嗣一人見録

雲蓋山景和尚

河中府棲巖存壽禪師法嗣

道德禪師一人無機緣語句不録

吉州青原行思禪師第五世

袁州洞山良价禪師法嗣

洪州雲居道膺禪師幽州玉田人也姓王氏童丱依師禀教二十五受具於范陽延壽寺本師令習聲聞篇聚乃歎曰大丈夫豈可桎梏於律儀耶乃去詣翠微山問道經三載有雲遊僧自豫章來盛稱洞山价禪師法席師遂造焉洞山問曰闍黎名什麼曰道膺洞山云向上更道師云向上道即不名道膺洞山曰與吾在雲巖時祗對無異也後師問如何是祖師意洞山曰闍黎他後有一把茅蓋頭忽有人問闍黎如何祗對曰道膺罪過洞山有時謂師曰吾聞思大和尚生倭國作王虛實曰若是思大佛亦不作況乎國王洞山然之一日洞山問什麼處去來師曰蹋山來洞山曰阿那箇山堪住曰阿那箇山不堪住洞山曰恁麼即國內總被闍黎占却也曰不然洞山曰恁麼即子得箇入路曰無路洞山曰若無路爭得與老僧相見曰若有路即與和尚隔生去也洞山曰此子已後千人萬人把不住師隨洞山渡水洞山問水深淺曰不濕洞山曰麤人曰請師道洞山曰不乾洞山謂師曰昔南泉問講彌勒下生經僧曰彌勒什麼時下生曰見在天宮當來下生南泉曰天上無彌勒地下無彌勒師隨舉而問曰只如天上無彌勒地下無彌勒未審誰與安字洞山直得禪牀震動乃曰膺闍黎師合醬次洞山問作什麼師曰合醬洞山曰用多少鹽曰旋入洞山曰作何滋味師曰得洞山問大闡

提人殺父害母出佛身血破和合僧如是種種孝養何在師曰始得孝養自爾洞山許之爲室中領袖初止三峯其化未廣後開雲居山四衆臻萃一日上堂因舉古人云地獄未是苦向此袈裟下不明大事失却最苦師乃謂衆曰汝等既在這箇行流十分去九不較多也更著些力便是上座不屈平生行脚不孤負叢林古人道欲得保任此事須向高高山頂立深深水底行方有些子氣力汝若大事未辦且須履踐玄途問如何是沙門所重師曰心識不到處問佛與祖有何階級師曰俱是階級問如何是西來意師曰古路不逢人可覩上座問的罷標指請師速接師曰即今作麼生覩曰道即不無莫領話好師曰何必闍黎問如何是口訣師曰近前來向汝道僧近前曰請師道師曰也知也知師擲痒和問衆還會麼衆曰不會師曰趂雀兒也不會問如何得不惱亂和尚師曰與我喚處德來僧遂去喚來師曰與我閉却門問馬祖出八十四人善知識未審和尚出多少人師展手示之問如何是向上人行履處師曰天下太平問遊子歸家時如何師曰且喜歸來曰將何奉獻師曰朝打三千暮打八百師謂衆曰如好獵狗只解尋得有蹤迹底忽遇羚羊掛角莫道跡氣亦不識僧問羚羊掛角時如何師曰六六三十六又曰會麼僧曰不會師曰不見道無蹤迹（有僧舉似趙州趙州云雲居師兄猶在僧乃問羚羊掛角時如何趙州云六六三十六）衆僧夜參侍者持燈來見影在壁上有僧便問兩箇相似時如何師曰一箇是影問學人擬欲歸鄉時如何師曰只這

是新羅僧問佛陀波利見文殊爲什麽却迴去師曰只爲不將來所以却迴去師謂衆曰學佛法底人如斬釘截鐵始得時一僧出曰便請和尚釘鐵師曰口裏底是什麽僧問承教有言是人先世罪業應墮惡道以今世人輕賤此意如何師曰動即應墮惡道靜即爲人輕賤崇壽稠答云心外有法應墮惡道守住自己爲人輕賤僧問香積之飯什麽人得喫師曰須知得喫底人入口也須扶出有一僧在房内念經師隔窻問闍黎念者是什麽經對曰維摩經師曰不問維摩經念者是什麽經其僧從此得入問孤迥且巍巍時如何師曰孤迥且巍巍僧曰不會師曰面前桉山子也不會新羅僧問是什麽得恁麽難道師曰有什麽難道曰便請和尚道師曰新羅新羅問明眼人爲什麽黑如漆師曰何怪荆南節度使成汭遣大將入山送供問曰世尊有密語迦葉不覆藏如何是世尊密語師召曰尚書其人應諾師曰會麽曰不會師曰汝若不會世尊有密語汝若會迦葉不覆藏僧問纔生爲什麽不知有師曰不同生曰未生時如何師曰不曾滅曰未生時在什麽處師曰有處不收曰什麽人受滅師曰是滅不得者師謂衆曰汝等師僧家發言吐氣須有來由凡問事須識好惡尊卑良賤信口無益傍家到處覓相似語所以尋常向兄弟道莫怪不相似恐同學太多去第一莫將來將來不相似八十老人出場屋不是小兒戲一言參差千里萬里難爲收攝直至敲骨打髓須有來由言語如鉗夾鉤鎖相續不斷始得頭頭上具物物上新可不是精得

妙底事道汝知有底人終不取次十度擬發言九度却休去爲什麽如此恐怕無利益體得底人心如臘月扇口邊直得醭出不是汝彊爲任運如此欲得恁麽事須是恁麽人既是恁麽人何愁恁麽事學佛邊事是錯用心假饒解千經萬論講得天華落石點頭亦不干自已事況乎其餘有何用處若將有限心識作無限中用如將方木逗圓孔多少差訛設使攢花簇錦事事及得及盡一切事亦只喚作了事人無過人終不喚作尊貴將知尊貴邊著得什麽物不見從門入者非寶棒上不成龍知麽師如是三十年開發玄鍵徒衆常及千五百之數南昌周氏尤所欽風唐天復元年秋示微疾十二月二十八日爲大衆開最後方便敘出世始卒之意衆皆愴然越明年正月三日跏趺長往今本山影堂存焉勑謚弘覺大師塔曰圓寂

撫州曹山本寂禪師泉州莆田人也姓黄氏少慕儒學年十九出家入福州福唐縣靈石山二十五登戒唐咸通初禪宗興盛會洞山价禪師坐道場往來請益洞山問闍黎名什麽對曰本寂曰向上更道師曰不道曰爲什麽不道師曰不名本寂洞山深器之師自此入室密印所解盤桓數載乃辭洞山洞山問什麽處去曰不變異處去洞山云不變異豈有去耶師曰去亦不變異遂辭去隨縁放曠初受請止于撫州曹山後居荷玉山二處法席學者雲集問不與萬法爲侶者是什麽人師曰汝道洪州裏許多人什麽處去也問眉與目還相識也無師曰不相識曰爲什麽不

相識師曰爲同在一處曰恁麼即不分也師曰眉且不是目曰如何是目師曰端的去曰如何是眉師曰曹山却疑曰和尚爲什麼却疑師曰若不疑即端的去也問於相何真師曰即相即真曰當何顯示師提起托子問幻本何真師曰幻本元真（法眼別云幻本不真）曰當幻何顯師曰即幻即顯（法眼別云幻即無當）曰恁麼即始終不離於幻也師曰覓幻相不可得問如何是常在底人師曰恰遇曹山暫出曰如何是常不在底人師曰難得僧清鋭問某甲孤貧乞師拯濟師曰鋭闍黎近前來鋭近前師曰泉州白家酒三盞猶道未沾唇（玄覺云什麼處是與他酒喫）問擬豈不是類師曰直是不擬亦是類曰如何是異師曰莫不識痛痒鏡清問清虛之理畢竟無身時如何師曰理即如此事作麼生

曰如理如事師曰謾曹山一人即得爭奈諸聖眼何曰若無諸聖眼爭鑒得箇不恁麼師曰官不容針私通車馬雲門問不改易底人來師還接否師曰曹山無恁麼閑功夫人問古人云人人盡有弟子在塵蒙還有也無師曰過手來乃點指曰一二三四五足問魯祖面壁用表何事師以手掩耳問承古有言未有一人倒地不因地而起如何是倒師曰肯即是曰如何是起師曰起也問承教有言大海不宿死屍如何是海師曰包含萬有曰爲什麼不宿死屍師曰絶氣者不著曰既是包含萬有爲什麼絶氣者不著師曰萬有非其功絶氣有其德曰向上還有事也無師曰道有道無即得爭奈龍王按劒何問具何知解善能對衆問難師曰不呈句曰問難箇什麼

師曰刀斧斫不入曰能恁麼問難還更有不肯者也無師曰有曰是什麼人師曰曹山問無言如何顯師曰莫向這裏顯曰向什麼處顯師曰昨夜三更牀頭失却三文錢問日未出時如何師曰曹山也曾恁麼來曰日出後如何師曰猶較曹山半月程師問僧作什麼曰掃地師曰佛前掃佛後掃曰前後一時掃師曰與曹山過靸鞋來師問彊德上座曰菩薩在定聞香象渡河出什麼經曰出涅槃經師曰定前聞定後聞曰和尚流也師曰道也大殺道始道得一半曰和尚如何師曰灘下接取問學人十二時中如何保任師曰如經蠱毒之鄉水不得霑著一滴問如何是法身主師曰謂秦無人曰這箇莫便是否師曰斬問親近什麼道伴即得常聞於未聞師曰同共一被蓋曰此猶是和尚得聞如何是常聞於未聞師曰不同於木石曰何者在先何者在後師曰不見道常聞於未聞問國內按劒者是誰師曰曹山(法燈別云汝不是恁麼人)曰擬殺何人師曰但有一切總殺曰忽遇本父母作麼生師曰揀什麼曰爭奈自己何師曰誰奈我何曰為什麼不殺師曰勿下手處問一牛飲水五馬不嘶時如何師曰曹山解忌口又別云曹山老漢問常在生死海中沉沒者是什麼人師曰第二月曰還求出離也無師曰也求出離只是無路曰出離什麼人接得伊師曰擔鐵枷者僧舉藥山問僧年多少僧曰七十二藥山曰是年七十二麼曰是藥山便打此意如何師曰前箭猶似可後箭射人深僧曰如何免得棒師曰正勑既行諸侯避道(東禪齊云)

曹山是明藥山意自出手爲後別有道理還斷得麼只如這僧舉問曹山伊還有會處麼忽爾問上座年多少別作麼生祇對問如何是佛法大意曰塡溝塞壑問如何是師子師曰衆獸近不得曰如何是師子兒師曰能吞父母曰既是衆獸近不得爲什麼被兒吞師曰子若哮吼祖父母俱盡曰只如祖父母還盡也無師曰亦盡曰盡後如何師曰全身歸父曰前來爲什麼道祖父亦盡師曰不見道王子能成一國事枯木上更採些子華問纔有是非紛然失心時如何師曰斬斬僧舉有人問香嚴如何是道答曰枯木裏龍吟學云不會曰髑髏裏眼睛後問石霜如何是枯木裏龍吟石霜云猶帶喜在又問如何是髑髏裏眼睛石霜云猶帶識在師因而頌曰

枯木龍吟眞見道　髑髏無識眼初明
喜識盡時消不盡　當人那辨濁中清

其僧復問師如何是枯木裏龍吟師曰血脉不斷曰如何是髑髏裏眼睛師曰乾不盡曰未審還有得聞者無師曰盡大地未有一箇不聞曰未審龍吟是何章句師曰也不知是何章句聞者皆喪師如是啓發上機曾無軌轍可尋及受洞山五位銓量特爲叢林標準時洪州鍾氏屢請不起但寫大梅和尚山居頌一首答之天復辛酉季夏夜師問知事僧今是何日月對曰六月十五日師曰曹山一生行脚到處只管九十日爲一夏至明日辰時告寂壽六十有二臘三十有一門人奉眞骨樹塔勅謚元證大師塔曰福圓

洞山道全禪師第二世住亦云中洞山初問洞山价和尚如何是出離之要洞山曰闍黎足下煙生

師當下契悟更不他遊雲居膺進語云終不敢孤負和尚足下煙生洞山云步步玄者即是功到暨价和尚圓寂衆請踵迹住持海衆悅服玄風不墜僧問佛入王宮豈不是大聖再來師曰護明不下生僧曰既是大聖再來何更六年苦行師曰幻人呈幻事曰非幻者如何師曰王宮覓不得問清淨行者不入涅槃破戒比丘不入地獄如何師曰度盡無遺影還他越涅槃問極目千里是什麼風範師曰是闍黎風範曰未審和尚風範如何師曰不布婆娑眼

湖南龍牙山居遁禪師撫州南城人也姓郭氏年十四於吉州滿田寺出家後往嵩嶽受戒乃杖錫遊諸禪會因參翠微和尚問曰學人自到和尚法席一箇餘月每日和尚上堂不蒙一法示誨意在於何翠微曰嫌什麼有僧舉前語問洞山洞山云闍黎爭怪得老僧法眼別云祖師來也東禪齊云此三人尊宿站還有親疎也無若有阿那箇親者無親疎眼在什麼處又謁德山問曰遠聞德山一句佛法及乎到來未曾見和尚說一句佛法德山曰嫌什麼師不肯乃造洞山如前問之洞山曰爭怪得老僧師復舉德山頭落語因自省過遂止於洞山隨衆參請一日問如何是祖師意洞山曰待洞水泝流即向汝道師從此始悟厥旨復摳衣八稔受湖南馬氏請住龍牙山妙濟禪苑號證空大師有徒五百餘衆法無虛席上堂示衆曰夫參學人須透過祖佛始得新豐和尚云祖教佛教似生怨家始有學分若透祖佛不得即被祖佛謾去時有僧問祖佛還有謾人之心也無師曰汝道江湖還有礙人之心也無又曰江湖雖無礙人之心爲時人過不得江湖

成礙人去不得道江湖不礙人祖佛雖無謾人之心爲時人透不得祖佛成謾人去不得道祖佛不謾人若透得祖佛過此人過却祖佛也始是體得祖佛意方與向上古人同如未透得但學佛學祖則萬劫無有得期又問如何得不被祖佛謾去師曰則須自悟去師在翠微時問如何是祖師意翠微曰與我將禪板來師遂過禪板翠微接得便打師曰打即任和尚打且無祖師意又問臨濟如何是祖師意臨濟曰與我將蒲團來師乃過蒲團臨濟接得便打師曰打即任和尚打且無祖師意後有僧問和尚行脚時問二尊宿祖師意未審二尊宿道眼明也未師曰明即明也要且無祖師意東禪齊云衆中道佛法即有只是無祖師意若恁麼會有何交涉別作麼生會無祖師意底道理問如何是道師曰無異人心是又曰若人體得道無異人心始是道人若是言說則勿交涉道者汝知打底道人否十二時中除却著衣喫飯無絲髮異於人心無誑人心此箇始是道人若道我得我會則勿交涉大不容易問如何是祖師西來意師曰待石烏龜解語即向汝道曰石烏龜語也師曰向汝道什麼問古人得箇什麼便休去師曰如賊入空室問無邊身菩薩爲什麼不見如來頂相師曰汝道如來還有頂相麼問大庾嶺頭提不起時如何師曰六祖爲什麼將得去問二鼠侵藤時如何師曰須有隱身處始得曰如何是隱身處師曰還見儂家麼問維摩掌擎世界未審維摩向什麼處立師曰道者汝道維摩掌擎世界問知有底人還有生死也無師曰恰似道者未悟時問如

何是西來意師曰此一問最苦（報慈云此一問最好）問祖意與教意同別師曰祖師在後來問祖師是無事沙門師曰若是沙門不得無事曰爲什麽不得無事師曰覓一箇難得問蟾蜍無返照之光玉兎無伴月之意時如何師曰堯舜之君猶有化在（東禪齊云是什麽是問訊與上座十二時中是什麽時節）問如何得此身安去師曰不被別身謾始得（法眼別云誰惱亂汝）師唐龍德三年癸未八月示有微疾九月十三日夜半大星隕于方丈前詰旦端坐而逝壽八十有九

京兆華嚴寺休靜禪師師曾在樂普作維那白槌普請曰上間搬柴下間鋤地時第一座問聖僧作麽生師曰當堂不正坐不赴兩頭機師在洞山時問曰學人未見理路未免情識洞山曰汝還見理路也無曰見無理路洞山曰什麽處得情識來曰學人實問洞山曰恁麽須向萬里無寸草處立曰無寸草處還許立也無洞山曰直須恁麽去搬柴次洞山把住柴問狹路相逢時作麽生曰反仄何幸洞山曰汝記吾言汝向南住有一千人若向北住即三二百而已師初住福州東山之華嚴未幾屬後唐莊宗皇帝徵入輦下大闡玄風其徒果三百矣問祖意與教意同別師曰探盡龍宮藏衆義不能詮問大悟底人爲什麽却迷師曰破鏡不重照落花難上枝問大軍設天王齋求勝賊軍亦設天王齋求勝未審天王赴阿誰願師曰天垂雨露不揀榮枯一日車駕入寺燒香帝問曰這箇是什麽神師對曰護法善神帝曰沙汰時什麽處去來師曰天垂雨露不爲榮枯師後遊河朔於平

陽示滅荼毗獲舍利建四浮圖一晉州二房州三終南山逍遥園四終南山華嚴寺勑謚寶智大師無爲之塔

京兆蜆子和尚不知何許人也事迹頗異居無定所自印心於洞山混俗於閩川不畜道具不循律儀常日沿江岸採掇蝦蜆以充腹暮即卧東山白馬廟紙錢中居民目爲蜆子和尚華嚴靜師聞之欲決真假先潛入紙錢中深夜師歸靜把住問曰如何是祖師西來意師遽答曰神前酒臺盤靜竒之懺謝而退後靜師化行京都師亦至焉竟不聚徒演法惟佯狂而已

筠州九峯普滿大師問僧離什麼處曰閩中師曰遠涉不易曰不難動步便到師曰有不動步者麼僧曰有師曰爭得到此間僧無對師曰賺殺人問如何是和尚家風師曰即今是什麼曰學人不會師曰十字路上馬蘭花

台州幽棲道幽禪師鏡清問如何是少父師曰無標的曰無標的以爲少父耶師曰有什麼過曰只如少父作麼生師曰道者是什麼心行問如何是佛師曰汝不信是衆生曰學人大信師曰若作勝解即受羣邪師將示滅有僧問曰和尚百年後向什麼處去師曰調然調然言訖坐亡

後洞山師虔禪師第三世住也亦號青林和尚　初自夾山來參先洞山价和尚問曰近離什麼處師曰武陵曰武陵法道何似此間師曰胡地冬抽筍价曰别甑炊香飯供養於此人師乃出去洞山曰此子向後走殺天下人在師在洞山栽松有劉翁者從師求偈師作偈曰

長長三尺餘 鬱鬱覆荒草 不知何代人得見此松老

劉翁得偈呈于洞山洞山曰賀翁翁喜只此人是第三世也師先住隨州土門小青林蘭若後果迴洞山接踵凡有新到僧先令搬柴三轉然後參堂有一僧不肯問曰三轉內即不問三轉外如何師曰鐵輪天子寰中旨僧無對師便打令去僧問昔年疾苦又中毒請師醫師曰金鎞撥破腦頂上灌醍醐曰恁麼即謝師醫師便打問久負不逢時如何師曰古皇尺一寸問請師答話師曰修羅掌於日月師上堂謂衆曰祖師宗旨今日施行法令巳彰復有何事時有僧問正法眼藏祖祖同印未審和尚傳付何人師曰靈苗生有地大悟不存師問如何是道師曰迴牛尋遠澗曰如何是道中人師曰擁雪首揚眉問千差路別如何頓曉師曰足下皆驪珠空怨長天月

洛京白馬遁儒禪師問如何是衲僧本分事師曰十道不通風啞子傳遠信曰傳什麼信師乃合掌頂戴問如何是密室中人師曰纔生不可得不貴未生時曰是箇什麼不貴未生時師曰是汝阿爺問三千里外嚮白馬及乎到來爲什麼不見師曰是汝不見干老僧什麼事曰請和尚指示師曰指即勿交涉問如何是學人本分事師曰昨夜三更日正午問如何是法身向上事師曰井底蝦蟆吞却月（僧問黃龍如何是井底蝦蟆吞却月黃龍云不奈何僧云恁麼即吞却去也黃龍云一任吞僧云吞後如何黃龍云好蝦蟆）問如何是學人急切處師曰俊鳥猶嫌鈍瞥然早巳遲問如何是西來意師曰點額猢猻探月波

越州乾峯和尚（或云瑞峯）問僧什麼處來曰天台師曰見說石橋作兩段是否曰和尚什麼處得這消息來師曰將謂華頂峯前客元來平田莊裏人問如何得出三界師曰喚院主來趂出這僧著師問衆僧輪迴六趣具什麼眼衆無對問如何是超佛越祖之談師曰老僧問汝曰和尚且置師曰老僧一問尚自不會問什麼超佛越祖之談

吉州禾山和尚僧問學人欲申一問師還答否師曰禾山答汝了也問如何是西來意師曰禾山大頂問如何是和尚家風師曰滿目青山起白雲

明州天童山咸啓禪師（先住蘇州寶華山）僧問如何是本無物師曰石潤無含玉鑛異自生金伏龍山和尚來師問什麼處來曰伏龍來師曰還伏得龍麼曰不曾伏這畜生師曰喫茶去簡大德問學人卓卓上來請師的的師曰我這裏一屙便了有什麼卓卓的的曰和尚恁麼對話更買草鞋行脚好師曰近前來簡近前師曰只如老僧恁麼對過在什麼處簡無對師便打

潭州寶蓋山和尚僧問一間無漏舍合是何人居師曰無名不掛體曰還有位也無師曰不處問如何是寶蓋師曰不從人天得曰如何是寶蓋中人師曰不與時人知僧曰佛來時如何師曰覓他路不得問切切時爲什麼不立人師曰歸亦蹋不著曰恁麼時如何成立師曰不與時人知問世界壞時此箇何處去師曰千聖尋不得曰時人如何歸向師曰直須似去曰還有的也無師曰不立摽則

益州北院通禪師在夾山時一日夾山上堂曰坐斷主人公不落第二見師出曰須知有一人不合伴夾山曰猶是第二見師乃掀倒禪牀夾山曰老兄作麼生師曰待某甲舌頭爛即向和尚道與曰師又問夾山曰目前無法意在目前不是目前法非耳目之所到豈不是和尚語夾山曰是師乃掀倒禪牀叉手立地夾山起來打一拄杖師便下去（法眼云是他掀倒禪牀何不便去須待夾山打一棒了去意在什麼處）師在洞山隨衆參請未契旨遂辭洞山擬入嶺去洞山曰善爲飛猿嶺峻好看師沉吟良久洞山曰通闍黎師應諾洞山曰何不入嶺去師因此省悟更不入嶺師事於洞山（時號鑁頭通）住後上堂示衆曰諸上座有什麼事出來論量取若是上上根機不假如斯若是中下之流直須團削門戶索索地莫教入泥水第一速疾省事應須無心若不無心舉得千般萬般只成知解與衲僧門下有什麼交涉僧問如何是無心師曰不管繫問二龍爭珠誰是得者師曰得即失曰不失如何師曰還我珠來問如何是清淨法身師曰無點汙問轉不得時如何師曰功不到問如何是大富貴底人師曰如輪王寶藏曰如何是赤窮底人師曰如酒店腰帶問水灑不著時如何師曰乾剝剝地問一槌便成時如何師曰不是偶然示滅後勑諡證眞大師

高安白水本仁禪師自洞山受記唐天復中遷止洪井高安白水院衆盈三百玄言流播因設洞山忌齋有僧問供養先師先師還來也無師曰更下一分供養著洪州西山衆行

者來禮拜問曰今日不爲別事乞師指示師曰汝諸人求指示耶對曰是師曰教我委付阿誰鏡清行脚到師謂之曰時寒道者清曰不敢師曰還有卧單得蓋否曰設有亦無展底功夫師曰直饒道者滴水滴凍亦不干他事曰滴水冰生事不相涉師曰是曰此人意作麼生師曰此人不落意曰不落意此人那師曰高山頂上無可與道者啗啄問如何是西來意師曰還見庭前杉樅樹否曰恁麼即和尚今日因學人致得是非師曰多口座主皎然去後師知是雪峯禪客乃曰盜法之人終不成器（皎然後住長生山有僧問從上宗乘如何舉唱然曰不可爲闍黎一人荒却長生山也玄沙聞之曰然師兄佛法即大行受記之緣亦就矣厥後衆緣不備果如仁和尚所說）僧問如何是不遷義師曰落花隨流水明月上孤岑師將順世四衆俱集營齋聲鍾焚香白衆曰香煙絶處是吾涅槃時也言訖跏趺而坐息隨煙滅

撫州踈山光仁禪師身相短陋精辯冠衆洞山門下時有齧鏃之機激揚玄奧咸以仁爲能詮量者諸方三眛可以詢乎矬師叔僧問如何是諸佛師師曰何不問踈山老漢僧無對師手握木蛇有僧問手中是什麼師提起曰曹家女問如何是和尚家風師曰尺五頭巾曰如何是尺五頭巾師曰圓中取不得師舉香嚴語問鏡清肯重不得全怤道者作麼生會怤曰全歸肯重師曰不得全肯者作麼生怤曰箇中無肯路師曰始愜病僧意因鼓山舉威音王佛師師乃問作麼生是威音王佛師鼓山曰莫無慚愧好師曰闍黎恁麼道即得若約病僧即不然曰作麼生是威音王

佛師師曰不坐無貴位洞山（第四世）問如何是一句師曰不道曰爲什麼不道師曰少時輩問恁麼時如何師曰將軍不上便橋金牙徒勞拈筈問如何是眞指師曰珠中有水君不信擬向天邊問太陽冬至夜上堂有僧問如何是冬來意師曰京中出大黄問和尚百年後向什麼處去師曰背底芒叢四脚指天師遷化時有偈曰

我路碧空外　白雲無處閑　世有無根樹
黄葉風送還

偈終而逝又著四大等頌畧華嚴長者論流傳於世

澧州欽山文邃禪師福州人也少依杭州大慈山寰中禪師受業時巖頭雪峯在衆覩師吐論知是法器相率遊方二士縁契德山各承印記師雖屢激揚而終然凝滯一日問德山曰天皇也恁麼道龍潭也恁麼道未審德山作麼生道德山曰汝試舉天皇龍潭道底來師方欲進語德山以拄杖打昇入涅槃堂師曰是即是打我太殺（法眼別云是即是錯打我更有語句如德山巖頭章出焉）師後於洞山言下發解乃爲洞山之嗣年二十七止於欽山對大衆前自省過舉初參洞山時洞山問什麼處來師曰大慈來曰還見大慈麼師曰見曰色前見色後見師曰非前後見洞山默置師乃曰離師太早不盡師意問如何是祖師西來意師曰梁公曲尺誌公剪刀問一切諸佛法皆從此經出如何是此經師曰常轉曰未審經中說什麼師曰有疑請問問如何是和尚家風師曰錦帳銀香囊風吹滿路香有僧寫師眞呈師問還

似我也無僧無對師自代曰衆僧看取一日師入浴院見僧踏水輪僧見師乃下不審師曰幸自碌碌地轉何須却恁麼僧云不恁麼又爭得師曰若恁麼欽山眼堪作什麼也僧云作麼生是師眼師乃以手作撥眉勢僧云和尚又得恁麼師曰是是爲我恁麼便不得恁麼僧無對師曰索戰無功一場氣悶良久乃問僧云會麼僧云不會師云欽山爲汝擔一半師與雪峯巖頭因過江西到一茶店内喫茶次師曰不會轉身通氣者今日不得茶喫巖頭云若恁麼我定不得茶喫也雪峯云某甲亦然師曰兩箇老漢俱不識語在巖頭云什麼處去也師曰布袋裏老鴉雖活如死巖頭云退後著退後著師曰豁兄且置存公作麼生雪峯以手畫箇圓相師曰不得不問

巖頭呵呵云太遠生師曰有口不得喫茶人多巖頭雪峯俱無語有良禪客參次纔禮拜後便問云一箭射三關時如何師曰放出關中主看良云恁麼即知過必改去也師云更待何時良云好隻箭放不著所在便出去師曰擬射三關且從試爲欽山發箭良近前良久而退師乃打良七拄杖良乃出去師曰且聽箇亂統漢心内疑三十年有人舉似同安和尚安云良公雖發箭要且未中的其僧便問同安云未審如何得中的去安云關中主是什麼人其僧却迴舉向師師曰良公若解恁麼也免得欽山口也然雖如此同安不是好心亦須看始得僧參師竪起拳頭云若開成掌即五指參差如今爲拳必無高下汝道欽山通商量不通商量其僧近前却竪拳而

巳師曰便恁麼只是箇無開口漢僧云未審和尚如何接人師曰我若接人共汝一般去也僧云特參於師也須吐露宗風師曰汝若特來我須吐露僧云便請師乃打之其僧無語師曰守株待兎枉用心神

前巖頭全豁禪師法嗣行思禪師第六世

台州瑞巖師彦禪師閩越人也姓許氏自幼披緇秉戒無鈌初禮巖頭致問曰如何是本常理巖頭曰動也曰動時如何巖頭曰不是本常理師沉思良久巖頭曰肯即未脱根塵不肯即永沉生死師遂領悟身心皎然巖頭頻召與語徵讎無忒師復謁夾山會和尚會問什麼處來曰卧龍來會曰來時龍還起未師乃顧視之會曰灸瘡上更著艾燋曰和尚又苦如此作什麼會便休師尋抵丹丘終日如愚四衆欽慕請住瑞巖統衆嚴整江表稱之僧問頭上寶蓋現足下雲生時如何師曰披枷帶鎖漢曰頭上無寶蓋足下無雲生時如何師曰猶有杻在曰畢竟如何師曰齋後困鏡清問天不能覆地不能載豈不是師曰若是即被覆載清曰若不是瑞巖幾遭也師自稱曰師彦問如何是佛師曰石牛曰如何是法師曰石牛兒曰恁麼即不同也師曰合不得曰爲什麼合不得師曰無同可同合什麼問作麼生商量即得不落階級師曰排不出曰爲什麼排不出師曰他從前無階級曰未審居何位次師曰不坐普光殿曰還理化也無師曰名聞三界重何處不歸朝一日有村媪來作禮師曰汝疾歸去救取數千物命媪忽忙至舍乃見兒婦提竹器拾田螺歸媪

接取放諸水濵師之異迹頗多存諸別録
懷州玄泉彥禪師僧問如何是道中人師曰日落投孤店問如何是佛師曰張家二箇兒曰學人不會師曰孟仲季便不會問如何是聲前一句師曰吽曰轉後如何師曰是什麼
吉州靈巖慧宗禪師福州長谿人也姓陳氏受業於龜山僧問如何是靈巖境師曰松檜森森密密遮曰如何是境中人師曰夜夜有猿啼問如何是學人自己本分事師曰拋却眞金拾瓦礫作麼師後住禾山而終
福州羅山道閑禪師群之長溪人也姓陳氏出家於龜山年滿受具徧歷諸方嘗謁石霜問去住不寧時如何石霜曰直須盡却師不愜意乃參巖頭問同前語巖頭曰從他去住管他作麼師於是服膺尋遊清涼山閩帥飲其法味請居羅山號法寶大師初上堂曰方陞座歛衣乃曰珍重少頃又曰未識底近前來時有僧出禮拜師抗聲曰也大苦僧起擬伸問師乃喝出問如何是奇特一句師曰道什麼問佛放眉間白毫光照萬八千世界如何是光師曰高聲道僧曰照何世界師乃喝出問急急相投請師一接師曰會麼曰不會師曰箭過也問九女不攜誰是哀提者師曰高聲問僧擬再問師曰什麼處去也問如何是宗門流布師展足示之問當鋒事如何辨明師舉如意僧曰乞和尚垂慈師曰大遠也問如何是最妙一句師曰披露識麼僧擬進語師曰話墮也定慧上座參師問什麼處來曰遠離西蜀近發開元又進前問即今作麼生師曰喫茶去慧猶未退師曰秋氣稍暖去

慧出法堂外歎曰今日擬打羅山寨弓折箭盡也休休乃下參衆明日師上堂慧出問谿開戶牖當軒者誰師乃喝慧無語師又曰毛羽未備且去僧舉寒山詩問師曰百鳥啣苦華時如何師曰貞女室中吟曰千里作一息時如何師曰送客遊庭外曰欲往蓬萊山時如何師曰欹枕覷獼猴曰將此充糧食時如何師曰古劒髑髏前問如何是百草頭上盡是祖師意師曰刺破汝眼問聲前古毳爛意作麼生師曰倚著壁問前是萬丈洪崖後是虎狼師子正當恁麼時如何師曰自在問三界誰爲主師曰還解喫飯麼師臨遷化上堂集衆良久展左手主事罔測乃令東邊師僧退後又展右手又令西邊師僧退後師謂衆曰欲報佛恩無過流通大教歸去也歸去也珍重言訖莞爾而寂

福州香溪從範禪師僧到參師曰汝豈不是鼓山僧對曰是師曰額上珠爲何不見無對僧辭師門送召曰上座僧迴首師曰滿肚是禪曰和尚是什麼心行師大笑而已師因僧披衲衣示偈曰

迦葉上名衣　披來須捷機　纔分招的箭
宻露不藏龜

福州羅源聖壽嚴和尚有僧自泉州迴來參師補衲次提起示之曰山僧一衲衣展似衆人見雲水請兩條莫教露針線快道僧無對師曰如許多時在彼作什麼

前洪州感潭資國和尚法嗣

安州白兆山竺乾院志圓號顯教大師僧問諸佛心印什麼人傳得師曰達磨大師曰達

磨爭能傳得師曰汝道什麼人傳得問如何是直截一路師曰截問如何是佛法大意師曰苦問如何是道師曰普問如何是學人自巳師曰失問如何是得無山河大地去師曰不起見玄則問如何是佛師曰丙丁童子來求火（則師後參法眼方明厥旨仕金陵報恩院）問如何是畢鉢羅窟迦葉道場中人師曰釋迦牟尼佛問如何是朱頂王菩薩師曰問那箇赤頭漢作麼

前濠州思明和尚法嗣

襄州鷲嶺善本禪師因入浴室有僧問和尚是離垢底人爲什麼却浴師曰定水湛然滿浴此無垢人問祖意教意是同是別師曰鷲嶺峯上青草森天鹿野苑中狐兎交横

前潭州大光山居誨禪師法嗣

潭州谷山有緣禪師僧問伶傳之子如何歸向師曰會人路不通曰恁麼即無奉重處也師曰我道你鉢盂落地拈不起問一撥便轉時如何師曰野馬走時鞭轡斷石人撫掌笑呵呵

潭州龍興和尚僧問一撥便轉時如何師曰根不利問得座披衣時如何師曰不端嚴曰爲什麼不端嚴師曰不從證得問如何是道中人師曰終日寂攢眉

潭州伏龍山和尚（第一世住）僧問攪長河爲酥酪變大地爲黄金時如何師曰臂長衫袖短問隨緣認果如何是果師曰雪内牡丹花問如何是祖師西來意師曰你得恁麼不識痛痒

京兆白雲善藏禪師僧問如何是深深處師曰矮子渡深谿問赤脚時如何師曰何不脫却問如何是法法不生師曰萬水千山

潭州伏龍山和尚第二世住僧問隨縁認得時如何師曰汝道興國門樓高多少問子不譚父德時如何師曰低聲低聲

陝府龍峻山和尚僧問如何是龍峻山師曰佛眼看不見曰如何是山中人師曰作麽問如何是不知善惡底人師曰千聖近不得曰此人還知有向上事也無師曰不知曰爲什麽不知師曰不識善惡說什麽向上事曰如何師曰不見道犴狢問如何是佛向上人師曰不戴容問凡有展拓盡落今時不展拓時如何師曰不展不展曰畢竟如何師曰不拓不拓

潭州伏龍山和尚第三世住問行盡千山路玄機事若何師曰鳥道不曾棲

前筠州九峯道虔禪師法嗣

新羅清院和尚問奔馬爭毬誰是得者師曰誰是不得者曰恁麽即不爭是也師曰直得不爭亦有過在曰如何免得此過師曰要且不曾失曰不失處如何鍛鍊師曰兩手捧不起

洪州泐潭寶峯神黨禪師僧問四威儀中如何辨主師曰正遇寶峯不脫鞋問如何是佛法大意師曰虛空駕鐵船嶽頂浪滔天

吉州南源山行修號慧觀禪師亦云光睦和尚僧問如何是南源境致師曰幾處峯巒猿鳥嘯一帶平川遊子迷問如何是南源深深處師曰衆人皆見曰恁麽即淺去也師曰也是兩頭遥

洪州泐潭明禪師一日下到客位衆請師歸方丈師曰道得即去時牟和尚對曰大衆請

師乃上法堂問非思量處識情難測時如何師曰我不欲違古人曰不違古人意作麽生師曰也合消得禮三拜僧問碓擣磨磨不得忘却此意如何師曰虎口裏活雀兒問如何是道者師曰毛毿毿曰如何是道者家風師曰佛殿前逢尊者問如何是和尚終日事師曰鉢盂裏無折筯曰如何是沙門終日事師曰轟轟不借萬人機

吉州秋山和尚僧問如何是祖師西來意師曰杉樹子

洪州泐潭延茂禪師僧問如何是古佛心師曰終不道土木瓦礫是問日落西山去林中事若何師曰庭前紅華秀室內不知春

洪州鳳棲山同安院常察禪師僧問如何是鳳棲家風師曰鳳棲無家風曰既是鳳棲爲什麽却無家風師曰不迎賓不待客曰恁麽即四海參尋當爲何事師曰盤飣自有旁人施問如何是鳳棲境師曰千峯連嶽秀萬嶂不知春曰如何是境中人師曰孤巖倚石坐不下白雲心

洪州泐潭匡悟禪師(第四世住)僧問如何是直截一路師曰恰好消息曰還通向上事也無師曰魚從下過問如何是閉門造車師曰活計一物無曰如何是出門合轍師曰坐地進長安問香煙馥郁大張法筵從上宗乘如何舉唱師曰莫錯舉似人曰恁麽即總應如是師曰還是沒交涉問六葉芬芳師傳何葉師曰六葉不相續花開果不成曰豈無今日事師曰若是今日即有曰今日事如何師曰葉葉連枝秀華開處處芳

吉州禾山無殷禪師者福州人也姓吴氏七歲依雪峯眞覺大師出家年滿受戒遊方抵筠陽謁九峯峯許入室一日謂之曰汝遠遠而來睴睴隨衆見何境界而可修行由何徑路而能出離師對曰重昏廓闢盲者自盲峯初未許師於是發明厥旨頓忘知見先受請止吉州禾山大智院學徒濟濟嘗述垂誡十篇諸方歎伏咸謂禾山可以爲叢林表則時江南李氏召而問曰和尚何處來師曰禾山來曰山在什麼處師曰人來朝鳳闕山嶽不曽移國主重之命居揚州祥光院復乞入山以翠巖院乃江西之勝槩遂棲心焉時上藍院復虚其室命師來往闡化號澄源禪師僧問學人乍入叢林乞師指示師曰於汝不惜問仰山揷鍬意作麼生師曰汝問我曰玄沙踢倒鍬意作麼生師曰我問汝問未辨眞宗如何體悉師曰頭大尾尖問咫尺之間爲什麼不覩師顔師曰且與闍黎道一半曰爲什麼不全道師曰盡法無民曰不怕無民請師盡法師曰爲知巳喪身曰爲什麼却喪身師曰好心無好報問尊者撥眉擊目視育王時如何師曰即今也恁麼曰學人如何領會師曰莫非摩利支山問摩尼寳殿有四角一角常露如何是露底角師舉手曰汝打我却問汝還會麼曰不會師曰汝爭解打得我問如何是西來意師曰撲破著問巳在紅焰請師烹鍊師曰槌下成器曰恁麼即烹鍊去也師曰池州和尚問四壁打禾中行剗草和尚赴阿那頭師曰什麼處不赴曰恁麼即同於衆去也師曰小師弟子師建隆元年庚申二月

示有微疾三月二日令侍者啓方丈集大衆告辭曰後來學者未識禾山即今識取珍重先是大衆爲立生藏本國謚法性禪師塔曰妙相

洪州泐潭牟和尚問如何是學人著力處師曰正是著力問古人卷席意如何師曰珍重便下堂

前台州涌泉景欣禪師法嗣

台州六通院紹禪師初參涌泉和尚入室領旨一日燒畬歸院泉問去甚處來師曰燒畬來泉曰火後事作麽生紹曰鐵蛇鑽不入泉許之後居六通院玄侶依附僧問不出咽喉唇吻事如何師曰待汝一鑊斸斷巾子山我亦不向汝道問南山有一毒龍如何近得師曰非但闍黎千聖亦近不得人問承聞南方有一劒話如何是一劒師曰不當鋒曰頭落又作麽生師曰我道不當鋒有什麽頭其人禮謝而去師休夏入天台山華頂峯晦迹莫知所終

前潭州雲蓋山志元禪師法嗣

潭州雲蓋山志罕禪師僧問如何是嶽頂浪滔天師曰文殊正作鬧曰正作鬧時如何師曰不向機前展大悲

新羅卧龍和尚問如何是大人相師曰紫羅帳裏不垂手曰爲什麽不垂手師曰不尊貴問十二時中如何用心師曰猢猻喫毛蟲

彭州天台和尚（先住天台）問古佛向什麽處去師曰中央甲第高歲歲出靈苗問古鏡未磨時如何師曰不施功曰磨後如何師曰不照燭

前潭州谷山藏禪師法嗣

新羅瑞巖和尚問黒白兩亡開佛眼時如何師曰恐伱守内問如何是誕生王子師曰深宮引不出

新羅泊嚴和尚問如何是禪師曰古塚不爲家問如何是道師曰徒勞車馬迹問如何是教師曰貝葉收不盡

新羅大嶺和尚僧問只到潼關便却休時如何師曰只是途中活計曰其中活計如何師曰體即得當即不得曰體得爲什麼當不得師曰體是什麼人分上事曰其中事如何師曰不作尊貴

前潭州中雲蓋和尚法嗣

潭州雲蓋山景和尚號證覺禪師僧問國土晏清功歸何處師曰銀臺門下不賀曰轉爲無功時如何師曰王家事可然

景德傳燈録卷第十七

音釋

遁徒困切 蜆音顯 桎梏桎之日切足械也梏古沃切手械也 倭烏禾切國名 衲而稅切 醭普木切白醭也 鞁蘇合切鞋鞁草履也 蠱公戶切蠱毒也 泝桑故切逆流而上也 稔如甚切年也 蟾蜍蟾視占切蜍常如切蟾蜍蝦蟆也 藺良刃切 鎞邊迷切掠器也 鑛古猛切銅鐵朴也 啗徒感切食也 杉𣚦杉所咸切𣚦山戛切杉𣚦並木名 矬昨禾切矮短也 筈古活切箭筈也 媪烏老切女老稱也 寨鋤戒切營寨也 莞戶版切小笑貌 矮於駭切矬短也 犴寒岸二音切地野犬也 [犭谷]余玉切獸如赤豹五尾 拓他各切斥開也 擣都皓切舂也 毶先含切毶毶者毛長貌 轟虎橫切衆車聲也 飣丁定切器食也 暉胡本切困視貌 斸陟玉切斫也

景德傳燈録卷第十八

宋沙門道原纂

吉州青原山行思禪師第六世

福州雪峯義存禪師法嗣

福州玄沙宗一大師法名師備福州閩縣人也姓謝氏幼好垂釣泛小艇於南臺江狎諸漁者唐咸通初年甫三十忽慕出塵乃棄釣舟投芙蓉山靈訓禪師落髮往豫章開元寺道玄律師受具布衲芒屨食纔接氣常終日宴坐衆皆異之與雪峯義存本法門昆仲而親近若師資雪峯以其苦行呼爲頭陀一日雪峯問曰阿那箇是備頭陀對曰終不敢誑於人異日雪峯召曰備頭陀何不徧參去師曰達磨不來東土二祖不往西天雪峯然之暨登象骨山乃與師同力締構玄徒臻萃師入室咨決罔替晨昏又閱楞嚴經發明心地由是應機敏捷與修多羅冥契諸方玄學有所未決必從之請益至若與雪峯和尚徵詰亦當仁不讓雪峯曰備頭陀其再來人也一

曰雪峯上堂曰要會此事猶如古鏡當臺胡來胡現漢來漢現師曰忽遇明鏡破時如何雪峯曰胡漢俱隱師曰老和尚脚跟猶未點地師上堂時久大衆盡謂不說法一時各歸師乃呵云看總是一樣底無一箇有智慧但見我開遮兩片皮盡來簇著覓語言意度是我眞實爲他却總不知看恁麼大難大難師有時云諸禪德汝諸人盡巡方行脚來稱我參禪學道爲有奇特去處爲當只恁麼東問西問若有試通來我爲汝證明是非我盡識得還有麼若無當知只是趂謴是汝既到遮裏來我今問汝汝諸人還有眼麼若有即今便合識得還識得麼若不識便被我喚作生盲生聾底人還是麼肯恁麼道麼禪德亦莫自屈是汝眞實何曾是恁麼人十方諸佛把汝向頂上著不敢錯誤著一分子只道此事唯我能知會麼如今相紹繼盡道承他釋迦我道釋迦與我同參汝道參阿誰會麼大不容易知莫非大悟始解得知若是限劑所悟亦莫能覯汝還識大悟麼不可是汝向髑髏前認他鑒照不可是汝說空說無說遮邊那邊有世間法有一箇不是世間法和尚子虛空猶從迷妄幻生如今若是大肯去何處有遮箇稱說尚無虛空消息何處有三界業次父母緣生與汝椿立前後如今道無尚是誑語豈況是有知麼是汝多時行脚和尚子稱道有覺悟底事我今問汝只知巔山巖崖逈絶人處還有佛法麼還裁辨得麼若辨不得卒未在我尋常道亡僧面前正是觸目菩提萬里神光頂後相若人覯得不妨出得陰界

脫汝髑髏前意想都來只是汝眞實人體何處更別有一法解蓋覆汝知麼還信得麼解承當得麼大須努力師又云我今問汝諸人且承得箇什麼事在何世界安身立命還辨得麼若辨不得恰似揑目生花見事便差知麼如今現前見有山河大地色空明暗種種諸物皆是狂勞花相喚作顛倒知見夫出家人識心達本故號沙門汝今既已剃髮披衣爲沙門相即合有自利利他分如今看著盡黒漫漫地如黒汁相似自救尚不得爭解爲得他人仁者佛法因縁事大莫作等閑相聚頭亂說雜話趂謴過時光陰難得可惜許大丈夫兒何不自省察看是什麼事只如從上宗風是諸佛頂族汝既承當不得所以我方便勸汝但從迦葉門接續頓超去此一門超

汝凡聖因果超他毗盧妙莊嚴世界海超他釋迦方便門直下永劫不教有一物與汝作眼見何不急急究取未必道我且待三生兩生久積淨業仁者汝宗乘是什麼事不可由汝身心用工莊嚴便得去不可他心宿命便得去會麼只如釋迦出頭來作如許多變弄說十二分教如瓶灌水大作一場佛事向汝此門中用一點不得用一毛頭伎倆不得知麼如同夢事亦如寱語沙門不應得出頭來蓋爲識得知麼識得即是大出脫大出頭所以道超凡越聖出生離死離因離果超毗盧越釋迦不被凡聖因果所謾一切處無人識得汝知麼莫只長戀生死愛網被善惡業拘將去無自由分饒汝鍊得身心同空去饒汝得到精明湛不搖處不出他識陰古人喚作

如急流水流急不覺妄爲澹淨恁麽修行盡不出他輪迴際依前被輪轉去所以道諸行無常直是三乘功果如是可畏若無道眼亦不爲究竟何如從今日博地凡夫不用一毫功夫便頓超去解省心力麽還願樂麽勸汝我如今立地待汝覯去不用汝加功鍊行如今不恁麽更待何時還肯麽還肯麽師有時上堂謂衆曰是汝眞實如是又有時云達磨如今現在汝諸人還見麽師云是諸人見有險惡見有大蟲刀劒諸事逼汝身命便生無限怕怖如似什麽恰如世間畫師一般自畫作地獄變相作大蟲刀劒了好好地看了却自生怕怖汝今諸人亦復如是百般見有是汝自幻出自生怕怖亦不是別人與汝爲過汝今欲覺此幻惑麽但識取汝金剛眼睛若識得不曾教汝有纖塵可得露現何處更有虎狼刀劒解愶嚇得汝直至釋迦如是伎倆亦覓出頭處不得所以我向汝道沙門眼把定世界函蓋乾坤不漏絲髮何處更有一物爲汝知見知麽如是出脱如是奇特何不究取師云汝諸人如似在大海裏坐沒頭水浸却了更展手問人乞水喫還會麽夫學般若菩薩是大根器有大智慧始得若有智慧即今便得出脱若是根機遲鈍直須勤苦忍耐日夜忘疲失食如喪考妣相似恁麽急切盡一生去更得人荷挾剋骨究實不妨亦得覯去且況如今誰是堪任受學底人仁者莫只是記言記語恰似念陀羅尼相似蹋步向前來口裏哆哆啝啝地被人把住詰問著沒去處便嗔道和尚不爲我答話恁麽學事大苦

知麽有一般坐繩牀和尚稱爲善知識問著便動身動手點眼吐舌瞪視更有一般便說昭昭靈靈靈臺智性能見能聞向五蘊身田裏作主宰恁麽爲善知識大賺人知麽我今問汝汝若認昭昭靈靈是汝眞實爲什麽瞌睡時又不成昭昭靈靈若瞌睡時不是爲什麽有昭昭時汝還會麽遮箇喚作認賊爲子是生死根本妄想緣氣汝欲識此根由麽我向汝道汝昭昭靈靈只因前塵色聲香等法而有分別便道此是昭昭靈靈若無前塵汝此昭昭靈靈同於龜毛兎角仁者眞實在什麽處汝今欲得出他五蘊身田主宰但識取汝秘密金剛體古人向汝道圓成正徧徧周沙界我今少分爲汝智者可以譬喻得解汝見此南閻浮提日麽世間人所作興營養身活命種種心行作業莫非承他日光成立只如日體還有多般及心行麽還有不周徧處麽欲識此金剛體亦如是只如今山河大地十方國土色空明暗及汝身心莫非盡承汝圓成威光所現直是天人羣生類所作業次受生果報有性無情莫非承汝威光乃至諸佛成道成果接物利生莫非盡承汝威光只如金剛體還有凡夫諸佛麽有汝心行麽不可道無便當得去也知麽汝既有如是奇特當陽出身處何不發明取便隨他向五蘊身田中鬼趣裏作活計直下自謾却去忽然無常殺境到來眼目譸張身見命見恁麽時大難支荷如生脫龜筒相似大苦仁者莫把瞌睡見解便當却去未解葢覆得毛頭許汝還知麽三界無安猶如火宅且汝未是得安樂

底人只大作羣隊干他人世遮邊那邊飛走野鹿相似但知求衣爲食若恁麽爭行他王道知麽國王大臣不拘汝父毋放汝出家十方施主供汝衣食土地龍神護汝也須具慚愧知恩始得莫孤負人好長連牀上排行著地銷將去道是安樂未在皆是粥飯將養得汝爛冬瓜相似變將去土裏埋將去業識茫茫無本可據沙門因什麽到恁麽地只如大地上蠢蠢者我喚作地獄劫住如今若不了明朝後日看變入驢胎馬肚裏牽犂拽杷銜鐵負鞍碓擣磨磨水火裏燒煮去大不容易受大須恐懼好是汝自累知麽若是了去直下永劫不曾教汝有遮箇消息若不了此煩惱惡業因緣未是一劫兩劫得休直與汝金剛齊壽知麽南際長老到雪峯峯令訪于師

師問曰古人道此事唯我能知長老作麽生南際曰須知有不求知者歸宗柔別掯掌三下師曰山頭和尚喫許多辛苦作麽雪峯因普請畬田見一蛇以杖挑起召衆曰看看以刀芟爲兩段師以杖抛於背後更不顧視衆愕然雪峯曰俊哉師一日隨侍雪峯遊山雪峯指一片地曰此處造得一所無縫塔師曰高多少雪峯乃顧視上下師曰人天依報只不如和尚若是靈山受記大遠在雪峯曰世界闊一尺古鏡闊一尺世界闊一丈古鏡闊一丈師指火鑪曰火鑪闊多少雪峯曰如古鏡闊師曰老和尚脚跟未點地師初受請住梅谿場普應院中間遷止玄沙山自是天下叢林海衆皆望風而賓之閩帥王公請演無上乘待以師禮學徒餘八百室戶不閉師上堂良久謂

衆曰我爲汝得徹困也還會麼僧問寂寂無言時如何師曰寱語作麼曰本分事請師道師曰瞌睡作麼曰學人即瞌睡和尚如何師曰爭得恁麼不識痛痒又曰可惜如許大師僧千里萬里行脚到遮裏不消箇瞌睡寱語便屈却去問如何是學人自己師曰用自己作麼僧問從上宗門中事師此間如何言論師曰少人聽僧曰請和尚直道師曰患聾作麼又曰仁者如今事不獲已教我抑下如是威光苦口相勸百千方便道如此如彼共汝相知聞盡成顛倒知見將此咽喉脣吻只成得箇野狐精業謾汝我還肯麼只如有過無過唯我自知汝爭得會若是恁麼人出頭來甘伏呵責夫爲人師匠大不易須是善知識始得知我如今恁麼方便助汝猶尚不能覯得可中純舉宗乘是汝向什麼處安措還會麼四十九年是方便只如靈山會上有百萬衆唯有迦葉一人親聞餘盡不聞汝道迦葉親聞底事作麼生不可道如來無説説迦葉不聞聞便當得去不可是汝修因成果福智莊嚴底事知麼且如道吾有正法眼付囑大迦葉我道猶如話月曹谿竪拂子還如指月所以道大唐國内宗乘中事未曾見有一人舉唱設有人舉唱盡大地人失却性命如無孔鐵槌相似一時亡鋒結舌去汝諸人頼遇我不惜身命共汝顛倒知見隨汝狂意方有申問處我若不共汝恁麼知聞去汝向什麼處得見我會麼大難努力珍重乃有偈曰

萬里神光頂後相　没頂之時何處望
事已成　意亦休　此箇元來觸處周

智者撩著便提取　莫待須臾失却牛
又偈曰
玄沙遊徑別　時人切須知　三冬陽氣盛
六月降霜時　有語非關舌　無言切要詞
會我最後句　出世少人知
問四威儀外如何奉王師曰汝是王法罪人
爭會問事問古人拈槌竪拂還當宗乘中事
也無師曰不當曰古人意作麽生師舉拂子
僧曰宗乘中事如何師曰待汝悟始得問如
何是金剛力士師乃吹之文桶頭下山師問
桶頭下山幾時歸曰三五日師曰歸時有無
底桶子將一擔歸文無對（歸宗柔代云和尚用作什麽）師
有時垂語曰諸方老宿盡道接物利生且問
汝只如盲聾瘂三種病人汝作麽生接若拈
槌竪拂他眼且不見共他說話耳又不聞口
復瘂若接不得佛法盡無靈驗時有僧出曰
三種病人和尚還許人商量否師曰許汝作
麽生商量其僧珍重出師曰不是不是（法眼云我當時見羅漢和尚舉此僧語我便會三種病人雲居錫云只如此僧會不會若道會玄沙又道不是若道不會法眼爲什麽道我因此僧語便會三種病人上座無事上來商量大家要知）羅漢云桂琛見有眼耳和尚作麽生接
師答云三種病人即今在什麽處又一僧云
非惟謾他兼亦自謾長慶稜來師問除却藥
忌作麽生道稜曰憨作麽師曰雪峯山橡子
恰食來遮裏雀見放糞師見僧來禮拜乃曰
禮拜著因我得禮拜汝一日普請往海坑斫
柴見一虎僧曰和尚虎師曰是汝虎歸院後
僧問適來見虎云是汝未審尊意如何師曰
娑婆世界有四重障若人透得許汝出陰界（東禪齊云上座古人見了道我身心如大地虚空如今人還透得麽）師問長生

然和尚維摩觀佛前際不來後際不去今則無住汝作麼生觀對曰放皎然過有商量師曰放汝過作麼生長生良久師曰教阿誰委曰徒勞側耳師曰情知汝向山鬼窟裏作活計（崇壽稠別長生云喚什麼作如來）僧問師學人爲什麼道不得師曰啚塞汝口爭解道得（法眼云古人恁麼道甚奇特且問上座口是什麼）問凡有言句盡落圈繢不落圈繢請和尚商量師曰拗折秤衡來與汝商量問古人瞬視接人和尚如何接人師曰我不瞬視接人僧問是什麼得恁麼難見師曰只爲太近（法眼云也無可得近直下是上座）師在雪峯時光侍者謂師曰師叔若學得禪某甲打鐵船下海去師住後問曰光侍者打得鐵船也未光無對（法眼代云和尚終不恁麼法燈代云請和尚下船玄覺代云貧兒思舊債）師一日遣僧送書上雪峯和尚雪峯開緘唯白紙三幅問僧會麼曰不會峯曰不見道君子千里同風其僧迴舉似於師師曰遮老和尚蹉過也不知（東禪齊云什麼處蹉過若的蹉過師豈不會弟子意若不恁麼會只如玄沙意作麼生若會便參取玄沙）師問鏡清教中道菩薩摩訶薩不見一法爲大過失且道不見什麼法鏡清指露柱云莫是不見遮箇法麼（同安顯別云也知和尚不造次）師曰浙中清水白米從汝喫佛法未會在（玄覺云且道玄沙恁麼道意在什麼處不見僧問洞山云不見一法爲大過失此意如何洞山云不見一法好言語上座一宿覺云不見一法即如來方得名爲觀自在普賢菩薩又云不見一法爲大過失是一箇是兩箇試斷看）僧問承和尚有言盡十方世界是一顆明珠學人如何得會師曰盡十方世界是一顆明珠用會作麼師來日却問其僧盡十方世界是一顆明珠汝作麼生會對曰盡十方世界是一顆明珠用會作麼師曰知汝向山鬼窟裏作活計（玄覺

云一般恁麽道爲什麽却成山鬼窟去問如何是無縫塔師曰遮一縫大小玄覺云叢林中道恁麽來何處得無縫還會得著不著韋監軍來謁舉曹山和尚甚奇怪師乃問撫州取曹山多少韋指傍僧云上座曾到曹山否曰曾到韋曰撫州取曹山多少曰一百二十韋曰恁麽即上座不曾到曹山韋却起禮拜師師曰監軍却須禮此僧此僧却具慚愧雲居錫云什麽處是此僧具慚愧若撿得出許上座有行脚眼西天有聲明三藏到閩師令與師相見師以火筯敲銅鑪問是什麽聲三藏對曰銅鐵聲法眼別云請大師爲大王法燈別云聽和尚問師曰大王莫受外國人謾三藏無對法眼代云大師久受大王供養法燈代云却是和尚謾大王師南遊莆田縣排百戲迎接來日師問小塘長老昨日許多喧閙向什麽處去也小塘提起衲衣角師曰料掉勿交涉法眼別云昨日有多少喧閙法燈別云今日更好笑師

問僧乾闥婆城汝作麽生會僧曰如夢如幻法眼別敲物示之師與地藏琛在方丈内説話夜深侍者閉却門師曰門總閉了汝作麽生得出去琛曰喚什麽作門法燈別云和尚莫欲歇去師一日以杖拄地問長生曰僧見俗見男見女見汝作麽生見長生曰和尚還見皎然見處麽師曰相識滿天下問承和尚有言聞性徧周法界雪峯打鼓遮裏爲什麽不聞師曰誰知不聞問險惡道中以何爲津梁師曰以汝眼爲津梁曰未得者如何師曰快救取師與韋監軍喫果子韋問如何是日用而不知師拈起果子曰喫韋喫果子了再問之師曰只者是日用而不知普請搬柴師曰汝諸人盡承吾力一僧曰既承師力何用普請師叱之曰不普請爭得柴歸師問明眞大師善財參彌勒彌

勸指歸文殊文殊指歸佛處汝道佛指歸什麼處對曰不知師曰情知汝不知（法眼別云喚什麼作佛）大普玄通到禮覲師謂曰汝在彼住莫誑惑人家男女對曰玄通只是開箇供養門晚來朝去爭敢作恁麼事師曰事難曰其情是難師曰什麼處是難處曰爲伊不肯承當師便入方丈拄却門問學人作入叢林乞師指箇入路師曰還聞偃溪水聲否曰聞師曰是汝入處泉守王公請師登樓先語客司曰待我引大師到樓前便舁却梯客司稟旨公曰請大師登樓師視樓復視其人乃曰佛法不是此道理（法眼云未舁梯時一日幾度登樓）師與泉守在室中說話有一沙彌揭簾入見却退步而出師曰那沙彌好與二十拄杖曰恁麼即某甲罪過（同安顯別云祖師來也）師曰佛法不恁麼（鏡清云不爲打水打水有僧問不爲打水意作麼生鏡清云青山碾爲塵敢保勿閑人東禪齊云只如玄沙意作麼生或云直饒恁麼去也好與拄杖或云事在當機或云拈破會處此三說還會玄沙意也無）師應機接物僅三十祀致青原石頭之濬流迨今不絕轉導來際所演法要有大小録行于海內自餘語句各隨門弟子章及諸方徵舉出焉梁開平二年戊辰十一月二十七日示疾而終壽七十有四臘四十有四閩帥爲之樹塔

福州長慶慧稜禪師杭州鹽官人也姓孫氏幼歲稟性淳澹年十三於蘇州通玄寺出家登戒歷參禪肆唐乾符五年入閩中謁西院訪靈雲尚有凝滯後之雪峯疑情氷釋因問從上諸聖傳受一路請垂指示雪峯默然師設禮而退雪峯莞爾而笑異日雪峯謂師曰我尋常向師僧道南山有一條鼈鼻蛇汝諸

人好看取對曰今日堂中大有人喪身失命雪峯然之師入方丈參雪峯曰是什麽師曰今日天晴好普請自此疇問未甞爽於玄旨乃述悟解頌曰

萬象之中獨露身　唯人自肯乃方親
昔時謬向途中覓　今日看如火裏冰

師在西院問詵上座曰遮裏有象骨山汝曾到麽曰不曾到師曰爲甚不到曰自有本分事師曰作麽生是上座本分事詵乃提起衲衣角師曰爲當只遮箇别更有曰上座見什麽師曰何得龍頭蛇尾師在宣州保福後辭歸雪峯保福問師曰山頭和尚或問上座信作麽生祇對師曰不避腥羶亦有少許曰信道什麽師曰教我分付阿誰曰從展雖有此語未必有恁麽事師曰若然者前程全自闍黎師與保福遊山保福問古人道妙峯山頂莫即這箇便是也無師曰是即是可惜許僧問鼓山只如稜和尚恁麽道意作麽生鼓山云孫公若無此語可謂髑髏徧野白骨連山師來往雪峯二十九載至天祐三年受泉州刺史王延彬請住招慶初開堂曰公朝服趨隅曰請師説法師曰還聞麽公設拜師曰雖然如此處恐有人不肯於是敷揚祖意隨機與奪故羲客憧憧曰賓道化後閩帥請居長樂府之西院奏額曰長慶號超覺大師上堂良久謂衆曰還有人相悉麽若不相悉欺謾兄弟去只今有什麽事莫有窒塞也無復是誰家屋裏事不肯當荷更待何時若是利根參學不到者裏來還會麽如今有一般行脚人耳裏總滿也假饒收拾得底還當諸人行脚事麽時有僧問行脚事如何學師曰但知

就人索取又問如何是獨脫一路師曰何煩更問又問名言妙義教有所詮不涉三科請師直道師曰珍重師乃謂衆曰明明歌詠汝尚不會忽被暗來底事汝作麽生又僧問如何是暗來底事師曰喫茶去中塔云便請和尚相伴問如何是不隔毫端底事師曰當不當問如何得不疑不惑去師乃展兩手僧不進語師曰汝更問我與汝道僧再問之師露膊而坐僧禮拜師曰汝作麽生會僧曰今日風起師曰恁麽道未定人見解汝於古今中有什麽節要齊得長慶若舉得許汝作話主其僧但立而已師却問汝是什麽處人曰向北人師曰南北三千里外學妄語作麽僧無對師上堂良久曰莫道今夜較些子便下座問如何是合聖之言師曰大小長慶被汝一問口似匾擔僧曰何故如此師曰適來問什麽師謂衆曰我若純舉唱宗乘須閉却法堂門所以盡法無民時有僧曰不怕無民請師盡法師曰還委落處麽問如何是西來意師曰香嚴道底一時坐却師有時示衆曰總似今夜老胡有望保福聞之乃曰總似今夜老胡絶望（玄覺云恁麽道是相見語不是相見語東禪齊云此二尊宿語一般各有道理衆中道總似如此嫌什麽又道總似今夜堪作什麽若如此會欠悟在）安國瑫和尚新得師號師去賀瑫出接師問曰師號來耶曰來也師曰是什麽號曰明眞師乃展手瑫曰什麽處去來師曰幾不問過師問僧什麽處來曰鼓山來師曰鼓山有不跨石門底句有人借問汝作麽生道曰昨夜報慈宿師曰拍脊棒汝又作麽生曰和尚若行此棒不虛受人天供養師曰幾放過問古人有

言相逢不拈出舉意便知有時如何師曰知有也未（僧擧前語問保福福云此是誰語僧云丹霞語福云去莫妨我打睡）師入僧堂舉起䟽頭曰見即不見還見麼衆無對（法眼代云縱受得到別處亦不敢呈人）師到羅山見新製龕子師以杖敲之曰大煞豫備羅山曰拙布置師曰還肯入也無羅山曰咄師上堂大衆集定師乃拽出一僧曰大衆禮拜此僧又曰此僧有什麼長處便教大衆禮拜衆無對問如何是文彩未生時事師曰汝先舉我後舉其僧但立而已（法眼別云請和尚舉）師曰汝作麼生舉僧曰某甲截舌有分保福遷化人問師保福拋却殼漏子向什麼處去也師曰且道保福在那箇殼漏子裏（法眼別云那箇是保福殼漏子）閩帥夫人崔氏（奉道自稱鍊師）遣使送衣物至云鍊師令就大師請取迴信師曰傳語鍊師領取迴信須臾使却來師前唱喏便迴師明日入府鍊師曰昨日謝大師迴信師曰却請昨日迴信看鍊師展兩手閩帥問師曰鍊師適來呈信還愜大師意否師曰猶較些子（法眼別云遮一轉語大王自道取）曰未審大師意旨如何師良久帥曰不可思議大師佛法深遠僧舉高麗有僧造一觀音像於明州上船衆力舁不起因請入開元寺供養問師無刹不現身爲什麼不肯去高麗師曰現身雖普覩相生偏（法眼別云汝識得觀音未）有人問僧點什麼燈曰長明燈曰什麼時點曰去年點曰長明何在僧無語師代云若不如此爭知公不受人謾（法眼別云利動君子）師兩處開法徒衆一千五百化行閩越二十七載後唐長興三年壬辰五月十七日歸寂壽七十有九臘六十王氏建塔

福州大普山玄通禪師福州福唐人也受業於兜率山師事雪峯經數稔受心法止于大普焉僧問驪龍頷下珠如何取得師乃拊掌瞬視問方便以前事如何師托出其僧問如何是祖師西來意師曰咬骨頭漢出去問撥塵見佛時如何師曰脫枷來商量問急急相投請師接師曰鈍漢

杭州龍冊寺順德大師道怤永嘉人也姓陳氏卝歲不食葷茹親黨強啖以枯魚隨即嘔噦遂求出家于本州開元寺受具遊方抵閩川謁雪峯峯問什麼處人曰溫州人雪峯曰恁麼即與一宿覺是鄉人也曰只如一宿覺是什麼處人雪峯曰好喫一頓棒且放過一日師問只如古德豈不是以心傳心雪峯曰兼不立文字語句曰只如不立文字語句師如何傳雪峯良久師禮謝雪峯曰更問我一轉豈不好曰就和尚請一轉問頭雪峯曰只恁麼爲別有商量曰和尚恁麼即得雪峯曰於汝作麼生曰孤負殺人雪峯有時謂衆曰堂堂密密地師出問曰是什麼堂堂密密雪峯起立曰道什麼師退步而立雪峯垂語曰此事得恁麼尊貴得恁麼綿密對曰道怤自到來數年不聞和尚恁麼示誨雪峯曰我向前雖無如今已有莫有所妨麼曰不敢此是和尚不已而已雪峯曰致使我如此師從此信入而且隨衆閩中謂之小怤布衲因普請處雪峯舉溈山見色便見心語問師還有過也無曰古人爲什麼事雪峯曰雖然如此要共汝商量曰恁麼即不如道怤鋤地去一日雪峯問師何處來曰從外來雪峯曰什麼處

逢見達磨曰更什麼處雪峯曰未信汝在曰和尚莫恁麼粘膩好雪峯肯之師後徧歷諸方益資權智因訪曹山寂和尚問什麼處來曰昨日離明水寂曰什麼時到明水曰和尚到時到寂曰汝道我什麼時到曰適來猶記得寂曰如是如是師罷參受請止越州鏡清禪苑唱雪峯之旨學者奔湊副使皮光業者日休之子也辭學宏贍屢擊難之退謂人曰怤師之高論人莫窺其極也新到僧參師拈起拂子僧曰久嚮鏡清猶有遮箇在師曰今日遇人又不遇人問如何是靈源一直道師曰鏡湖水可殺深師問僧什麼處來曰應天來師曰還見鰻鱺魚麼曰不見師曰闍黎不見鰻鱺鰻鱺不見闍黎曰總不恁麼師曰闍黎只解慎初護末問學人未達其原請師方便師曰是什麼原僧曰其原師曰若是其原爭受方便僧禮拜退後侍者問曰和尚適來莫是成他問否師曰無曰莫是不成他問否師曰無曰未審畢竟意作麼生師曰一點水墨兩處成龍師在帳中坐有僧問訊師撥帳開曰當斷不斷返招其亂僧曰既是當斷爲什麼不斷師曰我若盡法直恐無民曰不怕無民請師盡法師曰維那拽出此僧著又曰休休我在南方識伊和尚來因普請鋤草次浴頭請師浴師不顧如是三請師舉钁作打勢浴頭乃走師召曰來來浴頭迴首師曰向後遇作家分明舉似其僧後至保福舉前語未了保福以手掩其口僧却迴舉似師師曰饒汝恁麼也未作家師問荷玉什麼處來曰天台來師曰我豈是問汝天台曰和尚何得

龍頭蛇尾師曰鏡清今日失利師看經僧問和尚看什麽經師曰我與古人鬪百草師却問汝會麽曰少年也曾恁麽來師曰如今作麽生僧舉拳師曰我輸你也僧到參師問闍黎從什麽處來曰佛國來師曰佛以何爲國曰清淨莊嚴爲國師曰國以何爲佛曰妙淨眞常爲佛師曰闍黎從妙淨來莊嚴來曰無不答對師曰噓噓别處有人問汝不可作遮箇語話錢王欲廣府中禪會命居天龍寺始見師乃曰眞道人也致禮勤厚由是吳越盛於玄學其後又創龍冊寺延請居焉師上堂曰如今事不得已向汝道若自驗著實箇親切到汝分上因何特地生踈只爲拋家日久流浪年深一向緣塵致見如此所以喚作背覺合塵亦名捨父逃逝今勸兄弟未歇歇去好未徹徹去好大丈夫兒得恁麽無氣槩還惆悵麽終日茫茫地何不且覓取箇管帶路好也無人問我管帶一路時有僧問如何是管帶一路師曰噓噓要棒即道曰恁麽即學人罪過也師曰幾被汝打破蔡州問無源有路不歸時如何師曰遮箇師僧得坐便坐問如何是心師曰是即二頭曰不是如何師曰又不成是頭曰是不是總不恁麽時如何師曰更多饒過問十二時中以何爲驗師曰得力即向我道僧曰諾師曰十萬八千猶可近問如何是方便門速易成就師曰速易成就曰爭奈學人領覽未的師曰代得也代却問如何是玄中玄師曰不是是什麽曰還得當也無師曰木頭也解語問如何是人無心合道師曰何不問道無心合人曰如何是道無

心合人師曰白雲乍可來青嶂明月那教下碧天問學人問不到處請師不答和尚答不到處學人即不問師乃搊住曰是我道理是汝道理曰和尚若打學人學人也即却打也師曰得對相耕去僧舉問有僧辭歸宗宗問什麼處去曰百丈學五味禪去歸宗不語師乃曰緣歸宗單行底事僧問如何是歸宗單行底事師曰棒了趂出院僧禮拜師曰作麼生會曰學人罪過師曰料汝恁麼去問承師有言諸方若不是走作便是籠人罩人未審和尚如何師曰被汝致此一問直得當門齒落問如何是親的密密底事師曰常用及人曰不知者如何師曰好晴好雨師問僧門外什麼聲曰雨滴聲師曰衆生顛倒迷己逐物法眼別去畫出僧問如何是同相師將火筯插向鑪中僧又問如何是別相師又將火筯插向一邊法眼別云問不當理有僧引童子到曰此兒子常愛問僧佛法請和尚驗看師乃令點茶童子點茶來師啜訖過盞托與童子童子近前接師却縮手曰還道得麼童子曰問將來法眼別云和尚更喫茶去僧問和尚此兒子見解如何師曰也只是一兩生持戒僧師三處開法語要隨門人編録今但梗槩而已晉天福二年丁酉八月示滅壽七十四黒白哀號制服者甚衆荼毗於大慈山獲舍利就龍毋山之陽建塔

福州長生山皎然禪師本郡人入雪峯室密受心印執侍經十載因與僧斫樹雪峯曰斫到心且住師曰斫却著雪峯曰古人以心傳心汝爲什麼道斫却師攛下斧子曰傳雪峯打一柱杖而去僧問雪峯如何是第一句雪

峯良久僧退舉似於師師曰此是第二句雪峯再令其僧來問如何是第一句師曰蒼天蒼天雪峯普請搬柴問師曰古人道誰知席帽下元是昔愁人古人意作麼生師側戴笠子曰遮箇是什麼人語雪峯問師持經者能荷擔如來作麼生是荷擔如來師乃捧雪峯向禪牀上著雪峯普請歸自將一束藤路上逢一僧放下藤叉手立其僧近前拈雪峯即蹋其僧歸院後舉示於師曰我今日蹋那僧得恁麼快師對曰和尚却替那僧入涅槃堂（法眼住崇壽時有二僧各說道理請師斷法眼云汝兩僧一時入涅槃堂玄覺云什麼處是替那僧入涅槃堂處崇壽稠云此一轉師語却還老兄東禪齊云如長生意作麼生）師甞訪一庵主款話庵主曰近有一僧問某甲西來意遂舉拂子示之不知還得也無師曰爭敢道得與不得有人問庵主此事有人保任如虎頭帶角有人嫌棄則不直一文錢此事爲什麼毀譽不同請試揀出看曰適來出自偶然爭揀得出師曰若恁麼此後不得爲人（玄覺云一等是恁麼事爲什麼有得有失上座若無智眼難辨得失）雪峯問師光境俱亡復是何物師曰放皎然過敢有商量雪峯曰放汝過作麼生商量曰皎然亦放和尚過雪峯深許之尋受記止于長生山分化焉僧問從上宗乘如何舉唱師曰不可爲闍黎荒却長生山也問古人有言無明即佛性煩惱不須除如何是無明即佛性師忿然作色舉拳訶曰今日打遮師僧去也僧曰如何是煩惱不須除師以手拏頭曰遮師僧得恁麼發人業問路逢達道人不將語默對未審將什麼對師曰上紙墨堪作什麼閩帥署禪主大師莫知所終

信州鵝湖智孚禪師福州人也始依講肆肄業於長安因思玄極之理乃造雪峯師事數年既領心訣隨緣而止鵝湖大張法席僧問萬法歸一一歸何所師曰非但闍黎一人忙問虛空講經以何爲宗師曰闍黎不是聽衆出去問五逆之子還受父約也無師曰雖有自裁未免傷已問如何是佛向上人師曰情知闍黎不柰何曰爲什麼不柰何師曰未必小兒得見君子有人報云徑山和尚遷化也僧問徑山遷化向什麼處去師曰大有靈利底過於闍黎問在先一句請師道師曰脚跟下探取什麼曰即今見問師曰看闍黎變身不得問雪峯拋下拄杖意作麼生師以香匙拋下地僧曰未審此意如何師曰不是好種出去問如何是鵝湖第一句師曰道什麼曰如何即是師曰妨我打睡問不問不答時如何師曰問人焉知問迷子未歸家時如何師曰不在途曰歸後如何師曰正迷問如何是源頭事師曰途中覓什麼問如何是一句師曰會麼曰恁麼莫便是否師曰蒼天蒼天鏡清問如何是即今底師曰何更即今清曰幾就支荷師曰語逆言順

漳州報恩院懷岳禪師泉州人也少依本州聖壽院受業罷參雪峯止龍溪玄侶奔湊僧問十二時中如何行履師曰動即死曰不動時如何師曰猶是守古塚鬼問如何是學人出身處師曰有什麼物纏縛闍黎曰爭柰出身不得何師曰過在阿誰問如何是報恩一靈物師曰喫如許多酒糟作麼曰還露脚手也無師曰遮裏是什麼處所僧問牛頭未見

四祖時如何師曰萬里一片雲曰見後如何師曰廓落地僧問如何是佛法大意師曰昨夜三更失却火問黑雲陡暗誰當雨者師曰峻處先傾問宗乘不却如何舉唱師曰山不自稱水無間斷問佛未出世時如何師曰汝爭得知問撥塵見佛時如何師曰什麽年中得見來問師子在窟時如何師曰師子是什麽家具又問師子出窟時如何師曰師子在什麽處問如何是目前佛師曰快禮拜師臨遷化上堂示衆曰山僧十二年來舉唱宗教諸人怪我什麽處若要聽三經五論此去開元寺咫尺言訖告寂

杭州西興化度悟真大師師郁泉州人也自得雪峯心印化緣盛于杭越之間後居西興鎮之化度院法席大興僧問如何是西來意師舉拂子僧曰學人不會師曰喫茶去問如何是無縫塔師曰五尺六尺問如何是一塵師曰九世刹那分曰如何含得法界師曰法界在什麽處問谿谷各異師何明一師曰汝喘作麽問學人初機乞和尚指示入路師曰汝怪化度什麽處問如何是隨色摩尼珠師曰青黄赤白曰如何是不隨色摩尼珠師曰青黄赤白問如何是西來意師曰是東來是西來問牛頭未見四祖時如何師曰鳥獸俱迷曰見後如何師曰山深水冷問維摩與文殊對談何事師曰唯有門前鏡湖水清風不改舊時波自是聲聞于遐邇錢王欽其道德奉紫衣師號

福州鼓山興聖國師神晏大梁人也姓李氏幼惡葷羶樂聞鍾梵年十二時有白氣數道

騰于所居屋壁師即揮毫書其壁曰白道從茲速改張休來顯現作妖祥定祛邪行歸眞見必得超凡入聖鄉題罷氣即隨滅年甫志學遘疾甚亟夢神人與藥覺而頓愈明年又夢梵僧告云出家時至矣遂依衛州白鹿山道規禪師披削嵩嶽受具謂同學曰古德云白四羯磨後全體戒定慧豈準繩而可拘也於是杖錫徧叩禪關而但記語言存乎知解及造雪嶺朗然符契一日參雪峯峯知其緣熟忽起搊住曰是什麼師釋然了悟亦忘其了心唯舉手搖曳而已雪峯曰子作道理耶師曰何道理之有雪峯審其懸解撫而印之暨雪峯歸寂閩帥於府城之左二十里開鼓山創禪宮請揚宗教師上堂衆集良久曰南泉在日亦有人舉要且不識南泉即今還有識南泉者麼試出來對衆驗看時有僧出禮拜纔起師曰作麼生僧近前曰咨和尚師曰不才請退又曰經有經師論有論師律有律師有函有號有部有袠各有人傳持且佛法是建立教禪道乃止啼之說他諸聖興來蓋爲人心不等巧開方便遂有多門受疾不同處方還異在有破有居空叱空二患既除中道須遣鼓山所以道句不當機言非展事承言者喪滯句者迷不唱言前寧譚句後直至釋迦掩室淨名杜口大士梁時童子當日一問二問三問盡有人了也諸仁者作麼生時有僧禮拜師曰高聲問僧曰學人咨和尚師乃喝出問已事未明以何爲驗師抗音似未聞其僧再問師曰一點隨流食咸不重問如何是包盡乾坤底句師曰近前僧近前師曰

鈍置殺人問如何紹得師曰犴狢無風徒勞展掌曰如何即是師曰錯問學人便承當時如何師曰汝作麼生承當（法燈別云莫費力）問如何是學人正立處師曰不從諸聖行（法燈別云汝擬亂走）問千山萬山阿那箇是正山師曰用正山作麼（法燈云千山萬山）師與招慶相遇招慶曰家常師曰無厭生招慶曰且欵欵師却云家常招慶曰今日未有火師曰太鄙吝生招慶曰穩便將取去（東禪齊拈云此二尊宿語還有得失也無若有阿那箇得阿那箇失若無得失諸人未具行脚眼在）問如何免得輪迴生死師曰把將生死來問如何是宗門中事師側掌曰吽吽問如何是向上一關棙子師乃打之問如何是鼓山正主師曰瞎作麼師問保福古人道非不非是不是意作麼生保福拈起茶盞師曰莫是非好問如何是眞實人體師曰即今是什麼體曰究竟如何師曰爭得到恁麼地問如何是佛法大意師曰金烏一點萬里無雲師問僧鼓山有不跨石門句汝作麼生道僧曰請師乃打之問如何是古人省心力處師曰汝何費力問言滿天下無口過如何是無口過師曰有什麼過問如何是省要處師曰還自恥麼師與閩帥瞻仰佛像閩帥問是什麼佛曰請大王鑒曰鑒即不是佛曰是什麼無對（長慶代云久承大師在衆何得造次）問從上宗乘如何舉唱師以拂子驀口打問如何是教外別傳底事師曰喫茶去又曰今爲諸仁者剌頭入他諸聖化門裏抖擻不出所以向仁者道教排不到祖不西來三世諸佛不能唱十二分教載不起凡聖攝不得古今傳不得忽爾是箇漢未通箇消息向他恁麼道被他驀口

摑還怪得他麽雖然如此也不得亂摑鼓山尋常道更有一人不跨石門須有不跨石門句作麽生是不跨石門句鼓山自住三十餘年五湖四海來者向高山頂上看山翫水未見一人快利通得如今還有人通得也不昧兄弟珍重乃有偈示衆曰

直下猶難會　尋言轉更賖　若論佛與祖

特地隔天涯

閩帥禮重常詢法要焉

漳州隆壽興法大師紹卿泉州人也姓陳氏幼於靈巖寺習經論講業既就而深慕禪那乃問法于雪峯之室服勤數載從緣開悟因侍經行見芋葉動雪峯指動葉視之師對曰紹卿甚生怕怖峯曰是汝屋裏底怕怖什麽師於是洸然省悟頓息他遊尋受請居龍谿焉僧問古人道摩尼殿有四角一角常露如何是常露底角師舉拂子問糧不畜一粒如何濟得萬人饑師曰俠客面前如奪劒看君不是黠兒郎問大拍盲底人來師還接否師曰前後大應得此便也曰莫便是接否師曰遮漢來遮裏捕鵮問耳目不到處如何師曰汝無此作曰恁麽即聞也師曰眞箇聾漢漳

守王公欽尚祖風爲奏紫衣師名

福州僊宗院仁慧大師行瑫泉州人也姓王氏本州開元寺受業預雪峯禪會聲聞四遠閩帥請轉法輪玄徒奔至上堂曰我與釋迦同參汝道參什麽人時有一僧出禮拜擬伸問師曰錯問如何是西來意師曰態耳不曾藏問直下事乞師方便師曰不因汝問我亦不道問如何是西來意師曰白日無閑人

福州蓮華山永福院超證大師從弇（先住漳州報恩院）僧問儒門以五常爲極則未審宗門以何爲極則師良久僧曰恁麼即學人造次也師曰好與拄杖問教云唯有一乘法如何是一乘法師曰汝道我在遮裏作什麼曰恁麼即不知教意也師曰雖然如此却不孤負汝問不向問處領猶是學人問處和尚如何師曰喫茶去長慶常云盡法無民師曰永福即不然若不盡法又爭得民時有僧曰請師盡法師曰我不要汝納稅問諸餘即不問聊徑處乞師垂慈師曰不快禮三拜師上堂曰咄咄看箭便歸方丈問請師盡令師曰莫埋沒問大衆雲集請師說法師曰鬧麼曰若更佇思應難得及師曰實即得問摩尼殿有四角一角常露如何是常露底角師曰不可更點師上堂於坐邊立謂衆曰二尊不並化便歸方丈

杭州龍華寺眞覺大師靈照高麗人也萍游閩越升雪峯之堂冥符玄旨居唯一衲服勤衆務閩中謂之照布衲一夕指半月問溥上座那一片什麼處去也溥曰莫妄想師曰失却一片也衆雖歎美而恬澹自持初止婺州齊雲山上堂良久忽舒手視其衆曰乞取些子乞取些子又曰一人傳虛萬人傳實僧問草童能歌舞未審今時還有無師下座作舞曰沙彌會麼僧曰不會師曰山僧蹋曲子也不會問靈山會上法法相傳未審齊雲將何付囑師曰不可爲汝一人荒却齊雲也曰莫便是親付囑也無師曰莫令大衆笑問還丹一粒點鐵成金至理一言點凡成聖請師一

點師曰還知齊雲點金成鐵麽曰點金成鐵未之前聞至理一言敢希垂示師曰句下不薦後悔難追師次居越州鏡清院海衆悅隨一日謂衆曰盡令去也僧曰請師盡令師曰吽吽問如何是學人本分事師曰鏡清不惜口問請師雕琢師曰八成曰爲什麽不十成師曰還知鏡清生修理麽師問僧什麽處來曰五峯來師曰來作什麽曰禮拜和尚師曰何不自禮曰禮了也師曰鏡湖水淺問如何是第一句師曰莫錯下名言曰師豈無方便師曰烏頭養雀兒問向上一路千聖不傳未審什麽人傳得師曰千聖也疑我曰莫便是傳也無師曰晉帝斬嵇康問釋迦掩室於摩竭淨名杜口於毗耶此意如何師曰東廊下兩兩三三師謂衆曰諸方以毗盧法身爲極則鏡清遮裏即不然須知毗盧有師法身有主問如何是毗盧師法身主師曰二公爭敢論問古人道見色便見心此即是色阿那箇是心師曰恁麽問莫欺山僧麽問未剖以前請師斷師曰落在什麽處曰恁麽即失口也師曰寒山送溈山又曰住住闍黎失口山僧失口曰惡虎不食子師曰驢頭出馬頭迴師驀問一僧記得麽曰記得師曰道什麽曰道什麽師曰淮南小兒入寺問是什麽即俊鷹俊鷂趂不及師曰闍黎別問山僧別答曰請師別答師曰十里行人較一程問金屑雖貴眼裏著不得時如何師曰著不得還著得麽僧禮拜師曰深沙神問菩提樹下度衆生如何是菩提樹師曰大似苦練樹曰爲什麽似苦練樹師曰素非良馬何勞鞭影後湖守錢

公卜杭之西關創報慈院延請開法禪會翕然依附尋而錢王建龍華寺迎金華傅大士靈骨道具寘焉命師住持晉天福十二年丁未閏七月二十六日終于本寺壽七十八塔于大慈山

明州翠巖永明大師令參湖州人也自雪峯受記止于翠巖大張法席問不借三寸請師道師曰茶堂裏貶剥去問國師三喚侍者意旨如何師曰抑逼人作麼問諸餘即不問師默之僧曰如何舉似於人師喚侍者點茶來師上堂曰今夏與諸兄弟語論看翠巖眉毛還在麼（長慶聞云生也）問凡有言句盡是點污如何是省要處師曰大衆笑汝問坦然不滯鋒鋩時如何師曰大有人作此見解曰畢竟如何師曰坦然不滯鋒鋩問古人拈槌竪拂意旨如何師曰邪法難扶問僧繇爲什麼寫誌公眞不得師曰作麼生合殺問險惡道中以何爲津梁師曰藥山再三叮囑問不滯凡聖當機何示師曰莫向人道翠巖靈利問妙機言句盡皆不當宗乘中事如何師曰禮拜著曰學人不會師曰出家行脚禮拜也不會錢王嚮師道風請居龍册寺終焉

景德傳燈録卷第十八

音釋

瑫（吐刀切）弇（音甘）艇（徒頂切船小而長曰艇）替（他計切廢也）捷（疾葉切疾也）謴（古困切）劑（才詣切限劑分量也）覯（古候切見也）椿（株江切橛也）寱（研計切寐中有言也）愶（虛業切恐迫也）瞌（苦盍切眼瞌也）譸（張流切譸張誑幻也）畐（拍逼切滿也）圈樻（圈去圓切樻丘愧切）窒

陟栗切塞也　膊補各切肩膊也　啖徒濫切食也　嗢噦嗢烏沒切咽也

噦於月切嘔也　鰻鯬鰻莫安切鯬力脂切鰻鯬魚名也　啜姝悅切欱也

喘昌兖切喘息也　羶尸連切羊臭也　祛丘於切攘却也　遘古候切遇也

袠直質切書衣也　棙郎計切　抖擻抖多口切擻思口切抖擻振舉之貌

黠胡八切黠慧也　鷂羊笑切鷹鷂也　寘職吏切安著也　貶剥貶悲檢切

剥北角切

景德傳燈録卷第十九

宋　沙門　道原　纂

吉州青原山行思禪師第六世

福州雪峯義存禪師法嗣四十二人（二十一人見録）

福州安國弘瑫禪師
襄州雲蓋山歸本禪師
韶州林泉和尚　洛京南院和尚
越州洞巖可休禪師
定州法海院行周禪師
杭州龍井通禪師　漳州保福從展禪師
泉州睡龍道溥禪師
杭州龍興寺宗靖禪師
福州南禪契璠禪師　越州越山師鼐禪師
南嶽金輪可觀禪師　泉州福清玄訥禪師
韶州雲門文偃禪師　衢州南臺仁禪師

泉州東禪和尚
餘杭大錢山從襲禪師
福州永泰和尚
池州和龍山守訥禪師
建州夢筆和尚
福州古田極樂元儼禪師
福州芙蓉山如體禪師
洛京憩鶴山和尚　潭州溈山棲禪師
吉州潮山延宗禪師
益州普通山普明大師
隨州雙泉梁家庵永禪師
漳州保福超悟禪師　太原孚上座
南嶽惟勁禪師
台州十相審超禪師
江州廬山訥禪師
新羅國大無爲禪師
潞州玄暉禪師　湖州清淨和尚

益州永安雪峯和尚
盧僊德明禪師
撫州明水懷忠禪師
益州懷果禪師
杭州耳相行修禪師
嵩山安德禪師
已上一十一人無機緣語句不録

青原山行思禪師第六世

福州雪峯義存禪師法嗣

福州安國院明眞大師弘瑫泉州人也姓陳氏幼絶葷茹自誓出家於龍華寺東禪始圓戒體而造于雪峯雪峯觀其少儁堪爲法器乃導以本心信入遇量復徧參禪苑獲諸方三昧却迴雪峯雪峯問什麼處來曰江西來雪峯曰什麼處見達磨曰分明向和尚道雪峯曰道什麼曰什麼處去來一日雪峯見師忽搊住曰盡乾坤是箇解脱門把手教伊入不肯入曰和尚怪弘瑫不得雪峯曰雖然如此爭奈背後許多師僧何師因舉國師碑文云得之於心伊蘭作栴檀之樹失之於旨甘露乃蒺藜之園拈問僧曰一語須具得失兩意汝作麼生道僧舉拳曰不可喚作拳頭也師不肯亦舉拳別云只爲喚這箇作拳頭師受請止囦山毳徒臻集後閩帥嚮師道德命居安國寺大闡玄風徒餘八百矣僧問如何是西來意師曰是即是莫錯會問如何是第一句師曰問問問學人上來未盡其機請師盡機師良久僧禮拜師曰忽到別處人問汝作麼生舉曰終不敢錯舉師曰未出門已見笑具問如何是達磨傳底心師曰素非後躅問如何是宗乘中事師曰不可爲老兄散却衆也問不落有無之機請師全道師曰汝試斷看問如何是一毛頭事師拈起袈裟僧曰

乞師指示師曰抱璞不須頻下淚來朝更獻楚王看問寂寂無言時如何師曰更進一步問凡有言句皆落因緣方便不落因緣方便事如何師曰桔槔之士頻逢抱甕之流罕遇問向上一路千聖不傳未審和尚如何傳師曰且留口喫飯著問如何是高尚底人師曰河濵無洗耳之叟磻溪絶垂釣之人問十二時中如何救得生死師曰執鉢不須窺衆樂履氷何必歩參差問學人擬問宗乘師還許也無師曰但問僧擬問師乃喝出問目前生死如何免得師曰把將生死來問知有底人爲什麼道不得師曰汝爺名什麼問如何是活人之劔師曰不敢瞎却汝曰如何是殺人刀師曰只這箇是問不犯鋒鋩如何知音師曰驢年去問若濇處乞師一言師曰可殺沉吟曰爲什麼如此師曰也須相悉好問常居正位底人還消人天供養否師曰消不得曰爲什麼消不得師曰是什麼心行曰什麼人消得師曰著衣喫飯底消得師舉稜和尚住招慶時在法堂東角立謂僧曰這裏好致一問僧便問和尚爲何不居正位稜曰爲汝恁麼來曰即今作麼生稜曰用汝眼作麼師舉畢乃曰他家恁麼問别是箇道理如今作麼生道後安國曰恁麼即大衆一時散去得也師亦自代曰恁麼即大衆一時禮拜

襄州雲蓋山雙泉院歸本禪師（亦曰西雙泉以隨州有東雙泉故也）京兆府人也幼出家十六納戒念法華經初禮雲峯雪峯下禪牀跨背而坐師於是省覺僧問如何是雙泉師曰可惜一雙眉曰學人不會師曰不曾煩禹力湍流事不知問

如何是西來的的意師乃搊住其僧變色師曰我這裏無這箇師手指纖長特異於人號手相大師

韶州林泉和尚（先住嶔山）僧問如何是塵師曰不覺成邱山師謁白雲慈光大師辭出白雲門送扶師下階曰款款莫教蹉倒師曰忽然蹉倒又作麼生白雲曰更不用扶也師大笑而退

洛京南院和尚問如何是法法不生師曰生也有儒士搏覽古今時人呼爲張百會一日來謁師師曰莫是張百會麼曰不敢師以手於空畫一畫曰會麼曰不會師曰一尚不會什麼處得百會來

越州洞巖可休禪師問如何是洞巖正主師曰開著問如何是和尚親切爲人處師曰大海不宿死屍問如何是向上一路師舉衣領示之問學人遠來請師方便師曰方便了也

定州法海院行周禪師問風恬浪靜時如何師曰吹倒南牆問如何是道中寶師曰不露光曰莫便是否師曰是即露也

杭州龍井通禪師處棲上座問如何是龍井龍師曰意氣天然別神工畫不成曰爲什麼畫不成師曰出羣不戴角不與類中同曰還解行雨也無師曰普潤無邊際處處皆結粒曰還有宗門中事也無師曰有曰如何是宗門中事師曰從來無形段應物不曾虧問如何是吹毛劍師曰拽出死屍著

漳州保福院從展禪師福州人也姓陳氏年十五禮雪峯爲受業師十八本州大中寺具戒遊吳楚間後歸執侍雪峯一日忽召曰還

會麽師欲近前雪峯以杖拄之師當下知歸作禮而退又常以古今方便詢于長慶稜和尚稜深許之長慶稜和尚有時云寧說阿羅漢有三毒不說如來有二種語不道如來無語只是無二種語師曰作麽生是如來語曰聾人爭得聞師曰情知和尚向第二頭道長慶却問作麽生是如來語師曰喫茶去（雲居錫云什麽處是長慶向第二頭道處）因舉盤山云光境俱亡復是何物洞山云光境未亡復是何物師曰據此二尊者商量猶未得勦絶乃問長慶如今作麽生道得勦絶長慶良久師曰情知和尚向山鬼窟裏作活計長慶却問作麽生師曰兩手扶犂水過膝一日長慶問見色便見心還見船子麽師曰見曰船子且置作麽生是心師却指船子（歸宗柔別云和尚只解問人）雪峯謂衆曰諸上座到望州亭與上座相見了到烏石嶺與上座相見了到僧堂前與上座相見了師舉問鵝湖曰僧堂前相見即且置只如望州亭烏石嶺什麽處是相見鵝湖驟步入方丈師歸僧堂（東禪齊云此二尊宿會處是相見不相見試斷看）梁貞明四年丁丑歲漳州刺史王公欽承道譽創保福禪苑迎請居之開堂日王公禮跪三請躬自扶掖升堂師曰須起箇笑端作麽然雖如此再三不容推免諸仁者還識麽若識得便與古佛齊肩時有僧出方禮拜師曰晴乾不肯去要待雨淋頭僧乃申問曰郡守崇建精舍大闡眞風便請和尚舉揚宗教師曰還會麽曰恁麽即羣生有賴也師曰莫把那不淨塗汚人好僧出禮拜師曰大德好與麽莫覆却船子問泯默將可爲則師曰落在什麽處曰

不會師曰瞌睡漢出去師見一僧乃以杖子打露柱又打其僧頭僧作忍痛聲師曰那箇爲什麼不痛僧無對玄覺代云貪行拄杖問摩騰入漢一藏分明達磨西來將何指示師曰上座行脚事作麼生曰不會師曰不會會取好莫傍家取人處分若是久在叢林粗委此子遠近可以隨處任眞其有初心後學未知次序山僧所以不惜口業向汝道塵劫來事只在如今還會麼然佛法付囑國王大臣郡守昔同佛會今方如是若是福禄榮貴則且不論只如當時受佛付囑底事還記得麼若識得便與千聖齊肩儻未識得直須諦信此事不從人得自已亦非言多去道轉遠直道言語道斷心行處滅猶未是在久立珍重異日上堂大衆雲集師曰有人從佛殿後過見是張三李四從佛殿前過爲什麼不見且道佛法利害在什麼處僧曰爲有一分麤境所以不見師乃叱之自代曰若是佛殿即不見僧曰不是佛殿還可見否師曰不是佛殿見什麼問十二時中如何據驗師曰恰好據驗曰學人爲什麼不見師曰不可更揑目去也問主伴重重極十方而齊唱如何是極十方而齊唱師曰汝何不教别人問問因言辯意時如何師曰因什麼言僧低頭良久師曰擊電之機徒勞佇思問欲入無爲海須乘般若船如何是般若船師曰便請曰便恁麼進去時如何師曰也是涅槃堂裏漢師見僧喫飯乃托鉢曰家常僧曰和尚是什麼心行有尼到參師曰阿誰侍者報曰覺師姑師曰既是覺師姑用來作麼尼曰仁義道中即不無師自别云

和尚是什麽心行玄覺因舉法眼見僧擔土乃以一塊土放擔上云吾助汝僧云謝和尚慈悲法眼不肯有一僧別云和尚是什麽心行法眼便休玄覺徵云此二則語一般別有道理什麽處是心行處閩帥遣使送朱記到師上堂曰去即印住即印破僧曰不去不住用印奚爲師乃打之僧曰恁麽即山鬼窟裏全因今日也師默而已玄覺云什麽處是山鬼窟叢林中道住在不去不住處便是山鬼窟所以打破如此商量正是鬼窟且道保福打伊意作麽生師問僧什麽處來曰江西師曰學得底那曰拈不出師曰作麽生法眼別云謾語僧無對師舉洞山眞讚云徒觀紙與墨不是山中人僧問如何是山中人師曰汝試邈掠看曰若不黠兒幾成邈掠師曰汝是黠兒曰和尚是什麽心行師曰來言不豊師見僧數錢乃展手曰乞我一錢曰和尚因何到恁麽地師曰我到恁麽地曰若到恁麽地將取一文去師曰汝爲何到恁麽地師問僧什麽處來曰江西觀音師曰還見觀音麽曰見師曰左邊見右邊見曰見時不歷左右法眼別云如和尚見問如何是入火不燒入水不溺師曰若是水火即被燒溺師問飯頭鑊闊多少曰和尚試量看師以手作量勢曰和尚莫謾其甲師曰却是汝謾我問欲達無生路應須識本源如何是本源師良久却問侍者適來僧問什麽其僧再舉師乃喝出曰我不患聾問學人近入叢林乞師全示入路師曰若教全示我却禮拜汝師見一僧乃曰汝作什麽業來得恁麽長大曰和尚短多少師蹲身作短勢僧曰和尚莫謾人好師曰却是汝謾我師令侍者屈隆壽長老云但獨自來莫將侍者來壽曰不許將來爭解離得師曰大殺恩愛壽無對師自代曰更謝和

尚上足傳示師住保福僅一紀學衆常不下七百其接機利物不可備録閩帥禮重爲奏命服唐天成三年戊子示有微疾僧入丈室問訊師謂之曰吾與汝相識年深有何方術相救僧曰方術甚有聞説和尚不解忌口（法燈別云和尚解忌口麽）又謂衆曰吾旬日來氣力困劣別無他只是時至僧問時既至矣師去即是住即是師曰道曰恁麽即某甲不敢造次師曰失錢遭罪言訖跏趺告寂即三月二十一日也

泉州睡龍山道溥號弘教大師福州福唐人也姓鄭氏寶林院受業自雪峯印心住五峯上堂曰莫道空山無祗待便歸方丈僧問凡有言句不出大千頂未審頂外事如何師曰凡有言句不是大千頂曰如何是大千頂師曰摩醯首羅天猶是小千界問初心後學近入叢林方便門中乞師指示師敲門枋僧曰向上還有事也無師曰有曰如何是向上事師再敲門枋

杭州龍興宗靖禪師台州人也初參雪峯密承宗印乃自誓充飯頭服勞逾十載嘗於衆堂中袒一膊釘簾雪峯覩而記曰汝向後住持有千僧其中無一人衲子也師悔過辭歸故鄉住六通院錢王命居龍興寺有衆千餘唯三學講誦之徒果如雪峯所誌周廣順初年八十一錢王請於寺之大殿演無上乘黒白駢擁僧問如何是六通奇特之唱師曰天下舉去問如何是六通家風師曰一條布衲一斤有餘僧問如何是學人進前一路師曰誰敢謾汝曰豈無方便師曰早是屈抑也問

如何是和尚家風師曰早朝粥齋時飯曰更請和尚道師曰老僧困曰畢竟作麽生師大笑而已錢王特加禮重屢延入府以始住院署六通大師顯德元年甲寅季冬月示滅壽八十四塔于大慈山

福州南禪契璠禪師上堂曰若是名言妙句諸方總道了也今日衆中還有超第一義者致得一句麽若有即不孤負於人時有僧問如何是第一義師曰何不問第一義曰見問師曰已落第二義也問古佛曲調請師和師曰我不和汝雜亂底曰未審爲什麽人和師曰什麽處去來

越州諸暨縣越山師鼐號鑒眞禪師初參雪峯而染指後因閩王請於清風樓齋坐久舉目忽覩日光豁然頓曉而有偈曰

清風樓上赴官齋　此日平生眼豁開
方知普通年遠事　不從葱嶺路將來

歸呈雪峯雪峯然之僧問如何是佛身師曰汝問那箇佛身曰釋迦佛身師曰舌覆三千界師臨終時集衆示一偈曰

眼光隨色盡　耳識逐聲消　還源無別旨
今日與明朝

偈畢跏趺而逝

南嶽金輪可觀禪師福州福唐人也姓薛氏依石佛寺齊合禪師披剃戒度既圓便參雪峯雪峯曰近前師方近前作禮雪峯舉足蹋之師忽然冥契師事十二載復歷叢林止南嶽法輪峯師上堂謂衆曰我在雪峯遭他一蹋直至如今眼不開不知是何境界僧問如何是西來意師曰不是大衆夜參後下堂師

召曰大衆衆迴首師曰看月大衆看月師曰月似彎弓少雨多風衆無對問古人道毗盧有師法身有主如何是毗盧師法身主師曰不可牀上安牀問如何是日用事師撫掌三下僧曰學人未領此意師曰更待什麽問從上宗乘如何爲人師曰我今日未喫茶曰請師指示師曰過也問正則不問請師傍指師曰抱取猫兒去師問僧什麽處來曰華光師即托出閉却門僧無對問路逢達道人不將語黙對未審將何對師曰咄出去師問僧作麽生是覿面事曰請師鑒師曰恁麽道還當麽曰故爲即不可師曰别是一著問如何是靈源一路師曰蹋過作麽雪峯院主有書來招師曰山頭和尚年尊也長老何不再入嶺一轉師迴書曰待山頭和尚别有見解即入嶺有僧問如何是雪峯見解師曰我也驚

泉州福清院玄訥禪師高麗人也初住福清道場傳象骨之燈學者歸慕泉守王公問如何是宗乘中事師叱之僧問如何是觸目菩提師曰闍黎失却半年糧曰爲什麽失却半年糧師曰只爲圖他一斗米問如何是清淨法身師曰蝦蟇曲蟮問教云唯一堅密身一切塵中現如何是堅密身師曰驢兒猫兒曰乞師指示師曰驢馬也不會問如何是物物上辨明師展一足示之師住福清二十年大闡玄風終於本山

韶州雲門山文偃禪師姑蘇嘉興人也姓張氏初參睦州陳尊宿發明大旨後造雪峯而益資玄要因藏器混衆于韶州靈樹敏禪師法席居第一座敏將滅度遺書於廣主請接

踵住持師不忘本以雪峯爲師開堂日廣主親臨問曰弟子請益師曰目前無異路法眼別云不可無益於人師云莫道今日謾諸人好抑不得已向諸人前作一場狼籍忽遇明眼人見謂之一場笑具如今亦不能避得也且問你諸人從上來有什麼事欠少什麼向你道無事亦是謾你也須到這田地始得亦莫趂口亂問自己心裏黒漫漫地明朝後日大有事在你若是根性遲迴且向古人建化門庭東覷西覷看是箇什麼道理汝欲得會麼都緣是汝自家無量劫來妄想濃厚一期聞人說著便生疑心問佛問祖向上向下求覓解會轉没交涉擬心即差況復有言莫是不擬心是麼更有什麼事珍重師上堂云我事不獲已向你諸人道直下無事早是相埋没了也你諸人更擬進步向前尋言逐句求覓解會千差萬巧廣設問難只是贏得一場口滑去道轉遠有什麼休歇時此箇事若在言語上三乘十二分教豈是無言語因什麼更道教外別傳若從學解機智得只如十地聖人說法如雲如雨猶被呵責見性如隔羅縠以此故知一切有心天地懸殊雖然如此若是得底人道火不可燒終日說事不曾掛著唇齒未曾道著一字終日著衣喫飯未嘗觸著一粒米掛一縷線雖然如此猶是門庭之說也得實得恁麼始得若約衲僧門下句裏呈機徒勞佇思直饒一句下承當得猶是瞌睡漢師云三乘十二分教横說竪說天下老和尚縱横十字說與我拈針鋒許底道理來看恁麼道早是死馬醫雖然如此且有幾箇到此境界

不敢望汝言中有響句裏藏鋒瞬目千差風恬浪靜伏惟尚饗珍重師上堂云諸兄弟盡是諸方參尋知識決擇生死到處豈無尊宿垂慈方便之詞還有透不得底句麼出來舉看老漢大家共你商量時有僧出來禮拜擬舉次師云去去西天路迢迢十萬餘問學人簇簇地商量箇什麼師云大衆久立師云舉一則語教汝直下承當早是撒屎著汝頭上直然拈一毫頭盡大地一時明得也是剜肉作瘡雖然如此汝亦須實到這箇田地始得若未切不得掠虛却退步向自已根脚下推尋看是箇甚麼道理實無絲髮與汝作解會與汝作疑惑汝等各各且當人一段事大用現前更不煩汝一毫頭氣力便與祖佛無別自是諸人信根淺薄惡業濃厚突然起得許多頭角擔鉢囊千鄉萬里受屈且汝諸人有什麼不足處大丈夫漢阿誰無分觸目承當得猶是不著便不可受人欺謾取人處分纔見老和尚動口便好把將石驀口塞便是屎上青蠅相似鬬競接將去三箇五箇聚頭地商量苦屈兄弟他古德一期爲你諸人不奈何所以方便垂一言半句通汝入路這般事撿放一邊獨自著些子筋骨豈不是有少許相親處快與快與時不待人出息不保入息更有什麼身心別處閑用切須在意在意珍重師云盡乾坤一時把將來著汝眼睫上你諸人聞恁麼道不敢望你出來性燥把老漢打一摑且緩緩子細看是有是無是箇什麼道理直饒向這裏明得若遇衲僧門下好槌折兩脚汝若是箇人聞説道什麼處有老宿

出世便好驀面唾汚我耳目汝若不是箇脚手纔聞人舉便當荷得早落第二機也汝且看他德山和尚纔見僧上來拽拄杖便打趂睦州和尚纔見僧入門來便云現成公案放汝三十棒自餘之輩合作麼生若是一般掠虚漢食人涎唾記得一堆一擔榼𣗪到處馳騁驢脣馬觜誇我解問十轉五轉話饒你從朝問到夜論劫恁麼還曾夢見也未什麼處是與人著力處似這般底有人屈衲僧齋也道我得飯喫堪什麼共語他日閻羅王面前不取你口解説諸兄弟若是得底人他家依衆遣日若也未得切莫容易過時大須子細古人大有葛藤相爲處即如雪峯和尚道盡大地是汝夾山云百草頭上薦取老僧鬧市裏識取天子樂普云一塵纔舉大地全收一毛頭師子全身總是汝把取翻覆思量日久歳深自然有箇入路此事無你替代處莫非各在當人分上老和尚出世只是爲你證明汝若有少許來由且昧你亦不得你若實未得方便撥汝則不可兄弟一等是蹋破草鞋抛却師長父母行脚直須著些子精彩始得實若有箇入頭處遇著咬猪狗脚手不惜性命入泥入水相爲有可咬嚼貶上眉毛高掛鉢囊拗折拄杖十年二十年辦取徹頭莫愁不成辦直是今生未得徹頭來生亦不失人身向此箇門中亦乃省力不虚孤負平生亦不孤負師長父母十方施主直須在意莫空遊州獵縣橫擔拄杖一千二千里走趂這邊經冬那邊過夏好山水堪取性多齋供易得衣鉢苦屈圖他一粒米失却半年糧如此行

脚有什麽利益信心檀越把莱粒米作麽生消得直須自看時不待人忽然一日眼光落地前頭將什麽抵擬莫一似落湯螃蟹手脚忙亂無你掠虛説大話處莫將等閑空過時光一失人身萬劫不復不是小事莫據目前俗子尚道朝聞道夕死可矣況我沙門日夕合履踐箇什麽事大須努力努力珍重師云汝等没可作了見人道著祖意便問箇超佛越祖之談汝且喚那箇爲佛那箇爲祖且説箇超佛越祖底道理問箇出三界你把將三界來看有什麽見聞覺知隔礙著你有什麽聲色可與你了了什麽椀以阿那箇爲差殊之見他古聖不奈何橫身爲物道箇舉體全眞物物覿體不可得我向你道直下有什麽事早是相埋没了也實未有入頭處且中私獨自參詳除却著衣喫飯屙屎送尿更有什麽事無端起得許多妄想作什麽更有一般底恰似等閑相似聚頭學得箇古人話路識性記持妄想卜度道我會佛法了也只管説葛藤取性過時更嫌不稱意千鄉萬里抛却老爺孃師長和尚作這般底去就這打野榸漢有什麽死急行脚師上堂云故知時運澆醨迨于像季近日師僧北去禮文殊南去遊衡嶽若恁麽行脚名字比丘徒消信施苦哉苦哉問著黒似漆相似只管取性過時設使有三箇兩箇枉學多聞記持話路到處覓相似言語印可老宿輕忽上流作薄福業他日閻羅王釘你之時莫道無人向你説若是初心後學直須著精神莫空記人説多虛不如少實向後只是自賺有什麽事近前師上堂

大衆雲集師以拄杖指面前云乾坤大地微塵諸佛總在裏許爭佛法各覓勝負還有人諫得麼若無人諫得待老漢與你諫時有僧出云便請和尚諫師云這野狐精師云汝諸人傍家行脚皆是河南海北各各盡有生緣所在還自知得試出來舉看老漢與汝證明有麼有麼出來汝若不知老漢讓你去也汝欲得知若生緣在北北有趙州和尚五臺山有文殊總在這裏若生緣在南南有雪峯卧龍西堂鼓山總在這裏汝欲得識麼向這裏識取若不見亦莫掠虛見麼見麼且看老僧騎佛殿出去也珍重師上堂云天親菩薩無端變作一條楖㮚木杖乃畫地一下云塵沙諸佛盡向這裏葛藤便下堂師云我看你諸人二三機中不能構得空披衲衣何益汝還會麼與汝注破久後諸方若見老宿舉一指竪一拂子云是禪是道拄杖打破頭便行若不如此盡是天魔眷屬壞滅吾宗汝若不會且向葛藤社裏看我尋常向汝道微塵刹土三世諸佛西天二十八祖唐土六祖盡在拄杖頭上説法神通變現聲應十方一任縱横你還會麼若不會且莫掠虛然雖據實實是諦見也未直饒到此田地未審夢見衲僧沙彌在三家村裏不逢一人師驀起以拄杖劃地一下云總在這裏又劃一下云總從這裏出去珍重師上堂云和尚子衲僧直須明取衲僧鼻孔且作麼生是衲僧鼻孔衆皆無對師云摩訶般若波羅蜜今日大普請下去師上堂云諸和尚子饒你道有什麼事猶是頭上著頭雪上加霜棺木裏瞠眼灸瘡瘢上著

艾𤈶這箇一場狼籍不是小事你合作麽生各自覔取箇托生處好莫空遊州獵縣只欲捉搦閑話待老和尚口動便問禪問道向上向下如何若何大卷抄了塞在皮袋裏卜度到處火鑪邊三箇五箇聚頭口喃喃舉更道這箇是公才語這箇是從理道出這箇是就事上道遮箇是體語體你屋裏老爺老孃噇却飯了只管說夢便道我會佛法了也將知你行脚驢年得箇休歇麽更有一般底纔聞人說箇休歇處便向陰界裏閉眉合眼老鼠孔裏作活計黒山下坐鬼趣裏體當便道得箇入頭路夢見麽似這般底打殺一萬箇有什麽罪過喚作打底不遇作家至竟只是箇掠虛漢你若實有箇見處試拈來看共你商量莫空不識好惡矻矻地聚頭說閑葛藤莫教老漢見捉來勘不相當槌折脚莫道不道你還皮下有血麽到處自受屈作麽者滅胡種盡是野狐羣隊總在這裏作麽以拄杖一時趂下問如何是佛法大意師曰春來草自青師問新羅僧將什麽物過海曰草賊敗也師引手曰汝爲什麽在我手裏曰恰是師曰更跨跳問牛頭未見四祖時如何師曰家家觀世音曰見後如何師曰火裏蝍蟟吞大蟲問如何是雲門一曲師曰臘月二十五問如何是雪嶺泥牛吼師曰天地黒曰如何是雲門木馬嘶師曰山河走問從上來事請師提綱師曰朝看東南暮看西北曰便恁麽領會時如何師曰東屋裏點燈西屋裏暗坐問十二時中如何即得不空過師曰向什麽處著此一問曰學人不會請師舉師曰將筆硯來

僧乃取筆硯來師作一頌曰
　舉不顧　即差互　擬思量　何劫悟
問如何是學人自已師曰遊山翫水曰如何
是和尚自已師曰賴遇維那不在問一口吞
盡時如何師曰我在汝肚裏曰和尚爲什麼
在學人肚裏師曰還我話頭來問如何道師
曰去曰學人不會請師道師曰闍黎公憑分
明何得重判問生死到來如何排遣師展手
曰還我生死來問如何是父母不聽不得出
家師曰淺曰學人不會師曰深問如何是學
人自已師曰汝怕我不知問萬機俱盡時如
何師曰與我拈却佛殿來與汝商量曰佛殿
豈關他事師喝曰這謾語漢問如何是教外
別傳一句師曰對衆問將來曰直得恁麽時
如何師曰照從何立問如何是和尚家風師
曰門前有讀書人問如何是透法身句師曰
北斗裏藏身問如何是西來意師曰久雨不
晴又曰粥飯氣問古人横説竪説猶未知向
上一關棙子如何是向上一關棙子師曰西
山東嶺青問如何是西來意師曰河裏失錢
河裏摝師有時坐良久僧問何似釋迦當時
師曰大衆立久快禮三拜師嘗有頌曰
　雲門聳峻白雲低　水急遊魚不敢棲
　入戸已知來見解　何煩再舉轢中泥
衢州南臺仁禪師問如何是南臺境師曰不
知貴曰畢竟如何師曰闍黎即今在什麽處
師後還住本郡鎮境寺而終
泉州東禪和尚初開堂僧問仁王迎請法王
出世如何提唱宗乘即得不謬於祖風師曰
還奈得麽曰若不下水焉知有魚師曰莫閑

言語問如何是佛法最親切處師曰過也問學人末後來請師最先句師曰什麽處來問如何是學人已分事師曰苦問如何是佛法大意師曰幸自可憐生剛要異鄉邑

餘杭大錢山從襲禪師雪峯之上足也自本師印解洞曉宗要常曰擊關南鼓唱雪峯歌後入浙中謁錢王王欽服道化命居此山而闡法焉僧問不因王請不因衆聚請師直道西來的的意師曰那邊師僧過這邊著曰學人不會乞師指示師曰爭得恁麽不識好惡問閉門造車出門合轍如何是閉門造車師曰造車即不問汝作麽生是轍曰學人不會乞師指示師曰巧匠施工不露斤斧

福州永泰和尚問承聞和尚見虎是否師作虎聲僧作打勢師曰這死漢問如何是天眞佛師乃拊掌曰不會不會

池州和龍山壽昌院守訥號妙空禪師福州閩縣人也姓林氏受業於古田壽峯問未到龍門如何湊泊師曰立命難存有新到僧參師問近離什麽處曰不離方寸師曰不易來僧亦曰不易來師與一掌問如何是傳底心師曰再三囑汝莫向人說問如何是從上宗乘師曰向闍黎口裏著得麽問省要處請師一接師曰甚是省要

建州夢筆和尚問如何是佛師曰不誑汝曰莫便是否師曰汝誑他閻王請師齋問和尚還將得筆來也無師曰不是稽山繡管慚非月裏兎毫大王既垂顧問山僧敢不通呈又問如何是法王師曰不是夢筆家風

福州古田極樂元儼禪師問如何是極樂家

風師曰滿目看不盡問萬法本無根未審教學人承當什麼師曰莫寱語問久處暗室未達其源今日上來乞師一接師曰莫閑眼作夜好曰恁麼即優曇華坼曲爲今時向上宗風如何垂示師曰汝還識也無曰恁麼即息疑去也師曰莫向大衆寱語問摩騰入漢即不問達磨來梁時如何師曰如今豈謬曰恁麼即理出三乘花開五葉師曰說什麼三乘五葉出去

福州芙蓉山如體禪師僧問如何是古人曲調師良久曰聞麼曰不聞師示一頌曰

古曲發聲雄　今時韻亦同　若教第一指
祖佛盡迷蹤

洛京憩鶴山和尚栢谷長老來訪師曰太老去也谷曰還我不老底來師與一摑問駿馬不入西秦時如何師曰向什麼處去

潭州溈山棲禪師問正恁麼時如何親近師曰汝擬作麼生親近曰豈無方便門師曰開元龍興大藏小藏問如何是速疾神通師曰新衣成弊帛問如何是黃尋橋師曰賺却多少人問不假忉忉如何是和尚家風師曰莫作野干聲

吉州潮山延宗禪師資福和尚來謁師下禪牀接資福問曰和尚住此山得幾年也師曰鈍鳥棲蘆困魚止箔曰恁麼即眞道人也師曰且坐喫茶問如何是潮山師曰不宿屍曰如何是山中人師曰石上種紅蓮問如何是和尚家風師曰切忌犯朝儀

益州普通山普明大師問如何是佛性師曰汝無佛性曰蠢動含靈皆有佛性學人爲何

却無師曰爲汝向外求問如何是玄玄之珠師曰這箇不是曰如何是玄玄珠師曰失却也

隨州雙泉山梁家庵永禪師問達磨九年面壁意如何師曰睡不著護國長老來師問隨陽一境是男是女各申一問問各别長老將何祇對護國以手空中畫一圓相師曰謝長老慈悲曰不敢師低頭不顧問如何得頓息諸緣去師曰雪上更加霜

漳州保福院超悟禪師第二世住問魚未透龍門時如何師曰養性深潭曰透出時如何師曰纔昇霄漢衆類難追曰昇後如何師曰慈雲普覆潤及大千曰還有不受潤者無師曰有曰如何是不受潤者師曰直杌撑太陽

太原孚上座徧歷諸方名聞宇宙甞遊浙中登徑山法會一日於大佛殿前有僧問上座曾到五臺否師曰曾到曰還見文殊麽師曰見曰什麽處見師曰徑山佛殿前見其僧後適閩川舉似雪峯曰何不教伊入嶺來師聞乃趨裝而邁初上雪峯廨院憩錫因分柑子與僧長慶稜和尚問什麽處將來師曰嶺外將來曰遠涉不易擔負得來師曰柑子柑子方上參雪峯禮拜訖立于座右雪峯纔顧視師便下看主事異日雪峯見師乃指日示之師摇手而出雪峯曰汝不肯我師曰和尚摇頭某甲擺尾什麽不肯和尚曰到處也須諱却一日衆僧晚參雪峯在中庭卧師曰五州管内只有這和尚較些子雪峯便起去雪峯甞問師曰見説臨濟有三句是否師曰是曰作麽生是第一句師舉目視之雪峯曰此猶

是第二句如何是第一句師叉手而退自此雪峯深器之室中印解師資道成師更不他遊而掌浴室焉一日玄沙上問訊雪峯曰此間有箇老鼠子今在浴室裏玄沙曰待與和尚勘破言訖到浴室遇師打水玄沙曰相看上座師曰已相見了玄沙曰什麼劫中曾相見師曰瞌睡作麼玄沙却入方丈白雪峯曰已勘破了雪峯曰作麼生勘伊玄沙舉前語雪峯曰汝著賊也鼓山晏和尚問師父母未生時鼻孔在什麼處師曰老兄先道晏曰如今生也汝道在什麼處師不肯晏却問作麼生師曰將手中扇子來晏與扇子再徵之師默置晏罔測乃毆之一拳師在庫前立有僧問如何是觸目菩提師踢狗子作聲走僧無對師曰小狗子不消一踢師不出世諸方目為太原孚上座終于維揚

南嶽般舟道場寶聞大師惟勁福州人也素持苦行不衣繒纊惟壞衲以度寒暑時謂頭陀焉初參雪峯深入淵奥復問法玄沙之席心印符會一日謂鑒上座曰聞汝註楞嚴經鑒曰不敢師曰二文殊汝作麼生註曰請師鑒師乃揚袂而去唐光化中入南嶽住報慈東藏(亦號三生藏)藏中有鏡燈一座即華嚴第三祖賢首大師之所製也師覩之頓喻廣大法界重重帝網之門佛佛羅光之像因美之曰此先哲之奇功苟非具不思議善權之智何以創焉乃著五字頌五章覽之者悟理事相融後終於南嶽師於梁開平中撰續寶林傳四卷紀貞元之後禪門繼踵之源流也又製七言覺地頌廣明諸教緣起別著南嶽高僧

傳皆流傳于世

景德傳燈録卷第十九

音釋

璠方袁切　鼐奴代切　困渠殞切　桔槔桔正作楔吉屑切槔古勞切桔槔汲水機器　湍他端切急瀨也　勦子了切絶也　縠胡谷切縐紗也

剜一丸切刻也　榼𣛮榼克合切𣛮蘇合切榼𣛮糞穢也　嚼在爵切咀嚼也

眨側合切目動也　梩卓皆切　澆醨澆古堯切醨呂支切澆醨薄也

瞠抽庚切直視也　灸舉有切灼也　燋子肖切炬也　踍跳踍蒲没切跳他弔切　蟭蟉蟭即消切蟉落蕭切蟭蟉蟲名　坼丑厄切開坼也

毆於口切捶擊也　勁居正切　纊苦謗切絜之細者曰纊

景德傳燈録卷第二十

宋沙門道原纂

吉州青原山行思禪師第六世

洪州雲居山道膺禪師法嗣二十八人（一十九人見録）

杭州佛日和尚　蘇州永光院真禪師
洪州同安丕禪師　廬山歸宗澹權禪師
池州廣濟和尚　潭州水西南臺和尚
歙州朱谿謙禪師　揚州豐化和尚
雲居山道簡禪師　廬山歸宗懷惲禪師
洪州大善慧海禪師　朗州德山和尚（第七世）
南嶽南臺和尚　雲居山昌禪師
池州嵇山章禪師　晉州大梵和尚
新羅雲住和尚　雲居山懷岳禪師
陰珏和尚

潭州龍興寺悟空大師　建昌白雲滅禪師　潭州幕輔山和尚　舒州白水山瑋禪師　廬山冶父山和尚　南嶽法志禪師　新羅慶猷禪師　新羅慧禪師　洪州鳳棲山慧志禪師（已上九人無機緣語句不録）

撫州曹山本寂禪師法嗣一十四人（一十三人見録）

撫州荷玉光慧禪師　筠州洞山道延禪師
衡州育王山弘通禪師
撫州金峯從志禪師　襄州鹿門處真禪師
撫州曹山慧霞大師　衡州華光範禪
處州廣利容禪師
泉州廬山小谿院行傳禪師
西川布水巖和尚　蜀川西禪和尚
華州草庵法義禪師　韶州華嚴和尚
（廬山羅漢池隆山主和尚一人無機緣語句不録）

潭州龍牙山居遁禪師法嗣五人（一人見録）

潭州報慈藏嶼禪師

襄州含珠山審哲禪師

鳳翔白馬弘寂禪師　撫州崇壽院道欽禪師　楚州觀音院峴禪師　已上三人無機緣語句不録

京兆華嚴寺休靜禪師法嗣三人一人見録

鳳翔府紫陵匡一禪師

饒州北禪院惟直禪師　維州化城和尚　已上二人無機緣語句不録

筠州九峯普滿大師法嗣一人

洪州同安威禪師

青林師虔禪師法嗣六人五人見録

韶州龍光和尚　襄州石門寺獻禪師

襄州廣德和尚　郢州芭蕉和尚

定州石藏慧炬禪師

襄州延慶通性禪師一人無機緣語句不録

洛京白馬遁儒禪師法嗣二人一人見録

興元府青剉山和尚

京兆保福和尚一人無機緣語句不録

益州北院通禪師法嗣一人

京兆香城和尚

高安白水本仁禪師法嗣二人見録

京兆重雲智暉禪師　杭州瑞龍幼璋禪師

撫州踈山匡仁禪師法嗣二十人十二人見録

踈山證禪師第二世　洪州百丈安禪師

筠州黄檗慧禪師　洛京靈泉歸仁禪師

隨城山護國守澄禪師

延州延慶奉璘禪師　安州大安山省禪師

洪州百丈超禪師　洪州天王院和尚

常州正勤院藴禪師　襄州後洞山和尚

京兆三相和尚

筠州五峯山行緇禪師

商州高明和尚

華州西谿道泰禪師

撫州疎山和尚

筠州黄蘗山令約禪師

揚州祥光遠禪師

安州大安山傳性大師

筠州黄蘗山嬴禪師

已上八人無機緣語句不録

澧州欽山文邃禪師法嗣

洪州上藍院自古禪師

澧州太守雷滿

已上二人無機緣語句不録

樂普山元安禪師法嗣十人大人見録

京兆永安善靜禪師

蘄州烏牙山彥賓禪師

鳳翔府青峯傳楚禪師

鄧州中度和尚

嘉州洞谿和尚

京兆卧龍和尚

嘉州黒水寺慧通大師

京兆盤龍和尚

單州東禪和尚

鄜州善雅和尚

已上四人無機緣語句不録

江西逍遥山懷忠禪師法嗣二人

泉州福清師巍禪師

京兆白雲無休禪師

袁州盤龍山可文禪師法嗣五人三人見録

江州廬山永安淨悟禪師

袁州木平山善道禪師

陝州龍谿和尚

桂陽志通禪師

廬山壽昌院淨㝡禪師

已上二人無機緣語句不録

撫州黄山月輪禪師法嗣一人

郢州桐泉山和尚

洛京韶山寰普禪師法嗣二人一人見録

潭州文殊和尚

祥州大巖白和尚一人無機緣語句不録

洪州上藍院令超禪師法嗣

河東北院簡禪師　洪州南平王鍾傳
已上二人無機緣語句不錄

青原山行思禪師第六世

前洪州雲居山道膺禪師法嗣

杭州佛日和尚初遊天台山嘗曰如有人奪得我機者即我師矣尋抵于江西謁雲居膺和尚作禮而問曰二龍爭珠誰是得者雲居曰卸却業身來相見對曰業身已卸曰珠在什麼處師無對（同安代云回頭即沒交涉）師乃投誠入室便禮雲居爲師後參夾山纔入門見維那維那曰此間不　者後生師曰某甲暫來禮謁和尚不宿維那白夾山夾山許相見未陞階便問什麼處來師曰雲居來曰即今在什麼處師曰在夾山頂上曰老僧行年在坎五鬼臨身師乃上階禮拜夾山又問闍黎與什麼人爲同行師曰木上座曰他何不來相看師曰和尚看他有分曰在什麼處師曰在堂中夾山便共師下到堂中師遂去取得拄杖擲于夾山面前夾山曰莫從天台得來否師曰非五嶽之所生曰莫從須彌山得來否師曰月宮亦不逢曰恁麼即從他人得也師曰自己尚是寃家從人得堪作什麼曰冷灰裏有一粒豆子爆喚維那來令安排向明窻下著師却問燈籠還解語也無夾山曰待燈籠解語即向汝道至明日夾山入堂問昨日新到上座在麼師出應諾夾山曰子未到雲居前在什麼處對曰天台國清夾山曰天台有潺潺之瀑淥淥之波謝子遠來子意如何師曰久居巖谷不掛松蘿夾山曰此猶是春意秋意如何師良久夾山曰看君只是撐船漢終歸不是弄潮人一日大普請維那請師送茶師

曰某甲爲佛法來不爲送茶來維那曰和尚教上座送茶曰和尚尊命即得乃將茶去作務處搖茶碗作聲夾山迴顧師曰釃茶三五碗意在钁頭邊夾山曰瓶有傾茶意籃中幾箇甌師曰瓶有傾茶意籃中無一甌便傾茶行之時大衆皆擧目師又問曰大衆鶴望乞師一言夾山曰路逢死蛇莫打殺無底籃子盛將歸師曰手執夜明符幾箇知天曉夾山曰大衆有人歸去歸去從此住普請歸院衆皆仰歎師後回浙西住佛日而終

蘇州永光院眞禪師上堂謂衆曰言鋒若差鄉關萬里直須懸崖撒手自肯承當絕後再蘇欺君不得非當之旨人焉廋哉問道無横徑立者皆危如何得不被横徑取侵去師以拄杖驀口拄曰此猶是横徑師曰合取

洪州鳳棲山同安丕禪師問如何是無縫塔師曰吽吽曰如何是塔中人師曰今日大有人從建昌來問一見便休去時如何師曰是也更來者裏作麼問如何是點額魚師云不透波瀾曰慚耻時如何師曰終不仰面曰恁麼即不變其身也師曰是也青雲事作麼生問如何是和尚家風師曰金鷄抱子歸霄漢玉兎懷胎向紫微曰忽遇客來將何祗待師曰金果早朝猿摘去玉花晚後鳳銜歸問路逢達道人不將語默對未審將什麼對師曰要踢要拳問不傷王道如何師曰喫粥喫飯曰莫便是不傷王道也無師曰遷流左降問玉印開時何人受信師曰不是恁麼人曰親宫事如何師曰道什麼問如何是毗盧師師曰闍黎在什麼處出家問如何是觸目菩提

師曰面前佛殿問片玉無瑕請師不觸師曰落汝後問玉印開時何人受信師曰不是小小問如何是妙旨師云好問迷頭認影如何止師云告阿誰曰如何即是師曰從人覓即轉遠也曰不從人覓時如何師曰頭在什麽處問如何是同安一隻箭師曰腦後看曰腦後事如何師曰過也問亡僧衣衆人唱祖師衣什麽人唱師曰打問將來不相似不將來時如何師曰什麽處著問未有者箇時作麽生行履師曰尋常又作麽生曰恁麽即不改舊時人也師曰作何行履

廬山歸宗寺澹權禪師世第二問金鷄未鳴時如何師曰夫却威音王曰鳴後如何師曰三界平沉問盡身供養時如何師曰將得什麽來曰所有不惜師曰供養什麽人僧無語問學人爲佛法來如何是佛法師曰正閙空曰便請商量師曰周帀有餘問大衆雲集合譚何事師曰三三兩兩問路逢達道人不將語默對未審將什麽對師曰爭能肯得人又曰會麽曰不會師曰長安路厠坑子問學人不問諸餘如何是佛法大意師曰三枷五棒問通會底人如何道師曰即今事作麽生曰隨流師曰不隨流爭得息

池州廣濟和尚問疋馬單槍時如何師曰頭落也問如何是方外之譚師曰汝道什麽問如何是廣濟水師曰無饑渴曰恁麽即學人不虚設也師曰情知你受人安排問遠遠來投乞師指示師曰有口只解喫飯問溫伯雪與仲尼相見時如何師曰此間無恁麽人問不識不見請師道出師曰不昧曰不昧時作

麼生師曰汝喚作什麼

潭州水西南臺和尚僧問如何是此間一滴水師曰入口即攫出問如何是西來意師曰靴頭線綻問祖祖相傳未審傳箇什麼師曰不因闍黎問老僧亦不知

歙州朱谿謙禪師饒州刺史與師造大藏殿師與一僧同看殿次師喚某甲僧應諾師曰此殿著得多少佛曰著即不無有人不肯師曰我不問者箇人曰恁麼即某甲未曾祇對珍重師後住兜率而終

揚州豐化和尚問如何是敵國一著棊師曰下來問一棒打破虛空時如何師曰把一片來問上無片瓦下無卓錐學人向什麼處立師曰莫飄露麼

雲居山昭化禪師道簡第二世范陽人也久入雲居之室密受真印而分掌寺務典司樵爨以臘高居堂中爲第一座屬膺和尚將臨順寂主事僧問誰當繼嗣曰堂中簡主事僧雖承言而未曉其旨謂之揀選乃與衆僧僉議舉第二座爲化主然且備禮先請第一座必若謙讓即堅請第二座焉時簡師既密承師記略不辭免即自持道具入方丈攝衆演法主事僧等不愜素志罔循規式師詧其情乃棄院潛下山其夜山神號泣詰旦主事大衆奔至麥莊悔過哀請歸院衆聞山神連聲唱云和尚來也問如何是和尚家風師曰隨處得自在問維摩豈不是金粟如來師曰是曰爲什麼却預釋迦會下聽法師曰他不爭人我問橫身蓋覆時如何師曰還蓋覆得麼問蛇子爲什麼吞却蛇師師曰在裏不傷問諸

聖道不得處和尚還道得麼師曰汝道什麼處諸聖道不得問路逢猛虎時如何師曰千人萬人不逢偏汝便逢問孤峯獨宿時如何師曰閑却七間僧堂不宿阿誰教汝孤峯獨宿師示滅後盧州帥張崇施財建石塔于本山至今存焉

廬山歸宗寺懷惲禪師第三世問無佛無衆生時如何師曰什麼人如此問水清魚現時如何師曰把一箇來僧無對同安代云動即失 問如何是五老峯師曰突兀地問截水停輪時如何師曰磨不轉曰如何是磨不轉師曰不停輪問如何是塵中子師曰灰頭土面同安代云不拂拭問世尊無說說迦葉不聞聞事如何師曰正恁麼時作麼生曰不同無聞說師曰是什麼人問學人不到處請師說師曰汝不到什麼處來

洪州大善慧海禪師問不坐青山時如何師曰是什麼人問如何是解作客底人師曰不占上問靈泉忽逢時如何師曰從什麼處來問如何道即不違於師師曰莫惜口曰道後如何師曰道什麼問如何道得相親去師曰快道曰恁麼即不道也師曰用口作什麼師後住百丈而終

朗州德山和尚第七世問路逢達道人不將語默對未審將什麼對師曰只恁麼僧良久師曰汝更問僧再問師乃喝出

衡州南嶽南臺和尚問直上融峯時如何師云見麼

雲居山昌禪師第三世問相逢不相識時如何師曰既相逢爲什麼不相識問紅爐猛燄時

如何師曰裏頭是什麽問不受商量時如何師曰來作什麽曰來亦不商量師曰空來何益問方丈前容身時如何師曰汝身大小

池州嵇山章禪師曾在投子作柴頭投子喫茶次謂師曰森羅萬象總在者一椀茶裏師便覆却茶云森羅萬象在什麽處投子曰可惜一椀茶師後謁雪峯和尚雪峯問莫是章柴頭麽師便作輪推勢雪峯肯之

晉州大梵和尚問如何是學人顧望處師曰井底竪高樓曰恁麽即超然也師曰何不擺手

新羅雲住和尚問諸佛道不得什麽人道得師曰老僧道得曰諸佛道不得和尚作麽生道師曰諸佛是我弟子曰請師道師云不對君王好與二十棒

雲居山懷岳號達空禪師第四世問如何是大圓鏡師曰不鑑照曰忽遇四方八面來怎麽生師曰胡來胡現曰大好不鑑照師便打問如何是一丸療萬病底藥師曰汝患什麽

阾玨和尚問學人不負師機還免披毛戴角也無師曰闍黎也可畏對面不相識曰恁麽即吞盡百川水方明一點心師曰雖脫毛衣猶披鱗甲曰好來和尚具大慈悲師曰盡力道也出老僧格不得

前撫州曹山本寂禪師法嗣

撫州荷玉山玄悟大師光慧初住龍泉上堂謂衆曰雪峯和尚爲人如金翅鳥入海取龍相似時有僧問和尚如何師曰什麽處去來問如何是西來的的意師曰不禮拜更待何時問如何是密傳底心師良久僧曰恁麽則

徒勞側耳師喚侍者云來燒火著問古人道若記一句論劫作野狐精未審古人意如何師曰龍泉僧堂未曾鎖曰和尚如何師曰風吹耳朶問路逢猛獸時如何師曰憨作麽問如何是聲前一句師曰恰似不道問古人云如紅爐上一點雪意旨如何師曰惜取眉毛好問如何指示即不昧於時中師曰不可雪上更加霜曰恁麽即全因和尚去也師曰因什麽問如何履踐即得不昧於宗風師曰須道龍泉好手曰請和尚好手師曰却憶鍾期問古人道生也不道死也不道意如何師良久僧禮拜師曰會麽曰不會師曰也是厨寒甑足塵師有時舉拄杖示衆曰從上皆留此一路方便接人時有僧出曰和尚又是從頭起也師曰謝相悉問機關不轉請師商量師曰啞得我口麽問如何是文殊師曰不可有第二月也曰即今事如何師曰正是第二月問如何是如來語師曰猛風可繩縛問如何是妙明眞性師曰寬寬莫搕損師上堂良久有僧出曰爲衆竭力禍出私門未審放過不放過師默然問如何是和尚爲人一句師曰汝是九色鹿問抱璞投師時如何師曰不是自家珍曰如何是自家珍師曰不琢不成珍

筠州洞山道延禪師（第四世住時號鹿頭和尚）始因曹山和尚垂語云有一人向萬丈崖頭騰身擲下此是什麽人衆皆無對師出對曰不存曹山曰不存箇什麽曰始得撲不碎曹山深肯之僧問請和尚密付眞心師曰欺者裏無人作麽

衡州常寧縣育王山弘通禪師問混沌未分

時如何師曰混沌曰分後如何師曰混沌上堂示衆曰釋迦如來出世四十九年說不到底句今夜某甲不避羞恥與諸尊者共譚良久云莫道錯珍重問學人有病請師醫師曰將病來與汝醫曰便請師醫師曰還老僧藥價錢來問曹源一路即不問衡陽江畔事如何師曰紅爐焰上無根草碧潭深處不逢魚問心法雙忘時如何師曰三脚蝦蟇背大象問如何是西來意師曰老僧毛豎問如何是佛法大意師曰直待文殊過即向你道曰文殊過也請和尚道師便打問如何是和尚家風師曰渾身不直五分錢曰太恁貧寒生師曰古代如是曰如何施設師曰隨家豐儉

撫州金峯從志號玄明大師有進上座問如何是金峯正主師曰此去鎮縣不遙闍黎莫造次進曰何不道師曰口如磔盤問十峯萬峯如何是金峯師乃斫額而已問千峯無雲萬里絶霞時如何師曰飛猿嶺那邊何不猛吐却問如何是西來意師曰壁邊有鼠耳問如何是和尚家風師曰金峯門前無五里牌師後住金陵報恩院入滅謚圓廣禪師塔曰歸寂

襄州鹿門山華嚴院處真禪師問如何是和尚家風師曰有鹽無醋問如何是道人師曰有口似鼻孔曰忽遇客來將何祇對師曰柴門草户謝汝經過問祖祖相傳是什麽物師曰金襴袈裟問如何是函中般若師曰佛殿挾頭六百卷問和尚百年後向什麽處去師曰山下李家使牛去曰還許學人相隨也無師曰汝若相隨莫同頭角曰諾師曰合到什

麼處曰佛眼辨不得師曰若不放過亦是茫茫問如何是鹿門高峻處師曰汝曾上主山也無問如何是禪師曰鸞鳳入鷄籠曰如何是道師曰藕絲牽大象問刧壞時此箇還壞也無師曰臨崖覷虎眼特地一場愁問如何是和尚轉身處師曰昨夜三更失却枕子問一向下豁然時如何師曰汝是誰家生師有一偈示衆曰

一片凝然光燦爛　擬意追尋卒難見
炳然擲著豁人情　大事分明皆總辨
是快活　無繫絆　萬兩黃金終不換
任他千聖出頭來　從是向渠影中現

撫州曹山慧霞大師了悟（第二世住先住荷玉山）問佛未出世時如何師曰曹山不如曰出世後如何師曰不如曹山問四山相逼時如何師曰曹山在裏許曰還求出也無師曰若在裏許即求出僧侍立師曰道者可殺炎熱曰是師曰只如炎熱向什麼處迴避得曰向鑊湯爐炭裏迴避師曰只如鑊湯爐炭作麼生迴避得曰衆苦不能到師默置

衡州華光範禪師問如何是無縫塔師指僧堂曰此間僧堂無門戶師問僧曾到紫陵無曰曾到師曰曾到鹿門無曰曾到師曰嗣紫陵即是嗣鹿門即是曰即今嗣和尚得麼師曰人情不打即不可問非隱現是學人阿那箇是和尚師曰盡乾坤曰此猶是學人阿那箇是和尚師曰適來道不錯

處州廣利容禪師（先住貞谿）有僧新到師舉拂子曰貞谿老師還具眼麼曰某甲不敢見人過師曰死在闍黎手裏也問如何是和尚家風

師曰謝闍黎道破問西院拍手笑嘘嘘意作麼生師曰卷上簾子著問自己不明如何明得師曰不明曰爲什麼不明師曰不見道自巳事問曾祖面壁意作麼生師良久曰還會麼曰不會師曰曾祖面壁郡守受代歸師出送接話次郡守問和尚遠出山門將什麼物來師曰無盡之寶呈獻太守無對後有人進語曰便請師曰太守尊嚴問千途路絕語思不通時如何師曰猶是堦下漢師謂衆曰若到來廣利門下須道得第一句即開一線道與兄弟商量時有僧出禮拜師曰將謂是異國舶主元來是此郡商人

泉州盧山小谿院行傳禪師青原人也姓周氏本州石鍾院出家福州太平寺受戒自曹山印可而居小谿問久嚮盧山石門爲什麼入不得師曰鈍漢曰忽逢猛利者還許也無師曰喫茶去

西川布水巖和尚問如何是西來意師曰一回思著一傷心問寶劒未磨時如何師曰用不得曰磨後如何師曰觸不得

蜀川西禪和尚問佛是摩耶降未審和尚是誰家子師曰水上卓紅旗問三十六路阿那箇一路最妙師曰不出第一手曰忽被出頭時如何師曰脊著地也不難

華州草庵法義禪師問如何是祖師西來意師曰爛炒浮漚飽滿喫問擬心即差動念即乖學人如何進道師曰有人常擬爲什麼不差曰即今事如何師曰早成差也

韶州華嚴和尚問既是華嚴還將得來麼師曰孤峯頂上千花秀一句當機對聖明問如

何是道師曰靈樹無橫枝天機道合同

前潭州龍牙山居遁禪師法嗣

潭州報慈藏嶼匡化大師問心眼相見時如何師曰向汝道什麼問如何是實見處師曰絲毫不隔曰恁麽即見也師曰南泉甚好去處問如何是西來意師曰昨夜三更送過江問臨機便用時如何師曰海東有果樹頭心問如何是眞如佛性師曰何誰無問如何是向上一路師曰郴連道永問和尚年多少師曰秋來黃葉落春到便花開師眥著眞賛曰日出連山月圓當戶不是無身不欲全露一日師在帳内坐僧問承師有言不是無身不欲全露請師全露師乃撥開帳（法眼別云飽叢林）問如何是湖南境師曰樓船戰棹曰還許學人遊翫也無師曰一任闍黎打僜問和尚百年後有人問如何祗對師曰分明記取問如何是龍牙山師曰益陽那邊曰如何即是師曰不擬曰如何是不擬去師曰恁麽即不是問古人面壁意如何師良久却喚某甲僧應諾師曰你去別時來師垂語曰一句徧大地一句纔問便道一句問亦不道問如何是徧大地句師曰無空缺如何是纔問便道句師曰低聲低聲如何是問亦不道句師曰便合知時

襄州含珠山審哲禪師問如何是深深處師曰寸釘入木八牛拽不出問如何是正法眼師曰三門前神子問如何是佛法大意師曰貧女抱子渡恩愛競隨流師問僧曰有亦不是無亦不是不有不無俱不是汝本來名箇甚麽曰學人已具名了師曰具名即不無名

箇甚麽曰只者莫便是否師曰且喜沒交涉曰如何即是師曰親切處更請一問曰學人道不得請和尚道師曰別日來與汝道曰即今爲什麽不道師曰覓箇領話人不可得師又問一僧曰姓王姓張姓李俱不是汝本來姓箇什麽曰與和尚同姓師曰同姓即且從本來姓箇什麽曰待漢水逆流即向和尚道師曰即今爲什麽不道曰漢水逆流也未師乃休

前京兆華嚴寺休靜禪師法嗣

鳳翔府紫陵匡一大師師到盤龍見僧問盤龍云碧潭清似鏡盤龍何處安龍曰沉沙不見底浮浪足巑岏師不肯自答曰金龍迥透青霄外潭中豈曉玉輪機盤龍肯之師住後僧問曰未作人身巳前作箇什麽來師曰石牛步步火中行返顧休啣日中草

前鎢州九峯普滿大師法嗣

洪州鳳棲山同安院威禪師問牛頭未見四祖時如何師曰路逢神廟子見者盡勤拳曰見後如何師曰室内無靈牀渾家不著孝問祖意教意如何師曰玉兎不曾知曉意金烏爭肯夜頭明問如何是同安一曲師曰靈琴不引人間韻知音肯度伯牙門曰誰人知得師曰木馬嘶時從彼聽石人拊掌阿誰聞曰知音如何師曰知音不度耳達者豈同聞

前青林師虔禪師（洞山第三世）法嗣

韶州龍光和尚問人王與法王相見時如何師曰越國君王不按劍龍光一句不曾虧師上堂良久云不煩珍重問如何是西來意師曰胡風一扇漢地成機問撥塵見佛時如何

師拊掌顧視問如何是龍光一句子師曰不空胥索曰學人不會師曰唵問如何是極則爲人處師曰殷勤付囑後人看問賔頭盧一身爲什麼赴四天下供師曰千江共一月萬戶盡逢春師有偈曰

龍光山頂寶月輪　照耀乾坤爍暗雲
尊者不移元一質　千江影現萬家春

襄州鳳凰山石門寺獻禪師京兆人也自青林受記兩處開法凡對機多云好好大哥時謂大哥和尚初居衡嶽宴坐巖室屬夾山和尚示寂衆請師住持師遂至潭州時楚王馬氏出城延接王問如何是祖師西來大道師曰好好大哥御駕六龍千古秀玉堦排仗出金門王仰重延入天册府供養數日方至夾山僧問今日一會何異靈山師曰天垂寶蓋重重異地湧金蓮葉葉新曰未審將何法示人師曰無絃琴韻流沙界清和普應大千機問師唱誰家曲宗風嗣阿誰師曰一曲宮商看品弄辨寶須知碧眼胡曰恁麼即清流分洞下滿月照青林師曰多子塔前分的意至今異世度洪音師自夾山遷至石門開山創寺再闡玄風上堂示徒曰瑠璃殿上光輝之日日無私七寶山中晃耀之頭頭有據泥牛運步木馬嘶聲野老謳歌樵人舞袖太陽路上古曲玄音林下相逢復有何事問月生雲際時如何師曰三箇童兒抱花鼓好好大哥莫來攔我毬門路問如何是和尚家風師曰騎駿馬驟高樓鐵鞭指盡胡人路問如何是石門境師曰徧界黃金無異色往來遊子罷追尋曰如何是境中人師曰無相不居凡聖

位經行鳥道没蹤由問衆手淘金誰是得者師曰張三李四出金門徧握乾坤石人在曰恁麽即不從人得也師曰三公九卿排班位看取金鷄竪也無問道界無窮際通身絶點痕時如何師曰渺渺白雲漫雪嶽轉身玄路莫遅遅曰未審轉身路在什麽處師曰石人舉手分明記萬年枯骨笑時看問如如不動時如何師曰有什麽了日曰如何即是師曰石戸非關鎖問如何是石門境師曰烏鳶飛叫頻曰如何是境中人師曰風射舊簾櫳因般若寺遭焚有人問曰既是般若爲什麽被火燒師曰萬里一條鐵

襄州萬銅山廣德和尚第一世問如何是和尚家風師曰山前人不住山後更茫茫問如何是透法身句師曰無力登山水茆戸絶知音

問如何是佛法大意師曰始嗟黄葉落又見柳條青問盡大地是一箇死屍向什麽處葬師曰北邙山下千丘萬丘師因不安僧問和尚患箇什麽太羸瘦生師曰無思不墜的曰恁麽即知和尚病源也師曰你道老僧患什麽曰和尚忌口好師便打

郢州芭蕉和尚僧問十二時中如何用心師曰攏摠一木盆

定州石藏慧炬和尚問如何是伽藍師曰只者箇曰如何是伽藍中人師曰作麽作麽曰忽遇客來將何祗待師曰喫茶去

前洛京白馬遁儒禪師法嗣

興元府青剉山和尚問如何是和尚家風師曰無底籃子拾生菜問如何是白馬境師曰三冬花木秀九夏雪霜飛

前益州北院通禪師法嗣

京兆香城和尚初參通和尚問一似兩箇時如何通曰一箇賺汝師乃省悟問三光景色謝照燭事如何師曰朝邑峯前卓五彩曰不涉文采事作麼生師曰如今特地過江來問向上一路請師舉唱師曰釣絲鉤不出問牛頭還得四祖意否師曰沙書下點落千字曰下點後如何師曰別將一撮俵人天曰恁麼即人人有分也師曰汝又作麼生問囊無繫蝨之絲廚絕聚蠅之糝時如何師曰日捨不求思從妄得

前高安白水本仁禪師法嗣

京兆重雲智暉禪師咸秦人也姓高氏總角之歲好遊佛宇誓志出家父不能止禮圭峯溫和尚剃度後謁高安仁和尚獨領微言潛通祕鍵尋回洛卜于中灘創溫室院常施藥有比丘患白癩衆惡之惟師延迎供養與摩洗垢穢斯須有神光異香既而辭去遂失所在所遺瘡痂馨香酷烈遂聚而塑觀音像以藏之梁開平五年忽思林泉乃歸終南圭峯舊居師一日閑步巖岫間倏覩摩衲數珠銅缾欆笠觸之即壞謂侍者曰此吾前身道具耳欲就茲建寺以酬昔因當薙草開基有祥雲蔽日屯于峯頂久而不散因目爲重雲山先是谷多猛獸皆自引去及塞龍潭以通徑潭中龍亦徙他所後唐明宗賜額曰長興學侶臻萃師上堂有僧問如何是歸根得旨師曰早是忘却問不意塵生如何是進身一路師曰足下已生草前程萬丈坑問要路坦然如何履踐師曰我若指汝則南北東西去也

問佛未出世時如何師曰一堆泥土問如何是重雲稱師曰任將天下勘問如何是截鐵之言師曰寧死不犯問如何是重雲境師曰四時不開花三冬盛芳草師再歸故山創寺聚徒涉四十五寒暑誨人之暇撰歌頌千餘首度弟子一千五百人永興節度使王彥超早遊師戶庭嘗欲披緇師止之曰汝當後榮顯爲教門外護則可矣厥後果如師言及鎮永興與師再會益加尊禮周顯德三年丙辰夏六月師詣府辭王公屬以山門事至七月二十四日體中無恙垂誡門人併示一偈曰

我有一間舍　父母爲修蓋　住來八十年
近來覺損壞　早擬移他處　事涉有憎愛
待他摧毀時　彼此無相礙

跏趺而逝壽八十有四臘六十四塔于本山

杭州瑞龍院幼璋禪師唐相國夏侯孜之猶子也大中初伯父司空出鎮廣陵師方七歲遊慧照寺聞誦蓮經志求出家伯父初不允因絕不飲食不得已而許之禮慧遠爲師十七具戒二十五遊諸禪會著山白水咸受心訣二宗匠深器之咸通十三年至江陵會騰騰和尚囑之曰汝往天台尋靜而棲遇安即止又值憨憨和尚撫而記曰汝却後四十年有巾子峯下菩薩王於江南當此時吾道昌矣二逸士各有密言授之尋抵天台山於靜安鄉創福唐院乃契騰騰之言又衆請住隱龍院中和四年浙東飢疫師於溫台明三郡收瘞遺骸數千時謂悲增大士乾寧中雪峯和尚經遊遺師櫻櫚拂子而去天祐三年錢尚父遺使童建齋衣服香藥入山致請師領

徒至府庭署志德大師就功臣堂安置日請說法要師請於每年建金光明道場諸郡黑白大會逾月而散（天台光明大會始於師也）師將辭歸山王加戀慕於府城建瑞龍院（文穆王改為寶山院）延請開法時禪門興盛斯則愨愨懸記應矣師上堂謂衆曰老僧頃年遊歷江外嶺南荆湖但有知識叢林無不參問來蓋爲今日與諸人聚話各要知箇去處然諸方終無異說只教當人歇却狂心休從他覓但隨方任眞亦無眞可任隨時受用亦無時可用設垂慈苦口且不可呼晝作夜更饒善巧終不能指東爲西脫或能爾自是神通作怪非干我事若是學語之輩不自省已知非直欲向空裏采花波中取月還著得心力麼汝今各且退思忽然肯去始知瑞龍老漢事不獲已迂迴太甚還肯麼問如何是瑞龍境師曰汝道不見得麼曰如何是境中人師曰後生可畏問廓然無雲如何是中秋月師曰最好是無雲曰恁麼即一輪高掛萬國同觀去也師曰捏目之子難與言至天成二年丁亥夏四月師乞墳塔尚父命陸仁璋於西關選地建塔創院賜名額令僧守護仍改天台隱龍爲隱跡修塔畢師入府庭辭尚父囑以護法恤民之事剋期順寂尚父悲悼遣僧主集在城宿德迎引入塔壽八十有七臘七十

前撫州踈山匡仁禪師法嗣

踈山證禪師（第二世）初參仁和尚得旨後遊歷諸方謁投子同禪師投子問曰近離甚處曰延平來投子曰還將得劍來麼曰將得來投子曰呈似老僧看師乃指面前地上投子便

休師遂去三日後投子問主事新到僧在什麽處曰當時去也投子曰三十年學馬伎昨日被驢撲師住後僧問如何是就事學師曰著衣掃地曰如何是就理學師曰騎牛去穢曰向上事如何師曰溥際不收問如何是聲色中混融一句師曰不辨消不及曰如何是聲色外别行一句師曰難逢不可得

洪州百丈安和尚號明照禪師第十世 問一藏圓光如何是體師曰勞汝遠來曰莫是一藏圓光麽師曰更喫一碗茶問如何是和尚家風師曰手巾寸半布問萬法歸一一歸何處師曰未有一箇不問問如何是極則事師曰空王殿上登九五野老門前不立人問隨縁認得時如何師曰未認得時作麽生師本新羅國人自百丈統衆所度弟子道亘等凡七人各從參嗣僉化一方師滅後門人寫影法眼賛曰對目誰寫蟾輝碧池日面月面輪圓須彌須彌一指月面豪芒明照禪師詎曰違方方塵不指大悲何起我謂玄功胡是非是

筠州黄檗山慧禪師洛陽人也少出家業經論學因增受菩薩戒而歎曰大士攝律儀與吾本受聲聞戒俱止持作犯也然於篇聚增減支本通别制意且殊既微細難防復於攝善中未嘗行於少分況饒益有情乎且世間泡幻身命何可留戀哉由是置講課欲以身捐於水中飼鱗甲之類念已將行偶二禪者接之欵話謂南方頗多知識師何滯於一隅也師從此回意參尋屬闗津嚴緊乃謂守吏曰吾非翫山水誓求祖道他日必不忘恩也守者察其志遂不苛留且謂之曰師既爲法

忘軀同時願無吝所聞師欣謝直造踈山時仁和尚坐法堂受參師先顧視大衆然後致問曰剎那便去時如何踈山曰畐塞虛空汝作麼生去師曰畐塞虛空不如不去踈山便休師下堂參第一座座曰適覩座主秪對和尚語甚奇特師曰此乃率爾實自偶然敢望慈悲開示愚迷座曰一剎那間還有擬議否師於言下頓省禮謝退於茶堂悲喜交盈如是三日尋住黃蘗山聚衆開法終于本山令塔中全身如生第二世

隨州隨城山護國院守澄淨果大師問如何是佛師曰者驢漢問盡大地是一隻眼底人來師如何師曰堦下漢問諸佛不到處什麼人履踐師曰聃耳䰇頭曰何人通得彼中信師曰驢面獸顋問隨縁認得時如何師曰錯

問如何是西來意師曰一人傳虛萬人傳實問不落干將手如何是太阿師曰七星光采耀六國罷煙塵

洛京長水靈泉歸仁禪師問如何是祖師意師曰仰面獨揚眉回頭自拍手問如何是祖師西來的的意師曰洛河水逆流問如何是和尚家風師曰騎牛戴席帽過水著靴衫

延州伏龍山延慶院奉璘禪師問如何是和尚家風師曰橫身卧海日裏挑燈問如何是伏龍境師曰山峻水流急三春足異花問和尚還愛財色也無師曰愛曰既是善知識爲什麼却愛財色師曰知恩者少負恩者多師問火頭培火了未曰低聲師曰什麼處得者消息來曰不假多言師曰省錢易飽喫了還饑問如何是和尚家風師曰長虀冷飯曰又

太寂寞生師曰僧家合如是

安州大安山省禪師第三世問失路迷人請師直指師曰三門前去問舉步臨危請師指月師曰不指月曰為什麽不指月師曰臨坑不推人問離四句絕百非請和尚道師曰我王庫內無如是刀問重重關鎖信息不通時如何師曰爭得到者裏曰到後如何師曰彼中事作麽生問如何是眞中眞師曰十字路頭泥佛子

洪州大雄山百丈超禪師海東人也問祖意與教意同別師曰金鷄玉兔聽繞須彌問日落西山去林中事若何師曰洞深雲出晚澗曲水流遲僧辭問曰今日下山有人問和尚說什麽法向他道什麽師曰但向他道大雄山上虎生師子兒

洪州天王院和尚問國內按劒者是誰師曰天王問百骸俱潰散一物鎮長靈如何師曰不墮無壞爛問如何是佛師曰錯

常州正勤院蘊禪師第一世魏府人也姓韓氏幼而出家老有童顏得法於踈山之室問師唱誰家曲宗風嗣阿誰師曰適然簫韶外六律不能過曰不過底事作麽生師曰聲前拍不散句後覓無蹤問如何是正勤一條路師曰泥深三尺曰如何得到師曰闍黎從什麽處來問如何是禪師曰石裏蓮華火裏泉曰如何是道師曰楞伽峯頂一莖草曰禪道相去多少師曰泥人落水木人撈師晋天福中將順寂預告大衆及期合城士女奔走至院師囑付訖怡然坐化門人葬于院後經二稔發塔覩全身儼然髮爪俱長乃於城東闍維

收舍利眞骨重建塔
襄州後洞山和尚問道有又無時如何師曰龍頭蛇尾腰間一劒
京兆三相和尚問如何是無縫塔師曰見縫不得曰如何是塔中人師曰對面不得見
前樂普元安禪師法嗣
京兆永安院善靜禪師京兆人也姓王氏父任牧守毋因夢金像覺而有娠師幼習儒學博通羣書年二十七忽厭浮幻潛詣終南山禮廣度禪師彼削受具唐天復中南謁樂普安禪師安器之容其入室仍典園務力營衆事有僧辭樂普普曰四面是山闍黎向什麽處去僧無對樂普曰限汝十日内下語得中即從汝去其僧冥搜久之無語因經行偶入園中師怪問曰上座豈不是辭去今何在此僧具陳所以堅請代語師不得已代曰竹密不妨流水過山高那阻野雲飛其僧喜踴師囑之曰秪對和尚時不須言是善靜語也僧遂白樂普普曰誰下此語曰某甲樂普曰非汝之語僧具言園頭所教樂普至晚上堂謂衆曰莫輕園頭他日住一城隍五百人常隨也師尋辭樂普北還故山結廬而止道俗歸向復遊峨嵋迴住興元連帥王公禮重後歸故鄉屬兵火之後舊寺荒廢節帥創永安禪苑以居之徒衆五百餘僧問知有道不得時如何師曰知有箇什麽曰不可無也師曰恁麽即合道得曰道即不無爭奈語偏師曰水涷魚難躍山寒花發遲問如何是衲衣向上事師曰龍魚不出海水月不吞光問不可以智知不可以識識時如何師曰鶴鷺並頭踏

雪睡月明鷺起兩遲疑問如何是西來意師曰壁上畫枯松蜂來不見蘂問牛頭未見四祖時如何師曰異境靈松覩者皆羨曰見後如何師曰葉落已枝摧風來不得韻問如何得生如來家師曰披衣望曉論劫不明曰劫後如何明師曰一句不可得師往遊蘄道被昭宗蒙塵之亂以晉開運丙午歲冬鳴揵椎集僧囑累入方丈東向右脇而化壽八十有九臘六十勑謚淨悟禪師

蘄州烏牙山彦賓禪師問未作人身以前作什麼來師曰三脚石牛坡上走一枝瑞氣月前分問疋馬單槍直入時如何師曰饒你雄信解拈槍猶較秦王一步在問久戰沙場爲什麼功名不就師曰雙鵰隨箭落李廣不當名問百步穿楊中的者誰師曰將軍不上便橋金牙徒勞拈筈問蠨蛸飲雲根時如何師曰金輪天子下閻浮鐵饅頭上金花異

鳳翔府青峯山傳楚禪師涇州人也性淳貌古眼有三角承樂普開示心地俾宰于衆事一日樂普問曰院主汝去什麼處來師曰掃雪來曰雪深多少師曰樹上總是曰得即也得汝向後有山住箇雪窟定矣自受記乃訪于白水白水問樂普有生機一路是否師曰是白水曰止却生路向熟路上來師曰生路上死人無數熟路上不著活漢白水曰此是樂普底汝作麼生師曰非但樂普夾山亦不奈何曰夾山爲什麼不奈何師曰不見道生機一路師住後有僧問佛魔未現向什麼處應師曰諸上座聽衹對問如何是臨機一句師曰便道將來曰請和尚道師曰穿過髑髏

不知痛處問如何是明了底人一句師曰駿馬寸步不移鈍鳥昇騰出路

鄧州中度知尚問海内不逢師如何是寰中主師曰金鷄常報曉時人不自知問如何是暗中明鏡師曰萬機昧不得曰未審照何物師曰什麽物不照問如何是實際理地不受一塵佛事門中不捨一法師曰眞常塵不染海内百川流問請和尚離聲色外答師曰木人常對語有性不能言

嘉州洞谿和尚初問樂普月樹無根枝覆蔭請師直指妙幽微樂普曰森羅秀處事不相依渌水千波孤峯自異師於是領旨承嗣問蛇師爲什麽被蛇吞師曰幾度扣問拈不出

京兆卧龍和尚初開堂有僧問杲日符天際珠光照舊都浦津通法海今日意如何師曰寶劔揮時豈該明暗

前江西逍遥山懐忠禪師法嗣

泉州福清院師巍和尚號通玄禪師僧問枝分夾嶺的紹逍遥寶座既登法雷請震師曰逍遥逈物外物外霞不生問如何是西來的的意師曰立雪未爲勞斷臂方爲的曰恁麽即一華開五葉芬芳直至今師曰因圓三界外果滿十方知

京兆白雲無休禪師問路逢猛虎如何降伏師曰歸依佛歸依法歸依僧問如何是白雲境師曰月夜樓邊海客愁

前袁州盤龍山可文禪師法嗣

江州廬山永安淨悟禪師僧問如何是出家底事師曰萬丈懸崖撒手去曰如何是不出家底事師曰逈殊雪嶺安巢節有異許由掛

一瓢問六門不通如何通信師曰闍黎外邊與誰相識問脫籠頭卸角馱來時如何師曰換骨洗腸投紫塞洪門切忌更𨑂蘆問從上諸聖將何示人師曰有異祖龍行化節迥超棲鳳越揚塵問如何是解作客底人師曰實御珍牀猶尚棄誰能歷劫傍他門問衆手淘金誰是得者師曰黃帝不曾遊赤水珠承罔象也虛然問雪覆蘆花時如何師曰雖則沍凝呈瑞色太陽輝後却迷人

袁州木平山善道禪師初謁樂普問一漚未發已前如何辨其水脉樂普曰移舟諳水勢舉棹別波瀾師不愜意乃參盤龍語同前問盤龍曰移舟不辨水舉棹即迷源師從此悟入僧問如何是西來意師曰石羊頭子向東看問如何是正法眼師曰拄杖孔問如何是不動尊師曰浪浪宕宕問如何是木平一句師曰畐塞虛空曰畐塞虛空即不問如何是一句師乃打之師凡有新到僧未許參禮先令運土三擔而示偈曰

南山路仄東山低　新到莫辭三擔泥
嗟汝在途經日久　明明不曉却成迷

師肉髻羅紋金陵李氏嚮其道譽迎請供養待以師禮嘗問如何是木平師曰不動斤斧曰如何不動斤斧師曰木平時大法眼禪師有偈贈曰

木平山裏人　貌古年復少　相看陌路同
論心秋月皎　壞衲線非蠶　助歌聲有鳥
城闕今日來　一漚曾已曉

師異迹頗多此不繁述滅後門人建塔刊石影本國諡真寂禪師塔曰普慧

陜府龍谿和尚上堂謂衆曰直饒說似箇無縫塔也不免老僧下一箇橛作麽生免得下橛衆無對師自代曰下去僧問如何是無縫塔師曰百寶莊嚴今已了四門開豁已多時

前撫州黃山月輪禪師法嗣

郢州桐泉山和尚初參黃山問天門一合十方無路有人道得擺手出漳江師對曰蟄戶不開龍無龍句黃山曰是你恁麽道師曰是則直言是不是直言不是黃山曰擺手出漳江黃山復問卞和到處荊山秀玉印從他天子傳時如何師曰靈鶴不於林下憩野老不重太平年黃山深肯之師住後僧問如何是相傳底事師曰龍吐長生水魚呑無盡漚問請師挑掃師曰擂鼓轉船頭棹挑波裏月

前洛京韶山寰普禪師法嗣

潭州文殊和尚僧問如何是祝融峯前事師曰巖前瑞草生問仁王登位萬姓霑恩和尚出世何如師曰萬里長沙駕鐵船問如何是本爾莊嚴師曰菊花原上景行人去路長

景德傳燈録卷第二十

音釋

惲於粉切 嵇胡雞切 竛玎竛良郢切玎古岳切 瑋羽鬼切 嶼似與切 斌甲民切 璘力珍切 鄜方朱切州名 潺士山切潺湲水流聲也 瀑蒲木切飛泉也 淥盧谷切水淥色也 釅魚念切味厚也 擭屋號切 詧楚黠切與察同 搕克盍切築也 郴丑林切州名 僜徒亘

切巑岏巑在丸切岏五丸切巑岏山銳貌鳶以專切鴟也櫳盧紅切牕也攏力董切螘魚豈切與蟻同糝桑感切米粒也鍵渠偃切關鍵也痂古牙切乾瘍也飼詳吏切餧也聃丁含切耳大垂也鬅步崩切髮短也娠失人切孕也僰蒲北切夷名螮蝀螮都計切蝀多貢切螮蝀虹蜺也諳烏含切練歷也宕徒浪切揥他狄切與擿同擂盧對切擊鼓也正作攂

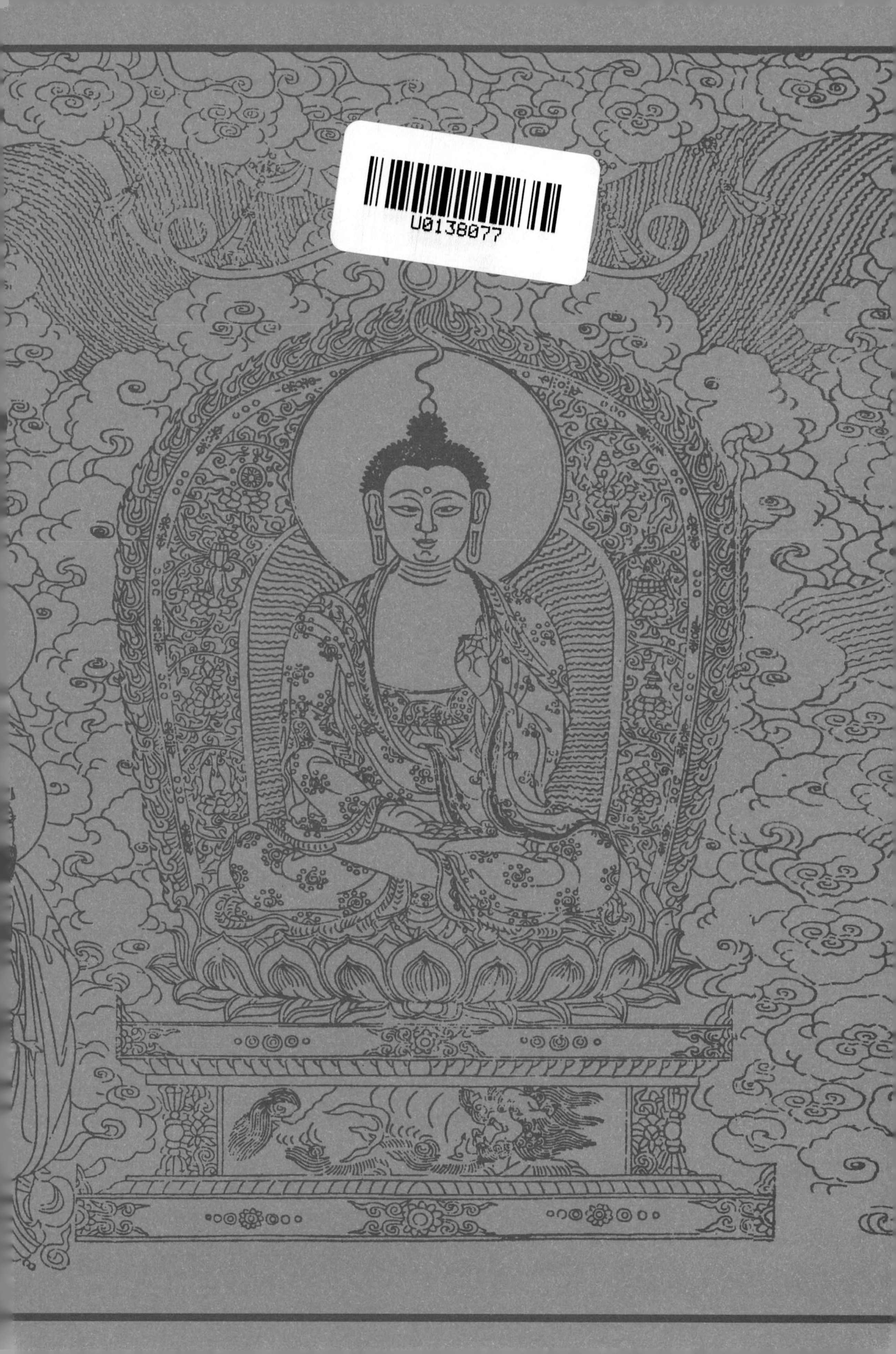